Sammelband

Liebe auf Umwegen

Wie Himmel und Erde

Wie Feuer und Eis

Wie Tag und Nacht

Von Julia Sanders

Ich danke Dir von Herzen, dass Du Dich für diesen Sammelband entschieden hast. Du erhältst damit meine drei Liebesromane „Wie Himmel und Erde", „Wie Feuer und Eis" und „Wie Tag und Nacht" in einem. Ich hoffe Du hast eine genauso wundervolle Zeit beim Lesen wie ich beim Schreiben.

Wenn Du möchtest, kannst Du mir Deine Meinung zu diesem Sammelband mitteilen. Du erreichst mich unter julia.sanders.romane@gmail.com, über meine Facebook Fanpage oder mein Profil auf lovelybooks.de.

Als Autorin im Selbstverlag sind es vor allem die Buchrezensionen, die darüber entscheiden ob meine Romane ihren Weg in die Bücherregale der Leserinnen und Leser finden. Ich freue mich daher sehr über Deine Unterstützung auf Amazon in Form einer Rezension. Schreiben ist meine Leidenschaft und ich danke Dir, dass Du mich dabei unterstützt sie auszuleben.

Herzliche Grüße,

Julia Sanders

Impressum

ISBN: 9798673696019

c/o AutorenServices.de
Birkenallee 24, 36037 Fulda

Für Emilia,

Licht meines Lebens.

Wie Himmel und Erde

Liebe auf Umwegen

Von Julia Sanders

Kapitel I

Heute

„Sehr verehrte Fahrgäste, der Intercity nach Frohnau, geplante Abfahrt 16 Uhr 23, verspätet sich aufgrund eines technischen Defekts um circa 90 Minuten." Das Knacken im Lautsprecher beendete die Durchsage. Auf dem Bahnsteig wurde missmutiges Gemurmel laut. Josie schloss die Augen und seufzte. Auch das noch. Um nicht mitten in der Nacht aufbrechen zu müssen, hatte sie sich schon gestern auf den Weg zu dem Termin mit den Schweizer Geschäftspartnern gemacht und die Nacht schweren Herzens in einem Hotel statt Zuhause verbracht. Jetzt wünschte sie sich nichts sehnlicher, als endlich ihre Tochter wieder in die Arme schließen zu können. Doch nun würde Hanna vermutlich schon schlafen, wenn ihre Mutter endlich wieder nach Hause kam.

Josie nahm ihren kleinen Reisekoffer und ging die Treppe hinunter. 90 Minuten Verspätung. Wahrscheinlich war es das Beste, wenn sie sich irgendwo hinsetzen und erst einmal einen Kaffee trinken würde, um sich die Zeit zu vertreiben.

Nachdem sie sich durch das Gewusel der vielen Menschen im Bahnhofsinneren auf den Vorplatz gedrängt hatte, blickte sie auf die Uhr und zog ihr Handy aus der Tasche. Es klingelte dreimal, dann war ein Knacken in der Leitung zu hören, gefolgt von dem ohrenbetäubenden Lärm, der entstand, wenn ein Kind die Kochtöpfe zum Schlagzeug umfunktionierte. Unwillkürlich musste Josie lächeln.

„Josefine?“, kam es nun aus der Leitung.

„Hallo Mama. Der Zug hat Verspätung. Es wird heute Abend wohl spät werden. Könntest du Hanna nachher ins Bett bringen?“

Ein Seufzen erklang vom anderen Ende der Leitung. „Ja, natürlich“.

Josie wusste, dass ihre Mutter sich wahrscheinlich gerade auf die Zunge beißen musste, um sich jeden weiteren Kommentar zu verkneifen. Mehr als einmal hatte sie sich anhören müssen, dass Hanna schließlich auch einen Vater habe und dieser sich auch einmal um sein Kind kümmern sollte. Und insgeheim war Josie durchaus bewusst, dass ihre Mutter damit recht hatte.

Hanna war ein absolutes Wunschkind gewesen. Als Josie vor fast fünf Jahren den positiven Schwangerschaftstest in den Händen gehalten hatte, hätten sowohl sie als auch ihr Martin nicht glücklicher sein können. In den folgenden Monaten hatte ihr Mann jedem, den er traf, stolz verkündet, dass sie eine kleine Prinzessin erwarteten. Sie waren sich einig, dass Josie bereits kurz nach dem Mutterschutz wieder in ihren Job als Unternehmensberaterin in einer angesehenen Berliner Consulting-Firma einsteigen würde. Schließlich hatte sie ihr Studium als Jahrgangsbeste abgeschlossen, und auch, wenn sie sich sehnlichst ein Kind gewünscht hatte, war es niemals ihr Lebensplan gewesen, ausschließlich Hausfrau und Mutter zu sein.

Doch schon wenige Wochen nach Hannas Geburt war von Martins Euphorie nichts mehr zu spüren gewesen. Während Josie, was sie selbst am meisten überraschte, voll und ganz in ihrer neuen Rolle als Mutter aufging, zog sich Martin, der schon immer ein absoluter Workaholic gewesen war, mehr und mehr in seine Arbeit als Steuerberater zurück. Josie wusste, dass Martin seine Tochter liebte. Trotzdem schien er einfach keinen Draht zu ihr zu finden. Anfangs hatte sie seine Zurückhaltung noch darauf geschoben, dass Männer – zumindest nach Aussage ihrer Freundinnen – häufig nichts mit Säuglingen anfangen konnten. Dass ihr Mann nicht der Typ war, der mit einem seligen Lächeln auf dem Gesicht die Windeln wechselte oder das Baby in den Schlaf schaukelte, hatte Josie schon vorher geahnt. Doch das Verhältnis von Vater und Tochter war auch jetzt, vier Jahre später, noch keinen Deut besser geworden. Josie konnte sich an kein einziges Mal erinnern, bei dem Martin etwas mit Hanna allein unternommen hatte. Generell vermied er es, mit ihr allein zu sein. Wenn Josie einmal bis zum späten Abend bei einem Geschäftstermin saß, was inzwischen deutlich seltener vorkam als früher, redete er sich immer mit einem wichtigen Kunden heraus und überließ es in der Regel Josies Mutter, Hanna den Nachmittag über zu betreuen und abends in Bett zu bringen. So wie heute.

Josie seufzte. „Martin ist noch im Büro?“, fragte sie, obwohl sie die Antwort darauf natürlich kannte. Vermutlich hatte er nicht einmal angerufen, dass es auch bei ihm später werden würde. Wütend biss sie sich auf die Unterlippe und fuhr sich mit der freien Hand durch die dunklen Haare. Wenn sie ehrlich war, war sie sich nicht einmal sicher, ob ihr Mann heute Nacht überhaupt auftauchen würde. Denn Josie wusste, dass Martin, auch wenn er stets die Arbeit vorschob, nicht immer im Büro war, wenn er spät nach Hause kam. Er hatte schon seit Monaten eine Affäre mit einer anderen, deutlich jüngeren Frau. Das hatte er ihr eines Abends, nach einem ihrer häufigen Streits, ganz unverblümt an den Kopf geschleudert. Ihre Ehe war am Ende. Bis jetzt hatte Josie es vermieden, ihrer Mutter davon zu erzählen. Und wenn es nach ihr ging, konnte das noch eine ganze Weile so bleiben. Martin und sie hatten sich darauf geeinigt, dass sich zumindest nach außen bis auf Weiteres nichts ändern sollte. Für die anderen würden sie weiterhin das glückliche, perfekte Paar spielen und gemeinsam in dem schicken Einfamilienhaus in Berlin-Frohnau wohnen. Doch dieses Haus, ihr einstiges Zuhause, war zu einer Wohngemeinschaft geworden. Sie lebten nicht mehr zusammen, sondern nur noch nebeneinander her. Zähneknirschend hatte Josie schon vor einiger Zeit festgestellt, dass Martin ihre Vereinbarung offenbar als Freifahrtschein nahm, um sein inoffizielles Single-Leben in vollen Zügen zu genießen. Ein winziger Teil in ihr verstand, dass ihre familiäre Situation für ihn schwierig war. Doch das war sie für alle. Und für sie selbst am allermeisten.

„Natürlich ist er noch im Büro", sagte ihre Mutter jetzt und riss Josie damit aus ihren Gedanken. „Josefine, du solltest wirklich mit Martin …"

„Ich weiß, Mama. Ich werde mit ihm reden. Lass uns jetzt nicht darüber sprechen, ja? Gibst du mir Hanna einmal?" Sie hatte jetzt nicht die Geduld, um mit ihrer Mutter über so grundlegende Dinge zu diskutieren.

„Hanna! Die Mama ist am Telefon!", hörte Josie gedämpft aus dem Hörer. Sabine Lembeck musste noch zwei weitere Male rufen, bis es in der Leitung raschelte.

„Hallo, mein Schatz", sagte die junge Frau lächelnd.

„Hallo, Mama“, kam es leise von der anderen Seite. Hannas Stimme zu hören machte Josie gleich ein wenig glücklicher.

„Mein Zug ist leider zu spät, Schatz. Die Oma bringt dich gleich ins Bett, ja?“

„Ja.“ Ihre Tochter war wortkarg, wie immer. Die meiste Zeit hatte Josie sich mit diesem Zustand abgefunden. Doch es gab auch Tage, an denen es sie noch immer traurig machte, dass Hanna nicht, wie andere Kinder in ihrem Alter, begeistert erzählte, was sie den Tag über erlebt hatte. Auch wenn sie wusste, dass die Kleine es nicht mit Absicht tat.

„Ich sage Oma, dass sie dir noch eine schöne Geschichte vorlesen soll. Und wenn ich wieder da bin, schaue ich noch einmal nach dir. In Ordnung?“

„Ja.“

Josie seufzte innerlich. „Ich liebe dich, mein Schatz.“ Wieder ein Rascheln. Hanna war schon wieder verschwunden.

„Wann bist du wieder zurück?“, war jetzt wieder die Stimme ihrer Mutter in der Leitung zu hören.

„Der Zug hat voraussichtlich 90 Minuten Verspätung. Ich glaube nicht, dass ich es vor 20 Uhr schaffen werde“, murmelte Josie. „Ich rufe Martin gleich an und sage ihm, dass er nach Hause kommen soll.“

„Was er natürlich sofort tun wird.“ Der Sarkasmus in Sabine Lembecks Stimme war nicht zu überhören. „Ist schon in Ordnung. Ich bringe Hanna nachher ins Bett und warte dann hier auf dich. Mach dir keine Sorgen.“

„Danke, Mama. Du bist die Beste. Ich wüsste wirklich nicht, was ich ohne dich tun würde“, sagte Josie dankbar.

„Wahrscheinlich deinem Mann gezwungenermaßen öfter mal gehörig in den Hintern treten“, entgegnete ihre Mutter trocken. „Also, mein Schatz. Hol dir erst einmal in Ruhe einen Kaffee, ich kümmere mich wie gesagt um alles hier. Und dann sehen wir uns heute Abend.“

„Ja, bis heute Abend“, erwiderte Josie und legte auf.

Nachdem sie das Handy wieder in ihrer Handtasche verstaut hatte, warf sie einen kurzen Blick auf die Uhr. Sie hatte noch immer über eine Stunde Zeit, bis ihr Zug – hoffentlich – endlich eintreffen würde. Es war nicht das erste Mal, dass sie am Berliner Hauptbahnhof auf einen Anschlusszug warten musste, und so wusste sie, dass es nur ein paar Meter die Straße hinunter ein kleines, sehr gemütliches Café gab, in dem es einen hervorragenden Latte Macchiato und einige Snacks gab. Josie nahm ihren kleinen Koffer und wollte sich gerade auf den Weg dorthin machte, als eine überraschte Stimme hinter ihr sie zurückhielt.

„Josie, bist du das?“

Beim Klang der tiefen Männerstimme durchfuhr Josie ein warmer Schauer. Das konnte nicht sein! Langsam drehte sie sich um und blickte den großen, breitschultrigen Mann, der in einigen Metern Entfernung stand und sie unter hochgezogenen Augenbrauen interessiert musterte, überrascht an.

„Julian? Das gibt es doch gar nicht!“ Ein Strahlen breitete sich auf ihrem Gesicht aus, und auch ihr Gegenüber lächelte breit. Josie ging auf Julian zu und blieb wenige Schritte von ihm entfernt stehen. „Was machst du denn hier?“

Josie hatte Julian Lind auf einem dreitägigen Business-Seminar, zu dem ihr Arbeitgeber sie vor sechs Jahren geschickt hatte, kennengelernt. Das Seminar hatte auf einem Pferdehof stattgefunden und sollte Top-Mitarbeitern unterschiedlichster

Branchen zum Thema Körpersprache schulen. Und Julian war der Seminarleiter gewesen.

„Ich habe einen alten Freund in Hamburg besucht und wollte mir gerade ein Taxi nehmen. Und du?“, antwortete er.

„Ich war bei einem Geschäftstermin in Potsdam und warte auf den Anschluss nach Frohnau. Aber der hat 90 Minuten Verspätung.“ Josie verzog das Gesicht. Julians Lächeln wurde hingegen noch breiter.

„Dann hast du doch bestimmt nichts dagegen, wenn ich dich auf einen Kaffee einlade?“, fragte er und hielt ihr schelmisch grinsend seinen Arm hin, damit sie sich unterhaken konnte.

„Ganz und gar nicht“, erwiderte sie lächelnd. „Ich kenne ein tolles Café in der Nähe.“

„Das klingt perfekt“, meinte Julian. „Also los.“

Kapitel 2

6 Jahre zuvor

„So, meine Lieben, dann machen wir Feierabend für heute. Macht euch noch einen schönen Abend und morgen sehen wir uns in alter Frische wieder." Julian Lind, der Seminarleiter, lächelte den Teilnehmern freundlich zu und verstaute seine Unterlagen in einem schmalen Ordner. Ächzend erhob Josie sich von ihrem Stuhl und streckte sich erst einmal ausgiebig. Das Business-Seminar, auf das ihr Chef sie geschickt hatte, gefiel ihr. Trotzdem hatte sie für heute genug Input bekommen. Fortbildungen waren immer anstrengend. Dieses Mal hatte sie jedoch besonders Probleme, sich auf das Wesentliche zu konzentrieren. Immer wieder warf sie einen verstohlenen Blick zu dem jungen Seminarleiter hinüber, der sie ebenfalls immer wieder zu beobachten schien. Julian Lind war keiner dieser Schönlinge, wie sie Josie in ihrem Job als Unternehmensberaterin zuhauf über den Weg liefen. Er war groß, hatte breite Schultern und eine markant ausgeprägte Kinnpartie. Seine wasserblauen Augen blitzten abenteuerlustig und wenn er lächelte, bildeten sich auf seinen Wangen kleine Grübchen. Das lässige Styling aus dunkler Cargohose und legerem Sweatshirt machte das Bild des lockeren Naturburschen komplett. Julian war das komplette Gegenteil von den vielen Anzugträgern, die sie sonst den ganzen Tag um sich hatte.

„Hat es dir gefallen?“

Josie war in Gedanken gewesen und sah Julian nun etwas irritiert in die Augen. „Ja, es war wirklich interessant. Ich bin gespannt, was du morgen für uns vorbereitet hast“, antwortete sie lächelnd. Es kam ihr etwas merkwürdig vor, einen wildfremden Mann einfach zu duzen. Doch Julian hatte am Morgen bereits nach wenigen Minuten klargestellt, dass er an ihn gerichtete Sätze, die ein Sie beinhalteten, einfach ignorieren würde.

„Da kannst du auch gespannt drauf sein. Morgen geht es in die freie Wildbahn“, grinste er nun, und wieder wurden unter dem leichten Bartschatten seine jungenhaften Grübchen sichtbar.

Josie hob eine Augenbraue und musterte ihn skeptisch. „In die freie Wildbahn?“

Julian lachte leise auf. „Heute haben wir uns nur mit der Theorie beschäftigt. Morgen gehen wir zu den Pferden.“ Die junge Frau schluckte. Sie hatte bereits vermutet, dass bei einer Fortbildung auf einem Pferdehof nicht nur trockene Theorie auf der Agenda stehen würde. Trotzdem wurde ihr ein wenig mulmig bei dem Gedanken daran, morgen direkt auf die Tiere zu treffen. Sie war mitten in Berlin aufgewachsen und hatte in ihrem Leben nicht einmal einen Hamster besessen. So sicher sie sich als Vorgesetzte mehrerer Mitarbeiter fühlte, umso unsicherer war sie sich, ob sie dieses Selbstbewusstsein auch gegenüber einem Tier, dass mehrere hundert Kilo wog und sie ohne Probleme niedertrampeln konnte, an den Tag legen würde.

„Nervös?“ Um Julians Mundwinkel zuckte es verräterisch.

„Ich … na ja…“, druckte Josie herum. „Ich habe in meinem Leben noch nicht viel mit Tieren zu tun gehabt. Und Pferde sind schon ziemlich … beeindruckend.“

Julian grinste sie an. „Glaub mir, es wird dir gefallen. Das Wichtigste ist, dass du nicht versuchst, das Pferd herumzukommandieren, so wie du es mit deinen Mitarbeitern machst.“

Josie sah ihn empört an. „Ich kommandiere meine Mitarbeiter nicht herum!“

Er unterdrückte ein Lachen. „Das werden wir ja morgen sehen“, meinte er. „Hast du Lust, noch etwas trinken zu gehen?“

Als die beiden in dem kleinen Gasthof, der nur wenige Minuten Fußweg vom ‚Marienhof', auf dem das Seminar stattfand, ankamen, saßen dort bereits einige der anderen Teilnehmer zusammen und unterhielten sich, wie Josie aus einigen Satzfetzen mitbekam, angeregt über die Arbeit. Viele von ihnen waren deutlich älter als sie, und noch dazu war Josie die einzige weibliche Seminarteilnehmerin. Was sie jedoch nicht davon abhielt, sich nun selbstbewusst zu ihnen zu setzen und sich in das Gespräch einzuklinken. Obwohl sie eine der jüngsten Mitarbeiter der Consulting-Firma war, hatte ihr Chef sie für dieses Seminar, das für die Top-Mitarbeiter mehrerer deutscher Unternehmensberatungen angeboten wurde, ausgewählt. Er versprach sich viel von seiner jungen Angestellten, und Josie hatte sich vorgenommen, alles dafür zu tun, um diese Erwartungen zu erfüllen.

Julian begrüßte den Wirt mit einem Handschlag und setzte sich dann ebenfalls zu der kleinen Gruppe. Josie stellte fest, dass er zwischen all den glattrasierten Männergesichtern und blütenweißen Hemden definitiv auffiel. Was sie jedoch selbst am meisten verwunderte, war, dass die Gespräche mit Julian sie deutlich mehr interessierten als die mit ihren Kollegen. Sie, die nie eine Gelegenheit ausließ, um ausgiebig über mögliche Einsparungsmöglichkeiten und Marketingmaßnahmen zu philosophieren, hörte zu, wie er ihr begeistert von seiner Arbeit als Reitlehrer und dem Jahr, das er auf einem Pferdehof in Irland verbracht hatte, erzählte.

„Warst du schon einmal dort?“, fragte er und blickte sie interessiert an. Josie zog die Nase kraus und schüttelte den Kopf. Sie bevorzugte in ihrem Urlaub weiße Sandstrände, türkisfarbenes Meer und schicke Strandbars. Für all das war Irland nicht gerade bekannt. „Es würde dir gefallen“, war Julian sich sicher und zwinkerte ihr zu. Flirtete er etwa gerade mit ihr? Josie schüttelte den Kopf, um diesen Gedanken schnellstmöglich wieder aus ihrem Kopf zu vertreiben. Julian war sympathisch, keine Frage. Und auch, wenn er nicht einer dieser Schönlinge war, so wirkten seine männliche Ausstrahlung und das Selbstbewusstsein, das er an den Tag legte, äußerst attraktiv. Was aber kein Grund war, jetzt irgendetwas in dieses Verhalten hineinzuinterpretieren. Ganz davon abgesehen, dass Josie sowieso kein Interesse hatte. Sie war inzwischen seit drei Jahren mit Martin zusammen. Jetzt, wo er nach seinem Jura-Studium und der Prüfung zum Steuerberater eine Festanstellung in einer großen Kanzlei bekommen hatte, würde es nicht mehr lange dauern, bis sie den nächsten Schritt gehen und er ihr einen Heiratsantrag machen würde. Eine perfekte Karriere, ein erfolgreicher Ehemann, zwei tolle Kinder, ein Eigenheim in einem schicken Berliner Vorort – das war der Plan, den Josie sich für ihr Leben zurechtgelegt hatte. Und sie war auf dem besten Weg das alles zu erreichen.

„Ich denke, ich bleibe lieber bei den Malediven", antwortete sie nun mit etwas Verspätung und nippte an ihrem Wasser.

Julian lehnte sich in seinem Stuhl zurück und verschränkte die Arme vor der Brust. „Du kontrollierst gern alles, nicht wahr?" Josie stieß ein missbilligendes Schnauben aus. Nur, weil sie sich lieber an bekannte Dinge hielt, hieß das noch lange nicht, dass sie alles kontrollieren wollte. Sie schmollte einen Moment, doch Julians ehrliche, humorvolle Art machte es ihr praktisch unmöglich, ihm lange böse zu sein.

Sie saßen noch lange gemeinsam in dem kleinen, urigen Gasthof und Josie ließ sich von Julian sogar zu einem kleinen Mitternachtssnack überreden. Sie hatten sich so gut unterhalten, dass ihr nicht einmal aufgefallen war, dass die anderen Teilnehmer sich zwischenzeitlich alle verabschiedet hatten. Ihre Gespräche waren so … anders gewesen. Zum ersten Mal seit langer Zeit hatte sich eine Unterhaltung einmal nicht um die Arbeit oder Geld gedreht. Julian hatte ihr von seiner Kindheit in einer Schaustellerfamilie erzählt, von den Orten, an denen er gewesen war, und welche verrückten Pläne er für die Zukunft hatte. Seine Idee, sich zum Reittherapeuten für Kinder mit besonderem Förderungsbedarf ausbilden zu lassen, hatte ihr dabei nur ein skeptisches Stirnrunzeln entlockt. Wer gefördert werden musste, gehörte ihrer Meinung nach in die Hände von Spezialisten. Sie konnte sich nicht vorstellen, dass der Umgang mit Tieren hierbei irgendeinen positiven Einfluss haben könnte. Auch wenn Julian offensichtlich voll und ganz davon überzeugt war.

Josie erzählte ihm, dass sie zusammen mit ihrer jüngeren Schwester bei ihrer Mutter aufgewachsen war. Dass ihr Vater die Familie schon kurz nach deren Geburt verlassen und sie seitdem nie wieder etwas von ihm gehört hatte, verschwieg sie dabei. Sie war froh, dass Julian sich seinen Teil zu denken schien und nicht weiter nachhakte. Denn dies war ein Kapitel, dass sie am liebsten aus ihrem Leben gestrichen hätte. Ihr Vater war, wie ihre Mutter es immer nett formulierte, ein Freigeist gewesen. Für Josie war er das beste Beispiel dafür, dass es keinen Sinn machte sich mit einem Mann einzulassen, der sein Leben nicht ebenso genau geplant hatte wie sie selbst. Zu ihrem Glück, wie sie selbst immer wieder feststellen musste, war Martin ein solcher Mann. Er war keiner, der einen unbedachten Schritt tat, ohne dabei an die Konsequenzen zu denken. Und auch, wenn Josie von der starken Persönlichkeit ihrer Mutter dazu inspiriert worden war, selbst zu einer starken und unabhängigen Frau zu werden, war dies die Sicherheit, die sie sich für ihre Zukunft wünschte.

Es war so spät geworden, dass sich Josie am nächsten Morgen nur mit Mühe aus dem Bett quälen konnte. Ein Zustand, den es zuletzt ganz zu Anfang ihres Studiums gegeben hatte. Trotzdem gab sie sich im Bad größte Mühe, um einen nicht allzu übernächtigten Eindruck zu hinterlassen. Die anderen Teilnehmer sollten schließlich nicht denken, dass sie dieses Seminar nicht ernst nahm.

Nachdem sie ausgiebig geduscht und sich geschminkt hatte, stand Josie etwas ratlos vor dem kleinen Kleiderschrank, in dem sie ihr Reisegepäck untergebracht hatte. Julian hatte gesagt, dass sie heute mit den Pferden arbeiten würden, also war ein Hosenanzug, wie sie ihn sonst auf solchen Fortbildungen trug, wohl nicht die richtige Wahl. Allerdings, so musste sie feststellen, eignete sich keines ihrer mitgebrachten Kleidungsstücke wirklich dazu, um sich in einem Stall aufzuhalten. Und vermutlich würde es ihren Kollegen in dieser Hinsicht nicht besser gehen. Zumindest war sie in Bezug auf das heutige Programm vorgewarnt. Letztendlich erschienen ihr eine dunkle Stoffhose, eine langärmelige Bluse und flache Schuhe für dieses Vorhaben am praktikabelsten.

Als sie kurze Zeit später den Seminarraum betrat, war Julian bereits da. Lässig an den Tisch gelehnt, unterhielt er sich mit einem der anderen Teilnehmer. Als er Josie bemerkte, zwinkerte er ihr unauffällig zu und schenkte ihr ein schelmisches Lächeln. Abgesehen von dem Bartschatten, der heute noch deutlich dunkler war als am Vortag, war ihm im Gegensatz zu ihr selbst nicht anzusehen, wie kurz die Nacht gewesen war. Josie lächelte verhalten zurück und rutschte auf ihren Platz.

Nach einer kurzen Zusammenfassung des Vortages verkündete Julian auch den anderen, dass sie heute mit den Pferden arbeiten würden. Josie bemerkte, dass er sich bei dem Blick in die teils schockiert dreinblickenden Gesichter ein Grinsen verkneifen musste. Nachdem die Teilnehmer, die tatsächlich auch einige legerere Kleidungsstücke eingepackt hatten, sich umgezogen hatten, machte die Gruppe sich auf in Richtung der Ställe. Josie schlug der würzige Geruch nach Pferd und Heu entgegen. Unwillkürlich rümpfte sie die Nase und fuhr sich mit den Handflächen über die Oberschenkel. Nach wenigen Schritten stoppte Julian vor einer großen Box und öffnete die Tür. Er pfiff durch die Zähne und einen Augenblick später tauchte ein breiter Pferdekopf in dem Durchgang, der offenbar zur Weide führte, auf. Das Tier wieherte leise und ging dann auf Julian zu, der in seine Hosentasche griff und einige Leckerlis hinauszog.

„Das ist Fino, mein bester Mitarbeiter und euer Arbeitskollege für heute“, stellte er das Pferd vor. Fino hatte eine lange, dichte Mähne und ein dunkelbraun-weiß geschecktes Fell. Obwohl er nicht besonders groß war, spürte Josie Aufregung in sich aufsteigen. Auf jeden Fall war er eindeutig groß genug, um ihr Respekt einzuflößen. Fino hingegen musterte den Besuch neugierig aus seinen großen, dunklen Augen. Julian legte ihm leichtes

Halfter an und führte ihn an ihnen vorbei in ein Rondell, dessen Holzwände so hoch waren, dass Josie sich auf die Zehenspitzen stellen musste, um hineinsehen zu können.

„Das hier ist ein Round Pen", erklärte der Seminarleiter und zog dabei im Schritttempo seine Runden durch den feinen, hellen Sand. Fino folgte ihm auf dem Fuße. „Unser Ziel für heute ist es, dass ihr das Pferd nur mit der Hilfe eurer Körpersprache dazu bringt, euch zu folgen", fuhr Julian fort. „Das erreicht ihr nur, wenn ihr ihn davon überzeugen könnt, dass ihr in der Lage seid, die Führung zu übernehmen, und er euch vertrauen kann. Sobald ihr Druck aufbaut, wird er sich von euch abwenden. Das Motto lautet: Verführen, nicht vergewaltigen." Die umstehenden Männer lachten leise.

„Das ist doch kinderleicht", meinte einer. „Wenn ich den Strick in der Hand habe muss das Pferd doch hinterherkommen."

Julian verzog kurz das Gesicht, dann grinste er, bevor er Fino das Halfter samt Führstrick abstreifte und es von außen an das Holztor hing. „Es wird keinen Strick geben", erklärte er. Dann stellte er sich wieder in die Mitte der kreisrunden Bahn und schnalzte mit der Zunge. Sofort setzte der kleine Schecke sich in Bewegung und trabte in ruhigem Tempo um ihn herum. Nach einigen Runden machte Julian eine kleine Drehung, woraufhin Fino stoppte und in Sekundenschnelle die Richtung wechselte. Zufrieden schnaubend fiel er wieder in einen leichten Trab. Josie staunte. Julian wirkte hochkonzentriert und strahlte eine unglaubliche Autorität aus, ohne dabei einschüchternd zu wirken. Der Mann in diesem Rondell schien ein ganz anderer zu sein als der, der im Seminarraum lässig auf seinem Stuhl hing und den Teilnehmern die Wichtigkeit der Körpersprache in der Theorie erklärte. Hier schien er wirklich in seinem Element zu sein. Mit einem weiteren Schnalzen forderte er das Pferd dazu auf, anzugaloppieren. Fino leistete unverzüglich Folge. Nicht, ohne dabei übermütig mit dem Kopf zu schlagen, was Julian ein belustigtes Grinsen entlockte. Er beobachtete einen Moment, wie das Tier seine Bahnen zog, um sich dann von ihm wegzudrehen und mit gesenktem Kopf zu verharren. Der Schecke schnaubte, machte kehrt und trabte von hinten auf ihn zu. Wenige Zentimeter neben Julian blieb er stehen und senkte ebenfalls den Kopf. Nachdem sie einige Sekunden völlig reglos in der Mitte der Bahn gestanden hatten, setzten sie sich erneut im Schritttempo in Bewegung, um dann plötzlich stehenzubleiben und nahezu synchron einige Schritte rückwärts zu gehen. Es schien, als sei eine unsichtbare Schnur zwischen den beiden gespannt. Langsam drehte Julian sich um und strich seinem Pferd mit der flachen Hand über die Stirn. Fino senkte den Kopf und schnaubte zufrieden.

„Wir beide arbeiten schon ein wenig länger zusammen“, meinte er an die Teilnehmer, die die Szene fasziniert beobachtet hatten, gewandt und zwinkerte ihnen zu. „Für heute würde es mir reichen, wenn er euch im Schritt folgt und auf euch zukommt, wenn ihr es von ihm verlangt.“

Ein schlanker, hochgewachsener Mann Mitte dreißig schob die Ärmel seines Kaschmir-Pullovers nach oben, um den Anfang zu machen. „Kann ja nicht so schwer sein, so ein kleines Pony zu dressieren. Ich habe einen Rottweiler zu Hause“, meinte er feixend und blickte dabei, offenbar in der Hoffnung auf Zustimmung, zu seinen Kollegen hinüber.

Julian unterdrückte ein Lachen. „Na, dann los“, meinte er nur. Dann verließ er die Bahn, stützte sich mit den Unterarmen auf dem Holztor ab und beobachtete das Geschehen. Der Mann in der Bahn Thomas, wie sich bei einigen Anfeuerungsrufen herausstellte – baute sich selbstbewusst vor dem kleinen Pferd auf und versuchte, es zu sich zu locken. „Komm!“, rief er bestimmt. „Na los, komm hierhin.“ Fino spitzte die Ohren und musterte sein Gegenüber, ohne sich auch nur einen Schritt in seine Richtung zu bewegen. „Komm schon“, forderte Thomas, jetzt schon in einem deutlich schärferen Ton.

„Versuch erst einmal, ob er dir folgt“, schlug Julian vor. Josie musterte ihn unauffällig von der Seite. Er schien eindeutig Spaß an diesem Spiel zu haben.

Thomas hingegen schnaubte und setzte sich in Bewegung. Der Schecke folgte ihm; allerdings nur mit dem Blick. Es schien, als sei er am Boden festgenagelt. Nachdem er eine Runde allein durch den Sand gedreht hatte, ging Thomas auf Fino zu, griff ihm beherzt in die Mähne und versuchte, ihn mit sich zu ziehen. „Jetzt komm schon mit“, zischte er wütend. Fino schüttelte unwillig den Kopf. Unter den Teilnehmern machte sich leises Gemurmel breit. Einige waren belustigt, anderen hingegen schien bewusst zu sein, dass sie sich gleich vermutlich in derselben Situation wiederfinden würden, und schwiegen deshalb lieber.

„Ich glaube, wir probieren es lieber morgen noch einmal“, erlöste Julian ihn nach mehreren Minuten, in denen Thomas erfolglos versucht hatte, das Pferd mit verschiedenen Flüchen dazu zu bringen, ihm zu folgen.

„So ein Schwachsinn“, maulte er, als er sich an dem Seminarleiter vorbei nach draußen drängte.

„Wer möchte als nächstes?“, erkundigte sich Julian. Der Großteil der Teilnehmer gab sich Mühe, unbeteiligt dreinzublicken, um möglichst lange unbemerkt zu bleiben. Als sich niemand freiwillig meldete, wanderte Julians Blick zu Josie. „Wie wäre es mit dir?“, schlug er vor. Josie schluckte, besann sich dann aber darauf, dass es kindisch wäre, sich vor dieser Aufgabe drücken zu wollen. Außerdem war sie schließlich hier, um etwas zu lernen. Also nickte sie zaghaft, fuhr sich noch einmal nervös mit den Handflächen über die Oberschenkel und schlüpfte durch einen schmalen Spalt durch das Holztor in die Bahn. Fino wandte ihr den Kopf zu und musterte seine neue Besucherin aufmerksam.

„Komm her“, sagte Josie leise. Das Pferd spitzte die Ohren, bewegte sich aber keinen Meter. Die junge Frau straffte die Schultern. „Komm zu mir, Fino.“

Wie schon Thomas zuvor mühte Josie sich minutenlang vergeblich ab, Fino dazu zu bewegen, zu ihr zu kommen. Ein wenig verzweifelt blickte sie zu Julian, der sie aufmerksam zu beobachten schien. Als er sie endlich erlöste, war Josie ein wenig enttäuscht. Auch wenn sie einen Heiden-Respekt vor dem kleinen Pferd hatte, so hatte sie doch gedacht, dass sie ein wenig mehr Autorität ausstrahlen würde. Allerdings beruhigte es sie, dass sie bei Weitem nicht die Einzige in der Gruppe war, die an der Aufgabe scheiterte. Lediglich einem jungen Kollegen gelang es, das Pferd zumindest zu sich zu locken. Nach all den gescheiterten Versuchen wurde er hierfür von den anderen Teilnehmern mit bewundernden Blicken bedacht.

Am Abend saß die kleine Gruppe, wie schon am Vorabend, in dem kleinen Gasthof und ließ gemeinsam den Abend ausklingen. Ein großer Teil der Seminarteilnehmer verabschiedete sich heute jedoch schon deutlich früher. Kaum einer von ihnen war es gewohnt, mehrere Stunden des Tages an der frischen Luft zu verbringen. Und so waren sie nach diesem Tag, den sie zum größten Teil mit Fino verbracht hatten, dementsprechend müde. Auch Josie konnte schon nach kurzer Zeit ein Gähnen kaum noch unterdrücken.

„Ich denke, ich werde jetzt auch zurück zum ‚Marienhof' gehen“, meinte sie, nachdem sie mit Mühe ein Glas Wasser geleert hatte. Nicht nur der Tag mit den Pferden, sondern vor allem die kurze Nacht machte ihr zu schaffen. Sie bezahlten und machten sich auf den Weg zurück zum Pferdehof. Die kühle Abendluft tat gut und vertrieb die Müdigkeit sogar ein wenig.

„Ich werde noch einmal nach den Pferden sehen und dann auch nach Hause fahren“, sagte Julian, als sie die massive Holztür erreichten, hinter der man zu den Gästezimmern für Feriengäste und Seminarteilnehmer gelangte.

„Darf ich mitkommen? Zu den Pferden?“, fragte Josie vorsichtig. Die Art, wie Julian mit den Tieren umgegangen und Fino ihm bereitwillig gefolgt war, hatte sie nachhaltig beeindruckt. Außerdem verbrachte sie wirklich gerne Zeit mit ihm. Die Chemie zwischen ihnen hatte einfach vom ersten Augenblick an gestimmt.

„Gerne“, erwiderte er. Ein Strahlen machte sich auf seinem Gesicht breit. Langsam schlenderten sie nebeneinander her über den dunklen Hof, den Julian wie seine Westentasche zu kennen schien. Sicher navigierte er Josie um Hindernisse herum und steuerte zielstrebig auf die breite Stalltür zu. Im Inneren war nichts außer dem leisen Mahlen der Pferdezähne zu hören. Julian griff nach einer Taschenlampe, die neben der Tür an der Wand hing, und leuchtete damit vorsichtig in die einzelnen Pferdeboxen hinein. Zu jedem der Pferde konnte er eine Geschichte erzählen, und Josie hörte interessiert zu. Nachdem sie ihre Runde beendet hatten, öffnete Julian die Tür zu Finos Box und fuhr dem Schecken liebevoll übers Fell.

„Warum ist er heute nicht zu mir gekommen?“, wollte Josie wissen.

Julian lächelte und kraulte dem Pferd die Mähne. „Würdest du freiwillig zu jemandem gehen, der nicht einmal die Höflichkeit besitzt, sich vorzustellen?“

Sie blickte ihn fassungslos an. „Ich soll … was? Im Ernst, Julian, ich mag Fino. Aber er ist …“, im letzten Moment hielt sie inne. Wahrscheinlich war es keine gute Idee, vor Julian, der ohne Zweifel ein absoluter Pferdemensch war, auszusprechen, was ihr gerade auf der Zunge lag.

„…nur ein Pferd?“, beendete er den Satz.

Josie nickte leicht und spürte, wie sie errötete. Doch als sie zu ihm aufsah, blickte Julian sie nicht, wie sie es erwartet hatte, empört oder sogar wütend an. Stattdessen hatte sich auf seinem Gesicht ein belustigter Ausdruck ausgebreitet.

„Hattest du heute den Eindruck, dieses Pferd ebenso gut im Griff zu haben, wie deine Mitarbeiter?“, fragte er.

Sie sah ihn mit zusammengekniffenen Augen an. „Natürlich nicht. Du warst doch dabei“, knurrte sie unwillig.

„Und, macht ihn das zu einem intelligenteren oder weniger intelligenten Lebewesen als den gemeinen Angestellten?“, konterte er. „Ich habe dir gesagt, dass es keinen Sinn macht, ihn herumzukommandieren.“

Josie biss sich wütend auf die Lippe. „Ich habe ihn doch überhaupt nicht rumkommandiert“, zischte sie.

„Das stimmt. Aber besonders freundlich warst du auch nicht. Genauso wenig, wie die anderen auch. Ich denke nicht, dass einer von euch mit Kunden oder Geschäftspartner in Verhandlungen tritt, ohne sich vorher kurz vorgestellt zu haben, bevor es ans Eingemachte geht. Und auch seine Mitarbeiter grüßt man wenigstens kurz, bevor man ihnen eine Aufgabe gibt. Zumindest kenne ich diese Vorgehensweise.“

Die junge Frau sah ihn skeptisch an. „Und wie genau soll ich mich bei einem Pferd vorstellen?“

„Es wäre zumindest ein Anfang, wenn du zuerst auf ihn zugehen würdest, bevor du es von ihm verlangst. Halt ihm deine Hand hin, lass ihn deinen Geruch erkunden. Ein paar nette Worte und Streicheleinheiten werden auch immer gerne genommen. Bei Hunden ist das für die meisten Menschen selbstverständlich. Bei Pferden offenbar nicht.“

„Ok, gut“, meinte Josie, straffte die Schultern und trat einen Schritt auf Fino zu. Neugierig streckte er ihr seine weiche Nase entgegen. Als er sie mit seiner Lippe vorsichtig an der Hand berührte, zuckte sie unwillkürlich zurück.

„Du hast Angst vor ihm“, stellte Julian nüchtern fest.

„Ich habe keine Angst vor ihm. Aber angemessenen Respekt. Schließlich ist das ein großes Tier."

„Weil du dich noch nie so intensiv mit einem Tier beschäftigt hast?", bohrte er nach. Josie nickte und merkte, dass ihr erneut die Röte ins Gesicht kroch. „Dafür brauchst du dich nicht schämen, Josie. Es ist gut, Respekt zu haben. Aber glaub mir, Fino möchte mit dir zusammenarbeiten. Wenn du ihm zeigst, dass er dir vertrauen kann."

„Also gut", entgegnete sie und strich dem Pferd dabei zaghaft über die Stirn. „Morgen wagen wir einen neuen Versuch, Fino. Das wäre doch gelacht, wenn wir beide uns nicht verstehen würden."

Der nächste Vormittag war wieder voll und ganz der Theorie vorbehalten. Julian spulte ruhig und routiniert die Informationen herunter, doch Josie wurde den Eindruck nicht los, dass er froh war, wenn er nach der Mittagspause endlich mit dem Praxisteil fortfahren konnte. Und auch sie selbst hatte der Ehrgeiz gepackt. Nachdem Julian ihr am Vorabend noch einige Tipps gegeben hatte, wie sie am besten auf Fino zugehen sollte, war sie sich sicher, dass es für sie heute deutlich besser laufen würde als am Vortag. Also betrat sie am Nachmittag selbstbewusst als Erste den Round Pen und forderte Fino auf, zu ihr zu kommen. Der kleine Schecke musterte sie aufmerksam, rührte sich aber nicht.

„Na komm schon“, rief sie freundlich, aber etwas bestimmter. Doch davon ließ das Pferd sich nicht beeindrucken. Verständnislos warf Josie einen Blick zu Julian, der nur wenige Schritte hinter ihr am Tor lehnte.

„Begrüße ihn erst einmal“, raunte er. „Nur, weil du ihm gestern einmal über die Nase gestreichelt hast, heißt das noch lange nicht, dass er dir jetzt aufs Wort gehorcht.“ Josie presste die Lippen aufeinander, seufzte und ging langsam auf Fino, der sie unter seiner langen Mähne hinweg neugierig beobachtete, zu. In respektvollen Abstand blieb sie neben ihm stehen und streichelte sein weiches Fell.

„Hallo, Fino“, sagte sie leise. Der Schecke senkte den Kopf, und Josie spürte seinen warmen Atem an ihrer Hand. Sie stellte fest, dass das Gefühl, dem Pferd so nah zu sein, ohne direkt etwas von ihm zu verlangen, sich unerwartet gut anfühlte. Wie Julian ihr gesagt hatte, strich sie ihm langsam mit der flachen Hand über den Körper. Von der Nase ausgehend am Kopf entlang, über die Ohren, unter der Mähne, über die breite Brust und Schulter bis zum Rücken hinauf. Nur an den Hinterbeinen verließ sie ein wenig der Mut und sie entschloss sich, sich langsam wieder nach vorne zu arbeiten. Fino folgte ihr mit seinem Blick und begann, mit seiner weichen Nase an ihrem Körper entlangzufahren, sobald sie in die Nähe seines Kopfes kam. Josie war so sehr auf das Pferd konzentriert, dass sie die umstehenden

Seminarteilnehmer vollkommen ausblendete. Die sanfte Berührung schenkte ihr eine ungewohnte Ruhe. „Also los, Fino", meinte sie, als sie seinen breiten Nasenrücken hinunterstrich. Sie machte einen entschlossenen Schritt nach vorn und … Fino folgte ihr! Im ersten Moment konnte Josie selbst nicht glauben, was gerade passierte. Ein wenig überrumpelt sah sie zu Julian, der ihr lächelnd zunickte. Josie hätte sich nicht träumen lassen, dass ein solch kleines Erfolgserlebnis sie so euphorisch werden ließ. Nachdem sie einige Runden, dicht gefolgt von Fino, durch die Bahn gedreht hatte, winkte Julian ihr zu und forderte den nächsten Teilnehmer auf, zu dem Pferd in die Bahn zu gehen. Josie klopfte dem Schecken zum Abschied noch einmal den Hals und schlüpfte dann mit einem stolzen Lächeln auf dem Gesicht durch das Tor. Die anderen applaudierten ihr anerkennend.

„Sehr gut gemacht", raunte Julian, als sie sich neben ihm gegen das massive Holztor lehnte. Er musterte sie mit seinen wasserblauen Augen eingehend, während Josies Blick an seinen kleinen Grübchen hängenblieb. Als er sich ein wenig zur Seite drehte, um den nächsten Teilnehmer bei seinem Versuch, Fino zu sich zu locken, beobachten zu können, wehte ihr der Duft seines frischen Aftershaves in die Nase. Etwas irritiert schüttelte Josie den Kopf.

„Oh nein, Josefine", ermahnte sie sich selbst in Gedanken. „Denk gar nicht erst daran! Martin ist der perfekte Mann für dich. Schließlich hast du einen genauen Plan für dein Leben, und ein Mann wie Julian passt da definitiv nicht rein. Wenn das Seminar vorbei ist, wirst du ihn eh nie wiedersehen."

Ein wenig erschrocken über ihre eigenen Gedanken stellte Josie jedoch fest, dass sie sich nicht sicher war, ob ihr diese Tatsache wirklich so gut gefiel, wie sie sich einzureden versuchte.

Kapitel 3

Heute

Auch, als sie bereits in dem kleinen Café, das sich ganz in der Nähe des Bahnhofs befand, an einem der Tische saßen und ihre Bestellung aufgaben, konnte Julian noch nicht glauben, dass es wirklich Josie war, die ihm da gegenübersaß. Die Josie, die ihm vor sechs Jahren vollkommen den Kopf verdreht hatte. Es war keine Liebe auf den ersten Blick gewesen, als er sie damals zum ersten Mal in dem kleinen Seminarraum des ‚Marienhofs' gesehen hatte. Denn an diesen ominösen, weltenverändernden Blitz, der zwischen zwei Menschen einschlagen sollte, glaubte er einfach nicht. Aber eine gewisse Anziehung war von Anfang an dagewesen. Was auch kein Wunder war, schließlich war Josie eine bildhübsche Frau. Ihre halblangen, dunklen Haare umrahmten weich ihr herzförmiges Gesicht mit den mandelförmigen braunen Augen. Sie war mehr als einen Kopf kleiner als Julian selbst und noch dazu sehr zierlich. Doch ihr ganzes Auftreten machte deutlich, dass Josie nicht eines dieser stillen Püppchen war, sondern durchaus hartnäckig ihren Standpunkt im Leben vertrat. Julian hatte schon unzählige dieser Seminare für die besten Mitarbeiter verschiedener Consulting-Firmen gehalten. Doch nie zuvor hatte er hinter dieser professionellen, fast schon kühlen Fassade, die die meisten seiner Teilnehmer an den Tag legten, eine solche Warmherzigkeit entdeckt. Eine Warmherzigkeit, der sich nicht einmal Josie selbst bewusst zu sein schien.

Und dieser Eindruck hatte sich in den stundenlangen Gesprächen, die sie nach den langen Seminartagen in dem kleinen Gasthof in der Nähe des ‚Marienhofs' geführt hatten, noch weiter bestätigt. Julian gefiel ihr helles Lachen und das amüsierte Blitzen in ihren Augen ebenso wie ihr subtiler Humor. Was jedoch gar nicht in dieses Bild passte war die Tatsache, dass Josies komplettes Leben durchgeplant zu sein schien. Es erschien ihm, als sei der Verlauf der nächsten 50 Jahre ihres Lebens unabänderlich in Stein gemeißelt, und neben diesem vorgegebenen Weg war links und rechts nur sehr wenig Platz. Josie wusste genau, wie ihre weitere Karriere verlaufen sollte, wann sie heiraten und Kinder bekommen wollte. Er selbst würde sich bei einer solchen Lebensführung wie ein Gefangener fühlen. Es war nicht so, dass er einfach in den Tag hineinlebte. Aber ein Leben, in dem es keinen Platz für Spontanität und unerwartete Wendungen gab, war für ihn einfach undenkbar. Doch trotz dieser offensichtlichen Unterschiede in der Lebenseinstellung konnte Julian eines nicht verhindern: Dass er sich am Ende des Seminars in Josie verliebt hatte. Und er wollte unter keinen Umständen zulassen, dass diese Frau einfach wieder aus seinem Leben verschwand.

Julian wunderte sich selbst über die Gefühle, die Josie in ihm auszulösen schien. Sein oft recht turbulentes und unstetes Leben war in der Vergangenheit häufig der Grund dafür gewesen, dass seine Beziehungen eher oberflächlich verlaufen waren. Eine Beziehung war nett, aber Julian hatte niemals das Gefühl gehabt, dass er unbedingt eine Frau in seinem Leben brauchte. Doch seitdem er Josie getroffen hatte, war das anders. Aus irgendeinem Grund schien sie genau das zu sein, was Julian in seinem Leben bisher gefehlt hatte, ohne dass er es gewusst hatte. Nur aus diesem Grund hatte er sie nach dem Seminar gefragt, ob sie noch weiter in Kontakt bleiben wollten. Das war etwas, was er zuvor noch nie getan hatte. Josie hatte einen kurzen Augenblick gezögert, ihm dann jedoch mit fliegenden Fingern ihre Handynummer und E-Mail-Adresse auf einen Zettel gekritzelt, bevor sie in ihren Wagen gestiegen war. Diesen kleinen Zettel trug er noch heute in seinem Portemonnaie bei sich.

Die zahlreichen Gespräche, die sie in den folgenden Wochen, meistens per E-Mail, aber manchmal auch in langen Telefonaten, geführt hatten, hatten Julian mehr als deutlich gemacht, wie sehr er sich zu Josie hingezogen fühlte. Sie war nicht nur wunderschön, sondern auch intelligent, humorvoll und eine hervorragende Zuhörerin. Mit jedem Telefonat, mit jeder verschickten Nachricht war ihm bewusster geworden, dass er diese Frau unbedingt wiedersehen wollte.

Julian erinnerte sich an die letzte Nachricht, die er ihr geschrieben hatte, als läge nur eine Nacht dazwischen und nicht fast sechs endlos lange Jahre, in denen er sich gefragt hatte, warum Josie einfach aus seinem Leben verschwunden war. Er war nie ein unsicherer oder gar schüchterner Typ gewesen, und doch hatte er an diesem Abend gezögert und sich die Nachricht gefühlte hundert Mal angesehen, bevor er nervös auf „Senden“ getippt hatte.

„Ich will dich wiedersehen, Josie.“

Ein einfacher, kurzer Satz. Fünf Worte, die deutlich machten, was er wirklich für sie fühlte, ohne dass er es aussprach. Seit Wochen war das Knistern zwischen ihnen, wenn sie miteinander sprachen, mehr als deutlich zu spüren. Zumindest hatte Julian das gedacht. Doch an diesem Abend starrte er auf das Display seines Handys und wartete vergeblich auf eine Antwort. Er sah, dass Josie seine Nachricht gelesen hatte. Und auch, wie sie ebenfalls etwas in ihr Handy eintippte. Doch die Antwort, die sie ihm offenbar darauf geben wollte, schickte sie nicht ab. Nicht an diesem Abend. Nicht am nächsten. Und auch an keinem anderen Abend in den nächsten Wochen. Ein paar Mal versuchte er, sie anzurufen, um zu fragen, was los sei. Doch immer wurde er direkt mit der Mailbox verbunden.

Nach einigen Wochen blieb ihm nichts anderes übrig als einzusehen, dass seine Gefühle offenbar nicht auf Gegenseitigkeit beruhten. Also versuchte er, Josie zu vergessen und sein Leben einfach so weiterzuführen, wie es gewesen war, bevor er diese wunderschöne, faszinierende Frau getroffen hatte. Und irgendwie war ihm das gelungen. Doch als sie nun vor ihm saß, kamen all die Gefühle, die er für sie hatte, mit einem Schlag wieder hoch. Trotzdem gab er sich die größte Mühe, einigermaßen ruhig und entspannt zu wirken.

„Also, wie geht es dir?", fragte er, als die Kellnerin die bestellten Getränke – für ihn einen einfachen, schwarzen Kaffee, für sie einen Latte Macchiato – vor ihnen auf dem runden Holztisch abgestellt hatte und wieder verschwunden war.

„Gut", erwiderte Josie mit einem etwas verhaltenen Lächeln. „Sehr gut sogar, danke."

Julian musterte sie eingehend. Sie hatte sich verändert. Äußerlich war sie noch immer ganz Businessfrau – Hosenanzug, perfekt sitzende Frisur, dezentes Make-up – doch sie wirkte deutlich in sich gekehrter als noch vor einigen Jahren.

„Und, konntest du schon alle Punkte in deinem perfekten Lebensplan abhaken?", bohrte er nach und konnte sich dabei ein Grinsen nicht verkneifen. Erleichtert stellte er fest, dass es ihm, obwohl einige unausgesprochene Dinge zwischen ihnen standen, in Josies Gegenwart erstaunlich leicht fiel, sich zu entspannen.

Einen kurzen Moment hatte er den Eindruck, dass Josie leicht errötete. Sie nahm schnell einen Schluck ihres Heißgetränkes, offenbar um die Antwort noch einen Augenblick hinauszögern zu können. Dann blickte sie Julian in die Augen. War da Unsicherheit in ihrem Blick? „Nicht ganz", antwortete sie gedehnt. „Beruflich habe ich alles erreicht, was ich mir bis hierhin vorgenommen habe. Ich bin schon vor einigen Jahren zur Teamleiterin aufgestiegen. Den Traum vom Eigenheim im Berliner Vorort habe ich mir auch erfüllt. Ich bin verheiratet, aber statt der geplanten zwei Kinder habe ich eine ganz wundervolle Tochter."

Obwohl er damit gerechnet hatte trafen Julian die letzten beiden Punkte wie ein Schlag ins Gesicht. Trotzdem zwang er sich zu einem Lächeln. „Deine Tochter ist bestimmt genauso bezaubernd wie du", murmelte er. Wieder errötete Josie ein wenig, bevor sie eifrig auf ihrem Handy herumtippte und ihm dann das Bild eines zuckersüßen, kleinen Mädchens mit hellen Locken und warmen, braunen Augen präsentierte. „Wie ich vermutet habe, so bezaubernd wie die Mutter", sagte Julian leise. Auf Josies Gesicht machte sich ein stolzes Lächeln breit. Dieser Gesichtsausdruck gefiel ihm deutlich besser als der kühle Blick einer Geschäftsfrau, auch wenn er aus diesen wunderschönen Augen stammte.

„Sie heißt Hanna", erklärte sie ihm noch immer lächelnd. „Und ist schon vier Jahre alt. Die Zeit vergeht so unglaublich schnell." Julian nickte zustimmend.

„Und dein Mann?", fragte er, obwohl er, wenn er ehrlich war, gar nichts über diesen Kerl wissen wollte. „Ist er der perfekte Mann, den du eingeplant hast?" Josie lächelte verhalten, bevor sie langsam nickte.

„Martin ist Steuerberater", sagte sie. „Und er ist ein toller Ehemann."

Julian blickte Josie mit hochgezogenen Augenbrauen an. Irgendetwas an der Art, wie sie über ihren Mann sprach, machte ihn stutzig. Die Wärme, die in ihrem Blick gelegen hatte, als sie über ich Tochter sprach, war mit einem Schlag verschwunden. Jetzt wirkte sie regelrecht resigniert. Scheinbar gedankenverloren rührte sie in ihrem Latte Macchiato-Glas.

„Bist du glücklich?“, hakte er deswegen nach. Unter keinen Umständen wollte er zu direkt wirken, doch irgendetwas an Josies Verhalten ließ ihn glauben, dass sie es nicht war. Doch sie nickte entschieden mit dem Kopf und sah ihm in die Augen.

„Ja, das bin ich“, sagte sie leise. Julian glaubte ihr nicht, doch er beließ es bei dieser Antwort.

„Wegen dieser Nachricht damals...“, setzte er an. Sofort fing Josie an, unruhig auf ihrem Stuhl hin und her zu rutschen. Sie schien sofort zu wissen, worauf er hinauswollte.

„Es tut mir leid, dass ich dir nicht geantwortet habe. Und dass ich mich danach auch nicht mehr gemeldet habe“, fiel sie ihm ins Wort. „Es ist nur ... ich war damals schon mit Martin zusammen. Und gerade einen Tag vor deiner Nachricht hat er mir einen Heiratsantrag gemacht. Und ich habe Ja gesagt.“

„Du ... du warst da schon mit ihm zusammen? Wie lange denn schon?“, stammelte Julian. Er konnte nicht fassen, dass sie ihm das nicht gesagt hatte. Hätte er gewusst, dass sie bereits vergeben war, hätte er gar nicht erst zugelassen, dass er sich in sie verliebte. Und dann wäre ihm in den vergangenen Jahren einiges erspart geblieben.

„Fast drei Jahre“, murmelte Josie. Sie fühlte sich sichtlich unwohl. Julian stieß langsam die Luft aus und ließ sich in seinen Stuhl zurücksinken. „Tut mir leid, dass ich dir nichts

davon gesagt habe. Ich wollte nicht … es tut mir leid." Josies Stimme war jetzt nicht mehr als ein Flüstern.

„Schon in Ordnung", erwiderte Julian, obwohl es das ganz und gar nicht war. In seinem Kopf mischten sich gerade Wut, Enttäuschung und Frustration zu einer explosiven Mischung. Da verliebte er sich ein einziges Mal wirklich in eine Frau, und dann so etwas.

Julian und Josie saßen sich eine ganze Weile schweigend gegenüber, jeder von ihnen in seine Gedanken vertieft.

„Und wie ist es dir so ergangen?", fragte Josie irgendwann zaghaft in das unangenehme Schweigen hinein.

Julian blickte auf und lächelte schwach. „Gut. Ich habe mich wie geplant zum Reittherapeuten für Kinder mit besonderem Förderungsbedarf ausbilden lassen. In erster Linie arbeite ich mit Kindern, die das Down-Syndrom oder Autismus haben. Auf dem ‚Marienhof' wird dieses Angebot sehr gut angenommen. Ansonsten lebe ich einfach mein Leben."

Josie richtete sich auf. Sie schien hellhörig geworden zu sein, denn sie wirkte längst nicht mehr so in sich gekehrt wie noch vor wenigen Minuten. „Und … und das Ganze bringt den Kindern auch wirklich etwas?", wollte sie wissen.

Julian lächelte. Josie schien deutlich offener geworden zu sein, seitdem sie Mutter war. Als er ihr beim letzten Mal von der Reittherapie erzählt hatte, hatte sie ihn nur skeptisch angesehen und es war mehr als deutlich gewesen, dass sie diese Art der Therapie für reiner Scharlatanerie hielt. „Wir können sehr viel bessere Ergebnisse vorweisen als die meisten anderen Therapieformen. Die Kinder lernen, ihren Körper zu fühlen und ihre Umwelt besser wahrzunehmen. Viele von ihnen sind schon nach den ersten zwei Einheiten deutlich offener." Josie nickte. Sie wirkte nachdenklich. Dann warf sie einen hektischen Blick auf ihr Handy.

„Ich muss los, sonst verpasse ich meinen Zug! Es war wirklich schön, dich wiederzusehen, Julian." Als Julian darauf bestand, ihren Kaffee zu bezahlen, schenkte sie ihm ein dankbares Lächeln. Einen Moment überlegte er, sie zum Abschied zu umarmen, entschied sich dann jedoch dagegen. Mit ihrem Koffer in der Hand stürmte Josie eilig zum Ausgang.

Seufzend fuhr Julian sich mit der flachen Hand übers Gesicht. Auch wenn er wusste, dass Josie inzwischen verheiratet war: Das Kribbeln in seiner Magengegend ließ sich einfach nicht ignorieren.

Kapitel 4

6 Jahre zuvor

Josie hatte nie daran gezweifelt, dass Martin der richtige Mann war, um die Pläne, die sie für ihr weiteres Leben hatte, umsetzen zu können. Er war ehrgeizig, erfolgreich im Beruf und wusste, genauso wie sie selbst, die schönen Dinge im Leben zu schätzen. Genauso, wie eine gewisse Stabilität. Dass ein Haus und die Gründung einer Familie dazugehörte stand vollkommen außer Frage.

Dieses Seminar auf dem ‚Marienhof' hatte Josies Welt zum ersten Mal ein wenig ins Wanken gebracht. Schon am ersten Tag nach ihrer Abreise von dem Pferdehof hatte sie das mulmige Gefühl ergriffen, dass ihr Leben verdammt oberflächlich verlief. Ebenso wie ihre Beziehung zu Martin. Beim Abendessen hatte sie nur mit halbem Ohr zugehört, als er ihr von seinem Tag in der Kanzlei erzählt hatte. Er sprach nicht mit derselben Begeisterung von seiner Arbeit, wie Julian es tat. Er lächelte nicht, wenn er an seine Arbeitskollegen dachte. Eigentlich lächelte er nie. Sein stets ernster und stoischer Blick ließ ihn zweifelsohne seriös wirken, aber auch distanziert und unnahbar. Noch am selben Abend hatte Josie ihre erste Nachricht an Julian geschickt.

„Ich wollte dir nur Bescheid sagen, dass ich gut angekommen bin.“ Einfach. Unverfänglich. Es war nichts dabei, dass sie weiterhin Kontakt halten wollten. Josie mochte einfach Julians lockere, direkte Art und die Gespräche mit ihm.

Sie musste nicht lange auf eine Antwort warten. „Das freut mich“, schrieb Julian. „Meld dich einfach, wenn du Lust hast, zu reden.“ Nur mit Mühe konnte Josie dem Drang wiederstehen, sofort die nächste Nachricht an ihn zu schreiben. Stattdessen legte sie seufzend ihr Handy auf dem Beistelltisch ab und machte es sich mit einem Glas Rotwein auf dem Sofa gemütlich. Im Hintergrund hörte sie, wie Martin in seinem Arbeitszimmer telefonierte. Josie schloss die Augen und schüttelte langsam den Kopf. Julian war ihr schon viel zu nah gekommen. Sie durfte auf gar keinen Fall zulassen, dass die Gedanken an ihn die Überhand gewannen. Doch das, da war sie sich sicher, würde gar nicht so einfach werden.

Heute

Als Josie am Abend durch die Haustür trat, war Martin noch immer nicht zurück. Ihre Mutter saß im Wohnzimmer in dem edlen, weißen Ledersessel und blätterte in einer Zeitschrift.

„Hanna schläft tief und fest“, sagte sie leise und blickte ihre Tochter an. Die stellte ihren Koffer in der Tür ab und ließ sich seufzend auf der ebenso weißen Ledercouch nieder. „Harter Tag?", fragte Sabine Lembeck. Josie nickte mit geschlossenen Augen. Die Verhandlungen mit den Geschäftspartnern waren zäh gewesen, aber letztendlich hatten sie das Ergebnis gebracht, das sie sich erhofft hatte. Was sie jedoch viel mehr beschäftigte, war die überraschende Begegnung mit Julian Lind. Auch, wenn sie nur wenige Minuten miteinander verbracht hatten, so war es Josie vorgekommen, als wären seit ihrer letzten Begegnung nur wenige Wochen vergangen. Die Chemie zwischen ihnen schien noch genauso zu stimmen wie vor sechs Jahren schon. Sie hatte die langen, intensiven Gespräche, die sie damals geführt hatten, nie vergessen. Genauso wenig wie Julians strahlende Augen, die verführerischen Grübchen oder den Klang seiner markant-tiefen Stimme. Der Gedanke daran ließ eine leichte Gänsehaut über ihren Körper rieseln. Nachdenklich schüttelte sie den Kopf. Sie hatte es sich nie wirklich eingestehen wollen, doch ihre Beziehung zu Julian war seinerzeit ein einziges „Was wäre, wenn" gewesen. Tief in ihrem Inneren war ihr bewusst gewesen, dass sie mehr für ihn empfunden hatte als reine Freundschaft. Seine unkonventionelle Art der Lebensplanung hatte sie, obwohl oder gerade weil sie eine vollkommen andere als ihre eigene war, auf eine merkwürdige Art fasziniert. Noch dazu schien er sich wirklich für sie zu interessieren. Nicht für die immer perfekt gestylte und organisierte Josefine, sondern für sie, Josie. Die Person, die sie seit Jahren sogar vor sich selbst zu verstecken versuchte. Doch abgesehen von der noch immer vorhandenen Anziehungskraft, die er ohne Frage auf sie hatte, war nach ihrem heutigen Treffen noch etwas anderes in ihr aufgekommen: Hoffnung. Im Zusammenhang mit Julian hatte Josie sich in den vergangenen Jahren an viele Dinge erinnert. Seine Zukunftspläne hatten allerdings nicht dazugehört. Doch jetzt, nachdem er ihr erzählt hatte, dass er sich seinen Traum von der Ausbildung zum Reittherapeuten erfüllt hatte, erinnerte sie sich wieder daran. Damals beim Seminar hatte sie diese Therapieform noch bestenfalls als alternativmedizinischen Hokuspokus abgetan. Aber heute... In den vergangenen Jahren hatte sich ihre Sicht auf viele Dinge geändert, und vielleicht war dieses unerwartete Zusammentreffen mit Julian einfach ein Wink des Schicksals. Und wenn es wirklich stimmte, was er über die Erfolge der Reittherapie sagte... Zumindest, so dachte Josie, wäre es einen Versuch wert. Und so entschied sie, bevor sie kurze Zeit später todmüde ins Bett fiel, dass sie gleich am nächsten Morgen die Nummer wählen würde, die sie seit Jahren in ihrem Handy zu ignorieren versucht hatte. Denn Julians Nummer endgültig zu löschen, hatte sie bis heute nicht übers Herz gebracht.

„Julian Lind?“ Als Julians tiefe Stimme aus dem Hörer drang war Josie sich am nächsten Morgen gar nicht mehr so sicher, ob dieser Anruf wirklich eine gute Idee gewesen war. Doch sie tat es schließlich nicht für sich selbst, also musste sie sich zusammenreißen.

„Hallo, Julian", sagte sie leise. „Ich bin es … ähm … Josie." Nervös strich sie sich mit der flachen Hand über das dunkle Haar. Verflixt, sie war doch sonst nicht auf den Mund gefallen! Ein winziger Teil hatte insgeheim gehofft, dass er in der Vergangenheit seine Telefonnummer gewechselt hatte, und sie ihn deswegen nicht erreichen konnte. Oder, dass er einfach nicht an sein Handy ging. In der Hoffnung, sich ein wenig zu beruhigen, atmete sie einmal tief durch. Ihr Anruf schien Julian zu überraschen, denn er schwieg einige Augenblicke, die Josie wie eine kleine Ewigkeit vorkamen.

„Josie?", fragte er jetzt, bevor er sich räusperte. „Ich hatte nicht damit gerechnet, dass du dich melden würdest." Wieder trat eine unangenehme Stille ein. Josie entschied, dass es am besten war, nicht lange um den heißen Brei herumzureden.

„Ich würde dich gerne treffen", sagte sie deswegen geradeheraus. „Auf dem ‚Marienhof'." Sie hörte, wie Julian scharf die Luft einsog. „Julian?"

„Ja, ich bin noch dran. In Ordnung, du kannst gerne herkommen, wenn du möchtest."

Josie blickte gedankenverloren auf die graue Wand aus Gebäudefassaden, die sich vor dem Fenster ihres Büros auftaten. Sie überlegte einen Moment, dann fragte sie: „Passt es dir morgen Vormittag?“

„Gegen 10?“, erwiderte Julian.

„Ja, 10Uhr ist gut.“ Josie notierte sich die Uhrzeit in ihrem Terminkalender und fuhr sich erneut übers Haar.

„Ich freue mich“, hörte sie seine Stimme leise aus der Leitung.

„Bis morgen, Julian“, flüsterte sie und legte auf.

***

War das gerade tatsächlich passiert? Immer noch etwas irritiert schüttelte Julian langsam den Kopf und starrte auf das Display seines Handys. Hatte gerade tatsächlich Josie angerufen und ihn um ein Treffen gebeten? Was zum Teufel sollte das? Für seinen Geschmack war viel zu wenig Zeit vergangen, seitdem er diese Frau endgültig hätte aus seinen Gedanken vertreiben können. Das unerwartete Treffen gestern hatte er ja noch wegstecken können. Ihr jetzt erneut zu begegnen, dieses Mal nicht zufällig, würde seine Gefühle auf eine verdammt harte Probe stellen, dessen war er sich sicher. Allerdings war es ihm vollkommen unmöglich gewesen, Josie am Telefon abzuweisen. Zu sehr wünschte er sich insgeheim, dass sie sich wieder näherkamen. Trotzdem musste er immer wieder daran denken, dass sie ihm damals verschwiegen hatte, dass sie bereits vergeben war. Verdammt, sie war es auch heute noch. Sie war sogar verheiratet und hatte ein Kind mit diesem Kerl. Bei dem Gedanken daran kickte Julian wütend einen kleinen Stein mit seiner Fußspitze über den Hof. Wenn er Josie morgen gegenüberstand, musste er unbedingt seine Gefühle unter Kontrolle behalten. Er war vieles, aber sicherlich kein Mann, der sich auf eine verheiratete Frau einließ und damit eine Ehe zerstörte. Aber warum wollte Josie ihn ausgerechnet hier, auf dem ‚Marienhof', treffen? Hatte das Ganze vielleicht doch eher einen beruflichen Hintergrund? Wollte sie eines der Führungskräfte-Seminare buchen, an dem auch sie teilgenommen hatte? Schließlich war sie inzwischen Teamleiterin und vermutlich auch für die Organisation solcher Fortbildungen zuständig. Doch das erklärte nicht, dass sie ihn persönlich treffen wollte. Schließlich konnte man die Seminare auf der Internetseite des Hofes buchen.

Julian schüttelte ein letztes Mal den Kopf und ließ sein Handy zurück in seine Hosentasche gleiten. Ihm blieb wohl nichts anderes übrig, als den nächsten Vormittag abzuwarten, um herauszufinden, warum Josie ihn angerufen hatte.

Kapitel 5

„So, meine Süße, jetzt sind wir gleich da." Josie warf im Rückspiegel einen Blick auf Hanna, die auf dem Rücksitz saß und aus dem Fenster sah. Wie immer war sie vollkommen in sich gekehrt. Josie lächelte wehmütig und setzte den Blinker, um auf den schmalen Weg, der direkt auf den ‚Marienhof' führte, abzubiegen. Sie musste zugeben, dass sie ein wenig nervös war. Zum einen, weil sie gleich erneut auf Julian treffen würde. Vor einigen Jahren hätte dieser Gedanke sie wahrscheinlich deutlich weniger aus der Bahn geworfen. Aber jetzt, wo ihre Ehe eindeutig gescheitert war, erschien es ihr deutlich schwieriger, ihre Gefühle im Zaum zu halten. Zum anderen würde sie in wenigen Minuten vor Julian zugeben müssen, dass ihr Leben eben nicht so perfekt lief, wie sie es sich vorgestellt hatte. In der kurzen Zeit, die sie vor einigen Tagen in dem kleinen Café gemeinsam verbracht hatten, war es noch möglich gewesen, die perfekte Fassade aufrechtzuerhalten. Doch jetzt war der Moment der Wahrheit gekommen. Denn Julian konnte ihrer Tochter nur helfen, wenn sie ehrlich zu ihm war.

Als sie die Gästeparkplätze des ‚Marienhofs' erreichten, stellte Josie mit klopfendem Herzen den Motor ab und sah sich um. Alles schien noch genauso auszusehen, wie bei ihrem letzten Besuch. Allerdings, so musste sie feststellen, war seitdem offenbar auch nicht mehr viel in die Instandhaltung des Hofes investiert worden. Das ganze Grundstück wirkte inzwischen deutlich weniger repräsentativ als noch vor sechs Jahren. Josie runzelte die Stirn. Sie arbeitete lange genug als Unternehmensberaterin, um eine Vermutung über den Grund dieses Verfalls aufstellen zu können: Dem ‚Marienhof' ging es wirtschaftlich schlecht. Hatte man keine oder zu geringe Einnahmen, so konnte man auch nichts investieren. Eine ganz einfache Rechnung. Die junge Frau schüttelte den Kopf. Sie war nicht hergekommen, um sich über solche Dinge Gedanken zu machen, sondern um Hilfe für Hanna zu finden. Also stieg sie aus, öffnete Hannas Sicherheitsgurt und half ihr aus ihrem Kindersitz. Dann nahm sie die Hand ihrer Tochter und ging langsam über den Hof in Richtung der Ställe. Dort war es am wahrscheinlichsten, Julian anzutreffen.

„Dann wollen wir mal sehen, wo Julian ist", sagte sie zu Hanna, die als Antwort etwas Unverständliches murmelte.

„Hallo", erklang plötzlich eine helle Frauenstimme hinter ihnen. „Kann ich Ihnen weiterhelfen?" Eine junge Frau stand in der Tür zu den Gästezimmern und lächelte sie freundlich an. Sie konnte nicht älter als Mitte 20 sein. Die langen, blonden Haare hatte sie zu einem hohen Pferdeschwanz gebunden.

„Wir suchen Julian … also … Herrn Lind“, antwortete Josie und ging, ebenfalls lächelnd, auf die Frau zu.

„Der ist beim Round Pen“, antwortete diese und trat auf den Hof. „Kommen Sie, ich bringe Sie hin.“

„Danke, nicht nötig“, erwiderte Josie. „Ich weiß, wo der Round Pen ist.“ Als ihr der verwunderte Blick der jungen Frau auffiel, erklärte sie: „Ich war vor einigen Jahren für eine Fortbildung hier. Also, wenn sich nichts verändert hat, dann kenne ich den Weg.“

Die blonde Frau strahlte. „Dann freuen wir uns, dass Sie wieder hier sind. Ich bin übrigens Melanie. Ich arbeite seit drei Jahren als Reittherapeutin auf dem ‚Marienhof‘.“

„Josefine Winter“, stellte Josie sich vor. „Und das ist meine Tochter Hanna.“

Melanie ging vor Hanna in die Hocke und lächelte sie an. „Hallo, Hanna. Schön, dich kennenzulernen.“ Das Mädchen antwortete nicht. Stattdessen spielte sie gedankenverloren mit ihren Fingern. Melanie warf einen kurzen Blick zu Josie, die sich nervös die Hände knetete. „Glaub mir, du wirst hier jede Menge Spaß haben“, sagte sie dann an Hanna gewandt. Josie strich ihrer Tochter liebevoll übers Haar.

„Ich mache mich dann mal wieder an die Arbeit“, meinte die Reittherapeutin. „Falls sie Julian doch nicht finden sollten, sagen Sie mir einfach Bescheid. Ich bin im Stall.“ Josie nickte, bevor Melanie sich lächelnd abwandte und über den Hof in Richtung der Pferdeställe ging.

Natürlich hatte Josie den Weg zu der runden, eingezäunten Sandbahn nicht vergessen. Schon von Weitem sah sie Julian in der Mitte der Bahn stehen. Um ihn herum trabte, zufrieden schnaubend, ein kleines, geschecktes Pferd, das Josie verdächtig bekannt vorkam. Sie lehnte sich an das massive Holztor und beobachtete den Mann einen Moment bei seiner Arbeit. Als er sie entdeckte, breitete sich ein Strahlen auf seinem Gesicht aus.

„Hallo, Josie!“, rief er und bedeutete Fino, ihm zu folgen, was dieser unverzüglich tat.

„Hallo“, erwiderte sie und strich dem Schecken, der ihr neugierig den Kopf entgegenstreckte, über die Nase. „Hallo, Fino.“

„Du erinnerst dich an seinen Namen?“, stellte Julian überrascht fest.

„Natürlich", erwiderte Josie mit gespielter Empörung in der Stimme. „So einen netten Arbeitskollegen vergisst man doch nicht."

Julian lachte leise und schob sich dann durch einen schmalen Spalt durch das Holztor. „Und dieses bezaubernde Mädchen muss Hanna sein", sagte er und kniete sich ebenfalls vor sie, ebenso, wie Melanie es wenige Minuten zuvor getan hatte. Hanna zupfte konzentriert einige imaginäre Flusen von ihrer Jacke. Julian richtete sich wieder auf und musterte Josie einige Sekunden lang nachdenklich. „Danke für dein Vertrauen.", sagte er leise. Sie biss sich von innen auf die Lippe, bevor sie langsam nickte. Natürlich war ihm sofort aufgefallen, dass etwas mit Hanna nicht stimmte. Schließlich hatte er tagtäglich mit Kindern wie ihr zu tun. Statt eines mitleidigen Blickes, wie Josie ihn schon so oft bekommen hatte, wenn sie von der Krankheit ihrer Tochter erzählte, zwinkerte Julian ihr zu und lächelte leicht. „Dann seid ihr hier genau richtig. Komm, ich koche uns erst einmal einen Kaffee. Dann kannst du mir alles erzählen."

***

Julian musste zugeben, dass er einen kurzen Moment lang etwas enttäuscht gewesen war, dass Josie ihn nicht um dieses Treffen gebeten hatte, um ihn wiederzusehen. Egal, wie sehr er sich gestern noch gedanklich dagegen gesträubt hatte, sie jetzt, wo sie verheiratet war, noch einmal in sein Herz zu lassen. Doch das Gefühl der Enttäuschung war schon nach wenigen Minuten der Freude darüber gewichen, dass Josie ihm offenbar ihr Vertrauen schenkte. Sie bat ihn um Hilfe für das Wichtigste in ihrem Leben – ihre Tochter. Gab es einen größeren Beweis für ihre Verbundenheit?

„Seit wann habt ihr die Diagnose?", fragte er, während er zusah, wie die heiße Flüssigkeit langsam in die transparente Kaffeekanne tropfte. Josie saß mit Hanna in der Spielecke des kleinen Reiterstübchens und beobachtete, wie ihre Tochter ein Puzzle, das eigentlich für Kinder ab sieben Jahren gedacht war, zusammenbaute.

„Erst seit einigen Monaten", erwiderte sie. „Hanna war immer schon … auffällig. Anders, als die anderen Kinder. Aber so richtig deutlich wurde es erst nach ihrem dritten Geburtstag."

„Inwiefern?", wollte Julian wissen.

Josie zögerte, sie schien sich ihre Worte genau zurechtlegen zu müssen. „Während die anderen schon kurze Sätze gesprochen haben, war aus ihr nicht mehr als ein ‚Mama' herauszubekommen. Statt offener zu werden, hatte ich das Gefühl, dass sie sich immer mehr zurückzog. Sie spielt lieber allein und möchte mit den anderen Kindern nichts zu tun haben. Martin macht es wahnsinnig, dass sie ihm nicht in die Augen sieht, wenn er mit ihr spricht. Ganz abgesehen von diesem Ordnungszwang. Alles muss an einem festen Platz liegen. Sogar das Essen auf dem Teller sortiert sie. Und wenn man ihre Ordnung dann durcheinanderbringt, bekommt sie einen furchtbaren Tobsuchtsanfall." Sie seufzte und fuhr sich mit der flachen Hand über die Stirn. „Er sieht nie die schönen Momente, die wir miteinander haben. Die, in denen wir zusammen auf dem Sofa kuscheln oder in denen sie sich freut, wenn sie einen Kuchenteig zusammenrühren darf."

Julian räusperte sich. Er wurde das Gefühl nicht los, dass das Verhalten ihres Mannes Josie wesentlich mehr belastete als die Krankheit ihrer Tochter. Er stellte die beiden Kaffeetassen auf dem kleinen Tisch ab und legte ihr beruhigend eine Hand auf die Schulter. „Mach dir keine Sorgen", murmelte er. „Mit deiner Kleinen ist alles in Ordnung. Sie ist eben nur ein wenig... außergewöhnlich. Was nichts daran ändert, dass sie ein ganz wunderbarer Mensch ist." Josie nickte zaghaft. Dann warf sie noch einen letzten Blick auf Hanna, bevor sie aufstand und Julian, der inzwischen Platz genommen hatte, folgte.

„Latte Macchiato", lächelte sie mit Blick auf das Heißgetränk, dass Julian für sie zubereitet hatte.

„Bei der Getränkewahl habe ich ein Gedächtnis wie ein Elefant", meinte er schulterzuckend. Josie ließ sich langsam auf den Stuhl gleiten und nippte an ihrem Milchschaum.

„Du bist also hier, um Hanna zum Therapeutischen Reiten anzumelden", stellte Julian nach einigen Momenten des

Schweigens, in denen Josie nachdenklich vor sich hingestarrt hatte, fest. Sie nickte und sah ihn direkt an, was sein Herz ein wenig stolpern ließ. Diese wunderschönen, warmen, braunen Augen. Einen Augenblick sahen sie sich schweigend an, bevor Julian sich erneut räusperte und einen Block samt Stift zu sich heranzog. „In Ordnung. Ich nehme an, ihr habt schon mit einer Therapie angefangen?"

Wieder nickte Josie. „Wir gehen zur Logopädie, was auch schon Erfolg gezeigt hat. Außerdem wurde uns eine Verhaltenstherapie nahegelegt, bei der Hanna sich allerdings vollkommen querstellt. Ein Arzt hat uns darauf hingewiesen, dass es auch medikamentöse Behandlungsmöglichkeiten gibt, aber ich bin strikt dagegen. Martin hingegen…". Sie hielt inne und schüttelte leicht den Kopf. Nach dem, was Julian bisher von diesem Kerl erfahren hatte, traute er ihm, auch ohne ihn zu kennen, durchaus zu, sich für den möglichst einfachsten Weg zu entscheiden.

„Da gebe ich dir vollkommen recht. Medikamente sollten in diesem Fall wirklich die allerletzte Lösung sein", pflichtete er Josie bei, um sie aus ihrer Grübelei zu holen. Er notierte sich das, was sie ihm gesagt hatte. „Gut. Die Ärzte haben euch gesagt, dass Autismus nicht heilbar ist?" Josie nickte, und wieder erkannte er diese Wehmut in ihren Augen. „Was anderes kann ich dir auch nicht sagen. Es gibt für Autisten keine Wunder-Therapie. Allerdings können wir dafür sorgen, dass Hanna sich ein wenig mehr öffnet und sich wohler fühlt. Die Besuche beim Logopäden würde ich weiter beibehalten. Bei der Verhaltenstherapie… solltest du Rücksprache mit dem Arzt

nehmen. Allerdings sehe ich da wenig Sinn drin, wenn Hanna partout nicht mitmachen will. Vielleicht wäre es sinnvoller, zu einem späteren Zeitpunkt, wenn sie sich mehr darauf einlassen kann, noch einmal neu damit zu starten. Geht sie denn in einen Kindergarten?"

„Ja, sie besucht seit einem halben Jahr den integrativen Kindergarten bei uns im Ort. Eigentlich hatten wir geplant, dass sie möglichst lange von einer Tagesmutter betreut wird, weil man da die Betreuungszeiten flexibler anpassen kann und ich kurz nach dem Mutterschutz wieder in meinen Beruf einsteigen wollte. Aber aufgrund ihrer Krankheit war das natürlich zum Scheitern verurteilt. Und der „normale" Kindergarten, in dem sie anschließend war, hat uns dazu geraten, sie in eine integrative Einrichtung zu geben." Diesmal war es Julian der nickte.

„Wenn du möchtest, können wir direkt in der nächsten Woche starten", sagte er dann. Auf Josies Gesicht machte sich ein dankbarer Ausdruck breit.

„Das wäre perfekt", murmelte sie. „Es wäre so schön, wenn es ihr wirklich helfen würde."

„Mach dir keine Sorgen", wiederholte Julian. „Wir bekommen das schon hin."

Die angespannten Gesichtszüge, die Julian schon bei ihrem Treffen am Bahnhof an Josie aufgefallen waren, schienen sich ein wenig zu lösen. Zufrieden lehnte er sich in seinem Stuhl zurück und beobachtete, wie sie gedankenverloren, aber mit einem Lächeln auf den Lippen ihre kleine Tochter ansah. Innerlich verfluchte er sich selbst. Die Wirkung, die ihr Lächeln auf ihn hatte, spürte er schon wieder viel zu deutlich.

Kapitel 6

Als Josie einige Tage später ihren Wagen auf den Parkplatz des ‚Marienhofs' lenkte machte sich in ihrem Inneren eine Mischung aus Nervosität, Neugier und Hoffnung breit. Und sie musste sich eingestehen, dass ein kleiner Teil in ihr sich auch darauf freute, Julian wiederzusehen. Auch, wenn er heute vermutlich keine Zeit für ausgiebige Gespräche bei einer Tasse Kaffee haben würde. Schließlich war das hier seine Arbeit.

Josie half gerade Hanna dabei, aus dem Auto zu steigen, als auch schon Melanie freudestrahlend über den Hof auf sie zueilte. „Hallo, ihr beiden!", rief sie bereits aus einigen Metern Entfernung. „Schön, dass ihr wieder da seid." Josie schenkte der Reittherapeutin ein zaghaftes Lächeln. „Dann komm mal mit, Hanna", sagte diese jetzt. „Der Fino wartet schon auf dich."

„Der Mama hat Fino auch schon einmal geholfen", raunte Josie in Richtung ihrer Tochter und strich ihr liebevoll über den Kopf. Trotz dieses Aufmunterungsversuchs klammerte Hanna sich nun unsicher an ihr Bein. Die beiden folgten Melanie in den Stall, wo sie von dem kleinen Schecken mit einem neugierigen Blick empfangen wurden. Fino streckte seinen Kopf über die Boxentür und blies Hanna seinen warmen Atem übers Haar.

Erschrocken wich das Mädchen einige Schritte zurück. Trotzdem hatte Josie den Eindruck, als verändere sich etwas in ihrem Blick. Sie konnte es nicht einmal wirklich benennen, doch das Pferd schien eindeutig Hannas Interesse zu wecken.

„Wenn es für Sie in Ordnung ist, würde ich Sie bitten, ein wenig auf Abstand zu gehen. Vielleicht fällt es Hanna dann ein wenig leichter, sich auf Fino und mich einzulassen", sagte Melanie leise, während Hanna noch immer fasziniert die breite Pferdenase begutachtete.

„*Sie* werden mit ihr arbeiten?", fragte Josie verwundert. Wenn sie ehrlich war, hatte sie ihre ganze Hoffnung auf Julians Fähigkeiten in diesem Bereich gesetzt. Diese Melanie war so… jung. Konnte sie überhaupt schon genug Erfahrungen gesammelt haben, um selbständig eine solche Therapie durchzuführen?

„Ich habe vollstes Vertrauen in Melanie", ertönte plötzlich eine tiefe Stimme hinter ihnen. Julian kam über die Stallgasse geschlendert und wurde unverzüglich von Fino mit einem leisen Wiehern begrüßt. „Hallo, Hanna", sagte er und lächelte sie breit an. Hanna musterte ihn mit einem skeptischen Seitenblick, bevor sie ihre Aufmerksamkeit wieder auf Fino lenkte. „Hallo, Josie."

Josie lächelte ebenfalls. Als sie für einen kurzen Moment Melanies Blick auffing, der irgendwo zwischen Verwunderung und Belustigung zu liegen schien, hatte sie das Gefühl, dass die Temperatur auf eine merkwürdige Weise angestiegen sein musste.

„Hallo, Julian“, murmelte sie deswegen und wich seinem direkten Blick aus.

„Wie gesagt, Melanie genießt mein vollstes Vertrauen“, fuhr er nun fort, während er sich lässig mit der Schulter an die Wand lehnte. „Sie hat eine tolle Art, mit den Kindern umzugehen und ich habe selten jemanden getroffen, der sich so schnell in andere Menschen einfühlen kann. Glaub mir, wenn sie nicht die Beste wäre, dann würde ich nicht mit ihr arbeiten.“ Nach dieser Lobeshymne warf die junge Reittherapeutin ihm einen dankbaren Blick zu. Sie lächelte stolz.

„Ja, natürlich“, murmelte Josie und schämte sich ein wenig, dass sie der jungen Frau gegenüber so ablehnend aufgetreten war. „Ich wollte selbstverständlich nicht Ihre Fähigkeiten in Frage stellen.“

„Schon in Ordnung“, winkte Melanie ab. „Ich verstehe Sie vollkommen. Schließlich vertrauen Sie mir Ihren größten Schatz an und ich kann nicht abstreiten, dass ich natürlich noch nicht so viel

Berufserfahrung vorzuweisen habe wie Julian. Aber ich kann Ihnen versichern, dass ich mein Bestes geben werde, um Hanna zu helfen."

„Außerdem", meinte Julian, bevor Josie überhaupt etwas sagen konnte, „kann ich dir so genau erklären, was die Therapie bewirkt, während Melanie mit Hanna arbeitet. Es ist nämlich sehr schwierig, sich gleichzeitig auf das Kind zu konzentrieren und den Eltern nahezubringen, was man da überhaupt macht." Josie nickte. Sie wurde das Gefühl nicht los, dass dieses Privileg, von gleich zwei der Reittherapeuten betreut zu werden, nicht jedem zuteil wurde.

„Ich vertraue voll und ganz auf eure Erfahrung", sagte sie deswegen und schenkte erst Julian, dann Melanie ein aufrichtiges Lächeln.

„Also dann", meinte Melanie strahlend, „wollen wir mal loslegen." Sie ging langsam vor Hanna in die Hocke und sprach leise mit ihr.

„Und wir", meinte Julian und fasste Josie am Arm, „setzen uns so lange dort drüben hin."

Josie zögerte. „Aber… ich… Hanna…", stammelte sie. Ein leichter Anflug von Panik stieg in ihr auf. Schmerzlich erinnerte sie sich an Hannas Eingewöhnung im Kindergarten. Mit aller Macht hatte sie sich an Josie geklammert und so laut geweint und geschrien, dass sie es draußen noch hatte hören können. Daran hatte auch die neue, integrative Einrichtung nichts ändern können. Je nach Hannas Tagesform verlief die morgendliche Trennung noch immer mehr oder weniger schwierig. Und jetzt sollte sie vollkommen unvorbereitet alleine mit dieser Situation klarkommen? Unsicher blickte Josie zwischen ihrer Tochter und Julian hin und her.

„Wir bleiben in Sichtweite", beruhigte der sie. „Glaub mir, das wird schon klappen." Nur widerwillig ließ Josie sich von ihm mitziehen und setzte sich auf eine kleine Holzbank direkt vor dem Stalltor. „Ich hole uns mal Kaffee", meinte Julian knapp und verschwand um die Ecke.

Josie beobachtete, wie Melanie ihrer Tochter geduldig und liebevoll erklärte, wie Finos Hufe gesäubert werden mussten. Zu ihrer großen Überraschung warf Hanna ihr zwar immer wieder einen beunruhigten Blick zu, um zu überprüfen, ob sie noch in der Nähe war. Doch im Großen und Ganzen schien sie äußerst entspannt zu sein. Beinahe automatisch wurde auch sie selbst immer ruhiger.

„Einen Latte Macchiato für die Dame", grinste Julian und überreichte ihr auf einem Unterteller ein Glas mit der perfekt geschichteten

Kaffeespezialität. Josie seufzte zufrieden. Wie schon bei ihrem letzten Treffen vor einigen Tagen dachte sie daran, wie wenig aufmerksam ihr eigener Mann im Vergleich zu Julian immer gewesen war. Während der sich schon nach einem einzigen Treffen an ihre Kaffee-Vorliebe erinnerte, bestellte Martin ihr auch heute noch jedes Mal einen Milchkaffee, weil er der Meinung war, dass das keinen Unterschied mache.

„Danke", lächelte sie und rührte gedankenverloren im Milchschaum.

„Klappt doch hervorragend", meinte Julian und zeigte mit einem Nicken in Richtung der Stallgasse. Hier bürstete Hanna gerade, unter dem aufmerksamen Blick von Melanie, mit einer weichen Bürste Finos Kopf. Der Schecke senkte seinen Kopf so weit, dass das Mädchen ihn gut erreichen konnte und schloss genießerisch die Augen. „Ich habe den Eindruck, dass bei Hanna nur eine leichte Form des Autismus vorliegt", vermutete Julian und sah sie an. „Sie ist vergleichsweise offen und kooperativ. Was natürlich nicht heißen soll, dass der Alltag für euch deswegen ein Kinderspiel ist."

Josie nickte. „Die Ärzte sagten auch schon, dass sie nicht so verschlossen ist, wie es bei wirklich schweren Fällen von Autismus vorkommt. Solange alles nach einem bestimmten Muster abläuft, ist alles in Ordnung. An sehr guten Tagen nimmt sie es sogar hin, wenn es kleine Änderungen gibt. Trotzdem fällt es mir immer noch häufig schwer, mich in ihre Denkweise hineinzuversetzen. Was für mich normal ist, ist für Hanna eine absolute Katastrophe. Und ich habe das Gefühl, dass es ihr genauso geht." Sie musste schlucken. Bisher hatte sie mit niemandem wirklich darüber gesprochen, wie es ihr mit dieser Situation ging. Wie sie sich tatsächlich fühlte.

„Du musst euch Zeit geben", versuchte Julian sie zu beruhigen. „Ihr habt die Diagnose erst seit wenigen Monaten. Es ist vollkommen normal, dass sich die ganze Familie erst einmal auf die Krankheit einstellen muss. Umso wichtiger ist es, dass ihr zusammenhaltet. Ein autistisches Kind ist eine Herausforderung, aber ich bin mir ziemlich sicher, dass ihr sie mit der Zeit bravourös meistern werdet."

Josie presste die Lippen aufeinander. Wenn sie ehrlich war, stand sie mit dieser Herausforderung vollkommen allein da. Auf Martins Unterstützung konnte sie schon lange nicht mehr hoffen. Mehr als einmal war deutlich geworden, dass es ihm sehr viel lieber wäre, ein gesundes, *normales* Kind zu haben. „Ein Kind, dass einfach funktioniert", hatte Josie schon oft gedacht. Doch sie fühlte sich nicht bereit, mit Julian über diese Gedanken zu sprechen. Sie musste zugeben, dass sie sich vor ihm dafür schämte, dass ihr Leben eben nicht diesem perfekten Plan folgte, den sie ihm vor einigen Jahren präsentiert hatte. Deshalb verzog sie den Mund zu einem gequälten Lächeln und nickte zögerlich. „Wahrscheinlich hast du recht", meinte sie.

Julian erklärte ihr noch einige Minuten, welche positiven Auswirkungen die Reittherapie auf die Entwicklung von Kindern mit besonderem Förderbedarf haben konnte, als plötzlich Hanna auf sie zugelaufen kam und sich an sie schmiegte. „Was ist passiert?" fragte Josie alarmiert. Im nächsten Moment tauchte Melanie in der Stalltür auf. Lächelnd lehnte sie sich an die rote Backsteinmauer.

„Es ist nichts passiert", meinte sie. „Wir sind fertig für heute. Fino steht blitzeblank geputzt in seiner Box und konnte sogar noch ein paar Äpfel von Hanna abstauben."

„Ihr seid schon fertig?" Josie warf Julian einen unsicheren Blick zu. Der nickte jedoch zustimmend.

„Du sagst ja selbst, dass es für Hanna schwierig ist, sich in neuen Situationen zurechtzufinden. Wir möchten sie nicht direkt beim ersten Mal überfordern. Wir haben die Erfahrung gemacht, je mehr die Kinder mit Spaß bei der Sache sind, desto besser machen sie mit. Und desto schneller können wir Ergebnisse erzielen. Außerdem muss Hanna Melanie und Fino ja erst einmal kennenlernen. Aber wie ich sehe, hat das prima geklappt", stellte er fest.

„Hattest du Spaß?", flüsterte Josie ihrer Tochter zu. Hanna nickte. Josie wusste, dass sie nicht mit einer euphorischeren Reaktion rechnen konnte. Egal, wie gut es Hanna gefallen hatte.

„Kommst du mich denn demnächst wieder besuchen, Hanna?", fragte Melanie jetzt und kniete sich vor dem Mädchen auf den Boden. „Ich würde mich wirklich freuen." Hanna warf einen kurzen Blick zu Josie, dann nickte sie erneut. Josie schluckte und presste die Lippen aufeinander. Auch, wenn Hanna ihre Gefühle nicht so klar ausdrücken konnte, wie andere Kinder es taten: Nach dieser Reaktion wusste sie, dass die Therapie Hanna gut tun würde. Glück und die aufkeimende Hoffnung, dass es Hilfe für ihre Tochter – und für sie selbst – gab, ließen ihre Augen anfangen zu brennen. Verzweifelt versuchte sie, die aufkommenden Tränen wegzublinzeln. Doch Julian konnte sie nichts vormachen. Aufmunternd lächelte er ihr zu und legte ihr freundschaftlich – zumindest redete Josie sich das ein – den Arm um die Schultern.

„Wir kriegen das hin", raunte er ihr ins Ohr.

„Ich mache mich dann mal wieder an die Arbeit", meinte Melanie und zwinkerte den beiden zu. „Ich würde mich freuen, wenn wir uns wiedersehen, Frau Winter."

„Josie", entgegnete sie. „Bitte nenn mich Josie. Ich hoffe, das ist in Ordnung?" Josie hatte schon seit Jahren niemandem mehr angeboten, sie beim Vornamen zu nennen. Schon gar nicht, wenn sie diese Person kaum kannte. Doch für die junge Reittherapeutin empfand sie schon jetzt eine so tiefe Dankbarkeit, dass ihr dieses förmliche Auftreten unpassend vorgekommen wäre. Julian vertraute dieser Frau. Und sie tat es auch. „Und ja, wir werden auf jeden Fall wiederkommen."

„Sehr gut", meldete sich jetzt Julian zu Wort. „Dann trinken wir beide noch einen Kaffee und sprechen über den Therapievertrag. Und Hanna kann in der Zeit noch ein wenig spielen." Josie folgte ihm in das kleine Reiterstübchen, wo er sich an der Kaffeemaschine zu schaffen machte und nebenbei einige Unterlagen aus einer Schublade hervorkramte. Währenddessen sortierte sie mit Hanna in der Spielecke die Lego-Steine nach ihren Farben.

Wenige Minuten später war Hanna in ihr Spiel vertieft und Josie setzte sich zu Julian an den kleinen Tisch, an dem sie schon vor einigen Tagen gesessen hatte. Er schob ihr einen Stapel Papiere hinüber. „Das ist unser Therapievertrag“, sagte er. „Hier kannst du noch einmal genau nachlesen, wie die Therapie aufgebaut sein wird, welche Kosten auf euch zukommen und so weiter. Du kannst ihn gerne mit nach Hause nehmen und noch einmal in Ruhe durchlesen. Es reicht, wenn du ihn beim nächsten Mal unterschrieben mitbringst.“

Josie schüttelte energisch den Kopf. Dann blätterte sie auf die letzte Seite und setzte ihre filigrane Unterschrift unter den Vertrag. „Ich vertraue dir. Und Melanie.“ Ihre Entschlossenheit überraschte sie selbst ein wenig. Normalerweise prüfte sie jeden Vertrag mindestens zweimal, um wirklich auf Nummer Sicher zu gehen. Doch sie wusste, dass die beiden Reittherapeuten das Richtige tun würden.

„Ich möchte dir nicht verschweigen, dass die Kosten häufig ein sehr wichtiger Punkt bei der Entscheidung für oder gegen diese Art der Therapie sind. In der Regel werden sie nicht von der Krankenkasse übernommen. Wenn du also noch einmal mit deinem Mann sprechen …“. Josie hob die Hand und brachte Julian damit abrupt zum Schweigen.

„Nein“, sagte sie entschieden, „möchte ich nicht.“ Trotzig reckte sie das Kinn nach vorne. Sie brauchte Martin nicht um Erlaubnis fragen. Zumal es ihm vermutlich eh egal wäre.

Julian zuckte mit den Schultern. „Wie du meinst“, sagte er und setzte seine Unterschrift neben die von Josie. „Sollen wir dann direkt nach dem nächsten Termin schauen?“

„Gerne.“ Mit einem gezielten Griff zog Josie ihren Terminkalender aus ihrer Handtasche. Julian schüttelte – halb beeindruckt, halb belustigt – den Kopf.

„Bei dir hat auch immer noch alles seine Ordnung, oder?“, grinste er. Auch er machte sich auf die Suche nach seinem Planer, was jedoch deutlich mehr Zeit in Anspruch nahm als bei Josie.

„Und bei dir herrscht offenbar noch genau dasselbe Chaos wie früher“, stellte sie fest. Statt beleidigt zu sein, wurde Julians Grinsen noch breiter.

„Chaos ist ein Zeichen von kreativer Genialität“, erwiderte er und zwinkerte Josie zu. Bei dieser kleinen, eigentlich harmlosen Geste vollführte Josies Herz, ohne dass sie es kontrollieren konnte, einen kleinen Salto. Sie räusperte sich und blickte übertrieben konzentriert in ihren Kalender.

„Wenn du möchtest“, meinte Julian und strich die zerknitterten Seiten seines Buches glatt, „können wir eure Termine auch auf die Wochenenden legen. Dann könnte dein Mann auch mal dabei sein.“

„Danke, aber er arbeitet auch häufig am Wochenende. Ich möchte euch keine Umstände machen.“, entgegnete Josie, ohne aufzublicken. Sie spürte Julians skeptischen Blick auf sich liegen. Nach einigen Augenblicken des Schweigens hob sie den Kopf und sah ihm in die wasserblauen Augen. „Darüber reden wir ein anderes Mal, in Ordnung?“ Der Reitlehrer räusperte sich, nickte dann jedoch.

Sie vereinbarten einen Termin für die nächste Woche und Julian begleitete Josie und Hanna zu ihrem Auto. Nachdem er sich ausgiebig von dem Mädchen verabschiedet und Josie sie in ihrem Kindersitz angeschnallt hatte, standen sie sich einen Moment schweigend gegenüber. Zu Josies Überraschung machte Julian dann jedoch einen Schritt auf sie zu und umarmte sie zaghaft. Der frische, sportliche Duft seines Aftershaves stieg ihr in die Nase. Ein krasser Gegensatz zu den schweren, sündhaft teuren Düften, die Martin trug. Doch Josie gefiel dieser Gegensatz merkwürdigerweise. „Du hast dich genau richtig entschieden“, raunte er ihr ins Ohr. Einen kurzen Augenblick lang überlegte sie, seine Umarmung zu erwidern, entschied sich dann jedoch dagegen. Die Gedanken in ihrem Kopf fuhren Achterbahn. Auch, wenn Martin und sie inoffiziell getrennt waren und sie deswegen keine Rücksicht auf ihn nehmen musste: Sie war hergekommen, um Hilfe für Hanna zu finden. Und das hatte sie. Sie durfte sich einfach nicht von den Gefühlen, die sie schon einmal beinahe aus der Bahn geworfen hatten, überwältigen lassen. Julian löste sich von ihr und sah sie einen Moment unsicher an, während Josie sich um ein höfliches Lächeln bemühte.

„Dann sehen wir uns nächste Woche“, sagte sie und ging um den Wagen herum auf die Fahrerseite. Julian nickte und hob zum Abschied die Hand. Im Rückspiegel sah Josie, dass er ihnen hinterher blickte, bis sie um die Ecke gebogen waren. Sie atmete einmal tief durch. Ihr war selbst bewusst, dass sie vollkommen widersprüchliche Signale gesendet haben musste. Einerseits ließ sie Julian schon jetzt wieder viel zu nah an sich heran, anderseits stieß sie ihn sofort wieder weg. Sie seufzte und fuhr sich mit der Hand durch die dunklen Haare, bevor sie einen kurzen Blick auf Hanna warf. Die blickte wie so oft gedankenverloren aus dem Fenster. „Ich mache das alles nur für Hanna“, redete Josie sich gut zu. Doch ihr war bewusst, dass das nur die halbe Wahrheit war.

Kapitel 7

„Warum riecht es hier so komisch?“ Martin kam, wie immer in seinem eleganten, maßgeschneiderten Anzug, mit gerümpfter Nase ins Wohnzimmer.

„Was meinst du?“, fragte Josie, die mit ihrem Laptop auf dem Sofa saß.

„Irgendwie nach … Stall“, meinte ihr Ehemann und blickte sich missbilligend um.

„Ich war heute mit Hanna bei der Therapie“, entgegnete Josie und heftete ihren Blick wieder auf den Bildschirm.

„Welche Therapie?“ Martin blickte sie mit hochgezogenen Augenbrauen an und schenkte sich ein Glas Wein ein.

„Wir haben heute mit einer Reittherapie begonnen. Wärst du in den vergangenen Tagen nur ein einziges Mal hier erschienen, dann wüsstest du davon.“ Josie versuchte gar nicht erst, den gereizten Ton in ihrer Stimme zu verbergen. Tatsächlich hatte sie ihren Mann seit Tagen nicht mehr zu Gesicht bekommen. Das Bett neben ihr war jeden Morgen unberührt gewesen. Für sich selbst hatte sie die Hoffnung, dass sie ihre Beziehung noch retten konnten, schon lange aufgegeben. Doch Josie erwartete von Martin, dass er seinen Pflichten als Vater nachkam. Und dazu gehörte es verdammt nochmal, dass er regelmäßig Zuhause erschien und sich um Hanna kümmerte. Zumindest so lange, bis sie ihre Trennung offiziell machten. Wann immer das sein mochte.

„Du hättest mir eine Nachricht schreiben können", erwiderte er und nahm etwas von dem Sushi, das Josie auf dem Nachhauseweg mitgebracht hatte, aus dem Kühlschrank. Fassungslos starrte sie ihm jetzt entgegen.

„Du bist doch wirklich unglaublich, Martin!", rief sie. „Es interessiert dich doch sonst auch nicht, was wir machen! Deine Gedanken sind doch nur noch bei deiner… ach, was weiß ich, wie sie heißt!" Es war selten, dass Josie so laut wurde. Doch der Frust darüber, dass Martin seine Tochter im Stich ließ, nagte an ihr. Mehr als die Tatsache, dass er sie wegen seiner Sekretärin verlassen hatte. Noch immer musste sie über dieses furchtbare Klischee den Kopf schütteln.

„Ich dachte, darüber hätten wir gesprochen", meinte er jetzt und ließ sich auf einem der Barhocker nieder.

„Wir haben darüber gesprochen, dass es für *uns* keine Zukunft mehr gibt, Martin. Aber du bist immer noch Hannas Vater. Sie vermisst dich. Kannst du das nicht verstehen?" Josie spürte, wie ihre Augen anfingen zu brennen.

„Du weißt genau, dass ich…". Statt den Satz zu Ende zu sprechen, schüttelte Martin andächtig den Kopf. Doch Josie wusste, wie er geendet hätte: „… dass ich mit Hanna nicht klarkomme." Martin Winter konnte mit der Krankheit seiner Tochter nicht umgehen. Während Josie vor einem halben Jahr erleichtert über die Diagnose „Autismus" gewesen war, weil die Schwierigkeiten, die Hanna im Alltag hatte, nun endlich einen Namen bekamen, hatte Martin sich noch mehr von seiner Tochter zurückgezogen, als er es eh schon getan hatte. Er war noch nie ein besonders liebevoller Mensch gewesen. Doch Josie hatte insgeheim gehofft, dass sich das zumindest gegenüber seiner eigenen Tochter ändern würde. Sie wollte nicht behaupten, dass Martin Hanna nicht liebte. Allerdings konnte er diese Liebe nur auf seine eigene, sehr spezielle Weise zeigen. Statt in den Zoo zu gehen oder am Wochenende mit ihr auf dem Sofa zu kuscheln, überschüttete Martin sie mit Geschenken. Das Kinderzimmer platzte vor lauter Spielzeug und Plüschtieren schon fast aus allen Nähten. Josie hatte ihren Mann beinahe schon angefleht, sich etwas mehr Zeit für Hanna zu nehmen. Doch von dem einzigen Ausflug, den die beiden einmal ohne sie unternommen hatten, kehrte Martin schlecht gelaunt und Hanna noch verschlossener als zuvor zurück. Später hatte

Martin ihr erzählt, dass sie in den drei Stunden, die sie unterwegs gewesen waren, kein einziges Wort miteinander gewechselt hatten. Und das, obwohl Hanna schon durchaus in der Lage war, sich in kurzen Sätzen auszudrücken. Insgeheim wusste Josie, dass weniger Martins Affäre, sondern seine Lieblosigkeit gegenüber seiner Tochter ihre Ehe zerstört hatte.

„Wie auch immer", meinte er jetzt und räumte sein Geschirr in die Spülmaschine. „Ich hoffe, es bringt mehr, als diese andere Therapie." Damit verschwand er ohne ein weiteres Wort in seinem Arbeitszimmer. Wütend presste Josie die Lippen aufeinander. Sie hatte eingewilligt, dass sie – hauptsächlich, um Hanna nicht noch mehr zu verunsichern, aber auch, um den Anschein der perfekten Familie vor der Außenwelt aufrecht zu erhalten – weiterhin gemeinsam in ihrem gemeinsamen Haus leben würden. Josie hatte sich damit abgefunden, dass Martin den größten Teil der Zeit bei seiner neuen Freundin verbrachte. Trotzdem wurde ihr immer bewusster, dass dieses Zusammenleben sie mehr und mehr frustrierte. Doch eine bessere Lösung, die allen Seiten gerecht werden würde, schien es derzeit einfach nicht zu geben.

Einige Tage später beobachtete Josie lächelnd, wie Hanna während ihrer Therapiestunde hochkonzentriert mit Fino an ihrer Seite ihre Bahnen über den Reitplatz drehte. Sie glaubte, fast ein wenig Stolz im Gesicht ihrer Tochter ablesen zu können. Melanie hatte ihren Platz zwischen ihr und dem kleinen Schecken eingenommen, um im Notfall schnell eingreifen zu können. Fröhlich lächelnd redete sie unentwegt mit Hanna, die als Antwort sogar einige Male zaghaft nickte.

„Die Reittherapie scheint wirklich genau das Richtige für uns zu sein", sagte Josie und sah zu Julian, der neben ihr auf der alten Holzbank am Reitplatz saß, hinüber. Er nickte und erwiderte ihren Blick.

„Es war wohl ein Wink des Schicksals, dass wir uns in Berlin getroffen haben", meinte er dann. Als sie nicht antwortete, sondern gedankenverloren einen Punkt im Gras fixierte, rückte er näher an sie heran, um leiser sprechen zu können. „Was ist los, Josie?"

Mit einem Ruck hob sie den Kopf und sah Julian mit großen Augen an. „Was soll los sein?", fragte sie, wobei ihre Stimme einen leicht nervösen Unterton annahm.

Julian kniff die Augenbrauen zusammen und musterte sie skeptisch. „Josie, ich weiß wirklich, dass du dein Herz nicht gerade auf der Zunge trägst", raunte er. „Aber du wirkst nicht so, als ob alles in Ordnung wäre, und ich glaube nicht, dass das an Hanna liegt. Also, was ist los?" Josie seufzte und blickte erneut zu Boden.

„Es ist kompliziert", murmelte sie.

Julian lehnte sich zurück und zuckte mit den Schultern. „Ich bin kein Akademiker, aber man sagt mir nach, dass ich ganz gut zuhören kann."

Josie musste unwillkürlich lächeln. „Ich habe ein paar Probleme Zuhause", sagte sie leise, nachdem eine Weile Schweigen geherrscht hatte.

„Das habe ich mir gedacht", entgegnete Julian, offenbar wenig überrascht. Josie hingegen starrte ihn fassungslos an.

„Wie meinst du das?", wollte sie wissen.

„Na, es klingt nicht besonders… liebevoll, wenn du über deinen Mann sprichst. Auch, wenn du wirklich gekonnt versuchst, es zu verstecken, merkt man, dass du häufig ziemlich wütend auf ihn bist. Und er scheint keinerlei Interesse daran zu haben, Hanna zu ihrer Therapie zu begleiten. Nimm es mir nicht übel, Josie, aber es ist ziemlich offensichtlich, dass bei euch nicht alles eitel Sonnenschein ist."

Josie schnappte nach Luft. „Du kennst Martin doch gar nicht", rief sie aufgebracht und stand mit einem Ruck auf. Doch Julian schien das wenig zu beeindrucken.

„Nach dem, was ich bisher von ihm erfahren habe, bin ich auch nicht besonders scharf darauf, ihn kennenzulernen", gab er bissig zurück. Josie schnaubte wütend. Julian hatte, wie in der Vergangenheit schon so oft, einen wunden Punkt bei ihr getroffen. Es passte ihr nicht, dass es ihm scheinbar so leicht fiel, sie zu durchschauen. Und zu erkennen, wie sie sich wirklich fühlte.

„Wir sind fertig für heute", rief Melanie ihnen fröhlich zu und stapfte im nächsten Moment mit Hanna und Fino im Schlepptau vom Reitplatz herunter über den Hof. Josie atmete erleichtert auf und folgte ihnen mit schnellen Schritten. Um ein Haar wäre dieses Gespräch mit Julian eskaliert. Und das Letzte, was sie wollte war, sich mit ihm zu streiten. Nicht mit Julian, dem Therapeuten ihrer Tochter. Und erst recht nicht mit Julian, dem Freund. Dem einzigen Menschen, bei dem sie von Anfang an das Gefühl gehabt hatte, dass er sie verstand. Und dass sie ihm vertrauen konnte.

Als sie einige Minuten später mit Hanna an der Hand über den Hof zum Parkplatz ging, sah sie, dass Julian noch immer auf der Bank am Reitplatz saß. Er hatte die Hände tief in den Hosentaschen vergraben und starrte nachdenklich in Richtung der weitläufigen Pferdekoppeln. Josie schluckte. Sie hatte ihn nicht so anfahren wollen. Doch in diesem Moment hatte sie das Gefühl gehabt, in die Ecke gedrängt zu werden. Seufzend schloss sie das Auto auf und blickte gen Himmel. Ein Mann im Leben war schon kompliziert genug. Kam noch ein zweiter dazu, konnte das alles nur in einer Katastrophe enden.

***

Es war nicht richtig. Julian wollte sich nicht darüber freuen, dass Josie offenbar in ihrer Beziehung nicht glücklich war. Trotzdem erfüllte es ihn mit einer merkwürdigen Erleichterung, ja, fast schon Genugtuung, dass ihre Ehe offenbar nicht dem perfekten Bild entsprach, das sie immer vorgeben wollte. Dieser Martin schien ein kompletter Idiot zu sein, wenn er eine Frau wie Josie an seiner Seite nicht zu schätzen wusste. Vielleicht war er der perfekte Mann für die Josie gewesen, die auch er selbst noch vor einigen Jahren kennengelernt hatte. Die stets perfekte Businessfrau mit einem genauen Plan für ihr Leben, von dem sie sich von nichts und niemandem abbringen ließ. Die, die immer alles unter Kontrolle behalten wollte. Und die einfach noch nicht den wahren Sinn im Leben gefunden hatte. Doch Josie hatte sich verändert. Auch, wenn sie noch immer ihren beruflichen Weg verfolgte, so war ihre Karriere nicht mehr der Mittelpunkt ihres Daseins. An die Stelle des beruflichen Erfolgs und Ansehens war Hanna getreten. Ein wundervolles Mädchen, das die Pläne ihrer Mutter gehörig auf den Kopf gestellt hatte. Trotzdem war Josie in ihrer neuen Rolle als Mutter regelrecht aufgeblüht. Sie war zu dem Menschen geworden, den Julian schon immer in ihr gesehen hatte. Liebevoll. Warmherzig. Und zumindest ein wenig offener für Möglichkeiten abseits der ausgetretenen Pfade. Ihr Mann schien zu dieser Person einfach nicht mehr zu passen.

Ein winziger Teil in Julian hoffte, dass auch Josie diese Tatsache erkennen würde, und dann…

Energisch schüttelte er den Kopf. „Rede dir doch nicht selbst so einen Blödsinn ein“, brummte er und stützte den Kopf in die Handflächen. „Diese Frau spielt definitiv in einer anderen Liga als du. Ihr seid einfach nur Freunde. Nicht mehr und nicht weniger.“

Als er sich einige Minuten später auf den Weg zurück zum Stall machte, waren Josie und Hanna schon verschwunden. Melanie war gerade dabei, die Stallgasse zu fegen. Als Julian durch die Stalltür trat, hielt sie inne und musterte ihn einen Moment prüfend, bevor sich ein schelmisches Grinsen auf ihrem Gesicht ausbreitete.

„Du magst sie, oder?“, fragte sie und stütze sich mit dem Arm auf dem Besenstiel ab.

„Was meinst du?“, entgegnete er und bemühte sich, es unbeteiligt klingen zu lassen.

„Na, Josie“, gab Melanie zurück und kicherte leise. „Ehrlich Julian, das sieht doch ein Blinder, wie du sie anschmachtest.“

„Ich schmachte niemanden an. Josie ist die Mutter eines Therapiekindes. Und wir sind alte Freunde.“

„Natürlich, Freunde", meinte die Reittherapeutin und zeichnete bei dem Wort „Freunde" grinsend mit den Fingern Anführungszeichen in die Luft.

Julian schnaubte ärgerlich, machte auf dem Absatz kehrt und stapfte mit großen Schritten über den Hof. Es ließ sich nicht leugnen: Er steckte in gewaltigen Schwierigkeiten.

Kapitel 8

Während Hannas nächster Therapiestunde herrschte eisiges Schweigen zwischen Josie und Julian. Seit ihrem aufgebrachten Abgang vor einigen Tagen hatte Josie sich den Kopf darüber zermartert, wie sie sich bei ihm für ihren Ausbruch entschuldigen konnte, ohne ihm dabei erklären zu müssen, wie es wirklich um ihre Ehe stand. Obwohl er offenbar schon einen Verdacht zu haben schien. Trotzdem wollte sie mit der Wahrheit so lange wie möglich hinter dem Berg halten. Auch wenn das, so wie sie Julian kannte, nicht besonders lange sein würde.

Bei Hanna schien die Arbeit mit Fino tatsächlich wahre Wunder zu bewirken. Schon jetzt, in der dritten Therapiestunde, war sie in der Lage, den kleinen Schecken selbständig zu putzen. Konzentriert legte sie ihm das Zaumzeug an und führte ihn hinüber zum Reitplatz. Während der ganzen Zeit, die sie auf dem ‚Marienhof' verbrachten, zeichnete sich ein zaghaftes, aber doch sichtbares Lächeln auf ihrem Gesicht ab. Josie platzte beinahe vor Stolz und Rührung. Nach der Stunde dauerte es deutlich länger als zuvor, das Mädchen dazu zu bewegen, wieder nach Hause zu fahren. Sie half Melanie beim Versorgen des Therapiepferdes und anschließend auch bei der Reinigung des Sattelzeugs und beim Fegen der

Stallgasse. So glücklich Josie auch über diesen Zustand war: So, wie die Dinge lagen, hätte sie lieber etwas weniger Zeit in Julians Nähe verbracht. Als sie Hanna endlich dazu bewegen konnte, zum Auto zu gehen, warf sie einen zögerlichen Blick zu ihm hinüber. Auch er sah sie an und schien etwas sagen zu wollen, entschied sich aber offenbar im letzten Augenblick dagegen. Einen Moment sahen sie sich schweigend in die Augen, bevor Josie ihm zum Abschied leicht zunickte und dann mit Hanna in Richtung des Parkplatzes verschwand.

Als sie am Ende der langen Einfahrt zum Hof angekommen waren, zögerte Josie einen Moment, bevor sie auf die Landstraße abbog, die sie nach Hause führte. Sie seufzte und kramte ihr Handy aus der Handtasche.

„Nochmal zu Fino?", fragte Hanna leise von der Rückbank und blickte ihre Mutter im Rückspiegel an.

„Nein, mein Schatz, wir fahren nicht nochmal zu Fino. Mama muss nur noch schnell etwas klären." Sie wischte durch die Funktionen des Smartphones, bevor sie die Nummer fand, die sie gesucht hatte.

„Können wir reden? In dem kleinen Gasthof, in dem wir nach dem Seminar immer waren. Heute Abend, 20Uhr?"

Blitzschnell drückte Josie auf „Senden“, bevor sie es sich noch einmal anders überlegen konnte. Als sie sah, dass Julian ihre Nachricht gelesen hatte und auch direkt antwortete, atmete sie einmal tief durch. Gleich darauf vibrierte ihr Handy.

„Gerne. Dann sehen wir uns nachher“, las sie.

Josie konnte sich selbst nicht erklären, warum ihr so viel daran lag, dass es keinen Streit zwischen ihr und Julian gab. Normalerweise scheute sie keine Konfrontation. Doch diesmal war es ihr wichtig, sich für ihr Verhalten zu entschuldigen. Seufzend schob sie ihr Telefon zurück in die Handtasche, legte den Gang ein und bog auf die breite Straße ab. Wenn sie ehrlich war, war sie sich gar nicht sicher, ob sie dieses Treffen nicht später bereuen würde.

Als Josie am Abend ihren Wagen auf dem Parkplatz des kleinen Gasthofs abstellte, wartete Julian schon auf sie.

„Seit wann bist du so pünktlich?“, fragte sie und hob überrascht die Augenbrauen.

„Seit ich von so hübschen Frauen um ein Treffen gebeten werden“, entgegnete er. Vermutlich sollte der Satz locker herüberkommen, doch Josie sah deutlich, wie angespannt Julian war. Sie blickte ihn an, ging jedoch nicht weiter auf seine Bemerkung ein. „Wollen wir reingehen?", fragte er nach einem Moment des Schweigens. Josie nickte und folgte ihm in den Innenraum. Im Gegensatz zum ‚Marienhof' hatte sich hier in den vergangenen Jahren einiges verändert. Die Einrichtung war erneuert, die Wände in frischen Farbtönen gestrichen worden. Der Raum wirkte deutlich heller und freundlicher als zuvor, hatte jedoch nichts von seiner Gemütlichkeit eingebüßt. Auch der Wirt war noch derselbe und begrüßte sie mit einem breiten Lächeln.

Sie setzten sich an einen Tisch in der Ecke des Raumes. Hier herrschte deutlich weniger Trubel und sie konnten sich ungestört unterhalten. Nachdem sie ihre Getränke bestellt hatten, überlegte Josie fieberhaft, wie sie das Gespräch beginnen konnte. Es kam ihr merkwürdig vor, dass sie in Julians Nähe plötzlich solche Hemmungen hatte.

„Also…", begann sie und räusperte sich leise. Julian blickte sie mit hochgezogenen Augenbrauen über den Tisch hinweg an. „Wegen diesem Nachmittag… es tut mir leid, dass ich dich so angefahren habe. Es ist einfach… Martin und ich haben einige Probleme im Moment. Die Situation ist nicht ganz einfach für mich."

Julian hielt ihren Blick fest und nickte leicht. „Du brauchst dich nicht zu entschuldigen", sagte er leise. „Ich hätte nicht so respektlos über deinen Mann sprechen dürfen." Die Kellnerin brachte ihnen ihre Getränke und dazu noch einen kleinen Teller mit gemischten Vorspeisen. Eine ganze Weile nippten sie schweigend an ihren Getränken, bis Josie sich in ihrem Stuhl zurücklehnte und nachdenklich einen Punkt auf der weißen Tischdecke fixierte.

„Weißt du", murmelte sie, „ich weiß nicht einmal, warum ich Martin überhaupt verteidigen wollte." Wieder breitete sich Schweigen aus. Josie überlegte fieberhaft, ob sie das, was ihr auf der Zunge lag, tatsächlich aussprechen wollte. Doch dann entschied sie sich, dass sie Julian die Wahrheit sagen wollte. Sie hatte bisher noch nie mit jemanden darüber gesprochen, wie es wirklich um ihre Ehe stand. Mit diesem Geheimnis vollkommen allein dazustehen, nahm ihr die Luft zum Atmen. Die Tatsache, dass das Leben, wie sie es sich vorgestellt hatte, einfach nicht mehr existierte, schien Josie beinahe zu erdrücken. „Ich habe das Gefühl, dass es nichts mehr gibt, das uns noch verbindet", flüsterte sie.

„Wie meinst du das?" Julian sah sie prüfend an. Josie schluckte hart, schaute dann jedoch ebenfalls hoch.

„Mein Mann und ich sind schon seit Monaten nicht mehr richtig zusammen. Er hat eine Affäre mit seiner Sekretärin. Wir spielen nur noch für die anderen das glückliche Paar und wohnen zusammen, um dieses Bild aufrechtzuerhalten. Einige von unseren Bekannten wissen nicht einmal von Hannas Krankheit." Jetzt war es raus. Josie blickte Julian unsicher an und wartete seine Reaktion ab. Doch er blickte sie nur stumm an. Sein Gesichtsausdruck verriet nicht, was er von der ganzen Sache hielt. Dann schüttelte er langsam den Kopf, ohne sie aus den Augen zu lassen.

„Ich habe doch gewusst, dass er ein Idiot ist", meinte er. „Kein vernünftig denkender Mann würde eine Frau wie dich für seine Sekretärin verlassen." Gerührt wandte Josie ihren Blick ab. „Für gar keine andere Frau", fügte Julian leise hinzu. Josie schluckte ein paar Mal heftig. Was war das, was hier gerade zwischen ihnen geschah? Nervös nagte sie an ihrer Unterlippe, was Julians Blick offenbar unwillkürlich auf ihren Mund lenkte. Sie spürte, wie ihre Kehle trocken wurde und sich ein merkwürdiges Gefühl in ihrer Magengegend breitmachte. Doch auf Julian war Verlass. Auch er schien die seltsame Spannung, die in der Luft lag, zu spüren. Er atmete einmal geräuschvoll aus, dann machte sich ein Lächeln auf seinem Gesicht breit. Josies Blick wanderte, ohne dass sie es kontrollieren konnte, zu seinen unwiderstehlichen Grübchen, die sich dabei bildeten.

„Heute Abend vergisst du den ganzen Stress einmal“, meinte er und seine wasserblauen Augen strahlten Josie an. „Du genießt einfach den Abend und dann sehen wir weiter. Sina?“ Er drehte sich in Richtung der Theke und Sekunden später stand die Kellnerin lächelnd neben ihrem Tisch. „Würdest du uns bitte noch einmal die Karte bringen?“

Es war schon nach Mitternacht, als Josie und Julian den Gasthof verließen. Zu ihrer eigenen Überraschung hatte der Reitlehrer es tatsächlich hinbekommen, dass Josie ihren Ärger für ein paar Stunden vergessen hatte. Erschrocken blickte sie auf die Uhr.

„Schon so spät?“ Unruhig kramte sie ihr Handy aus der Tasche und warf einen Blick auf das Display. Keine Nachricht. Erleichtert atmete Josie aus. Als sie am Nachmittag dieses Treffen mit Julian vereinbart hatte, hatte sie direkt organisiert, dass Hanna heute bei ihrer Oma übernachtete. Schließlich wusste sie nicht, ob Martin überhaupt nach Hause kommen würde. Wenn ihre Mutter sich nicht gemeldet hatte, war am Abend offenbar alles ohne größere Probleme verlaufen.

„Vielen Dank für den schönen Abend“, sagte sie und blickte ihr Gegenüber lächelnd an.

„Dass du dich etwas entspannen und lächeln konntest ist für mich Dank genug“, erwiderte

Julian und strich sich mit der Hand übers Kinn. Inzwischen war es kalt geworden, so dass Josie sich ihre dünne Jacke etwas fester um den Körper zog.

„Also…“, begann sie zögerlich und sah Julian in die Augen, die trotz der Dunkelheit in einem hellen Blauton strahlten. „Wir sehen uns zu Hannas nächster Therapiestunde.“ Julian nickte und blickte sie nachdenklich mit zur Seite geneigtem Kopf an. Josie wollte gerade in Richtung ihres Wagens gehen, als er plötzlich einen Schritt auf sie zumachte und sie sanft am Handgelenk fasste. Überrascht hob sie die Augenbrauen und überlegte einen winzigen Augenblick, ob sie einen Schritt zurücktreten sollte. Doch sie musste zugeben, dass ihr seine Berührung alles andere als unangenehm war. Ein sanftes Kribbeln fuhr ihr über den Körper, als der sportlich-frische Duft seines Aftershaves ihr in die Nase stieg.

„Wenn du reden möchtest, kannst du mich jederzeit anrufen“, raunte Julian heiser und Josie hatte das Gefühl, dass er noch nähergekommen war. Sie nickte langsam, ohne dabei den Blick von seinen Augen abwenden zu können. Fast unmerklich verharrte sein Blick einen Moment auf ihren Lippen, bevor er ihr wieder direkt in die Augen sah. Zaghaft strich er ihr eine kleine Haarsträhne hinters Ohr. Die sanfte Berührung löste eine wohlige Gänsehaut auf Josies Haut aus. „Ich bin so froh, dass wir uns wieder begegnet sind.“, flüsterte Julian. Er war ihr jetzt so nah, dass sie seinen warmen Atem auf ihrer Haut fühlen konnte. Die Gedanken in Josies Kopf fuhren Achterbahn. Was passierte hier gerade? Es war absolut eindeutig, was Julian vorhatte. Doch, wollte sie das auch? Wollte sie, dass dieser Mann, dem sie mehr vertraute als jeder anderen Person in ihrem Leben, sie jetzt küsste? War sie jetzt, so kurz nach der Trennung von Martin, bereit dazu, sich auf so etwas einzulassen? Ihr heftig pochendes Herz und der Schwarm wild umherflatternder Schmetterlinge in ihrem Bauch schienen jubilierend „Ja!“ zu rufen. Doch im letzten Moment meldete sich ihr Verstand zu Wort. „Ihr seid Freunde, Josie! Und er ist Hannas Therapeut. Wenn du dich jetzt auf ihn einlässt, kann das nur in einer Katastrophe enden.“

Josie schloss die Augen, presste die Lippen aufeinander und senkte den Kopf. Dann trat sie langsam einen Schritt zurück. „Tut mir leid, Julian. Ich glaube, ich kann das nicht.“ Sie blickte auf und sah ihm in die Augen, in denen sich eine Mischung aus Unverständnis, Enttäuschung und Verletztheit widerspiegelten. Er straffte die Schultern und räusperte sich.

„Ich verstehe“, murmelte er und lächelte gequält. „Also, gute Nacht, Josie. Wir sehen uns dann nächste Woche.“ Ehe Josie etwas erwidern konnte, machte er auf dem Absatz kehrt und verschwand um die Ecke in Richtung des ‚Marienhofs‘. Einen Moment lang starrte sie ihm hinterher, bevor sie sich seufzend auf den Fahrersitz ihres Autos fallen ließ und die Stirn auf dem Lenkrad ablegte. Sie wurde das Gefühl nicht los, eine wahre Meisterin darin zu sein, Julian vor den Kopf zu stoßen. Dabei hatte sie ihn gar nicht verletzen wollen. Im Gegenteil. Josie hob den Kopf und blickte in die Dunkelheit, die sich vor ihr auftat. Die Gefühle, die seine Nähe in ihr ausgelöst hatten, ließen sich auch, wenn sie sich die größte Mühe gab, nicht leugnen. Sie hatte das Gefühl, dass ihr das Herz noch immer bis zum Hals schlug. Allein der Gedanke daran, wie nah seine Lippen ihren gewesen waren, ließ den aufgeregten Schwarm in ihrer Magengegend wieder aktiv werden. Doch wenn es eine Sache gab, die sie unter allen Umständen vermeiden wollte, dann war es, Julian wieder zu verlieren. Nicht jetzt, wo er so wichtig für Hanna war. Und für sie selbst. Mühsam kämpfte sie gegen die Gewissheit an, die sich immer weiter ihren Weg in ihren Kopf bahnte. Ohne Erfolg. Josie musste sich eingestehen, dass sie sich in Julian verliebt hatte. Nicht heute Abend. Nicht in den vergangenen Wochen, die sie während Hannas Therapiestunden gemeinsam auf dem ‚Marienhof' verbracht hatten. Und auch nicht an jenem Nachmittag, als sie sich zufällig am Berliner Hauptbahnhof getroffen hatten. Sondern schon vor langer Zeit. Schon während des Seminars auf dem ‚Marienhof' vor sechs Jahren hatte sie dieses Kribbeln verspürt. Immer dann, wenn sich ihre Blicke trafen. Wenn Julian sie augenzwinkernd anlächelte. Wenn er voller Begeisterung von seinen Plänen für die Zukunft sprach. Damals hatte sie ihre Gefühle nicht zulassen wollen. Schließlich war sie auf dem besten Wege gewesen, all ihre Ziele, die sie für ihr Leben ins Auge gefasst hatte, zu erreichen. Doch hatte ihr Mann jemals diese Gefühle in ihr geweckt, wie Julian es tat? Ohne Frage war Martin ein attraktiver Mann. Wenn sie früher, zu Anfang ihrer Beziehung, ausgegangen waren, hatte es nicht lange gedauert, bis die ersten Frauen ein Auge auf ihren Partner geworfen hatten. Das hatte sich bis heute nicht geändert. Martin legte viel Wert auf sein Äußeres, er war sportlich und für einen Mann durchaus sehr modebewusst. Noch dazu beeindruckte er die Menschen in seiner Umgebung mit einer ordentlichen Portion Charme, Selbstbewusstsein und Eloquenz. Doch Josie hatte nie dieses Vertrauen, diese Geborgenheit verspürt. Sie hatte immer geschätzt, dass sie sich, im Gegensatz zu anderen Paaren, eindeutig auf Augenhöhe bewegten. Doch das, so musste sie jetzt feststellen, beruhte eher auf demselben Bedürfnis nach Anerkennung und Erfolg. Das aufgeregte, verliebte Kribbeln war nie dagewesen. Und sie war sich sicher, dass es ihrem Mann genauso ging. Josie fühlte sich hin- und hergerissen zwischen dem Wunsch, Julian zu folgen und der Angst, dabei ihre Freundschaft aufs Spiel zu setzen. Doch wie so oft in ihrem Leben folgte sie der Vernunft. Nach einigen weiteren Minuten, in denen sie in ihrem Auto gesessen und ihr Alles und Nichts durch den Kopf gegangen war, startete sie den Motor und machte sich auf den Nachhauseweg. Vielleicht würde es ihr helfen, sich über ihre Gefühle und das, was sie wirklich wollte, klar zu werden, wenn sie eine Nacht darüber schlief.

Als sie eine halbe Stunde später in die Einfahrt zu ihrem Haus einbog stellte Josie verwundert fest, dass im Inneren des Hauses Licht brannte. Auch Martins Wagen stand vor der Tür. Sie parkte ihr Coupé neben seinem Sportwagen und schloss leise die Haustür auf. Als sie das Wohnzimmer betrat entdeckte sie Martin auf dem breiten Ledersessel. Mit einem ärgerlichen Ausdruck auf dem Gesicht sah er sie an.

„Wo bist du gewesen?“, fragte er gereizt.

Josie schnaubte ärgerlich. „Ist das jetzt dein Ernst, Martin? Ich dachte, über diesen Punkt sind wir schon lange hinweg.“

Mit einem Ruck stand ihr Mann auf. „Noch vor wenigen Tagen wirfst du mir vor, dass ich abends nicht nach Hause komme. Jetzt tue ich genau das, und ich finde hier weder dich, noch unsere Tochter. Wo ist Hanna überhaupt?“

„Sie übernachtet heute bei meiner Mutter“, gab Josie bissig zurück. „Und auch, wenn es dich nichts mehr angeht: Ich war heute aus. Ich wusste nicht, dass ich mir dafür von dir die Erlaubnis holen muss. Schließlich bist du…“.

Martin hob abwehrend beide Hände und unterbrach sie damit. Dann rieb er sich mit Daumen und Zeigefinger über die Augen. „Schon gut, schon gut", presste er zwischen zusammengebissenen Zähnen hervor. „Vergessen wir das. Das Beste wird sein, wenn ich jetzt ins Bett gehe." Er musterte Josie einen Moment nachdenklich. Dann wandte er sich um und verschwand durch den Hausflur über die breite Holztreppe in Richtung Schlafzimmer. Josie legte den Kopf in den Nacken und seufzte. Nicht, dass sie den Drang verspürte, sich vor ihrem Noch-Ehemann zu rechtfertigen. Aber warum hatte er ausgerechnet heute Abend auftauchen müssen? Sie wünschte sich nichts sehnlicher, als in Ruhe über alles nachdenken zu können. Aber konnte sie das, wenn sie die Nacht, wie so viele Nächte zuvor, neben Martin im Bett lag? Josie beschloss, dass sie es nicht konnte. Langsam ließ sie ihre Handtasche neben die antike Kommode neben der Haustür sinken. Dann öffnete sie langsam die Tür, die sich auf der linken Seite neben ihr befand. Das große Bett war wie immer ordentlich bezogen, der Raum, obwohl er selten benutzt wurde, frisch gelüftet. Nachdenklich sah sie durch das Fenster in den dunklen Garten hinaus. Trotz ihrer Trennung hatten sie beide bisher im Ehebett geschlafen, wenn Martin überhaupt nach Hause gekommen war. Doch jetzt fühlte es sich für Josie falsch an. Sie wollte ihm nicht so nah sein. Auch, wenn sie sicher war, dass zwischen ihnen nichts passieren würde. Sie wandte sich wieder dem Raum zu und blickte auf das große Gästebett. Und in diesem Moment wurde ihr bewusst, dass sie nicht nachdenken musste. Denn tief in ihrem Inneren hatte sie sich schon entschieden.

Kapitel 9

Julian wurde durch das gleichmäßige Vibrieren seines Handys geweckt. Schlaftrunken öffnete er die Augen und sah sich um. Obwohl die Vorhänge nicht zugezogen waren, war es um ihn herum stockfinster.

„Was zum Teufel…?", murmelte er, tastete nach dem Telefon und nahm den Hörer auf. „Ja?", knurrte er mit heiserer Stimme.

„Julian?" Von einer Sekunde auf die andere war er hellwach.

„Josie? Ist etwas passiert? Geht es dir und Hanna gut?"

„Nein, es ist nichts passiert. Habe ich dich geweckt?", tönte die leise Stimme aus dem Hörer. Julian fuhr sich mit der flachen Hand übers Gesicht und warf einen Blick auf seinen Radiowecker.

„Wir haben drei Uhr nachts. Also, was denkst du?", brummte er.

„Entschuldige."

Julian seufzte und ließ sich zurück in sein Kissen sinken. Wenn er ehrlich war, dann war Josie nicht unbedingt die Person, mit der er gerade reden wollte. Ihre Ablehnung, als er sie am Abend hatte küssen wollen, traf ihn mehr, als er jemals zugegeben hätte. Trotzdem wusste er, dass er sie auch jetzt nicht abweisen würde. Schließlich wollte er für sie da sein. Zumindest redete er sich ein, dass das der einzige Grund war, aus dem er nicht einfach auflegte.

„Bist du noch dran?", fragte Josie jetzt leise.

Julian setzte sich wieder auf. „Ja", erwiderte er. „Aber es ist, wie du weißt, gestern Abend spät geworden. Gib mir einen Moment, um wach zu werden."

„Ich hätte nicht anrufen sollen", murmelte sie.

„Josie, erzähl keinen Unsinn. Also, was ist los?"

Jetzt war sie es, die seufzte. „Ich... ich brauchte einfach jemanden zum Reden. Über gestern Abend", sagte sie. Julian kniff die Augenbrauen zusammen.

„Ich bin mir nicht sicher, ob ich dafür wirklich der richtige Ansprechpartner bin", meinte er trocken. Mitten in der Nacht war er nicht wirklich bereit dazu, sich von der Frau, in die er seit Jahren verliebt war, sagen zu lassen, dass es ihr zwar leidtat, sie aber nur gute Freunde waren und sie deshalb seinen Kuss verweigert hatte.

„Doch, ich denke, du bist genau der Richtige dafür", entgegnete sie und als Julian den Trotz, der aus ihrer Stimme sprach, bemerkte, musste er beinahe ein wenig lächeln. „Ich wollte dich nicht verletzen, Julian…".

„Du hast mich nicht verletzt", behauptete er. „Ich war nur ein wenig… überrascht. Ich hatte einfach das Gefühl, dass da zwischen uns etwas war. Aber da habe ich mich wohl getäuscht."

„Du hast dich nicht getäuscht."

„Wie bitte?" Julian glaubte, sich verhört zu haben.

„Du hast dich nicht getäuscht, Julian. Ich habe es auch gefühlt. Aber dann habe ich Angst bekommen. Was ist, wenn es nicht funktioniert? Was ist dann mit Hanna? Wir brauchen dich!"

In Julians Kopf herrschte ein heilloses Durcheinander. Hatte Josie gerade tatsächlich gesagt, dass sie dasselbe für ihn fühlte, wie er für sie? Trotzdem versuchte er, seine Gedanken zu ordnen. „Du denkst schon wieder viel zu viel nach und planst für die Zukunft, Josie", erwiderte er.

„Ja, weil ich schließlich auch die Verantwortung für mein Kind habe. Ich kann nicht immer einfach alles auf mich zukommen lassen", konterte sie. Julian seufzte. Warum in aller Welt mussten Frauen immer so kompliziert sein?

„Hör zu, ich glaube, jetzt ist nicht die richtige Zeit, um darüber ausgiebig zu diskutieren", meinte er deswegen. „Wir reden morgen in Ruhe. In Ordnung?" Wie Julian Josie kannte, war sie mit diesem Vorschlag alles andere als einverstanden. Ihr war es am liebsten, wenn alles sofort geklärt wurde. Trotzdem gab sie ein zustimmendes Brummen von sich. „Gute Nacht, Josie", sagte er leise.

***

Noch Minuten, nachdem sie das Gespräch beendet hatten, starrte Josie gedankenverloren auf das dunkle Display ihres Smartphones. Hatte sie das gerade wirklich getan? Hatte sie tatsächlich mitten in der Nacht Julian angerufen und ihm gesagt, dass sie Gefühle für ihn hatte? Zumindest angedeutet hatte sie es. Josie wünschte sich, vor Scham auf der Stelle im Boden zu versinken. Was war denn bloß los mit ihr? Vermutlich war das der Grund dafür, dass sie sich in ihrem Leben niemals ernsthaft verliebt hatte. Sie hatte das Gefühl, vollkommen den Kopf zu verlieren, wenn Julian in der Nähe – oder auch nur am Telefon war. Ein Zustand, der ihr ganz und gar nicht passte. Jahrelang hatte sie sich ihren Ruf als perfekt organisierte, taffe Karrierefrau erarbeitet. Und dann kam dieser Mann daher, der so gar nicht in ihre Welt zu passen schien, und riss die Mauern, die sie so sorgsam um sich herum errichtet hatte, einfach ein. Josie schüttelte über sich selbst den Kopf. Vielleicht wäre es besser, wenn sie ihm morgen sagte, dass sie das alles nicht so gemeint habe. Sie war einfach vollkommen übermüdet und außerdem wütend auf ihren Ehemann. Ja, genau das würde sie tun. Doch als sie sich wieder zurück ins Bett rollte und die Decke bis an die Nase zog spürte sie, dass ihr Herz mit dieser Idee ganz und gar nicht einverstanden war.

„Du bist schon da? So früh?“ Sabine Lembeck begrüßte ihre Tochter noch im Morgenmantel an der Tür. Josie lächelte entschuldigend. „Tut mir leid, dass ich dir nicht Bescheid gesagt habe“, sagte sie zu ihrer Mutter. „Ich habe einen spontanen Ausflug mit Hanna geplant.“

„Mama!“ Hanna kam aus dem Wohnzimmer gesaust und flog in Josies Arme. Diese Reaktion war für Hannas Verhältnisse ein wahrer Gefühlsausbruch. Gerührt schluckte Josie die aufsteigenden Tränen herunter und schlang die

Arme um ihre Tochter, die, ebenso wie ihre Oma, noch im Pyjama unterwegs war. „Hallo, mein Schatz“, flüsterte Josie. „Hast du Lust, heute Fino zu besuchen?“ Natürlich hatte Hanna Lust. Nachdem sie sich in Windeseile angezogen und Josie mit ihrer Mutter noch einen Kaffee getrunken hatte, machten sie sich auf den Weg zum ‚Marienhof‘. Es war noch recht früh am Morgen und so brachten sie die Strecke deutlich schneller als sonst hinter sich. Der Gedanke daran, wie Julian ihr heute begegnen würde, machte Josie nervös. Gegenüber Hanna wollte sie diese Nervosität natürlich nicht zeigen. Lächelnd nahm sie sie an die Hand und sie schlenderten gemeinsam über den Hof. Josie vermutete, dass Julian um diese Zeit in den Ställen beschäftigt war. Doch es war Melanie, der sie auf dem Weg dorthin zuerst begegneten. Verwundert sah die Reittherapeutin sie an. „Jetzt sag nicht, ich habe euch vergessen!“, rief sie erschrocken. „Nein, nein“, beruhigte Josie sie. „Wir haben gedacht, wir kommen einfach so einmal vorbei. Hanna freut sich immer so, wenn sie Fino sieht.“ Josie war sich bewusst, dass das nur die halbe Wahrheit war. Doch den wahren Grund für ihren Besuch würde sie garantiert nicht vor Melanie ausbreiten. Auf deren Gesicht breitete sich jetzt ein Strahlen aus. „Das freut mich aber, dass du mich besuchen kommst, Hanna. Du kommst genau richtig, ich wollte Fino gerade auf die Weide bringen. Möchtest du mir dabei helfen?“ Das Mädchen nickte eifrig und ließ sich bereitwillig von der jungen Frau an die Hand nehmen. „Wo ist denn Julian?", erkundigte Josie sich und versuchte, es beiläufig klingen zu lassen. Offenbar gelang ihr das mehr schlecht als recht, denn Melanie grinste breit und zwinkerte ihr zu. „Hinten im Stall. Er wird sich freuen, dich zu sehen", antwortete sie und ging mit Hanna an der Hand voraus, um Fino zu holen. „In Ordnung, Josie, bleib ganz ruhig. Du wirst Julian einfach sagen, dass du das gestern am Telefon nicht so gemeint hast, wie es sich wahrscheinlich angehört hat", betete sie sich innerlich vor. Immer und immer wieder hatte sie nach diesem Telefonat versucht, ihre Gedanken zu ordnen, um eine Lösung zu finden. Und entschieden, dass es für Julian und sie keine Zukunft geben konnte. Sie lebten einfach in vollkommen unterschiedlichen Welten. Während er Wert darauf legte, frei und ungebunden zu sein, musste sie ihrer Tochter die größtmögliche Stabilität bieten. Und für Hanna würde sie alles in Kauf nehmen. Auch wenn das bedeutete, dass sie ihre wahren Gefühle hintenan stellen musste.

„Du siehst müde aus." Als Julians tiefe Stimme viel zu nah vor ihr ertönte, schrak Josie zusammen. Sie war so in Gedanken gewesen, dass sie gar nicht mitbekommen hatte, dass er auf sie zugekommen war. „Ich… ich habe schlecht geschlafen", erwiderte sie, und das war nicht einmal gelogen. Wenn sie ehrlich war, hatte sie die ganze Nacht kein Auge zugemacht. „Ging mir genauso", meinte Julian und blieb mit einigem Abstand vor ihr stehen. „Wollen wir ein Stück gehen?" „Musst du nicht arbeiten?", fragte Josie unsicher. Der Reitlehrer zuckte mit den Schultern. „Melanie bekommt das schon ohne mich hin. Die Arbeit läuft mir ja auch nicht weg." „Aber Hanna..." Josie konnte sich selbst nicht erklären, warum der Gedanke, mit Julian allein zu sein, sie plötzlich so nervös machte. Schließlich wusste sie doch genau, welchen Verlauf dieses Gespräch nehmen sollte. „...sieht nicht so aus, als ob sie das wirklich stören würde", beendete er ihren Satz. Tatsächlich war das Mädchen vollauf damit beschäftigt, Melanie bei der Versorgung der Pferde zu helfen. „Also komm." Julian nahm Josies Hand und zog sie mit sich. Als es in ihrer Magengegend urplötzlich wild zu flattern begann, zog sie erschrocken ihre Hand zurück. Julian seufzte, setzte seinen Weg dann aber fort. Einen kurzen Moment überlegte Josie, ob sie einfach stehenbleiben sollte, entschied sich dann jedoch dagegen. Sie musste diese Sache ein für alle Mal klären. Für Hanna. Für Julian. Aber auch für sich selbst.

Sie folgte Julian an den Ställen und der Reithalle vorbei bis zu einem kleinen, von Bäumen gesäumten See, an dessen Ufer Julian sich auf eine alte Holzbank setzte. Josie blieb vor Erstaunen der Mund offenstehen. Sie hatte gar nicht gewusst, dass sich dieser See direkt hinter dem Hof befand. Hier, im Schatten der dichtbewachsenen Laubbäume, herrschte eine beruhigende Stille. Die Sonne glitzerte auf der glatten Wasseroberfläche. Hin und wieder war von den Pferdeweiden ein entferntes

Wiehern zu hören. Es war einfach wunderschön. Josie genoss dieses Idyll einige Augenblicke, bevor sie sich neben Julian auf die Bank setzte. Es dauerte eine Weile, bis sie die richtigen Worte fand.

„Wegen heute Nacht…“, begann sie zögerlich. Sie spürte, dass Julian sie aufmerksam von der Seite beobachtete. „Ich war vollkommen übermüdet und hatte einen Streit mit Martin und dann…“

„Warte, warte, warte“, unterbrach Julian sie. „Du willst dich jetzt nicht ernsthaft für das, was du gesagt hast, entschuldigen, oder?“ Josie straffte die Schultern und sah zu ihm hinüber. Er hatte die Stirn in tiefe Falten gelegt und starrte sie finster an.

„Nein“, murmelte sie. „Ich wollte nur sagen, dass ich das alles nicht so gemeint habe, wie es sich vielleicht angehört hat.“

„Ehrlich, Josie, das klingt verdammt danach, dass du dich entschuldigen willst. Und das ist wirklich das letzte, was ich hören wollte“, sagte er ärgerlich und stand mit einem Ruck auf. Aufgebracht lief er vor der Bank hin und her. „Weißt du, ich habe das Gefühl, von deinen ständigen Richtungswechseln ein Schleudertrauma zu bekommen. Erst lässt du mich an dich rankommen, und plötzlich ziehst du dich wieder in dein Schneckenhaus zurück. Sag mir doch einfach, woran ich bei dir bin, verdammt nochmal! Bin ich wirklich der Einzige, der… der das hier fühlt?“

Nervös nagte Josie an ihrer Unterlippe. „Julian, ich…“

„Sag es mir einfach, Josie." Seine sonst so tiefe Stimme bekam einen fast schon flehenden Unterton. Er rieb sich mit Daumen und Zeigefinger über die Augen und atmete einmal hörbar tief durch. „Als du damals plötzlich den Kontakt abgebrochen hast, obwohl du wusstest, dass ich etwas für dich empfinde, habe ich das weggesteckt. Oder wegstecken müssen. Aber nochmal…"

Schockiert starrte Josie ihn an, hin- und hergerissen von ihren Gefühlen und der Angst, sich falsch zu entscheiden. „Ich… ich mag dich", stammelte sie. „Wir sind doch… Freunde." „Ja, wir sind Freunde", erwiderte Julian mit einem bitteren Lächeln auf den Lippen. Verdrossen schüttelte er den Kopf und starrte auf die glitzernde Wasseroberfläche. Josie stand auf und legte ihr Hand auf seinen Unterarm. Mit aller Macht kämpfte sie gegen die Verzweiflung und die aufsteigenden Tränen.

„Bitte, Julian, lass uns nicht im Stich. Hanna braucht dich", flehte sie. Julian blickte sie einen Moment schweigend an. In seinem Blick mischte sich Resignation mit grenzenlosem Bedauern.

„Ich denke, ich bin professionell genug, um Hanna weiter zu betreuen, egal, wie es zwischen uns beiden steht", meinte er und seine Stimme klang merkwürdig distanziert. „Außerdem ist in erster Linie Melanie für Hannas Therapie verantwortlich. Vermutlich wäre es das Beste, wenn ihr ab jetzt die Therapieeinheiten ohne mich absolviert." Er nahm sanft Josies Hand, die noch immer auf seinem Arm lag, und schob sie langsam von sich. „Tut mir leid, Josie, ich kann das so nicht mehr." Sie wollte ihm in die Augen sehen, doch hinter den Tränen, die mehr und mehr ihre Augen füllten, nahm sie alles nur noch verschwommen wahr. Julian ging einige Schritte rückwärts und wollte sich gerade zum Gehen wenden, als Josie ihn urplötzlich am Handgelenk packte und festhielt. „Lass mich nicht hier stehen", flüsterte sie. „Ich brauche dich." Für einen kurzen Moment sah sie in seinen Augen etwas aufblitzen, doch es konnte die Skepsis in seinem Blick nicht verschwinden lassen. „Wie ich schon sagte", entgegnete er kühl. „Ich werde mich professionell verhalten. Du musst mir nichts vorspielen, nur um Hannas Therapie nicht zu gefährden." Josie kniff die Augen zusammen. Unter ihre Verzweiflung mischte sich nun auch Ärger. Sie war die letzte Person, die jemandem etwas vorspielen würde, nur um sich selbst einen Vorteil zu verschaffen. Und Julian wusste das. Wütend machte sie einen Schritt auf ihn zu und bohrte ihren Zeigefinger in seine Brust.

„Ich habe es gar nicht nötig, irgendjemandem etwas vorzumachen“, zischte sie.

„Stimmt, außer dir selbst“, erwiderte Julian trocken. Josie schluckte. Mit einem derart guten Konter hatte sie nicht gerechnet. Sie presste die Lippen aufeinander und starrte Julian in die wasserblauen Augen. „Warum lässt du deine Gefühle nicht zu, Josie?“, flüsterte er. Erneut nahm er ihre Hand, doch statt sie wegzuschieben, umschloss er sie dieses Mal sanft, was Josie eine angenehm warme Gänsehaut über den Rücken jagte. Julians Gesichtszüge entspannten sich, die kühle Distanziertheit in seinen Augen wich der gewohnten Wärme.

„Weil… es nichts zuzulassen gibt“, wisperte Josie, doch selbst in ihren Ohren klang es wenig überzeugend.

„Nein?“ Julian machte einen weiteren Schritt auf sie zu, so dass sie nur noch wenige Zentimeter trennten. Sie schüttelte beinahe unmerklich den Kopf, konnte dabei den Blick jedoch nicht von ihm abwenden.

„Also löst das hier“, er legte nun ihre Hand auf seine warme Brust, „rein gar nichts in dir aus?“ Ohne etwas dagegen unternehmen zu können, schloss Josie die Augen und spürte seinen Herzschlag unter ihrer zitternden Hand. Natürlich löste diese Berührung etwas in ihr aus! Ihr Herz klopfte so heftig, dass sie den Eindruck hatte, Julian müsse es schlagen hören. Die Schmetterlinge in ihrer Magengegend vollführten einen wilden Tanz. Sie konnte sich nicht einmal daran erinnern, was genau sie Julian hatte sagen wollen. Als sie die Augen langsam wieder öffnete, umspielte ein leichtes Lächeln seine Lippen. „Gib mir eine Chance, Josie.“ Zaghaft näherten sich seine Lippen ihren. Als er ihr so nah war, dass sein warmer Atem schon über ihr Gesicht tanzte, hielt er kurz inne und blickte ihr direkt in die Augen. Es schien fast so, als warte er auf eine Bestätigung, dass Josie den Kuss auch wirklich zulassen würde. Doch sie war so in seinem Blick gefangen, dass es ihr völlig unmöglich schien, auf irgendetwas zu reagieren. Die sanfte Berührung seiner Lippen löste dafür eine umso heftigere Reaktion aus. Jeder Zentimeter ihres Körper begann zu prickeln, während ihre Knie sich in Wackelpudding zu verwandeln schienen. Sie hatte das Gefühl, dass nur Julians starke Arme, die er um ihre Taille gelegt hatte, sie noch aufrecht hielten. Viel zu früh, zumindest kam es Josie so vor, löste Julian sich von ihr und sah ihr erneut in die Augen. Der fragende Ausdruck auf seinem Gesicht war nicht zu übersehen. Doch Josie, die noch immer das warme Kribbeln auf ihren Lippen spürte, konnte nicht anders, als ihn zaghaft anzulächeln. Julian verstand offenbar, denn jetzt machte sich auch auf seinem Gesicht ein strahlendes Lächeln breit, bevor er sie erneut küsste, diesmal deutlich weniger unsicher und zurückhaltend. Und in diesem Moment wusste sie, dass sie die vergangenen sechs Jahre nur auf diesen Augenblick gewartet hatte.

Kapitel 10

Als Julian und Josie wenige Minuten später den Stall betraten, verteilte Hanna gerade eifrig die Heurationen in den Pferdeboxen. Offenbar war sie so vertieft in ihre Aufgabe gewesen, dass ihr Josies Fehlen gar nicht aufgefallen war. Melanie streckte den Kopf aus einer der Boxen und musterte die beiden skeptisch. Dann machte sich ein schelmisches Grinsen auf ihrem Gesicht breit.

„Wusste ich es doch“, murmelte sie. Sie zwinkerte Josie, die bei dieser Feststellung sofort die Hitze in sich aufsteigen fühlte, verschwörerisch zu und verschwand wieder in dem Pferdestall. Julian legte ihr seinen Arm um die Taille und hauchte ihr einen sanften Kuss auf die Schläfe. Erschrocken wich sie einen Schritt zur Seite und blickte hektisch in Hannas Richtung.

„Entschuldige“, murmelte sie, weil sie das Gefühl hatte, ihn mit dieser Reaktion womöglich zu kränken. „Ich weiß nicht, wie Hanna es aufnehmen würde.“

„Du hast Recht, entschuldige“, raunte Julian, ließ seinen Arm wieder sinken und ging ebenfalls einen Schritt zur Seite. Im Augenwinkel sah Josie, dass er sie einige Augenblicke beobachtete. Doch sein Blick war nicht gekränkt oder verletzt, sondern… liebevoll. Bewundernd. Ein Blick, wie sie ihn bei Martin noch nie gesehen hatte. Unwillkürlich drehte sie den Kopf in seine Richtung und lächelte ihn an.

„Ich werde daran arbeiten“, versprach sie und legte, wenn auch erst nach einem weiteren prüfenden Blick in Hannas Richtung, ihre Hand in seine.

Als sie eine halbe Stunde später gemeinsam über den Hof zum Parkplatz schlenderten, kam Josie sich wie ein verliebter Teenager vor. Immer wieder warf sie Julian einen verschämten Seitenblick zu und musste unwillkürlich grinsen, wenn er diesen erwiderte. Sie setzte Hanna in ihren Kindersitz, schloss die Tür und wandte sich ihm wieder zu. Mit einem nachdenklichen Ausdruck auf dem Gesicht strich er ihr eine lose Haarsträhne hinters Ohr.

„Bist du dir wirklich sicher, dass du das willst?“, fragte er und Josie glaubte, eine Spur Beunruhigung in seinen Augen sehen zu können.

„Wie meinst du das?“, entgegnete sie und sah ihn mit gerunzelter Stirn fragend an.

„Na ja“, meinte Julian und strich sich mit der Hand über den Nacken. „Erst weist du mich ziemlich deutlich ab und meinst, dass du das nicht könntest. Und jetzt... ich kann einfach nicht glauben, dass das wirklich wahr sein soll. Auch, wenn ich es mir mehr als alles andere wünschen würde", fügte er schnell hinzu, als Josie ihn mit einem skeptischen Blick aus zusammengekniffenen Augen bedachte.

„Es ist wahr. Und du solltest nicht so viel nachdenken", meinte sie augenzwinkernd und lächelte.

„Also gut, Josefine Winter", erwiderte er und grinste, als Josie bei der Erwähnung ihres vollen Namens unwillig ihr Gesicht verzog. Ich hoffe, du hast dir das sehr gut überlegt. Denn ich habe nicht vor, dich so schnell wieder gehen zu lassen."

„Du solltest wissen, dass ich nicht gerade für unüberlegte Aktionen bekannt bin", antwortete sie. Julian nickte leicht, bevor er einen Schritt auf sie zutrat und sie an sich zog. Seufzend lehnte Josie ihren Kopf an seine Brust und atmete seinen Duft ein. Er roch unwiderstehlich nach Heu, Aftershave und... einfach männlich. Zufrieden wie lange nicht mehr schlang sie ihre Arme um seinen Körper und schmiegte sich an ihn.

„Ich glaube, es gibt auf der ganzen Welt gerade niemanden, der glücklicher ist, als ich", raunte

Julian in ihr Haar, bevor er ihr einen sanften Kuss auf die Stirn gab.

„Ich denke, ich bin dir dicht auf den Fersen", meinte Josie. Julian lachte heiser in sich hinein und hauchte einen flüchtigen Kuss auf ihre Lippen.

„Sehen wir uns morgen?", fragte er.

„Ich weiß nicht, ob meine Mutter Zeit hat, auf Hanna aufzupassen", entgegnete Josie zögernd. „Und Martin…"

„Wir können uns hier treffen", meinte Julian achselzuckend. „Und Hanna kann natürlich mitkommen. Sonntags ist hier nicht viel zu tun und danach können wir frühstücken und etwas unternehmen."

Josie, die für gewöhnlich jeden Ausflug wochenlang bis ins kleinste Detail plante, fühlte sich von einer solch spontanen Verabredung etwas überrumpelt. Doch sie wusste, dass sie, wenn sie wirklich mit Julian zusammen sein wollte, sich auch an seine Spontanität gewöhnen musste.

„In Ordnung", stimmte sie deshalb mit einem Lächeln zu. „Sagen wir 9Uhr?"

„Kommt, wann es euch passt", meinte er. „Ich bin ab 5Uhr morgens hier."

„Also um 9", erwiderte Josie. Ein Mindestmaß an Planung ließ sie sich nicht nehmen. Julian lachte leise und gab ihr einen letzten sanften Kuss.

„Dann bis morgen", sagte er mit einem glücklichen Strahlen in den Augen.

„Bis morgen", erwiderte Josie, bevor sie sich ins Auto setzte und vom Hof fuhr.

Als sie im Rückspiegel noch einen letzten Blick auf Julian warf, musste sie unwillkürlich lächeln. Das Ganze war verrückt. Aber es fühlte sich unglaublich gut an.

Wie am Vorabend stand, zu Josies großer Überraschung, Martins Wagen in der Einfahrt.

„Papa!", rief Hanna, als sie das Haus betraten, wo Martin im Wohnzimmer auf dem Sessel saß und ihnen erwartungsvoll entgegenblickte. Hatte er etwa auf sie gewartet? Für gewöhnlich fand man ihn, wenn er überhaupt mal seine Zeit Zuhause verbrachte, in seinem Arbeitszimmer. Das war schon so gewesen, bevor sie sich getrennt hatten. Bei der fast schon herzlichen Begrüßung seiner Tochter wirkte er beinahe etwas irritiert, küsste sie jedoch dann sanft auf ihr dunkles Haar, als sie ihn, wenn auch etwas zögerlich, umarmte. Josie versuchte den Kloß, der sich plötzlich in ihrem Hals bildete, herunterzuschlucken. Sie konnte sich nicht daran erinnern, einen solch liebevollen Moment zwischen Martin und Hanna jemals beobachtet zu haben. Auch, wenn sie sich bei diesem Gedanken schrecklich egoistisch vorkam: Jetzt, wo sie sich endlich für Julian entschieden hatte, war das das letzte, was sie gebrauchen konnte.

„Hallo, meine Schöne", sagte er jetzt und löste sich leicht von ihr. „Bist du mit Mama unterwegs gewesen?" Hanna nickte eifrig, während sie einige imaginäre Flusen von ihrem Shirt zupfte. Sie war zwar deutlich offener geworden, doch Augenkontakt war in den meisten Fällen noch immer ein absolutes Tabu.

„Bei Fino", erklärte sie ihrem Vater. Martin sah Josie fragend an.

„Das ist das Therapiepferd auf dem ‚Marienhof', sagte sie.

„Wart ihr diese Woche nicht schon bei der Therapie?", wunderte er sich und blickte sie skeptisch an.

Josie rieb sich nervös die Hände. „Wir waren einfach so da. Die Zeit auf dem Hof tut Hanna gut und sie kann dort ein wenig beim Versorgen der Pferde helfen.“ Wieder nickte das Mädchen eifrig, bevor sie auf dem Absatz kehrt machte und durch die geöffnete Terrassentür in den Garten flitzte.

„Was machst du hier, Martin?“, fragte Josie, während sie in die offene Küche direkt neben dem Wohnzimmer ging, um sich ein Glas Wasser zu holen.

„Seit wann muss ich mich rechtfertigen, wenn ich mein eigenes Haus betrete?“, entgegnete er. Auch, wenn er wie immer seine Emotionen vollkommen unter Kontrolle hatte, kannte Josie ihn gut genug, um den leichten Ärger in seiner Stimme zu hören.

„Du musst dich nicht rechtfertigen“, meinte sie. „Ich habe mich nur gewundert, das ist alles. Erst bekommen wir dich wochenlang nicht zu Gesicht, und jetzt gleich zwei Tage am Stück.“

„Ich brauchte ein wenig Zeit zum Nachdenken“, brummte Martin.

„Aha.“ Josie war die ganze Situation mehr als unangenehm. Dies war mit Abstand die längste Unterhaltung, die sie seit Monaten führten.

„Und außerdem", fuhr ihr Mann jetzt fort, „haben Ariane und ich uns gestritten."

Josie erstarrte. „Ich möchte in diesem Haus kein Wort über diese… Person hören", knurrte sie. „Also, verschone mich bitte mit näheren Details." Sie kannte Ariane Simons. Die junge Frau war ihr sogar sympathisch gewesen. Bis zu dem Tag, an dem sie erfahren hatte, dass die Sekretärin schon seit Monaten eine Affäre mit ihrem Ehemann hatte.

„Josie, ich…", setzte ihr Mann an.

„Nein", zischte sie. Dass Martin gerade jetzt diesen Kosenamen benutzte, obwohl er es sonst nie tat, machte sie nur noch wütender. Just in diesem Moment kam Hanna wieder hereingesaust und Josie bemühte sich, ihren Ärger, zumindest für den Moment, hinunterzuschlucken. Trotzdem warf sie Martin einen bitterbösen Blick zu.

„Ich habe Durst", verkündete ihre Tochter atemlos. Josie nahm einen Becher aus dem Regal und schenkte ihr etwas Wasser ein. Als sie wieder aufsah bemerkte sie, dass ihr Mann verschwunden war. Im nächsten Moment hörte sie, wie die Tür zum Arbeitszimmer geschlossen wurde. Seufzend fuhr sie Hanna mit den Fingern durchs Haar. Der Tag hatte so gut angefangen. Doch jetzt war sie wieder genauso niedergeschlagen und frustriert wie zuvor.

Auch diese Nacht verbrachte Josie in dem großen Gästebett. Am Abend hatte sie Julian noch eine Nachricht geschrieben und ihm von dem unerwarteten Aufeinandertreffen mit ihrem Mann erzählt.

„Und, bist du dir immer noch sicher?“, fragte Julian. Über die Antwort musste sie nicht lange nachdenken.

„So sicher wie nie zuvor Julian.“ Innerhalb von Sekunden trafen als Antwort darauf zwei Herz-Emojis bei ihr ein.

„Ich freue mich auf morgen“, schrieb Julian. Josie drehte sich lächelnd auf den Rücken und sah zur Decke. Dieser Mann war unglaublich. Er schaffte es mit ein paar simplen Worten, dass der ganze Ärger, den sie zuvor verspürt hatte, wie weggeblasen war.

„Ich freue mich auch.“

„Mama?“ Verschlafen schlug Josie die Augen auf und blickte sich um. Die aufgehende Sonne tauchte den Raum in ein sanftes Licht. „Mama?“ Von einer

Sekunde zur anderen war Josie hellwach und sprang aus dem Bett. Alarmiert riss sie die Tür auf.

„Hanna? Was ist denn los?"

Hanna stand in ihrem Minnie Mouse-Nachthemd, ihren großen Plüsch-Teddy unter den Arm geklemmt, am Fuße der Holztreppe, die in die obere Etage führte, und blickte Josie mit großen Augen an. Die fuhr sich nun mit den Fingern durch die dunklen Haare.

„Hab dich gesucht", murmelte das Mädchen. Josie seufzte. Sie wusste, dass Hanna es nicht verstehen würde, wenn sie ihr erklärte, warum sie nicht, wie gewohnt, neben ihrem Papa im Ehebett geschlafen hatte.

„Die Mama war so müde, dass sie es gestern nicht mehr bis nach oben geschafft hat", sagte sie deswegen. Hanna runzelte die Stirn, schien dies dann jedoch als Erklärung zu akzeptieren. „Möchtest du noch ein wenig kuscheln?"

Hanna nickte, schlurfte an ihr vorbei und ließ sich auf das große, bequeme Bett fallen. Josie warf einen kurzen Blick auf die Uhr, die im Gästezimmer an der Wand hing. 5Uhr. Viel zu früh für einen Sonntagmorgen. Lächelnd folgte sie ihrer Tochter und tippte eilig eine Nachricht in ihr Handy.

„Guten Morgen! Ich habe gerade daran gedacht, dass du zu dieser unchristlichen Zeit schon fleißig bist. Ich werde mich jetzt noch einmal umdrehen. Neidisch?“

Die Antwort ließ nicht lange auf sich warten. „Grundsätzlich gehe ich sehr gerne zur Arbeit, auch um fünf Uhr in der Früh. Aber die Aussicht, um diese Zeit mit dir im Bett liegen zu können, gefällt mir eindeutig noch besser.“ Josie spürte, wie die Hitze langsam ihr Gesicht emporkroch. Schnell schlüpfte sie neben Hanna unter die Bettdecke und legte den Arm um sie. Schon wenige Minuten später war ihre Tochter wieder eingeschlafen und Josie lauschte ihren ruhigen, gleichmäßigen Atemzügen. Für sie selbst war an Schlaf gar nicht zu denken. Die Bilder, die Julian ihr mit seiner Nachricht in den Kopf gepflanzt hatte, waren einfach zu lebendig. Sie konnte regelrecht spüren, wie seine kräftigen Hände über ihren Körper glitten, ebenso wie seine sanften Lippen. Allein beim Gedanken daran durchfuhr sie ein wohliger Schauer. Josie schüttelte über sich selbst den Kopf. Solche eindeutigen Gedanken hatte sie noch nie gehabt. Weder bei Martin, noch bei irgendeinem anderen Mann zuvor. Julian schien einfach ein derart großes Vertrauen in ihr auszulösen, dass sie es wagte, auf diese Art über ihn nachzudenken.

Hanna war nicht mehr zu halten, als Josie ihr erzählte, dass sie heute erneut zum ‚Marienhof‘ fahren würden. Innerhalb weniger Minuten war sie angezogen, sogar ohne dass Josie ihr dabei besonders viel zur Hand gehen musste. Sie wollten gerade das Haus verlassen, als Martin die Treppe hinunterkam und sie prüfend ansah.

„Wo wollt ihr denn hin?“, wollte er wissen.

„Zu Fino“, antwortete Hanna blitzschnell und klatschte dabei in die Hände.

Sein Blick schnellte zu Josie, die sich unwillkürlich ertappt fühlte. „Schon wieder?“, fragte Martin und starrte sie prüfend an. Nur mühsam konnte Josie die aufsteigende Röte unterdrücken.

„Hast du etwas dagegen einzuwenden?“, entgegnete sie gereizt.

„Ja, habe ich“, konterte Martin. „Ich hatte geplant, mit euch im ‚Engelhard‘ frühstücken zu gehen.“ Josie seufzte. Das ‚Engelhard‘ war ein sündhaft teures Restaurant, das am Wochenende ein wirklich hervorragendes Frühstück-Buffet anbot. Allerdings war die Auswahl zwischen Champagner, Räucherlachs und Kaviar für Kinder äußerst beschränkt. Eine Spielecke für die Kleinen suchte man hier vergeblich. Früher waren Martin und sie häufig dort gewesen. Doch das war, bevor Hanna in ihr Leben getreten war. Bevor Josie ihm die bissige Antwort, die ihr auf der Zunge lag, entgegenschmettern konnte, lief Hanna auf ihren Vater zu und umarmte ihn etwas unbeholfen.

„Tschüss, Papa." Mit diesen Worten verschwand sie durch die Haustür.

„Möchtest du mir irgendetwas dazu sagen?", bohrte Martin und sah Josie durchdringend an.

„Nein", erwiderte sie und verschränkte die Arme vor der Brust. Und das war nicht einmal gelogen. Ihr Mann war mit Sicherheit der letzte Mensch, mit dem sie darüber reden wollte, warum es sie so häufig auf den ‚Marienhof' zog. Er gab ein unverständliches Brummen von sich, das alles andere als freundlich klang, und verschwand vor sich hin murmelnd in seinem Arbeitszimmer. Josie atmete einmal tief durch. Obwohl sie sich vorgenommen hatte, dass es ihr egal war, was Martin dachte, trafen sie diese Diskussionen noch immer. Mit einem erneuten leisen Seufzen zog sie die Haustür hinter sich zu und folgte ihrer Tochter, die schon aufgeregt an der Wagentür rüttelte.

Als sie am ‚Marienhof' ankamen war Julian gerade dabei, einen großen Berg Heu in Finos Box aufzuschichten. Hanna sah kurz um die Ecke und flitzte, als sie Melanie an den Pferdekoppeln entdeckte, zu ihr. Josie lächelte. Sie liebte ihre

Tochter, doch jetzt gerade war ihr dieser unbeobachtete Moment mehr als recht.

„Guten Morgen“, raunte Julian und kam auf sie zu. Noch bevor sie antworten konnte, zog er sie an sich und presste seine Lippen auf ihre. Sanft, aber gleichzeitig fordernd. Josie spürte, wie ein aufgeregtes Kribbeln ihren Körper erfasste, und erwiderte den Kuss. Dies war eindeutig schon ein ganz anderes Level als die sachten, zögerlichen Berührungen vom Vortag.

„Hast du gut geschlafen?“, erkundigte Julian sich, nachdem er sich nach einer kleinen Ewigkeit, die Josie viel zu kurz vorgekommen war, von ihr löste.

Sie zuckte mit den Schultern. „Es geht.“

Er sah sie prüfend an. „Es geht?“

„Ich hatte etwas merkwürdige Träume.“ Dass er der Hauptbestandteil dieser Träume war, verriet sie ihm lieber nicht.

„Verstehe“, murmelte er und Josie war sich nicht sicher, ob er nicht tatsächlich wusste, was gerade in ihrem Kopf vorgegangen war.

„Ich hatte gerade schon wieder eine Diskussion mit Martin. So langsam wird das zur unangenehmen Gewohnheit."

Julian verzog ein wenig das Gesicht. „Worum ging es diesmal?"

Sie seufzte und fuhr sich mit der Hand durch die Haare. Dabei fiel ihr auf, dass Julian jede ihre Bewegungen zu verfolgen schien. „Ausgerechnet heute wollte er mit uns frühstücken gehen. In ein Restaurant, in dem Kinder gar nicht gerne gesehen werden."

„Er wollte etwas mit euch unternehmen?", fragte er misstrauisch. „Sagtest du nicht, dass er nicht gerade der Familienmensch wäre?"

Josie zuckte mit den Schultern. „Ich weiß auch nicht, was mit ihm los ist. So viel wie in den letzten Tagen war er noch nie Zuhause." Julian straffte die Schultern und im Augenwinkel sah sie, dass er die Augen zusammenkniff und die Lippen aufeinander presste.

„Du brauchst dir keine Sorgen machen", versuchte sie ihn zu beruhigen. „Das mit Martin und mir ist schon lange vorbei."

„Ich mache mir keine Sorgen", behauptete er, wich ihrem Blick aber aus. Josie grinste.

„Dein Gesicht sagt da aber ganz was anderes."

Nun kam auch noch ein Stirnrunzeln hinzu. „Na gut, vielleicht mache ich mir ein wenig Sorgen", gab er zu. „Schließlich seid ihr eine Familie und…"

„Ich habe das Gefühl, dass wir das nie wirklich waren", unterbrauch sie ihn und schlang die Arme noch etwas fester um seinen Körper. Julian seufzte und gab ihr einen leichten Kuss auf die Schläfe.

„Also gut", meinte er dann. „Ich mache das hier eben noch fertig und dann können wir frühstücken."

Das Frühstück war natürlich mit dem, was sie im ‚Engelhard' erwartet hätte, nicht zu vergleichen. Julian hatte am See hinter dem Hof eine große Decke auf dem Boden ausgebreitet, auf der Josie einige Brötchen, etwas Wurst und Käse, Obst sowie Kaffee und eine Flasche Apfelsaft vom Bauern gegenüber entdeckte. Zu ihrer eigenen Verwunderung gefiel ihr diese Einfachheit jedoch mehr und mehr. Von Hanna ganz zu schweigen. Josie hatte ihre Tochter selten so gelöst und bei sich erlebt, wie an diesem Morgen. Immer wieder watete sie barfuß durch das flache Wasser am Ufer des Sees und lachte dabei sogar das ein oder andere Mal.

„Hanna tut die Stadt nicht gut“, meinte Julian an Josie gewandt und biss in einen rotbackigen Apfel. Statt einer Antwort brummte sie nur. Sie spürte Julians Blick auf sich liegen, woraufhin sie sich doch zu einer Antwort hinreißen ließ.

„Ich kann nicht von jetzt auf gleich alles aufgeben, Julian“, murmelte sie. „Auch, wenn ich das gerne tun würde.“

„Und warum nicht?“, erkundigte er sich.

„Weil…“ Josie konnte selbst nicht sagen, warum sie so sehr an diesem Leben, dass sie in den letzten Jahren so unglücklich gemacht hatte, festhielt. Aber sie wusste, dass sie das, was sie sich über so lange Zeit mühselig aufgebaut hatte, nicht einfach hinwerfen wollte. Ganz abgesehen davon, dass ein nicht zu verachtender Teil in ihr sich noch immer nach Ordnung und Stabilität sehnte.

„Ich habe eine gut bezahlte Stelle.“

„Bei deiner Qualifikation dürfte es doch ein Kinderspiel sein, einen gleichwertigen oder sogar besseren Job zu finden.“, entgegnete Julian.

„Hanna geht in der Nähe in den Kindergarten."

„In dem sie sich nicht wohlfühlt, das hast du mir selbst erzählt. Außerdem gibt es auch woanders Kindergärten, die sich mit autistischen Kindern hervorragend auskennen." Ärgerlich presste Josie die Lippen aufeinander. Julian schmetterte all ihre Einwände ab, als seien es reine Lappalien.

„Ich bin eben nicht wie du, Julian. Ich kann nicht einfach alles stehen und liegen lassen und verschwinden. Und wahrscheinlich will ich das auch nicht."

Julian strich ihr sanft eine Haarsträhne aus dem Gesicht. „Das verlangt doch auch niemand", meinte er besänftigend. „Aber es muss sich etwas ändern. Für Hanna, aber auch für dich. Oder bist du glücklich mit deiner derzeitigen Situation?"

„Mit der ganz aktuellen Situation bin ich mehr als glücklich", versuchte sie die angespannte Atmosphäre etwas aufzulockern und gab ihm einen flüchtigen Kuss. Julian lächelte, doch sein Blick wurde sofort wieder ernst.

„Im Ernst, Josie. Ich glaube nicht, dass es die beste Lösung ist, dass du weiterhin mit deinem Noch-Ehemann unter einem Dach lebst. Irgendwann artet so etwas zwangsläufig in eine riesige Katastrophe aus.“ Sie wusste, dass er recht hatte. Aber sie liebte dieses Haus, das Martin und sie gemeinsam ausgesucht hatten. Es war ihr Zuhause. Und sie brachte es nicht übers Herz, Hanna endgültig von ihrem Vater zu trennen. Nicht jetzt, wo sie sich offenbar ein wenig annäherten. Tief in ihrem Inneren wusste sie, dass es keinen Zweck hatte, das Unvermeidliche einfach aufzuschieben. Doch jetzt war der Zeitpunkt einfach noch nicht gekommen.

Am frühen Nachmittag kehrten Josie und Hanna vollkommen erschöpft in ihr Haus zurück. Nach dem Frühstücks-Picknick hatte Julian die beiden zu einem etwas entfernt gelegenen Steg geführt, wo sie auf ein altes, offenbar vor vielen Jahren selbst gebautes Floß gestiegen waren. Über eine Stunde waren sie damit auf dem kleinen See unterwegs gewesen. Während Hanna Julian eifrig beim Paddeln geholfen hatte, hatte Josie am Rand des Floßes gesessen und ihre Beine durch das kühle Wasser gleiten lassen. Immer wieder waren sich ihrer und Julians Blick begegnet. Selten hatte sie sich so wohl gefühlt. Wenn sie es überhaupt jemals getan hatte.

Erleichtert stellte Josie fest, dass Martin nicht da war. Eine erneute Diskussion mit ihm, warum genau sie in den letzten Tagen so oft zum ‚Marienhof‘ fuhren war das Letzte, was sie jetzt gebrauchen konnte.

Hanna war sofort in ihr Zimmer verschwunden und hatte ihr neues Pferde-Puzzle, das Josie ihr nach ihrer ersten Therapiestunde mit Fino gekauft hatte, aus dem Regal gekramt. Sie liebte dieses Puzzle heiß und innig. Während Josie für ihre Tochter, deren Beine über und über mit Gras, Sand und diversen anderen Naturmaterialien übersät waren, das Badewasser einließ, tippte sie auf dem Display ihres Handy auf den Kontakt ihrer Mutter.

„Hallo, Josefine", tönte es bereits nach wenigen Sekunden aus dem Hörer. Josie seufzte. Sie konnte es nicht leiden, wenn jemand ihren vollen Namen aussprach. Doch ihre Mutter liebte diesen Namen und blickte sie jedes Mal wie ein angeschossenes Tier an, wenn sie sie bat, die Kurzform zu benutzen. Also beließ sie es dabei.

„Hallo, Mama", antwortete sie und gab etwas von dem pinken Badezusatz mit dem viel zu intensiven Himbeerduft in das heiße Wasser. „Ich wollte fragen, ob du heute Abend noch einmal auf Hanna aufpassen könntest."

„Schon wieder?" Josie nagte nervös an ihrer Unterlippe. Es stimmte, in den vergangenen Wochen und Monaten hatte sie ihre Mutter ziemlich häufig als Babysitter eingespannt. Und sie sagte ihr dafür nicht einmal die Wahrheit über ihr Familienleben. Unwillkürlich bekam sie ein schlechtes Gewissen. Sie musste ihrer Mutter reinen Wein einschenken. Doch jetzt gerade war nicht der richtige Zeitpunkt. Julian hatte gefragt, ob sie sich am Abend sehen würden und Josie musste zugeben, auch wenn der Vormittag großartig gewesen war, dass sie diese Zeit lieber mit ihm allein verbringen wollte.

„Tut mir leid", murmelte sie deswegen. „Wenn du etwas anderes vorhast, ist das natürlich kein Problem." Innerlich hoffte sie allerdings inständig, dass dies nicht der Fall sein würde. Sabine Lembeck seufzte leise.

„Nein, nein, natürlich bin ich für euch da", erwiderte sie dann. Josie konnte nicht verhindern, dass sich ein breites Strahlen auf ihrem Gesicht breit machte.

„Danke, Mama. Dann sehen wir uns um 18 Uhr?"

Nachdem Hanna gebadet war und Josie zeitgleich geduscht hatte, kuschelte sie sich mit ihrer Tochter auf das große Gästebett und las ihr eine Geschichte aus ihrem Lieblings-Bilderbuch vor. Nur wenige Minuten später war Hanna eingeschlafen. Und auch Josie konnte nicht verhindern, dass ihr immer wieder die Augen zufielen. So viel Bewegung an der frischen Luft war sie nicht gewohnt und wenn sie heute Abend fit sein wollte, dann kam sie um ein kleines Nickerchen nicht herum. Wohlig seufzend kuschelte sie sich in das dicke Kissen und war im Nu eingeschlafen.

„Josefine?" Träge öffnete Josie ein Auge und blickte direkt in das Gesicht ihrer Mutter.

„Mama? Was machst du denn schon hier?"

„Du hattest doch gesagt, ich soll um 18Uhr hier sein", erwiderte Sabine Lembeck. Geschockt riss Josie nun auch das zweite Auge auf und sah hektisch auf die Uhr. 17Uhr 59.

„Verdammt", zischte sie und war mit einem Satz auf den Beinen. „Wo ist Hanna?"

„Die spielt in ihrem Zimmer mit ihren Puppen. Was war denn los?"

„Wir waren heute den ganzen Vormittag unterwegs und dann muss ich eingeschlafen sein", rief Josie, während sie die Treppe zum oberen Badezimmer hochstürmte. Leise vor sich hin fluchend kramte sie mit fliegenden Fingern verschiedenen Kleidungsstücke aus dem Kleiderschrank. Natürlich hatte sie sich für Julian hübsch machen wollen. Doch jetzt blieb ihr die Wahl, entweder etwas legerer oder hoffnungslos verspätet bei ihrem Treffen anzukommen. Da sie selbst Unpünktlichkeit nicht ausstehen konnte, entschied sie sich für die erste Variante. Also streifte sie in Windeseile eine eng geschnittene Jeans und eine leichte, fliederfarbene Bluse über, nahm ihre langen, dunklen Haare zu einem lockeren Dutt zusammen und legte noch ein wenig Make-up auf, wobei sie auf die Betonung ihrer braunen Augen nicht verzichten wollte.

Nur wenige Minuten später eilte sie die Treppe wieder hinunter und schlüpfte in ein paar Sandalen.

„Du siehst hübsch aus", stellte ihre Mutter, die inzwischen mit Hanna am Küchentisch Platz genommen und ein Memory vor sich ausgebreitet hatte, fest. „Gehst du aus?"

„Ich... ja, so ähnlich", stammelte Josie und spürte, wie ihr wieder einmal die Röte den Hals emporkroch. „Ich bin zeitig wieder zurück."

Als sie eine halbe Stunde später beim ‚Marienhof' ankam, wartete Julian schon auf dem Parkplatz auf sie. Insgeheim ärgerte sie sich, dass er ausgerechnet heute pünktlich gewesen war, wo sie ihm doch immer wieder vorhielt, wie unorganisiert er sei. Und jetzt war sie selbst eine geschlagene Viertelstunde zu spät. Sie wollte sich gerade verschämt für die Verspätung entschuldigen, als Julian sie schon an sich zog und ihr einen atemberaubenden Kuss gab.

„Wow…“, murmelte sie. „Hallo erstmal.“

„Du siehst wunderschön aus“, raunte er und tastete sich mit einem bewundernden Blick über ihr Gesicht und ihren Körper.

„Ich… ähm … habe verschlafen und wollte nicht komplett zu spät kommen. Deswegen habe ich einfach nach dem Erstbesten gegriffen, das ich in die Finger bekommen habe“, versuchte sie sich zu rechtfertigen.

Julian lachte heiser auf. „Ich meine das Ernst, Josie. Mit diesem natürlichen Look bist du noch schöner als sonst..“ Josie konnte seine Meinung in diesem Punkt zwar nicht teilen, freute sich aber dennoch über dieses Kompliment.

„Was machen wir jetzt?“, erkundigte sie sich und sah Julian fragend an.

„Wir gehen zu mir“, erwiderte er und nahm ihre Hand. „Und tun da etwas, was du wahrscheinlich ziemlich lange nicht mehr gemacht hast. Oder vielleicht noch nie.“ Josie schluckte und starrte ihn erschrocken an, woraufhin Julian in schallendes Gelächter ausbrach. „Nichts Unanständiges. Obwohl…“. Unter seinem durchdringenden Blick errötete Josie innerhalb von Sekundenbruchteilen und nagte nervös an ihrer Unterlippe.

„Ich kann das immer noch nicht wirklich glauben", meinte Julian kopfschüttelnd und strich ihr sanft mit dem Daumen über die Wange.

„Ja, du hast wirklich ein verdammtes Glück, dass ich mich auf so einen unverschämten Kerl wie dich einlasse", meinte Josie gespielt hochmütig und bohrte ihren Finger in seine Brust. „Können wir dann jetzt?"

Kapitel 11

Julian behielt recht. Das, was er geplant hatte, hatte sie tatsächlich noch nie gemacht. Als sie einige Minuten später in seiner Wohnung, die nur wenige Kilometer vom ‚Marienhof' entfernt lag, ankamen, ließ er sich auf das im Vergleich zum Wohnraum überdimensional große Sofa fallen und kramte in einem undefinierbaren Papierstapel auf dem kleinen Beistelltisch. Josie blickte sich neugierig um. Die Wohnung war nicht besonders groß, vermutlich hatte sie maximal zwei Zimmer. Kein Vergleich zu ihrem schicken Einfamilienhaus, das allein Platz für drei Badezimmer und fünf Schlafräume bot. Die Küche war mit einer kleinen Kochnische in das Wohnzimmer integriert, das Bad war, zumindest soweit Josie das auf den ersten Blick erkennen konnte, gerade einmal so groß, dass man sich darin umdrehen konnte. Mit den freigelegten Dachbalken, der Backsteinmauer zu zwei Seiten und dem matten, abgewetzten Holzfußboden war diese Wohnung das komplette Gegenteil von ihrem eigenen Zuhause, in dem weiße Wände, makellos verlegtes Parkett und Möbel in Hochglanz- oder Chromoptik vorherrschten. Sie strahlte eine ungewohnte Ruhe und Gemütlichkeit aus. Trotzdem musste Josie angesichts des Chaos, das auf dem Sofa und dem dazugehörigen Beistelltisch herrschte, ebenso grinsen wie über das wild zusammengewürfelte Mobiliar. Alles in diesem Raum spiegelte zu 100

Prozent Julians Wesen wider. Insbesondere die vielen Postkarten aus aller Welt, die liebevoll sortiert an einer Magnettafel an der Wand befestigt waren.

„Also, was willst du essen?", fragte Julian, der sich inzwischen auf dem Sofa ausgestreckt hatte und hielt die Flyer mehrerer Restaurants in die Höhe.

„Wie bitte?" Josie blickte ihn irritiert an.

„Wir hätten italienisch, indisch oder mexikanisch im Angebot. Oder einen, der offenbar alles liefert", war Julians Stimme hinter der hohen Sofalehne zu hören. Josie lachte leicht hysterisch auf.

„Du willst Essen *bestellen*?" Sie musterte ihn mit skeptisch hochgezogenen Augenbrauen. Jetzt tauchte Julians Kopf hinter der Lehne auf.

„Ja, Josie, einfache Leute wie ich machen das. Du solltest es mal ausprobieren. Glaub mir es wird dir gefallen, mal eine normale Portion zu bekommen statt der winzigen Häppchen, die einem in den Sterne-Restaurants vorgesetzt werden, die du vermutlich in den letzten Jahren immer besucht hast." Josie verschränkte vor sich hin murmelnd die Arme vor der Brust. Worauf hatte sie sich da bloß eingelassen? „Und außerdem", fügte Julian grinsend hinzu und zog sie sanft zu sich hin, „möchte ich heute niemand anderen als dich sehen."

Josie seufzte und sah ihm in die wasserblauen Augen, die ihr erwartungsvoll entgegenblickten. „Du kämpfst mit ganz schön unfairen Mitteln, weißt du das?"

„Ja, das ist mir durchaus bewusst", entgegnete Julian mit einem breiten Grinsen im Gesicht. „Also, was willst du essen?" Skeptisch blickte Josie auf die Karten, als erwartete sie, dass sich hinter einem der glänzenden Flyer der Zonk befand. Dann tippte sie entschlossen auf den in der Mitte.

„Mexikanisch, gute Wahl", meinte Julian und zog sein Handy aus der Tasche. Josie schüttelte den Kopf und beobachtete ihn dabei, wie er die Website des Restaurants aufrief und mit fliegenden Fingern etwas in die Bestell-Maske eingab. „Ist in etwa 40 Minuten da", verkündete er dann, offenbar mit sich selbst zufrieden.

„Habe ich vielleicht auch ein wenig Mitspracherecht bei der Auswahl?", beschwerte Josie sich.

„Glaub mir, ich habe genug bestellt, dass garantiert auch etwas für dich dabei ist. Wir wollen schließlich an deiner Spontanität arbeiten", erwiderte er trocken.

„*Du* willst an meiner Spontanität arbeiten", widersprach sie entrüstet.

„Ja, mit deiner Hilfe." Josie wollte sich schmollend in eine Ecke des Sofas verziehen, doch als sie sah, wie Julian sie mit großen Augen anblickte, konnte sie ihm nicht lange böse sein. Im Gegenteil, in ihrem Körper machte sich plötzlich eine unerwartete Hitze breit. Auch Julian schien die plötzliche Spannung zwischen ihnen nicht zu entgehen. Er rückte etwas näher an sie heran und legte vorsichtig seine Hand an ihre Wange. Josie schloss die Augen und schmiegte sich in seine Handinnenfläche. Als seine Lippen sanft über ihre strichen, fühlte sie sich wie im Rausch. Julian beugte sich über sie und als sein Kuss fordernder wurde, schien ihr das Herz bis zum Hals zu schlagen. Nur mühsam unterdrückte sie das leise Stöhnen, dass sich unter seinen Berührungen seinen Weg nach draußen bahnen wollte. Vorsichtig ließ Julian eine Hand unter ihre Bluse gleiten, während sie ihm langsam mit den Fingerspitzen unter seinem Shirt über den Rücken strich. Zaghaft wagte Julian einen kurzen Vorstoß mit seiner Zungenspitze, und Josie ließ ihn gewähren. Der Kuss wurde drängender und seine Hände wanderten immer weiter über ihren Körper, was wohlige Schauer über ihre Haut rieseln ließ.

Plötzlich richtete Julian sich mit einem Ruck auf und schüttelte etwas benommen den Kopf.

„Wow, das ist… anders“, raunte er.

„Anders?“ Josie sah stirnrunzelnd zu ihm auf.

„Es ist einfach so… wow. Noch viel besser, als ich es mir vorgestellt habe.“

„Du hast es dir vorgestellt? Wann?“ Sie musterte ihn skeptisch.

„Schon viel zu lange“, murmelte Julian und sah ihr in die Augen. Josie verstand und unterdrückte ein Kichern. Er war wirklich hinreißend, wenn er so verlegen war. Julian hauchte ihr noch einen leichten Kuss auf die Lippen, bevor er sich aufrichtete.

„Da du mein Gast bist, darfst du den Film für heute Abend auswählen“, sagte er. „Aber bitte nichts allzu Kitschiges.“

„Denkst du wirklich, ich sehe mir kitschige Liebesfilme an?“, entgegnete sie und blickte ihn aus zusammengekniffenen Augen an.

Er zuckte mit den Schultern. „Wenn ich wüsste, was in deinem wunderhübschen Kopf so vor sich geht, wäre einiges leichter."

Josie schlug ihn sanft gegen den Arm, bevor sie sich ebenfalls aufrichtete. „Also, ein Filmabend mit Unmengen an Essen vom Lieferservice. Du hattest recht, das habe ich tatsächlich schon seit einer Ewigkeit nicht mehr gemacht."

„Und, kommst du damit klar?", wollte Julian wissen. „Oder muss ich noch hausgemachte, mit Blattgold überzogene Pappardelle mit einer feinen Trüffel-Sauce vom Nobel-Italiener nebenan besorgen?"

„Nein, musst du nicht", erwiderte Josie ein wenig beleidigt. „Ich bin nicht der Snob, für den du mich offenbar hältst."

„Das weiß ich doch", raunte er. „Das wusste ich schon immer." Die Wärme, die dabei in seinem Blick lag, brachte sie vollkommen aus dem Konzept. Ihre Augen verharrten einen Moment auf seinen Lippen, ehe sie ihn wieder direkt ansah.

„Es gefällt mir", flüsterte sie und war sich selbst nicht ganz sicher, was diese Aussage alles einschloss.

Wenige Minuten später klingelte es an der Tür. Julian öffnete und kam, mit mehreren kleinen Tüten voll Schalen in unterschiedlichen Größen, zurück in die Dachgeschosswohnung.

„Erwartest du noch jemanden?“, fragte Josie entsetzt.

„Ich habe dir doch gesagt, dass ich genug bestellt habe, dass für jeden etwas dabei ist.“

„Mir war nicht klar, dass *genug* die ganze Karte bedeutet“, erwiderte sie kopfschüttelnd.

Julian grinste breit. „Du suchst jetzt endlich einen Film aus und ich mache uns ein wenig Platz.“

„Du willst hier essen? Auf dem Sofa? Vor dem Fernseher?“ Josie machte ein Gesicht, als hätte Julian ihr gerade das Ende der Weltordnung verkündet. Er verdrehte die Augen, bevor er einmal tief durchatmete.

„Josie, der Film.“

Offenbar zu Julians grenzenloser Überraschung entschied Josie sich für einen Action-Film, in dem jede Menge schnelle Autos vorkamen. „Du hast Geschmack“, stellte er fest.

Sie baute sich herausfordernd vor ihm auf und strich für einen Sekundenbruchteil mit ihren Lippen über seine. „Offensichtlich", raunte sie.

Bei der reichhaltigen Essens-Auswahl gab es tatsächlich nichts, was Josie nicht schon beim bloßen Anblick das Wasser im Mund zusammenlaufen ließ. Die kleinen Schalen mit köstlichen Tapas stapelten sich auf dem kleinen Beistelltisch genauso wie auf Teilen des Sofas. Würzige Knoblauch-Garnelen reihten sich an knusprige Patatas Bravas und pikante Pimientos de Padron. Es war himmlisch. Nach einer ganzen Weile lehnte Josie sich ächzend auf dem Sofa zurück und starrte wehmütig auf die restlichen Köstlichkeiten. Alles davon war unglaublich lecker, aber sie bekam einfach keinen Bissen mehr hinunter.

„Wir können das gerne wiederholen", meinte Julian grinsend, als er ihren betrübten Blick auffing. Sie nickte zustimmend. Sie konnte sich nicht daran erinnern, jemals ein solches Gelage abgehalten zu haben. Sie hatten so lange gegessen, dass inzwischen schon der Abspann des Films lief. Und es war… einfach großartig gewesen. Josie hatte das Gefühl, wieder in ihre Jugend zurückversetzt worden zu sein. In die Zeit, als sie sich noch nicht an perfekte Lebenspläne hatte halten wollen. Wo es einfach nur darum ging, glücklich zu sein.

Sie warf einen trägen Blick zur Uhr. „Ich muss los", murmelte sie. „Ich habe meiner Mutter versprochen, dass sie nicht allzu lange auf Hanna aufpassen muss."

Julian nickte. „Das Dessert gibt es beim nächsten Mal", meinte er augenzwinkernd. In Josies Innerem machte sich eine brennende Hitze breit. Sie konnte sich nur zu gut vorstellen, woran Julian – und wenn sie ehrlich war, auch sie selbst – bei dem Wort *Dessert* dachte. Sie schüttelte einmal kurz den Kopf, um die vor ihrem inneren Auge aufkommenden, ziemlich eindeutigen Bilder zu vertreiben.

„Vielen Dank für den schönen Abend", flüsterte sie und schmiegte sich an ihn. Julian legte den Arm um sie und zog sie an sich. Josie spürte das dringende Verlangen in sich, einfach dort zu bleiben, wo sie war. In Julians Nähe konnte sie die Sorgen und den Ärger, die ihren Alltag beherrschten, für eine kurze Zeit vergessen. Ihr „normales" Leben schien, bis auf die immerwährenden Gedanken an Hanna, unendlich weit weg zu sein.

Nachdem sie noch eine ganze Weile so dagelegen hatten, stand Josie seufzend auf. „Stört es dich, wenn wir morgen Nachmittag wieder auf dem ‚Marienhof' vorbeischauen? Hannas Therapiestunde ist ja erst am Donnerstag…", begann sie zögerlich. Julian schüttelte entschieden den Kopf.

„Ganz und gar nicht“, antwortete er lächelnd. „Ich würde mich freuen, wenn ihr kommt.“ Auch er war aufgestanden und begleitete Josie zur Wohnungstür. Er nahm sanft ihre Hand, und als sie sich noch einmal umdrehte, bedachte er sie mit einem Blick, der ihr unwillkürlich die Knie weich werden ließ. Von einer Sekunde auf die andere schienen die Gefühle in ihr zu explodieren. Energisch grub sie ihre Hände in seine Haare und zog ihn an sich. Aus seiner Kehle drang ein überraschtes Brummen, bevor er sich hinabbeugte und ihr heftig die Lippen auf ihren Mund presste. Jede Faser in Josies Körper schien Feuer zu fangen. Sie schob die Hände unter sein Shirt und fuhr langsam mit den Fingern von seiner Brust den Bauch hinab in deutlich empfindsamere Gefilde. Einen kurzen Moment löste Julian sich von ihr und biss sich, offenbar unentschlossen, ob er diesen Weg weiter gehen sollte, auf die Unterlippe. Josie erkannte in seinen Augen brennendes Verlangen. Und Lust. Eine Lust, die auch sie in sich spürte. Als sie mit der Hand über die deutliche Wölbung in seiner Hose fuhr, stöhnte er kurz auf und blickte sie mit großen Augen an.

„Oh Gott, Josie“, sagte er atemlos. „Ich schwöre, wenn du so weitermachst, dann kann ich gleich nicht mehr aufhören.“

Josie grinste. Als Zeichen, dass sie gar nicht daran dachte, jetzt aufzuhören, kratzte sie ihm sanft mit den Fingernägeln über den Rücken.

„Du hast es so gewollt“, knurrte er und drückte sie mit seinem Körper an die Wohnungstür, die Hände links und rechts neben ihrem Kopf aufgestützt. Sein Drängen wurde stärker. Seine Lippen schmiegten sich liebevoll und fordernd zugleich an ihre. Sie neckte ihn mit leichten Bissen in seine Unterlippe, was er mit einem leisen Stöhnen quittierte. Ihre Zungen umkreisten sich spielerisch, während Julian Josie an sich zog und sie ihre Beine um seine Taille schlang.

„Ich will dich so sehr“, raunte Julian heiser. Als Antwort darauf legte Josie ihm die Hand in den Nacken und küsste ihn leidenschaftlich. Langsam trug er sie in das dunkle Schlafzimmer und legte sie dort auf einem überraschend großen, bequemen Bett ab. Eine leise Stimme in Josies Unterbewusstsein flüsterte, dass es eigentlich gar nicht ihre Art war, einen Mann sofort so nah an sich heranzulassen. Doch sie brachte die Stimme sofort zum Schweigen. Mit Julian war es anders. Mit ihm war alles anders. Auf eine merkwürdige Art hatte sie das Gefühl, ihn schon viel länger zu kennen, als dies tatsächlich der Fall war.

Langsam gewöhnten sich ihre Augen an die Dunkelheit und Josie konnte Julians Umrisse direkt vor sich ausmachen. Er beugte sich langsam zu ihr hinunter und gab ihr einen zaghaften Kuss, bevor sich seine Lippen über die Mundwinkel und das Kinn den Hals hinabtasteten. Ein ersticktes Stöhnen drang aus ihrer Kehle. Diese sanften, zärtlichen Berührungen waren Neuland für sie und machten ihr Gehirn zu einem wirren Knäuel aus unterschiedlichen Emotionen. Verlangen mischte sich mit Verunsicherung, Zuneigung mit Zweifeln. Plötzlich begann ihr Gehirn wieder zu arbeiten. War das wirklich das, was sie wollte? Keine Frage, sie fühlte sich zu Julian hingezogen. Sie wollte seine Lippen auf ihrer Haut spüren. Sie wollte alles von ihm. Aber war das alles nicht doch etwas überstürzt?

„Entspann dich“, raunte er an ihrem Ohr, bevor seine Zunge in kreisenden Bewegungen ihren Hals entlangfuhr. Mit den Fingern der einen Hand tastete er sich vorsichtig bis zu ihren Brüsten vor.

„Ich bin entspannt“, presste sie hervor.

Julian verteilte tausende kleine Küsse auf ihrer inzwischen freigelegten Schulter. „So entspannt wie eine Brechstange“, brummte er zwischen zwei Küssen. Josie schnappte nach Luft und schob ihn ein Stück von sich. Es war schwer, ihrer Empörung Ausdruck zu verleihen, wenn sie ihm dabei nicht in die Augen sehen konnte.

„Willst du jetzt wirklich anfangen, mit mir zu diskutieren?“, zischte sie. Doch offenbar konnte sie Julian mit diesem scharfen Tonfall nicht nachhaltig beeindrucken. Er schob ihre Hände beiseite und schob den Saum ihrer Bluse ein Stück nach oben.

„Wenn es dir hilft, ein wenig lockerer zu werden, dann bin ich zu allem bereit“, murmelte er und setzte winzige Küsse rund um ihren Bauchnabel. Küsse, die sich unfassbar gut anfühlten. Das Lächeln, das in seiner Stimme lag, ließ sie tatsächlich ein wenig entspannen. Mit einer für Josie nervenaufreibenden Gelassenheit öffnete Julian die Knöpfe ihrer Bluse und verteilte dabei unentwegt weitere Küsse auf ihrem gesamten Oberkörper. Langsam streifte er das dünne Stück Stoff von ihren Schultern. „Komm her“, flüsterte er und zog sie sanft in eine aufrechte Position. Josies Bluse fiel lautlos zu Boden. Mit einem offenbar geübten Handgriff öffnete er mit einer Hand ihren BH und ließ auch diesen verschwinden.

„Das machst du definitiv nicht zum ersten Mal“, meinte Josie und versuchte, ihrer Stimme einen leichten Tonfall zu verleihen. Doch die Nervosität, die in ihrem Inneren tobte, konnte sie, zumindest vor sich selbst, nicht leugnen. Fast zehn Jahre lang hatte sie außer Martin kein anderer Mann berührt. Und Julian tat es jetzt auf diese… unglaubliche Art und Weise, die ihren gesamten Körper in eine tickende Zeitbombe verwandelte. Sie spürte sein

Lächeln auf ihrer Haut, als seine Bartstoppeln jetzt über ihre Haut kitzelten.

„Möglich", murmelte er. „Oder ich bin einfach ein unfassbares Naturtalent."

Josie kicherte verhalten. Noch so eine neue Erfahrung. Bisher war Sex in ihrem Leben immer eine ernste Angelegenheit gewesen. Dass man dabei miteinander reden oder gar lachen konnte, war vollkommen ausgeschlossen. Zumal der Sex in der Zeit, die Julian jetzt damit verbracht hatte, sie über und über mit Küssen zu bedecken und sie nicht einmal zur Hälfte nackt und er noch komplett angezogen war, in den meisten Fällen schon vorbei gewesen war. Sie genoss die leidenschaftlichen Berührungen, als Julians Zungenspitze spielerisch ihre Brustwarzen umkreiste. Trotzdem konnte sie ihr Gedankenkarussell einfach nicht abstellen. Erst recht nicht, als er nun mit einer weiteren geschickten Bewegung den Knopf ihrer Jeans öffnete und im nächsten Moment auch der Reißverschluss mit einem kratzenden Geräusch nachgab. Als Julian sich auch noch daran machte, ihr die Hose samt Slip auszuziehen, spürte sie, wie ihr Körper sich verkrampfte.

„Meinst du nicht, dass es fairer wäre, wenn du auch einen Teil der Sachen ausziehen würdest?", fragte sie unsicher.

„Nein, das meine ich nicht.“

Irritiert hob Josie den Kopf. „Da bin ich aber vollkommen anderer Meinung.“

Julian seufzte tief und stützte sich auf seinem Unterarm neben ihr auf. „Josie, ich möchte, dass du dich entspannst, okay? Jetzt gerade geht es nur um dich.“ Was andere Frauen vielleicht in Verzückung gebracht hätte, versetzte Josie in helle Aufregung.

„Ich… ähm… was soll das heißen?“, stammelte sie.

„Das wirst du schon sehen“, meinte er und streifte ihr die Hose komplett ab. Als er sich zwischen ihre Schenkel drängte und seine Zunge ihrer wirklich intimsten Stelle gefährlich nah kam, war es mit ihrer Ruhe endgültig vorbei. Hektisch rutschte sie ein Stück nach hinten und bedeckte mit der Bettdecke ihren nackten Körper. „Okay, Julian, ich weiß das wirklich zu schätzen, aber ich möchte das nicht.“

„Was möchtest du nicht?“

„Das, was du da gerade offensichtlich vorhattest.“

„Was hatte ich denn vor?“

Josie schoss die Röte ins Gesicht. „Na… da… mit deiner Zunge. Ich mag das nicht."

„Bist du dir sicher, dass du dir nicht eher Sorgen darüber machst, dass es dir zu gut gefallen könnte?" Julian rutschte neben sie und legte von hinten seinen Arm um ihren Körper. Statt einer Antwort gab Josie ein unverständliches Brummen von sich. Natürlich wusste sie, dass es ihr gefallen würde. Sehr sogar. Doch sie war einfach noch nicht bereit, vollends loszulassen.

„Ich würde niemals etwas tun, das du nicht willst", raunte er und ihren Körper durchfuhr eine prickelnde Gänsehaut, als seine Lippen dabei ihr Ohr streiften. „Aber ich will nicht, dass du Nein sagst, nur weil du Angst hast, die Kontrolle zu verlieren." Josie schluckte. Die Kontrolle verlieren. Genau das war das Problem. Sie wollte sich einem Mann nicht ausgeliefert fühlen, nur weil sie sich ihm vollkommen hingab. Auch Julian nicht. Egal wie sehr sie ihm auch vertraute. „Lass dich einfach fallen", flüsterte er und strich dabei mit seinen Fingerspitzen ihren Körper auf und ab. „Was soll denn schon passieren?" Sie seufzte leise, bevor sie beinahe unmerklich nickte. Vermutlich hatte er recht. Was sollte schon passieren? „Wenn ich aufhören soll, sagst du es sofort", murmelte er und rutschte wieder an das Ende des Bettes. Josie atmete tief durch. Warum zum Teufel machte sie die Sache so nervös?

Tatsächlich stellte sie ziemlich schnell fest, dass ihr das, was Julian tat, viel zu gut gefiel. Innerhalb von Sekunden fuhren ihre Gefühle Achterbahn, während ihr gesamter Körper zu kribbeln begann. So sehr sie sich auch bemühte, sie konnte das Stöhnen, das ihr die sanften Berührungen seiner Zunge entlockte, nicht unterdrücken. Sie biss sich auf die Unterlippe und grub ihre Hände tief in die Bettlaken. Eine gewaltige Welle der Lust schien sie aus ihrem Inneren zu überrollen. Schon nach kurzer Zeit geschah das, was sie noch vor wenigen Minuten für unmöglich gehalten hatte: Sie konnte sich vollkommen fallen lassen. Die immerwährenden Gedanken legten eine Pause ein und sie genoss einfach nur den Moment. Immer wieder näherte sie sich dem Höhepunkt, ehe Julian sich gekonnt zurückzog, nur um die Spannung danach noch größer werden zu lassen. Josies Herz hämmerte wild gegen ihre Rippen, während ihr Atem immer schwerer wurde. „Oh mein Gott", keuchte sie, als urplötzlich alles in ihr explodierte und sie alles um sich herum für einige Sekunden vergaß.

Es dauerte mehrere Minuten, ehe sie sich wieder in der Lage fühlte, einen halbwegs sinnvollen Satz hervorzubringen. Sie schlug die Augen auf und blickte direkt in Julians wasserblaue Augen, die sie zufrieden anstrahlten. „Das war… unglaublich", murmelte sie. Julians Mundwinkel zuckten und Josie glaubte, eine Spur Selbstzufriedenheit aus seinem Gesicht ablesen zu können. Typisch Mann.

„Danke für dein Vertrauen", raunte er und gab ihr einen sanften Kuss. Josie schmiegte sich an seinen noch immer komplett bekleideten Körper und seufzte. Jetzt wollte sie noch weniger gehen. Doch sie hatte ihrer Mutter versprochen, zeitig wieder zurück zu sein. Außerdem war es noch immer ihre Aufgabe, für Hanna da zu sein. Wohl oder übel mussten ihre eigenen Gefühle und Bedürfnisse, für die ihrer Tochter Platz machen.

„Auch auf die Gefahr hin, dass das jetzt merkwürdig ist", murmelte sie an Julians Brust, „aber ich muss jetzt wirklich los." Aus Julians Kehle drang ein tiefes Lachen.

„In Ordnung", sagte er und küsste sie auf ihr Haar. „Ich hoffe, ich konnte dir ein wenig Abwechslung und Entspannung schenken." Josie grinste und gab ihm einen leichten Klaps auf den Arm, bevor sie ihre Kleidungsstücke, die wild auf dem Boden verteilt lagen, zusammensammelte und sich schnell anzog.

„Also, wie gesagt, Hanna und ich würden euch morgen gerne wieder besuchen kommen. Das heißt, wenn du das noch willst."

Julian schüttelte lächelnd den Kopf. „Mehr als je zuvor."

Es war deutlich später geworden, als Josie es beabsichtigt hatte. Leise schloss sie die Haustür hinter sich und schlich auf Zehenspitzen durch den kleinen Flur in Richtung des Wohnzimmers. Nur das regelmäßige Ticken der Wanduhr durchbrach die Stille, die im Rest des Hauses herrschte. Josie lugte ins Wohnzimmer, bereit, sich direkt bei ihrer Mutter für ihr spätes Heimkommen zu entschuldigen. Sabine Lembeck stand mit verschränkten Armen an der großen Terrassentür und blickte in den dunklen Garten. Verlegen räusperte Josie sich, um auf sich aufmerksam zu machen. Sie erschrak, als ihre Mutter sich mit einem grimmigen Ausdruck auf dem Gesicht zu ihr umdrehte.

„Martin war eben hier“, meinte sie gereizt, noch bevor Josie überhaupt etwas sagen konnte. „Möchtest du mir vielleicht etwas sagen, Josefine?“

Kapitel 12

„Ich… ähm…“, stammelte Josie. Die Glückseligkeit, die sie noch vor wenigen Minuten verspürt hatte, war wie weggeblasen. Was zur Hölle hatte Martin ihrer Mutter erzählt? Sabine Lembeck war mit ihrem Schwiegersohn nie richtig warm geworden. Aus diesem Grund konnte Josie sich auch nicht erklären, warum sie jetzt so wütend war.

„Wo bist du gewesen, Josefine?“, fragte sie jetzt. Josie kam sich vor wie ein Teenager, der sich nachts aus dem Haus geschlichen hatte, und jetzt seiner Mutter Rede und Antwort stehen musste. Trotzig reckte sie das Kinn nach vorne und verschränkte die Arme vor der Brust.

„Ich bin zum Essen eingeladen worden. Was hat Martin dir erzählt?“

„Er war vollkommen aufgelöst, weil er vermutet, dass du ihn betrügst. Und so, wie ich die Situation gerade sehe, halte ich das nicht für besonders unwahrscheinlich“, gab ihre Mutter zurück. Josie schnappte hörbar nach Luft. Das war ja wohl… sie wusste im ersten Moment gar nicht, was sie auf diese Beschuldigung antworten sollte. Nach einigen Sekunden des Entsetzens fing sie sich wieder und fuhr sich mit der flachen Hand übers Gesicht.

„Setz dich, Mama. Ich koche uns einen Tee. Wir müssen reden."

Sabine Lembeck fiel aus allen Wolken. Nicht, weil Josie ihr nun endlich gestanden hatte, dass Martin und sie sich schon vor Monaten getrennt hatten. Sondern weil ihr Schwiegersohn ihr eine vollkommen andere Geschichte aufgetischt hatte.

„Also nochmal, nur, damit ich das auch wirklich richtig verstehe", meinte Josie fassungslos. „Martin hat dir gesagt, dass wir *gemeinsam* entschieden haben, uns eine Auszeit zu nehmen und dass er jetzt vermutet, dass ich mich einem neuen Mann an den Hals geworfen habe?" Ihre Mutter nickte und nahm einen Schluck aus ihrer Teetasse.

„So ein…". Keines der Wörter, die ihr gerade auf der Zunge lagen, schien auch nur annähernd das auszudrücken, was Josie gerade für Martin empfand.

„Glaub mir, Mama, so war das ganz und gar nicht. Martin hat mich betrogen. Und das über Monate. Wir leben nur noch zusammen, um es Hanna einfacher zu machen", sagte sie wütend. „Und, weil wir beide nicht zugeben wollten, dass unsere Ehe gescheitert ist", fügte sie kleinlaut hinzu.

Ihre Mutter legte ihr eine Hand auf den Unterarm. „Entschuldige, dass ich ihm diesen Blödsinn tatsächlich abgekauft habe“, sagte sie. „Aber jetzt sei bitte ehrlich zu mir, Josefine. Gibt es einen anderen Mann in deinem Leben?“ Josie spürte, wie sie errötete. Dann nickte sie.

„Und, ist es etwas Ernstes?“, wollte ihre Mutter wissen.

„Ich weiß es nicht, Mama. Es ist noch ganz frisch. Aber ich denke, ja.“

„Und er weiß von Hanna?“

Josie nickte erneut, während ein leichtes Lächeln ihre Lippen umspielte. „Er ist Reittherapeut auf dem Hof, wo Hanna seit Neuestem die Therapie macht.“ Sabine Lembeck hob überrascht die Augenbrauen und sah ihre Tochter prüfend an. „Es sieht dir nicht gerade ähnlich, dass du dich so schnell auf jemanden einlässt“, meinte sie.

„Wir haben uns vor Jahren schon einmal auf dem Hof getroffen. Ich habe dort eine Fortbildung besucht und er war der Seminarleiter“, beeilte Josie sich zu sagen.

„Und war damals schon etwas zwischen euch?“ Sie spürte den wissenden Blick einer Mutter auf sich liegen. Zögerlich schüttelte sie den Kopf. „Er hat dich aber schon interessiert?“ Josie presste die Lippen aufeinander und fixierte ihre Tasse. Warum kannte ihre Mutter sie nur so verdammt gut? „Aber?“, bohrte ihre Mutter nach.

„Das war kurz vor der Verlobung mit Martin.“

Sabine Lembeck seufzte und tätschelte ihr aufmunternd die Hand, wie sie es so oft tat. „Ach Kind, jeder von uns biegt im Leben mal falsch ab. Aber am Ende wird doch alles gut.“ Die Ablehnung, die ihre Mutter für Martin empfand, war mehr als deutlich zu spüren.

Josie musste unwillkürlich grinsen. Doch dann wurde sie wieder ernst. „Du kennst Julian doch gar nicht“, meinte sie. „Wie kannst du dir so sicher sein, dass es gut wird?“

Ihre Mutter lächelte breit. „So glücklich, wie eben, als du durch die Tür gekommen bist, habe ich dich seit Jahren nicht mehr gesehen. Vertrau dem Instinkt einer Mutter“, erwiderte sie augenzwinkernd.

***

„Guten Morgen, ihr beiden. Setzt euch bitte.“ Hans Berger, der Besitzer des ‚Marienhofs‘, deutete auf die beiden Besucherstühle

vor seinem Schreibtisch und ließ sich dann mit einem lauten Ächzen auf seinen Bürostuhl auf der anderen Seite fallen. Julian ließ Melanie den Vortritt und warf ihr einen – so hoffte er zumindest – aufmunternden Blick zu. Er wusste, dass es nichts Gutes bedeutete, dass der Chef sie heute zu sich bestellt hatte. Dass es dem ‚Marienhof' aus finanzieller Sicht nicht gut ging, war ihm bekannt. Schon seit Jahren fehlte das Geld an allen Ecken und Enden, um zum Teil dringende Reparaturen an den Ställen vorzunehmen oder das Anwesen schlicht und ergreifend in einem ansprechenden Zustand zu erhalten. Doch in der letzten Zeit hatte sich die Situation deutlich zugespitzt. Immer mehr Einsteller von Pensionspferden hatten ihre Verträge, oft aufgrund des schlechten Zustands des Hofes, gekündigt und sich einen anderen Stall gesucht. Seit Monaten hatte Julian keine Seminare mehr abgehalten. Viele der Firmenchefs, die diese Fortbildungen früher in regelmäßigen Abständen gebucht hatten, verlangten von ihren Mitarbeitern inzwischen andere Dinge, als erfolgreich miteinander kommunizieren zu können. Das Angebot der Reittherapie für Kinder mit besonderem Förderbedarf wurde zwar gut angenommen. Die Einnahmen hieraus deckten aber bei Weitem nicht die immensen Kosten, die jeden Monat aufgebracht werden mussten. Mit der Zeit hatte sich das Team des ‚Marienhofs' deutlich verkleinert. Zuerst hatten die Gärtner und der Hausmeister gehen müssen. Dann die Reinigungskräfte und vor einigen Wochen sogar die Pferdepfleger und Stallhelfer. Hans Berger war einfach nicht mehr in der Lage, die horrenden Personalkosten für so viele Mitarbeiter aufzubringen. Letztendlich waren nur Julian und Melanie übriggeblieben. Sie kümmerten sich um die Pflege der

Pferde und der Außenanlagen genauso wie um die Reinigung der Gästezimmer. Auch, wenn diese selten benutzt wurden. Nebenbei mussten sie natürlich auch noch Zeit für die Therapiestunden ihrer kleinen Schützlinge finden. Nicht selten endeten ihre Arbeitstage erst nach 14 Stunden. Doch sie beide taten es gerne. Weil sie ihre Arbeit liebten. Und weil sie insgeheim hofften, dass sich, wie durch ein Wunder, alles noch zum Guten wenden würde. Doch beim Blick in das starre Gesicht seines Arbeitgebers wusste Julian, dass es das nicht tun würde. Und auch Melanie, die mit blassem Gesicht neben ihm Platz genommen hatte und sich nervös die Hände in ihrem Schoß knetete, schien zu ahnen, mit welcher Neuigkeit sie diesen Raum verlassen würden.

„Ich hatte heute einen Termin bei der Bank", begann der Hofbesitzer mit brüchiger Stimme. Julian hatte seinem Chef seine Direktheit schon immer hoch angerechnet. Hans Berger war kein Mann, der lange um den heißen Brei herumredete. „Sie haben mir jeden weiteren Kredit oder Zahlungsaufschub verweigert. Wir sind am Ende." Er lehnte sich in seinem Stuhl zurück und fuhr sich mit der flachen Hand übers Gesicht. „Es tut mir leid, aber ich werde euch nur noch wenige Wochen beschäftigen können."

Julian warf einen kurzen Seitenblick zu Melanie, die sichtlich mit den Tränen kämpfte. „Wie lange genau?", wollte er wissen.

„Bis die Bank einen Termin für die Zwangsversteigerung angesetzt hat", antwortete Hans Berger. „Einen genaues Datum kann ich euch leider noch nicht nennen. Wenn ihr vorher eine neue Stelle antreten könnt, werde ich euch selbstverständlich keine Steine in den Weg legen."

Jetzt lehnte sich auch Julian in seinem Stuhl zurück und schloss die Augen.

„Gibt es denn wirklich gar keine andere Lösung?", fragte Melanie leise. Ihr Arbeitgeber schüttelte entschieden den Kopf.

„Wir sind seit vier Monaten mit der Zahlung der Futterrechnung in Verzug. Die letzte Strohlieferung habe ich nur durch sehr viel gutes Zureden bekommen. Der Stall bräuchte dringend ein neues Dach. Im Vergleich zu den Ausgaben sind die Einnahmen lächerlich klein. Ich möchte einfach nicht, dass ihr beiden auch nur einen Monat auf euren Lohn verzichten müsst. Man muss einfach wissen, wann es vorbei ist."

In dem kleinen Büro breitete sich eine unangenehme Stille aus.

„Also dann", sagte Julian irgendwann. „Dann ist wohl alles geklärt. Ich gehe wieder an die Arbeit." Melanie starrte ihn von der Seite mit weit aufgerissenen Augen an, während Hans Berger stumm nickte. Julian stand auf und verließ das Büro mit großen Schritten.

„Julian!", hörte er seine Arbeitskollegin hinter sich rufen. Dann das Kratzen von Stuhlbeinen über den Holzboden. „Julian!" Doch er stapfte weiter, ohne sich auch nur einmal nach Melanie umzusehen. Auch, wenn er äußerlich gefasst wirkte: Das endgültige Aus des ‚Marienhofs' erschütterte ihn. Damit, in nicht allzu ferner Zukunft seinen geliebten Arbeitsplatz zu verlieren, musste er erst einmal selbst klarkommen. In diesem Moment fühlte er sich einfach nicht in der Lage, ihr auch noch beizustehen.

„Julian, warte!" Die Verzweiflung in Melanies Stimme war nicht zu überhören. Das laute Schluchzen, das sie hinterherschickte, machte es auch nicht besser. Julian blieb abrupt stehen und schloss die Augen einen Moment, bevor er sich doch zu ihr umdrehte. Bei dem Anblick ihres tränenüberströmten Gesichts tat ihm sein Verhalten direkt leid. Sie war noch so jung und dies war ihre erste Anstellung nach der Ausbildung zur Reittherapeutin gewesen. Es war nicht fair, sie mit dieser Situation einfach allein zu lassen.

Atemlos kam die junge Frau vor ihm zum Stehen. „Wir müssen etwas tun!", keuchte sie und wischte sich mit dem Handrücken über die Augen. „Wir müssen den ‚Marienhof' retten!"

„Wir können den ‚Marienhof' nicht retten, Melanie", erwiderte Julian sanft, aber bestimmt. „Glaub mir, wenn es irgendeine Möglichkeit gäbe, dann hätte Hans sie schon gefunden. Dieser

Hof war immer sein Traum. Er würde ihn niemals leichtfertig aufgeben."

„Also willst du einfach aufgeben und nichts tun?" Auf das Gesicht der Reittherapeutin trat nur ein störrischer, fast zorniger Ausdruck. Sie stemmte die Hände in die Hüften.

„Ja, ich will einfach nichts tun. Weil wir keine andere Wahl haben. Oder hast du eine Idee, wo wir auf legale Weise innerhalb kürzester Zeit eine Menge Geld herbekommen sollen?"

„Wir werden schon eine Lösung finden", entgegnete Melanie kämpferisch. Julian lächelte gequält und fuhr ihr mit der Hand über den Arm.

„Komm, wir sollten uns wieder an die Arbeit machen", sagte er. „Und heute Abend solltest du dich nach einer Alternative für deinen weiteren beruflichen Weg umsehen."

Kapitel 13

Am frühen Nachmittag stieg Josie mit klopfendem Herzen und einem Lächeln auf den Lippen aus dem Wagen. Sie wurde das Gefühl nicht los, dass gestern Abend bei Julian in ihr ein Knoten geplatzt war. Jetzt, wo sie sich ihre Gefühle für Julian eingestanden hatte, war sie auch bereit, sie offen zu zeigen. Sie nahm sich sogar fest vor, Martin über den neuen Mann in ihrem Leben zu informieren und sich endlich für Hanna und sich ein neues Zuhause ohne ihren Noch-Ehemann zu suchen. Ein Neuanfang schien schon längst überfällig zu sein.

Als Hanna Melanie beim Fegen des Hofes entdeckte, lief sie sofort in Windeseile auf sie zu. Als die junge Frau sich umdrehte, hielt Josie einen Moment irritiert inne. Die sonst so fröhliche Reittherapeutin wirkte müde und abgekämpft. Ihre Augen waren rot und geschwollen. Hatte sie etwa geweint? Als Hanna jetzt vor ihr stehenblieb, lächelte Melanie leicht, doch es wirkte aufgesetzt.

„Hallo, Melanie“, sagte Josie, als sie nur noch einige Meter entfernt war. Die junge Frau wirkte, als müsse sie sehr an sich halten, um nicht sofort in Tränen auszubrechen. Vielleicht hatte sie sich mit ihrem Freund gestritten? Jetzt atmete sie einmal tief durch und schenkte auch Josie ein halbherziges Lächeln.

„Julian ist im Stall", sagte sie tonlos.

„Ist alles in Ordnung?", erkundigte Josie sich. Doch statt einer Antwort drehte Melanie sich von ihr weg und fegte weiter den Hof. Merkwürdig. „Die Mama geht mal eben zu Julian. Möchtest du bei Melanie bleiben?", fragte Josie ihre Tochter. Hanna nickte eifrig. „Ist das in Ordnung für dich, Melanie?" Sie nickte, ohne Josie dabei anzusehen. Einen Moment überlegte diese, ob sie noch weiter bohren sollte, entschied sich dann jedoch dagegen, und machte sich auf den Weg in Richtung Stall. Melanie hatte nicht gerade gewirkt, als wollte sie jemandem ihr Herz ausschütten.

„Julian?", rief Josie, als sie auf die Stallgasse trat. Die Pferde waren alle auf der Weide, im Stall war nichts außer das laute Schnurren der Stallkatze, die sich elegant um ihre Beine schlängelte, zu hören. „Julian?" Plötzlich hörte sie, wie sich jemand in der Sattelkammer räusperte. Sie ging einige Meter weiter und späte durch die Tür in den kleinen Raum, in dem das Sattelzeug für die Pferde aufbewahrt wurde. Julian stand mit dem Rücken zu ihr und kramte geschäftig in einer Kiste. „Hier bist du", sagte sie. Er blickte über die Schulter und lächelte schwach. „Du glaubst nicht, was passiert ist!", ereiferte Josie sich und wollte gerade eine

Schimpftirade über ihren Noch-Ehemann anstimmen, als Julian sich umdrehte und sie aus müden, glanzlosen Augen ansah. Sein Gesicht war zu einer harten Maske verzerrt. „Was ist denn los?", fragte Josie und machte einen großen Schritt auf ihn zu. „Melanie sieht aus, als hätte sie die ganze Nacht durchgeheult. Und du wirkst auch nicht gerade wie das blühende Leben. Ist etwas passiert? Ist jemand gestorben?"

„So ähnlich", presste Julian zwischen zusammengebissenen Zähnen hervor.

Erschrocken schlug Josie die Hand vor den Mund. „Das tut mir leid. Warte mal, was meinst du mit *so ähnlich*?"

Julian schloss die Augen und schüttelte leicht den Kopf. „Nicht so wichtig", murmelte er. „Was wolltest du mir erzählen?" Josie musste einen Moment nachdenken, um den Faden wiederzufinden. Doch dann erzählte sie davon, was Martin sich zusammengesponnen hatte und wie wütend ihre Mutter gewesen war. Und auch, dass ihre Mutter Bescheid wusste.

„Wenn er so etwas nötig hat", war jedoch das Einzige, was Julian dazu zu sagen hatte.

„Sag mal, ist wirklich alles in Ordnung?“, wollte Josie wissen.

Julian zuckte mit den Achseln. „Geht schon“, murmelte er.

„Komm, lass uns ein wenig an den See gehen“, schlug sie vor. „Vielleicht hebt das deine Stimmung etwas.“ Sie wollte sich gerade umdrehen und zurück auf die Stallgasse gehen, als Julian sie von hinten packte und an die Wand drückte. Er presste seine Lippen so hart und fordernd auf ihre, dass ihr für einen Moment die Luft wegblieb. Gleichzeitig umklammerte er ihre Hände, als müsse er sich an ihr festhalten.

„Verlass mich nicht“, raunte er, und es klang beinahe wie ein Flehen.

„Julian, ich…“, erwiderte Josie irritiert und drehte den Kopf ein wenig, um ihm in die Augen sehen zu können. Doch er wich ihrem Blick aus.

„Bitte, Josie.“

Josie verstand nicht, was hier gerade vor sich ging. Doch sie wusste, dass sie – zumindest für den Moment – auch keine Antwort darauf erhalten würde. Trotzdem nickte sie und hauchte Julian einen sanften Kuss auf die Lippen. Was auch immer ihn bedrückte – und das war definitiv der Fall – sie würde für ihn da sein. So, wie auch er für sie immer da sein würde.

In der kommenden Woche verging kein Nachmittag, den Josie und Hanna nicht auf dem ‚Marienhof' verbrachten. Frustriert stellte sie fest, dass sich, egal wie viel Mühe sie sich gab, Julians Laune keinen Deut verbesserte. Eher im Gegenteil. Er wirkte von Tag zu Tag in sich gekehrter und ungewohnt mürrisch. Die liebevollen Worte, die er ihr immer wieder zuraunte, konnten genauso wenig darüber hinweg täuschen, wie seine sanften Küsse oder dieses unfassbare, geborgene Gefühl, wenn er sie in den Armen hielt. Und auch Melanie wirkte seltsam fahrig und blass, als hätte sie seit Tagen keinen Schlaf mehr bekommen. Lediglich bei den Therapiestunden schien für einige Minuten wieder so etwas wie Normalität einzukehren. Immer wieder hatte Josie versucht herauszufinden, was der Grund für diese gedrückte Stimmung war. Doch Julian war ihr jedes Mal ausgewichen.

„Ich würde den Abend gerne mit Julian verbringen", sagte sie am Samstag zu ihrer Mutter, als sie, wie so oft, am Nachmittag bei einer Tasse Kaffee zusammensaßen. „Könnte Hanna heute bei dir übernachten?"

„Natürlich“, erwiderte Sabine Lembeck lächelnd. „Lerne ich diesen Mann denn in Kürze auch mal kennen?“

„In Kürze kann ich es nicht versprechen“, entgegnete Josie gedehnt. „Er scheint… momentan ein paar Probleme zu haben.“

„Was für Probleme?“, fragte ihr Mutter mit einem Stirnrunzeln. Josie zuckte die Schultern. Sie wusste es schließlich wirklich nicht.

Nachdem sie am frühen Abend Hanna bei ihre Mutter abgesetzt hatte, machte Josie sich auf den Weg zu Julians Wohnung. Als er ihr die Tür öffnete, sah sie einen kurzen Moment der Überraschung und Freude in seinen Augen aufblitzen. Doch im nächsten Augenblick war dieser Ausdruck auch schon wieder verschwunden. „Josie“, murmelte er. „Was machst du denn hier?“

„Ich wollte dich sehen“, erwiderte sie und küsste ihn sanft aufs Kinn. „Störe ich?“

„Natürlich nicht.“ Er zog sie an sich und setzte ihr einen Kuss aufs Haar. „Komm rein.“

In der kleinen Dachgeschosswohnung angekommen räumte Julian ungewohnt hektisch einige Bilder und Unterlagen vom Tisch und verstaute sie in einer

Schublade. „Setz dich doch", sagte er. Er holte zwei Gläser und eine Flasche Wasser aus der Küchenecke und ließ sich dann neben ihr aufs Sofa fallen. Einen Moment beobachtete Josie ihn von der Seite und versuchte, die richtigen Worte zu finden.

„Julian?" Statt einer Antwort gab er ein tiefes Brummen von sich und blickte sie aus seinen wasserblauen Augen, die lange nicht mehr so strahlten, wie sie es noch vor einigen Tagen getan hatten, an. „Ich habe das Gefühl, dass du unglücklich bist." Julian räusperte sich. „Liegt es an mir?" Sie versuchte, die Unsicherheit in ihrer Stimme zu überspielen, was ihr jedoch mehr schlecht als recht gelang.

„Erzähl keinen Blödsinn, Josie", knurrte er. „Du bist der einzige Grund, warum ich nicht einfach alles hinschmeiße."

„Warum solltest du alles hinschmeißen wollen?", fragte sie alarmiert. Doch Julian schüttelte nur den Kopf. „Bitte sprich mit mir, Julian." Er lächelte, und es war sogar aufrichtig genug, um seine kleinen Grübchen sichtbar zu machen. Er beugte sich zu ihr hinüber und strich sanft mit seinen Lippen über ihre.

„Du bist die wunderschönste, faszinierendste, liebevollste und beeindruckendste Frau, die ich jemals kennengelernt habe", flüsterte er. Josie spürte die Röte in sich aufsteigen, fing sich jedoch sofort wieder.

„Das ist nicht das, worüber ich mit dir sprechen wollte", murmelte sie.

„Das ist aber das, was ich dir gerade sagen wollte", raunte Julian und zog sie mit einer Hand geschickt auf seinen Schoß. Sein männlicher Duft umfing sie und löste sofort ein aufgeregtes Kribbeln in ihrer Magengegend aus. Sie wollte gerade widersprechen, als er sanft seine Hände an ihre Wangen legte und sie in einen zärtlichen, berauschenden Kuss zog. Josie seufzte leise in den Kuss hinein. Jeder klare Gedanke schien urplötzlich von dem brennenden Verlangen, das in ihrem Inneren tobte, verdrängt zu werden. Sie grub ihre Finger in Julians Haare und hatte plötzlich das Gefühl, ihm gar nicht nah genug sein zu können. Sie presste ihren Körper an seinen, was er mit einem tiefen Brummen quittierte. An ihrem Oberschenkel spürte sie ganz deutlich, dass er genau das Gleiche fühlte, wie sie. Julian nutzte einen kurzen Moment, in dem sie sich zurücklehnte, um mit fliegenden Finger ihre Bluse zu öffnen und sie ihr mit einem leichten Ruck auszuziehen. Josie biss sich auf die Unterlippe und bemerkte, wie Julian dieser Geste mit seinen Augen folgte.

„Und dieses Mal", raunte sie und schob seinen Oberkörper sanft gegen die Sofalehne, „bin ich für etwas mehr Gleichberechtigung." Er lachte ein leises, heiseres Lachen, das fast schon wieder nach dem Julian klang, den sie kannte.

„Also hat es dir beim letzten Mal nicht gefallen", murmelte er und knabberte an ihrem Ohrläppchen, während er ihren BH öffnete.

„Oh doch", grinste Josie. „Es hat mir sehr gefallen. Aber ich bin ein Freund davon, sich auf Augenhöhe zu begegnen."

„Gut zu wissen", erwiderte Julian und biss sie sanft in die Schulter, bevor er sich das Shirt über den Kopf zog und achtlos in die andere Ecke des Sofas warf. Josie erkundete seinen Oberkörper mit unzähligen kleinen Küssen, während sie an seinem Reißverschluss nestelte. Doch wieder einmal war Julian schneller und befreite sie schneller, als sie reagieren konnte, von ihrer Hose. Dann flogen auch seine letzten Kleidungsstücke in die Ecke. Als sie sich langsam wieder auf seinen Schoß gleiten ließ und ihn langsam in sich aufnahm, blickte sie ihm tief in die Augen, die in diesem Moment so klar und leuchtend waren wie eh und je, und fühlte eine Intimität, die sie nie zuvor verspürt hatte.

„Du bist perfekt", flüsterte Julian, als er sich langsam in ihr zu bewegen begann.

„Du machst mich perfekt", erwiderte Josie, schlang ihre Arme um seinen Hals und verteilte kleine Küsse in seinem Nacken. Er fuhr mit seinen Fingerspitzen ihre Wirbelsäule hinab und umfasste dann ihre Brüste, bevor er sie sanft mit Zunge und Lippen liebkoste. Der Tumult in Josies Innerem wuchs mit jedem einzelnen Kuss. Es war nicht der wilde, hemmungslose Sex, den sie bei seiner ersten Berührung an diesem Abend erwartet hatte. Es war so viel mehr. So viel Gefühl. So viel Sehnsucht, den anderen zu spüren. So viel Eins-Sein, dass ihr beinahe die Tränen kamen. Als kurze Zeit später mehrere wohlige Schauer ihren gemeinsamen Höhepunkt begleiteten, fühlte Josie sich so komplett wie nie. Schwer atmend ließ sie sich auf Julians Brustkorb sinken und malte gedankenverloren mit dem Finger Kreise auf seine Haut. Endlich hatte sie das glückliche Strahlen in seinen Augen wiedergesehen, dass sie die vergangenen Tage so sehr vermisst hatte. Sie richtete sich auf, um ihm einen zärtlichen Kuss auf die Lippen zu hauchen… und hielt ernüchtert inne. Da war er wieder, dieser lethargische Ausdruck, der Josie das Gefühl gab, unendlich weit von Julian entfernt zu sein. Nachdenklich blickte er sie an.

„Woran denkst du?", fragte sie und schmiegte sich an ihn.

Julian ließ sich Zeit mit seiner Antwort. „Daran, dass ich dich nicht wieder verlieren will." Josie hob den Kopf und sah ihn stirnrunzelnd an.

„Warum solltest du mich verlieren?“

Er zuckte mit den Schultern. „Man weiß ja nie. Vielleicht erkennst du, dass du etwas Besseres verdienst.“ Josie setzte sich auf und kniff die Augen zusammen.

„Ich dachte, wir wären über diesen Punkt hinweg? Ich will mit dir zusammen sein, und mit keinem anderen! Ich bin nicht mehr die alte, versnobte Josie. Also erzähl keinen Blödsinn, Julian! Und außerdem…“, sie biss ihm spielerisch in die Schulter, „steht dir dieser grüblerische Ausdruck nicht besonders.“

Julians Mundwinkel zuckten, als er ihr in die Augen sah. „Du hast recht“, sagte er und zog sie an sich. „Vielleicht sollte ich einfach nur mein Glück genießen.“

„Das klingt doch nach einem guten Plan“, erwiderte sie, legte ihren Kopf auf seinem Brustkorb ab und lauschte seinem gleichmäßigen Herzschlag. Es kam ihr vor, als hätten sie in den vergangenen Tagen die Rollen getauscht. Und sie wurde das untrügliche Gefühl nicht los, dass irgendetwas ganz und gar nicht stimmte.

Als Josie am nächsten Morgen wach wurde, war das Bett neben ihr leer. Verschlafen blickte sie auf ihr

Handy. 8Uhr 30. Vermutlich war Julian wie immer schon am frühen Morgen zur Arbeit aufgebrochen. Einen Moment überlegte sie, ob sie einen kurzen Abstecher zum ‚Marienhof' machen sollte, bevor sie sich auf den Heimweg machte, entschied sich dann jedoch dagegen. Auch, wenn sie unglaublich verliebt in Julian war, war sie doch immer noch selbständig genug, um nicht den ganzen Tag wie eine Klette an ihm hängen zu müssen. So konnte sie in Ruhe Hanna von ihren Eltern abholen und ihm dann am Nachmittag zusammen mit ihrer Tochter einen Besuch abstatten.

Eine Stunde später lenkte Josie ihren Wagen mit Hanna auf dem Rücksitz in die Einfahrt zu ihrem Haus. Was sie dort entdeckte, brachte innerhalb von Sekunden ihr Blut zum Kochen. Martins Sportwagen stand vor der Garage. Unwillkürlich spürte sie die Wut in sich hochsteigen und überlegte fieberhaft, wie sie ihn für das, was er gesagt hatte, zur Rede stellen konnte, ohne ausfallend zu werden und ohne, dass Hanna etwas davon mitbekam.

„Hanna, mein Schatz, möchtest du schon einmal in den Garten gehen? Ich komme gleich hinterher und dann können wir zusammen ein wenig im Sandkasten spielen", flötete sie deshalb, als sie durch die große Haustür traten. Hanna nickte und flitzte zur Terrassentür. Für Sandspiele war sie immer zu haben. Josie blickte sich im Erdgeschoss um. Von Martin keine Spur. Da hörte sie das leise

Klappern der Computer-Tastatur. Wütend stapfte sie in Richtung des Arbeitszimmers und riss die Zimmertür auf. Martin starrte sie mit hochgezogenen Augenbrauen hinter seinem großen Schreibtisch an.

„Seit wann wird in diesem Haus nicht mehr angeklopft?“, knurrte er und lehnte sich in seinem Chefsessel zurück.

„Du!“, rief Josie aufgebracht und preschte auf ihn zu. „Was fällt dir ein meiner Mutter so einen Mist zu erzählen?“

Ein überhebliches Grinsen machte sich auf Martins Gesicht breit. „Da habe ich wohl einen wunden Punkt getroffen“, meinte er süffisant. „Wer ist der Kerl?“

„Es geht dich einen feuchten Dreck an, mit wem ich mich treffe! Dir ist schon aufgefallen, dass du *vergessen* hast zu erwähnen, dass du mich betrogen hast, und nicht andersrum? Ganz zu schweigen von der Tatsache, dass wir uns niemals darauf geeinigt hatten, lediglich eine Auszeit zu nehmen! Das mit uns ist vorbei, Martin! Endgültig!“

„Ich wette, es ist irgendein Pferdepfleger von diesem komischen Hof. Warum sollte man sich sonst jeden Tag dort herumtreiben? Und jetzt erzähl mir nicht, dass du das alles für Hanna machst." Josie presste die Lippen aufeinander, um nicht vollends in Rage zu geraten und sich um Kopf und Kragen zu reden.

„Komm schon, Josefine", meinte Martin und tippte sich mit seinem Füller an die Lippen. „So ein Stallbursche ist doch wirklich nicht dein Niveau. So viel Klischee muss doch nicht sein."

Josie lachte humorlos auf. „Stimmt, es ist ja nicht alles gesellschaftlich so akzeptiert wie der Chef mit der Sekretärin." Für einen Sekundenbruchteil hatte sie ihren Mann damit aus der Fassung gebracht, doch er fing sich schnell wieder. Sie schüttelte fassungslos den Kopf. „Was bist du bloß für ein Mensch, Martin?" Sie machte auf dem Absatz kehrt und wollte gerade den Raum verlassen, als er ihr noch einmal hinterher rief.

„Komm schon, Josie. Ich sehe ein, dass wir ein paar Probleme hatten. Und auch, dass es nicht richtig war, was ich getan habe. Aber das ist doch kein Grund, um zehn gemeinsame Jahre einfach wegzuwerfen."

Josie wusste nicht, was sie auf so viel Dreistigkeit erwidern sollte. Mit grimmigem Blick drehte sie sich noch einmal um. „Ich werde mir nächste Woche einen Scheidungsanwalt suchen. Und eine neue Wohnung." Damit wandte sie sich ab und folgte ihrer Tochter in den Garten, nachdem sie mit Schwung die Tür des Arbeitszimmers zugeschlagen hatte.

„Falls du heute Nachmittag mit Hanna vorbeikommen willst, ich werde unterwegs sein. Wir sehen uns."

Josie las Julians Nachricht nun schon zum gefühlt hundertsten Mal. Und noch immer ärgerte sie sich über die Enttäuschung, die dabei in ihr hochstieg. Was war schon dabei? Sie hatten sich doch in den vergangenen Wochen jeden Tag gesehen. Und schließlich waren sie nicht aneinander gekettet. Sie seufzte und schob Hanna ihren Kakao über den Tisch.

„Dann werden wir heute Nachmittag eben ein wenig basteln", meinte sie und lächelte ihre Tochter, die gerade fasziniert ihre Finger betrachtete, an. Morgen hatte Hanna schließlich ihre Therapiestunde, da würde sie Julian ja schon wiedersehen.

Am Abend versuchte Josie, bevor sie es sich im Gästebett bequem machte, Julian noch einmal anzurufen. Es klingelte einmal. Zweimal. Dreimal. So lange, bis die Mailbox ansprang. Seufzend legte sie auf. Vielleicht war er ja noch immer unterwegs. Oder er hatte den Tag über so viel Stress gehabt, dass er schon eingeschlafen war. Josie wusste, dass

Julian und Melanie sämtliche Arbeiten auf dem ‚Marienhof' erledigten. Was sie, wenn sie ehrlich war, ein wenig verwunderte. Als sie den Hof als Seminarteilnehmerin besucht hatte, war dort den Tag über ein ganzer Wust an Personal zu sehen gewesen. Der Eindruck, dass der Hof in finanziellen Schwierigkeiten steckte, wollte ihr einfach nicht aus dem Kopf. Vielleicht sollte sie dem Besitzer, Hans Berger, den sie vor sechs Jahren kurz kennengelernt hatte, ganz unverbindlich ihre Dienste als Unternehmensberaterin anbieten? Bisher hatte sie noch jedes Unternehmen aus dem Schlamassel gerettet. Also würde es ihr beim ‚Marienhof', falls sich ihr Verdacht überhaupt bestätigte, auch gelingen.

Mit den Gedanken bei Julian und seinem merkwürdigen Verhalten in den letzten Tagen fiel sie wenig später in einen unruhigen Schlaf.

***

Julian musste schmunzeln, als er sich in Josies Vorgarten schlich. Er kam sich vor wie ein Einbrecher, der nachts in die Villen der reichen Vorstädter eindrang. Aber eine bessere Lösung war ihm spontan nicht eingefallen. Es war viel zu spät, um jetzt noch zu klingeln. Josie wäre sicher stocksauer, wenn er Hanna wecken würde. Auch war er nicht sicher, ob sich nicht auch Martin im Haus aufhielt. Aber bis morgen hatte sein Anliegen einfach keine Zeit. Er wollte ihr einiges erklären. Warum er sich in den letzten Tagen so doof verhalten hatte, wie tief er für sie empfand und dass er eine Lösung finden würde. Eine Lösung für eine gemeinsame Zukunft mit ihr und Hanna, die er sich so sehr wünschte. Schon in zwei Stunden würde er im Flieger sitzen und Josie und Hanna morgen zur Therapiestunde nicht sehen können. Josie. Schon wenn er nur ihren Namen dachte, spürte er dieses sagenhafte Kribbeln im Bauch, welches ihm in den letzten Wochen so vertraut geworden war. Spätestens nach ihrer ersten gemeinsamen Nacht in seiner Wohnung war er ihr mit Haut und Haaren verfallen. So lange hatte er versucht sich selbst zu bremsen, sich nicht zu tief in diese Beziehung zu stürzen, aber er konnte sich nicht wehren. Was sie in ihm auslöste konnte er sich nicht erklären. Nicht vor sechs Jahren und auch nicht heute. Und ausgerechnet jetzt musste der ‚Marienhof' in die Pleite gehen und er damit arbeitslos werden. Er wusste wie wichtig Josie Stabilität im Leben war und auch ein gewisser Status und Lebensstandard. Als sie ihm das erste Mal von Martin erzählt hatte, war ihm sofort klar gewesen welch ein Typ Mann er sein musste. Und er wollte und konnte nicht so sein wie er, mit seinen schicken Anzügen und dem vielen Geld. Er spürte auch, dass dies nicht das war was Josie wirklich brauchte, aber doch wollte auch er ihr etwas bieten und für sie mehr sein als der witzige süße Kerl, mit dem sie gern ins Bett ging. Er würde ihr zeigen, dass auch er für sie und Hanna sorgen wollte – unabhängig davon, dass Josie das natürlich auch selbst konnte. In diesem Moment sah er in der Dunkelheit den kleinen verchromten Briefkasten direkt an der Haustür vor sich und schlich weiter geduckt voran. Er zögerte nur einen kurzen Moment und warf dann den weißen Briefumschlag ein. Er hatte darauf geachtet, ihn mit „Josefine Winter" und ihrer vollständigen Adresse zu adressieren für den Fall, dass Martin den Briefkasten am Morgen leerte. Sicher wäre ein ‚Josie' mit kitschigem Herzchen über dem ‚i' etwas gewagt gewesen...

Kapitel 14

Nachdem sich Hanna nach dem Kindergarten ein wenig ausgeruht hatte, machte Josie sich mit ihr auf den Weg zum ‚Marienhof' für ihre wöchentliche Therapiestunde. Josie freute sich darauf, Julian zu sehen. Auch, wenn sie es ungern zugab: Er hatte ihr gestern gefehlt. Und so wie der heutige Morgen verlaufen war, konnte sie gar nicht erwarten das Haus zu verlassen. Martin saß schon in der Küche und trank seinen Kaffee, als sie die Treppen herunter kam. Nach ihrer gestrigen Konfrontation erwartete sie natürlich keine fröhliche Stimmung, aber die Blicke, die er ihr zuwarf, waren so eiskalt, dass es Josie einen Schauer über den Rücken jagte. Sie drängte sich an ihm vorbei und holte sich ebenso einen Kaffee, den sie wohl besser im Garten trinken würde. Ihr Blick fiel auf einen Stapel Briefe, die direkt vor Martin lagen. „Ist etwas für mich dabei?", fragte sie beiläufig, um ein unverfängliches Thema zu beginnen und beobachtete wie Martin schnell aufstand, die Briefe an sich nahm und in Richtung seines Arbeitszimmers davon ging. „Nein", brummte er und sah sie dabei nicht an. An der Küchentür drehte er sich nochmal um und funkelte sie böse an. „Eines sage ich dir Josefine. Ich will diesen Kerl hier niemals sehen. Dies ist auch mein Haus." Damit drehte er sich um und stapfte mit schnellen Schritten weiter. Die Tür zum Arbeitszimmer knallte zu und Josie blieb kopfschüttelnd zurück. Sie nahm ihren Kaffee und versprach sich selbst, sich nicht von ihm wütend machen zu lassen. Der hatte sie doch nicht alle.

Auf dem Hof angekommen, blickte sie sich suchend um, während Hanna sofort im Stall verschwand. Normalerweise war Julian um diese Uhrzeit auf dem Außengelände zu finden. Josie ging zum Reitplatz und ließ ihren Blick in Richtung der nahegelegenen Pferdekoppeln schweifen. Doch hier fand sie ihn genauso wenig wie am Round Pen. Auch ihre Suche an dem kleinen See blieb erfolglos. Irritiert betrat sie die Stallgasse, wo Melanie und Hanna schon dabei waren, Fino auf Hochglanz zu bürsten.

„Hallo, Melanie“, sagte Josie und gab sich größte Mühe, ihre Anspannung zu verbergen. Aus irgendeinem Grund hatte sie ein mulmiges Gefühl.

„Hallo“, erwiderte die Reittherapeutin und lächelte verhalten. Sie sah noch immer traurig aus. Unter ihren Augen lagen dunkle Schatten.

„Wo ist denn Julian?“

„Der ist nicht da.“

Josie stutzte. „Wo ist er denn?“, fragte sie nach.

„Für ein paar Tage verreist.“

Sie glaubte, aus allen Wolken zu fallen. Warum hatte er ihr nicht gesagt, dass er nicht nur einen, sondern gleich mehrere Tage unterwegs sein würde? Sie schluckte hart und nagte nervös an ihrer Unterlippe. Im Augenwinkel sah sie, dass Melanie sie beobachtete.

„Hat er dir nichts gesagt?", fragte die junge Frau.

„Was gesagt?" Alarmiert riss Josie die Augen auf.

Melanie bat Hanna, Fino weiter die Mähne zu bürsten. Dann ging sie auf Josie zu, fasste sie zaghaft am Arm und zog sie einige Meter beiseite. Sie atmete tief durch und schien mit sich zu ringen.

„Der ‚Marienhof' wird verkauft", flüsterte sie leise und sie wirkte noch trauriger als zuvor. „Julian und ich, wir werden in ein paar Wochen unsere Jobs verlieren. Er ist weg, um eine neue Stelle zu finden." Fassungslos starrte Josie die junge Frau an.

„Der ‚Marienhof' wird… verkauft?", stammelte sie ungläubig. Tausend Gedanken schossen ihr durch den Kopf. Wenn das tatsächlich stimmte, was wurde dann aus Hannas Therapie? Und wenn Julian sogar verreiste, um eine neue Stelle zu finden, was würde dann aus ihnen werden? Verzweifelt versuchte sie, gegen die aufsteigenden Tränen anzukämpfen und den Kloß, der sich rasend schnell in ihrer Kehle ausbreitete, herunter zu schlucken. Sie hatte also recht gehabt. Der Hof steckte in Schwierigkeiten. Doch waren diese wirklich so gravierend, dass ein Verkauf nicht mehr abzuwenden war?

„Kann ich mit Herrn Berger sprechen?“, fragte Josie tonlos.

Melanie sah sie etwas irritiert an. „Der ist in seinem Büro. Was willst du denn von ihm?“

Josie machte entschlossen auf dem Absatz kehrt und lief in Richtung der Nebengebäude. „Vielleicht kann ich euch helfen“, rief sie über ihre Schulter hinweg.

Einige Minuten später klopfte sie selbstbewusst an die Bürotür des Hofbesitzers. Sie war erleichtert, dass sich dieses noch immer in denselben Raum wie vor sechs Jahren befand, als sie während einer Führung über den Hof vor Beginn des Seminars daran vorbeigekommen waren.

„Ja bitte?“, drang eine Männerstimme aus dem Inneren. Josie öffnete die Tür und trat ein. Ihre Verzweiflung von eben war purer Entschlossenheit gewichen. Sie konnte nicht zulassen, dass Hanna die Reittherapie, die ihr innerhalb kurzer Zeit so sehr geholfen hatte, wieder beenden musste. Und sie würde alles dafür geben, um Julian nicht wieder zu verlieren.

„Guten Tag, Herr Berger“, sagte sie und straffte die Schultern. Der Hofbesitzer erhob sich ächzend von seinem Stuhl und streckte ihr stirnrunzelnd die Hand entgegen.

„Guten Tag, Frau… ähm …“, entgegnete er.

„Winter. Josefine Winter. Meine Tochter Hanna macht auf Ihrem Hof eine Reittherapie“, klärte sie ihn auf.

„Ah“, war seine knappe Antwort. Einen Moment trat Stille ein.

„Also, Frau Winter. Was kann ich für Sie tun?“ Josie glaubte, in seinen Augen eine gewisse Resignation zu sehen. Wahrscheinlich stellte er die Frage, womit er helfen konnte, nur aus reiner Höflichkeit, weil er sich sicher war, dass ihn ihre Angelegenheiten in naher Zukunft sowieso nichts mehr angehen würden.

„Darf ich mich kurz setzen?“, fragte sie und wechselte beinahe automatisch in den Unternehmensberaterin-Modus.

„Ja, natürlich“, sagte Hans Berger und deutete auf die Besucherstühle vor seinem Schreibtisch.

„Ihre Mitarbeiterin hat mir gerade erzählt, dass Sie den ‚Marienhof‘ verkaufen wollen“, begann Josie und schlug die Beine übereinander.

„Von wollen kann keine Rede sein“, knurrte ihr Gegenüber und betrachtete sie stirnrunzelnd. „Die finanziellen Umstände machen einen Verkauf unumgänglich.“

Josie lehnte sich ein Stück nach vorne und faltete ihre Hände vor sich auf dem Schreibtisch. „Ich arbeite für eine sehr namhafte Unternehmensberatung“, sagte sie und hielt seinen Blick fest. „Vielleicht können wir gemeinsam eine Lösung finden.“

„Das Angebot ist wirklich sehr freundlich von Ihnen“, erwiderte der Hofbesitzer und lächelte sie halbherzig an. „Aber glauben Sie mir, ich habe jede erdenkliche Möglichkeit durchgespielt. Ich möchte weder mich noch andere ins vollkommene Unglück stürzen. Je eher ich einsehe, dass ich den Hof nicht mehr retten kann, desto besser.“

„Aber vielleicht könnte unsere Gesellschaft noch einmal mit den Banken sprechen“, entgegnete Josie und merkte selbst, wie sich ein verzweifelter

Unterton in ihrer Stimme breit machte. Sie wusste, dass ihre Gefühle es ihr so schwer machten, professionell zu bleiben.

„Ehrlich, Frau Winter, ich weiß Ihre Hilfe wirklich zu schätzen. Und ich möchte auch in keiner Weise Ihre Fähigkeiten anzweifeln. Aber ich habe wie gesagt schon alles versucht. Die Zwangsversteigerung findet in zwei Monaten statt."

Josie schluckte hart. Der Hof steckte nicht einfach nur in Schwierigkeiten. Die Situation war ein einziges Desaster. Wenn die Bank schon einen Versteigerungstermin anberaumt hatte, dann war der Hof tatsächlich nicht mehr zu retten. Sie spürte, wie ihre Augen zu brennen begannen und nagte nervös an ihrer Unterlippe.

„Ich verstehe", presste sie hervor.

„Ihrer Tochter gefällt die Reittherapie wohl", meinte Hans Berger und warf ihr einen beinahe mitleidigen Blick zu. Es schien offensichtlich zu sein, in was für ein Gefühlschaos die Situation sie stürzte.

„Ja, die Reittherapie gefällt ihr", murmelte sie und stand auf, ohne ihn noch einmal anzusehen. Zu ihrer Schande musste Josie feststellen, dass das nicht der wahre Grund war, aus dem sich jetzt in ihrer Magengegend ein schmerzhafter Knoten bildete.

„Und, konntest du etwas erreichen?“, rief Melanie ihr schon von Weitem entgegen. Ihr Blick war deutlich hoffnungsvoller als zuvor. Josie verfluchte sich dafür, ihr diese Hoffnung wieder nehmen zu müssen. Beinahe unmerklich schüttelte sie den Kopf und ließ sich auf die kleine Bank neben dem Reitplatz sinken.

„Es ist zu spät“, murmelte sie, als die Reittherapeutin nah genug war. Diese presste die Lippen aufeinander und stand offenbar kurz davor, in Tränen auszubrechen. Sofort legte sich wieder der tieftraurige Ausdruck auf ihr Gesicht.

„Wo ist Julian?“, fragte Josie und blickte die junge Frau flehend an.

„Ich weiß es nicht, Josie“, antwortete die und kraulte Fino, der gerade auf der Suche nach Leckerlis an Hannas Hosentaschen schnüffelte, gedankenverloren die Mähne.

„Wann kommt er denn wieder?“

Melanie zuckte mit den Schultern. „Mir hat er auch nicht wirklich etwas gesagt“, erwiderte sie. „Ich weiß nur, dass er sich einen neuen Job besorgen wollte. Aber wo, das weiß ich wirklich nicht. Allerdings…“. Sie zögerte einen Moment. Offenbar, weil sie wusste, wie sehr die folgenden Worte Josie treffen würden. „Herr Berger hat uns freigestellt, sofort zu gehen, wenn wir ein neues Angebot haben. Es ist also durchaus möglich, dass Julian gar nicht mehr wiederkommt.“ Das schmerzhafte Brennen in Josies Magengegend wurde beinahe unerträglich. Was bei all den zahlreichen Emotionen, die ihre Gedanken vernebelten, am schwersten wog, war die Enttäuschung, dass Julian sich ihr nicht hatte anvertrauen wollen. Er hatte ihr weder vom Verkauf des Hofes erzählt, noch hatte er sie in seine Pläne für die Zukunft, an der sie augenscheinlich keinen Anteil haben sollte, eingeweiht. Josie hatte gedacht, dass sie eine besondere Verbindung hatten. Ein tiefes, unerklärliches Vertrauen. Dass sie bei Julian endlich angekommen war. Doch ganz offensichtlich hatte sie sich getäuscht.

Nur mit Mühe konnte Josie ihre Tränen unterdrücken. Sie hätte es wissen müssen. Ihre Mutter hatte sie mehr als einmal vor Männern wie Julian gewarnt. Freigeister, die in Nacht-und-Nebel-Aktionen alle Zelte abbrachen, um sich selbst verwirklichen zu können. Männer, die lieber in den Tag hineinlebten, als sich Gedanken über den weiteren Verlauf ihres Lebens zu machen. Und bei denen es praktisch unmöglich war, sie zu halten, wenn sie es nicht wollten.

Den Rest der Therapiestunde verbrachte Josie damit, emotionslos auf die wiegenden Grashalme vor ihren Füßen zu starren. Nicht einmal Hannas vergnügtes Quietschen, als sie auf Finos Rücken einige Übungen absolvierte, konnte sie aus ihrer Starre lösen. Ihr Herz schien sich langsam, aber sicher in einen undurchdringbaren Eispanzer zurückzuziehen. Ein Gefühl, dass sie nur zu gut kannte. Aus den Jahren, bevor sie Julian getroffen und zugelassen hatte, dass er ihr Herz berührte.

Die Tage vergingen und es gelang Josie nur mit Mühe, ihren normalen Alltag zu leben. An den Vormittagen, wenn Hanna im Kindergarten war, stürzte sie sich in die Arbeit. Die Nachmittage waren vollgestopft mit Freizeitaktivitäten und Therapieterminen. Josie vermied es, allzu lange zur Ruhe zu kommen. Nur so konnte sie verhindern, dass ihre Gedanken anfingen, ein Eigenleben zu entwickeln. Und sie zwangsläufig an den Schmerz erinnert wurde, den ihr gebrochenes Herz ihr bereitete. Sie konnte sich nicht erinnern, jemals einen solchen Liebeskummer gehabt zu haben. Am ersten Tag hatte sie zunächst einige Male versucht, Julian zu erreichen. Doch erst war sein Handy ausgeschalten und am Abend schrieb er nur eine knappe Nachricht, er bräuchte etwas Zeit und dass er sich bei ihr melden würde. Diese emotionslose Nachricht ohne weitere Erklärung, wo er eigentlich war, hatte ihr den Rest gegeben. Hatte sie vor kurzem noch vorgehabt, ein neues Leben zu beginnen, so fehlte ihr jetzt vollkommen die

Energie, um neue, für sie ungewöhnliche Pläne für die Zukunft zu schmieden. Obwohl sie es groß bei Martin angekündigt hatte, suchte sie weder einen Anwalt noch einen Immobilienmakler auf. In ihrem derzeitigen Zustand hielt sie es für das Beste, einfach alles beim Alten zu belassen. Auf diese Weise erwarteten sie wenigstens keine bösen Überraschungen.

Martin verbrachte inzwischen überraschend viel Zeit Zuhause. An manchen Tagen nahm er sich sogar die Zeit, um mit Hanna zu spielen und mit ihnen gemeinsam zu essen. Josie vermutete, dass sich sein Techtelmechtel mit der jungen Sekretärin zwischenzeitlich erledigt hatte. Es machte beinahe den Anschein, als seien sie wieder eine richtige Familie. Abgesehen von der Tatsache, dass sie noch immer im Gästezimmer übernachtete.

Als sie eine Woche nach Julians Verschwinden vollkommen erschöpft von einer Fortbildung nach Hause kam, erwartete Martin sie bereits. Josie gingen beinahe die Augen über, als er ihr zur Begrüßung einen gigantischen Strauß roter Rosen entgegenstreckte.

„Martin … was …?", stammelte sie.

„Nein, warte", unterbrach er sie. „Bitte lass mich erst reden." Irritiert sah Josie ihn an. Er wirkte merkwürdig nervös. „Josie ich möchte mich für das, was in den vergangenen Monaten geschehen ist, entschuldigen. Ich war ein Idiot. Ich hätte niemals etwas mit Ariane anfangen dürfen. Und auch die Dinge, die ich dir an den Kopf geworfen habe... ich weiß, dass das alles unverzeihlich ist. Aber du fehlst mir, Josie. Ich möchte, dass wir wieder eine richtige Familie werden. Du, ich und Hanna. Ich verspreche dir, ich werde mich mehr um sie kümmern. Bitte, gib mir noch eine Chance."

Josie war vollkommen vor den Kopf gestoßen. Das konnte doch unmöglich Martins Ernst sein! Ihr Mann war so ziemlich die letzte Person, von dem sie eine solch emotionale Rede erwartet hatte. Dass er sich sogar entschuldigte, passte gar so gar nicht zu der Person, mit der sie die letzten Jahre verbracht hatte.

Als Josie auch nach mehreren Augenblicken des Schweigens keinerlei Reaktion zeigte, sondern Martin nur ungläubig anstarrte, trat er einen Schritt auf sie zu.

„Und, was sagst du?", fragte er leise. Sie lachte nervös.

„Denkst du wirklich, dass mit ein paar Blumen alles vergessen ist, Martin? Ich freue mich, dass du mehr Zeit mit Hanna verbringen willst. Aber zu allem anderen lautet meine Antwort Nein." Sie glaubte, einen kurzen Moment einen säuerlichen Ausdruck auf seinem Gesicht erkennen zu können. Natürlich hatte er nicht damit gerechnet, dass Josie ihn zurückwies.

„Ich werde dir beweisen, dass ich es ernst meine. Und dass es das Beste für uns alle wäre“, murmelte er, drückte ihr die Blumen in die Hand und verschwand ins obere Stockwerk. Josie seufzte. Das Beste für uns alle… Sie ertappte sich bei dem Gedanken, dass es das Beste für sie gewesen wäre, wenn Julian nicht einfach verschwunden wäre. Dann hätten sie und Hanna ein neues Leben anfangen können. Doch jetzt… Jetzt hing Josie zwischen ihrem alten und ihrem neuem Leben fest und konnte sich weder von dem einen, noch von dem anderen wirklich lösen.

Am nächsten Morgen, einem Samstag, roch es im ganzen Haus herrlich nach frischen Brötchen und Kaffee, als Josie wach wurde. In Windeseile zog sie sich an und lugte aus der Tür des Gästezimmers in Richtung der Küche. Der kleine Esstisch war liebevoll eingedeckt und auf dem Herd brutzelten köstliche Spiegeleier. Martin war mit Hanna in den Garten gegangen. Zwar saß ihre Tochter allein und im Pyjama in ihrem Sandkasten und Martin blickte auf sein Handy – aber immerhin.

„Guten Morgen“, murmelte Josie und warf ihm einen skeptischen Seitenblick zu. „Hast du das

Frühstück ernsthaft selbst gemacht oder hast du dafür jemanden bezahlt?“

„Du traust mir wohl gar nichts zu?“, erwiderte Martin beleidigt.

„Na ja“, sagte Josie schulterzuckend. „Nicht, wenn es um die Zubereitung von Mahlzeiten geht.“

Eine Weile beobachteten sie beide Hanna dabei, wie sie hochkonzentriert eine Sandburg baute.

„Gefällt es dir?“, wollte Martin wissen.

„Es ist nett.“ Natürlich fand Josie es aufmerksam, dass ihr Mann sich überwunden und ein Frühstück vorbereitet hatte. Trotzdem machte es nicht alles ungeschehen. Vielleicht hätte er es einfacher gehabt, wenn die Sache mit Julian nicht passiert wäre. Vielleicht… Josie spürte, wie ihr Magen sich schmerzhaft verkrampfte. Nichtsdestotrotz zwang sie sich zu einem verhaltenen Lächeln. „Komm, ich habe Hunger.“

Statt ins Büro zu fahren oder für den Rest des Tages im Arbeitszimmer zu verschwinden, hatte Martin einen Ausflug in einen nahegelegenen Tierpark geplant. Hanna zeigte sich, im Rahmen ihrer Möglichkeiten, hellauf begeistert. Josie hingegen traute dem plötzlichen Frieden nicht.

Martins verändertes Verhalten war ihr richtiggehend unheimlich. Als Hanna nach einem kurzen Picknick voll und ganz mit den Schaukeltieren eines gigantischen Spielplatzes beschäftigt war, sah sie ihn ernst an.

„Hör mal, Martin, was soll das hier alles?"

„Wir machen einen Familienausflug", entgegnete er, ohne sie anzusehen. Wütend presste sie die Lippen aufeinander. Martin ließ sie wieder einmal dastehen wie ein Kind, dem man die Welt erklären musste.

„Wir haben noch nie einen Familienausflug gemacht", zischte sie. „Noch nie."

„Dann wurde es jetzt höchste Zeit", sagte Martin mit einer Ruhe in der Stimme, die Josie wie die reinste Provokation vorkam. Dennoch versuchte sie, sich ebenfalls zu beruhigen, indem sie einige Mal tief durchatmete.

„Woher kommt der plötzliche Sinneswandel, dass man vielleicht auch einmal etwas Zeit mit seiner Familie verbringen sollte?", erkundigte sie sich.

Jetzt wandte Martin sich doch ihr zu. Er fuhr sich mit der Hand durchs Haar. „Bei dem Gedanken daran, dass dich ein anderer Mann anfasst, bin ich fast verrückt geworden. Da habe ich nachgedacht“, meinte er.

„Und warum tust du es mir dann an?“, setzte Josie nach.

Martin seufzte. „Ich hatte das Gefühl, dass es zwischen uns nicht mehr so ist, wie es früher war. Und dann die Sache mit Hanna und ihrer Krankheit. Das war alles einfach zu viel für mich.“

„Und da ist die beste Möglichkeit, sich eine junge Geliebte zuzulegen, um alles andere zu vergessen“, schlussfolgerte Josie. Sie bemerkte, wie Martins Kiefer vor Anspannung zuckte.

„Ich habe dir doch schon gesagt, dass es mir leid tut. Natürlich war das nicht die beste Möglichkeit. Ich habe einfach nicht nachgedacht.“

„Nein, hast du nicht“, stimmte sie ihm zu. Martin öffnete den Mund, offenbar, um etwas zu sagen, besann sich dann jedoch eines Besseren.

„Danke für das alles hier“, sagte Josie nach einer Weile und lächelte Martin zaghaft an. Zumindest für den Moment konnte sie sich nicht vorstellen, dass sie ihm wieder das geben konnte, was er offenbar wollte. Doch sie war zumindest bereit, das Kriegsbeil zu begraben.

Kapitel 15

Auch in den nächsten Tagen gab Martin wirklich alles, um Josie von der Ernsthaftigkeit seines Vorhabens zu überzeugen. Er überraschte sie mit Blumen und kleinen Aufmerksamkeiten, lud sie in die besten Restaurants der Stadt ein und auch sein Verhältnis zu Hanna wurde von Tag zu Tag besser. Was in erster Linie daran lag, dass er inzwischen immer wieder Zeit mit seiner Tochter allein verbrachte, statt sich auf seine Rolle als „Geschenke-Papa" zu beschränken. Josie kam nicht umhin sich einzugestehen, dass sie sich das, was sie jetzt von ihm bekam, immer gewünscht hatte: Einen aufmerksamen, liebevollen Partner und Vater ihres Kindes, der ihren Ehrgeiz in beruflichen Dingen unterstützte und wusste, wohin ihn das Leben führen sollte. Hatte es zuvor noch an einigen Dingen gehapert, so wurde Josie zum ersten Mal seit langer Zeit bewusst, dass Martin der ideale Partner für ihre Belange zu sein schien. Sie konnte nicht sagen, dass sie ein wirkliches Kribbeln verspürte, wenn sie mit Martin zusammen war. Doch sie sehnte sich danach, ihre gewohnte Sicherheit und Stabilität zurück zu bekommen. Und ihr Mann war bereit, ihr diese zu geben. Noch dazu schien dies aus ihrer Sicht die einzige Möglichkeit zu sein, Julian endlich vergessen zu können.

„Also, was meinst du, Josie?“, fragte er eines Abends, als sie gemeinsam auf der Außenterrasse eines noblen Restaurants saßen und nach einem hervorragenden Menu noch ein Glas Wein tranken. Josie, die gerade die letzten wärmenden Sonnenstrahlen auf ihrer Haut genossen hatte, blickte ihn fragend an.

„Was denke ich worüber?“, wollte sie wissen.

„Denkst du, wir können es noch einmal miteinander versuchen?“

Angespannt stellte sie ihr Rotwein-Glas auf dem Tisch ab. Die ganze Zeit war ihr bewusst gewesen, dass es absolut untypisch für Martin war, dass er so lange um sein Ziel herumschlich. Martin war ein Mann, der Ergebnisse sehen wollte, beruflich genauso wie privat. Und jetzt wollte er offenbar endgültig wissen, ob seine Bemühungen der letzten zwei Wochen sich ausgezahlt hatten. Doch Josie wusste keine Antwort darauf. Sollte sie sich wirklich in genau diesem Moment entscheiden, was sie wirklich wollte, nicht nur jetzt, sondern auch noch in zehn Jahren? Die alte Josie hätte keine Sekunde darüber nachdenken müssen. Sie hätte jede Unwägbarkeit aus dem Weg räumen wollen und sich sofort für die sicherste Variante entschieden. Und ein kleiner Teil dieser Person schlummerte noch immer in ihr. Doch sie kam nicht umhin, dass es auch eine andere Josie gab. Eine, die das Leben genießen wollte, so wie es eben kam. Seitdem Hanna geboren worden war, war es beinahe unmöglich geworden, einen Tag wirklich so zu Ende zu bringen, wie sie ihn am Morgen geplant hatte. Viel zu viel hing von Hannas aktueller Tagesform ab. Bei dem verzweifelten Versuch, ihre Planung beizubehalten, war Josie jeden Tag an ihre Grenzen gegangen. Mit einem autistischen Kind blieb ihr gar nichts anders übrig, als spontan und flexibel auf Planänderungen zu reagieren. Und auch, wenn es momentan ganz den Anschein machte, als ob Martin sich an diesen Zustand gewöhnen könnte: Josie glaubte einfach nicht, dass dies auch in einigen Monaten noch der Fall sein würde. Und dann musste sie an dem gleichen Punkt wieder neu anfangen, wie sie es schon einmal getan hatte.

„Martin… ich … „, murmelte sie und knetete sich nervös die Hände. Als sie aufblickte sah sie, wie die Gesichtszüge ihres Mannes sich verhärteten. „Ich habe mich verändert", sagte Josie mit fester Stimme und sah ihm in die Augen. „Ich bin mir nicht sicher, ob wir noch die gleichen Ziele im Leben haben. Wenn wir jetzt einfach da weitermachen, wo wir aufgehört haben, tun wir uns beiden keinen Gefallen damit."

„Josie, sei doch vernünftig", erwiderte Martin so energisch, dass Josie ihn einen Moment perplex ansah. „Hanna braucht eine intakte Familie! Du hast selbst gesagt, dass Stabilität in ihrer Situation wichtig ist."

„Was Hanna in erster Linie braucht, sind liebevolle Eltern", wandte Josie ein. „Und die können wir auch für sie sein, wenn wir nicht zusammen sind."

„Es ist wegen diesem Kerl von dem Pferdehof, nicht wahr? Ihr habt noch Kontakt?", meinte er und blickte sie missbilligend aus zusammengekniffenen Augen an. Josie schüttelte nachdenklich den Kopf.

„Julian ist nicht mehr da. Der ‚Marienhof' wird in einigen Wochen zwangsversteigert." Auf eine merkwürdige Art war es ihr unangenehm, mit ihrem Mann darüber zu reden. Als wolle sie sich rechtfertigen. Doch sie wollte klarstellen, dass die Entscheidung gegen ein weiteres Leben mit ihm von ihr, Josie, kam.

„Ach so?" Interessiert hob er die Augenbrauen. Josie glaubte, einen zufriedenen Ausdruck auf seinem Gesicht erkennen zu können. Unwillkürlich fragte sie sich, ob er in ihrem Gesicht den Schmerz ablesen konnte, den diese Tatsache mit sich brachte. Zumindest schien es ihm ausreichend Genugtuung zu verschaffen, dass, wenn er sie nicht zurückhaben konnte, sie auch kein anderer Mann bekam.

„Ich bin müde“, sagte Josie und fuhr sich mit der Hand durch die dunklen Haare. „Lass uns nach Hause fahren.“

Als Josie eine Stunde später vor ihrem Haus aus Martins Sportwagen stieg, stand sie vollkommen neben sich. Es hatte sie einiges an Kraft gekostet, mehrere Tage lang nicht an Julian zu denken. Sie hatte sich auf Hanna, ihre Arbeit und sich selbst konzentriert. Doch jetzt, wo sie das ganze Dilemma mit dem Reittherapeuten vor ihrem Mann ausgebreitet hatte, kamen die Gefühle mit einer solchen Wucht zurück, dass sie ihr beinahe die Luft zum Atmen nahmen. Sie spürte, wie sie zu zittern begann und schlang die Arme um sich. Ihr Magen verwandelte sich in einen brennenden Knoten.

„Bleib ruhig, Josie“, betete sie sich selbst innerlich vor. „Es bringt nichts, jetzt zusammenzubrechen. Nicht vor Martin.“

„Alles in Ordnung?“, fragte der jetzt und sah sie stirnrunzelnd an. „Du bist plötzlich so blass.“

„Geht schon“, murmelte sie und taumelte durch die Tür. „Ich hatte wohl einen Wein zu viel.“ Sie ließ sich auf das große Gästebett fallen und schloss die Augen. Es fühlte sich an, als würde ihr Herz in ein gigantisches schwarzes Loch gesaugt werden. All die unterdrückten Emotionen schienen sich in diesem Moment ihren Weg an die Oberfläche bahnen zu wollen.

„Soll ich dir ein Glas Wasser holen?“ Martin war im Türrahmen stehengeblieben und blickte Josie sorgenvoll an. Die nickte knapp. Kurz darauf kam ihr Mann mit einem Wasserglas und einer Flasche unter dem Arm zurück. Josie leerte das Glas in großen Zügen und rieb sich mit Daumen und Zeigefinger über die zusammengekniffenen Augen. Ihre Gefühle schienen sich langsam wieder zu beruhigen. Zumindest für einen kurzen Moment. Denn als sie die Augen wieder öffnete, kniete Martin vor ihr und suchte ihren Blick. Zaghaft strich er ihr eine Haarsträhne aus dem Gesicht und fuhr ihr dann mit den Fingerspitzen über die Wange. Sie schmiegte ihr Gesicht in seine Handfläche, als könne sie darin Halt finden. Halt in diesem nicht enden wollenden Strom aus Verzweiflung, Wut und Enttäuschung. Sie wünschte sich nichts mehr, als dass dieser Schmerz, der in ihrem Herzen tobte und sie zu überwältigen drohte, endlich verschwand. Anders konnte sie sich nicht erklären, dass sie es zuließ, als Martin sich jetzt zu ihr beugte und sie küsste. Es war nicht hart und fordernd, aber auch nicht so sanft und zärtlich, wie sie es von Julian in Erinnerung hatte. Es war einfach… ein Kuss. Mechanisch erwiderte sie ihn, ohne jedoch in ihm zu versinken.

„Oh, Josie“, raunte Martin und schob sich auf sie. Josie atmete seinen Duft nach Seife und sündhaft teurem Aftershave ein. Ein Geruch, der ihr vertraut war. Ebenso wie die Art, wie sich ihre Lippen berührten. Was jedoch fehlte, war dieser Rausch, dieses Gefühl, einfach zu versinken. Ein Gefühl, das sie bis vor Kurzem nicht gekannt hatte, nun aber schmerzlich vermisste. Doch trotz allem halfen Martins Berührungen ihr, ihr Gedankenkarussell für einige Minuten zum Stehen zu bringen. Ihr Herz schmerzte etwas weniger. Wie in Trance streifte Josie sich ihre Kleidungsstücke ab und ließ zu, dass Martin sie berührte. Seine filigranen, gepflegten Finger lösten nicht dieses wohlige Prickeln auf ihrem Körper aus, wie Julians von der Arbeit auf dem Hof rauen Hände. Alles wirkte steif und einstudiert. Josie spürte keine Leidenschaft in sich. Doch das musste sie auch nicht. Denn alles, was sie in diesem Moment wollte, war zu vergessen.

Als Josie am nächsten Morgen wach wurden, lagen ihre Kleider ordentlich gefaltet auf dem breiten Sessel, der in der gegenüberliegenden Ecke des Raumes stand. Sie drehte den Kopf ein wenig und blickte in Martins makelloses, ebenmäßiges Gesicht. Seine Haare lagen trotz der Dinge, die sie heute Nacht getan hatten – und das sogar mehrfach – so perfekt, als wären sie gerade frisch gestylt worden. Die leichten Bartstoppeln, die sich auf seinen Wangen und an seinem Kinn abzeichneten, würde er nach dem Aufstehen so schnell wie möglich verschwinden lassen. Josie fiel nicht zum ersten Mal auf, wie voll und beinahe perfekt geschwungen die Lippen ihres Mannes waren.

Doch das änderte nichts daran, dass seine Küsse sie nicht von der Sehnsucht hatten befreien können, die sie verspürte, seitdem Julian verschwunden war. Martin war einfach zu perfekt. Er hatte keine Ecken und Kanten. Er war einfach nicht… Josie verbot sich, diesen Gedanken zu Ende zu führen. Die letzte Nacht hatte rein gar nichts verändert. Josie hatte weder ihre Gefühle für Martin neu entdeckt, noch die, die sie für Julian hatte, vergessen können. Der Schmerz und die Sehnsucht waren noch immer dieselben. Doch jetzt kam noch ein weiteres Gefühl hinzu: Scham. Und Schuldgefühle. Konnte man jemanden betrügen, wenn dieser einen offensichtlich nicht mehr wollte, es aber niemals gesagt hatte?

Josie bemühte sich, möglichst leise aus dem Bett zu rutschen, um Martin nicht zu wecken, und schlich auf Zehenspitzen in das kleine Badezimmer, das sich an das Gästezimmer anschloss. Nachdenklich blickte sie in den Spiegel. Nie im Leben hätte sie sich träumen lassen, einmal zwischen zwei Männern zu stehen. In einer solchen Situation war das Chaos doch vorprogrammiert. Doch stand sie tatsächlich zwischen ihnen? Der Eine, Martin, wollte die Zukunft mit ihr teilen. Doch das würde für Josie bedeuten, einfach nur zu akzeptieren, was sie hatte. Ungeachtet davon, ob es sich richtig anfühlte oder nicht. Und das tat es nicht. Der Andere, Julian, löste die verrücktesten Gefühle und Wünsche in ihr aus. Doch offenbar hatte er alles, was sie miteinander geteilt hatte, ohne mit der Wimper zu zucken hinter sich gelassen. Sie einfach vergessen. Josie seufzte und spritzte sich etwas kaltes Wasser ins Gesicht. War das Leben tatsächlich so ungerecht?

Einige Minuten später öffnete sie leise die Tür des Gästezimmers.

„Josie?", murmelte Martin, schien dann jedoch sofort wieder einzuschlafen. Sie wandte sich um und musterte ihn einige Augenblicke. Und in diesem Moment wurde ihr bewusst, dass sie vor vielen Jahren einmal wirklich in diesen Mann verliebt gewesen war. Doch geliebt hatte sie ihn nie.

Am heutigen Montag begannen in Hannas Kindergarten die Sommerferien, und so hatte Josie sich Urlaub genommen und Hannas Therapietermine auf den Vormittag gelegt. Sie hatten sich vorgenommen täglich den ‚Marienhof' zu besuchen, denn Josie wollte ihrer Tochter den Kontakt mit ihrem geliebten Fino noch so oft ermöglichen, wie es nur möglich war. Und das würde nicht mehr sehr oft sein. In drei Wochen würde der Hof zwangsversteigert werden, und dann war alles vorbei. Es erschien Josie, als würde sich mit diesem Verkauf ein Kapitel ihres Lebens schließen. Inzwischen hatte sie sich damit abgefunden, dass sie Julian wohl nie mehr wiedersehen würde. Es schmerzte, aber sie hatte es akzeptiert. Und auch Martin schien, nach mehreren sehr langen und oft hitzigen Gesprächen, verstanden zu haben, dass es für sie keine gemeinsame Zukunft gab. Heute Morgen hatte Josie endlich begonnen, sich ein neues Leben aufzubauen. Sie hatte einen Makler mit der Suche nach einem neuen Zuhause für sich und Hanna beauftragt und ein Gespräch mit ihrem Anwalt terminiert, damit sie, nach Ablauf des Trennungsjahres, die Scheidung von Martin so schnell wie möglich über die Bühne bringen konnte. Sie wollte dieses Leben, das sie jahrelang geführt hatte, einfach nicht mehr. Und auch, wenn ihr Job ihr lange Zeit alles bedeutet hatte, so hatte sie sich verändert. Und das beinhaltete auch, dass sie sich beruflich verändern wollte. Doch wie genau das aussehen sollte, wusste sie bisher nicht. Ihre Prioritäten lagen vorerst vollends darauf, Hanna die Trennung von ihrem Vater so leicht wie möglich zu machen.

„Was passiert eigentlich mit Fino und den anderen Pferden?", erkundigte sich Josie bei Melanie, während Hanna den kleinen Schecken für ihre zweite Therapiestunde in dieser Woche fertigmachte.

„Ich nehme an, dass sie auch versteigert werden", gab diese schulterzuckend zurück. Josie wusste, dass der jungen Reittherapeutin in den vergangenen Wochen mehrere neue Stellen angeboten worden waren, sie sich aber noch nicht für eines der Angebote entschieden hatte. Trotz dieser positiven

Zukunftsaussichten ließ sich jedoch die Wehmut in ihrem Blick nicht verleugnen. „Vielleicht findet Hans aber auch vorher noch neue Besitzer für sie."

Eine halbe Stunde später beobachtete Josie Hanna dabei, wie sie auf Fino stolz ihre Runden um den Reitplatz drehte und dabei konzentriert die Übungen absolvierte, die Melanie von ihr verlangte. Ihre Tochter hatte seit Beginn der Reittherapie Fortschritte gemacht, von denen sie vor einigen Wochen nicht einmal zu träumen gewagt hätte. Auch, wenn es noch immer einige Stolpersteine in ihrem Leben gab, so war der Alltag doch deutlich einfacher geworden.

Josie schloss die Augen und legte den Kopf in den Nacken, um sich die wärmende Juni-Sonne ins Gesicht scheinen zu lassen. Sie würde die Idylle dieses Hofes, egal, wie heruntergekommen er war, vermissen. Ebenso wie Melanie und Fino. Und… Energisch schüttelte sie den Kopf. Nein, dieser Gedanke durfte gar nicht erst wieder aufkommen. Seufzend öffnete sie die Augen wieder und blickte zu Melanie, die, mit weit aufgerissenen Augen, die Hand vor den Mund geschlagen hatte. Sie schien mitten auf dem Reitplatz zur Salzsäule erstarrt zu sein und starrte offenbar fassungslos auf einen Punkt hinter Josie.

„Julian?“, rief sie. Josie erstarrte. Und im nächsten Moment hatte sie das Gefühl, von einer Flutwelle überrollt zu werden.

Kapitel 16

Josie saß stocksteif auf der kleinen Bank und wagte nicht, sich umzudrehen. Während Melanie strahlend vom Platz lief – offenbar, um dem überraschenden Besuch um den Hals zu fallen – gab sie sich größte Mühe, ihr hämmerndes Herz wieder einigermaßen zur Ruhe zu bringen. Ihre Gedanken und Gefühle bildeten einen gigantischen, wirren Strudel. Josie wurde gleichzeitig heiß und kalt.

„Hallo, Josie." Julians tiefe Stimme traf sie wie ein Stromschlag. Sie kniff die Augen zusammen und atmete mehrere Male tief durch. Nachdem sie sich einigermaßen gefangen hatte, stand sie langsam auf und drehte sich um. Zwei wasserblaue Augen blickten ihr erwartungsvoll entgegen. Julian sah… umwerfend aus. Der sorgenvolle, müde Ausdruck, der zuletzt auf seinem Gesicht gelegen hatte, war verschwunden. Er lächelte, wenn auch verhalten, und wirkte vollkommen mit sich im Reinen. Ganz wie der Julian, den Josie vor sechs Jahren kennengelernt hatte. Und der er auch noch gewesen war, bevor die Katastrophe über sie hereingebrochen war.

Äußerlich wirkte er absolut entspannt, wie er da in einigen Metern Entfernung stand, die Hände tief in den Taschen seiner Cargohose vergraben. Die

Nervosität, die in seinem Blick lag, konnte er jedoch vor Josie nicht verbergen. Unwillkürlich fragte sie sich, ob sie selbst der Grund dafür war. Doch auch dieser Blick konnte nicht verhindern, dass ihre Emotionen sind jetzt überwältigten. Insgeheim verfluchte sie ihren Körper dafür, dass er noch immer so auf Julians Anwesenheit reagierte. Sie stürzte auf ihn zu, und holte, noch bevor sie ihn erreicht hatte aus, um ihm eine schallende Ohrfeige zu verpassen.

„Du… du… verdammter Idiot!“, schrie sie. „Was zum Teufel bildest du dir ein, einfach zwei Wochen zu verschwinden und dann hier aufzutauchen, als wäre nichts gewesen?“ Im nächsten Moment drehte sie sich erschrocken um. Hoffentlich hatte Hanna nichts von ihrem Ausbruch mitbekommen! Doch die hatte ihren Oberkörper auf Finos Hals abgelegt und versuchte gerade, ihre Finger an seiner Brust zu verschränken. Erleichtert atmete Josie aus, bevor sie sich, mit grimmiger Miene und zornig vor der Brust verschränkten Armen, wieder Julian zuwandte. Entgegen ihrer Erwartung reagierte er alles andere als wütend auf ihre Attacke. Er lächelte und seine Augen strahlten eine solche Wärme aus, dass sie beinahe ein schlechtes Gewissen bekam.

„Du hast mir gefehlt“, raunte er und wollte sie an sich ziehen. Doch Josie schob ihn von sich und sah ihn aus zusammengekniffenen Augen an.

„Ich muss dich wohl nicht daran erinnern, dass *du* derjenige warst, der einfach verschwunden ist. Ohne ein Wort. Und jetzt kreuzt du wieder auf und glaubst ernsthaft, einfach da weitermachen zu können, wo du aufgehört hast?“

„Aber ich hab dir doch alles erklärt. Was ist denn los mit dir los?“

„Was? Da verwechselst du mich wohl mit einer deiner anderen Feuer im Eisen.“ zischte sie und stapfte an den Ställen vorbei in Richtung des Sees. Sie konnte ihre Tränen kaum zurückhalten und wollte keine Schwäche vor ihm zeigen.

„Bitte, Josie.“ Der flehende Unterton in seiner Stimme ließ sie kurz innehalten, aber sie sah ihn nicht an.

Mit einigen großen Schritten hatte Julian sie eingeholt und griff nach ihrer Hand, doch Josie zog sie zurück und bedachte ihn mit einem vernichtenden Seitenblick. Er brauchte nicht zu meinen, dass er es nach dieser Aktion bei ihr leicht haben würde. Für Josie bestand kein Zweifel, dass sie das, was sie gehabt hatten, zurück haben wollte. Und zwar von dem Moment an, als sie ihm vorhin zum ersten Mal wieder in die Augen gesehen hatte. Das bedeutete aber nicht, dass sie ihm diese Tatsache direkt unter die Nase reiben würde.

Am See angekommen ließ Josie sich auf die alte Holzbank fallen und schlug die Beine übereinander. „Also“, meinte sie, ohne Julian dabei anzusehen. „Ich höre.“

„Ich wusste, dass es dem ‚Marienhof‘ nicht gut geht. Aber die Nachricht, dass es keine Hoffnung mehr gibt und ich meinen Job verlieren werde, hat mir den Boden unter den Füßen weggerissen. Ich brauchte einfach etwas Zeit, um über alles nachzudenken und einen Plan für unsere Zukunft zu schmieden. Deswegen habe ich dir doch den Brief geschrieben und dich gebeten… auf mich zu warten“, erwiderte er und sah sie jetzt mit traurigen Augen an.

Josie fühlte sich wie zugeschnürt. „Du hast mir geschrieben? Ich habe nie einen Brief von dir erhalten Julian. Ich verstehe das nicht.“

Julian erzählte ihr von der Nacht, in der er vor ihrem Haus stand und in Josie schlich sich eine Gewissheit, die ihr Herz einen kurzen Moment aussetzen ließ. Martin… dieser Widerling. Er hatte Julian gesehen, er hatte den Brief abgefangen und dann ihren Schmerz ausgenutzt und sie versucht wieder an sich zu binden. Und sie hatte mit ihm… Sie konnte den Gedanken nicht beenden. Alles drehte sich und Josie hatte Mühe nicht in Tränen auszubrechen. Josie rieb sich nervös die Hände. Sie musste ihm sagen, was geschehen war. Und warum.

Doch wie sollte sie ihm erklären, dass ihr durch den Sex mit ihrem Noch-Ehemann klar geworden war, dass sie niemand anderen als ihn, Julian, haben wollte? Sie schüttelte langsam den Kopf. Sie würde es ihm sagen. Doch jetzt war eindeutig nicht der richtige Zeitpunkt dafür.

„Ich war so verletzt. Ich dachte, du willst mich plötzlich nicht mehr, und ich wusste einfach nicht, warum. Ich habe dich so vermisst, dass ich dachte, es bringt mich um." Josie stockte. „Mach das nie wieder", flüsterte sie in seine Richtung und blickte auf die glatte Wasseroberfläche.

„Versprochen", raunte Julian und war ihr plötzlich ganz nah. Sanft legte er seine Hand an ihre Wange und strich mit dem Daumen darüber. Seine Wärme und sein Atem, der über ihre Haut tanzte, fühlten sich so gut, so vertraut an, dass Josie, ob sie es wollte oder nicht, die ganze Wut und Enttäuschung der letzten Wochen einfach vergaß. Sie hatte das Gefühl, fast schon in ihn hineinkriechen zu müssen, um ihm überhaupt nah genug sein zu können. Der zärtliche Kuss, den er ihr nun auf die Lippen hauchte, war wie ein Befreiungsschlag für ihr noch immer angeschlagenes Herz. Es fühlte sich an, als könne sie nach so langer Zeit endlich wieder frei atmen. Josie grub die Finger in sein Shirt, weil das ihr das merkwürdige Gefühl, diesen Moment festhalten zu können. Diesen Moment, in dem außer Julian und ihr nichts zu existieren schien.

„Ich bin heute Abend verabredet. Passt du auf Hanna auf oder soll ich meiner Mutter Bescheid sagen?“ Josie blieb in der Tür zum Wohnzimmer, wo Martin auf dem breiten Ledersessel saß und in einer Fachzeitschrift blätterte, stehen und sah ihn fragend an.

„Verabredet? Mit wem?“, entgegnete er und warf ihr einen misstrauischen Blick zu. „Dein teuflischer Plan ist nicht aufgegangen Martin. Julian ist wieder da und hat mir von dem Brief erzählt.“ zischte sie in seine Richtung und Martin schaute sie erschrocken an, aber schwieg. Er holte tief Luft und erwiderte dann. „Meinetwegen. Ich passe auf Hanna auf.“

Josie hatte keine Energie, um sich mit Martin wegen dem Brief zu streiten. Außerdem wollte sie so schnell wie möglich wieder zu Julian. Sie ging über die breite Holztreppe in das große Ankleidezimmer in der oberen Etage. Auch, wenn Martin noch immer deutlich mehr Zeit mit ihrer gemeinsamen Tochter verbrachte als zuvor, so war sein Engagement doch gesunken, als er erfahren hatte, dass Josie ihn nicht zurücknimmt. Ein kleiner Teil in ihr befürchtete, dass der Kontakt vollständig abreißen würde, wenn der Tag ihres Auszugs tatsächlich einmal gekommen war. Doch sie vertraute darauf, dass ihr Mann genug Verantwortungsgefühl und auch Liebe zu Hanna besaß, um es nicht so weit kommen zu lassen.

Eine Stunde später war Josie fertig und betrat erneut das Wohnzimmer, wo Martin inzwischen den Fernseher angeschaltet hatte. Er blickte auf und musterte sie eingehend.

„Hübsch", murmelte er. Josie schluckte. Es hatte in den vergangenen Wochen Tage gegeben, an denen sie sich gefragt hatte, ob vielleicht doch noch mehr Gefühle für sie in ihrem Mann steckten, als er zugeben wollte. Vielleicht hatte er wirklich versuchen wollen, ihre Ehe zu retten, weil er sie liebte, und nicht bloß aus Vernunft oder um das Bild der perfekten Familie nach außen aufrecht zu erhalten. Doch inzwischen war Josie sich sicher, dass das Verhalten, das er jetzt an den Tag legte, nicht auf zurückgewiesene Liebe, sondern auf ein angekratztes männliches Ego zurückzuführen war.

„Danke", entgegnete sie knapp. „Es wird wohl spät werden." Martin brummte missmutig und sah dann wieder zum Fernseher.

Mit jedem gefahrenen Kilometer wurde Josie immer nervöser. Es fühlte sich beinahe so an, als wäre dies ihr erstes Date mit Julian. Fieberhaft überlegte sie, wie sie ihm ihren Seitensprung beichten sollte. Aber, war das überhaupt ein Seitensprung gewesen? Sie war schließlich immer noch mit Martin verheiratet und sie dachte, dass Julian sie verlassen hatte.

Als sie wenige Minuten später klingelte hatte sie sich fest vorgenommen, reinen Tisch zu machen, bevor irgendein anderes Gespräch zustande kam. Ihr Vorhaben wankte jedoch, als Julian ihr Sekunden später strahlend die Tür öffnete und sie mit einem überschwänglichen, leidenschaftlichen Kuss begrüßte. Und es war vollkommen vergessen, als sie die kleine Dachwohnung betrat und von einem himmlischen Duft empfangen wurde.

„Du hast gekocht?", fragte sie erstaunt und sah ihn mit hochgezogenen Augenbrauen an.

„Ja, Josie, ich bin durchaus in der Lage, mich zu versorgen. Ich bin nicht auf den Lieferservice angewiesen", grinste er und verschwand im Bad. Josie legte ihre Tasche ab und wollte sich gerade auf den Weg zum Backofen, der offensichtlich die Quelle dieses herrlichen Dufts war, machen, als Julian auch schon wieder auftauchte und sie lachend wieder zurück zum Sofa schob.

„Das soll eine Überraschung sein, also platzier deinen unfassbar anziehenden Körper bitte hier auf dem Sofa und freu dich einfach drauf", raunte er zwischen hunderten kleiner Küsse. Josie wollte ihn mit sich auf das überdimensionale Möbelstück ziehen, doch Julian gab ihr noch einen kleinen Kuss auf die Nase und löste sich von ihr.

„So gut mir das auch gefällt", grinste er, „wenn du mich jetzt ablenkst, wird aus der Überraschung ein Stück Kohle. Aber merk dir, was du vorhattest", fügte er grinsend hinzu. Josie seufzte und blickte ihm einen Moment sehnsüchtig hinterher, als er begann, den kleinen Esstisch in der Ecke einzudecken.

„Die Auszeit scheint dir gut getan zu haben."

„Ja, das hat sie", bestätigte er, drehte sich im nächsten Augenblick jedoch hektisch zu ihr um. „Also, abgesehen davon, dass du nicht dabei warst." Josie sah ihn stirnrunzelnd an. „Wirklich, Josie. Ich brauchte keine Auszeit von dir, sondern von allem anderen. Ich musste mir erst einmal Gedanken darüber machen, wie es weitergehen soll. Du bist der einzige Punkt in meinem Leben, bei dem ich mir dabei schon vorher sicher war."

„Es hätte mir sehr geholfen, wenn du dich zwischendurch mal gemeldet hättest", murmelte sie und starrte auf ihre Hände. Er hatte ja keine Ahnung, welchen Unterschied das gemacht hätte.

„Es tut mir leid."

„Wo bist du denn gewesen?", erkundigte sie sich, um die betretene Stimmung, die sich auszubreiten drohte, schnell wieder loszuwerden.

An Stelle des bedrückten Ausdrucks auf Julians Gesicht trat nun ein Strahlen, das sich auch in seinen Augen bemerkbar machte. „In Irland."

„In… Irland?" Josie spürte ein unangenehmes Ziehen in der Magengegend. „Melanie sagte, du willst dich auf die Suche nach einem neuen Job machen."

„Ja, das habe ich auch."

Sie schluckte, um die unvermeidbare Frage, die über ihnen schwebte, möglichst lange hinaus zu zögern.

„Du willst nach… Irland gehen?"

„Ja", sagte Julian, ohne sie anzusehen. Josie spürte, wie ihr Herz sich zusammenzog und stellte fest, dass es keinen Unterschied machte, ob Julian ihr sagte, dass er fortging, oder einfach verschwand. Die Gefühle, die sie in diesem Moment überrannten, waren dieselben. „Und ich möchte, dass ihr mit mir kommt."

Überrascht riss sie die Augen auf und starrte ihm entgegen. „Was?"

Langsam kam er auf sie zu und strich ihr sanft mit den Fingern über die Wange. „Ich möchte, dass ihr mich nach Irland begleitet. Du und Hanna."

Josie, die inzwischen aufgesprungen war, schüttelte irritiert den Kopf und lief vor dem Sofa hin und her. „Ich kann hier nicht einfach weg!", rief sie.

„Warum nicht, Josie?"

„Ich… ich habe hier einen Job. Und Hanna ihren Kindergarten. Und meine Mutter. Und ich kann Martin nicht einfach sein Kind wegnehmen", zählte sie auf. Julian seufzte und schloss kurz die Augen.

„Jetzt werde doch nicht gleich panisch. Wir essen jetzt erst einmal was, und dann reden wir in Ruhe darüber", beruhigte er sie und zog sie an sich. Josie schlang seine Arme um ihn und legte den Kopf an seine Brust.

„Ich will nicht, dass du wieder weggehst", flüsterte sie.

„Und ich will nicht ohne euch gehen", gab er zurück. Und dieses eine kleine Wort, das Julian wie selbstverständlich ausgesprochen hatte, ließ das untrügliche Gefühl in Josie aufkommen, dass sie ihre Entscheidung schon getroffen hatte: euch.

Als sie einige Minuten später am Tisch saßen und Julian den liebevoll dekorierten Teller vor ihr abstellte, staunte Josie nicht schlecht. Es sah köstlich aus. „Gib es zu, das hat ein Sterne-Koch vorbereitet und du hast es jetzt nur noch aus dem Ofen geholt“, neckte sie Julian, der, statt einer Antwort, nur eine Augenbraue hob. Sie traute sich gar nicht, diese wundervolle Kreation zu zerstören, in dem sie sie einfach aß. Auf dem Teller lag ein perfekt gebratenes Stück Fleisch – original irisches Lammsteak, mariniert mit Knoblauch, Rosmarin und Thymian, wie Julian ihr erklärt hatte – dazu Prinzessbohnen im Speckmantel und knusprige Röstkartoffeln aus dem Ofen. „Oh mein Gott“, seufzte sie und ließ sich ein Stück von dem zarten, saftigen Fleisch auf der Zunge zergehen. „Ist das lecker.“ Julian lächelte, offenbar mit sich selbst zufrieden.

„Also“, sagte Josie, als sie eine halbe Stunde später nebeneinander auf dem großen Sofa lagen und sie ihren Kopf auf Julians Beinen abgelegt hatte. „Erzähl mir von Irland.“ Sofort trat ein begeistertes Strahlen in seine Augen.

„Wie gesagt war ich auf der Suche nach einem neuen Job“, begann er.

„Aber warum ausgerechnet in Irland?“, unterbrach Josie ihn. „Gibt es hier bei uns keine freien Stellen für dich?“

„Doch, die gibt es auch hier“, entgegnete er. „Aber wenn ich die Möglichkeit für einen Neuanfang habe, dann will ich es auch richtig machen.“ Josie öffnete den Mund, um etwas zu erwidern, doch Julian unterbrach sie. „Jetzt lass mich doch erst einmal erzählen.“ Sie zog die Nase kraus, fügte sich dann aber ihrem Schicksal.

„Auf jeden Fall habe ich einige tolle Angebote bekommen und hatte mich eigentlich schon für ein konkretes entschieden, als mir ein alter Bekannter von einem leerstehenden Hof im Westen der Insel erzählt hat. Ich bin am nächsten Tag natürlich sofort mit ihm hingefahren, um es mir anzusehen. Und ich habe mich sofort verliebt.“

Josie runzelte die Stirn. „Du hast also einen Hof in Irland gekauft?“, fragte sie nach.

„Nicht gekauft“, erwiderte Julian. „Ich habe mir nur die Option gesichert, ihn zu pachten. Der Besitzer ist alt und hat dort früher Viehwirtschaft und Ackerbau betrieben. Er hat keine Kinder und auch sonst keine Verwandten und ist in eine kleine Wohnung in der Stadt gezogen. Man könnte etwas Tolles aus dem Hof machen.“ Er schwieg und sah Josie einen Moment nachdenklich an. „Aber ich werde nicht weggehen, wenn du nicht mitkommst. Mit Hanna.“ Josie seufzte. Sie hielt diese ganze Unternehmung für vollkommen unmöglich. Sie konnte doch nicht einfach das Leben, dass sie sich hier über Jahre aufgebaut hatte, einfach aufgeben. Andererseits bereitete ihr der Gedanke, dass sie verhindern würde, dass Julian sich seinen Traum erfüllte, deutliches Unbehagen. Allerdings nicht so sehr wie der, ihn zu verlieren. Und zwar endgültig.

„Ich weiß nicht", murmelte sie deswegen unentschlossen. „An so einem alten Hof muss doch sicher jede Menge gemacht werden."

„Schon", erwiderte Julian, während er mit seiner Fingerspitze kleine Kreis auf ihre Haut zeichnete. „Aber ich habe in der Gegend viele Bekannte, die für ein Guinness mit anpacken würden."

„Aber ich habe einen Job hier, Julian. Ich kann meine Kunden schlecht beraten, wenn ich in einem anderen Land bin. Wie stellst du dir das vor?" Julian rückte ein wenig von ihr ab, um ihr in die Augen sehen zu können.

„Du bist gut qualifiziert und hast jede Menge Erfahrung. Du könntest dein eigenes Unternehmen gründen und zum Beispiel Seminare für Existenzgründer geben."

„Dir ist schon klar, dass das so einfach nicht funktioniert?", warf sie ein.

Julian zog die Augenbrauen zusammen und sah einen Moment ärgerlich aus. „Ich bin nicht blöd, Josie. Natürlich geht das alles nicht ohne gezieltes Marketing. In Irland genauso wenig wie hier. Aber offenbar ist dir nicht bewusst, dass Irland kein Dritte-Welt-Land ist. Die Wirtschaft dort boomt."

Das alles klang so einfach. Zu einfach.

„Und was ist mit Hanna? Wie schon gesagt, ich kann Martin nicht einfach seine Tochter wegnehmen."

„Du nimmst sie ihm doch gar nicht weg", entgegnete Julian und spielte gedankenverloren mit einer von ihren dunklen Haarsträhnen. „Mit dem Flugzeug ist er in weniger als drei Stunden dort. Und du hast selbst gesagt, dass die Zeit, die er mit Hanna verbringt, sehr übersichtlich ist."

„Trotzdem."

Julian richtete sich auf und musterte Josie einen Moment skeptisch. „Kann es sein, dass du unbedingt Gegenargumente finden willst?"

„Ich… nein… vielleicht", gab sie zu.

„Warum?"

„Du kennst mich doch, Julian!", rief sie. „Ich bin kein allzu spontaner Mensch. Und für immer das Land zu verlassen ist schon ein ziemlich großer Schritt." Julian seufzte und legte ihr sanft die Arme um den Körper. Josie legte den Kopf auf seiner Brust ab. Sein Herz schlug ruhig. Gleichmäßig. Beruhigend. In seinen Armen konnte sie sich vollkommen entspannen.

„Bist du hier glücklich?", fragte Julian in ihr Haar. Statt einer Antwort nagte Josie nervös an ihrer Unterlippe. „Bist du hier glücklich, Josie?", wiederholte Julian. Doch es lag keine Ungeduld in seiner Stimme, sondern Sorge. Und Wärme.

„Ich bin glücklich, wenn du bei mir bist", entgegnete Josie und schloss die Augen. Es war die Wahrheit.

„Dann komm mit mir nach Irland."

Kapitel 17

„Du willst *was*?“ Ungläubig starrte Martin Josie an.

„Ich werde über das Wochenende nach Irland fliegen. Mit Hanna.“ Josie straffte die Schultern und blickte ihn herausfordernd an.

„Was zur Hölle willst du in Irland?“, knurrte ihr Mann.

Josie zuckte mit den Schultern. „Die Landschaft soll sehr schön sein.“ Martin lachte humorlos auf.

„Du hast dich die letzten zehn Jahre nicht für die Landschaft der Ländern, in denen wir Urlaub gemacht haben, interessiert, Josie. Viel mehr für die Standbars und Restaurants auf der Promenade. Das ist doch hirnrissig.“

Wütend funkelte Josie ihn an. „Im Gegensatz zu dir bin ich in der Lage, mich weiterzuentwickeln und mich für Neues zu interessieren! Ich brauche weder deine Einwilligung noch deine Meinung, Martin! Ich wollte nur nett sein und dich über unsere Reise informieren. Morgen früh fahren wir los.“

Martin schüttelte den Kopf, bevor er Josie eingehend musterte. „Du hast dich so verändert, Josefine."

„Du leider gar nicht", gab sie zurück und stampfte die Treppe hoch, um ihren und Hannas Koffer zu packen. „Das ist der Grund, warum wir nicht mehr zusammen sind."

***

Julian konnte noch immer nicht glauben, dass Josie zugestimmt hatte, dieses Wochenende mit ihm in Irland zu verbringen. Er wollte sich nicht zu viele Hoffnungen darüber machen, ob diese Reise bedeutete, dass sie ernsthaft darüber nachdachte, mit ihm diesen Neuanfang zu wagen. Andernfalls... Es tat ihm in der Seele weh, daran zu denken, dass er diesen Traum, der schon so viel Gestalt angenommen hatte, wieder aufgeben musste. Ein Leben in Irland war schon immer sein Traum gewesen. Mit der richtigen Frau an seiner Seite – und Josie war eindeutig die richtige Frau – wäre es einfach perfekt. Doch er wollte sie zu nichts zwingen. Ehe er wieder ein Leben ohne sie führen musste, würde er lieber selbst zurückstecken. Verwundert über sich selbst schüttelte Julian den Kopf. Er hatte nie das Bedürfnis gehabt, sich allzu fest an eine Frau zu binden. Geschweige denn für sie seine eigenen Träume aufzugeben. Doch jetzt, wo Josie sich offenbar wirklich für ihn entschieden hatte, wollte er sie nie wieder loslassen. Koste es, was es wolle.

Als er sie nun, bepackt mit mehreren Koffern und mit einer offenbar gespannten Hanna an ihrer Seite, am frühen Morgen abholte, begann es in seiner Magengegend unwillkürlich zu Kribbeln.

„Dir ist schon bewusst, dass wir nur zwei Tage dort sein werden?“, grinste er und warf einen belustigten Blick auf ihre Gepäckstücke.

„Wie du weißt, war ich bisher noch nie in Irland. Ich wollte auf alles vorbereitet sein“, gab sie zurück.

„Na ja, wenn es dir gefällt müssen wir demnächst wenigstens nur noch die Hälfte deines Hausstandes einpacken“, erwiderte Julian augenzwinkernd. Über Josies Gesicht huschte ein leichtes Lächeln. Während Hanna es sich bereits auf dem Rücksitz bequem machte, beluden sie gemeinsam den Wagen. Offenbar hatte Josie sich direkt vor der Haustür zusammenreißen müssen. Jetzt aber schenkte sie Julian einen flüchtigen Kuss, blickte sich aber sofort zu allen Seiten um, was er jedoch gelassen nahm. Er wusste, dass sie so schnell nicht aus ihrer Haut konnte. Und wenn sie und ihr Mann noch immer offiziell ein Paar waren, dann würde es in der Nachbarschaft vermutlich für einen handfesten Skandal sorgen, wenn sie auf offener Straße einen anderen Mann küsste.

„Ich freue mich“, sagte sie leise und sah ihm in die Augen. Wie immer zogen ihre warmen, braunen Augen ihn völlig in ihren Bann.

Julian räusperte sich, um einen klaren Gedanken fassen zu könne. „Ich freue mich auch“, raunte er.

Einen kurzen Moment glaubte Julian, einen Schatten hinter einer der Fensterscheiben sehen zu können. Ob Josies Mann wusste, dass sie mit ihm nach Irland fliegen würde? So sehr es ihn auch interessierte, er verzichtete darauf, sie danach zu fragen. Schließlich wusste er, wie gereizt sie immer reagierte, wenn sie über ihn sprach.

„Sind alle soweit?“, fragte er deswegen und lächelte, als er Hanna im Rückspiegel eifrig nicken sah. „Also los.“

Am Nachmittag erreichten sie den großen Hof mit den weitläufigen Weiden, den Julian schon vor einigen Wochen zum ersten Mal besucht hatte. Während der Fahrt war Josie auffällig schweigsam gewesen. Doch er hatte nicht das Gefühl, dass dieses Schweigen ein Rückzug war. Die ganze Zeit hatte sie aus dem Fenster gesehen und sich immer auf ihrem Sitz umgedreht, wenn ein besonders schöner Landschaftsabschnitt an ihnen vorbeigezogen war. Als er während der Fahrt ihre Hand genommen und zu ihr hinübergeblickt hatte, hatte sie gelächelt und Julian glaubte, etwas in ihrem Blick gesehen zu haben. Dies war nicht mehr der Blick der strengen, perfekt organisierten Josefine, sondern das aufgeregte Leuchten in den Augen der Josie, die offenbar gespannt war, was sie erwartete. Als er nun den Motor abstellte und ausstieg, konnte er ihren Blick jedoch nicht deuten. Sie half Hanna aus ihrem Kindersitz und blickte sich, noch immer schweigend, um.

„Möchtest du zuerst das Wohnhaus sehen?", fragte er und griff nach ihrer Hand. Josie nickte, während Hanna schon losgesaust war und vor der Tür wartete. Julian wusste nicht, wer von ihnen nervöser war: Josie, weil sie nicht wusste, was sie erwartete oder er selbst, weil er nicht wusste, wie sie reagieren würde.

Sie traten durch die breite Eingangstür des reetgedeckten Backsteingebäudes und Hanna verschwand sofort durch die erste Zimmertür. Julian entschied sich, im Eingangsbereich zu warten, damit Josie sich in aller Ruhe umsehen konnte. Ihre Tochter hingegen schien er vom ersten Augenblick an auf seiner Seite zu haben.

„Mama, Meer!", schrie sie aus dem hinteren Bereich des Hauses. Die beiden folgten dem aufgeregten Rufen und als sie den Raum betraten, in dem Hanna sich befand, sah Julian, wie Josie ungläubig aus dem Fenster starrte. Tatsächlich war dieser Raum sein bestes Verkaufsargument. Von hier, wie auch aus dem Nebenzimmer, hatte man einen traumhaften Blick auf den Atlantik und die berühmten irischen Klippen.

„Das ist… unglaublich", flüsterte Josie und legte ihren Arm um Julian. Er lächelte, als er sah, wie sehr sie sich darum bemühte, einen neutralen Blick aufzusetzen.

„Ich hatte gedacht, dass das hier Hannas Zimmer werden könnte", sagte er leise und erntete dafür ein begeistertes Quietschen von ihr. „Nebenan ist der Ausblick ähnlich, da

könnte unser Schlafzimmer sein. Und vorne wäre Platz für dein Arbeitszimmer. Im hinteren Teil befindet sich noch ein Anbau, den wir als Seminarraum nutzen könnten. Und dort…", er zeigte durch ein Fenster auf zwei der Nebengebäude, „könnten wir einige Gästezimmer für Urlauber einrichten. Und ein Ferienhaus."

„Mama, toll!", rief Hanna. Josie strich ihr lächelnd über das blonde Haar.

„Hanna, möchtest du dir die Ställe ansehen?", fragte er an Josies Tochter gewandt. Die quietsche erneut und war Sekunden später schon auf dem Hof verschwunden.

„Das du Hanna auf deine Seite ziehst ist ein ziemlich unfaires Mittel", meinte Josie, als Julian seine Finger mit ihren verschränkte.

„Ich weiß", gab er grinsend zurück. „Aber der Zweck heiligt die Mittel." Insgeheim war er sich ziemlich sicher, dass er diese Mittel eigentlich gar nicht brauchte.

Nachdem sie auch die Stallungen besichtigt hatten, zeigte Julian den beiden noch die weitläufigen Weiden, die zu dem Anwesen gehörten. „Wir müssten natürlich noch eine Reithalle bauen", sagte er. „Das Wetter kann hier ziemlich ungemütlich werden. Und dann wäre ich ungern mit den Kindern im Freien." Josie nickte und sah sich nachdenklich um. Julian sah regelrecht den Taschenrechner in ihrem Kopf anspringen und befürchtete schon das Schlimmste. „Der nächste größere Ort ist nur zehn Autominuten entfernt. Du hast hier also deine Ruhe, bist aber trotzdem nicht von der ganzen Zivilisation abgeschieden“, meinte er, um seine Nervosität zu überspielen.

„Wo schlafen wir heute?“, fragte Josie und sah ihm in die Augen.

„Hier!“, rief Hanna sofort.

„Du hast doch hier gar kein Bett, mein Schatz“, erwiderte Josie. „Wir können doch nicht auf dem Boden schlafen.“

„Wir können in einer kleinen Pension hier ganz in der Nähe übernachten“, erklärte Julian. Josie nickte und schlenderte zum Wagen. „Ich hoffe, wir bekommen dort auch etwas zu essen. Ich sterbe vor Hunger.“

Am Abend saßen sie gemeinsam in dem gemütlichen Garten der besagten Pension. Natürlich hatten sie hier auch etwas zu essen bekommen. Hanna war vom Flug und den vielen Eindrücken des Tages vollkommen erledigt gewesen und schlief schon seit einer Weile.

„Und, was sagst du?“, wagte Julian einen zögerlichen Vorstoß.

„Es muss weniger gemacht werden, als ich erwartet habe", meinte Josie. Julian war sich nicht sicher, ob diese Feststellung ihm zu Gute kam oder nicht.

„Und ansonsten? Wie gefällt es dir?", formulierte er seine Frage nun konkreter.

Josie schwieg einen Moment. „Es ist schön", sagte sie. „Wirklich schön." Ein wenig ernüchtert beließ Julian es dabei. Er wusste, dass Josie keine vorschnelle Entscheidung treffen würde. Er konnte einfach nur hoffen, dass das Ergebnis ihrer Überlegungen ihm gefallen würde.

Als Julian am nächsten Morgen wach wurde, war das Bett neben ihm leer. Auch Hanna war nicht in ihrem Bett. Dafür entdeckte er auf seinem Handy eine Nachricht.

„Wir sind noch einmal zum Hof gefahren", schrieb Josie. „Ich möchte ihn mir noch einmal ganz in Ruhe ansehen."

Julian versuchte sich damit zu beruhigen, dass sie offenbar genug Interesse hatte, um sich tiefergehende Gedanken über ihre Entscheidung zu machen. Er zog sich an, machte eine Katzenwäsche und folgte dann dem himmlischen Kaffeeduft in die Küche.

„Guten Morgen", strahlte Mailin, die Besitzerin der Pension, mit der Julian schon seit vielen Jahren befreundet war. Sie war eine von zahlreichen Menschen, die er mit der Zeit auf der Insel kennen- und lieben gelernt hatte. Irland war schon lange seine zweite Heimat. Und jetzt wünschte er sich nichts mehr, als dass es die Erste werden würde.

„Ich hoffe, du hast die hübsche, junge Frau nicht vergrault", sagte Mailin jetzt und stemmte energisch die Hände in die Hüften. „Und so ein süßes Mädchen dabei. Hast du mir da etwa jahrelang etwas verschwiegen?" Julian lachte und umarmte seine Bekannte, bevor er sich Kaffee einschenkte.

„Hanna ist nicht von mir", sagte er. „Leider. Und die beiden wollten zu dem Hof fahren, den ich pachten möchte. Josie ist etwas... kopfgesteuert. Ich denke, sie will sich alles in Ruhe überlegen."

„Also genau die richtige Frau für einen Heißsporn wie dich", meinte die Hausherrin lächelnd. „Vielleicht bekommt sie dich ja gezähmt."

Julian fuhr sich mit den Fingern durch die Haare. „Ich fürchte, das hat sie schon seit langer Zeit."

Kapitel 18

Es war traumhaft. Beim Anblick der wilden, rauen Natur Irlands fragte Josie sich unwillkürlich, was sie jahrelang an weißen Sandstränden und kristallklarem Meer in Badewassertemperatur gereizt hatte. Nichts hier hätte Ähnlichkeit mit den Unterkünften aus den Hochglanzprospekten, die sie sonst besucht hatte. Es war ehrlich, ursprünglich – und fühlte sich auf eine merkwürdige Art an, wie nach Hause zu kommen. Die ältere Frau mit dem runden Gesicht und den wilden, roten Locken, der die Pension, in der sie übernachtet hatten gehörte, hatte sie mit einer natürlichen Freundlichkeit begrüßt, wie sie es selten erlebt hatte. Es war nicht die aufgesetzte Höflichkeit, die dem Personal in den Luxushotels eingetrichtert wurde. Diese Frau, da war Josie sich sicher, sagte ihre Meinung. Auch gegenüber ihren Gästen.

„Wenn Julian dir auf die Nerven geht, dann sagst du mir Bescheid. Dann bekommt er von mir ein paar hinter die Ohren“, hatte sie heute Morgen gesagt, während sie ihr eine Tasse Kaffee und Hanna ein Glas Milch sowie einen Teller mit Marmeladen-Toasts hingeschoben hatte. Josie hatte nicht den geringsten Zweifel daran, dass sie das nicht nur so vor sich hin gesagt hatte.

Jetzt schlenderte sie, mit Hanna im Schlepptau, durch das urige Nebengebäude, in dem Julian die Gästezimmer einrichten wollte. Keine Frage, wenn sie seinen Plan in die Tat umsetzen wollten, kam jede Menge Arbeit auf sie zu. Vom finanziellen Aspekt mal ganz abgesehen. Trotzdem konnte Josie nicht leugnen, dass ihr die Idee gefiel. Und dass sie daran glaubte.

„Gefällt es dir hier, mein Schatz?", fragte sie an Hanna gewandt, obwohl sie sich sicher war, die Antwort bereits zu kennen. Ihre Tochter nickte eifrig. Noch einmal begutachteten sie das Wohnhaus und Josie ertappte sich bei den Überlegungen für die perfekte Einrichtung dieser Räume. Das war doch verrückt! Sich für ein Leben mit einem Mann wie Julian zu entscheiden war schon mehr, als sie sich in ihrem gesamten bisherigen Leben gewagt hatte. Mit ihm auch noch in einem fremden Land ganz neu anzufangen? Vollkommen undenkbar. Zumindest für die Person, die sie hatte sein wollen. Doch jetzt wollte sie nur eins: Mit Julian ihr Leben teilen. Und zwar genau hier.

Lächelnd warf sie noch einmal einen letzten Blick über den Atlantik. Dann zog sie ihr Handy aus der Tasche und tippte mit schnellen Fingern eine Nachricht an Julian ein.

„Wann können wir in unser neues Zuhause ziehen?“

Josie hatte den Eindruck, dass Julians Lächeln in seinem Gesicht festgetackert war, seitdem sie ihm ihre Entscheidung für ein gemeinsames Leben in Irland mitgeteilt hatte. Wenn sie ehrlich war, beneidete sie ihn ein wenig, denn eigentlich war ihre Gefühlslage dieselbe. Doch Martin war ein Meister darin, sie tagtäglich wieder auf den Boden der Tatsachen zurück zu holen. Es verging kein Tag, an dem er ihr nicht irgendeine abfällige oder missbilligende Bemerkung an den Kopf warf. Josie wusste, dass er ihren Umzug auf die grüne Insel gerne unterbunden hätte, indem er vorgab, dass sie ihm auf diese Weise seine eigene Tochter entziehen würde. Doch er schien ausreichend Anstand zu besitzen, diesem Impuls nicht nachzugeben. Auch, wenn er seiner Noch-Ehefrau ihr neues Glück nicht zu gönnen schien.

„Hattest du nicht gesagt, dass dieser Kerl nicht mehr da ist?“, hatte er geknurrt, als sie ihm, aus reiner Höflichkeit und weil sie ihm nicht vorenthalten wollte, mit wem Hanna in Zukunft zusammenleben würde, ihre Beziehung zu Julian offenbart hatte.

„Er hatte seine Gründe wie du ja am besten weißt, aber er ist wiedergekommen“, war ihre knappe Antwort, denn wenn es eine Sache gab, auf die sie in diesen Tagen keine Lust hatte, dann war es die, mit Martin zu diskutieren. Seine, ziemlich offensichtlich zur Schau getragene, Abneigung gegen Julian änderte schließlich nichts an ihrer Entscheidung, mit eben diesem zusammen sein zu wollen. Sie würde sich nur ärgern. Außerdem hatte sie mit der Planung des Umzugs und den ganzen zu erledigenden Formularen alle Hände voll zu tun. Sie war froh, dass Julians zahlreiche irische Bekannten während ihrer Abwesenheit bereits damit begonnen hatten, den Hof nach ihren Wünschen umzubauen. Schließlich konnten sie es sich nicht leisten, sehr viel Zeit zu verlieren, bevor sie in Irland mit ihrem Vorhaben starteten. Auch sie konnten nicht über einen längeren Zeitraum von Luft und Liebe leben. Das Geld musste reinkommen und so kümmerte Josie sich in ihrer wenigen Freizeit darum, bei unterschiedlichen Reiseveranstaltern kräftig die Werbetrommel für ihren Pensionsbetrieb und die Möglichkeiten für Familien mit förderungsbedürftigen Kindern zu kummern. Und dieses Angebot wurde sogar noch besser angenommen, als sie es sich erhofft hatte. Nahezu alle ihrer Ansprechpartner versprachen, sie in ihr Programm aufzunehmen und mögliche Interessenten speziell auf ihr Angebot hinzuweisen. Zusätzlich kümmerte sich ein befreundeter Webdesigner um die professionelle Gestaltung ihrer Website.

Melanie war vor Freude in Tränen ausgebrochen, als Julian ihr angeboten hatte, ebenfalls mit ihnen nach Irland zu kommen, um dort mit ihm zusammen als Reittherapeutin zu arbeiten. Natürlich hatte sie dieses großartige Angebot nicht ablehnen können. Entsprechend gelöst war die Stimmung auf dem ‚Marienhof', auch wenn keiner von ihnen ausblenden konnte, dass in wenigen Tagen nach wie vor die Zwangsversteigerung anstand und somit dieses Kapitel in ihrem Leben ein unwiderrufliches Ende haben würde.

Trotz der vielen Vorbereitungen, die für sie alle zu treffen waren, nahmen sich alle Zeit für Hannas letzte Therapiestunde auf dem Hof. Josie konnte noch immer nicht glauben, welche Fortschritte ihre Tochter dank dieser Therapieform gemacht hatte. Julian und sie hatten Hans Berger versprochen, während der Versteigerung auf Fino, Bella und Lulu, die drei Schulpferde des ‚Marienhofs', zu bieten und ihnen auf ihrem eigenen Hof, denn das sollte das gepachtete Anwesen irgendwann werden, ein gutes neues Zuhause zu geben. Zu ihrem Glück hatte der Hofbesitzer trotz einiger Bemühungen zuvor keine geeigneten Käufer für die Tiere gefunden.

Während Hanna zum vorerst letzten Mal ihre Übungen auf dem Pferderücken absolvierte, hatten Josie und Julian es sich auf der Bank neben dem Reitplatz in der Sonne gemütlich gemacht. Sie kicherten wie zwei verliebte Teenager und waren vollends in ihre Planungen für die nächsten Wochen vertieft. Deshalb hörten sie auch nicht den laut aufheulenden Motor eines Sportwagens, der auf dem Hof geparkt wurde. Ebenso wenig wie die Schritte auf dem Kies, die sich ihnen näherten. Erst, als Hanna laut „Papa!" rief, blickten sie auf und starrten Martin, der mit einem süffisanten Grinsen auf sie zukam, überrascht entgegen. Unwillkürlich brachte Josie ein wenig Abstand zwischen sich und Julian. Sie wollte ihrem Mann keinen Grund bieten, sich von der Situation provoziert zu fühlen.

„Was will dein Mann denn hier?", fragte Julian stirnrunzelnd.

Josie schluckte. Martin blickte sie mit einer arrogant hochgezogenen Augenbraue an. Sie kannte diesen triumphierenden Ausdruck auf seinem Gesicht. Es war der Blick, den er immer aufsetzte, wenn er glaubte, gewonnen zu haben. Und in diesem Moment wusste sie, was er wollte. Ihr Magen krampfte sich schmerzhaft zusammen.

„Julian… ich… „, stammelte sie, um noch irgendetwas hervorzubringen, bevor er sie erreichte. Doch sie wusste, dass es viel zu spät für eine Erklärung war.

„Hallo zusammen", rief Martin jetzt und verzog das Gesicht zu einem aufgesetzten Lächeln. „Das ist ja… nett hier. So ursprünglich. Und rustikal." Er rümpfte die Nase. „Und sie sind wohl der Mann, der mir meine Frau ausgespannt hat."

Abschätzig blickte er auf Julian herab. Fassungslos starrte Josie ihn an. Er schien wirklich keine Zeit verlieren zu wollen.

„Was soll das, Martin?", zischte sie und stand auf, um sich stärker zu fühlen.

Julian hingegen lehnte sich entspannt zurück. „Ich habe niemandem die Frau ausgespannt", erwiderte er, ohne Martin auch nur eines Blickes zu würdigen. „Wie ich hörte, waren Sie schon ein Arschloch bevor Josie und ich uns begegnet sind."

„Wie man es nimmt", entgegnete Martin jetzt und die Siegesgewissheit in seiner Stimme war nicht zu überhören. Josie ahnte, dass er nicht lange warten würde, um zum verbalen Tiefschlag auszuholen.

„Martin, bitte, lass es gut sein." Sie flehte ihn beinahe an. Im Augenwinkel sah sie, dass Julian sie irritiert musterte. Die blanke Panik stieg in ihr hoch.

Ihr Mann hingegen lachte beinahe höhnisch auf. „Ich nehme an Sie wissen, dass Josefine mir wieder sehr zugewandt war, während sie sich offenbar eine Auszeit genommen haben." Von einem Moment zum anderen schien Julian zur Salzsäule zu erstarren. Fassungslos starrte er zu Josie hinüber. Die spürte, wie ihr unweigerlich die Tränen in die

Augen schossen. War Martin wirklich so gekränkt, dass er es in Kauf nahm, alles zu zerstören?

„Ist das wahr?“, presste Julian nun leise hervor. Er war sichtlich um Fassung bemüht. „Hast du mit ihm geschlafen?“

„Herr… ist ja auch egal. Josefine und ich sind noch immer verheiratet. Auch, wenn es sie wirklich nichts angeht… ja, wir haben noch vor kurzem miteinander geschlafen. Sogar mehrfach.“

„Sie habe ich nicht gefragt!“, rief Julian. Seine Stimme war plötzlich deutlich lauter, als Josie es von ihm gewohnt war. „Josie, sag mir die Wahrheit! Hattest du Sex mit ihm?“

Josie starrte schweigend zu Boden. Sie hatte das Gefühl, als drehte sich ihr der Magen um und sie würde in ein gigantisches schwarzes Loch gezogen. Für Julian war dies offenbar Antwort genug.

„Ich fasse es nicht“, sagte er leise. Er warf ihr noch einen letzten vorwurfsvollen Blick zu, bevor er mit einem Ruck aufstand und mit wütenden Schritten über den Hof stapfte.

„Julian!“, rief Josie verzweifelt und taumelte hinter ihm her.

Mitten im Lauf drehte Julian sich abrupt um und funkelte sie zornig an. „Nein, Josie! Lass mich einfach in Ruhe! Lauf mir nicht hinterher, okay?“, brüllte er. Sekunden später war das Schlagen einer Autotür zu hören und Julian brauste über den Hof. Josie konnte die Tränen nicht mehr zurückhalten.

„Tja, du hättest ihm wohl besser die Wahrheit gesagt“, flötete Martin und verschränkte, offenbar zufrieden mit seinem Werk, die Arme vor der Brust.

„Du bist so ein verdammtes Arschloch, Martin!“, schluchzte sie. „Stolzierst hier rum wie ein aufgeblasener Gockel und machst alles kaputt, nur weil du es nicht ertragen kannst, dass jemand anderes dein Spielzeug angefasst hat!“

„Wie redest du eigentlich mit mir?“, entgegnete Martin. „Du bist doch diejenige, die alles kaputtgemacht hat. Du musstest dich ja unbedingt auf diesen Stalltrottel einlassen!“

Melanie, die gerade mit Hanna aus dem Stall kam, machte auf dem Absatz kehrt und schob das Mädchen schnell zurück auf die Stallgasse. Sie hielt es für besser, wenn Hanna nichts von dem offensichtlichen Streit zwischen ihren Eltern mitbekam.

„Sprich nicht so über ihn!", schrie Josie jetzt. „Er hat wenigstens ein Herz! Und zwar genau an der Stelle, wo bei dir ein großes, schwarzes Nichts ist. Du widerst mich an, Martin."

Scheinbar unbeteiligt zuckte ihr Mann mit den Schultern. „Tja, leider sieht es so aus, als wollte er dich jetzt nicht mehr, Josefine."

Nachdem Martin verschwunden war, war Josie weinend auf der Bank neben dem Reitplatz zusammengebrochen. Sie konnte nicht verhindern, dass ihr die heißen Tränen scheinbar unaufhaltsam über die Wangen liefen. Warum hatte sie Julian bloß nicht sofort die Wahrheit gesagt? Natürlich wäre er auch dann wütend gewesen. Doch vielleicht hätte sie die Möglichkeit gehabt, ihm zu erklären, warum sie es getan hatte. Jetzt jedoch schien alles verloren zu sein. Denn jetzt hatte sie etwas vor Julian verheimlicht. Und er hatte es von ihrem Mann erfahren müssen.

Nach einigen Minuten, in denen sie in sich zusammengesunken dagesessen hatte, die Arme um die angezogenen Beine geschlungen und den Kopf auf den Knien abgelegt, spürte sie, wie sich jemand neben sie setzte. Josie hob ein Stück den Kopf und blickte in Melanies Gesicht.

„Wo ist Hanna?", fragte sie.

„Die habe ich mit Fino auf die Weide geschickt“, antwortete die Reittherapeutin und zeigte kurz in die Richtung. Josie schaute zu Hanna und es tat ihr so leid nun auch Hannas Zukunft verspielt zu haben. Eine ganze Weile herrschte Schweigen zwischen ihnen, das nur ab und zu durch Josies Schluchzen durchbrochen wurde.

„Was war denn los?“, fragte Melanie. Sie hatte mit Hanna und Fino den Reitplatz schnellstmöglich verlassen, als die Situation ganz offensichtlich zu eskalieren drohte.

„Als Julian verschwunden war, habe ich mit Martin geschlafen, weil ich dieses leere Gefühl in mir nicht mehr ertragen habe“, sagte Josie knapp. „Und ich habe Julian nichts davon gesagt.“

„Aber dein Mann hat es jetzt getan?“ Melanie verzog das Gesicht. Josie spürte, dass ihr erneut die Tränen kamen. „Das ist tatsächlich keine schöne Situation“, stellte die Reittherapeutin nüchtern fest. Wieder trat Stille ein.

„Julian wird sich schon wieder beruhigen“, versuchte Melanie Josie zu beruhigen.

„Wird er nicht“, entgegnete diese. Sie wusste, wie wichtig Julian Ehrlichkeit war.

„Glaub mir Josie", meinte Melanie und schüttelte den Kopf. „Dieser Mann ist vollkommen verrückt nach dir. Natürlich ist er jetzt wütend und vor allem verletzt. Ich glaube, das kann jeder Mensch, der nur ansatzweise ein Herz besitzt, nachvollziehen." Josie presste die Lippen aufeinander. Sie erinnerte sich an das schreckliche Gefühl, als sie erfahren hatte, dass Martin sie mit seiner Sekretärin betrog. Und sie hatte zu diesem Zeitpunkt schon längst keine tieferen Gefühle mehr gehabt. Sie wollte sich gar nicht vorstellen, wie es Julian mit dieser Situation ging. „Aber er wird dir verzeihen. Er würde dir wahrscheinlich alles verzeihen, damit er dich nicht verliert", fuhr die junge Frau fort. Josie schüttelte den Kopf. So gerne sie Melanie auch glauben wollte, sie konnte es nicht. Die legte ihr jetzt den Arm um die Schultern. „Kopf hoch", sagte sie aufmunternd. „Das wird schon wieder. Schließlich habt ihr beiden zusammen große Pläne. Und das vermutlich nicht nur beruflich", fügte sie augenzwinkernd hinzu.

Auf dem Rückweg nach Hause hielt Josie vor Julians Wohnung. Obwohl ihr direkt auffiel, dass sein Auto nicht vor der Tür stand, klingelte sie. Einmal. Zweimal. Dreimal. Natürlich ohne Erfolg. Seufzend ließ sie sich wieder auf den Fahrersitz fallen und versuchte, ihn anzurufen. Doch schon nach dem ersten Klingeln antwortete die Mailbox. Sie schloss die Augen und atmete einige Male tief durch. Sie durfte auf keinen Fall vor Hanna wieder in Tränen ausbrechen. Die saß auf dem Rücksitz und schaute scheinbar unbeteiligt drein. Zum ersten Mal war Josie beinahe froh, dass es ihrer Tochter durch ihre Krankheit schwer fiel, die Emotionen anderer zu deuten.

Wenn sie ehrlich war, hatte Josie nicht erwartet, Martin in ihrem gemeinsamen Haus anzutreffen. Doch wie er heute eindrucksvoll bewiesen hatte, war er immer für eine Überraschung gut. Als sie das Haus betraten, saß er auf einem der Barhocker und nippte an einem Glas mit bernsteinfarbener Flüssigkeit. Whiskey. Josie runzelte die Stirn. Es sah ihm nicht ähnlich, am helllichten Tag Alkohol zu trinken. Josie entschied sich jedoch, über diese Tatsache nicht weiter nachzudenken. Wie über alles, was Martin betraf. Dieser Mann war ein für alle Mal für sie gestorben.

„Josie…“, murmelte er, als sie an ihm vorbei in die Küche schlurfte, um sich eine Flasche Wasser zu holen.

„Lass gut sein“, murmelte sie, ohne ihn anzusehen. „Du hast alles zerstört. Ich hoffe, du bist stolz auf dich.“ Martin erwiderte etwas, doch Josie hörte ihm einfach nicht mehr zu. Sie setzte sich zu ihrer Tochter, die unbekümmert im Sandkasten spielte, in den Garten und hoffte inständig, dass er ihr nicht folgen würde.

Die nächsten Tage erschienen Josie quälend lang. Nicht nur, weil Julian auf keine einzige ihrer Nachrichten reagierte. Wie schon beim letzten Mal war er wie vom Erdboden verschluckt. Allerdings war Josie sich ziemlich sicher, dass er sich auf den Hof, auf ‚ihren' Hof, zurückgezogen hatte. Immer wieder überkam sie der Impuls, ihre Sachen zu packen und ihm einfach hinterher zu fliegen. Doch dann erinnerte sie sich daran, dass sie hier noch etwas zu erledigen hatte. Sie hatten Hans Berger versprochen, sich um den Verbleib seiner Pferde zu kümmern. Und dieses Versprechen würde Josie einhalten. Schließlich waren es bis zur Versteigerung nur noch zwei Tage.

Was sie jedoch vielmehr belastete, war die Tatsache, dass sie jeden einzelnen Tag auf Martin traf. Ihre Wut auf den Mann, den sie einmal geheiratet hatte, stieg ins Unermessliche. Zu ihrer Verwunderung verzichtete er darauf, weiter Salz in ihre Wunden zu streuen und bemühte sich, ihr aus dem Weg zu gehen. Beim Blick in den Spiegel vermutete sie, dass er aus reinem Mitleid auf seine Spitzen verzichtete. Die Traurigkeit und Sehnsucht nach Julian standen ihr unübersehbar ins Gesicht geschrieben. Ihre Haut war blass und ihre Augen vom vielen Weinen praktisch durchgehend gerötet. Sie hatte von Natur aus schon eine sehr zierliche Statur. Doch jetzt, nachdem sie seit mehreren Tagen keinen Bissen herunterbekam, war sie regelrecht mager.

„Josie, ich mache mir Sorgen um dich", sagte ihre Mutter, als sie sich am Tag vor der Versteigerung trafen. Sie hatte zugestimmt, ihre Tochter während des Bietens um die Pferde zu unterstützen. Denn auch, wenn Josie es sich erhoffte, so glaubte sie nicht, dass Julian bei der Versteigerung dabei sein würde. Sie konnte die Sorge ihrer Mutter verstehen. Doch das änderte nichts an ihrer Situation.

Als sie am nächsten Morgen auf dem ‚Marienhof' eintrafen, herrschte bereits reges Treiben. Hektisch blickte Josie sich um, konnte jedoch keine Spur von Julian entdecken. Dafür stand Sekunden später Melanie neben ihr.

„Ich kann gar nicht glauben, dass das wirklich passiert", sagte sie mit brüchiger Stimme. Josie legte den Arm um sie. Inzwischen war die Reittherapeutin zu einer engen Freundin geworden.

„Du weißt doch, wo dein Weg dich hinführen wird", sagte sie und versuchte sich an einem aufrichtigen Lächeln. „Im Gegensatz zu mir", fügte sie in Gedanken hinzu. Sie hatte das Gefühl, dass ihre komplette Zukunftsplanung sich in Wohlgefallen aufgelöst hatte. Da sie noch immer nichts von Julian gehört hatte, war sie sich inzwischen noch sicherer als zuvor, dass er die Pläne, die sie für ihre gemeinsame Zukunft geschmiedet hatten, ohne sie umsetzen würde. Oder mit Melanie. Sie liebte die Reittherapeutin. Doch bei dem Gedanken, dass ihre Freundin allein mit dem Mann, den sie über alles liebte, auf dem Hof, auf dem sie gemeinsam hatten leben wollen, wohnte, spürte sie einen Hauch von Eifersucht in sich aufkeimen. Schnell rief sie sich innerlich selbst wieder zur Räson und schüttelte den Kopf. Das war doch Blödsinn! Julian und Melanie waren vorher schon einfach nur Arbeitskollegen gewesen, also würde es auch jetzt nicht anders sein. Allerdings hatten sie zuvor auch nicht zusammen in einem Haus gelebt. Josie versuchte sich damit zu trösten, dass sie das Ganze, im Falle eines Falles, eh nicht mitbekommen würde. Denn es schien außer Frage zu stehen, dass sie das Land nicht verlassen würde.

„Komm, wir suchen uns schon einmal ein paar gute Plätze", meinte Melanie jetzt und zog Josie mit sich. Sabine Lembeck folgte ihnen. Wenige Minuten später eröffnete der Notar die Versteigerung und die Bieterduelle begannen. Neben diversen Einrichtungsgegenständen aus den Gästezimmern und Hans Bergers Büro wechselte auch das Sattelzeug der Schulpferde und die Gegenstände, die Julian und Melanie für die Therapiestunden benötigten, den Besitzer. Nervös nagte Josie an ihrer Unterlippe und warf einen letzten Blick in den Katalog. Fino würde der Erste sein, auf den geboten wurde, gefolgt von Bella und Lulu. Julian und Josie hatten sich optimistisch auf eine Höchstsumme geeinigt, die sie bieten wollten. Auch wenn es Josie in der Seele wehtat, so war sie über die Reihenfolge, in der die Pferde vorgestellt werden würden, mehr als erleichtert. So war zumindest sichergestellt, dass der kleine Schecke, der so wichtig für Hanna war, in ihren Besitz übergehen würde. Auch wenn das ihr gesamtes Budget erschöpfen würde. Denn, darauf hatte Melanie sie vor Beginn der Versteigerung hingewiesen, es waren einige Reitstallbesitzer aus dem Umland ebenfalls anwesend. Und Josie war sich sicher, dass diese insbesondere die Schulpferde im Visier hatten.

„Kommen wir nun zum letzten Punkt des Katalogs“, sagte der Notar und blickte in die Menge. Josie runzelte die Stirn. Dem letzten Punkt? „Das Anwesen, bestehend aus Pferdeställen …“. Ein Raunen ging durch die Menge.

„Was ist mit den Pferden?“, rief ein Mann mittleren Alters aus der hinteren Reihe. „Im Katalog sind drei Pferde aufgeführt!“ Josie hatte mit ihrer Vermutung, dass die Schulpferde sehr begehrt sein würden, offenbar recht gehabt.

„Die Tiere sind nicht mehr Teil der Versteigerungsmasse“, erklärte eine ältere Dame, die ein wenig abseits saß und unablässig etwas in ihren Laptop tippte.

„Was soll das heißen, sie gehören nicht mehr zur Versteigerungsmasse?", flüsterte Josie, während der Notar die Versteigerung fortführte.

„Warte", antwortete Melanie leise. „Ich frage Hans, was da los ist." Damit stand sie auf und huschte mit eingezogenem Kopf durch die Reihen.

„Das darf doch alles nicht wahr sein", fluchte Josie leise. Warum hatte Hans Berger ihnen nicht gesagt, dass er die Pferde nun doch im Vorfeld verkauft hatte?

Schon wenige Minuten später ließ Melanie sich wieder neben ihr auf ihren Platz gleiten. Das Duell um den Hof war noch in vollem Gange. „Gestern hat irgendein Typ – Hans vermutet, dass es ein Reitstallbesitzer war - ihn angerufen und ihm eine Summe für die Pferde geboten, die er bei der Versteigerung niemals erreicht hätte. Da hat er natürlich sofort zugeschlagen. Und das Geld kam auch prompt." Josie seufzte. Der Gedanke, dass Fino und die anderen nun ihr Leben in dunklen, engen Boxen einer x-beliebigen Reitschule statt auf den saftig-grünen Weiden Irlands verbringen würden, brach ihr das Herz.

Einige Minuten später erklärte der Notar die Auktion für beendet. Josie, Melanie und Sabine Lembeck blieben etwas ratlos neben den Stallungen stehen.

„Das war es dann wohl für uns", meinte Hans Berger, der sich zu ihnen gesellt hatte. „Melanie, vielen Dank für deinen Einsatz in den letzten Jahren. Ich weiß gar nicht, wie ich das jemals wieder gut machen soll. Ich wünsche dir alles, alles Gute. Und wenn du Julian siehst, richte ihm das bitte ebenfalls aus." Bei der Erwähnung seines Namens zuckte Josie kurz zusammen. Melanie nickte und presste die Lippen aufeinander. Dann fiel sie ihrem bisherigen Arbeitgeber um den Hals und konnte ein Schluchzen nicht mehr unterdrücken.

„Danke für alles", sagte sie mit tränenerstickter Stimme. Hans, der ebenfalls Tränen in den Augen hatte, nickte ihr vielsagend zu, dann hob er zum Abschied die Hand und verschwand um die Ecke.

Als Melanie sich wieder gefangen hatte, zog sie ihr Handy aus der Hosentasche. „Ich muss Julian Bescheid sagen", sagte sie. „Ohne Pferde kein Therapiehof." Josie schluckte und trat nervös von einem Bein aufs andere. Zu gern hätte sie selbst mit ihm gesprochen. Doch er leitete sie nach wie vor auf die Mailbox um.

„Julian?", rief Melanie jetzt in den Hörer. „Ich bin es. Hör mal, Hans hat die Pferde schon vor der Versteigerung verkauft. Was? Nein, ich habe keine Ahnung, an wen. Ich weiß genauso viel wie du auch." Sie schwieg einige Augenblicke, während

Julian redete. Josies Herz krampfte sich beim Klang seiner Stimme, auch wenn sie sie nur sehr gedämpft hörte, schmerzhaft zusammen. Aufmunternd legte Sabine Lembeck ihrer Tochter einen Arm um die Schultern und zog sie an sich.

„Ja, dann müssen wir sehen, wie wir es machen", fuhr Melanie jetzt fort. „Julian, Josie ist auch hier. Möchtest du... Julian, jetzt warte doch mal. Hallo?" Fassungslos starrte die junge Frau auf das Display ihres Handy. Dann schüttelte sie den Kopf. „Er hat einfach aufgelegt", sagte sie empört. „Das ist ja schlimmer als im Kindergarten. Bist du dir sicher, dass du den zurückhaben willst?"

Josie lächelte matt. „Soviel zum Thema, dass er mir verzeihen wird."

Kapitel 19

„Ich bin mir immer noch nicht sicher, ob das so eine gute Idee ist“, murmelte Josie, als sie ihren Koffer aus dem alten Kombi ihrer Mutter hob und hinter Melanie in Richtung des Flughafens ging.

„Das ist eine hervorragende Idee“, erwiderte diese und trippelte durch die Drehtür. „Schließlich stammt sie von mir.“

„Ehrlich, Melanie. Die Schmach, dass Julian mich einfach ignoriert, würde ich mir eigentlich gerne ersparen.“ Die Reittherapeutin schnaubte und ließ mit Schwung ihr Handgepäck vor sich auf den Boden fallen.

„Er hat jetzt lange genug geschmollt. Es wird Zeit, dass er den Hintern hochbekommt und dir eine Chance gibt, alles zu erklären.“ Josie seufzte. Melanie schien in Sachen Beziehungen eine hoffnungslose Optimistin zu sein.

Nachdem sie ihr Gepäck aufgegeben hatten setzten sie sich in das kleine Bistro im Eingangsbereich des Flughafens, um vor der Sicherheitskontrolle noch gemeinsam einen Kaffee zu trinken.

„Ich bin ganz schnell wieder da“, sagte Josie zu Hanna, die gedankenverloren einige bunte Schokolinsen von ihrem Cookie knibbelte und sie nach Farben sortierte.

„Und dann holt die Mama dich ganz schnell ab und kommt mit dir zusammen zu Julian und mir“, fügte Melanie hinzu. Hanna strahlte sie an und nickte.

„Versprich ihr bitte nichts, was du nicht halten kannst“, raunte Josie ihrer Freundin zu. Die machte daraufhin eine wegwerfende Handbewegung und stand auf, um sich von Hanna und Josies Mutter zu verabschieden und zum Sicherheitsbereich hinüber zu gehen.

„Du siehst etwas blass um die Nase aus. Verträgst du das Fliegen nicht gut?“, fragte Melanie besorgt, als sie einige Stunden später das Flughafengebäude in Dublin verließen.

„Das ist es nicht“, entgegnete Josie. „Ich habe Angst.“ Melanie lachte leise, bevor sie Josie zuzwinkerte.

„Angst vor Julian?“

„Nein, Angst vor seiner Reaktion.“

Melanie stieß sie freundschaftlich in die Seite. „Er wird sich freuen. Auch, wenn er es vielleicht erst einmal nicht so zeigt."

Genau wie Josie einige Zeit zuvor bewunderte Melanie während der langen Autofahrt an die Westküste mit großen Augen die Schönheit der irischen Natur.

„Ich kann gar nicht glauben, dass ich jetzt hier leben werde", sagte sie atemlos. Josie lächelte verhalten. Dieses ungläubige Gefühl kannte sie. Doch für sie war dieser Traum zerplatzt.

Als sie nach über zwei Stunden Fahrt den Leihwagen auf den großen Hof lenkte, traute sie ihren Augen kaum. Sie hatte es schon vorher wunderschön gefunden. Doch jetzt war der Hof ein einziger Traum. Die Fassaden waren neu gestrichen und der Hof war neu gepflastert worden. Vor der Tür zum Wohnhaus war eine gemütliche Sitzecke arrangiert. Josie schluckte und sah etwas wehmütig zu Melanie hinüber.

„Willkommen in deinem neuen Zuhause", sagte sie mit belegter Stimme.

„Wow", brachte die nur hervor und stürzte aus dem Wagen. Just in dem Moment, als Julian aus der Haustür kam. Josies Herz, dass zuvor aufgeregt in ihrer Brust gehämmert hatte, schien plötzlich stehen zu bleiben. Ihre Hände wurden eiskalt und in ihrer Kehle bildete sich ein unangenehmer Kloß. Melanie stürmte über den Hof und flog Julian, der sie glücklich anlächelte, in die Arme. Wieder spürte Josie die Eifersucht in sich aufsteigen. Sie zog es vor, ihren Platz vorerst nicht zu verlassen. Es war wohl am besten, wenn sie Julian gar nicht erst unter die Augen trat. Doch Melanie hatte offensichtlich andere Pläne. Sie zerrte den irritierten Julian hinter sich her und bedeutete ihr mit wildem Winken, auszusteigen.

Als Josie sich neben dem Wagen aufrichtete, blitzte für einen Moment Überraschung in Julians Blick auf. In Windeseile tasteten sich seine Augen über ihren hageren Körper. Eine tiefe Sorgenfalte bildete sich zwischen seinen Augenbrauen. Doch dann verfinsterte sein Blick sich.

„Komm, Melanie. Ich zeige dir deine Wohnung“, brummte er und machte auf dem Absatz kehrt. Josie war, obwohl sie mit dieser Reaktion gerechnet hatte, wieder einmal den Tränen nahe.

„Julian, das ist doch albern“, rief Melanie ihm hinterher. Mit einem Ruck blieb Julian stehen und drehte sich zu ihr um.

„Ich bin albern?“, brüllte er. „Sie hat sich doch wieder ihrem Mann an den Hals geworfen, als ich nicht da war! Und was noch viel schlimmer ist: Sie hat es mir verheimlicht und würde es vermutlich heute noch tun, wenn dieser Idiot es mir nicht gesagt hätte!“

„Ich sage ja nicht, dass ich es richtig finde, was sie getan hat“, versuchte Melanie zu beschwichtigen. „Aber du solltest ihr wenigstens die Möglichkeit geben, es zu erklären.“

„Was zum Teufel gibt es da noch zu erklären?“, knurrte Julian. „Sie hat mich belogen. Punkt.“

„Weil ich dachte, dass du mich ohne ein Wort verlassen hast!“ Josie, die eben noch vollkommen in sich zusammengesunken war, schrie so laut, dass ihre Stimme sich überschlug und sowohl Julian und Melanie sie erschrocken ansahen. „Ich habe geglaubt, dass ich dich nie wiedersehe! Ich habe dich so sehr vermisst, dass es mich beinahe umgebracht hat, Julian! Ich wollte einfach nicht mehr das Gefühl haben, als würde mir jemand tagtäglich das Herz herausreißen.“ Josie wollte nicht mehr weinen. Schon gar nicht vor Julian. Doch sie war so wütend, verzweifelt und frustriert, dass es ihr unmöglich erschien, die Tränen zurück zu halten. Sie hatte einen verdammten Fehler in ihrem Leben gemacht. Und der sorgte jetzt dafür, dass sie alles verlor, wonach sie sich so lange gesehnt hatte.

„Ich habe es satt, Julian! Ich will nicht mehr auf Knien hinter dir her kriechen, damit du mir verzeihst! Ich will nicht versuchen, mit dir zu sprechen, und immer wieder abgewiesen werden! Ich will das alles nicht mehr! Und ich kann das auch nicht mehr!"

„Josie, beruhige dich bitte", sagte er leise und machte einen Schritt auf sie zu. Doch sie im gleichen Augenblick rückwärts. Vor lauter Schluchzen hatte sie Mühe zu atmen, geschweige denn einen zusammenhängenden Satz zu formulieren. Zumal sie das Gefühl hatte, dass ihr Gehirn gerade einen Totalausfall durchmachte. Jahrelang hatte Josie ihre Gefühle in jeder Situation unter Kontrolle gehabt. Doch jetzt schienen sie urplötzlich über sie hereinzubrechen und sie fragte sich ernsthaft, ob sie gerade einen Nervenzusammenbruch erlitt.

„Hey, alles wird gut", hörte sie Melanie wie durch eine Wand sagen. „Atme erst einmal durch."

„Gar nichts wird gut", wimmerte Josie und schlug sich die Hände vor ihr Gesicht. „Gar nichts." Plötzlich spürte sie, wie sie gegen etwas Warmes prallte. Julian hatte sie an sich gezogen und schlang schützend die Arme um ihren Oberkörper. Zitternd schmiegte sie sich an ihn und vergrub ihr Gesicht in seinem Pullover. „Ich will dich nicht verlieren. Ich will dich nicht verlieren, Julian. Bitte, verlass mich nicht. Bitte, Julian.“ Die alte Josie hätte dieses Verhalten vermutlich belächelt, vermutlich sogar ungläubig den Kopf geschüttelt. Doch jetzt fehlte ihr einfach die Kraft, um sich gegen ihre Gefühle, die noch immer ungefiltert auf sie einzuströmen schienen, zu wehren.

„Du verlierst mich nicht“, raunte er ihr ins Ohr und zog sie noch fester an sich. „Du hast mich noch nie verloren.“ Josie nickte und fühlte sich plötzlich unglaublich erschöpft. Ob vom vielen Weinen oder der ständigen Anspannung, die sie in den vergangenen Tagen umgetrieben hatte, wusste sie nicht. Doch jetzt, mit Julian in ihrer Nähe, fühlte sie sich so sicher wie lange nicht mehr.

„Du wirst dich jetzt ein wenig ausruhen“, sagte er bestimmt. „Und dann zeige ich dir unser neues Zuhause.“

‚Unser neues Zuhause‘.

Ein Gedanke, von dem Josie sich schon lange verabschiedet hatte. Ohne wirklich etwas auf dem Weg zur Kenntnis zu nehmen, aber mit einem leichten Lächeln auf den Lippen, ließ Josie sich von Julian ins Wohnhaus führen. Im Schlafzimmer angekommen schob er sie in ein traumhaft weiches Bett, half ihr vorsichtig aus den Schuhen und deckte sie vorsichtig mit einer wärmenden Daunendecke zu. Josie seufzte zufrieden.

„Schlaf gut, mein Liebling“, flüsterte Julian. Und bevor Josie in den Schlaf glitt spürte sie, wie er sie zärtlich auf die Stirn küsste.

Als Josie wach wurde, hörte sie sofort das unregelmäßige Rauschen des Meeres. Sie zog die Decke noch ein Stück höher und atmete tief ein. Julians Geruch hing in der weichen Flanellbettwäsche und sorgte dafür, dass Josies Herz einen aufgeregten Hüpfer machte. Noch etwas schlaftrunken öffnete sie die Augen. Inzwischen hatte es zu dämmern begonnen. Sie blickte sich um und war innerhalb von Sekunden hellwach, als sie in der Ecke des Raumes eine Gestalt entdeckte. Heftig atmend griff sie sich ans Herz.

„Hast du mich erschreckt“, sagte sie zu Julian, der auf einem Sessel in der Ecke saß und sie nachdenklich ansah.

„Wie fühlst du dich?“, fragte er und stand auf, um sich dann neben sie auf das gigantische Bett zu setzen. Josie zuckte mit den Schultern.

„Müde. Aber besser. Nicht mehr ganz so verrückt.“

„Du bist nicht verrückt“, erwiderte er und strich ihr zärtlich eine Haarsträhne aus dem Gesicht.

„Julian… ich… die Sache mit Martin“. Josie hatte Mühe, die richtigen Worte zu finden. Doch Julian schüttelte energisch den Kopf.

„Es ist nicht wichtig, Josie. Ich möchte, dass wir beide diese Sache vergessen. Du hattest deine Gründe, um so zu handeln, und ich war einer davon. Es tut mir leid, dass ich dich so verletzt habe. Wichtig ist nur, dass du jetzt hier bist und wir zusammen sind.“

Josie öffnete den Mund, um etwas zu erwidern, doch Julian hinderte sie mit einem Kopfschütteln daran. Er musterte sie noch einen Moment nachdenklich, dann trat ein strahlendes Lächeln, das ein aufgeregtes Kribbeln in ihrer Magengegend auslöste, auf sein Gesicht.

„Fühlst du dich wach genug, um dir anzusehen, was wir schon geschafft haben?“, fragte er. Josie nickte und lächelte ihn ebenfalls an. Sie nahm seine Hand und schlüpfte in ihre Schuhe. „Aber zuerst…“, murmelte Julian und legte seine Hände sanft an ihre Wangen. Dann küsste er sie so zärtlich und voller Sehnsucht, dass Josie ganz schwindelig wurde. „Ich liebe dich Josie. Ich glaube ich habe es immer schon getan“, flüsterte er und legte seine Stirn an ihre.

„Ich liebe dich auch“, erwiderte sie. Und nie zuvor hatte sie diese Worte so ernst gemeint.

Natürlich hatte Josie einen Plan davon gehabt, wie ihr neues Zuhause nach dem Umbau aussehen sollte. Doch sie hatte nicht damit gerechnet, wie schön es tatsächlich werden würde. Jeder einzelne Raum des Wohnhauses strahlte pure Gemütlichkeit aus. Josie konnte sich regelrecht vorstellen, wie sie in dem kleinen Wohnzimmer mit der angrenzenden Küche neben Julian auf dem breiten Sofa saß und in die knisternden Flammen des offenen Kamins blickte, während draußen das raue irische Wetter tobte. Auch die Ferienwohnung und das kleine, freistehende Ferienhaus waren geschmackvoll, aber trotzdem typisch irisch eingerichtet. All das löste ein Gefühl von Heimat in ihr aus. Ein Gefühl, dass sie nicht verspürt hatte, als sie mit Martin kurz nach der Hochzeit in ihr Haus in Deutschland gezogen war.

Lediglich beim Rundgang durch die komplett umgebauten Stallungen wurde Josie ein wenig wehmütig. An den Holztüren von drei der großen, weißgestrichenen Boxen hingen wunderschöne Schiefertafeln, auf denen liebevoll mit Hand die Namen der Pferde geschrieben standen: Fino, Bella, Lulu.

„Ich hoffe es geht den Dreien gut“, seufzte Josie. Dass sie nicht wusste, wo die Schulpferde des ‚Marienhofs‘ in Zukunft leben würden, beschäftigte sie noch immer.

„Vermutlich sind sie momentan etwas aufgeregt", meinte Julian und legte ihr einen Arm um die Taille. „Schließlich steigen sie demnächst zum ersten Mal in ein Flugzeug." Josie sah ihn mit großen Augen an.

„Sie… was? Woher weißt du das?", wollte sie wissen.

„Na ja", sagte Julian gedehnt. „Ich würde es so ausdrücken: Dein Noch-Ehemann hatte offenbar ein verdammt schlechtes Gewissen wegen dem, was er angerichtet hat. Und selbst ihm ist offenbar aufgefallen, wie wichtig Fino für Hanna ist. Und da hat er über Hans mit mir Kontakt aufgenommen und vor der Versteigerung die Pferde gekauft. Sie werden nächste Woche hier einziehen."

Josie schlug sich vor Entsetzen und Fassungslosigkeit die Hand vor den Mund. Sie konnte nicht glauben, dass Martin das tatsächlich getan hatte. Schließlich tat er ihr damit einen Gefallen. Und Julian auch.

„Keine Sorge", meinte der und lächelte. „Ich halte ihn immer noch für einen Idioten. Und du kannst das auch tun."

Josie lachte leise, bevor sie ihn an sich zog und sanft mit ihren Lippen über seine strich. Nie hatte sie mit einem Mann in so kurzer Zeit so viele Höhen und Tiefen erlebt. Doch egal, welche Katastrophen in der Vergangenheit geschehen waren: Jetzt war sie endlich angekommen.

Epilog

2 Jahre später

Nachdenklich blickte Josie auf das aufgewühlte Meer. Wie jeden Tag fegte ein scharfer Wind vom Atlantik über die Insel. Sie strich sich die zerzausten Haare aus dem Gesicht und atmete die salzige Luft ein. Nichts von dem, was sie von ihrem Umzug auf die Insel erwartet hatte, hatte sich erfüllt. Das kleine Büro, das sie sich im Erdgeschoss des Haupthauses eingerichtet hatte, war verwaist. Und auch der große Seminarraum im hinteren Teil des Hauses, der für Fortbildungen für junge Unternehmensgründer hatte genutzt werden sollen, hatte bisher keinen einzigen Besucher gesehen. Alles war anders gekommen, als sie es geplant hatte. Ihr Plan, andere Menschen bei der Gründung ihres Unternehmens zu beraten, war schon lange einer anderen Aufgabe gewichen. Seit Monaten stand das Telefon nur noch selten still. Jeden Tag riefen unzählige Menschen an, in der Hoffnung, eine der Ferienwohnungen oder sogar das kleine Ferienhaus, die Josie und Julian mit viel Liebe auf ihrem Hof eingerichtet hatten, zu ergattern. Und immer wieder musste Josie die Urlauber vertrösten, weil sie über Monate ausgebucht waren. Statt in ihrem schicken Büro im Haupthaus verbrachte Josie nun ihre Tage an der Rezeption, die sich in dem gleichen Gebäude wie die Gästezimmer befanden. Sie nahm Buchungen entgegen und übernahm die Buchhaltung, unterstützte die Küchenkräfte bei der

Vorbereitung des Frühstücks und organisierte für die Urlauber Ausflüge zu den schönsten Ecken und Sehenswürdigkeiten Irlands. Und sie liebte es. Nie zuvor hatte sie eine solche Zufriedenheit verspürt. Die glücklichen Gesichter ihrer Gäste, wenn sie zum ersten Mal vom Hof aus den Ausblick auf das nahegelegene Meer genossen, waren mehr wert als das viele Geld, das sie jahrelang als Unternehmensberaterin verdient hatte.

Josie war glücklich, dass sie insbesondere Familien mit autistischen Kindern zu ihren Gästen zählen durften. Während Julian und Melanie sich um die Kinder kümmerten, sorgte Josie mit ihrem kleinen Team dafür, dass der Rest der Familie für die Zeit ihres Aufenthalts ein wenig zur Ruhe kommen konnte. Sie selbst wusste nur zu gut, dass das im Alltag dieser Familien nur schwer möglich war. Dass bisher jeder von ihnen versprochen hatte, so bald wie möglich wiederzukommen, war für Josie das größte Kompliment.

Und auch Julian hatte viel zu tun. Neben den Kindern der Feriengäste betreute er auch Kinder und Jugendliche mit geistigen und körperlichen Behinderungen aus zwei nahegelegenen Pflegeheimen. Nur schweren Herzens hatte er abgelehnt, auch noch sonntags Therapiestunden zu geben.

Wie schon so oft in den vergangenen Monaten erinnerte sich Josie an einen Satz, den Julian zu ihr, damals noch in Deutschland, gesagt hatte: „Hanna tut die Stadt nicht gut.“ Er hatte recht gehabt. Natürlich war es mehr als hilfreich, dass sowohl ihr Stiefvater als auch die beste Freundin ihrer Mutter ausgebildete Reittherapeuten waren und somit immer wieder eine Therapieeinheit eingelegt werden konnte, wenn Zeit dafür war. Doch Zeit war ein knappes Gut. Insbesondere bei Hanna. Wenn sie aus der Schule, in die sie seit einigen Monaten ging, nach Hause kam, schlang sie in Windeseile ihr Essen herunter und war dann im Stall verschwunden. Denn dort gab es für sie immer etwas zu tun.

Martin besuchte die beiden tatsächlich sehr regelmäßig. Mindestens einmal im Monat verbrachte er das Wochenende bei ihnen auf der Insel. Seit drei Monaten begleitete ihn auch Ariane, seine frühere Sekretärin und nun offenbar offiziell die Frau an seiner Seite. Zufrieden stellte Josie fest, dass auch Martin sich verändert hatte. Ehrlich interessiert ließ er sich von Hanna zeigen, wie sie die Pferde fast schon im Alleingang versorgte und auf die weitläufigen Weiden brachte. Und als Julian ihm zeigte, wie er einen Traktor bedienen musste, schien für ihn ein offenbar langgehegter, aber gut versteckter, Traum in Erfüllung zu gehen. Die beiden verbrachten sogar immer wieder einen Abend gemeinsam im Pub in der nächstgrößeren Stadt.

„Frau Lind?“

Lächelnd beobachtete Josie, wie Hanna, wie immer mit Fino und ihren beiden Hütehunden Gina und Bailey im Schlepptau, über den Hof streifte. Ja, das war das Leben, das Hanna gebraucht hatte. Ebenso wie sie selbst.

„Frau Lind?“

Josie schüttelte den Kopf und drehte sich, weil sie so in Gedanken gewesen war, etwas irritiert in die Richtung, aus der die Stimme gekommen war, um. Mit ihrem neuen Nachnamen angesprochen zu werden, verwirrte sie noch immer ein wenig. Sie blickte nach unten und strich zärtlich über den schmalen Ring aus Roségold, der ihren Finger zierte. Dieser Ring verband sie mit der großen Liebe ihres Lebens. Und der eingelassene, smaragdgrüne Stein mit dem Land, in dem sie ihre Heimat gefunden hatte. Anders als die sündhaft teure Hochzeit mit Martin vor einigen Jahren, zu der über 200 Gäste erschienen waren, von denen Josie gerade einmal zwei Handvoll gekannt hatte, waren bei der Zeremonie in der kleinen Kapelle in der Nähe des Strandes außer Josie und Julian nur Hanna, Melanie und Josies Mutter anwesend gewesen. Statt Häppchen und Champagner hatte es anschließend Irish Stew, Scones und Guinness gegeben. Es war nach der Geburt von Hanna tatsächlich der schönste Tag ihres Lebens gewesen.

„Hallo, Becca. Was gibt es denn?“, begrüßte sie die junge Frau, die mit ihr zusammen an der Rezeption arbeitete nun.

„Die neuen Gäste haben gerade angerufen. Sie werden etwas in einer halben Stunde da sein.“

„Sehr schön“, erwiderte Josie. „Sagen Sie Liam bitte, dass er losfahren soll, um sie abzuholen.“

Becca nickte und wandte sich um, um zurück zum Hof zu gehen. Auf dem Weg dorthin kam ihr Julian entgegen, der sie ebenfalls lächelnd grüßte und einige Worte mit ihre wechselte. Josie kam nicht umhin, ihren Mann eingehend zu mustern. Dieser Kerl war verrückt. Pünktlichkeit gehörte definitiv nicht zu seinen Stärken und er musste jede Regel ständig hinterfragen. Und Josie liebte ihn – abgesehen von ihrer Tochter – mehr als alles andere auf der Welt. Noch immer spürte sie das aufgeregte Kribbeln in ihrer Magengegend. Wenn er in ihrer Nähe war. Wenn er sie anlächelte, machte ihr Herz einen kleinen Salto. So wie jetzt.

„Hey, wunderschöne Frau“, sagte er und gab ihr einen zärtlichen Kuss. Sein liebevoller Blick schickte ein wohliges Kribbeln über Josies Körper.

„Hey, unwiderstehlicher Mann“, erwiderte sie und schmiegte sich an ihn. „Schön, dass du Zeit hast.“

„Für euch nehme ich mir die Zeit", raunte er und gab ihr einen sanften Kuss auf die Schläfe. Josie lächelte. Sie wusste, dass sein „euch" dieses Mal nicht nur Hanna und sie einschloss. Sondern auch das kleine Herz, dass seit einigen Wochen unter ihrem eigenen schlug. Und das den besten Vater bekommen würde, den sie sich vorstellen konnte…

Wie Feuer und Eis

Liebe auf Umwegen

Von Julia Sanders

Kapitel I

„Hey Mann, pennst du noch? Ist wohl echt spät geworden bei dir. Meld dich doch mal, wenn du dich aus dem Bett gequält hast.“ Schlaftrunken blickte Manuel in Richtung des Wohnzimmers, wo sein bester Freund Sven ihm gerade eine Nachricht auf den Anrufbeantworter gesprochen hatte. Egal wie spät es war, nach der letzten Nacht war es eindeutig noch zu früh, um aufzustehen. Missmutig vergrub der junge Mann sein Gesicht wieder im Kissen. Ja, es war tatsächlich spät geworden. Im ‚Dungeons‘, dem aktuellen Hotspot Münchens, war gestern anlässlich seines fünfjährigen Bestehens eine gigantische Party gestiegen. Der Inhaber des Szene-Clubs, Alexander Bergmann, war seit der Schulzeit ein guter Freund von Manuel und so hatte er natürlich ganz oben auf der Liste der Ehrengäste gestanden. Manuel Eberth genoss diese exklusiven Einladungen sehr und nicht selten kam er am Wochenende erst in den frühen Morgenstunden wieder nach Hause in seine schicke Drei-Zimmer-Wohnung im Herzen Münchens. Und auch heute war die Sonne schon aufgegangen, als er die Party verlassen hatte. Und da war die Nacht noch lange nicht zu Ende gewesen. Unwillkürlich drehte Manuel den Kopf zur anderen Seite und musterte die blonde junge Frau, die noch tief und fest schlafend neben ihm lag. Der junge Mann versuchte sich an ihren Namen zu erinnern. Aber wie so oft ohne Erfolg. Und auch der Grund, aus dem sie auf der elitären Gästeliste der Party gestanden hatte, wollte ihm einfach nicht mehr einfallen. Manuel vermutete, dass sie wieder eine dieser vielen Influencerinnen war, die von den großen Events nicht mehr wegzudenken waren. Zumindest ließ ihr Äußeres darauf schließen, dass sie häufiger in der Öffentlichkeit auftrat. Sie war wirklich hübsch. Die langen blonden Haare fielen ihr in sanften Wellen über die nackten Schultern und einige Strähnen bedeckten das herzförmige Gesicht mit den hohen Wangenknochen. Ihr Lippen waren voll und perfekt geschwungen und die mandelförmigen Augen komplettierten ihr beinahe perfekt wirkendes Gesicht. Auch ihre Figur war der absolute Hammer. Manuel vermutete, dass sie einige Stunden in der Woche im Fitnessstudio verbrachte. Wenn er an die Nacht mit ihr dachte konnte sie aber durchaus auch Yogalehrerin sein. Manuel blickte über die junge Frau hinweg und entdeckte auf dem Sessel neben dem Bett das leuchtend rote Designerkleid, das auch gestern Abend schon seine Aufmerksamkeit auf sie gelenkt hatte. Daneben lag eine Handtasche, von der selbst er wusste, dass sie einige tausend Euro kostete. Ihr Name war ihm allerdings noch immer nicht eingefallen. Allerdings hatte das für den jungen Mann auch keine Bedeutung. Er heftete seine Augen wieder auf ihr hübsches Gesicht. Und fand darin nichts, was er nicht schon kannte. Die Frauen, die an den Wochenenden mit ihm nach Hause gingen, waren in der Regel alle jung, hübsch und meistens sehr erfolgreich in den sozialen

Netzwerken unterwegs. Sie besuchten exklusive Partys, liebten Champagner, interessierten sich für Mode und teuren Schmuck und versuchten sich häufig erfolglos an einer einigermaßen gebildet wirkenden Unterhaltung. Auf Knopfdruck konnten diese Frauen ein strahlendes Lächeln aufsetzen, was auch für den Rest des Abends nicht mehr abgelegt wurde. Von Tiefsinn keine Spur. Doch Manuel musste zugeben, dass sie dafür durchaus Talente hatten, die er in diesen Momenten mehr schätzte als eine gepflegte Konversation. Er hatte schon einigen Frauen mit dieser Einstellung das Herz gebrochen. Doch sie mussten zugeben, dass er ihnen nie etwas versprochen hatte, das über einen Abend hinausgehen würde. Er war gar nicht auf der Suche nach einer festen Beziehung. Dafür liebte er sein Single-Leben viel zu sehr und wollte einfach nur seine Zwanziger genießen. Schließlich arbeitete er unter der Woche wirklich hart und hatte sich damit seinen luxuriösen Lifestyle mehr als verdient.

Manuel war stolz auf das, was er in seinem Leben bereits erreicht hatte. Besonders wenn er daran dachte, dass er nicht aus so wohlhabenden Verhältnissen stammte wie der Großteil seiner Freunde. Er war in einem sehr einfachen Umfeld in einem kleinen Vorort von München aufgewachsen. Seine Eltern betrieben dort einen Selbstversorger-Hof. Manuel musste zugeben, dass er eine wunderschöne Kindheit gehabt hatte. Das Grundstück seiner Familie grenzte zu allen Seiten an weitläufige Felder und saftig-grüne Weiden, sodass er als kleiner Junge mehr als genug Platz zum Spielen gehabt hatte. Er hatte es immer geliebt, schon früh am Morgen seinem Vater beim Versorgen der Tiere oder seiner Mutter bei der Gartenarbeit zu helfen. Manuels Eltern, Michael und Linda, hatten sich mit ihrem ‚Sonnenhof' so gut es eben ging selbst versorgen wollen. Sie bauten ihr Obst und Gemüse im eigenen Garten an und hielten Kühe für die Milch und Hühner für Eier und Fleisch. Kaum ein Tag war damals auf dem Sonnenhof vergangen, an dem nicht der leckere Duft nach frisch gebackenem Brot durchs Haus gezogen war. Was sie nicht selbst erzeugen konnte, bekamen sie oft im Tausch bei einem der Nachbarn. Schon seit Manuel denken konnte hatten sie zusammen mit Freunden seiner Eltern auf dem Hof gelebt und diesen bewirtschaftet. Thomas und Martina Liebstädt gehörten praktisch zur Familie und Manuel hatte sie immer mehr als seine Tante und Onkel gesehen, anstatt als Freunde der Familie. Manuels Einstellung zu seinen Eltern und dem Hof hatte sich schlagartig geändert, als er von der Grundschule in dem kleinen Vorort auf das Gymnasium in München wechselte. Hier stammten die Kinder aus wohlhabenden Familien, in denen die Väter Ärzte, Anwälte oder Vorstandsvorsitzende irgendwelcher Großkonzerne waren und die Mütter ihre Tage damit verbrachten, bei der Kosmetikerin zu sitzen oder das Geld ihrer Männer umgehend in neue Schuhe zu investieren. Manuel war sofort beeindruckt vom Lebensstil der anderen gewesen. Von ihrer teuren Kleidung und den dicken Autos, mit denen sie zur Schule gebracht wurden, statt mit dem Fahrrad oder dem Bus fahren zu müssen. Und auch von den Luxusurlauben, von dem ihm seine neuen Freunde nach den Ferien immer erzählten. Schon damals hatte der kleine Junge den Entschluss gefasst, irgendwann dasselbe Leben führen zu können, wie seine Klassenkameraden es taten. Und dafür wollte er alles tun. Manuel war schon als Kind clever und äußerst geschäftstüchtig gewesen. Mit gefälschter Kleidung oder technischen Geräten, die er dann für ein Vielfaches weiterverkaufte, sparte er sich das Geld zusammen, um sich ebenfalls die Markenkleidung leisten zu können, die seine Freunde trugen. Niemals sollten sie durch sein Äußeres darauf schließen können, dass er aus ärmlichen Verhältnissen stammte. Und er würde es ihnen garantiert auch nicht auf die Nase binden. Seine eigenen Eltern sah er in dieser Zeit immer mehr als durchgeknallte Hippies, die irgendwie in den 70er Jahren steckengeblieben waren. Michael und Linda Eberth erkannten ihren Sohn irgendwann nicht mehr wieder. Er wurde richtiggehend geldgierig und nutzte jede Gelegenheit, um anderen Leuten ihr Geld aus der Tasche zu ziehen. Sie hatten Kapitalisten seit jeher verabscheut und als sich Manuel nun in genau diese Richtung entwickelte genügte bereits der kleinste Anlass, um jeden Tag wieder einen lautstarken Streit vom Zaun zu brechen. Das ursprünglich so gute Verhältnis zu seinen Eltern wurde immer schlechter und mit jedem Jahr distanzierte er sich mehr von ihnen. Bis eines Tages ein Ereignis sein komplettes Leben auf den Kopf stellte. Wie beinahe jeden Tag in den vergangenen Wochen hatte er sich schon am Morgen vor der Schule mit seiner Mutter in die Haare gekriegt. Im Nachhinein konnte Manuel gar nicht mehr sagen, worum es bei dem Streit überhaupt gegangen war. Am wahrscheinlichsten war es jedoch, dass er seine Familie wieder einmal als „Öko-Deppen" und „Hinterwäldler" betitelt hatte. Dem Ganzen hatte er mit teenager-typischen Schärfe, er war erst vor wenigen Tagen 13 geworden, den nötigen Nachdruck verliehen. Der junge Mann erinnerte sich noch heute, dass Linda Eberth an diesem Morgen auffällig schweigsam gewesen war und gar nicht auf seine Beleidigungen eingegangen war. Er hatte noch immer das Bild vor Augen, wie sie mit ihrer Kaffeetasse am Fenster gestanden und einfach nur hinausgestarrt hatte. Trotz seines Tobsuchtsanfalls hatte sie ihm einen liebevollen Blick zugeworfen, als er seinen Rucksack genommen und missmutig zur Tür gestapft war. „Vergiss nicht, dass ich dich liebe." Die letzten Worte seiner Mutter klangen Manuel auch als inzwischen erwachsener Mann noch so deutlich in den Ohren, als hätte er sie erst gestern gehört und nicht vor 16 Jahren.

Als Manuel am Nachmittag aus der Schule gekommen war, war es still im Haus gewesen. Es hatte nicht wie sonst nach frisch gebackenem Brot oder Essen gerochen. Verwundert hatte der Teenager erst das ganze Haus und dann den Hof abgesucht. Doch es war keine Menschenseele zu sehen gewesen. Weder seine Mutter noch sein Vater noch einer der Liebstädts. Alle schienen wie vom Erdboden verschluckt zu sein. Gerade hatte er sich fluchend umgedreht, als er plötzlich ein Geräusch hinter dem alten Schuppen wahrgenommen hatte. Vorsichtig hatte er um die Ecke gesehen. Und seinen Vater entdeckt. Er war vollkommen neben der Spur. Blass, die Augen rot umrandet, hielt er eine leere Flasche in der Hand. Wodka. „Papa?" hatte Manuel vorsichtig gefragt und schon in dem Moment, als sein Vater ihn angesehen hatte gewusst, dass hier etwas ganz und gar nicht stimmte. „Wo ist Mama?" Panik hatte ihn ergriffen und er war mit großen Schritten auf seinen Vater, der apathisch vor sich hinstarrte, zugelaufen und hatte ihn geschüttelt. „WO IST MAMA!" „Sie ist weg." Die Stimme von Michael Eberth war nicht mehr als ein Flüstern gewesen. Manuels Gehirn hatte sich in diesem Moment in einen unentwirrbaren Knoten verwandelt. „Was meinst du mit ‚Sie ist weg?', sie ist doch nicht…". Der Junge hatte den Satz gar nicht aussprechen wollen. Nein. Nein, das konnte nicht sein! Sein Vater hatte nur dagesessen und beinahe unmerklich den Kopf geschüttelt. „Sie hat uns verlassen, Manuel." „Sie hat was?" „Sie hat uns verlassen. Sie wollte nicht mehr mit uns leben. Sie hat all ihre Sachen zusammengepackt und ist verschwunden." Einen winzigen Moment lang war Manuel fast schon erleichtert gewesen. Er hatte das Schlimmste befürchtet, doch seine Mutter lebte. Doch mit jeder Sekunde, die verstrichen war, waren ihm die Worte seines Vaters klarer geworden. Sie wollte nicht mehr mit uns leben. Sie wollte sie nicht mehr. Sie wollte ihn nicht mehr. Ihren eigenen Sohn! Was war das für eine Mutter, die einfach ihr Kind verließ? Benommen hatte der Junge damals festgestellt, dass nicht der Tod, sondern die Tatsache, dass seine Mutter ihn verlassen hatte, das Schlimmste war, was hätte passieren können. Während Michael Eberth noch immer ausdrucks- und regungslos auf dem Holzstapel gesessen hatte, war Manuel wie in Trance ins Haus gegangen, hatte sich in seinem Zimmer eingeschlossen und war die nächsten drei Tage nur zum Essen herausgekommen. Immer wieder hatte einer der Liebstädts an seine Tür geklopft und auf ihn eingeredet. Doch der Junge hatte nicht zuhören wollen und sich einfach die Bettdecke über den Kopf gezogen. In diesen drei Tagen hatte es keine Minute gegeben, in der Manuel nicht gehofft hatte, dass seine Mutter einfach wieder auftauchen würde. Dass er nach unten in die Küche ging und sie summend an der Arbeitsplatte stehen und den Brotteig kneten würde, wie sie es so oft getan hatte. Doch sie kam nicht wieder. Nicht in den drei Tagen. Nicht in den nächsten Wochen. Und auch nicht in den folgenden Monaten. Es war, als habe es sie niemals gegeben. Sie meldete sich nicht einmal zu Manuels Geburtstag. In den wenigen Momenten, in denen sein Vater nicht vor dem Kamin gesessen und schweigend ins Feuer gestarrt hatte, hatte er alle Erinnerungen an seine Frau verschwinden lassen. Die vielen Fotos aus glücklichen Zeiten, die überall im Haus verteilt gewesen waren, waren nicht mehr da.

In den folgenden Monaten hatte Manuel sich immer weiter von seinem Vater distanziert. In den immer wieder aufkeimenden Streitereien warf er ihm vor, seine Mutter mit seiner sturen Art vertrieben zu haben. Michael Eberth hingegen streute mit der Aussage, dass keine Mutter der Welt es mit einem so arroganten und undankbaren Kind ewig aushalten würde, immer wieder Salz in die Wunde. Manuel verachtete seinen Vater offen dafür, dass er seit dem Verschwinden seiner Frau sein Heil im Alkohol gesucht hatte. Inzwischen verging kein Tag mehr, an dem Michael Eberth nicht zur Flasche griff. Die Fronten verhärteten sich immer mehr und der Junge wurde mit dem Leben auf dem Land noch unzufriedener, als er es eh schon war. Als Manuel kurz nach dem zweiten Weihnachtsfest ohne seine Mutter entschieden hatte, zu seiner Tante und seinem Onkel nach München zu ziehen, hatte sein Vater ihn einfach ziehen lassen. Jedem war in diesem Moment klar geworden, dass Michael Eberth nur noch in seiner eigenen Welt lebte und mit seinem Leben und seiner Familie abgeschlossen hatte. Sein Sohn hingegen konnte nun endlich das Leben führen, dass er sich schon seit Jahren gewünscht hatte, denn die Schwester seines Vaters und ihr Mann hatten hohe Führungspositionen in international tätigen Unternehmen inne und lebten ohne eigene Kinder mitten in der Münchener City. Von seinem Vater hatte er ebenso wie von seiner Mutter in den folgenden Jahren nie wieder etwas gehört.

Umso überraschter war Manuel über den Anruf des Nachlassverwalters vor einigen Wochen gewesen. Natürlich ließ es ihn nicht vollkommen kalt, als dieser ihm vom Tod seines Vaters erzählte. Trotzdem musste er zugeben, dass ihn diese Nachricht auch nicht unbedingt aus der Bahn warf. Die Tatsache, dass Michael Eberth ihm den ‚Sonnenhof', sein Elternhaus, vererbt hatte, allerdings schon. Natürlich war ihm klar gewesen, dass er als einziges Kind im Sterbefall benachrichtigt werden würde. Allerdings hatte er immer vermutet, dass sein Vater den ‚Sonnenhof' zwischenzeitlich verkauft hatte oder dass die Liebstädts, wenn sie noch dort wohnten, den Hof übernehmen würden. Schließlich hatten sein Vater und er seit 16 Jahren kein Wort mehr miteinander gewechselt. Seufzend drehte Manuel sich auf den Rücken und starrte an die Decke. Morgen hatte er einen Termin in der Anwaltskanzlei des Nachlassverwalters. Dann würde er erfahren, was er sich mit der Übernahme des Hofes ans Bein hängen würde. Im schlimmsten Fall waren es jede Menge Schulden. In diesem Fall würde er das Erbe natürlich ausschlagen und die Liebstädts oder wer auch immer könnten sich mit den Konsequenzen herumschlagen. Andernfalls würde er schon Verwendung für das Grundstück finden. Schließlich stiegen die Grundstückspreise in und um München zurzeit wieder ins Unermessliche und freies Bauland war heiß begehrt. Während Manuel noch seinen Gedanken nachhing schlug die junge Frau neben ihm schlaftrunken die Augen auf und sah ihn an. Der junge Mann schenkte ihr ein charmantes Lächeln und strich ihr eine blonde Strähne aus dem Gesicht, woraufhin sie sich verwegen auf die Unterlippe biss. Er beschloss, dass die Gedanken um sein Erbe eindeutig bis morgen warten konnten. Jetzt gerade wollte er sich lieber anderen Dingen widmen.

Kapitel 2

„So meine Liebe, du kannst jetzt in Ruhe frühstücken und wenn du fertig bist, bringe ich dich zu den anderen auf die Weide.“ Marie klopfte Lotta, der alten Kaltblutstute, liebevoll den Hals. Das Pferd schnaubte, als wäre es mit diesem Plan einverstanden und widmete sich dann wieder seiner morgendlichen Ration eingeweichter Zuckerrübenschnitzel. Die junge Frau lächelte zufrieden. Lotta hatte sich großartig gemacht. Als sie vor einigen Monaten zu ihnen auf den ‚Sonnenhof‘ gekommen war, war die Stute nur noch ein Schatten ihrer selbst gewesen. Das eigentlich kräftig gebaute Pferd hatte nur noch aus Haut und Knochen bestanden. Mähne und Fell waren vollkommen verdreckt und verfilzt gewesen und die Augen wirkten matt und müde. Lotta hatte bei ihrem Vorbesitzer Schlimmes erlebt. Lange Zeit war sie als Kutschpferd eingesetzt worden, bis sie an jenem Tag vor knapp einem Jahr einen schrecklichen Unfall erlitten hatte. Bei einer Ausfahrt mit einigen Touristen hatte ihr Besitzer die Kutsche aus einem Seitenweg auf die Straße lenken wollen. Lotta und die neben ihr eingespannte Stute waren brav den Anweisungen gefolgt und losgetrottet. Viel zu spät hatte der Kutschenführer das herannahende Auto, das mit viel zu hoher Geschwindigkeit aus einer Kurve auf sie zugerast kam, bemerkt. Er hatte keine Chance mehr gehabt, zu reagieren. Der Wagen war beinahe ungebremst in das Gespann hineingerast. Durch die Wucht des Aufpralls war die Kutsche umgekippt und mehrere der Insassen schwer verletzt worden. Die Stute, die frontal erfasst worden war, war durch die Luft geschleudert worden und auf der Stelle tot gewesen. Lotta, die durch das Geschirr mit ihr

verbunden gewesen war, war über eine Stunde unter dem toten Pferd eingeklemmt gewesen, bevor das tote Tier endlich geborgen werden konnte. Sie lebte, aber sie war traumatisiert und hatte schwere Verletzungen davongetragen. Durch das Gewicht der anderen Stute auf ihrem Körper und den Aufprall waren mehrere Rippen und ihr Kiefer gebrochen. Auf ihrer rechten Körperhälfte hatte der Asphalt große Stücke ihres Fells bis aufs Fleisch abgeschürft. Ihr Besitzer hatte in den folgenden Wochen sein Bestes versucht, um seine Stute bei der Genesung zu unterstützen. Doch schon die Fütterung schien ihn vor eine beinahe unlösbare Aufgabe gestellt zu haben. Die Tatsache, dass Lotta durch ihren gebrochenen Kiefer ihr Futter nur in Breiform zu sich nehmen konnte, schien für ihn absolut unverständlich zu sein. Außerdem hatte er offenbar vollkommen vergessen, dass auch ein nicht einsetzbares Pferd regelmäßige Huf- und Fellpflege benötigte. Erst, als sie auf dem ‚Sonnenhof' eingezogen war, schien wieder Leben in die Stute zu kommen. Hier war man auf Pferde wie sie eingestellt. Schon seit Jahren war der ‚Sonnenhof' als Auffangstation für alte, kranke und misshandelte Pferde bekannt. Die Betreiber wussten, wie man Tiere, die bisher kein schönes Leben gehabt hatten, glücklich machte. Die Betreiber, das waren Michael Eberth, der verstorbene Eigentümer des Hofes, und Martina und Thomas Liebstädt, die gute Freunde von Michael gewesen waren und schon seit vielen Jahren mit auf dem Anwesen lebten. Vor einigen Jahren war auch Marie hierhergezogen. Ursprünglich in der Münchener City aufgewachsen, war der naturverbundenen, pferdebegeisterten Frau das Leben in der Großstadt schon früh viel zu laut und hektisch gewesen. Auch zu den Jugendlichen in ihrem Alter hatte sie nie einen wirklichen Draht gefunden. Die meisten von ihnen waren ihr einfach viel zu oberflächlich und insbesondere die Interessen der Mädchen waren vollkommen andere als ihre Eigenen. Marie hatte sich niemals für Mode und Kosmetik interessiert. Noch heute besaß sie weder Mascara noch Lippenstift oder wie auch immer die ganzen Dinge hießen, mit denen andere Frauen sich täglich das Gesicht zukleisterten. Die junge Frau ging die Stallgasse entlang und blieb an einem der großen Strohballen stehen, um dem zusammengerollten Fellknäuel, das es sich darauf bequem gemacht hatte, sanft über das weiche Fell zu streichen. Bei der Berührung hob Minka, die dreifarbige Stallkatze, schlaftrunken den Kopf und sah Marie aus ihren grünen Augen heraus an. „Na, heute Nacht wieder lange unterwegs gewesen?“, lachte diese und kraulte die Katze unterm Kinn, woraufhin sie sich ausgiebig streckte und anfing zu schnurren. Plötzlich spürte Marie etwas Feuchtes an ihrer Hand und sah hinunter. „Hallo Paulchen“, sagte sie und streichelte mit ihrer verbleibenden freien Hand dem großen Mischling über den Kopf. Sie lächelte zufrieden. Ihr Zuhause war wirklich der schönste Platz auf der Welt. Schon vor dem Frühstück von Tieren umgeben zu sein und sie versorgen zu können war schon immer ihr Traum gewesen. Unter der Woche kam sie leider nicht dazu, sich schon morgens um die Tiere zu kümmern. Sie arbeitete in der kleinen Tierarztpraxis, die sich auf dem Marktplatz des Dorfes befand und musste morgens schon früh in der Praxis sein. Dafür übernahm sie diese Aufgabe am Wochenende liebend gerne, und so konnten Thomas und Martina, die inzwischen hauptverantwortlich für den Gnadenhof waren, an diesen Tagen zumindest ein wenig länger schlafen. Früher hatten sie sich die anfallenden Arbeiten noch mit Michael geteilt. Diese Zeiten lagen aber so lange zurück, dass Marie selbst sie nicht mehr mitbekommen hatte. Martina hatte ihr einmal im Vertrauen erzählt, dass der Besitzer des Hofes schon immer ein schwieriger Mensch gewesen war. Seitdem seine Frau ihn verlassen hatte sei er jedoch zu einem richtigen Eigenbrötler geworden und hatte damit letztendlich auch seinen einzigen Sohn vom Hof vertrieben. Marie hatte sich über dieses Verhalten nur wundern können. Sie konnte sich nicht vorstellen, dass es irgendeinen Umstand geben könnte, diesen traumhaften Ort jemals freiwillig zu verlassen. Michaels Sohn musste ein richtiger Idiot sein. In den fünf Jahren, in denen die junge Frau nun die kleine Einliegerwohnung auf dem Hof bewohnte, war er kein einziges Mal hier aufgetaucht, um seinen Vater zu besuchen. Und nun war es zu spät. Michael Eberth war vor einigen Wochen gestorben und dieser Kerl hatte es offenbar nicht einmal für nötig befunden, auf der Beerdigung seines eigenen Vaters anwesend zu sein. Marie hatte mehr als einmal bei den Liebstädts nachgefragt, was denn genau zwischen den beiden vorgefallen war. Doch die beiden hatten es verstanden, ihren bohrenden Fragen geschickt auszuweichen und so hatte sie bis jetzt keine wirkliche Antwort darauf bekommen. Das Einzige, was sie erfahren hatte war, dass dieser Manuel seit über 16 Jahren keinen Fuß mehr auf das Anwesen gesetzt hatte. Wenn sie ehrlich war, konnte sie ihn zum Teil auch verstehen. Michael war tatsächlich ein schwieriger Mensch gewesen. Stur, verschlossen und ein Dickkopf wie er im Buche stand. Noch dazu hatte sich sein Alkoholkonsum immer mehr zum Problem entwickelt. Zum Schluss war er jeden Tag betrunken gewesen und letztendlich hatte der Alkohol ihn mit gerade einmal 57

Jahren das Leben gekostet. Marie konnte sich vorstellen, dass es nicht einfach war, mit dem Wissen zu leben, dass der eigene Vater alkoholabhängig war. Trotzdem. Michael war ebenso ein herzensguter Mensch gewesen und hatte es trotz allem nicht verdient, von seinem eigenen Sohn so behandelt zu werden. Der Hofbesitzer fehlte ihr und sie mochte gar nicht daran denken, wie es den Liebstädts, die über 30 Jahre lang mit dem Mann befreundet gewesen waren und beinahe genauso lange mit ihm zusammengelebt hatten, mit diesem Verlust ging. Ganz abgesehen von der Unsicherheit, die seit seinem Tod unausgesprochen in der Luft lag. Sowohl die Liebstädts als auch Marie lebten nur zur Miete auf dem ‚Sonnenhof' und keiner von ihnen wusste, wie es nun weitergehen würde. Michael Eberth hatte sich niemals dazu geäußert, ob die anderen Bewohner des Anwesens im Fall seines Todes abgesichert waren. Und das galt sowohl für die zweibeinigen als auch für die vierbeinigen Bewohner. Marie, Thomas und Martina machten sich große Sorgen um die Zukunft der Pferde, die auf dem ‚Sonnenhof' ihren Lebensabend genießen sollten. Denn bei einem Verkauf des Anwesens drohte den meisten von ihnen der sichere Tod. Die junge Frau hatte als Tierarzthelferin nur ein kleines Gehalt und war deswegen froh gewesen, hier eine kostengünstige Unterkunft gefunden zu haben. Im Gegenzug hatte sie Michael Eberth zugesichert, bei der Arbeit auf dem Hof und der Pflege der Pferde mit anzupacken. Und auch die Liebstädts waren finanziell nicht besonders gut aufgestellt. Während Martina in dem kleinen Hofladen selbst angebautes Obst und Gemüse und Bio-Eier von den hofeigenen Hühnern verkaufte, veranstaltete Thomas Kutschfahrten, bei denen Touristen das wunderschöne Münchener Umland bewundern konnten. Das alles brachte natürlich keine großen Einnahmen und jeder Cent, der am Ende des Monats übrigblieb, wurde sofort in die dringend nötige Renovierung des in die Jahre gekommenen Hofes gesteckt. Als Michael noch gelebt hatte, hatten die Liebstädts wieder und wieder auf ihn eingeredet, etwas Geld in die Hand zu nehmen, um Teile des Hofes ausbauen und anschließend vermieten zu können. Doch der Hofbesitzer war stur geblieben und hatte bis zuletzt an seiner Philosophie, das Anwesen einzig und allein zur Selbstversorgung und als Gnadenhof zu nutzen, festgehalten. Nun kämpften die verbliebenen Bewohner täglich mit undichten Dächern, klemmenden Türen und kaputten Zäunen. Und für die Instandsetzung war einfach viel zu wenig Geld da. Marie seufzte und strich Minka noch einmal über den Kopf. Sie wusste, dass dieser Manuel Eberth der alleinige Erbe von Michaels Vermögen und damit auch des ‚Sonnenhofs' war. Früher oder später würde er hier auftauchen. Die junge Frau hegte die leise Hoffnung, dass ihm die Zukunft des Hofes ebenso egal war, wie es die letzten 16 Jahre gewesen war. Vielleicht würde er ja einfach alles so weiterlaufen lassen, wie es bisher gewesen war. Außerdem brachte es ja doch nichts, sich schon jetzt verrückt zu machen. Sie würden noch früh genug erfahren, wie es für sie und die Tiere weitergehen würde. Jetzt wurde es erst einmal Zeit für ein ausgiebiges Sonntagsfrühstück.

Kapitel 3

Der Termin beim Nachlassverwalter war für Manuel mehr als zufriedenstellend verlaufen. Er hatte alle Unterlagen sorgfältig gesichtet und festgestellt, dass keinerlei Schulden auf dem Sonnenhof lasteten. Er hatte also keinen Grund gesehen, das Erbe abzulehnen. Bei einem Verkauf würde er also in jedem Fall Gewinn machen. Am folgenden Wochenende hatte er frei und so hatte er beschlossen den Hof, auf dem er einst aufgewachsen war, das erste Mal seit seinem Auszug wieder zu betreten. Er wollte sich einen ersten Eindruck vom Zustand seines Elternhauses verschaffen und den verbliebenen Bewohnern – er konnte sich nicht vorstellen, dass sein Vater allein auf dem riesigen Anwesen gelebt hatte – seine weiteren Pläne mitteilen. Noch ahnte er nicht, was ihn beim Besuch des Hofes erwartete.

Manuel hatte sich am Freitag bei seinem obligatorischen Besuch im ‚Dungeons' wirklich zusammenreißen müssen, um nicht zu sehr über die Stränge zu schlagen. Schließlich wollte er am nächsten Tag zeitig los, um das Anwesen, das Teil seines Erbes war, in Augenschein zu nehmen. Schweren Herzens hatte er die hübsche Brünette, die ihm den ganzen Abend über nicht von der Seite gewichen und ziemlich offenherzig gewesen war, auf das nächste Wochenende vertröstet. Früh am nächsten Morgen, wobei früh bei Manuel ein eher relativer Ausdruck war, machte er sich in seinem

Sportwagen auf den Weg in den kleinen Vorort, in dem er seine Kindheit verbracht hatte. Früher war ihm der Weg nach München beinahe unendlich lang vorgekommen. Und auch jetzt hatte Manuel das Gefühl, niemals anzukommen. Die breite Landstraße zog sich gemächlich durch die Landschaft, die immer mehr von weiten Feldern, sattgrünen Wiesen und dichtbewachsenen Feldern statt von Hochhäusern und Industriegebieten geprägt wurde. Manuel war genervt. Noch immer konnte er sich nicht vorstellen, dass irgendjemand freiwillig in dieser Einöde wohnen wollte. Trotzdem musste er zu seinem eigenen Erstaunen feststellen, dass er immer nervöser wurde, je näher er seinem Ziel kam. Schließlich verband er mit diesem Ort nicht nur schlechte Erinnerungen. Auch wenn diese in den letzten Jahren, in denen er hier gelebt hatte, überwogen hatten.

Der ‚Sonnenhof' lag direkt am Ortsausgang des Dorfes und war praktisch nicht zu verfehlen. Manuel erblickte schon von Weitem die ihm auch nach der langen Zeit noch so vertrauten Gebäude. Aus dieser Richtung fuhr er direkt auf die Rückseite der kleinen Scheune zu, in der seine Eltern früher das Heu und Stroh für die Tiere gelagert hatten. Erschrocken stellte er fest, dass schon aus dieser Entfernung deutlich zu sehen war, wie heruntergekommen das Gebäude war. „Na super", murmelte er und ging vom Gas. Als der junge Mann in die kleine Einfahrt einbog blieb er kurz stehen, um das große Holzschild, das direkt an der Straße stand, einmal genauer zu betrachten.

‚Sonnenhof – Wir retten Leben. Pferdegnadenhof' stand in großen Lettern darauf. Manuel runzelte die Stirn. Ein Pferdegnadenhof? Soweit er wusste, verdiente man mit sowas keinen Cent. Stattdessen waren solche Gnadenhöfe reine Geldfresser. Und der erste Eindruck, den er bereits von hier gewinnen konnte, bestätigte diese Vermutung. Das Holzschild hatte offenbar schon einige Jahre hinter sich. Der dicke Holzpfeiler, an dem es provisorisch befestigt war, hatte schon Grünspan angesetzt. Der wahrscheinlich ehemals weiße Hintergrund hatte ein schmutziges Hellgelb angenommen. Auch die Wiese vor der Hofeinfahrt wirkte alles andere als gepflegt. Vor lauter hochgewachsenem Unkraut war kaum noch etwas vom Rasen zu erkennen. Die Einfahrt selbst bestand aus einer Aneinanderreihung von Schlaglöchern. Nur die beiden großen Ahornbäume wirkten einigermaßen gepflegt. Manuel erinnerte sich, wie er als Kind im Herbst Unmengen der wunderschönen Blätter aufgesammelt hatte, wenn diese in ein leuchtendes Rot getaucht waren. Na ja, bei Laubbäumen konnte man ja auch nicht allzu viel falsch machen. Der junge Mann seufzte und überlegte einen Moment ernsthaft, einfach wieder umzudrehen und die ganze Sache einem Makler zu überlassen. Doch er musste zugeben, dass letztendlich die Neugier siegte. Er legte den ersten Gang ein und lenkte seinen Sportwagen vorsichtig über die holprige Einfahrt bis auf den Hof.

Hatte Manuel schon vor dem Hof ein ungutes Gefühl gehabt, so wurde ihm das ganze Ausmaß dieser Katastrophe erst richtig bewusst, als er seinen Wagen vor der alten Scheune geparkt und ausgestiegen war. Der Sonnenhof war vollkommen verwahrlost. Offenbar war sowohl an dem Hof an sich als auch an den Gebäuden das letzte Mal eine Reparatur vorgenommen worden, als er noch hier gelebt hatte. Die alten Pflastersteine bildeten eine einzige Buckelpiste. Jetzt im Winter, wenn Schnee lag und der Boden vereist war, war es wahrscheinlich lebensgefährlich, auch nur einen Fuß auf diesen Boden zu setzen. Die Wurzeln der großen Kastanie im Innenhof hatten die Steine noch zusätzlich hochgedrückt, einige lagen einfach ein paar Meter weiter an der Wand liederlich aufgetürmt. Von den Toren an den Ställen und der Scheune blätterte die Farbe ab und es schien kein Metallteil zu geben, dass keinen Rost angesetzt hatte. Auf sämtlichen Gebäuden hingen die Dächer durch, teilweise fehlten an einer Stelle gleich mehrere Ziegel. Das Haupthaus hatte seit Jahren keinen frischen Anstrich mehr bekommen und auch die alten Holzfenster waren nie ausgetauscht worden. Die kleinen Beete vor dem Haus waren karg bepflanzt. Davor lag ein langsam vor sich hin verrottender Stapel Holz. In einer Ecke türmten sich Dachziegel und verschiedene Kieselsteine. Der alte Dreiseitenhof war ein finanzieller Totalschaden. Manuel wusste, dass es für ihn nur eine Möglichkeit gab den gewünschten Profit einzustreichen. Bevor er weiter darüber nachdenken konnte, wurde einige Meter neben ihm eine Tür geöffnet. „Hallo, Sie müssen der Nachlassverwalter sein“, hörte er eine hohe Frauenstimme und sah im Augenwinkel, wie eine zierliche Person mit langen Schritten auf ihn zugestürmt kam. „Wir wussten nicht, wer jetzt verantwortlich ist, der Michael wollte sich ja nie dazu äußern. Sonst hätten wir uns natürlich schon längst bei Ihnen gemeldet.“ Die ältere Frau redete wie ein Wasserfall und die Nervosität in ihrer Stimme war nicht zu überhören. Manuel wandte den Kopf nach rechts und sah die Frau direkt an. Wenige Meter, bevor sie ihn erreicht hatte, blieb sie plötzlich stehen und starrte ihn entgeistert an. „Manuel?“ Er konnte deutlich sehen, wie sich ihre Augen mit Tränen füllten. Martina Liebstädt wandte sich zum Haus. „Thomas, komm schnell raus! Manuel ist da!“, rief sie, bevor sie einen großen Schritt auf ihn zumachte und ihn in die Arme schloss. Manuel war mit dieser Geste vollkommen überfordert. Er ließ die Umarmung zwar über sich ergehen, doch statt sie zu erwidern, tätschelte er der älteren Frau vorsichtig den Rücken. „Manuel!“, war nun eine männliche Stimme aus dem Hintergrund zu hören. Die tiefe Stimme von Thomas Liebstädt hätte der junge Mann unter tausenden wiedererkannt. Er war froh, dass der Freund seines Vaters ihm im Gegensatz zu seiner Frau zur Begrüßung lediglich die Hand reichte. „Mensch, bist du ein schmucker Kerl geworden“, murmelte Martina und ließ ihren Blick an ihm auf- und abwandern, während ihr Mann einen unauffälligen Seitenblick auf Manuels Sportwagen warf. „Hallo“, murmelte Manuel jetzt und sah die beiden abschätzig an. Sie waren alt geworden. Und ihr alternativer Kleidungsstil ließ sie noch viel älter wirken. Keiner von ihnen schien zu wissen, was er sagen sollte. Die peinliche Stille, die zwischen ihnen lag, wurde jedoch jäh von einem Schmatzen unterbrochen und im nächsten Moment spürte Manuel etwas Kaltes, Feuchtes an seiner Hand. Erschrocken sah er herunter und blickte in die dunkelbraunen Augen eines zotteligen Mischlingshundes, der gerade dabei war, eine Wagenladung Haare auf seiner guten Designer-Anzughose zu platzieren. „Klasse", zischte er, trat einen Schritt zur Seite und versuchte notdürftig mit der Hand die Hundehaare wieder loszuwerden. Die Liebstädts schienen ganz entzückt zu sein. „Ja Paulchen, das ist der Manuel. Der hat hier auch einmal gewohnt", flötete Martina und beugte sich zu dem Hund hinab, der die Gelegenheit nutzte, um seinem Frauchen ausgiebig durchs Gesicht zu lecken. Manuel verzog angewidert das Gesicht. „Im besten Zustand ist der Hof ja nicht gerade", sagte er, nachdem er sich wieder aufgerichtet und erneut umgesehen hatte. „Ja… wir…", stammelte Martina und sah ihren Mann hilfesuchend an. „Das Geld ist etwas knapp. Da bleiben natürlich viele Reparaturen, die zu teuer sind und die wir nicht selbst machen können, erst einmal liegen. Und dein Vater war… auch nicht besonders kooperativ, wenn es darum ging, Dinge zu verändern." Manuel nickte beinahe unmerklich mit dem Kopf. Das Michael Eberth ein absoluter Sturkopf gewesen war, der jede Veränderung schon im Keim erstickt hatte, war ihm nicht neu. „Also gut", meinte er dann und fuhr sich mit der Hand durch sein blondes Haar. „Ich würde mich gerne etwas umsehen.“ „Komm doch erst einmal herein. Ich koche uns einen Kaffee“, sagte die ältere Frau und sah ihn erwartungsvoll an. „Danke für das Angebot, aber ich möchte mir nur ein Bild von dem Hof machen“, erwiderte Manuel und versuchte, ihrem Blick auszuweichen. „Ich habe gestern Apfelkuchen gebacken. Das war doch immer dein Lieblingskuchen! Komm, für ein Stück wirst du doch Zeit haben“, sagte sie und wollte die Hand des jungen Mannes nehmen. Doch der ging einen Schritt zurück und schüttelte entschieden den Kopf. „Danke, wirklich nicht. Ich möchte mich nur umsehen.“ Natürlich sah er im Augenwinkel Martinas enttäuschtes Gesicht. Aber je mehr er sich umsah, desto mehr wusste er, dass das nicht die größte Enttäuschung gewesen war, die sie heute erleben würde. „Also gut“, meinte Thomas achselzuckend und strich seiner Frau tröstend über den Arm. Dann straffte er die Schultern und sah Manuel an. „Dann führe ich dich herum.“

Das Bild von außen zeigte nicht einmal annähernd die Katastrophe, die sich innerhalb der Gebäude verbarg. Die Ställe für die Gnadenbrotpferde waren notdürftig mit Latten zusammengezimmert worden. Die Wände, die wahrscheinlich irgendwann einmal weiß gestrichen worden waren, waren gelb angelaufen und voller Fliegendreck. Auch der Zaun um die große Weide hinter dem Stall, auf der mehrere Pferde zufrieden grasten, war ein reines Provisorium. Martina führte Manuel in den kleinen Hofladen, der sich zwischen dem Stall und dem Wohnhaus befand. Er war nur mit dem allernötigsten ausgestattet. Auf einer wackligen Theke stand eine kleine Geldkassette, daneben lag ein Block und ein Taschenrechner. Die Regale, in denen die selbstgemachten Marmeladen, eingemachtes Gemüse und frische Eier lagerten waren einfache Schwerlastregale, die man in jedem Baumarkt bekam. Das frische Obst und Gemüse standen in alten Holzkisten auf dem Boden. „Verdient ihr hiermit auch was?", fragte Manuel und sah das Ehepaar stirnrunzelnd an. „Wir… na ja… am Wochenende kommen einige Stammkunden, die sich die Eier für ihr Sonntagsfrühstück kaufen. Die nehmen dann auch etwas Obst mit. Und am Sonntag, wenn die anderen Geschäfte alle zu haben, kommen manchmal einige Leute aus dem Ort, wenn ihnen etwas fehlt", erwiderte Martina und sah beschämt zu Boden. „Und womit verdient ihr sonst noch Geld?", wollte Manuel wissen. „Ich veranstalte Kutschfahrten und Reittouren mit Touristen, die gerne etwas von unserer schönen Gegend sehen wollen", antwortete Thomas wie aus der Pistole geschossen. „Aha", erwiderte der junge Mann und verließ den kleinen Hofladen, ohne eine weitere Erklärung abzuwarten. Das Wohnhaus sah noch genauso aus, wie Manuel es vor 16 Jahren verlassen hatte. Die Wände hatten seitdem weder einen neuen Anstrich noch neue Tapeten bekommen. Sogar die Möbel und Gardinen waren noch dieselben wie in seiner Jugend. Allerdings erklärten die Liebstädts ihm, dass sie zwischenzeitlich den Dachboden zu einer kleinen Wohnung ausgebaut hatten, in der seit einigen Jahren eine junge Frau wohnte, die ihnen auf dem Hof und mit den Pferden sehr viel zur Hand gehe. Manuel seufzte. Also noch jemand, mit dem er sich wegen der weiteren Nutzung würde auseinandersetzen müssen. Im Hinausgehen warf er einen kurzen Blick durch das Küchenfenster hinaus in den Garten und hob überrascht die Augenbrauen. Der Gemüsegarten schien überhaupt nicht zum Rest des Anwesens zu gehören. Hier war alles sorgfältig gepflegt und die Pflanzen schienen hervorragend zu gedeihen. Martina hatte schon immer ein Händchen für das Gärtnern gehabt. Dieser gute Eindruck hielt jedoch nur für einen kurzen Moment. Als sie die alte Futterscheune betraten überlegte Manuel ernsthaft, seinem ersten Impuls zu folgen und direkt rückwärts wieder herauszugehen. Sie hatten die Tür nur einen Spalt breit geöffnet, als ihnen schon ein modriger Geruch nach verrottenden Pflanzen entgegenschlug. Einen Moment dachte Manuel, sich übergeben zu müssen, hatte sich jedoch gleich wieder im Griff. „Wir nutzen die Scheune nicht", versuchte Thomas sich zu erklären. „Ist das ein Grund, sie komplett vergammeln zu lassen?", erwiderte Manuel scharf und hielt sich die Hand vor Mund und Nase, bevor er das Gebäude betrat. Die Liebstädts hinter ihm schwiegen betreten. Durch die alten Fenster gelangte vor lauter Staub und Dreck kein einziger Strahl Sonnenlicht. Die Wände schienen feucht zu sein. Was kein Wunder war, da man an mehreren Stellen den Himmel durch das Dach hindurchsehen konnte. Manuel war sich sicher, dass er nicht lange suchen musste, um irgendwo den Schimmel an den Wänden zu finden. Zu allem Überfluss raschelte und quiekte es in einer Ecke verdächtig. Mäuse. Oder noch schlimmer – Ratten. Manuel rieb sich die Augen. „Ich habe genug gesehen", meinte er und schob sich an den Bewohnern des Hofes vorbei durch die Tür. „Wir haben ein paar tolle Ideen, wie wir den Hof wieder aufbauen und besser nutzen können", ereiferte sich Thomas, als sie wieder auf dem Hof vor der großen Kastanie standen, und sah den Sohn seines ehemaligen Vermieters an. „Wir dachten, wir könnten den ‚Sonnenhof' doch wenigstens zum Teil kommerziell nutzen. Michael war natürlich dagegen, wie du dir vorstellen kannst. Man müsste natürlich ein wenig investieren, aber dann…". „Stopp!", unterbrach Manuel ihn und rieb sich mit Daumen und Zeigefinger die Augen. Dann atmete er tief durch. „Ich will ehrlich zu euch sein. Dieser Hof… das ist ein Desaster. Ein finanzieller Totalschaden. Ich sehe ehrlich gesagt nicht das Potential, um hier wieder irgendetwas aufzubauen. Deswegen werde ich den Hof abreißen lassen und das Grundstück als Bauland verkaufen." Einen Moment herrschte Stille, und die Liebstädts starrten den jungen Mann schockiert und fassungslos an. Thomas fand als erstes seine Stimme wieder. „Das ist doch nicht dein Ernst?" „Doch, das ist es", erwiderte Manuel und musste sich erneut dazu zwingen, dem Blick des Ehepaars nicht auszuweichen. „Aber… aber… wir leben seit fast 30 Jahren hier, Manuel! Das ist unser Zuhause!“, stammelte Martina und Manuel sah, dass ihre Unterlippe zu zittern begann. „Bitte, das kannst du nicht machen! Wo sollen wir denn hin? Wir können uns nichts anderes leisten! Und wo sollen wir mit den Tieren hin? In einer 40 m²-Wohnung auf den Balkon stellen?“ „Das ist euer Problem, nicht meins. Ich habe nicht entschieden, hier die Tier-Caritas aufzumachen“, entgegnete Manuel und spielte nervös an seiner Rolex. Diese Situation war ihm mehr als unangenehm. Martina schlug sich die Hände vors Gesicht und schluchzte. Ihr Mann legte den Arm um sie und sah Manuel mit zusammengekniffenen Augen an. „Was bist du bloß für ein Mensch geworden, Manuel? Ich erkenne dich überhaupt nicht wieder.“ „Ein sehr erfolgreicher Mensch“, entgegnete dieser und hob die Augenbrauen. „Was man von euch offensichtlich nicht behaupten kann. Im Gegensatz zu euch habe ich mich weiterentwickelt.“ Thomas konnte nur mit dem Kopf schütteln. Er wollte gerade etwas sagen, als sein Blick plötzlich an Manuel vorbei in Richtung der Hofeinfahrt wanderte. Lautes Klappern und Klingeln waren aus dieser Richtung zu hören und Manuel drehte sich unwillkürlich um. Auf einem alten, klapprigen Hollandrad kam eine junge Frau auf den Hof gefahren. Sie trug einfache Jeans und Turnschuhe sowie ein einfarbiges Sweatshirt. Die langen, dunklen Haare waren zu einem lockeren Pferdeschwanz gebunden. Manuel schaute ihr ins

Gesicht, aus dem ihm zwei wache, haselnussbraune Augen entgegenstrahlten, und verlor für einen Moment die Fassung. Diese Frau war irgendwie… anders als die Frauen, die er sonst traf. „Was ist denn hier los?“, fragte Marie und blickte in die Runde.

Kapitel 4

Die junge Frau lehnte ihr rot lackiertes altes Fahrrad an das marode Scheunentor und kam zu ihnen hinüber. Manuel hielt für einen Moment den Atem an. Sie war unglaublich hübsch. Sie war klein und äußerst zierlich, ihre ganze Erscheinung erinnerte ihn irgendwie an eine Elfe. Die leicht lockigen Haare wippten im Pferdeschwanz bei jedem Schritt, den sie tat, auf und ab. Ohne Manuel weiter zu beachten ging sie direkt auf Martina Liebstädt zu. „Martina, was ist denn los? Warum weinst du?“ Manuel räusperte sich. „Wenn ich mich kurz vorstellen dürfte?“ Mit einem Ruck drehte Marie sich zu ihm um und sah ihn mit zusammengekniffenen Augen an. Ihr Blick glitt über seinen schicken Designer-Anzug, bevor sie ihm erst in die Augen und dann zu seinem Porsche hinübersah. „Sie regeln wahrscheinlich den Nachlass“, meinte sie und baute sich vor ihm auf. „Manuel Eberth“, sagte der junge Mann und hielt ihr zu Begrüßung die Hand hin. Marie legte den Kopf schief und ihre Augen wurden zu schmalen Schlitzen. „Oh, der verlorene Sohn. Wie nett. Schön, dass Sie es auch einmal einrichten konnten.“ Manuel starrte Marie, die jetzt den Kopf hob und das Kinn trotzig nach vorne reckte, entgeistert an. Jetzt sah sie gar nicht mehr so elfenhaft aus. Wieder räusperte Manuel sich. „Ich habe Ihren Mitbewohnern schon erklärt, dass der Hof sich ja anscheinend nicht im allerbesten Zustand befindet, Frau…?“, sagte er und sah sie fragend an.

„Kirschner, Marie Kirschner“, presste sie zwischen zusammengebissenen Zähnen hervor. Manuel war so verdutzt über die Unverfrorenheit, mit der die junge Frau ihm gegenübertrat, dass er einen Moment nach den richtigen Worten suchen musste. „Wie auch immer“, fuhr er dann fort und strich sich mit der flachen Hand über sein Kinn. „Die Sanierung würde ein Vermögen verschlingen. Viel mehr als das alles hier wert ist. Deshalb habe ich mich entschieden…“. Er kam nicht dazu, den Satz zu beenden, denn plötzlich fegte Marie wie ein Tornado auf ihn zu und funkelte ihn wütend an. Sie war mindestens einen Kopf kleiner als Manuel, trotzdem wich er reflexartig einen Schritt zurück. „Mehr als das alles hier wert ist?“, rief sie und ihre Stimme nahm einen hysterischen Unterton an. „Hier leben Tiere, ist Ihnen das überhaupt klar? Tiere, die Schlimmes in ihrem Leben erlebt haben! Die es verdient haben, mit Respekt und Wertschätzung behandelt zu werden! Und mal ganz nebenbei: Die Menschen, mit denen Sie aufgewachsen sind, haben genau das Gleiche verdient!“ „Marie, beruhige dich“, raunte Thomas aus dem Hintergrund. Doch Marie hatte sich gerade erst richtig in Rage geredet und heftete ihren Blick nun fest auf den jungen Mann vor sich. „Nein, ich beruhige mich nicht! Dieser Kerl hat sich jahrelang einen Dreck um seinen Vater gekümmert, nicht einmal zur Beerdigung ist er gekommen! Und jetzt schlägt er hier auf und sagt, dass wir nichts wert sind?“ „Ich habe nie behauptet, dass hier irgendwer nichts wert ist!“, versuchte

Manuel sich zu verteidigen, doch Marie war noch nicht fertig. „Und, was ist jetzt Ihr toller Plan?“ Sie verschränkte die Arme vor der Brust und hob herausfordernd die Augenbrauen. Manuel straffte die Schultern und zupfte sein Sakko zurecht. „Ich werde die Gebäude abreißen lassen und das Grundstück als Bauland verkaufen. Das wird das Beste sein.“ Marie lachte humorlos auf. „Das Beste für wen?“, zischte sie und sah ihm fest in die Augen. „Es ist so typisch, dass jemand wie Sie einfach nur den einfachsten Weg sucht, um sich aus der Verantwortung zu ziehen. Die Liebstädts würden so ihr Zuhause verlieren, genauso wie ich. Wir tragen keine Designer-Anzüge, fahren schnelle Autos und können uns einfach so eine neue Wohnung leisten. Von den Pferden einmal ganz zu schweigen. Wissen Sie, was mit ihnen passiert, wenn Sie den Hof verkaufen?“ Natürlich konnte Manuel sich denken, was mit den Tieren eines Gnadenhofes geschah, wenn dieser geschlossen wurde. Die wenigsten würden auf anderen Höfen unterkommen. Ein Großteil würde vermutlich den Weg zum Schlachter antreten. Der junge Mann schluckte. Marie baute sich vor ihm auf, sodass ihre Augen nur noch wenige Zentimeter von seinen entfernt waren. Ein leichter Vanilleduft stieg Manuel in die Nase und er fühlte sich von ihren Augen wie hypnotisiert. „Können Sie das mit Ihrem Gewissen vereinbaren?“, raunte die junge Frau und sah ihn eindringlich an. „Nur. Über. Meine. Leiche.“ Damit drehte sie sich um und stapfte in Richtung des Wohnhauses. An der Tür drehte sie sich noch einmal um und sah Manuel an. „Sie können wiederkommen, wenn Ihnen etwas Besseres eingefallen ist“, rief sie und ließ die Tür hinter sich ins Schloss fallen.

Kapitel 5

„Oh Mann." Immer noch perplex fuhr Manuel mit seinem Sportwagen über die breite Landstraße zurück in Richtung München. Natürlich hatte er nicht damit gerechnet, dass die verbleibenden Bewohner des ‚Sonnenhofs' besonders begeistert von seiner Idee, Bauland aus dem Grundstück zu machen, sein würden. Doch mit so viel Gegenwind hatte er, wenn er ehrlich war, nicht gerechnet. Besonders bei Marie, die er heute zum ersten Mal getroffen hatte, schien er damit auf Granit zu beißen. Sie hatte richtiggehend kampflustig gewirkt. Aus der elfenhaften jungen Frau war binnen Sekunden eine wahre Furie geworden. Eine sehr hübsche Furie, das musste Manuel sich eingestehen. Dabei war Marie eigentlich überhaupt nicht sein Typ Frau. Im Gegensatz zu den perfekt gestylten Frauen, die Manuel im Münchener Nachtleben traf, ging von dieser Marie eine natürliche Schönheit aus, die er nicht einmal wirklich benennen konnte. Ihr Styling war mehr als einfach gewesen. Jeans, Sweatshirt, Turnschuhe. Auch ohne Make-up und dem perfekten Lidstrich war ihr Gesicht ebenmäßig und ihre Augen so strahlend gewesen, dass er einen Moment gar nicht seinen Blick von ihr hatte lassen können. Allerdings schien auch sie vollkommen überzeugt von dem alternativen Lebensstil, den er schon bei seinen Eltern so verachtet hatte, zu sein. Manuel schüttelte grimmig den Kopf. Wie auch immer. Keiner konnte von ihm verlangen, dass er diese Ruine tatsächlich behielt und zusätzlich auch noch jede Menge Geld hineinsteckte, um den Hof auch nur ansatzweise wieder in einen akzeptablen Zustand zu versetzen. Der junge Mann war so in Gedanken gewesen, dass er gar nicht mitbekommen hatte, dass die Straße links und rechts schon längst wieder von Hochhäusern gesäumt wurde. Schon wenige Minuten später parkte er seinen Sportwagen in der Tiefgarage des noblen Gebäudekomplexes, in dem seine Wohnung lag. Er drehte den Schlüssel im Zündschloss und lehnte sich in dem breiten Ledersitz zurück. Gleich morgen würde er einen befreundeten Makler anrufen und ihn bitten, den Verkauf des ‚Sonnenhofs' gemeinsam mit ihm abzuwickeln. Mit den Liebstädts und dieser Marie würde er schon noch fertigwerden.

***

„Was für ein Idiot." Marie hörte, wie es im Hintergrund brutzelte und Lisa im nächsten Moment geräuschvoll in einem Topf rührte. Nach der Begegnung mit diesem Manuel Eberth hatte sie gar nicht anders gekonnt, als ihre beste Freundin anzurufen, um sich erst einmal ordentlich Luft zu machen. Marie und Lisa waren schon zusammen in den Kindergarten gegangen. Sie hatten gemeinsam die Höhen und Tiefen der Pubertät überstanden und waren immer füreinander da gewesen, egal ob es Probleme mit den Eltern, mit Jungs oder in der Schule gab. Und auch heute wusste Marie, dass sie sich immer auf ihre beste Freundin verlassen konnte, auch wenn sich ihre Leben nicht unterschiedlicher hätten entwickeln können.

Im Gegensatz zu ihr, die sich in der großen Stadt nie wirklich wohl gefühlt hatte, war Lisa eine echte Großstadtpflanze. Sie liebte den Trubel und die vielen Möglichkeiten, die München einem praktisch rund um die Uhr bot, und hatte die Stadt deswegen auch niemals verlassen. Doch nicht nur bei der Wahl ihres bevorzugten Wohnortes trennte die Freundinnen Welten. Marie hatte bisher zwei längere Beziehungen gehabt. Doch bei keinem ihrer Ex-Freunde hatte sie gedacht, den richtigen Mann für sich gefunden zu haben. Lisa hingegen war inzwischen seit fast zehn Jahren mit Max, dem ersten und einzigen Mann in ihrem Leben verheiratet. Ihre Kinder Lola und Matti waren acht und sechs Jahre alt und, so schien es Marie zumindest, die Welt, um die ihre Freundin sich drehte. Lisa war kurz nach ihrer Ausbildung zur Steuerfachangestellten schwanger geworden. Max, der einige Jahre älter war als ihre Freundin, war schon damals ein ziemlich erfolgreicher Fachanwalt und fest in einer international tätigen Anwaltskanzlei angestellt gewesen. Daher hatten sie gemeinsam beschlossen, dass Lisa beruflich zurückstecken und sich voll und ganz auf die gemeinsame Familie konzentrieren würde. Ein Schritt, den Marie bis heute nicht nachvollziehen konnte. Natürlich wollte auch sie irgendwann einen Mann und Kinder haben. Aber sie konnte sich beim besten Willen nicht vorstellen, sich derart abhängig zu machen. Während sie selbst auch bestens allein zurechtkam und das Alleinsein manchmal sogar genoss war es praktisch unmöglich, Lisa einmal ohne ihren Mann oder mindestens eines ihrer Kinder anzutreffen. Ihre Freundin war eine dieser Frauen, bei der aus dem „ich" ein „wir" geworden war. Doch obwohl Marie dieses klassische Rollenbild einer Frau verabscheute, liebte sie ihre beste Freundin über alles. Lisa schien nach wie vor mit ihrem Mann glücklich wie am ersten Tag zu sein und so war sie die einzige Frau, die Marie für diesen Lebensstil nicht offen verachtete. „Das kannst du laut sagen", seufzte sie jetzt und warf durch das große Dachfenster ihrer Wohnung einen Blick hinaus auf den Hof. Der Porsche dieses neureichen Schönlings war glücklicherweise verschwunden und Marie war sich sicher, dass auch die Liebstädts gerade darüber sprachen, was vorgefallen war. „Aber ich sage dir eins Lisa: Wenn der Kerl glaubt, dass er damit so einfach durchkommt, dann irrt er sich ganz gewaltig." Lisa am anderen Ende der Leitung kicherte. „Wahrscheinlich ist er wieder einer dieser Typen, die nur deine hübsche Fassade sehen und denen dabei gar nicht auffällt, dass du Haare auf den Zähnen hast." Jetzt musste auch Marie lachen. „Na ja", erwiderte sie. „Ich glaube, ich habe meinen Standpunkt ziemlich deutlich gemacht." „Glaubst du wirklich, dass er einfach…", begann Lisa, wurde jedoch im nächsten Moment von einem lauten Heulen unterbrochen. „Du, Marie, ich muss Schluss machen. Ich glaube, Matti hat Lola gerade einen Bauklotz über den Kopf gezogen." Marie kicherte obwohl sie wusste, dass das in diesem Moment alles andere als angebracht war. Ihre Freundin hatte gerade wahrscheinlich die Panik in den Augen stehen. „Ok, dann grüß die beiden Süßen von mir und sag ihnen, sie sollen sich vertragen", meinte sie deshalb. „Mach ich", sagte Lisa und da das Heulen nun lauter wurde vermutete Marie, dass sie auf dem Weg zu den Kindern war. „Ich melde mich wieder." Damit hatte ihre Freundin aufgelegt. Marie legte ihr Handy auf der kleinen Kommode neben dem bequemen Sofa ab und fuhr sich mit den Fingern durch die langen Haare, während sie ihren Blick aus dem Fenster über die großzügigen

Weiden hinter dem Hof schweifen ließ. Lotta und Balou, das alte Zirkuspony mit dem lustig gepunkteten Fell, beknabberten sich gerade genüsslich und pflegten sich gegenseitig das Fell. Marie musste unwillkürlich lächeln. Sie konnte nicht zulassen, dass diese Pferde, die ihr alles bedeuteten, ihr Zuhause und damit zwangsläufig auch ihr Leben verlieren würden. Koste es, was es wolle.

Kapitel 6

„Wirklich so schlimm?“ Lukas Mahler sah Manuel mit hochgezogenen Augenbrauen über seinen massiven Schreibtisch hinweg an. „Schlimm ist nicht der richtige Ausdruck“, erwiderte dieser und stellte klirrend sein Wasserglas auf dem kleinen Glastisch neben sich ab. „Katastrophal trifft es wohl eher.“ Er hatte seine Sekretärin am Morgen gebeten, sich mit dem Immobilienbüro Mahler in Verbindung zu setzen, um möglichst schnell einen Termin zur Besichtigung seines Erbes veranschlagen zu können. Manuel und Lukas kannten sich schon seit Jahren, und so war es wenig überraschend gewesen, dass Frau Bartels ihrem Vorgesetzten einen Besprechungstermin für den frühen Nachmittag präsentieren konnte. Manuel wusste, dass Lukas, der nach dem Studium direkt als Teilhaber in die sehr erfolgreiche Immobiliengesellschaft seines Vaters eingestiegen war, dafür einen anderen Kunden auf einen späteren Termin vertröstet haben musste. Doch das sollte ihm nur recht sein. Sein Freund fuhr sich mit der Hand durch das kurze dunkle Haar. „Also gut“, sagte er dann. „Ich werde mich darum kümmern. Allerdings halte ich es für keine gute Idee, den Hof abzureißen und dann das Land zu verkaufen.“ Manuel zog die Augenbrauen zusammen und verschränkte die Arme vor der Brust. Dass Lukas ihm jetzt einen Strich durch die Rechnung machte konnte er überhaupt nicht gebrauchen. „Und warum nicht?“ Der Makler ließ sich auf seinen breiten Ledersessel fallen und legte die Hände auf dem Schreibtisch ineinander. „Weil du es nicht bis zum Ende durchdacht hast, Manuel“, sagte er und sah dem jungen Mann in die Augen. „Natürlich wirst du das Grundstück auch so loswerden, das steht außer Frage. Die Leute sind momentan wieder ganz heiß auf Grundstücke auf dem Land. Aber hast du mal daran gedacht, was dich der Abriss und die Entsorgung kosten würden? Da bleibt am Schluss nicht mehr viel übrig.“ Er schüttelte leicht den Kopf. Mist, daran hatte Manuel tatsächlich nicht gedacht. „Und was schlägst du vor?“, fragte der deshalb und sah Lukas an. Dessen Gesicht begann zu leuchten, als habe er gerade ein Heilmittel gegen jegliche Krankheiten entwickelt. „Ich würde sagen, wir lassen alles so, wie es ist. ‚Do it yourself‘ ist absolut im Trend. Ich habe ständig Kunden, die heruntergekommene Immobilien für kleines Geld suchen. Da stecken sie zwar meistens noch jede Menge Kohle für die Renovierung rein, aber am Ende sind sie glücklich, weil sie sich aus einer Bruchbude ein echt schönes Zuhause gemacht haben.“ Manuel nickte. „Klingt gut.“ „Ich sage dir allerdings sofort, dass es bei einem Objekt von dieser Größe etwas länger dauern kann, einen passenden Käufer zu finden. Wahrscheinlich ist das eher was für jemanden, der es kommerziell nutzen will. Aber du musst schließlich auch bedenken, dass du die Mieter nicht von heute auf morgen auf die Straße setzen kannst. Insbesondere, wenn sie tatsächlich schon so lange dort wohnen, wie du gesagt hast.“ Manuel seufzte.

„Die Mieter werden wohl das größte Problem werden." Unwillkürlich hatte er wieder Martina vor Augen, wie sie weinend das Gesicht in ihren Händen vergrub. Und Maries haselnussbraune Augen, die ihn wütend anstarrten. Er schüttelte den Kopf. Lukas Mahler lachte leise auf. „Das ist doch nichts, was du mit deinem Charme nicht lösen könntest."

Am nächsten Morgen hatte Manuel eine E-Mail vom Immobilienbüro Mahler in seinem Postfach. Lukas hatte ihm schon am Vortag gesagt, dass seine Sekretärin ihm eine Liste mit den Unterlagen, die er für die Vorbereitung des Verkaufs benötigte, schicken würde. Er warf einen flüchtigen Blick darauf. Einige der Daten würde er sich vor Ort holen müssen. Er seufzte. Sein Plan, den ‚Sonnenhof' nicht noch ein weiteres Mal zu betreten, war also schon gescheitert. „Frau Bartels, können Sie bitte einmal kommen?", fragte er durch die Gegensprechanlage seines Telefons und schon Sekunden später stand seine Sekretärin in der Tür. „Was kann ich für Sie tun, Herr Eberth?", fragte die ältere Frau mit dem rundlichen Gesicht und sah ihren Chef über ihre Brille hinweg an. „Ich hätte eine Bitte", sagte er und schrieb etwas auf das Blatt Papier vor sich. Die Sekretärin trat an seinen Schreibtisch heran. Manuel schob den Zettel zu ihr hinüber und sie konnte mehrere Namen und eine Adresse darauf lesen. „Ich würde Sie bitten, diesen Leuten in meinem Namen eine Kündigung des Mietverhältnisses zu schreiben. Das endgültige Datum lassen Sie bitte noch frei." Frau Bartels nickte. „Und dann legen Sie mir die Umschläge bitte auf meinen Schreibtisch. Ich bringe sie am Wochenende persönlich vorbei“, meinte er und wandte sich seinen Unterlagen zu.

Am nächsten Wochenende machte Manuel sich erneut auf den Weg zum ‚Sonnenhof‘. Während der Fahrt fiel sein Blick immer wieder auf die beiden blütenweißen Briefumschläge, die neben ihm auf dem Beifahrersitz lagen. Diese Umschläge würden Ärger bedeuten, dessen war er sich sicher. Insgeheim hoffte der junge Mann, dass keiner der Mieter sich gerade auf dem Hof befand und er die Kündigungen einfach in die Briefkästen werfen und schnellstmöglich wieder verschwinden konnte. Bis er das nächste Mal dort auftauchen würde, um sich die fehlenden Unterlagen zu besorgen, hätte sich die Lage vielleicht schon etwas beruhigt. Doch leider wurde diese Hoffnung schon im Keim erstickt, als er seinen Porsche über die holprige Einfahrt auf den Hof lenkte. Martina und Thomas führten gerade zwei Pferde über das Kopfsteinpflaster und auch Maries rotes Fahrrad stand wieder an das Tor der großen Scheune gelehnt. Manuel überlegte, ob er die Liebstädts nach den fehlenden Daten fragen und die Briefe anschließend einfach per Post schicken sollte. Doch dann kam ihm dieser Gedanke selbst kindisch vor. Schließlich war er ein erwachsener Mann. Mehr, als dass die Bewohner wütend wurden und ihn beschimpften oder Martina erneut in Tränen ausbrach konnte ja nicht passieren. Manuel parkte seinen Sportwagen vor dem Wohnhaus, straffte die

Schultern und ging über den Hof in die Richtung, in die die Liebstädts mit den Pferden verschwunden waren. Er hatte gerade einige Schritte gemacht, als Paulchen, der große Mischlingshund neben ihm auftauchte und ihn freudig mit dem buschigen Schwanz wedelnd begrüßte. In weiser Voraussicht hatte Manuel sich heute für ein etwas sportlicheres Outfit mit Jeans und einem braunen Kaschmirpullover über dem weißen Hemd entschieden. Zumindest waren hierauf die Tierhaare, die praktisch unvermeidbar waren, sobald man den Hof betrat, nicht ganz so auffällig wie auf seiner Anzughose. Der junge Mann strich dem Hund über den Kopf und musste zugeben, dass die Berührung des weichen Fells und ein Blick in die großen braunen Augen tatsächlich etwas Beruhigendes hatte. „Dann wollen wir mal", sagte er schließlich und ging festen Schrittes in Richtung Stall. Die beiden Umschläge hatte er in die Innentasche seines kurzen, dunklen Wollmantels gesteckt. „Guten Morgen", sagte Manuel, als er durch die Stalltür trat und bemerkte wie Martina, nachdem sie ihm einen kurzen Blick zugeworfen hatte, schleunigst durch die Hintertür verschwand. „Guten Morgen", entgegnete ihr Mann knapp und es war nichts von dem warmen, herzlichen Unterton, den Manuel von Thomas kannte, herauszuhören. Hinter sich vernahm er ein genervtes Aufstöhnen und als er sich umwandte sah er gerade noch, wie Marie mit den Augen rollte und sich dann wieder der Schubkarre voller Mist zuwandte. Manuel rümpfte die Nase. „Thomas, ich brauche noch ein paar Daten zu dem Grundstück. Würdest du mir bitte zeigen, wo mein Vater die Unterlagen aufbewahrt hat?", sagte er und sah den Freund seines Vaters erwartungsvoll an. Dieser seufzte und lehnte die Mistgabel, mit der er gerade das Stroh in den Pferdeboxen verteilte, an die Wand. Dann ging er an dem jungen Mann vorbei in Richtung Wohnhaus und Manuel folgte ihm ohne ein weiteres Wort. Im Haus führte Thomas Manuel zu dem alten Arbeitszimmer seines Vaters und öffnete die Tür. „Im Schreibtisch. Du als Büromensch wirst dich wohl allein zurechtfinden", meinte er mit einem abfälligen Blick, machte auf dem Absatz kehrt und verschwand. Manuel machte einen Schritt in den Raum. Auch hier sah es, wie im restlichen Teil des Hauses auch, noch genauso aus wie früher. An der Wand unter dem Fenster stand der alte Schreibtisch, daneben ein kleiner Aktenschrank. Die Tapeten und Vorhänge waren inzwischen vergilbt und das Fenster schien seit Jahren nicht mehr geputzt worden zu sein. Manuel öffnete es, um etwas frische Luft in den Raum zu lassen. Dann setzte er sich auf den gepolsterten Holzstuhl und durchforstete die Schubladen auf der Suche nach den benötigten Unterlagen. Offenbar war sein Vater trotz seines gesundheitlichen Zustands bis zum Ende noch äußerst pingelig mit seinen Akten gewesen, denn Manuel wurde schnell fündig und hatte schon nach wenigen Minuten alle Daten zusammen. Er wollte gerade seinen Ordner zuklappen und aufstehen, als er Schritte hinter sich hörte und im nächsten

Moment Thomas im Türrahmen stand. „Kommst du zurecht?“, fragte er und seine Stimme klang jetzt weicher. „Ja, ich habe schon alles“, antwortete Manuel und schluckte. Das würde jetzt kein Spaß werden. „Thomas“, sagte er und machte ein paar Schritte auf den Mann zu, der ihn jetzt misstrauisch ansah. „Ich weiß, ihr lebt schon lange hier. Aber das alles hier, das ist ein Fass ohne Boden. Es gibt keinen Quadratmeter auf diesem Hof, der nicht kernsaniert werden müsste.“ „Das weiß ich doch, Manuel“, entgegnete sein Gegenüber und sah ihm fest in die Augen. „Aber wir haben gute Ideen. Wir können richtig was aus dem ‚Sonnenhof‘ machen!“ Manuel schüttelte langsam den Kopf. Dann seufzte er, griff in die Innentasche seines Mantels und hielt seinem Mieter den kleinen Umschlag hin. „Was ist das?“, fragte dieser und ging einen Schritt zurück. „Ich bleibe dabei“, antwortete Manuel und seine Gesichtszüge wurden hart. „Der ‚Sonnenhof‘ wird verkauft. Das hier ist die Kündigung des Mietverhältnisses. Ich habe euch ausreichend Zeit eingeräumt, um eine neue Wohnung zu finden.“ Fassungslos starrte Thomas den jungen Mann an. „Du willst das also wirklich durchziehen?“, fragte er. Manuel entschied, nicht darauf einzugehen und starrte einfach geradeaus. „Deine Mutter würde…“, setzte der ältere Mann an, doch Manuel ließ ihn nicht ausreden. Er starrte den Freund seiner Familie wütend an. „Wag es nicht, diesen Satz zu Ende zu sprechen“, zischte er und ging dabei einen Schritt nach vorne. Einen Moment herrschte angespanntes Schweigen zwischen den Männern, dann hielt Manuel Thomas den Briefumschlag erneut hin, doch diesmal mit deutlichem Nachdruck. Der ältere Mann schüttelte den Kopf. „Tut mir leid“, murmelte er, nahm seinem Gegenüber den Umschlag aus der Hand und starrte ihn einen Augenblick ausdruckslos an. Dann drehte er sich um und ging hinaus. Manuel verließ das Arbeitszimmer und sah sich einen Moment lang unentschlossen um. Am Ende des Flures lag das Schlafzimmer seines Vaters. Der Raum, den er bei seiner ersten Besichtigung bewusst gemieden hatte. Und auch jetzt war er sich mehr als unsicher, ob er dieses Zimmer wirklich betreten sollte. Die Tür dieses Raumes schien eine unsichtbare Grenze zu bilden. Die Grenze, die den Michael Eberth, den alle kannten, von Michael Eberth, seinem Vater, trennte. Einem Vater, der ihm fremd war. Trotzdem, Manuel musste einfach wissen, wie er zuletzt gelebt hatte. Einen Moment lang blieb er vor der verschlossenen Tür stehen. Aus irgendeinem Grund fühlte er sich wie ein kleiner Junge, der wusste, dass hinter der Tür ein Monster auf ihn wartete. Manuel atmete einmal tief durch und wischte sich die feuchten Hände am Mantel ab. Dann drückte er die Klinke hinunter.

Kapitel 7

Manuel blickte sich in dem kleinen Raum, den sein Vater zum Schluss als Schlafzimmer genutzt hatte, um. Früher war dies eine Art Hobbyraum seiner Mutter gewesen. Hier hatte sie genäht, gestrickt oder einfach in dem breiten Polstersessel in der Ecke gesessen und gelesen. Der Sessel stand auch heute noch da. Er schien in all den Jahren nicht einen Zentimeter verschoben worden zu sein. Manuel strich über den samtigen Stoff. Seine Mutter hatte diesen Sessel eines Tages von einem Flohmarkt mitgebracht. Der Bezug war vollkommen verdreckt und voller Flecken gewesen und Linda Eberth hatte ihn in wochenlanger Arbeit eigenhändig neu bezogen. Generell war sie handwerklich sehr geschickt gewesen. Ein Talent, dass sie eindeutig nicht an ihren Sohn weitergegeben hatte. Manuel konnte selbst im Schlaf noch mit allerhand Zahlen und Paragrafen jonglieren, aber bei allem anderen hatte er zwei linke Hände. Selbst für das einfache Auswechseln einer Glühbirne bestellte er den Hausmeister in seine luxuriöse Wohnung. Den jungen Mann störte diese Tatsache auch nicht weiter. Schließlich gab es Menschen, die Geld dafür bekamen, solche Dinge zu erledigen. Manuel stellte fest, dass er den Raum mit vollkommen falschen Erwartungen betreten hatte. Wenn er ehrlich war, hatte er einen dunklen, muffigen Raum erwartet, der über und über mit leeren Bier- und Schnapsflaschen vollstand und in dem sich der restliche Müll an den Wänden hochstapelte. Stattdessen war das Zimmer ordentlich und es war offensichtlich vor Kurzem gelüftet worden. Sogar das Bett war gemacht und auf dem kleinen Nachttisch stand eine Vase mit frischen Blumen. Von leeren Alkoholflaschen war nichts zu sehen. Mit seinen warmen Brauntönen und den cremefarbenen Gardinen wirkte der Raum richtig gemütlich. Manuel vermutete, dass bei alldem Martina eine nicht zu unterschätzende Rolle gespielt hatte. Wahrscheinlich hatte sie im Alleingang das Zimmer renoviert und sein Vater hatte es einfach hingenommen. Und auch jetzt schien es der älteren Frau wichtig zu sein, dass Michael Eberth nicht sofort vergessen und sein Andenken nicht beschmutzt wurde.

Der Blick des jungen Mannes fiel auf ein offenes, breites Holzregal, dass an der Wand neben dem Sessel stand. Es war von oben bis unten voll mit Büchern. Sein Vater war immer schon ein begeisterter Leser gewesen. Manuel machte einen Schritt auf das Regal zu und studierte die Titel. ‚Der Hobbit', ‚Eragon', ‚Das Lied von Eis und Feuer' – Michael Eberth hatte fantastische Geschichten geliebt. Manuel fuhr langsam mit dem Finger über die Buchrücken. Er suchte einen besonderen Titel. Ganz oben, in einem schwarzen Einband beinahe unscheinbar stand sie. Die deutsche Erstausgabe von ‚Der Herr der Ringe – Die Gefährten'. Das unangefochtene Lieblingsbuch seines Vaters. Manuel zog das Buch hinaus und strich über den abgegriffenen Einband. Sein Vater musste es dutzende Male gelesen haben. Er erinnerte sich, wie oft seine Mutter erzählt hatte, dass ihr Mann Tolkiens Werk jeden Abend im Bett zur Hand genommen hatte, aber jedes Mal schon nach wenigen Zeilen eingeschlafen war. Manuel schluckte, als ihm das Bild, wie sie Michael Eberth bei dieser Geschichte jedes Mal liebevoll angesehen hatte, vor Augen erschien. Er wollte das Buch gerade wieder an seinen Platz zurückstellen, als plötzlich etwas zwischen den Seiten herausrutschte. Manuel presste die Seiten fest aufeinander, damit das kleine Stück Papier nicht auf den Boden fiel. Es war ein Foto. Ihm stockte der Atem. Das Bild lugte nur ein winziges Stück zwischen den Seiten hervor, doch auch so wusste er, was darauf zu sehen war. Es war an Manuels erstem Schultag entstanden. Thomas hatte es geschossen. Manuel hatte stolz in die Kamera gegrinst. Ein kleiner, blonder Junge mit strahlend blauen Augen und einer riesigen Zahnlücke. Mit einer selbstgebastelten, kunterbunten Schultüte im Arm, links und rechts seine stolzen Eltern. An diesem perfekten Tag hätte wahrscheinlich niemand gedacht, dass diese glückliche Familie nur wenige Jahre später zerbrochen sein würde. Das Herz von Manuel begann wie wild zu schlagen. Mit zittrigen Fingern griff er nach dem Foto. Unsicher, ob er es tatsächlich vollständig aus dem Buch ziehen und sich damit beinahe unvermeidlich ein Stück weit seiner Vergangenheit stellen sollte. Er presste die Lippen aufeinander. Ok, er würde damit klarkommen. Die Erinnerungen an die feinen Gesichtszüge seiner Mutter waren mit den Jahren verblasst und Manuel musste sich eingestehen, dass das Verlangen, sie sich wieder ins Gedächtnis zu rufen, in diesem Moment beinahe übermächtig wurde. Er musste einfach einen Blick auf dieses Bild werfen. Langsam ließ er das glänzende Papier durch die Seiten gleiten. Die bunte Schultüte wurde sichtbar. Manuels Zahnlücke. Seine glücklich leuchtenden Augen. Gerade, als das ansteckende Lächeln seiner Mutter am unteren Bildrand auftauchte, hallte ein ohrenbetäubender Knall durch das ganze Haus. Irgendjemand hatte die Haustür mit Schwung zugeworfen. Und dieser jemand stapfte nun mit festen Schritten in Richtung des Schlafzimmers. Manuel räusperte sich und stellte das Buch schnell wieder zurück in seine Lücke. Die Schritte verstummten. Manuel ahnte bereits, was jetzt kam. Langsam drehte er sich zur Tür um. Darin stand Marie, die Hände links und rechts in die Hüften gestemmt, und funkelte ihn wütend aus ihren braunen Augen an.

Kapitel 8

„Sind Sie eigentlich vollkommen irre?“ Maries Stimme überschlug sich beinahe vor Wut. Dieser Manuel Eberth konnte doch nicht ganz dicht sein! Als Thomas Liebstädt eben mit hängenden Schultern zurück in den Stall gekommen war, hatte sie auf den ersten Blick gesehen, dass irgendetwas ganz und gar nicht stimmte. Ihr Mitbewohner war blass gewesen und hatte Mühe gehabt, seine Tränen zurückzuhalten. „Thomas, was ist denn los?“, hatte Marie gefragt und statt einer Antwort hatte der Mann ihr bloß einen kleinen Umschlag hingehalten und ins Leere gestarrt. Sie hatte sofort gewusst, was sich in dem Briefumschlag befand. Aber trotzdem hatte sie das Stück Papier darin mit zittrigen Fingern herausgezogen und die Zeilen darauf immer und immer wieder gelesen. „Sehr geehrte Frau Liebstädt, sehr geehrter Herr Liebstädt, leider muss ich Ihnen heute mitteilen, dass ich mich entschieden habe, das zwischen uns bestehende Mietverhältnis zu kündigen. Diese Kündigung erfolgt aus Gründen des Eigenbedarfs. In Zukunft soll das Grundstück kommerziell bzw. als Bauland genutzt werden. Ich bitte Sie, die o. g. Objekte innerhalb der gesetzten Kündigungsfrist von sechs Monaten zu räumen. Mit freundlichen Grüßen, Manuel Eberth.“

„Das kann doch nicht wirklich sein Ernst sein?“, hatte Marie gerufen und das Blatt Papier wütend auf den Boden geworfen. „Ich…ich weiß gar nicht, wie ich das Martina beibringen soll.“ Thomas war vollkommen verzweifelt gewesen, während Marie sich mit Daumen und Zeigefinger über die Augen gerieben hatte. „Mach dir keine Sorgen, Thomas“, hatte sie wild

entschlossen gemeint. „Diesen neureichen Schönling knöpfe ich mir vor."

Jetzt stand Marie in der Tür zu Michael Eberths altem Schlafzimmer und starrte dessen Sohn, der in der Ecke vor dem Bücherregal stand und sich jetzt langsam zu ihr umdrehte, wütend entgegen. Er wiederum legte die Stirn in Falten und kniff die Augenbrauen zusammen. „Bei allem Verständnis, Frau Kirschner", entgegnete er und steckte provozierend – so jedenfalls kam es Marie vor – die Hände in die Hosentaschen. „Ich bin Ihnen und Ihren Mitbewohnern mit vollstem Respekt entgegengetreten. Und ich denke, das Gleiche kann ich auch von Ihnen erwarten." Marie schnappte nach Luft. Dieser Kerl schien sich auch noch im Recht zu fühlen! „Das nennen Sie jemandem mit Respekt begegnen? Ihn ohne Rücksicht auf Verluste einfach vor die Tür zu setzen?" „Von einfach vor die Tür setzen hat hier niemand gesprochen, Frau Kirschner. Ich habe eine angemessen lange Frist zur Räumung gesetzt. Ich verstehe, dass es nicht einfach sein wird, die Tiere anderweitig unterzubringen. Aber wenn Sie eine bessere Lösung parat haben, dann gerne her damit." Marie sah, wie der blonde Mann sie mit seinen stahlblauen Augen musterte. Trotzig reckte sie das Kinn vor und verschränkte die Arme vor der Brust. „Ich an Ihrer Stelle würde mit allen Mitteln versuchen, mein Elternhaus zu behalten. Sie haben doch genug Geld!", fuhr sie auf und presste die Lippen aufeinander. Manuel hatte den Kopf ein wenig zur Seite geneigt, ohne den Blick von ihr abzuwenden. Jetzt lachte er leise auf. „Ich denke nicht, dass ich vor Ihnen meine Finanzen darlegen muss", meinte er spitz. „Wie ich sehe haben Sie also auch keine bessere Idee für mich." Sein arroganter, abwertender Tonfall ließ Marie die Zornesröte ins Gesicht steigen. Was dachte der Kerl eigentlich, wer er war, dass er sie behandelte wie ein kleines Mädchen? „Sie sind ein arroganter, neureicher Angeber, Herr Eberth! Mit Ihrem gestriegelten Äußeren machen Sie vielleicht einen seriösen Eindruck, aber charakterlich herrscht bei Ihnen ein komplettes Vakuum!", schrie sie den jungen Mann an und musste sich ernsthaft zügeln, um ihm nicht noch andere Dinge an den Kopf zu werfen, die sie später vielleicht bereuen würde. Manuel hingegen schien vollkommen gelassen zu sein. Beinahe kaltschnäuzig. Er griff ruhig in die Innentasche seines Mantels und zum Vorschein kam ein weißer Briefumschlag, wie auch Thomas ihn vorhin in der Hand gehabt hatte. Marie schluckte. Natürlich hatte sie nicht erwartet, dass sie auf dem ‚Sonnenhof' bleiben konnte, wenn die Liebstädts ihn verlassen mussten. Doch dieser Umschlag machte das offensichtliche Ende ihres Traums vom Leben auf diesem Hof jetzt real. „Auch wenn Sie noch nicht so lange hier wohnen, ich gebe Ihnen ebenfalls sechs Monate Zeit, um eine neue Wohnung zu finden", sagte Manuel jetzt und hielt ihr die Kündigung hin. Unwillkürlich ging Marie einen Schritt nach hinten. Natürlich war das vollkommen sinnlos, doch die junge Frau hatte das Gefühl, dass es endgültig kein Zurück mehr gab, wenn sie dieses Stück Papier erst in den Händen hielt. Sekundenlang standen Manuel und Marie sich gegenüber und starrten sich in die Augen. „Wenn Ihr Vater wüsste…", setzte Marie nach einer fast unerträglichen Pause an. Doch der Rest des Satzes blieb ihr beinahe im Halse stecken, als sie sah, wie sich Manuels Blick innerhalb von Sekundenbruchteilen verfinsterte. „Sie haben kein Herz, Herr Eberth. Sie können einem einfach nur leidtun", zischte sie stattdessen und riss ihm wütend den Briefumschlag, den er noch immer vor sich hielt, aus der Hand. Dann machte sie auf dem Absatz kehrt und stampfte die Treppe zu ihrer Wohnung unter dem Dach hinauf. „Warum machen Sie es uns allen nur noch schwerer, als es sowieso schon ist?“, rief Manuel ihr hinterher und folgte ihr bis an den Fuß der breiten Holztreppe. Doch statt einer Antwort bekam er nur ein lautes Türenknallen.

Manuel atmete ein paar Mal tief durch. Auch wenn er es nicht gezeigt hatte, so hatte ihn diese Diskussion gehörig aufgewühlt. Seine Hände waren feucht und das Herz schlug ihm bis zum Hals. Er seufzte und rieb sich mit den Fingern über die Augen. Das war ja wirklich großartig gelaufen.

Kapitel 9

„Ok, du hast wirklich nicht übertrieben." Manuel stand mit Franz und Lukas Mahler im Innenhof des heruntergekommenen Hofes und fuhr sich mit den Fingern durch die blonden Haare. Er sah seinem Freund an, dass dieser regelrecht schockiert war und auch sein Vater ließ skeptisch seinen Blick schweifen. Der Seniorchef hatte es für sinnvoll erachtet, sich persönlich ein Bild vom Zustand des Hofes zu machen, bevor sein Büro diesen in sein Portfolio aufnahm und potenziellen Kunden vorstellte. Also waren die drei Männer am nächsten Sonntagvormittag in Richtung des ‚Sonnenhofs' aufgebrochen, obwohl es schon in der Nacht wie aus Eimern geschüttet hatte. Der dauerhafte Regen der letzten Tage kam dem Anwesen nicht gerade zugute. Die Einfahrt war so matschig, dass Manuels Porsche nun aussah, als sei er im tiefsten Outback unterwegs gewesen. Der Innenhof stand beinahe vollständig einige Zentimeter unter Wasser. Manuel klappte den Kragen seines Mantels hoch, um sich vor dem eisigen Wind zu schützen. „Ich hole mal jemanden, der uns die Ställe aufschließen kann", meinte er dann und machte sich auf den Weg zum Wohnhaus. Noch während er auf dem Weg dorthin hoffte, dass ihm einer der Liebstädts und nicht Marie die Tür öffnen würde, erschien Thomas im Türrahmen und sah ihn misstrauisch an. „Hallo Manuel", begrüßte er den jungen Mann und warf einen Blick an ihm vorbei. „Kann ich euch weiterhelfen?" Manuel blieb einige Meter vor dem

Haus stehen und vergrub die Hände in seinen Manteltaschen. „Wir würden uns gerne die Ställe ansehen." Thomas nickte und verschwand im Haus, um sich seinen alten, zerschlissenen Filzmantel und eine Wollmütze zu holen. Manuel ging währenddessen zurück zu den beiden Maklern, die bereits damit beschäftigt waren, die ersten Fotos des Innenhofes zu machen und sich angeregt unterhielten. Als Thomas an ihnen vorbei in Richtung der Stallungen ging und die Tür aufschloss zog Franz Mahler aus seiner Tasche einen schmalen Aktenordner. Er schlug ihn auf und notierte sich wortlos einige Dinge, während Thomas nervös von einem Fuß auf den anderen trat und Manuel eines der Pferde dabei beobachtete, wie es sein Heu kaute. Dann räusperte Lukas sich. „Ich habe dir ja schon gesagt, dass es bei einem Objekt von dieser Größe natürlich einige Zeit dauern kann, bis ich einen passenden Käufer dafür gefunden habe", meinte er dann an Manuel gewandt. „Und der Zustand des Hofes macht es natürlich nicht unbedingt einfacher." Manuel sah im Augenwinkel, wie Thomas neben ihm die Lippen aufeinanderpresste und die Augenbrauen zusammenzog. Dann nickte er seinem Freund zu. „Die Mietverträge laufen noch ein halbes Jahr", erklärte er ihm und fühlte, wie sich der Blick des Hofbewohners in seinen Rücken bohrte. „Ich würde gerne das Wohnhaus von innen sehen, wenn es Ihnen nichts ausmacht", sagte Lukas an Thomas gewandt. „Natürlich", entgegnete dieser und wandte sich zum Gehen. Die Männer folgten ihm über den Hof und ins Haus, wo Lukas' Vater sich erneut einige Notizen machte. „Du sagtest, in dem Haus befindet sich noch eine Einliegerwohnung?", fragte er und blickte zu Manuel, der sich neben den offenen Kamin gestellt hatte, um sich ein wenig aufzuwärmen. Das Knistern des Feuers hatte ihn einen Moment in seine Kindheit zurückversetzt. „Ja…ähm…", erwiderte Manuel auf der Suche nach den richtigen Worten. Er wollte es in jedem Fall vermeiden, eine erneute Diskussion mit Marie vom Zaun zu brechen. „Da können wir jetzt gerade nicht rein. Ich schicke euch die Fotos davon später." Manuel sah, wie es um die Mundwinkel der Liebstädts verdächtig zuckte. Natürlich hatten sie seine letzte Auseinandersetzung mit Marie mitbekommen. Selbst wenn sie nicht laut und deutlich gehört hatten, wie die beiden sich angeschrien hatten, so hatte Marie ihnen sehr wahrscheinlich davon erzählt. Dass diese kleine, zierliche Frau ihm eine solche Standpauke gehalten hatte war ihm beinahe ein wenig peinlich. Und diese Situation wollte er unter keinen Umständen noch einmal, und noch dazu vor den Augen der Mahlers, erleben. „In Ordnung", meinte Franz Mahler und schob die Unterlagen zurück in seine Tasche. Dann seufzte er. „Ich will ehrlich zu dir sein, Manuel. Den Hof in diesem Zustand zu verkaufen ist nahezu unmöglich. Das ist eine einzige Baustelle. Ich weiß, dass du mit Lukas etwas anderes besprochen hast. Aber ich denke, dass es tatsächlich am sinnvollsten ist, hieraus Bauland zu machen. Ich kann dir gerne einige Kontakte vermitteln, um den Abriss so kostengünstig wie möglich zu gestalten." Manuel sah im Augenwinkel, wie Lukas neben ihm sich nervös die Hände knetete. „Sie denken also, es macht überhaupt keinen Sinn, den Hof so anzubieten?", fragte er und blickte den Gründer der Immobiliengesellschaft an. Dieser schüttelte den Kopf. „Nimm es mir nicht übel, aber wahrscheinlich wäre die Versicherungssumme, wenn das alles hier in Flammen aufgehen würde, höher als der Gewinn bei einem Verkauf." Die Liebstädts, die bis eben noch nebeneinander auf dem Sofa gesessen und betreten zu Boden gesehen hatten, schnappten jetzt hörbar nach Luft. Im nächsten Moment hörte Manuel hinter sich ein wütendes Schnauben und näherkommende Schritte. „Na toll", murmelte er und rieb sich mit den Fingern über die Augen. Lukas sah ihn fragend an. Dann hellte sich sein Gesicht auf. „Guten Morgen", sagte er, als Marie um die Ecke kam, und streckte ihr zur Begrüßung die Hand entgegen. Sie blieb abrupt stehen und sah die drei Männer aus zusammengekniffenen Augen an. Manuel hatte sich entschlossen, sich besser gar nicht erst zu ihr umzudrehen. „Mein Name ist Lukas Mahler, mein Vater und ich werden den Verkauf des Hofes abwickeln", sagte sein Freund nun, als die junge Frau seine Begrüßung nicht erwiderte. „Tz", machte sie nur, stapfte wütend an ihnen vorbei und verschwand durch die Haustür. Nicht, ohne Manuel noch einen letzten giftigen Blick zuzuwerfen. „Nett", meinte Lukas und sah seinen

Freund grinsend an. Dieser seufzte, verabschiedete sich kurz von den Liebstädts und ging mit eingezogenem Kopf durch den Regen zu seinem Sportwagen.

„Hübsches Mädchen“, meinte Lukas, als sie kurze Zeit später auf der Landstraße in Richtung München unterwegs waren. Da die beiden jungen Männer beim Mittagessen noch die letzten Details klären wollten, hatte Franz Mahler sich allein auf den Weg zurück in die Stadt gemacht und Lukas hatte auf dem Beifahrersitz des Porsche Platz genommen. „Ich hatte allerdings das Gefühl, dass sie nicht besonders gut auf dich zu sprechen ist.“ „Nicht besonders gut auf mich zu sprechen ist wirklich noch nett formuliert. Ich habe das Gefühl, wir sind wie Hund und Katz. Diese Frau ist eine schreckliche Nervensäge.“ Lukas grinste. „Aber eine wirklich hübsche Nervensäge. Nicht zu vergleichen mit den Püppchen bei uns in München.“ In diesem Punkt musste Manuel seinem Freund leider recht geben. Bei den Frauen in der Stadt zählte in erster Linie das Äußere. Und darauf schienen sie sich nur allzu gerne reduzieren zu lassen. Marie war tatsächlich anders. Und auch, wenn ihn ihre unverschämte und sehr forsche Art überraschte und auch ein wenig nervte, so konnte Manuel nicht leugnen, dass er Marie äußerst anziehend fand. Und das nicht nur auf Grund ihrer natürlichen Schönheit. Sie ließ sich nicht herumkommandieren und stand zu ihrer Meinung. Manuel beeindruckte diese Einstellung. „Du bist schon wieder im Jagdfieber, habe ich Recht?“, riss

Lukas ihn aus seinen Gedanken und Manuel sah den Immobilienmakler ein wenig verwirrt von der Seite an. „Was meinst du?“, fragte er. „Na, du überlegst, wie du die Kleine klarmachen kannst.“ Lukas lehnte sich in dem breiten Ledersitz zurück und grinste. Manuel legte die Stirn in Falten. „So ein Blödsinn. So jemanden binde ich mir garantiert nicht ans Bein.“ Sein Freund lachte kurz auf und sah ihn wissend an. Dann schwiegen die beiden Männer eine ganze Weile. „Und du hast das Anwesen geerbt?“, fragte Lukas in die Stille hinein, als Manuel an einer roten Ampel halten musste. Er nickte kurz, ohne seinen Freund anzusehen. „Direkte Familie?“ „Mein Vater.“ Manuel rutschte nervös auf seinem Ledersitz hin und her. Normalerweise war er immer darauf bedacht gewesen, sein Privatleben aus seinem Freundeskreis herauszuhalten. „Tut mir leid, Mann“, meinte der Immobilienmakler und blickte ihn von der Seite an. „Wir standen uns nicht sehr nahe“, antwortete Manuel knapp. Lukas nickte. „Du hast nie erzählt, dass du auf einem Hof aufgewachsen bist.“ Manuel merkte, wie ihm die Hitze ins Gesicht fuhr. Tatsächlich hatte er niemals mit jemandem über seine Kindheit und frühe Jugend auf dem ‚Sonnenhof‘ gesprochen. Alle seine Freunde dachten, er sei in München aufgewachsen. Einige wussten nicht einmal, dass die Frau, bei der er während seiner Schulzeit lebte, seine Tante und nicht seine Mutter war. „Ist eine lange Geschichte“, entgegnete er nur und war froh, dass Lukas es dabei beließ. Einige Minuten später parkte Manuel seinen

Porsche in der schicken Wohnsiedlung, in der Lukas und seine Frau Anja sich im letzten Jahr ein luxuriöses Einfamilienhaus zugelegt hatten. Schon in wenigen Monaten würden sie hier zu dritt leben, denn kurz nachdem sie eingezogen waren, war Anja schwanger geworden. Manuel hatte das Gefühl, dass das für seinen Freund alles verändert hatte. Er zog am Wochenende nur noch selten mit den Jungs um die Häuser und auch sonst schien er sich verändert zu haben. Er wirkte glücklich, und Manuel hatte sich tatsächlich das ein oder andere Mal dabei erwischt, ihn ernsthaft für das, was er hatte, zu beneiden. Allerdings würde er sich lieber die Zunge abbeißen, als das zuzugeben. „Wann kannst du mir die Fotos von der Wohnung schicken?", fragte Lukas nun und löste seinen Sicherheitsgurt. Manuel überlegte einen Moment. „Ich werde mir morgen einen Tag Urlaub nehmen und früh nochmal rüberfahren. Dann bekommst du sie bis zum Mittag." Der Immobilienmakler nickte. Die beiden Männer verabschiedeten sich und nachdem Lukas ausgestiegen war ließ Manuel den Motor aufheulen und gab Vollgas. Er musste seinen Sportwagen jetzt erst einmal in der Waschanlage in einen annehmbaren Zustand bringen. Und dann würde er sich bei einer Partie Tennis und einer anschließenden Massage im Club entspannen.

Kapitel 10

„Nein, Herr Seibel, das ist wirklich kein Problem. Ich werde pünktlich da sein. Bis nachher!“ Manuel legte auf und konzentrierte sich wieder auf die Straße. Aus dem geplanten Tag Urlaub würde nichts werden. Gerade hatte sein Vorgesetzter ihn angerufen und gebeten, ihn heute Mittag zu einem wichtigen Geschäftsessen mit schwedischen Geschäftspartnern zu begleiten. Glücklicherweise war Manuel zeitig aufgebrochen, um auf dem ‚Sonnenhof‘ die fehlenden Bilder von Maries Wohnung zu machen. Zeitlich durfte es also kein Problem werden, pünktlich zu dem geplanten Essen wieder in der Münchener City zu sein. Allerdings war ihm auf der Fahrt ein ganz anderes Problem in den Sinn gekommen, für das er bisher noch keine Lösung gefunden hatte. Keiner der Bewohner des Hofes wusste, dass er heute dort auftauchen würde. Martina und Thomas Liebstädt würden wahrscheinlich vor Ort sein, doch Manuel war sich nicht sicher, ob sie ihn einfach in Maries Wohnung lassen würden, wenn diese nicht da war. Und das war mit sehr großer Wahrscheinlichkeit der Fall. An einem Montagmorgen konnte man davon ausgehen, dass sie bei der Arbeit war. Wo auch immer das sein mochte. Manuel biss sich auf die Unterlippe. Natürlich würde er die Wohnung nicht einfach ohne ihr Einverständnis betreten. Wie genau er das jedoch bewerkstelligen wollte würde sich noch zeigen.

Als Manuel seinen Wagen vor dem Wohnhaus parkte waren die Liebstädts gerade dabei, einen Anhänger voller Strohballen zu entladen. „Guten Morgen“, sagte er und stellte sich neben Martina, die ihn erstaunt ansah. „Hast du gestern etwas vergessen?“, fragte sie. „Ich… bräuchte noch Fotos von Frau Kirschners Wohnung“, murmelte er und nestelte an seinem Ärmel. Thomas und Martina sahen sich einen Moment lang an, dann beugte Thomas sich durch die Stalltür. „Marie, hier ist jemand für dich!“, rief er. Der junge Mann rieb sich nervös die Hände. Marie steckte ihren Kopf durch die Tür und sah ihn mit zusammengekniffenen Augen an. „Was ist?“, giftete sie, ohne näher zu kommen. Manuel straffte die Schultern. „Ich brauche für den Makler noch Fotos von Ihrer Wohnung“, antwortete er, ohne auf ihren gereizten Ton einzugehen. „Und das konnte nicht gestern erledigt werden?“, konterte die junge Frau. Um Thomas Mund erschien wieder dieses verdächtige Zucken. „Marie“, ging seine Frau dazwischen und sah sie fast schon streng an. „Manuel wird seine Gründe gehabt haben, warum er das nicht gestern schon gemacht hat.“ Manuel sah die Frau neben sich erstaunt an. Er hatte mit allem gerechnet, aber nicht damit, dass Martina ihm jetzt zur Seite stehen würde. Schließlich wusste er, wie sehr er sie damit verletzte, ihr ihr Zuhause nehmen zu wollen. Marie presste wütend die Lippen aufeinander. „Wenn es sein muss“, knurrte sie und stapfte an den anderen vorbei zum Haus. Manuel folgte ihr mit gebührendem Abstand. Als sie in der kleinen

Dachgeschosswohnung ankamen blickte er sich neugierig um. Er kannte diese Räumlichkeiten noch als Dachboden, auf dem alles Mögliche an Gerümpel gelagert wurde, doch Marie hatte ein wunderschönes, gemütliches Zuhause daraus gemacht. Die unterschiedlichen Brauntöne, in denen die Wände und auch der Großteil der Einrichtung gehalten waren, wirkten gleichzeitig edel und wohnlich. Nichts davon war zu grell oder mädchenhaft gestaltet. Die kleine Einbauküche war äußerst modern eingerichtet. „Sie fotografieren hier nichts, was Sie nichts angeht", stellte Marie klar und warf einen Blick hinüber zu der Wand neben dem großen, gemütlichen Sofa, an der eine Vielzahl eingerahmter Bilder hing. Viele von ihnen zeigten Pferde, einige von ihnen hatte Manuel in den letzten Wochen schon auf den Weiden des ‚Sonnenhofs' grasen gesehen. Auch der Hof selbst war zu sehen und Marie, wie sie zusammen mit den Liebstädts in die Kamera lachte. Manuel neigte den Kopf zur Seite. Er hatte bisher nur den wütenden Ausdruck in ihren Augen zu Gesicht bekommen und musste zugeben, dass Marie ein wirklich zauberhaftes Lächeln hatte. Auch die anderen Bewohner des ‚Sonnenhofs' wirkten an ihrer Seite glücklich. Glücklicher, als er sie in den letzten Jahren, in denen er hier gelebt hatte, in Erinnerung hatte. „*Das* ist zum Beispiel etwas, das Sie nichts angeht", fuhr sie ihn nun an. Manuel war so in Gedanken gewesen, dass er bei ihrem plötzlichen scharfen Ton zusammenzuckte. „Entschuldigen Sie", murmelte er. Dann holte er sein Handy aus

der Tasche und suchte nach der richtigen Perspektive, um dem Immobilienmakler aussagekräftige Fotos schicken zu können. Marie stand währenddessen mit vor der Brust verschränkten Armen in der Ecke und starrte missmutig aus dem Fenster. „Sie haben es sich hier schön eingerichtet", versuchte Manuel die unangenehme Stille zu durchbrechen. Marie schnaubte wütend. „Nur blöd, dass ich bald ausziehen muss", meinte sie sarkastisch. „Wie lange wohnen Sie denn hier auf dem Hof?", wagte Manuel einen erneuten Versuch. „Hören Sie, Herr Eberth", keifte Marie und drehte sich mit einem Ruck zu ihm um. „Ich habe es nicht so mit Smalltalk. Und ehrlich gesagt habe ich überhaupt kein Interesse, meinen Urlaub damit zu verschwenden, mit Ihnen ein Gespräch zu führen. Sie wollten Fotos von meiner Wohnung, die bekommen Sie. Für alles andere wenden Sie sich lieber an Ihre Snob-Freunde aus der Stadt."
Manuel starrte sie perplex an. Dann biss er wütend die Zähne aufeinander. Er hatte nur nett sein wollen, und sie fuhr ihn – wieder einmal – so an. Schweigend machte er die letzten Aufnahmen von der Küche und dem Badezimmer. „Ich wäre dann fertig", presste er zwischen zusammengebissenen Zähnen hervor und ließ das Handy zurück in seine Hosentasche gleiten. Marie rauschte an ihm vorbei und stapfte bereits die Treppe hinunter, während er noch die Tür hinter sich zuzog. Als er durch die Haustür trat war sie bereits wieder im Stall verschwunden. Auf dem Weg zum Auto fuhren

Manuels Gedanken Achterbahn. Einerseits konnte er nicht leugnen, dass er Marie wirklich anziehend fand. Sie war eindeutig hübscher als alle Frauen, die er bisher getroffen hatte. Und das sogar ohne besonderen Wert auf ihr Styling zu legen. Außerdem war es eine nette Abwechslung, dass eine Frau ihm auch mal die Stirn bot, statt sich nur nett lächelnd neben ihm zu platzieren und Drinks abzugreifen. Andererseits konnte die Impulsivität der jungen Frau auch ziemlich anstrengend und nervtötend sein. Manuel kam es vor, als wäre ihr Drang, ihre Meinung kundzutun, beinahe zwanghaft. Und dabei interessierte es sie offenbar kein bisschen, ob sie dabei jemandem vor den Kopf stieß. Außerdem war sie absolut rechthaberisch und akzeptierte offenbar keine andere Meinung neben sich. Wenn sie sich einen Weg zurechtgelegt hatte, dann gab es nur einen sehr schmalen Grat rechts und links davon. Und das wahrscheinlich auch nur, wenn sie einen guten Tag hatte. Manuel seufzte. Warum mussten interessante Frauen bloß so kompliziert sein? Manuel öffnete die Fahrertür seines Sportwagens und ließ sich auf den Ledersitz gleiten. Nachdem er den Gurt angelegt hatte, steckte er den Schlüssel ins Zündschloss und wollte den Motor starten – doch nichts passierte. Er drehte den Schlüssel zurück und versuchte es erneut. Mit dem gleichen Ergebnis. Manuel zog die Augenbrauen zusammen. „Was soll das denn jetzt?“, zischte er und wagte einen erneuten Versuch, der ebenso erfolglos endete wie die vorherigen. „Das darf doch jetzt nicht wahr sein“, fluchte er und schlug mit der flachen Hand aufs Lenkrad. Er schaute auf seine Armbanduhr. Wenn er jetzt auf den Pannendienst warten musste würde es knapp werden, noch rechtzeitig zum Geschäftsessen wieder in der Stadt zu sein. Manuel löste den Sicherheitsgurt und stieg wieder aus. Etwas ratlos ging er um sein Auto herum und überlegte, wo das Problem liegen könnte. Doch wenn er ehrlich war, hatte er nicht die leiseste Ahnung, woran es liegen könnte. Technik war nun wirklich nicht sein Steckenpferd. Er blieb vor der Motorhaube des Porsche stehen und starrte den Sportwagen an. „Es wird wohl kein Wunder geschehen", brummte er. „Gibt es ein Problem?", hörte er in diesem Moment eine Stimme hinter sich. Manuel drehte sich um und zu seiner Verwunderung schlenderte Marie langsam auf ihn zu. „Ich weiß nicht", murmelte er. „Mein Auto springt nicht an. Verdammt, ich habe gleich einen wichtigen Termin!" Marie nickte und Manuel runzelte die Stirn. Natürlich wusste er, dass er selbst zwei linke Hände besaß. Aber er konnte sich auch nicht vorstellen, dass diese zierliche Frau mit ihren kleinen, zarten Händen das Problem beseitigen konnte. „Darf ich?", fragte diese nun. Allerdings schien diese Frage rein rhetorisch gewesen zu sein, denn im nächsten Moment hatte sie die Fahrertür schon geöffnet und setzte sich jetzt auf den Fahrersitz. „Hey!", rief Manuel und riss die Augen auf. „Nicht mit den Stallklamotten in mein Auto!" Marie rollte genervt mit den Augen. „Wollen Sie nun pünktlich bei Ihrem Termin sein oder nicht?“ Der junge Mann presste die Lippen aufeinander und verschränkte die Arme. „Also gut“, brummte er. Marie verschaffte sich einen kurzen Überblick über die Funktionen des Sportwagens, dann drehte sie den Schlüssel im Zündschloss. Auch bei ihr sprang der Wagen nicht an. „Das habe ich schon versucht“, kommentierte Manuel von draußen und quittierte dafür einen wütenden Blick, woraufhin er beschwichtigend die Hände hob. „Die Batterie ist leer“, diagnostizierte Marie und stieg aus. „Aber eben lief er doch noch“, entgegnete Manuel und sah sie skeptisch an. Wieder rollte sie mit den Augen. „Sie haben wirklich gar keine Ahnung von Autos, oder?“, fragte sie und verschwand mit langen Schritten in Richtung Wohnhaus. Manuel sah ihr beleidigt hinterher. Na toll, jetzt wusste er zwar, wo das Problem lag. Allerdings ließ diese Tatsache den Wagen auch nicht auf wundersame Weise anspringen. Er überlegte einen Moment, ob er nicht doch den Pannendienst anrufen sollte. Immerhin konnte er dem Mechaniker jetzt sagen, was zu tun war. Allerdings würde das viel zu viel Zeit in Anspruch nehmen. Also öffnete Manuel auf seinem Handy die Suchmaschine und machte sich auf die Suche nach einem Taxiunternehmen vor Ort. Er wollte gerade die Nummer wählen, als Marie wieder aus dem Haus kam. In der Hand hatte sie einen kleinen Kasten, aus dem mehrere Kabel heraushingen. „Was soll das denn jetzt werden?“, fragte er, als die junge Frau neben ihm stehenblieb. „Ich überbrücke Ihr Auto“, antwortete sie und schüttelte leicht mit dem Kopf. „Machen Sie doch bitte einmal die Motorhaube auf." Manuel setzte sich auf den Fahrersitz und blickte ratlos auf die unzähligen Knöpfe auf dem Armaturenbrett. Marie sah ihn an und seufzte. Dann beugte sie sich neben ihm herunter und zog an einem Hebel im Fußraum. Mit einem leisen Klacken öffnete sich die Motorhaube. Manuel atmete den feinen Vanilleduft, der von Marie ausging, ein und musste ein Seufzen unterdrücken. Er liebte diesen Geruch. Marie drehte ihren Kopf in seine Richtung und sah ihn selbstzufrieden an. Einen Moment lang sahen die beiden sich in die Augen, keiner von beiden sagte ein Wort. Dann räusperte Marie sich. „Auf mein Kommando lassen Sie den Motor an", sagte sie und ging um das Auto herum. Sie werkelte einen kurzen Augenblick im Motorraum herum. Dann rief sie „Jetzt!" Manuel drehte den Zündschlüssel und der Motor sprang ohne Probleme an. „Drehen Sie mal die Heizung auf!", hörte er Marie hinter der Motorhaube rufen. Er tat, was sie ihm gesagt hatte und einen kurzen Augenblick später klappte sie die Motorhaube zu. Dann stellte sie sich, wieder mit dem kleinen Kasten in der Hand, neben ihn. „Sie dürfen den Motor jetzt nicht wieder ausmachen. Die Batterie kann sich nur während der Fahrt wieder aufladen. Die Strecke zurück nach München sollte reichen. Aber es ist besser, wenn Sie heute noch in die Werkstatt fahren und die Batterie austauschen lassen." Manuel nickte. „Danke", murmelte er verlegen und blickte Marie von unten an. Diese zuckte mit den Schultern. „Ihnen ist aber schon klar, dass es diesen Service nicht ohne Gegenleistung gibt?", meinte sie. Manuel sah sie erschrocken an und legte dann die Stirn in Falten. „Was meinen Sie?" Marie grinste schelmisch. „Im Gegenzug werden Sie uns einen Tag hier auf dem Hof helfen. Immerhin verdanken Sie es mir, dass Sie rechtzeitig zu Ihrem Termin kommen werden." Manuel überlegte einen Moment, nickte dann jedoch zustimmend. „Am Sonntag hätte ich Zeit", bot er dann an. Marie nickte. „Wann stehen Sie sonntags immer auf?", fragte sie. „Gegen 10?", erwiderte Manuel unsicher. „Ok, dann seien Sie um 7 Uhr hier", entgegnete sie und lächelte süßlich. Das war ja klar gewesen. Manuel öffnete den Mund, um zu protestieren. Doch als er in dieses Gesicht mit den feinen Zügen sah wusste er, dass das keinen Zweck hatte. „Na schön", brummte er. „Also am Sonntag um 7." „Sehr gut", gab die junge Frau zurück. „Aber denken Sie daran, sich etwas Passendes anzuziehen. Sie werden sich die Hände schmutzig machen." „Es ist nicht das erste Mal, dass ich im Stall arbeite", konterte Manuel und blickte sie aus zusammengekniffenen Augen an. Marie lachte ein glockenhelles Lachen, das Manuel wie eine Melodie vorkam. Dann hob sie die Hand zum Abschied und verschwand kurz darauf durch die Stalltür.

Kapitel 11

„Worauf habe ich mich da bloß eingelassen?“, fluchte Manuel, als er am frühen Sonntagmorgen im Auto auf dem Weg zum ‚Sonnenhof‘ saß. Als er das Haus verlassen hatte, waren auf den Straßen von München nur einige Feierwütige auf dem Weg nach Hause unterwegs gewesen. Der Winter hatte das Jahr noch fest im Griff und die Sonne würde erst in ein paar Stunden die ersten Strahlen losschicken. Wenn sie heute überhaupt scheinen würde. Der Dauerregen der letzten Tage war glücklicherweise vorbei, doch heute Nacht war es empfindlich kalt geworden. Manuel bemerkte das leichte Glitzern auf dem Asphalt, als er seinen Porsche aus der Tiefgarage seines Wohnkomplexes auf die Straße und in Richtung Stadtgrenze fuhr. So früh am Morgen war er sonst nie unterwegs. Schon gar nicht an einem Sonntag. Er hatte tatsächlich gestern Alexanders Einladung zu einer gigantischen Party im ‚Dungeons‘ abgelehnt, um heute zeitig aus dem Bett zu kommen. Schließlich wusste er, dass sich die Suche nach dem richtigen Outfit für diese Aktion alles andere als einfach gestalten würde. Schon am Abend hatte er seinen Kleiderschrank nach Klamotten durchforstet, die er im Ernstfall nach diesem Tag in die Mülltonne stecken oder einfach verbrennen konnte. Doch er wusste, dass selbst die Jeans und der Pullover, für die er sich letztendlich am Morgen entschieden hatte, mehrere hundert Euro gekostet hatten.

Seufzend drehte Manuel die Musik lauter und nahm einen großen Schluck aus seinem Coffee to go-Becher, den er sich noch schnell an der letzten Tankstelle vor der Stadtgrenze besorgt hatte. Er hoffte inständig, dass das Ganze nicht allzu lange dauern würde. Allerdings stellte er fest, dass sich ein winziger Teil in ihm sehr darauf freute, Marie einmal näher kennenzulernen. Als Manuel die holprige Einfahrt des ‚Sonnenhofs' hinauffuhr brannte im Stall schon Licht. Stirnrunzelnd blickte er auf die Uhr im Armaturenbrett. 6 Uhr 55. Er war doch gar nicht zu spät. Der junge Mann parkte seinen Sportwagen vor dem Wohnhaus und lief dann mit großen Schritten über den Hof zum Pferdestall. Dabei zog er seinen Mantel etwas enger um sich. Hier auf dem Land war es noch deutlich kälter als in der großen Stadt. Vorsichtig öffnete Manuel die Stalltür. Sofort schlug ihm der Geruch nach Pferd und Heu entgegen. Er ging einen Schritt hinein und sah sich um. „Guten Morgen!", flötete es aus einer der Boxen und im nächsten Moment erschien Maries Kopf hinter einem Ponyrücken. „Morgen", erwiderte Manuel und ging ein paar Schritte in ihre Richtung. „Ist wohl nicht Ihre Uhrzeit?", erkundigte sie sich und Manuel nickte leicht. Marie hingegen wirkte wie das blühende Leben und sogar deutlich entspannter als er es von ihr kannte. „Ich bin sofort bei Ihnen", sagte die junge Frau und dann war sie verschwunden. Manuel lehnte sich an einen großen Strohballen und streichelte Paulchen, der sich innerhalb von Sekunden neben ihm platziert hatte, gedankenverloren über den Kopf. Er ließ den Blick schweifen. Allerdings gefiel ihm das, was er sah, noch immer genauso wenig wie bei seinem ersten Besuch. Er war sich sicher, dass sich die Idee, die die Liebstädts und Marie verfolgten, auf dem ‚Sonnenhof' perfekt umsetzen ließe. Doch aktuell war der Hof nichts weiter als eine Ruine. Und das würde sich, ohne dass man eine große Summe investierte, auch nicht ändern.

„Von mir aus kann es losgehen", meinte Marie, die urplötzlich neben Manuel aufgetaucht war. „Als erstes müssen wir die Pferde füttern." Er nickte und folgte ihr in einen kleinen Nebenraum, der offensichtlich als Futterkammer diente. Hier standen mehrere große Eimer auf dem Boden verteilt, alle waren mit weißem Edding beschriftet. Offenbar hatte jedes der Pferde seinen eigenen Futterbehälter. An den Wänden entlang lagerten mehrere Futtersäcke und auf einem kleinen Regal stapelten sich Plastikdosen in unterschiedlichen Größen und Formen. An der Wand hing ein vergilbter Zettel, auf dem Namen und Zahlen notiert waren. Als Manuel einatmete stieg ihm ein angenehmer Kräutergeruch, der ihn an Hustenbonbons erinnerte, in die Nase. „Also", begann Marie und griff an Manuel vorbei, um sich den Zettel zu nehmen. „Hier sehen Sie, welches Pferd welches Futter in welcher Menge bekommt. Dahinter ist vermerkt, ob auch noch ein Zusatz hineinkommt. Das sind die kleinen Dosen auf dem Regal. Es ist wirklich wichtig, dass Sie sich an diese Anweisung halten. Die meisten unserer Pferde sind krank und brauchen deswegen ein spezielles Futter. Ein anderes Futter kann sie im schlimmsten Fall umbringen.“ Manuel sah die junge Frau mit hochgezogenen Augenbrauen an und sah sich erneut in dem kleinen Raum um. Erst jetzt fiel ihm auf, dass die Futtersäcke unterschiedlich beschriftet waren. Kräutermix, getreidefrei, eiweißarm – Manuel hatte gar nicht gewusst, dass die Pferdefütterung eine solche Wissenschaft war. „Hier.“ Er hatte anscheinend ziemlich unentschlossen dreingeblickt, denn jetzt hielt Marie ihm einen Eimer mit der Aufschrift ‚Balou‘ hin. „Machen Sie schon einmal diesen Eimer fertig. Ich rühre in der Zeit den Brei für Lotta an.“ Die junge Frau hatte seinen skeptischen Blick offenbar bemerkt, denn im nächsten Moment grinste sie. „Lotta hat einen gebrochenen Kiefer. Deswegen kann sie nicht richtig kauen und bekommt eine Art Getreidebrei. Ist ein bisschen wie im Altenheim“, erklärte sie und musste lachen, als Manuel sie überrascht ansah. Er füllte Eimer um Eimer mit unterschiedlichen Getreidesorten, Pülverchen und Hustensäften. Immer unter dem strengen Blick von Marie. Als auch das letzte Pferd seine morgendliche Ration im Futtertrog hatte, atmete er einmal tief durch. Sein Kopf war schon jetzt so voll wie nach einem ganzen Tag im Büro. „Jetzt füttern wir noch die Hühner und gehen dann auch erst einmal frühstücken“, sagte Marie und ließ noch einmal ihren Blick durch den Stall schweifen, um zu kontrollieren, ob auch wirklich alle Pferde ihr Futter hatten. Dann ging sie durch die zugige

Stalltür hinaus auf den Hof und Manuel folgte ihr. Inzwischen hatte sich der Himmel in ein helles Grau gefärbt und es sah nicht so aus, als würde er heute noch einen freundlicheren Farbton annehmen. Manuel sah auf seine Armbanduhr. Es war schon halb 9! Er war so beschäftigt gewesen, dass er gar nicht mitbekommen hatte, wie die Zeit vergangen war. Der Hühnerstall befand sich in einer Ecke des Gartens hinter dem Wohnhaus. Dort, wo er schon in Manuels Kindheit gestanden hatte. Wie selbstverständlich öffnete er das Tor des Außengeheges und griff nach dem kleinen Weidenkörbchen, das in einer Nische unter dem Dach des Hühnerhauses klemmte. Früher war es seine Aufgabe gewesen, morgens die Hühner zu füttern und anschließend die Eier einzusammeln. Auch jetzt erledigte er diese Aufgabe, als würde er es noch immer jeden Tag tun. Schließlich stand alles noch auf genau demselben Platz, wie es vor 16 Jahren gestanden hatte. Erst, als er den Hühnerstall verließ und die schmale Klappe öffnete, damit die Hühner aus dem Stall ins Außengehege gelangen konnten, stellte er fest, dass Marie vor dem Zaun gewartet hatte. Sie blickte ihn mit leicht geneigtem Kopf an. Ihre Augen blitzten interessiert. „Jetzt haben Sie mich wirklich überrascht", sagte sie und Manuel zuckte mit den Schultern. „Ich habe das ja nicht zum ersten Mal gemacht", murmelte er verlegen und drückte sich durch das Tor an ihr vorbei. Marie lächelte ihn an. Und diesmal war es kein hämisches oder herablassendes Lächeln. Es war offen und freundlich und ließ ihre haselnussbraunen Augen strahlen. Bei diesem Anblick spürte Manuel ein merkwürdiges Kribbeln in der Magengegend. „Also los, ich habe Hunger“, meinte er, um diese merkwürdige Situation zu beenden. Seite an Seite gingen die beiden durch den Garten und betraten durch die schmale Hintertür die geräumige Küche. Es roch herrlich nach einer Mischung aus frisch gebackenen Brötchen, gerade aufgebrühtem Kaffee aus der alten Filtermaschine, gebratenem Speck und Kaminfeuer. Martina und Thomas saßen bereits an dem großen, reich gedeckten Holztisch. Butter, kleine Gläschen mit selbstgemachter Marmelade, verschiedene Sorten Aufschnitt. Der Tisch war liebevoll eingedeckt. „Wie früher“, schoss es Manuel durch den Kopf. Martina sprang in Windeseile auf. „Setzt euch doch erst einmal, Kinder. Ich schenke euch Kaffee ein“, sagte sie und eilte zur Küchenzeile. Manuel ließ sich auf die alte Eckbank gleiten und Marie setzte sich neben ihn. Das alles hier stand im krassen Gegensatz zu dem Leben, was er seit Jahren führte. Er frühstückte eher selten in Gesellschaft, schon gar nicht in der von gleich mehreren Personen. Eigentlich frühstückte er gar nicht. Eine kleine Tasse Kaffee aus dem Vollautomaten, im Stehen angelehnt an die Küchenzeile war das höchste der Gefühle, wenn nach einer durchfeierten Nacht morgens noch eine Frau bei ihm war. Unter der Woche war das Mittagessen in der Kantine oft seine erste Mahlzeit des Tages. Martina füllte seine Tasse mit köstlichem, dampfendem Kaffee. Dann setzte sie sich und reichte den Brotkorb mit den knusprigen, frisch gebackenen Brötchen herum.

In den nächsten Minuten herrschte eine angespannte Stille am Tisch. Sowohl Manuel als auch Marie, Martina und Thomas starrten entweder auf ihre Teller oder sahen die anderen unsicher an. Trafen sich ihre Blicke, kamen sie über ein zaghaftes Lächeln nicht hinaus. Zu Manuels Überraschung war es ausgerechnet Marie, die der drückenden Stille ein Ende setzte. „Sie haben sich im Stall wirklich ordentlich geschlagen", gab sie zu und sah ihn von der Seite an. „Danke", murmelte er verlegen und lächelte. „Der Manuel hat früher ganze Tage im Stall verbracht", schaltete sich jetzt auch Martina ein. „Die Hühner waren sein Heiligtum." „Ja, ich glaube, mit Hühnern umgibt er sich auch heute noch gerne", meinte Marie und nippte grinsend an ihrem Kaffee. Manuel spürte, wie ihm eine leichte Röte ins Gesicht stieg. Das war doch mehr als zweideutig gewesen. „Nachher bringen wir die Pferde auf die Weide und dann wird der Stall gemistet", sagte seine Sitznachbarin und lachte, als er unwillkürlich die Nase rümpfte. Die Vier saßen noch eine ganze Weile zusammen und Manuel musste zugeben, dass ihm dieses ausgiebige gemeinsame Frühstück sehr gefallen hatte. Nach und nach waren sie alle etwas aufgetaut und hatten ein einigermaßen lockeres Gespräch geführt. Nun stand er etwas unentschlossen neben Lotta, der Kaltblutstute, und überlegte, wie er ihr das Halfter anlegen sollte. „Ich wusste es doch, im Studium lernt man nichts, was man im späteren

Leben wirklich gebrauchen kann", neckte Marie ihn und zeigte ihm die richtigen Handgriffe. „Dafür lernt man, wie man jemanden verklagen kann", konterte er, erntete dafür jedoch nur ein unbeeindrucktes Schulterzucken. „Wen es interessiert", meinte Marie und drückte ihm den Führstrick der Stute in die Hand. „Sie brauchen sich keine Sorgen machen", meinte sie dann. „Lotta ist wirklich lieb. Folgen Sie mir und Balou einfach." Manuel nickte und als die junge Frau sich nun mit dem Pony an der Hand in Bewegung setzte trottete das Pferd neben ihm tatsächlich brav hinterher. Sie verließen den Stall durch die Hintertür und führten die Pferde um das Gebäude herum auf die langgezogene Weide, von der aus man einen tollen Blick ins Tal hatte. Nachdem sie die Tiere freigelassen hatten wälzten diese sich erst einmal ausgiebig im Schlamm und senkten dann die Köpfe, um sich dem Gras zu widmen. Marie lächelte und beobachtete, wie die beiden genüsslich die Halme zupften. Manuel hingegen ließ seinen Blick über die saftigen Wiesen, dichtbewachsenen Wälder und weitläufigen Felder schweifen, bevor er an dem leuchtend weißen Kirchturm des Nachbardorfes im Tal hängenblieb. „Ich hatte vergessen, wie schön es hier ist", flüsterte er und presste die Lippen aufeinander. Marie nickte. „Ja, es ist perfekt." „Na los, die anderen wollen auch raus", meinte sie, nachdem die beiden eine Weile schweigend nebeneinander gestanden hatten. Manuel folgte ihr und schon wenig später standen alle Pferde des Hofes zufrieden grasend auf der Weide. „Bereit zum Misten?“, fragte Marie und sah ihn von der Seite an. „Nein“, antwortete er ehrlich und seufzte. Die junge Frau lachte entspannt und reichte ihm ein paar Handschuhe. „Damit Sie keine Blasen an den empfindlichen Bürohänden bekommen.“ Manuel verzog das Gesicht, sagte jedoch nichts. Schon bald war Manuel klar, dass Maries zierliche Figur nicht einmal annähernd erahnen ließ, wie sehr sie zupacken konnte. Sie war mit dem Misten ihrer Boxen doppelt so schnell fertig wie er. Was wahrscheinlich auch daran lag, dass sie ihre Mistkarren doppelt so hoch belud wie Manuel seine. Doch auch so hatte er schon einige Probleme, die volle Karre unfallfrei in Richtung des Misthaufens zu bugsieren. Und dass, obwohl er eigentlich immer der Meinung gewesen war, recht trainiert zu sein. „Ich denke, das müssen wir noch ein paar Mal üben“, lachte Marie augenzwinkernd, als Manuel mit seiner letzten Mistkarre an ihr vorbeischwankte. Und auch, wenn das Misten wohl niemals seine Lieblingsarbeit werden würde, so musste er zugeben, dass er definitiv nichts dagegen hatte, in nicht allzu ferner Zukunft noch einmal einen Tag mit ihr zu verbringen. Er hatte sie heute von einer ganz anderen Seite kennengelernt. Hier auf dem Hof und mit den Tieren schien sie ganz in ihre Welt einzutauchen. Sie wirkte vollkommen entspannt, lächelte unentwegt und machte einen rundum glücklichen Eindruck. Und auch die Pferde schienen sich auf dem ‚Sonnenhof‘ wohlzufühlen. Marie hatte ihm, während sie am Morgen die Futtereimer vorbereitet hatten, zu jedem Pferd die Vorgeschichte erzählt. Manuel war geschockt, zu welch schrecklichen Taten Menschen fähig waren. Gleichzeitig war er beeindruckt, wie zugänglich die Tiere trotz allem waren. Und er würde ihnen mit dem Verkauf des Hofes diesen sicheren Platz nehmen. Sicher, ein oder zwei der Tiere würden auf anderen Höfen untergebracht werden können. Doch auch andere Gnadenhöfe waren hoffnungslos überlaufen und auch dort fehlte es, besonders finanziell, an allen Ecken und Enden. Also blieb vielen der Pferde letztendlich nur der Weg zum Schlachthof. Zum ersten Mal kamen Manuel Zweifel an seinem Plan. Wollte er wirklich derjenige sein, der ihr Todesurteil fällte? Andererseits: Die Summe, die die Renovierung des Hofes mit sich bringen würde, konnte auch er nicht einfach so aus der Portokasse zahlen. Gab es denn keine andere Lösung? „Haben Sie mir zugehört?“, holte ihn plötzlich Maries Stimme aus den Gedanken. Etwas irritiert drehte er den Kopf in ihre Richtung und blickte in ihre haselnussbraunen Augen. „W…wie bitte?“, stammelte er und fuhr sich verlegen durch die blonden Haare. „Habe ich Sie heute schon so überfordert, dass Sie einen kurzen Power-Nap einlegen mussten?“, erkundigte Marie sich und grinste ihn dabei an. Manuels Blick ging von ihren blitzenden Augen zu den vollen Lippen und zurück. Sie brachte ihn vollkommen aus dem Konzept. „Ich…war in Gedanken“, murmelte er und drehte sich von ihr weg. „Das habe ich gemerkt“, antwortete sie. „Ihr Blick wurde ein wenig leer. Ich habe schon angefangen, mir

Sorgen zu machen. Ich habe Ihnen gerade erklärt, dass wir jetzt frisches Stroh in die Boxen bringen und dann die Heurationen verteilen müssen. Die Pferde, an deren Boxen ein Kreuz ist, bekommen ihr Heu etwas angefeuchtet, weil sie Probleme mit den Lungen haben." Manuel nickte und begann, das Stroh in die Ställe zu schieben und zu verteilen. Diese Arbeit lag ihm deutlich mehr als das Misten. Anschließend brachte er eine große Schubkarre voll Heu nach draußen und ließ einige Minuten Wasser aus einem der Schläuche darüber laufen. Als er wieder zurückkam, war es ruhig im Stall. „Frau Kirschner?", rief er und sah sich um. Doch von Marie war nichts zu sehen. Manuel zuckte mit den Schultern und begann, das nasse Heu zu verteilen. Als er damit fertig war ging er durch die Hintertür hinaus und stützte sich mit beiden Armen auf dem massiven Holzzaun, der die Weide umgab, ab. Die Pferde standen friedlich beieinander, grasten oder knabberten sich gegenseitig am Fell. Nach einigen Minuten hörte Manuel Schritte hinter sich. Marie kam vorsichtig aus dem Stall, in den Händen zwei dampfende Kaffeetassen. „Martina hat es besonders gut gemeint", grinste sie und deutete auf die beiden viel zu vollen Gefäße. Der junge Mann lächelte und nahm ihr eine der Tassen ab. „Lassen Sie uns dort hinüber gehen. Wir haben da eine kleine Ecke zum Sitzen", meinte sie und nickte mit dem Kopf in Richtung eines Platzes hinter den Stallungen. Langsam gingen die beiden über den unebenen Boden zu der kleinen, in die Jahre gekommenen Sitzgruppe und stellten ihre Tassen auf dem wackligen Tisch ab. Marie nahm sich aus einem der dazugehörigen Hocker zwei Sitzkissen und verteilte sie auf einer der Sitzbänke. Dann hockte sie sich mit angezogenen Beinen darauf und umklammerte mit den Händen die warme Kaffeetasse. Manuel zögerte einen Moment und sah sich um. Dann öffnete er den Deckel eines weiteren Hockers und zog zufrieden eine Wolldecke heraus, die er Marie vorsichtig um die Schultern legte. Diese sah ihn überrascht an. „Es ist wirklich kalt heute. Sie werden sich den Tod holen“, erklärte er. „Und was ist mit Ihnen?“, meinte Marie, als er sich neben sie auf das zweite Sitzkissen fallen ließ. „Ich bin ein echter Mann, ich friere nicht“, stellte er klar und versuchte dabei, seine Stimme besonders tief klingen zu lassen. Marie hob die Augenbrauen und begann im nächsten Moment lauthals zu lachen. Manuel konnte gar nicht anders, als mitzulachen. Es dauerte einige Sekunden, bis sie sich wieder einigermaßen im Griff hatten und nicht ständig wieder loskichern mussten. Manuel räusperte sich. „Wenn es für Sie in Ordnung ist, dann würde ich Ihnen gerne das ‚du‘ anbieten“, meinte er und wandte nervös den Blick ab. Marie sah ihn von der Seite an und er rechnete fest damit, dass sie ihm wieder einmal eine verbale Ohrfeige verpassen würde. Doch stattdessen lächelte sie. „Gerne. Ich bin Marie.“ „Manuel“, gab er zurück und lächelte ebenfalls. „Ich habe ehrlich gesagt nicht damit gerechnet, dass du heute tatsächlich auftauchst“, gab Marie zu, woraufhin Manuel sie empört ansah. „Und warum?“, wollte er wissen. „Na ja“, murmelte sie und suchte nach den richtigen Worten. „Ich habe gedacht, dass du so ein typischer Blender bist. Einer, der viel erzählt, aber am Ende kommt nichts dabei heraus." „Bin ich aber nicht. Ich halte meine Versprechen", entgegnete er und sah sie an. Marie lächelte und erwiderte seinen Blick. „Ja, das tust du." Manuel hatte das Gefühl, als würden ihre Augen ihn gefangen nehmen. Es war ihm beinahe unmöglich, sich davon loszureißen. Verdammt, wo kam dieses Gefühl so plötzlich her? Marie wandte verlegen den Blick ab. Sie legte den Kopf in den Nacken und sah in den Himmel. „Lass uns die Pferde reinholen, bevor es gleich dunkel wird", meinte sie und schälte sich aus der Decke. Manuel nahm sie ihr ab und verstaute sie ebenso wie die beiden Sitzkissen wieder in den Hockern. Tatsächlich war die Dämmerung schon weit fortgeschritten, als Marie und Manuel die letzten beiden Pferde in den Stall führten. Wie selbstverständlich schaltete der junge Mann das Licht ein. „Als wäre er nie weggewesen", sagte Marie und zwinkerte ihm zu. Das Vorbereiten der Futtereimer ging Manuel dieses Mal schon deutlich leichter von der Hand als noch am Morgen. So dauerte es nur wenige Minuten, bis auch das letzte Pferd versorgt war und Marie die Stalltür schloss. „Ich sehe abends immer noch einmal nach, ob alles in Ordnung ist", erklärte sie Manuel, als sie nebeneinander über den Hof schlenderten. „Es hat Spaß gemacht heute", sagte er und vergrub die Hände in den Hosentaschen. „Ja, es war wirklich nett", stimmte Marie ihm zu und knetete sich nervös die Hände. „Komm doch noch mit rein, Martina und Thomas werden sich freuen, wenn du zum Abendbrot bleibst." „Ich weiß nicht", entgegnete Manuel. „Ich habe nicht das Gefühl, dass sie besonders glücklich sind, wenn ich da bin. Ich kann es ihnen auch nicht verdenken." „Ach komm schon, da müssen sie durch", meinte sie, packte Manuel am Ärmel und zog ihn einfach mit sich in Richtung des Wohnhauses. Nachdem es in der letzten Stunde draußen empfindlich kalt geworden war genoss Manuel, dass es im Haus wunderbar warm war. Die Liebstädts hatten den Kamin angemacht und die brennenden Holzscheite gaben ein beruhigendes Knistern von sich. „Da seid ihr ja", freute sich Martina und deutete den beiden an, sich zu setzen. Der Tisch war wie schon am Morgen reichlich gedeckt. Doch diesmal stand statt des Kaffees eine große Kanne Tee darauf. Es gab Brot, Aufschnitt und Rührei sowie einen Teller voller Rohkost. „Ist es für euch wirklich in Ordnung, wenn ich dabei bin?", fragte Manuel an Thomas und Martina gewandt und letztere nickte eifrig. „Natürlich, Manuel. Schließlich müssen wir uns noch dafür revanchieren, dass wir dank dir heute einen Tag frei hatten." Thomas Blick war dagegen deutlich skeptischer. „Beachte den alten Muffelkopf gar nicht. Eigentlich freut er sich auch", meinte Martina, als sie Manuels unsicheren Blick in Richtung ihres Mannes bemerkte. „Brot?", knurrte dieser und hielt dem jungen Mann das Körbchen mit den Brotscheiben hin. „Marie, bringt Lisa nächsten Samstag ihre Familie mit? Dann backe ich einen Kuchen mehr", fragte Martina und sah die junge Frau an. „Ich habe sie ehrlich gesagt noch gar nicht gefragt", murmelte Marie und nahm schnell einen Schluck Tee. Offenbar, um nicht ausführlicher antworten zu müssen. Manuel sah sie verwundert von der Seite an. Sie wirkte richtiggehend kleinlaut. „Also Marie, wenigstens deine beste Freundin könntest du einladen", meinte Martina empört und sah sie beinahe strafend an. „Ich weiß", zischte Marie und verdrehte die Augen. „Marie hat nämlich nächsten Samstag Geburtstag", erklärte Martina dem verdutzten Manuel. „Aber für gewöhnlich versucht sie alles, um das vor anderen Menschen geheim zu halten." „Ich glaube nicht, dass Manuel das wirklich brennend interessiert", brummte sie und schob sich eine Ladung Rührei in den Mund. „Manuel?", wiederholte Thomas und zog überrascht eine Augenbraue hoch. „Ich kam mir so alt vor, wenn er mich immer mit ‚Frau Kirschner' angesprochen hat", meinte Marie und grinste Manuel an. „Aha", erwiderte der ältere Mann und nickte wissend. „Du hast also nächste Woche Geburtstag?", fragte Manuel nun an seine Sitznachbarin gewandt. Diese brummte nur etwas Unverständliches. „Hör zu, ich mache dir einen Vorschlag. Dafür, dass ich hier heute den ganzen Tag geschuftet habe kommst du nächsten Samstag zu mir nach München und wir feiern zusammen in der City." Martina klatschte begeistert in die Hände. „So eine tolle Idee. Marie, du kommst viel zu wenig raus." Marie sah sie strafend an. „Nein danke, ich feiere meinen Geburtstag nicht. Und außerdem hast du mir heute *geholfen*, weil ich dein Auto repariert habe.“ „Dann sieh es einfach als Einladung an. Die Stadt würde dir gefallen, wenn du sie kennen würdest.“ Die junge Frau starrte ihn erst mit weit aufgerissenen Augen an, dann prustete sie los. Auch Martina und Thomas stimmten in ihr Gelächter ein. Manuel blickte die Drei irritiert an. „Was ist?“ „Ich kenne München zur Genüge“, kicherte Marie und hielt sich den Bauch. „Ach ja?“, meinte Manuel und sah sie herausfordernd an. Marie legte ihm die Hand auf den Arm und sah ihm mit ernstem Blick fest in die Augen. In Manuels Magengegend begann es zu flattern. „Ich bin dort aufgewachsen und habe bis vor fünf Jahren in der Stadt gelebt“, erklärte sie ihm und kicherte dann wieder los. Überrascht hob Manuel die Augenbrauen. „Und dann bist du freiwillig *hierher* gezogen?“ Das Lachen verstummte und Marie sah ihn genauso wie die Liebstädts mit gerunzelter Stirn an. „Entschuldigt“, murmelte Manuel verlegen. Das war eindeutig ein Kopfsprung ins Fettnäpfchen gewesen. „Ich arbeite in der Kleintierpraxis hier im Ort und bin hergekommen, als ich meine Ausbildung begonnen habe. In der Stadt war es mir zu laut. Und zu dreckig. Und diese Leute…“. „Ich glaube, ich habe es verstanden“, unterbrach Manuel sie. „Jedenfalls habe ich kein Interesse, mehr Zeit als unbedingt notwendig in München zu verbringen. Und das auch nur, wenn ich meine Eltern oder meine Freundin Lisa besuche. Die leben dort nämlich noch“, stellte Marie klar. „Komm schon, nur dieses eine Mal“, bat Manuel und sah sie mit offenem Blick an. „Ich bereite auch eine Überraschung vor.“ „Bloß nicht das auch noch“, rief Marie und verdrehte die Augen. Die junge Frau biss sich von innen auf die Lippe und als Manuel sie jetzt anlächelte stieß sie einen tiefen Seufzer aus. „Also gut“, meinte sie und hob kapitulierend die Hände. „Aber wirklich nur dieses eine Mal.“

Kapitel 12

„Was habe ich mir nur dabei gedacht?", rief Marie und warf aufgebracht die Hände in die Luft. „Wenn du nicht stillhältst siehst du gleich aus wie der Joker", meinte Lisa, die gerade den Lippenstift auftragen wollte, und sah ihre beste Freundin streng an. Die beiden Frauen hatten am Morgen zur Feier des Tages in dem einzigen Café, das der kleine Ort zu bieten hatte, gemeinsam gefrühstückt und sich danach einen gemütlichen Tag auf dem ‚Sonnenhof' *gemacht. Jetzt war es langsam an der Zeit, dass Marie sich für den Abend mit Manuel, der sie nachher abholen wollte, fertigmachte. Da Marie sich absolut nicht für Mode und Make-up interessierte hatte sie natürlich ihre beste Freundin um Hilfe beim Styling gebeten. Schließlich war die eine echte Fashionista. „Du machst mich aber nicht zu einer von diesen Tussis", meinte Marie jetzt und sah Lisa, die daraufhin mit den Augen rollte, streng an. „Nein, mache ich nicht", gab sie zurück. „Aber ein bisschen mehr als sonst darf es schon sein, oder?" Gespielt beleidigt versetzte Marie ihr einen Stoß mit dem Ellenbogen. „Bist du nervös?", wollte Lisa wissen, während sie sich an Maries Augen-Make-up machte. „Wenn ich ehrlich bin: ja", entgegnete diese und rieb sich die Hände. „Ich bin doch überhaupt nicht der Typ für das Münchener Nachtleben, Lisa", meinte sie verzweifelt. Ihre Freundin stützte die Hände auf den Armlehnen links und rechts neben ihr ab und sah sie eindringlich an. „Das ist doch gar nicht so schwer, Liebes. Hab einfach Spaß und sei du selbst." Marie seufzte. Wenn sie sie selbst bleiben sollte, dann würde sie lieber zuhause bleiben. „Und außerdem", fuhr Lisa augenzwinkernd fort, „hast du doch einen heißen Typen an der*

Seite, der sich bestens auskennt." „Ich habe nicht behauptet, dass er heiß ist", widersprach Marie ihr. Nein, gesagt hast du das nicht. Aber ich sehe dir an der Nasenspitze an, dass du ihn heiß findest." Marie schnaubte. So ein Blödsinn. Sie hatte sich einfach zu diesem Abend breitschlagen lassen. Lisa sollte ihr erst einmal vormachen, Nein zu sagen, wenn Manuel einen mit diesem Hundeblick ansah. Tatsächlich hatte er sie am Sonntag überrascht. Er war bei Weitem nicht dieser arrogante, selbstgefällige Typ, der sich nicht die Hände schmutzig machen wollte, wie sie gedacht hatte. Eigentlich war er sogar ziemlich nett. Und er hatte Humor. Und ja, er sah wirklich ziemlich gut aus. Marie konnte sich an seinen Grübchen gar nicht sattsehen. Und diese stahlblauen Augen erst... wow. Außerdem schien er regelmäßig zu trainieren, denn sein Körper war äußerst athletisch. Maries Gedanken schweiften zu seinen Händen. Sie würde gerne einmal diese langen, schlanken Finger... „Ich sagte doch, du findest ihn heiß", unterbrach Lisa lachend ihr Kopfkino. „So ein Quatsch", erwiderte Marie und versuchte, die Röte aus ihrem Gesicht zu bekommen. „Aber vielleicht wird es ja wirklich ganz nett." „Das wird es, glaub mir", flüsterte Lisa ihr ins Ohr und klappte ihren Schminkkoffer zu. „So, fertig. Jetzt fehlt nur noch das Kleid." Richtig, das Kleid. Maries einziges Kleid. Sie hatte es bis auf das eine Mal im Laden kein einziges Mal getragen. Und selbst da hatte sie es nur anprobiert, um ihre Freundin endlich ruhig zu stellen. Dieses Kleid hatte heute seinen großen Auftritt. Marie musste zugeben, dass der leichte Stoff, der sich in sanften, asymmetrischen Lagen an ihren Körper schmiegte, sich wirklich gut auf der Haut anfühlte. „Wow", raunte Lisa und ließ ihren Blick anerkennend an ihrer Freundin auf und ab gleiten.

„Du solltest sowas wirklich öfter tragen“, meinte sie, bevor Lisa die zur Farbe des Kleides passenden roten Schnürsandalen aus ihrer Tasche fischte. „Träum weiter“, meinte Marie und schlüpfte in die mitgebrachten Schuhe. Dann legte Lisa ihr noch Ohrringe und einen Armreif an und betrachtete entzückt ihr Kunstwerk. „Du siehst so hammermäßig aus“, sagte sie und nahm Maries Hand, um sie zu dem großen Spiegel im Flur zu führen. Diese hatte Mühe, auf den ungewohnt hohen Absätzen Schritt zu halten. „Augen zu!“, befahl Lisa und schob Marie langsam vor sich her. Nach einigen Metern hörte sie, wie ihre Freundin einen Schritt zur Seite ging. „Jetzt mach die Augen wieder auf.“ Marie blinzelte vorsichtig und musterte die Frau im Spiegel. Das konnte unmöglich sie selbst sein! Ihre dunklen Haare fielen in sanften Wellen über ihre Schultern. Lisa hatte offenbar Wert darauf gelegt, ihre braunen Augen zu betonen, denn diese leuchteten ihr aus zarten Smokey Eyes entgegen. Die Lippen hingegen waren eher unauffällig in einem wunderschönen Rosenholzton gehalten. Marie musste Lisa Recht geben: In diesem Kleid sah sie wirklich unglaublich aus. Der Saum des roten Chiffons umspielte federleicht ihre Knie und gab somit genau die richtige Menge Blick auf ihre langen, schlanken Beine preis. „Das ist ja… der Wahnsinn“, flüsterte Marie und beugte sich ein wenig vor, um ihr Make-up etwas genauer betrachten zu können. Was allerdings das allerbeste an ihrem Outfit war: Marie fühlte sich darin zu ihrer eigenen Überraschung rundherum wohl. „Jetzt müssen wir nur noch eine passende Handtasche finden“, meinte Lisa und verschwand im Schlafzimmer. Im selben Moment klingelte es an der Haustür. Oh Gott, Manuel war da! Marie spürte, wie ihre Hände vor Aufregung kalt wurden. Ihre Freundin hingegen

kam lächelnd mit ihrem Glas Hugo aus dem Schlafzimmer.

„It´s showtime!“, grinste sie.

Kapitel 13

Als Manuel seinen Wagen vor dem Wohnhaus parkte atmete er ein paar Mal tief durch. So nervös war er schon lange nicht mehr gewesen. Hoffentlich hatte Marie es sich nicht anders überlegt. Zuzutrauen wäre es ihr in jedem Fall gewesen. „Ganz ruhig, ihr wollt nur ein bisschen feiern und Spaß haben, mehr nicht“, versuchte er sich selbst Mut zu machen. Allerdings war er schon immer schlecht darin gewesen, sich selbst zu belügen. Er wusste, dass Marie etwas in ihm ausgelöst hatte. Allein bei dem Gedanken, den Abend mit ihr zu verbringen, klopfte sein Herz deutlich schneller als sonst. Wenn ihn sonst eine Frau interessiert hatte, dann war er zum Jäger geworden. Hatte die Charme-Offensive so lange durchgezogen, bis er bekam, was er wollte. Und dann ziemlich schnell das Interesse verloren. Doch bei Marie war es anders. Bei ihr war es ihm nicht egal, was sie von ihm dachte. Allein bei dem Gedanken, von dieser Frau zurückgewiesen zu werden, wurden seine Knie weich. Hier hatte er viel mehr zu verlieren als nur seinen männlichen Stolz. Etwas, das er bei diesem ganzen Flirt- und Dating-Roulette noch nie eingesetzt hatte: sein Herz. Er wollte gerade aussteigen, als ihm der Stapel Briefe, die er in der letzten Woche bekommen und in Windeseile auf dem Weg zur Arbeit im Auto aufgerissen hatte, ins Auge fiel. Briefe des Immobilienbüros Mahler. Wie versprochen hatte Franz Mahler ihm unzählige Kostenvoranschläge von verschiedenen Abrissunternehmen zukommen lassen. Wenn Manuel ehrlich war, hatte er sie sich nicht ein einziges durchgelesen. Der letzte Tag auf dem ‚Sonnenhof' war einfach zu schön gewesen, um über einen Abriss nachzudenken. Bevor er ausstieg ließ er die Papiere jedoch trotzdem im Handschuhfach verschwinden. Marie würde durchdrehen, wenn sie sie in die Hände bekam. Zaghaft drückte er jetzt den Klingelknopf und vergrub dann seine Hände in den Hosentaschen. Einen kurzen Moment später wurde die Tür geöffnet und Martina strahlte ihn an. „Hallo Manuel", sagte sie. „Komm doch rein, Marie müsste auch gleich fertig sein." Der junge Mann nickte und betrat das Wohnzimmer, wo Thomas auf dem Sessel neben dem offenen Kamin saß und ihm zur Begrüßung zunickte. „Möchtest du etwas trinken?", fragte Martina und sah ihn an. „Nein, vielen Dank", erwiderte Manuel und lächelte dankbar. Er fühlte sich wie in einem dieser Teenie-Filme, in dem der Junge am Tag des Abschlussballs im Wohnzimmer auf sein Date wartet und vor Aufregung beinahe verrückt wird. Die ältere Frau strich ihm über den Arm und warf ihm einen aufmunternden Blick zu. Sie schien zu merken, wie nervös er war. Plötzlich waren Schritte auf der Treppe zu hören und Manuels Herz setzte einen Moment aus. Doch um die Ecke kam nicht Marie, sondern eine blonde, strahlende Frau, die ihm jetzt die Hand zur Begrüßung entgegenstreckte. „Hi, du musst Manuel sein. Ich bin Lisa, Maries beste Freundin. Sie ist gleich fertig, muss glaube ich nur noch ihre Nerven etwas beruhigen.“ Sie grinste schelmisch, als sie das sagte und Manuel fühlte sich gleich ein wenig besser. Marie war also auch nervös. „Und dass du mir gut auf meine Kleine aufpasst, ich will keine Beschwerden hören“, meinte Lisa jetzt mit einem Augenzwinkern. „Ich gebe mein Bestes“, versprach er und starrte wie gebannt in Richtung der Treppe. Endlich wurde die Tür zugezogen und auf dem Holz waren zaghafte Schritte zu hören. Manuel hielt den Atem an. Langsam und beinahe ein wenig schüchtern kam Marie ins Wohnzimmer. „Wow“, flüsterte der junge Mann und sah ihr dann in die Augen. „Du siehst toll aus.“ „Danke“, lächelte Marie und suchte fast etwas hilflos Lisas Blick. Diese wusste die Situation gekonnt aufzulösen. „Also meine Hübschen, die Nacht ist noch jung! Auf auf, bevor die ersten Gäste schon betrunken auf den Tischen tanzen!“ Marie sah Manuel erschrocken an. Dieser grinste und schüttelte beinahe unmerklich den Kopf.

Den größten Teil der Fahrt saßen Manuel und Marie schweigend nebeneinander. Hin und wieder warfen sie sich wie zwei Teenager verstohlene Seitenblicke zu und Manuel hoffte inständig, dass sie im Laufe des Abends so locker miteinander umgehen konnten wie am vergangenen Sonntag. Kurz, bevor sie München erreicht hatten, räusperte Marie sich und Manuel bemerkte im Augenwinkel, dass ihr Blick auf ihm lag. „Du müsstest mir nachher mit der Nummer einer Taxizentrale aushelfen. Ich habe vergessen, mir eine rauszusuchen.“ Der junge Mann sah sie mit gerunzelter Stirn an. „*Ich* bringe dich nach Hause“, sagte er wie selbstverständlich. Als ob er sie diese Strecke mit dem Taxi fahren lassen würde! Wusste sie, was das kostete? „Ich fahre nicht mit Betrunkenen“, stellte Marie klar und verschränkte die Arme vor der Brust. Manuels Augenbrauen schnellten nach oben und er schüttelte leicht den Kopf. „Wer sagt, dass ich betrunken bin?“ „Na, du bist doch einer von denen, die jedes Wochenende auf der Piste sind. Jeder weiß doch, dass so jemand wie du sich immer bis kurz vor dem Koma abschießt und dann den gesamten Sonntag im Bett verbringt.“ „*So jemand wie ich*, na vielen Dank auch“, wiederholte Manuel und schürzte beleidigt die Lippen. „Wenn du es genau wissen willst, ich rühre keinen Alkohol an.“ Jetzt war es Marie, die überrascht war. „Nie?“ Manuel schüttelte den Kopf. Als sie an einer großen Kreuzung anhalten mussten wandte er sich Marie zu und sah sie an. „Wie du weißt, hatte ich in der Familie nicht die besten Vorbilder beim Thema Alkoholkonsum. Und ich habe mir geschworen, dass ich niemals so enden will.“ Marie schluckte. „Entschuldige“, murmelte sie. Manuel zuckte mit den Schultern. „Du brauchst dich nicht zu entschuldigen. Das war eine Entscheidung, die allein mein Vater getroffen hat, und sonst niemand.“ Einen Moment herrschte Schweigen. „Und außerdem hatte ich in den letzten Wochen Wichtigeres zu tun, als den ganzen Sonntag im Bett zu liegen“, fügte er hinzu. Wenig später lenkte Manuel den Porsche in eine

Tiefgarage und stellte den Motor ab. „Wir sind da", sagte er und lächelte Marie aufmunternd zu.

Kapitel 14

Wie jeden Samstag war das ‚Dungeons' auch heute wieder gut besucht. Es dauerte einen Moment, bis Manuel sich einen Überblick verschafft und einen Platz gefunden hatte, an dem er sich mit Marie hinsetzen konnte. Vorsichtig legte er ihr die Hand auf den Rücken und navigierte sie durch die Menge zu dem entdeckten Sitzplatz. „Was möchtest du trinken?", fragte er und musste sich wegen der herrschenden Lautstärke dabei so tief zu ihr hinabbeugen, dass ihr Duft ihn dabei vollkommen gefangen nahm. „Eine Cola, bitte", antwortete sie und verzog das Gesicht. Ihr war deutlich anzusehen, dass ihr der Lärm nicht gefiel. Manuel nickte und bedeutete ihr, dass er sich auf den Weg zur Bar machte. Er hatte Glück, dass sich die meisten Feierwütigen gerade auf der Tanzfläche tummelten und er sofort seine Bestellung aufgeben konnte. Obwohl er zugeben musste, dass er als Freund des Chefs hier häufig bevorzugt behandelt wurde. „Hallo Manuel", begrüßte der Barkeeper ihn und reichte ihm die Hand. „Hallo Lenny", erwiderte dieser die Begrüßung und lehnte sich auf die Theke. „Hast du heute deine Begleitung schon mitgebracht?", fragte sein Gegenüber überrascht und musterte Marie eindringlich. „Ja… ich… ja", stammelte Manuel und sein Blick ging ebenfalls zu ihr hinüber. Unwillkürlich musste er lächeln. Sie sah einfach wunderschön aus. Besonders, wenn man sie mit den anderen Frauen, die sich in der Menge tummelten, verglich. Sie alle wirkten wie geklonte Modepüppchen mit ihren überschminkten Gesichtern, hochgeschnürten Dekolletés und winzigen Miniröcken. Bei Marie hingegen unterstrich das dezente Make-up einfach ihre natürliche Schönheit. „Was Ernstes?", fragte Lenny jetzt und Manuel zuckte mit den Schultern. „Ich weiß es noch nicht." Der Barkeeper musterte ihn und grinste. „Dich hat es echt erwischt", meinte er und stellte die bestellten Getränke auf die Theke. „Dass ich das noch erleben darf." „So ein Quatsch", meinte Manuel und schüttelte leicht den Kopf. Lenny lachte. „Im Ernst, mein Freund. Ich mache den Job hier schon lange genug. Mir kannst du nichts vormachen. Ein Barkeeper weiß alles." Manuel musterte ihn einen Moment und nahm dann die Gläser von der Theke. „Danke Mann", sagte er augenzwinkernd und kämpfte sich dann durch die Menge der feiernden Menschen zurück zu dem Tisch, an dem Marie wartete. „Ich dachte, du trinkst nichts?", fragte sie und musterte misstrauisch das Glas, dass er vor sich abgestellt hatte. Dieser klare Longdrink mit Limette und Minzblättern kam ihr verdächtig bekannt vor. „Virgin Mojito", erwiderte Manuel und setzte sich. „Mit Tonic Water und Ginger Ale statt Rum. Du kannst es gerne probieren, wenn du mir nicht glaubst", fügte er hinzu, als Marie ihn noch immer skeptisch ansah. Sie schüttelte den Kopf. Dann sah sie sich um. „Ist nett hier." „Der Club gehört einem alten Studienfreund von mir", erklärte Manuel ihr, ohne den Blick abzuwenden. „Heeeeeyyyy", rief plötzlich jemand durch die Menge und kam an den Tisch gestürzt. „Ich wusste gar nicht, dass du heute hier bist!" „Tja, mein Freund. Eine gute Beziehung braucht eben auch Geheimnisse", lachte Manuel und stand auf, damit Lukas Mahler sich zu ihnen setzen konnte. Dieser rutschte auf die Sitzbank, stellte sein Glas Cola auf dem Tisch ab und reichte Marie die Hand. „Wir haben uns schon kennengelernt, nicht wahr?", fragte er und warf seinem Freund einen schelmischen Seitenblick zu. Marie nickte. „Ich hoffe, wir können das heute etwas entspannter angehen als beim letzten Mal", meinte sie und zwinkerte dem Immobilienmakler zu. Der hob beschwichtigend die Hände. „Von mir aus gern." „Wie geht es Anja?", fragte Manuel und sah Lukas von der Seite an. „Die veranstaltet heute eine Babyparty. Offenbar sind Männer da grundsätzlich nicht erwünscht. Da dachte ich, ich schaue mal wieder, was hier los ist", antwortete der. Während der Immobilienmakler nun über die Rückenlehne hinweg einen Bekannten begrüßte lehnte Manuel sich über den Tisch zu Marie hinüber. „Ist das ok für dich?", wollte er wissen. Er hatte gar nicht gefragt, ob es ihr überhaupt recht war, dass sein Kumpel sich zu ihnen setzte. Sie lächelte und nickte. „Das kostet allerdings nachher einen Extra-Drink", grinste sie frech. Noch bevor er antworten konnte blieb schon wieder jemand an ihrem Tisch stehen. „Hallo Manuel, schön dich zu sehen", begrüßte der Mann ihn und schenkte Marie ein strahlendes Lächeln. „Das ist Alexander Bergmann, ihm gehört das ‚Dungeons'", stellte

Manuel seinen alten Studienfreund vor. „Marie“, stellte sie sich vor und schüttelte ihm die Hand. Der Geschäftsführer blickte ein paar Mal stirnrunzelnd zwischen den beiden hin und her, dann nickte er Manuel fast unmerklich zu. „Ich schaue dann mal, was der Rest der Gesellschaft so macht“, meinte der Clubbesitzer, hob zum Abschied die Hand und verschwand. „Das war irgendwie merkwürdig“, meinte Marie und runzelte die Stirn. „Warum hat der uns so angestarrt?“ Manuel wollte gerade etwas sagen, doch Lukas kam ihm zuvor. „Es ist eher ungewöhnlich, dass Manuel hier so einträchtig mit einer Frau sitzt“, erklärte er ihr. Marie hob die Augenbrauen. „Vielen Dank, Mann“, meinte ihr Gegenüber und presste die Lippen aufeinander. Sein Freund zuckte mit den Schultern. „Stimmt doch.“ Marie grinste, als sie bemerkte, dass Manuel die Röte ins Gesicht stieg. „Sag mal, Manuel“, begann Lukas jetzt und beugte sich zu seinem Freund hinüber. „Hast du dir die Kostenvoranschläge schon angesehen?“ Manuel warf hektisch einen Blick zu Marie. Die hatte jedoch offenbar durch den Lärm nichts von dem Gespräch mitbekommen, denn sie ließ gerade ihren Blick über die Tanzfläche schweifen. Dann schüttelte er den Kopf. „Nein… ich… ich denke nicht, dass ich den Hof abreißen lassen werde“, meinte er dann. Auf Lukas Gesicht erschien ein zufriedener Ausdruck. „Gute Entscheidung“, rief er. „Ich habe nämlich tatsächlich einige Interessenten für deinen Hof. Wenn es dir passt könnte ich nächste Woche mit ihnen vorbeikommen." Manuel schluckte. Darüber, wie es mit dem *Sonnenhof* weitergehen sollte, hatte er die letzten Tage gar nicht nachgedacht. „Nächste Woche passt es nicht so gut", versuchte er sich herauszureden. Lukas neigte den Kopf ein wenig und rückte noch etwas näher an Manuel heran. „Tu mir einen Gefallen und lass dir nicht zu viel Zeit mit der Entscheidung. Mein Vater tritt mir schon auf die Füße." Sein Freund warf ihm einen skeptischen Seitenblick zu. „Manuel!", ertönte plötzlich eine viel zu hohe Stimme von der Seite. „Wow, du scheinst ja hier echt prominent zu sein", stellt Marie fest und grinste ihn an. Er rollte jedoch nur mit den Augen. Im nächsten Moment erschien eine brünette Frau an ihrem Tisch und beugte sich so tief zu ihm hinunter, dass ihm ihr Ausschnitt regelrecht ins Gesicht sprang. Marie stellte fest, dass auch der Rock, den sie trug, für solche Aktionen eindeutig zu kurz war. „Du hast mich letzte Woche versetzt", flötete sie nun und zog eine Schnute. „Ich war beschäftigt", antwortete Manuel knapp, ohne sie näher zu betrachten. „Vielleicht sollten wir dann jetzt da weitermachen, wo wir beim letzten Mal aufgehört haben", raunte das Püppchen ihm jetzt ins Ohr. Manuel presste die Lippen aufeinander und sah ihr jetzt endlich ins Gesicht. „Ich bin in Begleitung hier", sagte er mit fester Stimme und hob die Augenbrauen. Die Brünette drehte sich um und rümpfte die Nase. Sie musterte Marie wie ein Insekt. Die setzte sich aufrecht hin, straffte die Schultern und lächelte die andere Frau süßlich an. Ihr Gegenüber schien eindeutig beleidigt zu sein. „Der treibt es doch mit Jeder“, zischte sie und rauschte davon. Marie sog scharf die Luft ein. „Das ist also deine Zielgruppe?“, fragte sie herausfordernd und sah Manuel direkt in die Augen. Dem war die ganze Situation ganz offensichtlich unangenehm. So hatte er sich diesen Abend garantiert nicht vorgestellt. „Das tut mir so leid“, murmelte er und hielt ihrem Blick stand. Dann versuchte er, möglichst schnell vom Thema abzulenken. „Willst du tanzen?“ „Oh nein!“, rief Marie und hob abwehrend die Hände. „Ich tanze nicht!“ „Keine Sorge, Manu zieht dich schon mit. Der hat das drauf“, versuchte Lukas ihr Mut zu machen. Marie sah Manuel an. Da war er wieder, dieser Hundeblick aus den leuchtenden Augen. „Also schön“, erwiderte sie resignierend und rutschte von der Sitzbank. „Hier kennt mich eh niemand. Ich hab ja nichts zu verlieren.“

***

Marie konnte nicht fassen, dass sie sich tatsächlich darauf einließ. Sie und tanzen – das waren zwei Welten, die einfach nicht zusammenpassten. Doch als sie Manuel jetzt so strahlen sah konnte sie gar nicht anders, als nachzugeben. Beruhigt stellte sie fest, dass die Tanzfläche so voll war, dass sie gar nicht weiter auffallen würde. Im Schneckentempo kämpften sie sich durch die Menschenmenge zur Mitte der Fläche vor. Während sie selbst nur einige einfache Schritte nach links und rechts zustande brachte, schien Manuel vollkommen in seinem Element zu sein. Lukas hatte Recht gehabt, er war wirklich ein guter Tänzer. Marie biss sich von innen auf die Lippe und kam nicht umher, ihn beeindruckt zu beobachten. Allerdings war sie nicht die Einzige. Der Großteil der umstehenden Frauen hatte seinen Blick auf ihre Begleitung geheftet und starrte ihn ganz unverwandt an. Marie schluckte. Nein, das machte ihr nichts aus. Schließlich war sie hier, um Manuel einen Gefallen zu tun. Nicht, weil sie den Abend zusammen verbringen wollten. Oder weil sie ihn irgendwie attraktiv fand. „Hallo!", hörte sie plötzlich jemanden über die Musik hinweg in ihr Ohr schreien und drehte sich erschrocken um. Der Typ vor ihr grinste sie schief an. Er hatte die dunklen Haare zu einem Zopf gebunden und seine braunen Augen musterten Marie interessiert. „Dich habe ich hier noch nie gesehen", meinte der Kerl und tanzte einen Schritt auf sie zu. „Bin zum ersten Mal hier", schrie Marie gegen die dröhnenden Bässe an. Ihr Gegenüber nickte. „Ich bin Sascha." „Marie." Sie warf einen Blick zu Manuel rüber, der gerade ziemlich offensichtlich von zwei Blondinen angetanzt wurde. Marie biss die Zähne zusammen. War das sein Ernst, dass er sie erst hierherschleppte, und sich dann mit diesen Püppchen vergnügte? Sie merkte, wie ein unangenehmes, nagendes Gefühl in ihr aufstieg. Nein, sie war nicht eifersüchtig. Schließlich war da gar nichts zwischen ihnen. Aber wenn Manuel dachte, er könnte sie einfach so links liegen lassen, dann hatte er sich geschnitten. Was er konnte, das konnte sie schon lange. Sie lächelte den Typen, der sich als Sascha vorgestellt hatte, an und machte einen Schritt auf ihn zu. Der war natürlich hellauf begeistert und tanzte, was das Zeug hielt. Marie fühlte sich auf der Tanzfläche noch immer nicht wirklich wohl, wurde aber langsam etwas lockerer. Wie selbstverständlich stimmte sie in das Johlen der Menge ein, als der DJ den nächsten Song *auflegte. Sascha schien ihre Begeisterung zu teilen und rückte noch ein Stück näher an sie heran. Plötzlich wurde Marie von hinten am Handgelenk gepackt und zur Seite gestoßen. Neben ihr tauchte Manuel auf und blickte den anderen Mann finster an. „Sorry Kumpel, ist nicht", brummte er und zog Marie mit sich. „Hey, geht´s noch?", rief die und starrte ihn wütend an. „Willst du gleich vielleicht noch deine Keule aus der Höhle holen?" Sofort ließ Manuel sie los und senkte den Blick. „Entschuldige bitte", murmelte er. Marie nickte. „Wo hast du denn dein Harem gelassen?", wollte sie wissen und gab sich Mühe, möglichst unbeteiligt zu wirken. Manuel konnte schon wieder unverschämt grinsen. „Bist du eifersüchtig?", neckte er sie. Marie schnaubte und verschränkte die Arme vor der Brust. Dann sah sie ihn herausfordernd an. „Zumindest nicht mehr als du offensichtlich gerade", entgegnete sie spitz. Das Grinsen verschwand aus Manuels Gesicht. „Wenn man mit der hübschesten Frau des Abends da ist muss man auf jeden Typen eifersüchtig sein", raunte er ihr ins Ohr. Marie starrte ihn perplex an und wurde rot. Damit hatte sie jetzt nicht gerechnet. Manuel hielt ihr die Hand hin. „Tanzen?", fragte er und sah sie erwartungsvoll an. Sie nickte und ließ sich von ihm mitziehen. Mit einer fließenden Bewegung zog er sie näher an sich und legte seine Hände sanft an ihre Hüfte. Einen Moment erstarrte Marie unter seiner Berührung, ließ sich dann jedoch von ihm führen. Sie tanzten ja bloß. Wenn bloß dieses verdammte Kribbeln in ihrem Inneren nicht wäre. Innerlich jubelnd stellte Marie fest, dass der DJ nun ihren aktuellen Lieblingssong auflegte. Sie konnte gar nicht anders, als sich zu entspannen und zum Takt der Musik zu bewegen. Manuel grinste sie zufrieden an und Marie passte sich seinem*

Rhythmus an. Ihre Schritte wurden immer schneller und leichter und die Melodie schien einfach nur durch sie hindurchzufließen. Sie hatte nicht geglaubt, an diesem Abend tatsächlich Spaß zu haben. Doch jetzt stand sie hier, mitten auf der Tanzfläche in diesem hoffnungslos überfüllten Club, tanzte, als hätte sie nie etwas anderes gemacht und lachte vergnügt. Und vor ihr stand Manuel, die Haare vom Tanzen vollkommen zerwühlt, mit einem unwiderstehlichen Lächeln im Gesicht und sah sie aus seinen stahlblauen Augen an, als sei sie die einzige Frau an diesem Ort. Als jetzt die letzten Töne erklangen und in den nächsten, etwas langsameren Song übergingen, blickte er sie ernst mit leicht zur Seite geneigtem Kopf an, bevor er einen Schritt auf sie zumachte. Die Hitze seines Körpers sprang auf ihren über und eine Gänsehaut breitete sich vom Nacken ausgehend über ihren gesamten Körper aus. Wie paralysiert starrte Marie Manuel in die Augen, und auch er wandte den Blick nicht ab. Langsam fuhren seine Finger ihre Unterarme hinab, über die Handgelenke und nahmen dann ihre Hände. Zaghaft legte Manuel eine Hand an ihre Wange und sah ihr unsicher in die Augen. Marie biss sich auf die Lippe und das Herz schlug ihr bis zum Hals, als sich seine Lippen vorsichtig ihren näherten. Sein warmer Atem strich ihr über die Haut und erstickte jeden klaren Gedanken im Keim. Seine Lippen waren so nah, dass sie ihre Wärme spüren konnte. Marie schluckte und atmete tief ein. „Ich möchte nach Hause“, flüsterte sie und machte einen Schritt zurück.

Kapitel 15

„Wir müssen aber noch schnell bei mir Zuhause vorbei“, sagte Manuel, ohne Marie anzusehen, als sie nun in der Tiefgarage in seinen Wagen stiegen. Mit einem Ruck wandte sie ihm den Kopf zu und starrte ihn mit großen Augen an. Manuel bemühte sich um ein gequältes Lächeln. „Ich habe doch gesagt, ich bereite eine Überraschung vor“, murmelte er. „Manuel, du musst wirklich nicht…“, setzte die junge Frau an, doch er unterbrach sie. „Zu spät“, meinte er und startete den Motor. „Es wird auch nicht lange dauern.“ Manuel versuchte, sich nicht anmerken zu lassen, dass ihn diese Abfuhr eben auf der Tanzfläche tatsächlich getroffen hatte. Allerdings war er sich sicher, dass ihm das mehr schlecht als recht gelang. Dieser Moment war einfach perfekt gewesen. Es hatte sich angefühlt, als gäbe es auf der Welt nichts anderes als nur sie beide. Und von einem Moment auf den nächsten war es gewesen, als habe sie ihn mit kaltem Wasser übergossen. Natürlich hatte er sie zu nichts drängen wollen. Er hatte die Lippen aufeinandergepresst und langsam genickt. Und dann waren sie gegangen. Vorbei war der Moment. Und Manuel fragte sich unwillkürlich, ob er sich dieses Knistern, das er schon den ganzen Abend zwischen ihnen gespürt hatte, bloß eingebildet hatte. Jetzt saßen sie schweigend nebeneinander im Auto und Manuel war froh, als sie nach wenigen Minuten seine Wohnung erreichten und er dieser erdrückenden Stille auf engstem Raum entfliehen konnte. Mit gesenktem Blick ging er voran zu dem Fahrstuhl, der sie von der Tiefgarage des Wohnkomplexes direkt vor seine Wohnungstür brachte. Während sie nach oben fuhren vermieden sowohl Manuel als auch Marie jeglichen Blickkontakt und er hatte das Gefühl, dass sie erleichtert ausatmete, als das leise ‚Pling' ertönte und sich die Türen mit einem leisen Rattern aufschoben. „Du musst einen kurzen Moment hier warten", sagte Manuel und zog seinen Wohnungsschlüssel aus der Tasche. Marie runzelte die Stirn und sah ihn misstrauisch an, sagte jedoch kein Wort. Dann zuckte sie mit den Schultern und lehnte sich an die gegenüberliegende Wand. Manuel ging in seine Wohnung und ließ die Tür einen Spalt breit offen.

***

Marie lief nervös auf dem Flur auf und ab. Was zur Hölle machte Manuel da drin? Sie war sich ziemlich sicher, dass jemand wie er eine Putzfrau beschäftigte, die für Ordnung in der Wohnung sorgte. Deshalb war es eher unwahrscheinlich, dass es dort so chaotisch aussah, dass er erst einmal einen Weg freischaufeln musste. „Du musst nicht extra die vergessenen BHs deiner letzten Abendbekanntschaft wegräumen. Ich gucke einfach nicht hin", rief sie durch den Türspalt. Von innen war leises Lachen zu hören. Marie atmete erleichtert aus. Wenigstens konnte Manuel schon wieder lachen. Nachdem sie, kurz bevor sie sich im Dungeons geküsst hätten, einen Rückzieher gemacht hatte, hatte sein Gesicht wie versteinert gewirkt. Wenn sie ehrlich war, dann war Marie sich nicht sicher, ob Manuel deshalb wütend oder verletzt war. Wütend, weil er es offenbar nicht gewohnt war, dass eine Frau ihm einen Korb gab. Oder verletzt, weil er es wirklich ernst gemeint hatte. Sie seufzte und sah zur Decke. Warum war sie so blöd gewesen? Eigentlich hatte sie ihn doch gar nicht zurückweisen wollen. Doch als er ihr so nah gewesen war, hatte sie plötzlich Panik bekommen. Sie hatte sich so wohl gefühlt in seiner Nähe. Bei jeder seiner Berührungen war das Flattern in ihrer Magengegend stärker geworden. Sie hatte sich gewünscht, dass dieser Moment auf der Tanzfläche ewig anhalten sollte. Und in diesem Augenblick realisiert, dass sie sich in Manuel verliebt hatte. In den Manuel, den sie am letzten Sonntag auf dem Hof kennengelernt hatte. Und der auch heute wieder da war. Der charmant war und humorvoll. Der sich um sie bemühte und bei dem sie es zum ersten Mal genoss, eine Frau zu sein. Doch was, wenn das alles nur eine Maske war, um sie rumzukriegen? Wenn er plötzlich wieder zu diesem arroganten, oberflächlichen Idioten wurde, der nur ans Geld dachte und den sie bei ihrem ersten Kennenlernen so verachtet hatte? Marie wusste, dass sie ihm womöglich vollkommen verfallen wäre, wenn seine perfekten Lippen sie erst einmal berühren würden. Und dass die Enttäuschung dann umso größer sein würde. Nein, diesen Schmerz wollte sie sich ersparen. Lieber ein Ende mit Schrecken als ein Schrecken ohne Ende. Trotzdem ertappte sie sich dabei, wie sie daran dachte, wie es wohl sei, wenn er sie küsste. „So, du kannst reinkommen“, wurde sie plötzlich von Manuels Stimme aus ihren Gedanken gerissen. Ihr stieg die Röte ins Gesicht und sie hoffte inständig, dass er ihr nicht sofort ansah, woran sie gerade gedacht hatte. Nun öffnete er die Tür ganz und ließ sie eintreten. Neugierig schaute Marie sich in dem geräumigen Flur um. Ihr Blick ging nach links und rechts und wanderte durch die schwach beleuchteten Räume. Ein großes Wohnzimmer, an das sich die offene Küche mit einer gigantischen Kochinsel anschloss. Ein Arbeitszimmer, in dem sich Regale voller Bücher und Ordner aneinanderreihten. Zwei weitere Türen waren verschlossen. Marie vermutete dahinter das Bade- und Schlafzimmer. Alles war ordentlich, so wie sie es erwartet hatte. Doch es wirkte auch alles irgendwie... steril. Unbewohnt. Der Boden war ausgelegt mit dunklem Echtholz-Parkett, auf dem kein einziges Staubkorn zu erkennen war. Die Wände waren durchweg reinweiß gestrichen, hier und da hing ein modernes Kunstwerk. Auch die Möbel waren alle in weißer Hochglanzoptik gehalten. Nur das schwarze Ledersofa stach optisch heraus. Mindestens die Hälfte der Küche war verchromt und wirkte, als wäre hier noch niemals gekocht worden. „Nett hier", murmelte Marie. Manuel sah sie mit einem prüfenden Blick an und grinste dann. „Du hasst es, oder?" Marie suchte fieberhaft nach der passenden Antwort. „Na ja", entgegnete sie gedehnt. „Hassen ist wohl nicht das richtige Wort. Aber, hast du das selbst eingerichtet?" „Ich habe einen Innenarchitekten beauftragt." Marie nickte. „Das habe ich mir gedacht. Wie gesagt, nett. Aber gemütlich ist anders." Unsicher sah sie zu Manuel hinüber. Hoffentlich hatte sie ihm damit jetzt nicht schon wieder vor den Kopf gestoßen. Doch er zuckte nur mit den Schultern. „Ich bin ja eh nicht oft hier", meinte er und ging in die Küche. Sie folgte ihm bis ins Wohnzimmer. „Stehenbleiben und Augen zu machen", rief Manuel. Marie seufzte, schloss dann jedoch trotzdem die Augen. Eigentlich konnte sie Überraschungen nicht ausstehen. Wenige Sekunden später hörte sie seine Schritte direkt vor sich und spürte, dass er vor ihr stehen geblieben war. „Du kannst die Augen aufmachen", raunte er und klang tatsächlich ein wenig nervös. Langsam hob Marie die Lider. Manuel stand direkt vor ihr und sah ihr unsicher in die Augen. In der Hand hielt er ein Tablett mit einem kleinen Schokoladenkuchen. Darin steckte eine bunte Geburtstagskerze, wie man sie auch zu Kindergeburtstagen verwendete. „Alles Gute zum Geburtstag, Marie", flüsterte Manuel und überreichte ihr mit der anderen Hand, die er vorher hinter dem Rücken gehalten hatte, einen bunten Strauß Tulpen. Ihre Lieblingsblumen. Marie schluckte, als ihr vor Rührung die Tränen in die Augen stiegen. So etwas hatte noch kein Mann für sie getan. „Danke", flüsterte sie und sah Manuel in die Augen. Dann warf sie einen Blick auf den Kuchen. „Selbst gebacken?", fragte sie skeptisch und lachte, als Manuel entsetzt die Augen aufriss. „Um Himmels Willen, nein! Glaub mir, das will keiner von uns. Aber selbst in Auftrag gegeben." Er grinste zufrieden. „Na los, du musst dir was wünschen", drängte er dann. Marie nahm ihm das Tablett ab und pustete mit geschlossenen Augen die kleine Kerze aus. Nach einem weiteren Blick auf das leckere Stück Schokoladenkuchen stellte sie ihn auf dem gläsernen Esstisch neben sich ab. Manuel legte die Blumen daneben. „Nochmal, danke. Das wäre wirklich nicht nötig gewesen", murmelte sie noch immer gerührt. „Doch, das war es", widersprach Manuel und rieb sich die Hände. Marie zögerte einen Moment, machte dann jedoch einen Schritt auf ihn zu und umarmte ihn. Manuel legte seine Arme um sie und seine Wärme schien sie zu umschließen. Sie legte ihren Kopf an seine Brust und schmiegte sich an ihn. Diesmal würde sie den Moment nicht verstreichen lassen. Egal, wie weh es später tun würde. Sie atmete Manuels Geruch ein, der gleichzeitig frisch und erdig war. Sein Herzschlag drang an ihr Ohr. War er tatsächlich etwas schneller als normal? Manuel zog sie an sich und sie spürte seinen Atem in ihrem Haar. Zaghaft blickte sie nach oben, direkt in seine stahlblauen Augen. Ein schüchternes Lächeln umspielte ihre Lippen. Die Welt schien stillzustehen, während es in Maries gesamtem Körper knisterte wie vor einer elektrischen Entladung. Manuel zögerte, doch dann legte er sanft seine Lippen auf Maries und in diesem Moment spürte sie, dass sie Recht gehabt hatte. Sie war ihm vollkommen verfallen. Nach dieser ersten, zarten Berührung sah Manuel sie unsicher an, doch als sie lächelte tat er es ihr gleich und ließ seine Hände langsam an ihrem Rücken hinabgleiten. Marie schloss die Augen und genoss das prickelnde Gefühl, dass seine Fingerspitzen auf ihrer Haut hinterließen. Seine Finger fuhren über ihre Hüften, die Taille hinauf und über die Innenseite der Arme wieder hinunter. Sie fuhr ihm mit den Fingern durch die Haare und zog ihn damit zu sich hinunter, um ihn zu küssen. Dieser Kuss war forscher, als der erste. Leidenschaftlicher, aber noch immer zärtlich. Manuels warme, weiche Lippen spielten mit ihren und ließen sie wie in eine Art Rausch fallen. Ohne hinzusehen öffnete Marie die Knöpfe seines Hemdes und strich ihm über die nackte Haut. Er seufzte leise und zog sie noch etwas näher an sich. Wenn das überhaupt noch möglich war. Mit einem gekonnten Griff hob er sie hoch und trug sie durch den Flur, ohne seine Lippen dabei von ihren zu lösen. Mit dem Ellbogen öffnete er eine der verschlossenen Türen. Kühle Luft tanzte über Maries Haut und sie bekam unvermittelt eine Gänsehaut. Dann legte Manuel sie auf einem riesigen, mit fließenden Stoffen bezogenen Bett ab. Seine Hände strichen über ihre Haut und sofort wurde ihr Körper wieder von Hitze durchströmt. Langsam glitt seine Hand ihren Oberschenkel hinauf und schob dabei den leichten Stoff ihres Kleides immer weiter nach oben. Doch plötzlich stoppte er und löste sich von ihr. „Marie… ich…", raunte er, doch Marie schüttelte nur leicht den Kopf. „Hör nicht auf. Bitte", flüsterte sie. Manuel sah ihr einen Moment in die Augen, dann lächelte er sanft und strich ihr eine Haarsträhne aus dem Gesicht. Er beugte sich zu ihr hinab, um sie erneut zu küssen. Vorsichtig kitzelte seine Zunge ihre Lippen und sie erwiderte die Berührung. Manuels Hemd glitt lautlos zu Boden und Marie fuhr mit den Fingern über seinen trainierten Körper. Unter ihren Fingerspitzen spürte sie, wie sich eine Gänsehaut auf seinen Armen ausbreitete. Dann zog er sie hoch, sodass sie dicht an dicht voreinander vor dem Bett standen. Marie öffnete den Neckholder und der leichte, rote Stoff rutschte an ihrem Körper entlang auf den Boden. Sie spürte Manuels Blick auf ihrer Haut und nahm vorsichtig seine Hand. Als sie sich wieder auf das große Bett fallen ließen, lag ihre Kleidung im ganzen Raum verteilt. Marie spürte sein Gewicht auf ihrem Körper und schlang die Arme um seinen Hals. Und dann vergaß sie die ganze Welt um sich herum.

Kapitel 16

Als Marie am nächsten Morgen wach wurde kämpften sich bereits die ersten Sonnenstrahlen durch die dichten, anthrazitfarbenen Vorhänge am Fenster. Sie blinzelte und sah sich einen Moment mit schweren Lidern um. Sie erinnerte sich an den Ausgang des gestrigen Abends – und war von einer Sekunde zur nächsten hellwach. Mit einem Ruck setzte sie sich auf und warf einen Blick neben sich. Doch die andere Betthälfte war leer. Nein, nein, nein! Das konnte doch nicht wahr sein! Noch einmal blickte sie sich um und entdeckte auf dem Fußboden rund um das überdimensionale Bett verteilt vereinzelte Kleidungsstücke. Die von Manuel und auch ihre eigenen. Marie zog sich die Bettdecke über den Kopf und spürte, wie ihr die Hitze ins Gesicht stieg. Was hatte sie sich nur dabei gedacht? Sie ließ sich rückwärts wieder in die Kissen fallen und streckte die Arme aus. „Ok Marie, bleib ganz ruhig. Das war nur eine einmalige Sache. Schließlich hattest du Geburtstag, da darf man ja wohl mal seinen Spaß haben", redete sie auf sich selbst ein. Langsam ließ Marie die Bettdecke von ihrem Gesicht gleiten. Wie spät war es überhaupt? Hektisch tasteten ihre Augen den Raum ab, doch es war weit und breit keine Uhr zu sehen. „Verdammter Mist!", schimpfte sie und kroch auf allen Vieren von der dicken Matratze. Resigniert blickte sie auf das winzige Stück roten Stoff, das als unförmiger Haufen zu ihren Füßen lag. Sie hatte nichts anderes als dieses Kleid anzuziehen. Auch wenn ihr dieses sexy-weibliche Styling gestern wirklich gefallen hatte, das war definitiv ein Kleid, das man nur in einem Club tragen konnte, und nicht im Alltag. Und der war für Marie schon längst wieder eingekehrt. Seufzend schlang sie sich die Bettdecke um ihren zierlichen Körper und machte sich auf die Suche nach der kleinen Handtasche, die Lisa ihr geliehen hatte. „Manuel?", rief sie in den Flur, bekam jedoch keine Antwort. „Mistkerl", zischte sie. Wahrscheinlich hatte er sich aus dem Staub gemacht und hoffte einfach, dass sie verschwunden war, wenn er wieder nach Hause kam. Im Wohnzimmer wurde Marie endlich fündig und angelte ihr Handy aus der Handtasche. Schon 9 Uhr! Sie musste Martina anrufen! Mit fliegenden Fingern tippte sie die Nummer ein und wartete, bis ihre Mitbewohnerin abnahm. „Guten Morgen, Marie", tönte es nach kurzem Klingeln von der anderen Seite. „Martina, guten Morgen!", keuchte Marie und rang nach Luft. „Entschuldige, ich habe total verschlafen. Ich komme, so schnell es geht." Martina lachte leise. „Tu dir die Ruhe an. Die Pferde sind schon versorgt, Thomas und ich frühstücken gerade." Marie atmete erleichtert aus. „Tut mir leid, dass ich euch im Stich gelassen habe." „Mach dir keine Sorgen, Marie", widersprach die Frau am anderen Ende der Leitung. „Hauptsache, du hattest einen schönen Abend." Ja, den hatte sie gehabt. Einen wunderschönen Abend sogar – der unglaublich geendet hatte. Unwillkürlich überkam sie eine wohlige Gänsehaut. Niemals hätte sie Manuel zugetraut, so liebevoll und zärtlich zu sein. Noch jetzt hatte sie das Gefühl, die sanften Berührungen seiner Fingerspitzen und Lippen auf ihrer Haut spüren zu können. Seine Küsse waren berauschend. Und es war nicht von der Hand zu weisen, dass er sehr gut wusste, wie er eine Frau glücklich machen konnte. Bei dem Gedanken daran musste sie lächeln und atmete tief seinen männlichen Geruch, der in dem Stoff hing, ein. „Marie?", meldete sich Martina. „Ja, ich hatten einen tollen Abend. Danke." Plötzlich hörte Marie das Klimpern eines Schlüssels und dann, wie dieser in das Türschloss gesteckt wurde. Und sie stand, nur in eine Bettdecke gewickelt, mitten im Flur! Im nächsten Moment tauchte Manuel in der Tür auf. Sein Gesichtsausdruck wechselte von überrascht zu amüsiert und während Marie krampfhaft versuchte, ihr puterrotes Gesicht zu verbergen, schienen seine Augen jeden Zentimeter ihres Körpers abzutasten. „Wie gesagt, ich komme so schnell, es geht. Bis später", murmelte sie in ihr Handy und legte dann schnell auf. Manuel schloss die Tür hinter sich. „An diese Begrüßung könnte ich mich gewöhnen", grinste er. Marie sah ihn wütend an. „Wo warst du?" „Ich habe Frühstück besorgt." Marie stutzte einen Moment. „Ich dachte, du stehst am Wochenende nie vor 10 Uhr auf", gab sie schnippisch zurück. „Mache ich eigentlich auch nicht", meinte Manuel und legte eine Tüte mit frischen Brötchen auf dem Esstisch ab. „Allerdings habe ich auch eher selten so besonderen Besuch am frühen Morgen da. Da muss ich mich schonmal ein wenig ins Zeug legen." Besonders? Marie sah ihn skeptisch an. „Ich wollte nicht zum Frühstück bleiben", versuchte sie sich herauszureden. Manuel zuckte mit den Schultern. „Zu spät", meinte er und holte zwei Tassen aus dem Schrank. „Kaffee?" Marie schüttelte ungläubig den Kopf. „Ich habe nichts anzuziehen", murmelte sie. Manuel sah sie mit zur Seite geneigtem Kopf an. „Du hattest gestern dieses wunderschöne Kleid an. Hast du das zwischenzeitlich verkauft?", entgegnete er grinsend. Marie presste die Lippen aufeinander. „Nein, aber…", erwiderte sie spitz, gab jedoch auf, als Manuel sie jetzt mit hochgezogenen Augenbrauen ansah. „Ach, vergiss es", zischte sie und machte sich auf den Weg ins Schlafzimmer, um ihr Kleid einzusammeln. Sie konnte sich schließlich schlecht nackt an den Frühstückstisch setzen. „Kaffee ist in fünf Minuten fertig", rief Manuel, als sie im Bad verschwand und die Tür zuknallte.

Marie lehnte sich mit dem Kopf an die kühlen Fliesen und atmete einmal tief durch. Warum war sie eigentlich so wütend auf Manuel? Eigentlich hatte er ihr gar nichts getan. Ganz im Gegenteil. Er war ein richtiger Gentleman gewesen. Aufmerksam und hilfsbereit. Hatte ihr Türen aufgehalten und Drinks spendiert. Tatsächlich hatte er sie richtiggehend hofiert. Und Marie musste feststellen, dass es ihr wirklich gefallen hatte, so behandelt zu werden. Wie eine Frau. Und nicht wie der beste Kumpel. Sie war eine solche Behandlung von ihren Ex-Freunden oder früheren Dates gar nicht gewohnt. Und wenn sie ehrlich war, konnte sie sich durchaus daran gewöhnen. Und in der Nacht – war definitiv nichts passiert, was sie nicht auch selbst gewollt hatte. Marie seufzte und warf einen Blick in den gigantischen Spiegel über dem Doppelwaschbecken. Der größte Teil des Make-ups hatte sich über Nacht verflüchtigt, aber es war noch immer zu sehen, dass sie ihre Augen betont hatte. Und auch ihre Frisur hatte die Nacht beinahe unbeschadet überstanden. Tatsächlich gefiel ihr dieser Anblick richtig gut. Vielleicht sollte sie sich wirklich öfter mal schminken. Auch das rote Chiffon-Kleid fühlte sich noch genauso gut auf der Haut an wie am vorherigen Abend. Auch wenn Marie noch immer der Meinung war, dass das nicht das richtige Outfit für den Frühstücktisch war.

Als sie nach einiger Zeit aus dem Bad kam hatte Manuel bereits den Tisch gedeckt. „Hast du da ernsthaft einen ganzen Beutel Einwegzahnbürsten?", sprach sie ihn auf eine ihrer

Entdeckungen im Badezimmerschrank an. Er zuckte nur mit den Schultern. „Für den Fall der Fälle", meinte er nur. „Und wie oft gibt es so einen Fall der Fälle?", hakte Marie nach. Manuel sah sie amüsiert an. „Setz dich", grinste er. Nachdem Marie zwei Brötchen und ein Croissant mit Butter verspeist hatte lehnte sie sich satt und zufrieden in ihrem Stuhl zurück. „Wo hast du das eigentlich alles so spontan aufgetrieben?", wollte sie wissen und leerte ihre Kaffeetasse. Manuel sah sie mit hochgezogenen Augenbrauen an. „Ich dachte, du kennst dich so gut in der Großstadt aus? Dann solltest du doch wissen, dass man in München beinahe alles zu jeder Tageszeit bekommt." Tatsächlich hatte Marie über die Jahre, die sie nun schon auf dem Sonnenhof lebte, fast vergessen, dass das Leben in einer großen Stadt auch einiges an Annehmlichkeiten zu bieten hatte. Trotzdem würde sie es niemals ihrem jetzigen Wohnort vorziehen. Dann blickte sie nachdenklich auf den gedeckten Tisch. „Mal ganz im Ernst, Manuel. Das alles hier, das bist doch gar nicht du." Er sah sie mit gerunzelter Stirn an. „Wie meinst du das?" „Na ja", erwiderte Marie gedehnt. „Du bist doch eher der Typ, der an einem Sonntag bis in die Puppen schläft, das Frühstücks-Buffett in einem angesagten Bistro plündert, statt es selbst zu machen und den Rest des Tages auf dem Golf- oder Tennisplatz verbringt." Manuel verzog das Gesicht. Marie hatte sein bisheriges Leben ziemlich genau beschrieben, ohne dass sie bisher darüber gesprochen hatten. Er legte langsam das Buttermesser auf dem Tellerrand ab und lehnte sich ebenfalls in seinem Stuhl zurück. „Du hast Recht", erwiderte er und sah sie nachdenklich an. „Das war bisher nie ich. Aber wenn Nicht-Ich-Sein bedeutet, dass ich meine Zeit mit einer wunderschönen, interessanten, liebenswerten Frau verbringe statt mit einem dieser immer gleich aussehenden Modepüppchen, die außer großen Brüsten und einem gut besuchten Instagram-Account nicht mehr zu bieten haben, dann bin ich lieber nicht mehr ich." Marie sah ihn an und nagte an ihrer Lippe. Vielleicht hatte sie ihn wirklich vollkommen falsch eingeschätzt? Oder war das Ganze einfach nur eine Masche? Sie wusste nicht, was sie denken sollte. Sie wusste nur, dass sie jetzt hier mit ihm saß und sich verdammt wohlfühlte. Dass ihr Herz ein wenig schneller klopfte, wenn sich ihre Blicke trafen, versuchte sie erst einmal auszublenden. Eine gemeinsame Nacht machte noch lange keine große Liebesgeschichte. Und jemand wie Manuel war eh nicht der Typ Mann, in den man sich verlieben sollte, wenn man nicht irgendwann mit einem gebrochenen Herzen zurückbleiben wollte. „Kannst du mir gleich ein Taxi rufen?", fragte Marie, nachdem sie gemeinsam den Tisch abgeräumt hatten. Sie stand an der großen Fensterfront des Wohnzimmers und blickte über die unzähligen Wohnblöcke, die ihr wie eine einzige graue Wand erschienen. „Ich habe dir gestern schon gesagt", raunte Manuel, der plötzlich direkt hinter ihr stand, „dass ich dich nach Hause bringe. Das gilt für heute genauso wie für gestern Abend." Er schob Maries lange dunkle Haare über ihre rechte Schulter und küsste sie auf der anderen Seite sanft von der Schulter hoch bis zum Nacken. Marie sog scharf die Luft ein und neigte unwillkürlich den Kopf ein wenig zur Seite. Eine wohlige Gänsehaut lief ihr vom Nacken ausgehend den Rücken hinab. Mit einer geschickten Bewegung drehte Manuel sie um und zog sie an sich. Nervös presste Marie die Lippen aufeinander und sah ihm in die stahlblauen Augen, die eine unerwartete Wärme ausstrahlten. Manuel lächelte leicht und legte ihr vorsichtig die Fingerspitzen an die

Wange. „Danke für den schönen Abend", flüsterte er. „Danke, dass du mich dazu überredet hast", erwiderte sie und kam nicht umhin, ebenfalls zu lächeln. Manuel legte seine Lippen sanft auf ihre und Marie musste feststellen, dass sein Kuss sie auch heute noch ebenso berauschte wie am Abend zuvor. In ihrem Inneren breitete sich eine wohlige Wärme und Zufriedenheit aus. „Verlieb dich nicht in ihn", ermahnte sie sich innerlich selbst. Allerdings war sie sich gar nicht mehr so sicher, ob es hierfür nicht schon zu spät war.

Kapitel 17

„Ich gehe aber nicht in eines dieser Restaurants, in denen es diese winzigen Portionen gibt! Oder Schnecken!“ Angewidert verzog Marie das Gesicht und Manuel musste unwillkürlich lachen, weil sie mit diesem Gesichtsausdruck einfach zu süß aussah. Sie hatten sich seit ihrem Geburtstag nicht mehr gesehen, aber täglich telefoniert oder sich, sobald etwas Zeit da war, Nachrichten geschrieben. „Und“, fuhr sie fort, als sie sich jetzt neben ihm auf den Beifahrersitz des Porsche gleiten ließ, „das hier ist kein Date!“ Manuel hob eine Augenbraue und sah sie herausfordernd an. „Sondern?“, wollte er wissen. Marie nagte an ihrer Unterlippe. „Wir gehen einfach nur etwas essen.“ Manuel lachte leise. „Was man bei einem Date sehr häufig tut“, argumentierte er. Marie schnaubte und verdrehte die Augen, während er den Motor startete. Diese Frau bewies wieder einmal, was er an ihr so anziehend fand. Sie war ehrlich und unabhängig und alles andere als auf den Mund gefallen. Ganz abgesehen von ihrer Optik. „Du siehst hübsch aus“, sagte er. Marie hatte eine ganz leichte Tönungscreme, die ihre Haut frisch und leicht gebräunt erschienen ließ, aufgelegt. Dazu dezent geschminkte Augen und einen leichten Lipgloss. Ihre langen Haare hatte sie zu einem seitlich geflochtenen Zopf gebunden. Manuels Blick wanderte über das leichte, schulterfreie Top und die eng geschnittene Jeans, die ihre langen, schlanken Beine perfekt betonte. Als er sie von der

Seite ansah fiel ihm auf, dass ihre Wangen leicht rot schimmerten. Marie machte es ihm nicht gerade einfach, aber er wusste, was er für sie fühlte. Und er würde ihr beweisen, dass er es ernst meinte. Denn auch, wenn sie versuchte, es so gut wie möglich zu verstecken: Er war sich sicher, dass es ihr genauso ging. Während der Fahrt nach München diskutierten sie über ihre Lieblingsfilme, ihren Musikgeschmack und das allgemeine Weltgeschehen. Lange hatte Manuel sich nicht mehr so gut und entspannt mit einer Frau unterhalten. Eigentlich hatte er das noch nie getan. Ebenso wenig, wie er bisher eine Frau in sein absolutes Münchener Lieblingsrestaurant eingeladen hatte. Lukas war einige Male mit ihm dort gewesen. Und auch mit Alexander Bergmann, dem Geschäftsführer des ‚Dungeons' hatte er einige Abende hier verbracht. Die Frauen, die er bisher getroffen hatte, hätten nicht verstanden, was dieses Restaurant für ihn so besonders machte. Sie erwarteten Champagner und Hummer oder zumindest Filetmedaillons in einer feinen Soße und dazu eine hippe Lokalität. Manuel hatte kein einziges Mal erlebt, dass das Gericht seiner weiblichen Begleitung am Ende so auf dem Teller gelandet war, wie es auf der Karte stand. Bei der Vielzahl der Ernährungsweisen, die er dabei kennengelernt hatte, hatte er irgendwann den Überblick verloren. Hajib, der Inhaber des ‚Al Pasha', hätte für solche Sonderwünsche nur ein müdes Lächeln übrig und sein Gericht wahrscheinlich trotzdem so serviert, wie es seiner

Meinung nach sein sollte. Aber Marie, da war Manuel sich sicher, würde die Atmosphäre, die in dem Restaurant herrschte und die er so liebte, zu schätzen wissen.

Als sie das ‚Al Pasha' durch die schwere, aus Mahagoniholz gefertigte Tür betraten, schlug ihnen direkt der unbeschreibliche Duft orientalischer Aromen entgegen. Der ganze Raum war erfüllt von dem Duft nach Koriander, Minze, Zimt und den vielen anderen Gewürzen, die in der Küche des Morgenlandes verwendet wurden. Manuel sah, wie Marie die Augen schloss und tief einatmete. „Wow", flüsterte sie und ein leichtes Lächeln umspielte ihre Lippen. „Das denke ich auch jedes Mal, wenn ich hier reinkomme", raunte Manuel und legte ihr wie selbstverständlich eine Hand um die Taille. „Manuel!", tönte es plötzlich aus einer Ecke und der Inhaber des Lokals kam strahlend auf sie zu. „Hallo Hajib", sagte er und erwiderte die Umarmung, die Hajib ihm zur Begrüßung schenkte. Der Wirt stammte aus Syrien und war optisch genau das, was Manuel sich immer unter einem orientalischen Koch vorgestellt hatte. Er war groß und hatte eine stämmige Figur. Sein Haupthaar bestand nur noch aus einem dunklen Haarkranz und er trug einen buschigen Schnauzbart. Seine dunklen Augen leuchteten und alles an ihm strahlte die pure Gastfreundschaft aus. „Schön, dich endlich mal in Begleitung einer Dame hier zu sehen. Und einer so hübschen noch dazu", meinte Hajib und zwinkerte Manuel zu während er Marie zur Begrüßung die Hand gab. Die erwiderte den Gruß und schenkte ihm ihr zauberhaftes Lächeln. Unwillkürlich spürte Manuel bei diesem Anblick das aufgeregte Flattern in seiner Magengegend. „Wir haben hinten noch einen schönen, ruhigen Platz frei. Kommt mit“, meinte der Wirt mit seinem landestypischen Akzent und stapfte los. Die beiden folgten ihm und Manuel bemerkte, dass Marie sich mit großen Augen in dem Gastraum umsah. Er konnte sie verstehen. Obwohl er schon so oft hier gewesen war, konnte er sich noch immer nicht an der wundervollen Einrichtung des Lokals sattsehen. Der Boden war mit dunklen Fliesen ausgelegt. Die Wandfarben in sanften Beige- und Terrakotta-Tönen sorgten zusammen mit der gedämpften Beleuchtung für eine unglaubliche Atmosphäre. Die Wände waren verziert mit typisch orientalischen Zeichnungen. Neben einigen Zweier- und Vierertischen hatte Hajib wunderschöne Nischen geschaffen, die durch halbhohe Natursteinmauern voneinander getrennt wurden. Statt der Stühle umrahmte eine u-förmige Sitzbank, die mit zahlreichen Polstern und Kissen versehen war, den massiven Holztisch. Obwohl diese Nischen eigentlich von sechs bis acht Personen besetzt werden konnten, bedeutete Hajib Manuel und Marie nun, sich zu setzen. Wenige Sekunden später überreichte er ihnen strahlend die Speisekarte. Nachdem die Getränke auf dem Tisch standen und sie ihr Essen bestellt hatte, lehnte Marie sich zufrieden seufzend in die bequemen Polster und betrachtete die Wandverzierungen. „Als du sagtest, wir gehen in dein

Lieblingsrestaurant, hätte ich eher vermutet, in einem französischen Gourmettempel zu landen", gab sie zu und sah Manuel an. Der zuckte mit den Schultern. „Ich mag auch keine Schnecken", meinte er grinsend und musterte sie. „Gefällt es dir?" „Es ist wunderschön hier." Sie lächelte und das Strahlen in ihren Augen verriet Manuel, dass sie wirklich begeistert war. Nachdem Hajib das Essen gebracht hatte, war der große Tisch voll beladen mit den köstlichsten Dingen, die die orientalische Küche zu bieten hatte. Mitten auf dem Tisch stand eine gemischte Vorspeisenplatte mit verschiedenen Sorten Hummus, Falafel, Auberginencreme, marinierten, gebratenen Champignons, mit getrockneten Tomaten gefüllten Auberginenröllchen, Oliven und fluffigem Fladenbrot. Marie hatte sich zusätzlich syrische Hackfleischbällchen bestellt und schon beim Anblick der knusprig gebratenen Bällchen lief ihr das Wasser im Mund zusammen. Manuel öffnete den Deckel seiner Lamm-Tajine und sofort verbreitete sich der unverkennbare, köstliche Duft des Orients. Nach einiger Zeit lehnte Marie sich pappsatt zurück und seufzte. „Meine Güte, war das lecker." Manuel lächelte zufrieden und streckte sich. Er war ehrlich beeindruckt, wie viel diese zierliche Person essen konnte. Kurz darauf tauchte der Wirt an ihrem Tisch auf und erkundigte sich, ob alles in Ordnung gewesen sei. „Großartig wie immer", sagte Manuel und zwinkerte Hajib zu. Dieser räumte den Tisch ab und verschwand, um kurz darauf mit zwei kleinen Tellern wiederzukommen. „Oh Gott, ich bekomme keinen Bissen mehr runter", stöhnte Marie, wagte aber trotzdem einen neugierigen Blick auf das, was Hajib dort in der Hand hielt. „Für ein Dessert findet sich doch immer noch ein Plätzchen", meinte er und grinste sie breit an. Dann stellte er die beiden Teller auf dem Tisch ab. „Persischer Liebeskuchen. Eine unserer Spezialitäten. Geht heute aufs Haus, also lasst es euch schmecken." Damit machte er auf dem Absatz kehrt und verschwand, um sich um die anderen Gäste zu kümmern. Marie und Manuel betrachteten den Kuchen auf ihren Tellern. Er war wunderschön mit gehackten Pistazien und getrockneten Rosenblättern verziert. Marie nahm ein Stück auf die kleine Dessertgabel und schon Sekunden, nachdem es in ihrem Mund verschwunden war, schloss sie seufzend die Augen. „Oh. Mein. Gott. Ich glaub, ich bin im Himmel." Manuel, der skeptisch die Augenbrauen gehoben hatte, lachte leise auf. Er war sich ziemlich sicher, dass dieser Kuchen zwar lecker, aber wie alle orientalischen Nachspeisen viel zu süß war und ihn wahrscheinlich nicht in dieselbe Ektase versetzen würde, wie es bei einer Frau der Fall war. Innerhalb von Sekunden hatte Marie ihren Teller geleert und Manuel schob ihr seinen Nachtisch rüber. „Willst du nicht?", fragte sie überrascht, zog den Teller aber sofort mit einem glücklichen Strahlen in den Augen zu sich. „Ich bin nicht so der Dessert-Typ", erwiderte er und beobachtete zufrieden, wie sie auch das zweite Stück des Liebeskuchens genoss. Er seufzte zufrieden. Marie war wirklich eine wundervolle Abwechslung zu all den Frauen, die nur einen kleinen Salat ohne Dressing oder gedämpften Fisch ohne Beilagen bestellten. Nachdem auch der zweite Teller geleert war hielt Marie sich den Bauch und atmete ein paar Mal tief ein und aus. „Du wirst mich gleich hier rausrollen müssen“, stöhnte sie. „Ich hätte eine Idee, wie du das schnell wieder abtrainieren kannst“, meinte Manuel grinsend, was Marie mit einem Augenrollen quittierte. Manuel bezahlte und als sie das Restaurant verließen, war es draußen bereits dunkel geworden und hatte sich deutlich abgekühlt. Fröstelnd rieb Marie sich die Oberarme. „Warte kurz“, sagte Manuel, öffnete den Kofferraum seines Sportwagens und zog eine Lederjacke hinaus, die er Marie um die Schultern legte. „Danke“, murmelte sie und atmete den herben Geruch nach Leder und Manuels Aftershave ein. „Gehen wir ein Stück?“, fragte er. Im nächsten Moment merkte er, dass sein Handy in seiner Tasche vibrierte. Lukas. Manuel seufzte leise. Sein Freund wollte ihm wahrscheinlich wieder einige Termine für eine Besichtigung des ‚Sonnenhofs‘ vorschlagen. In der letzten Woche hatten er oder sein Vater deswegen beinahe täglich angerufen. Unschlüssig starrte er auf das Display. „Willst du nicht rangehen?“, fragte Marie. Manuel fuhr sich mit der Hand über den Nacken, drückte dann die Auflegen-Taste und ließ das Telefon wieder in seine Hosentasche gleiten. „Nicht so wichtig“, murmelte er und lächelte Marie an. Sie brauchten nur wenige Minuten, bis sie die

Isar erreichten. Obwohl es inzwischen spät geworden war, war die Promenade noch immer gut besucht. Eine ganze Weile gingen sie schweigend nebeneinander her, bis Marie sich irgendwann räusperte. „Wie lange wohnst du schon in München?", wollte sie wissen. „Seit ich 13 bin", antworte er. „Und warum?", hakte sie nach. „Was meinst du mit *warum?*", entgegnete er. Marie schien einen Moment nach den richtigen Worten zu suchen. „Na ja", sagte sie dann. „13 Jahre finde ich recht früh, um zu entscheiden, dass man nicht mehr bei seinen Eltern leben will." Manuel sah sie skeptisch von der Seite an. Offenbar hatten die Liebstädts ihr nicht erzählt, was vor 16 Jahren vorgefallen war. „Das ist eine lange Geschichte", murmelte er und heftete seinen Blick auf den Boden. Marie blieb stehen. „Ich habe heute Abend nichts mehr vor", meinte sie. Manuel schluckte. „Es ist kompliziert", sagte er ausweichend und schüttelte leicht den Kopf. Die junge Frau sah ihn mit hochgezogenen Augenbrauen an und kräuselte die Lippen. „Ich denke, ich werde dir folgen können." Manuel seufzte und fuhr sich mit der flachen Hand übers Gesicht. Wenn er Marie wirklich für sich gewinnen wollte, dann musste er ehrlich zu ihr sein. „Also gut", sagte er resigniert und deutete auf eine Sitzbank in einiger Entfernung. „Setzen wir uns einen Moment." Marie ließ sich auf die breite Bank fallen und verschränkte ihre Beine zum Schneidersitz. Dann sah sie Manuel neugierig an. Er setzte sich neben sie und suchte eine Weile nach den passenden

Worten. „Ich hatte eine wirklich schöne Kindheit", begann er dann unsicher, ohne Marie anzusehen. „Ich habe es geliebt, draußen zu sein. Die Tiere zu versorgen. Meiner Mutter im Garten zu helfen. Meine Eltern und ich hatten ein gutes Verhältnis. Und dann bin ich hier in München auf das Gymnasium gekommen. Da habe ich plötzlich ein ganz anderes Leben kennengelernt, als ich es bisher lebte. Bei uns Zuhause fehlte es finanziell an allen Ecken und Enden. Ich habe ständig nur Klamotten aus dem Second Hand-Laden bekommen. Meine neuen Freunde hatten dagegen immer Markenjeans und Designerjacken und im Monat so viel Taschengeld für sich, wie ich im ganzen Jahr nicht. Kannst du dir vorstellen, wie das für einen Zehnjährigen ist, wenn er gemobbt wird, weil alle sehen können, dass seine Familie arm ist? Und selbst, wenn wir genug Geld gehabt hätten, wäre es nicht anders gewesen. Meine Eltern waren einfach irgendwo in ihrem 70er Jahre-Hippie-Leben hängengeblieben. Ich habe das so gehasst." Er hob seinen Blick und sah Marie an, die jedoch nachdenklich auf den Boden starrte. „Und weiter?", fragte sie nach einem Augenblick des Schweigens, der Manuel unerträglich lang vorgekommen war. „Ich habe versucht, so wie meine Freunde zu sein", fuhr er dann fort. „Ich habe mir auf allen möglichen Wegen Geld dazuverdient, um mir auch teure Klamotten und das neueste Handy kaufen zu können. Und ich habe meine Eltern mehr als deutlich spüren lassen, dass ich ihren Lebensstil verachte. Was wahrscheinlich die meisten

Jugendlichen mit Beginn der Pubertät machen. Aber ich habe es ehrlicherweise manchmal ziemlich auf die Spitze getrieben.“ Wieder trat eine unangenehme Stille ein. „Das ist alles? Du warst einfach der Meinung, dass deine Eltern nicht cool genug sind und wolltest deswegen nichts mehr mit ihnen zu tun haben?“ Als Marie Manuel nun anstarrte konnte er einen zornigen Ausdruck in ihren Augen erkennen. „Nein, so war das nicht“, zischte er und konnte die Wut in seiner Stimme nicht verbergen. Marie verurteilte ihn, ohne zu wissen, was wirklich passiert war. „Du wolltest wissen, was passiert ist, also lass mich auch ausreden!“ Marie murmelte etwas Unverständliches, schwieg dann jedoch. Manuel räusperte sich. „Jedenfalls hat es zwischen meinen Eltern und mir immer ziemlich geknallt. Und anscheinend zwischen den beiden auch. Allerdings habe ich das nicht mitbekommen, weil ich viel zu sehr mit mir selbst beschäftigt war.“ „Wie meinst du das?“, fragte Marie und neigte den Kopf, als Manuel innehielt und seinen Blick einen Moment stumm über die Isar gleiten ließ. Er spürte, wie sich ein riesiger Kloß in seinem Hals breitmachte. Nervös fuhr er sich mit der Hand durch die blonden Haare. „Irgendwann bin ich von der Schule nach Hause gekommen, und meine Mutter war einfach weg“, fuhr er nach einigen Minuten des Schweigens fort. Marie sah ihn mit gerunzelter Stirn an. „Was meinst du mit *weg*?“ Manuel sah sie mit gesenktem Kopf an und presste die Lippen aufeinander. „Ausgezogen. Ohne ein Wort“, stieß er dann hervor. Marie riss ungläubig die Augen auf. „Was... aber...“, stammelte sie, fand aber nicht die richtigen Worte. „Danach ging es mit meinem Vater und mir endgültig bergab“, sagte Manuel mit brüchiger Stimme. „Wir haben uns nur noch gestritten und uns die schlimmsten Dinge an den Kopf geworfen. Er hat angefangen zu trinken und ich wollte nur noch weg. Kurze Zeit später bin ich dann zu meiner Tante nach München gezogen und habe den Kontakt zu ihm vollkommen abgebrochen.“ „Und deine Mutter?“, fragte Marie vorsichtig. „Hat sie sich noch einmal gemeldet?“ Manuel schüttelte leicht den Kopf. „Nie wieder.“ „Oh mein Gott“, hörte er Marie neben sich flüstern. Er vergrub das Gesicht in seinen Händen und stützte die Ellbogen auf den Oberschenkeln auf. 16 Jahre waren vergangen, und es tat heute noch genauso weh wie an jenem Tag im Juli. Auch wenn sie oft verschiedener Meinung gewesen waren, hatte Manuel seine Mutter abgöttisch geliebt. Sie war sein Fels in der Brandung gewesen. Manuel hatte sie bewundert, weil sie offensichtlich alles mit Leichtigkeit schaffte und sich niemals von jemandem abhängig machte. Und plötzlich war diese Sicherheit weg gewesen. Und sein Vertrauen, dass ihm jemals wieder irgendjemand diesen Halt geben konnte, war verschwunden. Am schlimmsten waren jedoch diese Gedanken, die seit ihrem Verschwinden Tag für Tag in seinem Kopf kreisten. Denn auch, wenn er vor allen anderen immer seinen Vater für dieses Drama verantwortlich gemacht hatte, hatten sich in seinem

Unterbewusstsein nagende Zweifel breitgemacht. Insgeheim glaubte er, dass sein Vater Recht hatte. Er selbst hatte seine Mutter vertrieben. Er war so respektlos und herablassend gewesen, dass sie es bei ihrer Familie nicht mehr ausgehalten hatte. Mit *ihm* nicht mehr ausgehalten hatte. Als Marie ihm jetzt die Hand auf die Schulter legte schluckte er hart, um die aufsteigenden Tränen herunterzuschlucken. Nie zuvor hatte er mit jemandem über seine Mutter gesprochen. Und jetzt, wo er es ausgesprochen hatte, schienen die ganze Wut, der Schmerz und die Verzweiflung aus ihm herauszubrechen. Es war, als würde er in ein tiefes Loch gezogen werden. Er vermisste seine Mutter. Jeden verdammten Tag. Er hatte sie immer vermisst. Und trotzdem seine Gefühle so weit wie nur möglich von sich geschoben, damit sie bloß niemand entdeckte. Damit ihn niemand verletzen konnte. Nicht noch einmal. Ohne ein Wort stand Marie auf und ließ sich auf seinen Schoß gleiten. Sie schlang die Arme um seinen Hals und drückte ihn an sich. „Ich brauche dein Mitleid nicht, Marie“, schniefte er halbherzig und lehnte sich zurück. Doch sie dachte gar nicht daran, ihren Griff zu lösen. „Doch, brauchst du“, flüsterte sie und strich ihm über den Nacken. Und sie hatte Recht. Er brauchte jemanden, mit dem er sein Leid teilen konnte. Der ihm Halt gab. Bei dem er nicht immer stark sein musste, wenn er es eigentlich gar nicht war. Er brauchte *sie*. Eine ganze Weile saßen sie so auf der Bank und Manuel genoss Maries Umarmung. Ihre Nähe. Ihren Geruch.

„Wir sollten gehen", raunte er irgendwann in ihr Haar, das ihm kitzelnd über das Gesicht strich. „Du hast ja schon ganz kalte Hände." Sie sah ihn aus ihren haselnussbraunen Augen an und nickte leicht. „Vielen Dank für das schöne Nicht-Date", murmelte Manuel und versuchte sich an einem gequälten Grinsen. „Wir können es ja noch zu einem Date machen", flüsterte Marie und nagte an ihrer Unterlippe. Manuel legte den Kopf schief und zog fragend die Augenbrauen hoch. Eine Gänsehaut durchfuhr ihn, als sie ihm mit den Fingern erst durch die Haare fuhr und dann ihre Hand vorsichtig an seine Wange legte. Der Kuss, den sie ihm gab, war so sanft und liebevoll, dass Manuel für einen Moment die Welt um sich herum vergaß. Dieser Augenblick gehörte nur Marie und ihm. Und egal, was es ihn kostete, er würde diese Frau nie wieder loslassen.

Kapitel 18

„Bist du dir wirklich sicher?“, flüsterte Manuel, als er mitten in der Nacht hinter Marie am Schlafzimmer der Liebstädts vorbeischlich. „Ja, bin ich“, erwiderte sie und stieg die ersten Stufen zu ihrer Wohnung hoch. Plötzlich drehte sie sich mit einem Ruck um. „Du etwa nicht?“, zischte sie und sah ihn mit zusammengekniffenen Augen an. Manuel grinste und gab ihr einen flüchtigen Kuss. Er schien gerade etwas antworten zu wollen, als irgendwo im Haus etwas knackte und sie beide den Atem anhielten. Nach einigen Sekunden, in denen sich keiner von ihnen rührte, stieg Marie leise kichernd die restlichen Stufen bis zu ihrer Wohnungstür hoch. Sie fühlte sich wie ein Teenager, der sich mit seinem Freund nachts an seinen Eltern vorbeischlich. Mit dem Gedanken, dass das, was sie gleich vorhatten, diesen die Schamesröte ins Gesicht treiben würde. Natürlich war Marie bewusst, dass Manuel und sie erwachsen und Thomas und Martina weder seine noch ihre Eltern waren. Und doch war der Nervenkitzel derselbe. Marie schloss leise die Wohnungstür hinter sich und streifte Manuels Lederjacke ab, um sie über die Lehne des breiten Sessels zu legen. Er musterte sie lächelnd, bevor er ihre Handgelenke umfasste und sie langsam an sich zog. Marie legte ihren Kopf an seine Brust und schlang die Arme um ihn. Sein herber Geruch und sein Atem, der ihren Nacken kitzelte, als er sie jetzt ebenfalls umarmte, ließen eine wohlige Gänsehaut über ihren Körper schießen. Gleichzeitig breitete sich eine Wärme in ihrem Inneren aus, wie sie sie noch nie gespürt hatte. Marie seufzte und hob den Kopf, um Manuel in die Augen zu sehen. Er erwiderte ihren Blick und lächelte. Sie biss sich von innen auf die Lippe

und versuchte verzweifelt den Gedanken, der sich mit jeder Sekunde stärker in ihrem Kopf ausbreitete, zu vertreiben. Doch es war zwecklos. Verdammt, sie hatte sich in Manuel verliebt. Und dies war nicht nur dieses flüchtige Verliebtsein, dass sie bisher kannte. Nicht nur diese körperliche Anziehungskraft, bei der die Hormone jeden klaren Gedanken vernebelten. Natürlich, sie fand Manuel absolut anziehend. Sie bezweifelte, dass es überhaupt eine Frau gab, die seinen markanten Gesichtszügen, den strahlend stahlblauen Augen und diesem Lächeln, bei dem sich an den Wangen leichte Grübchen abzeichneten, widerstehen konnten. Ganz abgesehen von seinem perfekten Körper und dem nicht abzusprechenden Charme, den er gekonnt einzusetzen wusste. Doch dahinter hatte Marie noch viel mehr gefunden. Hinter dieser schönen Fassade des starken, selbstbewussten, überheblichen Mannes hatte sie den echten Manuel gefunden. Den, der liebevoll und aufmerksam war. Der Angst davor hatte, verletzt zu werden. Und der noch immer die Seele des Jungen in sich trug, der seine Mutter vermisste. Das zwischen ihnen erschien Marie so viel größer zu sein als alles, was sie bisher gefühlt hatte. Nähe. Vertrautheit. Anziehung. Diese Mischung der verschiedensten Gefühle verwirrte sie schon seit einer ganzen Weile. Immer dann, wenn Manuel in ihrer Nähe war. Doch jetzt wollte sie ehrlich sein. Zu ihm - aber auch zu sich selbst. Sie umfasste seinen Nacken und zog ihn an sich, um ihm einen zärtlichen Kuss zu geben. Er stöhnte leise auf und ließ langsam seine Hände an ihrem Rücken hinabgleiten. Marie hatte das Gefühl, das jeder einzelne Zentimeter ihres Körpers unter Strom stand und sich unter Manuels Berührung entlud. Während ihre Zungen sich spielerisch umschlangen öffnete sie langsam die Knöpfe seines

Hemdes und ließ die Fingerspitzen über seine perfekt trainierten Bauchmuskeln gleiten. Sie spürte, wie er unter ihren Fingern erzitterte und biss ihm neckisch in die Unterlippe, was er mit einem wohligen Seufzen kommentierte. Manuel umfasste mit seinen großen Händen ihre Oberschenkel und hob sie hoch. Marie schlang ihre Beine um seine Hüften und er trug sie mit schlafwandlerischer Sicherheit in Richtung des Schlafzimmers, ohne sich auch nur eine Sekunde von ihren Lippen zu lösen. Nachdem er sie vorsichtig auf dem Bett abgelegt hatte sah er ihr fest in die Augen und Marie schob mit den Fingerspitzen den Stoff über seine Schultern. „Du bist so wunderschön", flüsterte er und tastete sich mit seinen Augen über ihren Körper. Ihr Top war ein wenig nach oben gerutscht und er beugte sich über sie, um unzählige kleine Küsse auf ihrem Bauch zu verteilen. Sie stöhnte leise auf und biss sich auf die Unterlippe. Marie spürte, wie Manuel sich langsam nach oben arbeitete, eine Hand an ihrer Hüfte, die Finger der anderen mit ihren eigenen verschränkt. Er richtete sich ein wenig auf und öffnete vorsichtig den Knopf ihrer Jeans. Ihr Blick fuhr über seinen muskulösen Oberkörper und blieb dann an seinen vollen, leicht geöffneten Lippen hängen. Um sie herum war es still, doch sie hatte das Gefühl, dass das Knistern, dass zwischen ihnen lag, beinahe hörbar wurde. Sein Atem war ebenso schwer wie ihrer geworden und jetzt durchbrach nur das leise Kratzen ihres Reißverschlusses, den er langsam herunterzog, die aufgeheizte Stille. Manuel schob Zentimeter für Zentimeter den Jeansstoff nach unten und jedes Mal, wenn seine Fingerspitzen dabei versehentlich ihre Haut berührten, durchfuhr Maries ganzen Körper eine prickelnde Welle voller Verlangen. Mit jeder Sekunde, die verging, wollte sie nichts mehr, als ihn zu spüren.

Seine warme Haut auf ihrer. Seine sanften Lippen auf ihren. Seinen Atem auf ihrer Haut. Und viel mehr. „Ich will dich“, hauchte sie und sie versanken in einem leidenschaftlichen Kuss, der immer fordernder wurde.

***

Ein lautes Klingeln ließ Manuel hochfahren und er drehte sich ächzend auf die Seite. „Was ist denn los?“, murmelte er und sah Marie aus den schmalen Schlitzen, zu denen er seine Augen mit größter Mühe bewegen konnte, an. Die stellte den Wecker zurück auf ihren Nachttisch und erwiderte seinen Blick mit geneigtem Kopf. „Wir müssen aufstehen“, sagte sie und grinste. „Jetzt?“, rief er und war mit einem Schlag hellwach. „Wir sind doch gerade erst ins Bett gegangen!“ Marie kicherte und gab ihm einen leichten Kuss, bevor er seinen Kopf wieder in dem weichen Kissen vergrub. „Ok, mein Freund“, flüsterte sie direkt an Manuels Ohr und ließ ihre Finger über seine nackten Schultern den Rücken hinunterwandern, womit sie auch die unteren Regionen seines Körpers eindeutig wach bekam. „Heute hast du noch Schonfrist. Beim nächsten Mal trage ich dich notfalls eigenhändig zum Füttern in den Stall.“ Manuel drehte seinen Kopf in ihre Richtung und sah sie aus einem halb geöffneten Auge an. Dann grinste er bei dem Gedanken daran, wie diese kleine, zierliche Person ihn zu irgendetwas nötigen wollte. Wie zum Beweis legte er einen Arm um ihre Hüfte, als sie gerade aufstehen wollte, und zog sie wieder an sich. Marie gab ein fast lautloses Quietschen von sich, erwiderte dann jedoch seinen Kuss, der seine ziemlich eindeutigen Absichten durchscheinen ließ. Dann löste sie sich jedoch von ihm und sah ihm in die Augen. „Ich muss wirklich los. Wir sehen uns beim Frühstück." Nur widerwillig zog Manuel seinen Arm zurück und ließ sie gehen. Obwohl Marie versuchte, möglichst schnell im Bad zu verschwinden konnte er einen kurzen Blick auf ihren nackten Körper erhaschen und er hatte das Gefühl, dass schlagartig die Temperatur im Raum gestiegen war. Seufzend rollte er sich auf den Rücken und zog die warme Daunendecke ein Stück nach oben. Die letzte Nacht war wunderschön gewesen. Natürlich hatte er auch ihre erste gemeinsame Nacht noch lange nicht vergessen. Allein bei dem Gedanken daran stieg unwillkürlich die Hitze in ihm auf. Aber dieses Mal war es anders gewesen. So viel intensiver. So viel intimer. Jede Berührung hatte sich vertraut angefühlt. Jedes Mal, wenn er seine Lippen von ihren gelöst hatte, war das Verlangen nach ihr beinahe übermächtig geworden. Wenn Marie bei ihm war, dann fühlte Manuel sich komplett. Es war, als hätte er ein lange verlorenes Puzzleteil endlich gefunden. Wenige Minuten später hörte er, wie Marie aus dem Bad kam. Sie machte sich auf den Weg zur Tür, blieb kurz davor jedoch noch einmal stehen und drehte sich zu ihm um. Ihr Blick tastete sich über seinen Körper und blieb an seinen Augen hängen. Dann machte sich ein Lächeln auf ihrem Gesicht breit und im nächsten Moment verschwand sie durch die Tür. Manuel streckte sich ausgiebig und warf dann einen flüchtigen Blick auf sein Handy. Es war 7 Uhr. Für einen Sonntag eindeutig nicht die richtige Uhrzeit, um aufzustehen. Er drehte sich wieder auf die Seite und schloss die Augen, gab es nach einigen Minuten jedoch auf, wieder einschlafen zu wollen. Hier in Maries Bett zu liegen, ohne dass sie da war, fühlte sich falsch an. Das Bett schien ohne sie, obwohl es deutlich kleiner war als sein eigenes, viel zu groß zu sein. Seufzend schwang Manuel die Beine aus dem Bett und fuhr sich mit den Fingern durch die Haare. Diese Frau hatte sein Leben ganz schön auf den Kopf gestellt. Er zog sich seine Jeans über und machte sich auf den Weg ins Bad. Als er gerade in den kleinen Raum abbiegen wollte fiel sein Blick kurz auf Maries Schreibtisch, der in der Ecke des Wohnzimmers stand. Er war penibel aufgeräumt, alles darauf hatte seinen Platz. Was wirklich Manuels Aufmerksamkeit auf sich zog, waren die Zeichnungen, die mitten auf dem Tisch lagen. Er ging einen Schritt näher heran, zögerte dann jedoch. Eigentlich ging es ihn nichts an aber… war das nicht der Grundriss des ‚Sonnenhofs'? Manuel biss sich auf die Lippe. Unschlüssig, ob er sich die Aufzeichnungen einmal genauer ansehen sollte oder nicht. Er ging einen Schritt zurück und blickte aus dem Dachfenster auf den Hof. Durch das kleine Stallfenster sah er, dass Marie gerade dabei war, die Futtereimer zu befüllen. Nervös knetete er sich die Hände. Nur einen kurzen Blick… Zögerlich ging er auf den Schreibtisch zu und nahm das oberste Blatt Papier in die Hand. Das war tatsächlich ein Grundriss des

Hofes. Er betrachtete die nächste Zeichnung, auf der er einige Notizen fand. *Mischnutzung? Patenschaften? Umbau?* stand dort geschrieben. Er sah sich noch einmal zur Tür um und nahm dann den Stapel mit den restlichen Unterlagen in die Hand. Marie schien wirklich interessante Ideen für die Nutzung des Hofes zu haben. Allerdings fand er nirgends eine Kalkulation für all ihre Vorhaben. Manuel seufzte. Genau das war das Problem. Gute Ideen hin oder her. Weder Marie noch Thomas und Martina machten sich Gedanken darüber, was so eine Sanierung an Kosten nach sich zog. Er wollte gerade nach unten gehen, als sein Handy klingelte. „Guten Morgen, Lukas", sagte er und blickte aus dem Fenster auf den Garten hinaus. Ewig konnte er den Makler ja nicht abwimmeln. „Guten Morgen", kam es vom anderen Ende der Leitung. „Hör mal, Manu. Gestern habe ich dich ja nicht erreicht. Wie sieht es mit Besichtigungsterminen in der nächsten Woche aus?" „Sorry, nächste Woche ist schon komplett verplant", log Manuel und biss sich auf die Lippe. „Du, die Kunden springen mir ab, wenn das nicht langsam mal was wird. Und mein Vater macht mir auch schon Druck. Die Provision für ein so großes Objekt will er sich natürlich nicht entgehen lassen, verstehst du?" Manuel nickte, auch wenn sein Freund es nicht sehen konnte. „Ich melde mich, sobald es bei mir passt", murmelte er und warf erneut einen Blick auf Maries Zeichnungen. Einen Moment herrschte Stille. Dann hörte er Lukas seufzen. „Ist gut", meinte er dann. „Aber überleg nicht mehr allzu lange, ja?" „Verspochen." Manuel legte auf und fuhr sich mit der Hand übers Gesicht. Dann machte er sich auf den Weg in die Küche. Hier war Martina schon eifrig dabei, das Frühstück vorzubereiten. Es roch nach frischen Brötchen, auf dem Herd brutzelte knusprig gebratener Speck und Martina stellte gerade eine große Kaffeekanne auf den Tisch. „Manuel!", rief sie überrascht, als dieser den Raum betrat. „Wo kommst du denn... warst du heute... oh...". Manuel glaubte einen Hauch Röte in ihrem Gesicht zu erkennen. Verlegen rieb er sich den Nacken. „Wir wollten es euch heute sagen", murmelte er und sah sie unter gesenkten Lidern an. Martina brauchte einen Augenblick, um ihre Fassung wiederzugewinnen, doch dann breitete sich ein Strahlen auf ihrem Gesicht aus. „Das ist ja wunderbar!", rief sie und legte ihre Hände sanft an seine Oberarme. Manuel lächelte leicht und sah ihr in die Augen. Dann wurde sein Gesicht ernst. Er hatte eine Entscheidung getroffen, und jetzt gab es kein Zurück mehr. „Martina, ich muss mit dir reden", sagte er mit fester Stimme.

Kapitel 19

„Wo bist du?“, fragte Marie und warf mit gerunzelter Stirn einen Blick auf ihr Handy. „Du sitzt doch im Auto!“ „Ich bin auf dem Weg zum Hof“, antwortete Manuel und drehte offenbar die Musik im Hintergrund etwas leiser. „Zum ‚Sonnenhof‘?“, entgegnete Marie skeptisch. „Warum?“ Manuel antwortete nicht sofort. „Ich habe Thomas versprochen, ihm mit ein paar Sachen zu helfen und mir heute freigenommen“, erwiderte er dann zögerlich. Marie presste die Lippen aufeinander. Er hatte frei und kam zum Hof, ohne ihr etwas davon zu sagen? Beleidigt schürzte sie die Lippen. „Bist du noch da, wenn ich von der Arbeit komme?“, wollte sie wissen. Manuel murmelte etwas Unverständliches, als würde er mit jemandem neben sich sprechen. „Bist du nicht allein?“, fragte Marie misstrauisch und kniff unwillkürlich die Augen zusammen. „Was... ich... entschuldige, da hat mir gerade jemand die Vorfahrt genommen. Du, ich lege jetzt auf, wir sehen uns nachher.“ Damit klickte es in der Leitung und der Anruf war beendet. Fassungslos starrte Marie auf das Display. Hatte Manuel sie jetzt ernsthaft einfach abgewürgt? Na, der konnte nachher was erleben! Sie hätte ihm ja gesagt, dass sie auch schon Feierabend machte. Ihr Chef war vor einer halben Stunde vollkommen aufgelöst zu ihnen an den Empfang gekommen und hatte gesagt, dass seine Tochter entschlossen hätte, sich auf den Weg zu machen. Ihre Kollegin Christa hatte ihm gut zugeredet und versichert, dass eine Geburt ein unvergessliches Erlebnis sei und er sich nun erst einmal um seine Frau kümmern solle. Sie beide würden sich währenddessen schon um die Praxis kümmern. Also hatte

Marie einen Hinweis für die Patienten an der Tür aufgehängt, dass die Praxis für die nächsten zwei Tage geschlossen sei, weil der Doktor Vater werde. Danach hatte sie noch einige Anrufe entgegengenommen, bis Christa meinte, dass sie ohne Doktor Berger eh nicht viel machen könnten und Marie sich doch den Nachmittag freinehmen solle. „Aber wenn etwas ist, rufst du mich sofort an!", hatte diese gesagt und ihre Kollegin streng angesehen. Allerdings musste Marie, auch wenn sie ihren Job über alles liebte zugeben, dass sie keine große Lust hatte, noch einmal wiederzukommen, wenn Manuel tatsächlich auf dem ‚Sonnenhof' war. Er hatte sie ja vorhin am Telefon nicht ausreden lassen, also würde sie ihn jetzt einfach überraschen.

Wenige Minuten später nahm Marie ihre Tasche, verabschiedete sich von ihrer Kollegin und schwang sich auf ihr Fahrrad. Es wurde langsam Frühling und obwohl die Sonne vom strahlend blauen Himmel schien war die Luft noch recht frisch. Allerdings wurde ihr beim Gedanken daran, in wenigen Minuten in Manuels Armen zu liegen, gleich ein wenig wärmer. In den letzten Wochen war er immer öfter zu ihr auf den Hof gekommen und hatte auch immer wieder bei der Arbeit mit den Pferden geholfen. Manchmal kam es Marie vor, als würden sie sich schon seit Ewigkeiten kennen, und nicht erst seit wenigen Monaten. Auch wenn ihr Start ein wenig schwierig gewesen war, im Vergleich zu ihren vorherigen Beziehungen schien mit Manuel alles so leicht zu sein. So selbstverständlich. Bei dem Gedanken daran musste Marie lächeln. Ja, sie und Manuel waren tatsächlich ein Paar. Oder zumindest wuchs zwischen ihnen etwas, dass über kurz oder lang ohne Zweifel in einer festen Beziehung enden würde. Sie ergänzten sich perfekt und Marie genoss es nach wie vor, wenn er sich um sie bemühte und sie sich absichtlich etwas mädchenhaft verhalten konnte. Sie konnte sich nicht erinnern, wann sie das letzte Mal so glücklich gewesen war. Sie liebte ihren Job, hatte einen Mann an ihrer Seite, der gleichzeitig liebevoll und unglaublich sexy war und wohnte an ihrem absoluten Lieblingsort. Alles schien perfekt zu sein. Darüber, dass der ‚Sonnenhof' verkauft werden sollte, hatte schon seit längerem keiner mehr ein Wort verloren und Marie war sich sicher, dass dieser Plan vom Tisch war. Schließlich schien auch Manuel sich endlich wieder in seinem Elternhaus wohlzufühlen. Und vielleicht würden sie ja irgendwann zusammen hier leben? Natürlich änderte das alles nichts daran, dass der Hof eine einzige Baustelle war und das Geld in der Regel vorne und hinten nicht reichte. Aber auch hierfür würden sie früher oder später eine Lösung finden. Gemeinsam. Alles würde endlich gut werden.

Als Marie mit ihrem Fahrrad die holprige Einfahrt, die auf den Hof führte, entlangfuhr und Manuels Porsche vor dem Haus entdeckte, begannen die Schmetterlinge in ihrem Bauch aufgeregt umherzuflattern. Sie lehnte ihr Rad an die alte Kastanie im Innenhof, zog sich die dünne Steppjacke etwas enger um den Körper und machte sich auf den Weg zum Stall, aus dem mehrere Männerstimmen drangen. Lächelnd ging sie durch die Stalltür – und entdeckte Manuel neben einem Mann, den sie nicht kannte. Er trug einen Maßanzug, der durch das geöffnete Sakko und das hellblaue Hemd darunter jedoch etwas legerer wirkte. Die strohblonden Haare waren sorgfältig gestylt und in der Hand hielt er einen Notizblock und einen Aktenordner. Auch Manuel sah deutlich geschäftsmäßiger aus als die letzten Male, als sie sich gesehen hatten. Die Situation war mehr als eindeutig. Maries Lächeln erstarb und sie blieb abrupt stehen. Im gleichen Moment schien auch Manuel sie zu bemerken und drehte sich zu ihr um. „Was machst du denn schon hier?“, fragte er und sah sie irritiert an. Einen Herzschlag lang herrschte eine angespannte Stille zwischen ihnen, dann jedoch schien Manuel sich zu fangen und machte lächelnd einen Schritt auf Marie zu. „Marie, das ist Kai Ahlers, er…“. Weiter kam er nicht, denn im nächsten Moment verpasste Marie ihm eine schallende Ohrfeige. Die beiden Männer starrten Marie an. Kai Ahlers schockiert, Manuel vollkommen verdutzt. Dann verfinsterte sich seine Miene. „Sag mal, geht's noch?“, zischte er und blickte Marie mit zusammengezogenen Augenbrauen an. „Du bist so ein Idiot, Manuel!“, rief Marie über ihren unregelmäßigen Atem hinweg. Manuels Begleiter fühlte sich mit der Situation sichtlich unwohl und trat nervös von einem Bein aufs andere. „Kannst du mir bitte mal erklären, was genau dein Problem ist?“, rief Manuel und seine Stimme wurde dabei immer lauter. „Was mein Problem ist? Du bist mein Problem, Manuel!“, schrie Marie zornig und ihre Stimme überschlug sich. „Wie konnte ich nur so blöd sein, und dir vertrauen? Du wolltest doch nur deinen Spaß haben und mich dann schnellstmöglich wieder loswerden, wenn du hier alles erledigt hast! Ich hätte es wissen müssen!“ Manuel atmete tief durch. „Lass mich doch erst einmal ausreden“, sagte er dann etwas ruhiger, doch er klang noch immer ärgerlich. „Du verstehst das vollkommen falsch.“ „Ich verstehe überhaupt nichts falsch! Ich bin nicht so blöd, wie du denkst!“ Wütend machte Marie auf dem Absatz kehrt und stürmte zurück zur Stalltür. Bevor sie wieder auf den Hof trat blieb sie jedoch abrupt stehen und drehte sich noch einmal *zu den beiden Männern um. Sie presste die Lippen aufeinander und funkelte Manuel böse an. „Aber weißt du was, Manuel? Wenn du es genau wissen willst: Ich habe mich nur auf dich eingelassen, um den Hof zu retten. Euch Männer kriegt man doch mit ein bisschen Sex immer rum. Nichts davon war ernst gemeint. Gar nichts." Marie sah, wie Manuel sie mit weit aufgerissenen Augen fassungslos anstarrte und ihm die Farbe aus dem Gesicht wich. Und wahrscheinlich hätte es ihr in dem Moment, als sie in seinen Augen sah, wie sehr sie ihn mit ihren Worten verletzt hatte, leidtun sollen. Doch das tat es nicht. Sie war zu beschäftigt damit, die Scherben, in die ihr eigenes Herz gerade zersprungen war, aufzusammeln. „Wenn das so ist", murmelte Manuel und schüttelte leicht den Kopf, als könne er nur so wieder einen klaren Gedanken fassen. „Ich denke, wir sind hier fertig, Kai." Damit sah er sich zu dem anderen Mann um, straffte die Schultern und machte sich auf den Weg nach draußen. Einen kurzen Moment blieb er neben Marie stehen und sah ihr direkt in die Augen. Sie schluckte, als sie die Enttäuschung und den Schmerz in seinen sah und wollte nichts lieber, als ihm in die Arme zu fallen. Doch ihre eigene Wut und Enttäuschung darüber, dass er sie so hintergangen hatte, waren zu groß. Ebenso wie ihr Stolz. Manuel öffnete den Mund, als wolle er noch etwas sagen, blieb dann jedoch still. Er senkte den Blick und ging mit festen Schritten über den Hof zu seinem Wagen. Als die beiden Männer eingestiegen waren und mit heulendem Motor über die Einfahrt brausten, stand Marie noch immer in der Stalltür. Sie zitterte am ganzen Körper und mit jeder Sekunde machte sich die plötzlich in ihr aufkommende Leere immer breiter. Verzweifelt versuchte sie, die aufsteigenden Tränen hinunterzuschlucken. Doch irgendwann wurde sie von ihren Gefühlen übermannt und begann hemmungslos zu schluchzen. Sie spürte, wie die heißen Tränen ihre Wangen hinunterliefen und das warme Gefühl im Inneren verschwand. Stattdessen machte sich eine unsagbare Kälte in ihr breit. Gefolgt von einem Gefühl, als würde ihr Herz durch eine Wäschemangel geschoben. Als Marie mit unsicheren Schritten zum Wohnhaus schlich, schien alles um sie herum zu verschwimmen. Mit zittrigen Fingern schloss sie die Haustür auf und ging schweigend an den Liebstädts, die zusammen vor dem Kamin saßen, vorbei. „Marie?“, rief Martina ihr hinterher. „Ist alles in Ordnung?“, hörte sie jetzt auch Thomas. Doch ihr Hals war wie zugeschnürt und selbst, wenn sie hätte antworten wollen, wäre die Antwort in dem lauten Schluchzen, das jetzt aus ihrer Kehle drang, untergegangen. Mühsam schleppte sie sich die Treppe zu ihrer Wohnungstür hoch. Sie wollte sie gerade hinter sich schließen, als sie Martina unten im Flur stehen sah. „Marie, was ist denn los?“, fragte sie und die Sorge in ihrem Gesicht war nicht zu übersehen. Doch Marie schüttelte nur den Kopf und ließ die Tür ins Schloss fallen.*

Marie hatte keine Ahnung, wie viel Zeit vergangen war, als sie das nächste Mal den Kopf hob und sich von ihrem Bett aus im Raum umsah. Die Sonne stand schon deutlich tiefer und der Himmel färbte sich langsam in ein warmes Orange. Sie zog sich die Decke über den Kopf und atmete ein paar Mal tief ein und aus. Unwillkürlich stieg ihr der Geruch von Manuels Haut und seinem Aftershave, die noch in der Bettwäsche hingen, in die Nase. Ihr Herz und Magen krampften sich schmerzhaft zusammen und fühlten sich wie zwei riesige Felsbrocken in ihrem Inneren an. Marie schloss die Augen und legte ihre Stirn in die Handflächen. „Beruhige dich“, flüsterte sie sich selbst zu. Noch nie war sie wegen eines Mannes dermaßen aus der Haut gefahren. Noch nie hatte sie das Gefühl gehabt, dass der Schmerz sie innerlich auffraß. Noch nie war sie so verliebt gewesen. Gott sei Dank hatte sie diesem Idioten das nicht auch noch auf die Nase gebunden. Wahrscheinlich hatte er sich eh schon über ihre Leichtgläubigkeit totgelacht. „Marie?" Das Klopfen an der Tür und Martinas Stimme durchbrachen die Stille und Marie versuchte, noch weiter unter die Decke zu kriechen. Sie wollte nichts hören. Und erst recht niemanden sehen. „Marie?" Jetzt war Martinas Stimme deutlich näher. Sie lugte unter der Decke hervor und sah sie im Türrahmen stehen. „Ist etwas passiert?" Marie schnaubte wütend. „Nein, alles bestens", murmelte sie in ihr Kissen. Sie merkte, wie sich die Matratze neben ihr senkte und langsam die Bettdecke nach hinten gezogen wurde. Ihr Versuch, sich hinter ihren langen Haaren zu verstecken, scheiterte kläglich, als Martina ihr vorsichtig eine dicke, lockige Strähne hinters Ohr steckte und sie schweigend ansah. „Was ist denn los, Schätzchen?", fragte sie leise. „Hast du dich mit Manuel gestritten?" Marie murmelte in ihr Kissen. Gestritten war nett formuliert. Die Situation war vollkommen eskaliert. „Er ist so ein Idiot", knurrte sie und stützte sich auf ihren Arm. Martina sah sie mit hochgezogenen Augenbrauen verständnislos an. „Wie kommst du denn jetzt darauf?", wollte sie wissen. Jetzt war es Marie, die ihr Gegenüber irritiert ansah. „Er wird uns unser Zuhause wegnehmen! Ich habe ihn eben mit dem Käufer erwischt.", brauste sie auf und setzte sich mit einem Ruck auf. Martina schien ihr offenbar nicht folgen zu können. „Wie... warum... aber ich dachte... oh nein...". Anscheinend war endlich der Groschen gefallen. Doch nicht so, wie Marie gedacht hatte. Denn jetzt zog die ältere Frau die Stirn in Falten und sah sie streng an. „Was ist genau passiert, Marie?“ Sie druckste ein wenig herum, doch dann nahm die Wut, die noch immer in ihr tobte, Überhand. „Ich habe ihm die Meinung gesagt“, erwiderte sie jetzt und verschränkte trotzig die Arme vor der Brust. „Und was noch?“, hakte Martina nach. Sie kannte Marie inzwischen gut genug, um zu wissen, dass das nicht der einzige Grund für ihre schlechte Stimmung sein konnte. „Ich habe ihm eine Ohrfeige gegeben“, murmelte Marie leise. Martina sog scharf die Luft ein. „Und deswegen bist du jetzt so traurig?“, wollte sie wissen und strich ihr über den Arm. Marie schüttelte beinahe unmerklich den Kopf. „Ich habe gesagt, dass ich mich nur auf ihn eingelassen habe, um den Hof zu retten. Und dass ich nichts für ihn empfinde.“ Martina presste die Lippen aufeinander. „Aber das stimmt nicht?“, folgerte sie. Wieder schüttelte Marie den Kopf und wie sie diese Vermutung nun bestätigte liefen ihr erneut Tränen übers Gesicht. Martina seufzte und erhob sich von der Matratze. „Steh auf, mach dich ein bisschen frisch, und dann komm bitte nach unten. Wir müssen reden.“

Kapitel 20

„Er wollte was?" Mit einem dumpfen Knall stellte Marie ihre Kaffeetasse etwas zu schnell auf dem Tisch ab. Sie hatte sich wohl verhört! „Der Kai ist ein alter Freund vom Manuel", erklärte Thomas noch einmal. „Er ist Architekt. Manuel hat ihn mitgebracht, um zu sehen, wie weit es möglich ist, den Hof zu sanieren." Marie spürte, wie ihr die Farbe aus dem Gesicht wich. „Er wollte dir nichts davon erzählen, weil er nicht wusste, ob sein Freund ihm wirklich helfen kann. Du solltest dir keine Hoffnungen machen, die sich eventuell nicht erfüllen. Er hat mich geradezu angefleht, dir nichts zu verraten", fuhr Martina fort und hielt Maries Hand fest. Die junge Frau hatte das Gefühl, dass sich ihr der Magen umdrehte. Manuel wollte den ‚Sonnenhof' gar nicht verkaufen und der Mann neben ihm war kein potenzieller Käufer gewesen. Er hatte ihnen helfen wollen. Und sie war so auf Manuel losgegangen. Sie hatte ihn sogar geschlagen und… die schlimmsten Dinge gesagt. Ohne sich seine Erklärung, die alles aufgedeckt hätte, auch nur anzuhören. Er hatte sie überraschen wollen. Und sie hatte ihn zutiefst verletzt. Und was das Schlimmste daran war: Das hatte sie mit voller Absicht getan. Was war sie bloß für ein Mensch? Panik machte sich in ihr breit. „Ich… ich muss zu ihm! Ich muss mich entschuldigen!", rief sie und sprang auf. „Marie!", rief Thomas ihr hinterher, doch sie war schon durch die Haustür gestürmt und wählte auf ihrem Handy Manuels Nummer. „Bitte, bitte geh ran", murmelte sie und blickte in den Himmel. Die ersten Sterne waren schon zu sehen und es hatte sich so abgekühlt, dass ihr Atem kleine Wölkchen bildete. Es klingelte eine ganze Weile,

doch Manuel meldete sich nicht. Marie legte auf und wanderte unruhig auf und ab. Dann wählte sie erneut seine Nummer. Das Freizeichen ertönte. Doch am Ende stand das gleiche Ergebnis. Sie biss sich auf die Lippen und spürte, wie ihr schon wieder die Tränen in die Augen stiegen. Mit zitternden Fingern tippte sie eine Nachricht. „Manuel, es tut mir so unendlich leid! Bitte glaub mir! Meld dich bitte bei mir! Marie." Sie schickte die Nachricht ab und schob das Handy zurück in die Hosentasche. Dann machte sie ihre obligatorische Abendrunde durch den Stall. Vielleicht konnte die Nähe zu den Tieren ihre Nerven ja etwas beruhigen. Doch inzwischen verband sie auch mit diesem Ort so viele Erinnerungen mit Manuel, dass es ihr einen schmerzhaften Stich in die Magengrube versetzte. „Was soll ich denn bloß machen?", flüsterte sie Lotta ins Ohr und lehnte ihre Stirn an den warmen Kopf der Stute. Das Pferd schnaubte leise und fuhr Marie mit seinen weichen Lippen über die Wange. „Ich hab so einen Mist gebaut, Lotta", murmelte Marie und vergrub ihr Gesicht in der Mähne der Stute. Diese hielt ganz still, als wolle sie der Frau einfach zuhören. Marie schniefte und wischte sich mit dem Ärmel über die Augen. Verdammt, was hatte dieser Kerl bloß mit ihr angestellt? Wie konnte es sie nur so aus der Bahn werfen, dass er plötzlich nicht mehr da war? Was, wenn sie ihn nie wiedersah? Bei dem Gedanken daran musste sie schlucken. Sie konnte und wollte sich einfach nicht vorstellen, Manuel zu verlieren. Koste es, was es wolle! Noch einmal nahm sie ihr Handy aus der Tasche und starrte auf das Display. Keine Nachricht. Sie wählte Manuels Nummer, bekam aber auch nach dem x-ten Klingeln keine Antwort. Marie fuhr sich mit der Hand durch die langen Haare, schloss die Stalltür und ging zurück zum Haus. Sie hoffte inständig, dass Manuel ihr verzeihen würde. Er musste es einfach tun. Doch was, wenn nicht?

Als Marie am nächsten Morgen wach wurde fühlte sie sich, als sei sie in der Nacht mehrfach von einem Zug überrollt worden. Sie hatte kaum ein Auge zugemacht, und wenn sie doch einmal eingenickt war, war sie nach wenigen Minuten wieder hochgeschreckt und hatte verzweifelt auf ihr Handy gestarrt. Doch es blieb ruhig. Kein Anruf, keine Nachricht. Auch am Morgen zeigte es nichts weiter als den Startbildschirm an. Sie warf das Telefon auf die andere Seite des Bettes und drückte das Gesicht in ihr Kopfkissen. Auch wenn sie wusste, dass sie selbst die Schuld daran trug, dass Manuel offenbar nichts mehr mit ihr zu tun haben wollte, machte das den Schmerz nicht erträglicher. Es war, als habe er, als er vom Hof gerast war, einen Teil von ihr mit sich genommen. Marie streckte sich und angelte mit zwei Fingern nach dem Handy. Sie wählte und schon nach dem zweiten Klingeln nahm jemand ab. „Hallo Christa", murmelte sie. „Kommst du heute noch einmal alleine klar? Ich fühle mich nicht gut." Sie glaubte, am anderen Ende der Leitung einen entsetzten Laut zu hören. Kein Wunder, schließlich war es das erste Mal in fünf Jahren, dass sie nicht zur Arbeit erschien. „Natürlich, kein Problem. Ich rufe Nelly an. Der Doktor ist sowieso noch im Krankenhaus. Die Kleine hatte es anscheinend doch nicht so eilig. Ruh dich erst einmal richtig aus", antwortete ihre Kollegin. Marie seufzte. Gut, dass Doktor Berger im letzten Jahr noch eine Kollegin zur Aushilfe eingestellt hatte. So hatte sie ein nicht ganz so schlechtes Gewissen, weil sie Christa im Stich ließ. „Meld dich morgen einfach nochmal, ob es dir besser geht. Dann sehen wir weiter", beruhigte diese sie jetzt. „Mache ich. Ich danke dir. Bis morgen", erwiderte Marie leise und legte auf. Dann wählte sie erneut Manuels Nummer. Es klingelte einmal. Zweimal. Dann wurde die Verbindung unterbrochen. Fassungslos starrte Marie auf das Display. Er hatte sie weggedrückt! Jetzt konnte sie sich nicht mehr einreden, dass er vielleicht noch gar nicht gemerkt hatte, dass sie versucht hatte, ihn zu erreichen. Er hatte gesehen, dass sie anrief – und nicht mit ihr sprechen wollen. Marie blinzelte die aufsteigenden Tränen weg. Die letzte Hoffnung, die tief in ihren Inneren noch geschlummert hatte, war gerade gestorben. Ihre Hände begannen zu zittern und sie hatte das Gefühl, dass sich alles in ihr zusammenzog. Es gab nichts, was sie sich in diesem Moment sehnlicher wünschte, als einfach einen Tag zurückzugehen und alles ungeschehen zu machen. Dann würde sie jetzt wahrscheinlich Pläne für die Zukunft des Hofes schmieden, statt mit verheultem Gesicht in ihrem Bett zu liegen und verzweifelt nach einer Möglichkeit zu suchen, den Mann, in den sie sich verliebt hatte, zurückzugewinnen. Was ein scheinbar unmögliches Unterfangen war. Noch einmal tippte sie eine Nachricht. „Manuel, bitte! Du hattest Recht, ich habe alles falsch verstanden. Bitte rede mit mir!" Marie sah, wie die Nachricht gelesen wurde. Doch auf eine Antwort wartete sie vergeblich. Der Tag verlief nur schleppend und am Abend ließ Marie sich vollkommen erschöpft in den großen Sessel vor dem offenen Kamin fallen. „Möchtest du nicht doch etwas essen?", fragte Martina besorgt und strich ihr über das lange Haar. Marie schüttelte nur schweigend den Kopf und starrte weiter in die knisternden Flammen. Das Feuer wärmte ihre Haut, doch die Kälte, die in ihr herrschte, wurde immer unerträglicher. Sie fühlte sich vollkommen verloren. Einige Zeit später schreckte sie hoch, als Thomas eine der warmen Wolldecken über ihr ausbreitete. Sie musste eingenickt sein. „Ich mache dir noch einmal das Feuer an", sagte er und füllte gleich darauf einige Scheite nach. Die Flammen schlugen hoch und ein lautes Knistern erfüllte den Raum. Kurz darauf breitete sich eine wohlige Wärme aus. Trotzdem zog Marie die Decke noch etwas fester um sich.

Sie war gerade wieder eingeschlafen, als das Vibrieren ihres Handys sie weckte. Schlaftrunken warf sie einen Blick darauf und war im nächsten Moment hellwach. Eine Nachricht von Manuel! Mit zittrigen Fingern für sie über das Display und öffnete sie.

„Bist du noch wach?", fragte Manuel.

„Ja, bin ich."

„Wir müssen reden."

Marie tippte gerade eine Antwort ein, als es an der Tür klopfte. Irritiert erhob sie sich aus dem Sessel, legte sich die Decke um die Schultern und tapste unsicher zur Tür. Sie öffnete sie einen Spalt breit und… entdeckte Manuel. Verlegen fuhr er sich mit der Hand durch sein blondes Haar und sah sie unsicher an. „Hallo", flüsterte er. „Hallo", hauchte Marie und fühlte sich wie zu Salzsäure erstarrt. „Darf ich kurz reinkommen?" Statt einer Antwort nickte sie nur und öffnete die Tür ganz, um ihn hereinzulassen. „Manuel, ich…", setzte sie an, verstummte jedoch, als er sich zu ihr umdrehte und ihr ein entwaffnendes Lächeln schenkte. Dann machte er einen Schritt auf sie zu und legte vorsichtig seine Hände an ihre Wangen. Sein Blick sprang zwischen ihren Augen und Lippen hin und her und sein Atem streifte sanft über ihr Gesicht und ihre Haare. „Du fehlst mir so", raunte er und strich mit dem Daumen langsam über ihre Lippen. Marie stockte der Atem. Dieser Mann schaffte es, sie mit dieser einfachen Geste gedanklich vollkommen schachmatt zu setzen. Sie atmete tief ein und versank in seinem Geruch, bevor sie die Arme um ihn schlang. „Du fehlst mir auch", flüsterte sie. Manuel war ihr so nah, dass sie das Prickeln, das seine Lippen auf ihren hinterlassen würden, schon spüren konnte. Doch bevor er sie endlich berührte, wurde sie erneut von einem Vibrieren aufgeschreckt. Verdutzt blickte Marie sich um. Sie saß noch immer in dem breiten Sessel, die Decke fest um sich geschlungen. Das Feuer war schon ein ganzes Stück heruntergebrannt. Von Manuel keine Spur. Verdammt, sie hatte geträumt. Automatisch warf Marie einen Blick auf ihr Handy. Eine… Nachricht? Unwillkürlich begann ihr Herz wild zu klopfen. Sie blickte auf den Absender. Manuel. Marie schluckte und warf einen Blick zur Haustür. Das konnte doch nicht sein? Zögerlich entsperrte sie das Display und öffnete den kleinen virtuellen Briefumschlag. Ihre Hände fühlten sich eiskalt an, das Herz schien aus der Brust springen zu wollen und ein dicker Kloß breitete sich in ihrem Hals aus. Mit großen Augen starrte sie auf ihr Handy und las die Zeilen. Einmal. Zweimal. Noch ein drittes Mal. „Zwischen uns ist alles gesagt. Manuel."

Kapitel 21

So musste es sich anfühlen, wenn sich unter den Füßen ein Loch im Erdboden auftat und einen einfach verschlang. Ein kurzer Moment des Entsetzens, ein flaues Ziehen in der Magengegend und dann ein schier unendlicher Fall ins Nichts. Oder wenn man in einen Steinbrecher geriet, der jedes Körperteil bei vollem Bewusstsein einzeln zerquetschte. Wobei er sich beim Herzen besondere Mühe gab. Wie im Schockzustand saß Marie bewegungslos in dem Sessel vor dem Kamin und starrte ins Leere. Es war vorbei. Endgültig. Sie hatte sich verliebt und letztendlich ihr Herz verloren. Offenbar war das der Preis dafür, einige Tage so glücklich zu sein, wie sie es nicht einmal zu träumen gewagt hätte. Oder für ihre unglaubliche Dummheit. Wie in Trance war Marie am Morgen zur Arbeit gefahren – und von ihrer Kollegin mit den Worten „Du siehst ja furchtbar aus!" direkt wieder nach Hause geschickt worden. Wie sie dort letztendlich wieder angekommen war, wusste sie selbst nicht. Mit schmerzenden Gliedern hatte sie Thomas und Martina beim Versorgen der Pferde geholfen. Doch selbst das hatte sie nicht aus diesem Loch holen können. Vielleicht versank sie im Selbstmitleid – doch momentan fehlte ihr einfach die Kraft, um etwas dagegen zu unternehmen. Jetzt wusste Marie, warum sie bisher niemals wirkliche Gefühle für einen Mann zugelassen hatte. Sie machten einen angreifbar und verletzlich. Schwach. Und das war ganz und gar nicht die Art, wie sie auf andere Menschen wirken wollte. Doch jetzt gerade war ihr Kopf wie leergefegt und sie sehnte sich einfach nach Ruhe. Und nach Manuel. Doch diesen Gedanken versuchte sie gar nicht erst zuzulassen. Sie würde sich einige Tage die Wunden lecken und bald schon wieder auf den Beinen sein. Zumindest hoffte sie das.

„Ernsthaft Liebes, so geht das nicht weiter." Lisa saß Marie gegenüber an dem großen Esstisch und sah sie streng an. „Du hängst seit Wochen in den Seilen. Es wird Zeit, dass du mal wieder auf andere Gedanken kommst." Marie seufzte und nahm einen Schluck Kaffee, um nicht direkt antworten zu müssen. Doch ihre Freundin durchschaute ihre Taktik und blickte ihr erwartungsvoll in die Augen. „Und was schlägst du vor?", brummte sie deswegen missmutig. „Wir gehen heute Abend feiern", meinte Lisa und lehnte sich mit einem triumphierenden Ausdruck in den Augen zurück. „Oh nein, Lisa", wehrte Marie ab. „Du weißt genau, dass ich Partys hasse. Ich bin mir ziemlich sicher, dass mir das kein Stück weiterhelfen wird." Zumal sie allein der Gedanke daran unweigerlich an ihren Geburtstag erinnerte. Den Abend, als Manuel und sie sich zum ersten Mal geküsst hatten. Und zum ersten Mal... „Blödsinn, ein wenig Abwechslung wird dir guttun. Komm doch mal aus deinem Schneckenhaus raus und probier etwas Neues." Marie wusste, dass Lisa sich so schnell nicht abwimmeln lassen würde. „Ich habe nichts anzuziehen", versuchte sie verzweifelt, diese Diskussion so schnell wie möglich zu beenden. Tatsächlich hatte sie nichts Passendes im Schrank. Das rote Kleid, dass sie an ihrem Geburtstag getragen hatte, war in einem Karton im Keller verschwunden. Ebenso wie alle anderen Outfits, die sie mit Manuel in Verbindung brachte. Und dort würden sie auch so schnell nicht wieder rauskommen. Manuel. Auch jetzt, fast zwei Monate nach seiner letzten Nachricht, spukte er noch immer durch ihren Kopf wie ein Phantom. Das Leben ging weiter, doch Maries Welt stand noch

immer still. Lisa sah Marie jetzt mit hochgezogenen Augenbrauen und verschränkten Armen an. „Ich habe genug im Schrank. Da werden wir für dich wohl was Passendes finden." Seufzend gab Marie auf. Es hatte ja doch keinen Zweck. Lisa würde nicht lockerlassen. Kurze Zeit später saß sie im Schneidersitz mit einem gequälten Gesichtsausdruck auf Lisas Bett und beobachtete ihre Freundin dabei, wie sie ein Kleid nach dem anderen auf die Bettdecke warf. Nach einigen Minuten steckte Matti seinen Kopf durch die Tür und musterte seine Mutter ebenfalls. „Was machst du da?", fragte er und sah Lisa neugierig an. „Ich suche für Marie etwas zum Anziehen raus", antwortete die ihrem Sohn. Matti warf einen Blick in Maries Richtung und zog die Augenbrauen zusammen. „Marie hat doch etwas an, Mama." „Ja, aber wir wollen heute Abend ausgehen und da wollen wir Marie ein bisschen hübsch machen", erklärte Lisa. Wieder heftete Matti seinen Blick auf die Freundin seiner Mutter und schien einen Moment zu überlegen. „Aber sie ist doch schon hübsch", stellte er dann fest und kuschelte sich neben sie auf die Matratze. Marie lächelte und drückte ihn an sich. „Du bist mein Traumprinz", raunte sich. Der Junge sah sie mit großen Augen an. „Aber nicht küssen", stellte er klar. Lisa und Marie mussten lachen. Das Leben konnte so einfach sein, wenn man es aus der Perspektive eines Sechsjährigen betrachtete. Als Lisa sie nach einer ganzen Weile endlich fertig gestylt hatte warf Marie einen skeptischen Blick in den großen Badezimmerspiegel. Dieses Outfit war eindeutig aufreizender als das letzte. Sie hatten sich für ein silbern glänzendes Kleid aus einem leichten Stoff entschieden, dass deutlich über dem Knie endete. Die feinen Spaghettiträger betonten Maries schmale Schultern. Ihre langen Haare waren kunstvoll hochgesteckt, was edel aber gleichzeitig frisch aussah. Statt eines dezenten Make-ups hatte Lisa ihr dramatische Smokey Eyes und einen auffälligen Lippenstift verpasst. Das ganze Outfit war alles andere als zurückhaltend. Trotzdem fühlte Marie sich darin zu ihrer eigenen Verwunderung wohl. Sie schlüpfte in die silbernen Pumps und sah ihre Freundin herausfordernd von der Seite an. „Also los, auf zu neuen Ufern", meinte sie. Während der Taxifahrt schaute Marie gedankenverloren aus dem Fenster. Es war schon lange dunkel und in den Straßen hatte sich viel verändert, seit sie weggezogen war. Doch irgendwie kam ihr die Strecke merkwürdig vertraut vor. Der Groschen fiel, als das Taxi anhielt und sie auf die riesige Reklametafel über dem Eingang des Szene-Clubs, den Lisa für diesen Abend ausgesucht hatte, starrte. „Oh nein, nicht ausgerechnet dieser Club", flüsterte Marie und sah ihre Freundin flehend an. Sie hatte Lisa nie erzählt, wo genau Manuel und sie ihren Geburtstag gefeiert hatten. Diese fehlende Information rächte sich jetzt. „Komm schon Liebes, das ist im Moment der absolute In-Treff in München", widersprach diese, ohne weiter auf ihre Bitte einzugehen. „Und Manuels Stamm-Club", fügte Marie in Gedanken hinzu. Doch dann biss sie die Zähne zusammen und stieg seufzend aus dem Taxi. Es blieb ihr wohl nichts anders übrig, als zu hoffen, dass Manuel heute, obwohl es Samstag war, einfach nicht hier sein würde. Marie musste feststellen, dass es eindeutig Vorteile mit sich brachte, wenn man den Geschäftsführer eines solchen Szene-Clubs kannte. Während sie beim letzten Mal einfach mit Manuel an der Schlange vorbei bis zum Eingang gegangen und er dort sogar noch mit Handschlag begrüßt worden war, standen sie nun fast eine halbe Stunde in der Kälte und froren sich den Allerwertesten ab. Endlich drinnen angekommen ließ sie ihren Blick sofort hektisch über die Tanzfläche schweifen. Doch sie konnte Manuel nirgends entdecken. Zumindest vorerst nicht. Das einzige bekannte Gesicht gehörte Alexander Bergmann der sich, lässig mit einem Arm auf die Bar gelehnt, mit einigen Gästen unterhielt. „Ich besorge uns erstmal Getränke", brüllte Lisa über die Musik hinweg und war in der nächsten Sekunde in der Masse verschwunden. Marie lehnte sich an einen Pfeiler und versuchte, möglichst unsichtbar zu bleiben. „Marie, nicht wahr?", hörte sie plötzlich eine Männerstimme direkt neben ihrem Ohr und drehte sich ruckartig um. Neben ihr stand Alexander Bergmann und strahlte sie offen an. Marie nickte unbeholfen. „Ist Manuel auch da?", fragte der Geschäftsführer und sah sich suchend um. Marie atmete erleichtert aus. Wenn Alexander einen seiner Stammgäste noch nicht entdeckt hatte, dann standen die Chancen gut, dass er tatsächlich nicht hier war. „Ich weiß nicht", rief sie und zuckte wie zum Beweis mit den Schultern. „Ich bin mit einer Freundin hier." Alexander nickte wissend und grüßte ein paar vorbeigehende Gäste. „Ich habe ihn schon eine ganze Weile nicht mehr gesehen. Geht es ihm gut?", wollte er wissen. Alles in Marie spannte sich an. Sie hatte gewusst, dass es keine gute Idee war, ins ‚Dungeons' zu kommen. Manuel war hier allgegenwärtig. Selbst wenn er nicht da war. „Ich weiß es nicht", antwortete sie wahrheitsgemäß. „Wir haben keinen Kontakt mehr." Alexander Bergmann sah sie ehrlich überrascht an. Marie zupfte nervös an ihrem Kleid und war froh, als Lisa mit den Getränken neben ihr auftauchte. „Na, du hast ja schon schnell Kontakte geknüpft", meinte diese und überreichte ihr grinsend das Glas. „Das ist Alexander", entgegnete Marie.

„Ein Freund von…". Sie presste die Lippen aufeinander. Lisa formte mit den Lippen ein lautloses „Oh" und reichte dem Geschäftsführer dann zur Begrüßung die Hand. „Meine Damen", sagte er dann und schenkte ihnen ein strahlendes Lächeln. „Ich muss weiter. Habt einen schönen Abend." Damit verschwand er in der Menge.

Marie seufzte. „Lisa, ich kann das nicht. Das hier ist Manuels Stamm-Club, jeder kennt ihn hier. Wir haben hier meinen Geburtstag gefeiert." Ihre Freundin sah sich um und musterte sie dann. „Ist er hier?", fragte sie. „Ich glaube nicht." Lisa nickte. „Setz dich, ich bin sofort wieder da." Marie setzte sich auf eine der Bänke in der Nähe der Bar und ließ ihren Blick erneut über die tanzende Menschenmenge schweifen. Sie entdeckte niemanden, den sie kannte. Lenny mischte gerade in bester Barkeeper-Manier einen Cocktail. Alexander unterhielt sich angeregt mit einer Gruppe junger Männer. „Marie?" Sie drehte den Kopf zur Seite und sah direkt in Lukas Mahlers Gesicht. „Hallo", grüßte sie ihn und lächelte zaghaft. „Bist du allein hier?", wollte er wissen und ließ ebenfalls seinen Blick über die Tanzfläche und in Richtung Bar gleiten. Marie schüttelte den Kopf. „Mit einer Freundin." Lukas nickte. „Manuel hat mir erzählt, was passiert ist", sagte er dann und sah sie an. In ihrem Magen bildete sich ein unangenehmer Knoten. „Ich…". „Jedes Mal, wenn ich wiederkomme, stehst du mit einem anderen Typen da", rief Lisa und blickte ihre Freundin gespielt entsetzt an. Marie atmete durch. Lisa hatte wirklich das perfekte Timing bewiesen, bevor dieses Gespräch in eine unangenehme Richtung ausgeartet wäre. Ihre Freundin sah sie nun fragend an und Marie nickte leicht. Offenbar schien Lisa sich denken zu können, dass sie auch Lukas über Manuel kennengelernt hatte. „Für die Stimmung“, sagte sie nun und stellte einige Shots vor Marie auf dem Tisch ab. Sie sah, wie Lukas misstrauisch die Augenbrauen zusammenzog. „Du weißt, dass er das nicht gut findet?“, meinte er. Marie kräuselte die Lippen und zog die Stirn in Falten. Sie spürte einen Anflug von Wut in sich aufsteigen. Dann nahm sie sich eines der kleinen Gläschen und schüttete es hinunter. Der Alkohol brannte in ihrem Hals, doch der Schmerz hatte auch eine merkwürdig wohltuende Wirkung. Also nahm sie gleich noch einen. Sie setzte sich aufrecht hin und starrte Lukas herausfordernd an. „Es ist mir egal, was er gut findet und was nicht“, fauchte sie. Lukas hob überrascht die Augenbrauen, zuckte dann jedoch mit den Schultern und wand sich zum Gehen. Marie trank selten und es dauerte nur wenige Minuten, bis der Alkohol seine Wirkung zeigte. „Ich will tanzen!“, rief sie übermütig und packte Lisa am Handgelenk. Diese konnte gerade noch ihr Glas abstellen, bevor sie zur Tanzfläche gezogen wurde. Noch etwas unbeholfen bewegte Marie sich zum Rhythmus der Musik. Sie blickte in die Gesichter der feiernden Menschen und ließ sich von ihrer guten Laune mitziehen. Doch plötzlich hielt sie inne. Am Rande der Tanzfläche entdeckte sie eine junge Frau, die kokett die langen, roten Haare nach hinten warf und ihrem Gegenüber ein strahlendes Lächeln schenkte. Dieser wanderte gerade mit seiner Hand an ihrer Taille hinab und ließ sie auf ihrem Hintern liegen. Marie sah den Mann nur von hinten, doch die breiten Schultern, die blonden Haare… Sie war hin und her gerissen, doch letztendlich siegte die Wut über ihr sich verkrampfendes Herz und sie stapfte auf die beiden zu. „Wo willst du denn hin?“, rief Lisa ihr hinterher. Die Tanzfläche war so voll, dass es einen Moment dauerte, bis Marie endlich die andere Seite erreicht hatte. Die beiden waren sich inzwischen deutlich nähergekommen und sie sah eindeutig, wie die Frau ihre Hand in den Schritt des Typen gelegt hatte.

„Du verdammtes...", rief sie und gab ihm einen Schubs. Mit einem Ruck drehte er sich um und starrte sie aus seinen dunklen Augen an. Marie schluckte. Das war eindeutig nicht Manuel. „Ent... entschuldige...", stammelte sie, machte auf dem Absatz kehrt und stolperte durch die Menge zurück zu ihrer Freundin. Die hatte die ganze Szene aus einiger Entfernung beobachtet. „Was war das denn jetzt bitte?", zischte sie und sah Marie skeptisch an. „Ich brauche einen Drink", entgegnete die knapp und kämpfte sich auf wackligen Beinen zur Bar. „Hallo", begrüßte Lenny sie freundlich. „Was darf es sein?" „Einen Long Island Ice Tea, bitte", antwortete Marie und stützte sich mit den Unterarmen auf der Bar ab. „Meinst du nicht, dass du erst einmal mit etwas weniger anfangen solltest?", murmelte ihre Freundin und bestellte sich ihren eigenen Cocktail. Marie schüttelte den Kopf. Sie versuchte lediglich, die ganze Farce hier ein wenig erträglicher zu machen. Lenny füllte ein Longdrink-Glas mit Crushed Ice. „Ist Manuel auch da?", fragte er dann an Marie gewandt. Die presste die Lippen aufeinander. Das konnte doch nicht wahr sein! Wurde jede Frau, mit der er jemals etwas in diesem Club angefangen hatte, und das waren zweifellos einige, nach ihm gefragt? „Ganz schwieriges Thema", sprang Lisa für sie ein und lächelte entschuldigend, während Marie den Barkeeper wütend anstarrte. „Verstehe", entgegnete er und nickte wissend. „Schade." Marie ließ sich auf einen Sitzplatz fallen und genoss mit geschlossenen Augen die ersten Schlucke ihres Drinks. Im

Nu hatte sie die Hälfte des Glases geleert. „Du weißt, dass das kein gutes Ende nehmen kann?", wies Lisa sie zurecht. Marie zuckte mit den Schultern. Das war ihr heute Abend ausnahmsweise einmal vollkommen egal. Sie sah, wie Lukas in einiger Entfernung stand und sie musterte. Trotzig nahm Marie erneut einen großen Schluck. „Komm, ich liebe dieses Lied", rief sie dann übermütig und sprang von ihrem Sitz. Allerdings hatte der Alkohol schon ganze Arbeit geleistet. Sie schwankte und musste sich an der Tischplatte abstützen, um nicht hinzufallen. Innerhalb von Sekunden hatte sie sich jedoch wieder gefangen. „Marie", raunte Lisa mahnend. Doch die packte ihre Freundin am Arm und zog sie mit sich. „Los, ich will tanzen!" Marie fühlte sich wie im Rausch. Die Bewegungen zur Musik schienen einfach aus ihr herauszufließen. „Hey", sprach sie ein Typ von der Seite an und sie schenkte ihm ein strahlendes Lächeln. Innerhalb von Sekunden war er so nah an sie herangerückt, dass ihre Körper sich aneinander rieben. Was Marie sonst mehr als unangenehm gewesen wäre, brachte ihr jetzt noch einen zusätzlichen Kick. Er zog sie an sich und ihre Gesichter waren nur wenige Zentimeter voneinander entfernt. Doch bevor er noch einen Schritt weitergehen konnte schaltete sich für einen kleinen Moment Maries Gehirn ein und sie drehte sich kokett von ihm weg. „Nicht weglaufen", raunte er ihr ins Ohr und verschwand, um kurz darauf mit zwei Shots wiederzukommen. Marie trank ihren auf ex und Lisa, die einige Meter entfernt stand, schüttelte fassungslos den Kopf. „Ich bin Gregor", sagte der Typ und Marie zuckte nur grinsend mit den Schultern. Sie musste sich ernsthaft anstrengen, dem Drang, laut loszulachen, nicht nachzugeben. Sie rückte ein bisschen näher an Gregor heran und tanzte ihn in ziemlich eindeutiger Pose an. Der spielte das Spiel natürlich gerne mit und legte seine Hand auf ihre Hüfte. „Du bist süß", lallte Marie und konnte ein Kichern nicht unterdrücken. „Du bist heiß", entgegnete ihr Gegenüber und legte seine andere Hand an ihren Oberschenkel. Die Beats der Musik wurden härter und Maries Körper schien sich völlig selbständig zu bewegen. Irritiert merkte sie, wie die Menschen um sie herum verschwammen und sie unsicher auf Gregor zuschwankte. Der letzte Shot war vielleicht doch einer zu viel gewesen. „Sorry", murmelte sie und heftete ihren Blick auf den Boden. Der ganze Raum schien sich zu drehen. Unsicher stolperte Marie durch die Menschenmenge und musste sich dabei immer wieder an einzelnen Personen festhalten, um nicht hinzufallen. Das Ende der Tanzfläche schien in unerreichbare Ferne zu rücken. Sie fühlte sich wie in einem Irrgarten. Plötzlich spürte Marie eine warme Hand auf ihrem Rücken liegen und atmete den Geruch nach Leder und einem herben Aftershave ein. „Komm", raunte Manuel von hinten in ihr Ohr. „Ich bringe dich nach Hause."

Kapitel 22

Marie war vollkommen betrunken und Manuel hatte größte Mühe, sie unfallfrei aus dem ‚Dungeons' hinaus und in Richtung seines Autos zu befördern. Sie kicherte unentwegt und hing an seiner Seite wie ein nasser Sack. „Ich kann alleine laufen", lallte sie und versuchte sich von ihm wegzudrücken. Unwillkürlich musste er grinsen. „Das will ich sehen", erwiderte er und löste seinen Griff ein wenig. Marie machte zwei vorsichtige Schritte nach vorne, schwankte dabei bedenklich und ruderte mit den Armen. „Ich kann doch nicht alleine laufen", stellte sie fest und begann erneut zu kichern. Manuel seufzte und legte wieder den Arm um sie, um sie zu stützen. Ihr unwiderstehlicher Duft drang in seine Nase und er musste hart schlucken. Ihr so nah zu sein brach ihm das Herz. Schon wieder. Wochenlang hatte er sich einreden können, dass er Marie vergessen konnte. Dass sie ihm zwar viel bedeutet hatte, aber das nun eben vorbei sei und er einfach sein Leben weiterleben konnte wie zuvor. Und mit jedem dieser Gedanken hatte er gewusst, dass er sich selbst belog. Marie nicht mehr zu sehen, ihr nicht mehr über die weiche Haut streichen zu können, ihren Duft nicht mehr einzuatmen, war wie die schlimmste Isolationshaft. In ihm herrschte nichts als eine schmerzhafte Leere und die Welt schien aufgehört haben, sich zu drehen. Doch Marie fühlte nicht dasselbe wie er, und das musste er akzeptieren. Es hatte keinen Zweck, an etwas festzuhalten, das wohl einfach nicht sein sollte. Auch wenn die Vorstellung noch so schön war. Manuel half Marie auf den Beifahrersitz und schnallte sie vorsichtig an. „Du bist so lieb", gluckste sie und grinste ihn schief an. Er presste die Lippen aufeinander. In diesem Zustand wusste sie wahrscheinlich eh nicht, was sie sagte. Also war jede Diskussion zwecklos. Manuel ging um den Wagen herum, ließ sich auf den Fahrersitz fallen und startete den Motor. Er blickte zur Seite und musterte Marie einen Moment. Ihr eh schon zierlicher Körper war seit ihrer letzten Begegnung noch schmaler geworden. Sie wirkte fast schon zerbrechlich. Trotz des Make-ups erschien ihre Haut fahl und ihre Augen starrten müde vor sich hin. Manuel schluckte bei dem Anblick und widerstand nur mit Mühe dem Impuls, ihr übers Haar zu streichen. Sie hatten München bereits verlassen und fuhren über die leere Landstraße in Richtung ‚Sonnenhof', als Marie plötzlich aufschreckte. „Halt an!", schrie sie. Schockiert trat Manuel auf die Bremse und starrte sie an. „Was ist denn los?", fragte er irritiert. „Wir müssen zurück! Ich habe Lisa vergessen!", rief sie aufgebracht. Manuel atmete einmal tief durch. „Ich habe ihr Bescheid gesagt, dass ich dich nach Hause bringe", sagte er dann und setzte das Auto wieder in Bewegung. Marie ließ sich zurück in den Ledersitz fallen. „Du bist so lieb", wiederholte sie und starrte aus dem Fenster. Manuel rieb sich mit den Fingern über die Augen. Plötzlich spürte er, wie sie nach seiner Hand tastete. Ihre Finger fuhren über seinen Unterarm und dort, wo sie ihn berührt hatte, bildete sich eine kribbelnde Gänsehaut. Manuel hielt die Luft an, wehrte sich jedoch nicht, als sie ihre Finger jetzt mit seinen verschränkte. Auch wenn diese einfache Geste alles, was er sich in den letzten Wochen an Distanz zu ihr aufgebaut hatte, mit einen Schlag zunichte machte. Morgen hatte Marie das alles wieder vergessen. Und er würde versuchen, das auch zu tun.

„Wo ist dein Schlüssel?", fragte Manuel, als sie vor dem Wohnhaus standen und er die Tür öffnen wollte. „Weiß nicht", murmelte Marie und grinste ihn mit halb geschlossenen Augen schief an. „Taste mich doch ab, vielleicht findest du ihn dann." Manuel seufzte. „Marie, ich möchte dich nur ungern in meinem Auto übernachten lassen. Also, wo ist der Schlüssel?" Sie verdrehte theatralisch die Augen. „Du hast auch schonmal mehr Spaß verstanden", murmelte sie und wühlte in ihrer winzigen Handtasche, auf der Suche nach dem Haustürschlüssel. Manuel atmete schwer aus. Zu einem anderen Zeitpunkt wäre er ihrer Einladung liebend gerne nachgekommen. Doch jetzt gerade musste er eh schon gegen den Drang, sie einfach ungefragt zu umarmen, ankämpfen. Der Gedanke, seine Hände über ihren Körper gleiten zu lassen strapazierte seine Selbstbeherrschung dann doch etwas zu sehr. Also schwieg er und wartete geduldig, bis Marie nach einer Weile endlich triumphierend das Schlüsselbund in der Hand hielt und versuchte, den Schlüssel ins Schloss zu stecken. „Komm her, ich mache das schon", murmelte er und nahm ihr die Schlüssel aus der Hand. Sie zu berühren fühlte sich wie ein Stromschlag an und er zog unwillkürlich die Hand zurück. Endlich im Haus angekommen stieß Marie mit dem Fuß gegen die große Kommode im Flur, was sie statt eines Schmerzensschreis jedoch erneut zu unkontrolliertem Kichern animierte. Manuel biss die Zähne zusammen. Es wurde Zeit, dass sie ins Bett kam. Marie stolperte mehr auf allen Vieren als aufrecht gehend die Treppe hoch und Manuel blieb im Flur stehen. „Kommst du noch mit rein?", fragte sie, als ihr auffiel, dass er ihr nicht folgte. „Marie, ich…", sagte er leise und schluckte. „Bitte", flüsterte sie und sah ihn beinahe flehend an. Manuel fuhr sich mit der flachen Hand übers Gesicht, stieg dann jedoch die Stufen hinauf und folgte Marie in ihre Wohnung. „Alles dreht sich", murmelte sie und stützte sich an dem großen Sessel im Wohnzimmer ab. Manuel unterdrückte ein Grinsen. „Kein Wunder. Du hast an der Theke ordentlich zugeschlagen." „Hm", raunte sie und schwankte auf ihn zu. Sie blieb nur wenige Zentimeter vor ihm stehen und sah ihm in die Augen. „Warum warst du auf einmal da?", fragte sie und blickte ihn mit zur Seite geneigtem Kopf an. „Lukas hat mich angerufen und gesagt, dass es dir nicht gut geht", antwortete er und zuckte mit den Schultern. „Lukas ist nett", meinte Marie und starrte sinnierend ins Leere. „Ja, das ist er", stimmte Manuel ihr zu. Marie legte ihm ihre Hand auf die Brust und ließ sie langsam über seinen Bauch nach unten gleiten. Manuel hielt die Luft an. Dann fasste er sie am Handgelenk und hielt sie fest. „Nicht", flüsterte er. Jeder Zentimeter, den sie weiterging, könnte einer zu viel sein. Und er wollte nicht, dass sie in diesem Zustand etwas tat, was sie eigentlich gar nicht wollte. Marie sah ihn einen Moment verwundert an. Dann schlurfte sie jedoch ohne ein weiteres Wort ins Schlafzimmer und ließ sich auf ihr Bett fallen. Manuel folgte ihr und legte vorsichtig die warme Daunendecke über sie. Es schien, als sei sie sofort eingeschlafen, doch als er den Knauf der Wohnungstür in die Hand nahm hörte er plötzlich ihre Stimme hinter sich. „Manuel?" Er machte einen Schritt zurück und schaute ins Schlafzimmer, wo Marie noch immer reglos auf ihrem Bett lag. „Ja?" „Warum willst du mich nicht?" Alles in ihm schien sich zu verkrampfen. Jetzt bloß die die Nerven behalten. Marie ahnte ja nicht, wie sehr sie sich täuschte. „Schlaf jetzt", sagte er deshalb leise und verschwand durch die Wohnungstür. Manuel war die Treppe zu Maries Wohnung beinahe hinunter geflogen. Jetzt stand er im Wohnzimmer vor dem großen Kamin und stützte sich mit beiden Händen auf dem breiten Sessel, in dem Thomas immer saß, ab. Er war vollkommen erledigt. Marie so nah zu sein, ohne sie wirklich berühren zu können, ohne ihr sagen zu können, was er wirklich fühlte, hatte ihn mehr Kraft gekostet als er momentan aufbringen konnte. Er legte ein paar Holzscheite ins Feuer, nahm sich eine der kuscheligen Wolldecken von dem Stapel auf dem Sofa und setzte sich. Das Feuer wärmte den Raum nach und nach behaglich auf. Manuel lehnte seinen Kopf nach hinten und schloss die Augen. Warum musste das alles so kompliziert sein? Warum hatte er Marie nicht einfach erzählt, was er vorhatte? Dann wäre das alles gar nicht passiert. Allerdings war es ja nicht sein geheimer Plan gewesen, der zu dieser Situation geführt hatte. Sondern die Tatsache, dass Marie keine Gefühle für ihn hatte, sondern ihn nur mit allen Mitteln vom Verkauf des Hofes abbringen wollte. Aber war das tatsächlich die Wahrheit? Hatte sie ihm wirklich die ganzen schönen Momente, die Vertrautheit, die Geborgenheit nur vorgespielt? Es war ja nicht so, dass sie einfach nur Sex gehabt hatten. Da war so viel mehr gewesen. Und ein bisschen davon hatte er auch heute wieder in ihren Augen gesehen. Ein kurzer Moment, der die Kälte in seinem Inneren ein wenig vertrieben hatte. Manuel seufzte. Er wollte sich keine falschen Hoffnungen machen. Er schlug die Augen wieder auf und blickte in die knisternden Flammen. Unwillkürlich fragte er sich, wie es jetzt weitergehen sollte. Mit ihm. Mit Marie. Und mit dem ‚Sonnenhof'.

***

Marie wurde von einem ohrenbetäubenden Lärm aus dem Schlaf gerissen. Ächzend hob sie den Kopf und sah sich benommen um. Ihr Schädel fühlte sich an, als würden tausende Presslufthammer darin im Akkord arbeiten. Die leichte Übelkeit, die sich mit jeder Sekunde deutlicher bemerkbar machte, tat ihr Übriges. Es war, als würde ihr Magen Achterbahn fahren. Nach und nach tauchten Bruchstücke des letzten Abends vor ihrem inneren Auge auf. Lisa. Das

‚Dungeons'. *Die Drinks. Eindeutig zu viele Drinks. Ab diesem Zeitpunkt wurde es deutlich schwieriger mit der Erinnerung. Wieder dieser unsägliche Lärm. Wie ein Gewitter, das sich direkt über ihr befinden musste. „Marie!", hörte sie nun eine schrille Stimme. „Marie, mach auf!" Martina? Hämmerte sie etwa mit den Fäusten gegen die Tür? Mit einem halb geöffneten Auge lugte Marie auf ihren Wecker. Drei Uhr in der Nacht. Was zum Teufel war hier los? Auf wackligen Beinen machte sie sich auf den Weg zur Tür, als Martinas panisches Rufen sie im nächsten Moment von einer Sekunde zur anderen hellwach werden ließ: „Marie, mach auf! Es brennt!"*

Kapitel 23

Marie verharrte einen Augenblick stocksteif in ihrer Schlafzimmertür. Sie hatte Martinas Worte zwar gehört, aber sie wollten einfach nicht zu ihrem Gehirn durchdringen. Erneut hämmerte Martina gegen die Tür und ihr „Bitte mach doch auf!“ ging in einem lauten Schluchzen unter. Doch erst der plötzliche Tumult auf dem Hof, die Martinshörner und das in der Nacht aufflackernde Blaulicht holten Marie aus ihrer Schockstarre. Panisch lief sie zu dem großen Dachfenster, das einen Blick auf den Hof freigab. Aus den kaputten Fenstern der alten Scheune stieg dichter Rauch und orange-glühende Flammen schlugen aus dem leicht geöffneten Tor. Dutzende Feuerwehrmänner sprangen aus den Löschfahrzeugen und rollten blitzschnell die Schläuche aus. Feuer! Erst jetzt dämmerte Marie, was das bedeutete. Die Pferde! Sie rannte zur Tür, an der Martina immer verzweifelter zu ruckeln begonnen hatte. Als Marie sie jetzt aufriss machte sich für einen kurzen Augenblick Erleichterung auf ihrem vor Panik verzerrten Gesicht breit. „Die… die… Scheune… sie… sie… brennt“, stammelte sie. Marie sah in das leichenblasse Gesicht ihrer Mitbewohnerin. „Los, komm“, sagte sie, packte Martina am Arm und stolperte mit ihr die Treppe hinunter. An der Tür schlüpfte sie in ihre Stallschuhe und warf sich eine der Jacken über, die sie wahllos im Vorbeirennen von der Garderobe gerissen hatte. Erst jetzt fiel ihr auf, dass sich Martina nur einen Bademantel um den Körper geschlungen hatte. Sie lief die wenigen Meter zurück ins Haus und holte für die ältere Frau ebenfalls eine Jacke. Fassungslos ging ihr Blick hinüber zu der Scheune, die jetzt schon größtenteils brannte. Die Flammen züngelten in den dunklen Nachthimmel und der Dachstuhl begann bedenklich zu knacken. Thomas stand in einiger Entfernung mitten auf dem Hof und sprach mit einem der Feuerwehrmänner. „Wir haben den Brand unter Kontrolle. Aber es wird noch eine Weile dauern, bis wir ihn gelöscht haben“, sagte der Mann jetzt. Offenbar war das der Einsatzleiter. Thomas nickte. Auch er war aschfahl und der Schock stand ihm ins Gesicht geschrieben. „Marie,“, krächzte er jetzt, als sie direkt neben ihm stehenblieb und in die Flammen starrte. Im nächsten Moment blickte sie panisch in Richtung des Pferdestalls. „Für die Pferde besteht keine Gefahr“, erklärte Martina, die ihren Blick offenbar bemerkt hatte. Erleichtert atmete Marie aus. Den Pferden ging es gut, das war die Hauptsache. „Alles in Ordnung?“, hörte sie plötzlich eine Stimme neben sich und schrak zusammen. Sie hatte gar nicht mitbekommen, dass Manuel neben ihr aufgetaucht war. Irritiert sah sie ihn von der Seite an. „Was machst du denn hier?“, keuchte sie und runzelte die Stirn. Manuels Blick lag auf der Scheune, als er antwortete. „Ich wollte mich vergewissern, dass es dir gutgeht.“ Marie versuchte, die Puzzleteile in ihrem Kopf zu ordnen. Jetzt sah Manuel sie doch an. „Ich habe dich gestern aus dem ‚Dungeons‘ abgeholt und nach Hause gebracht“, half er ihrem Gedächtnis auf die Sprünge. Unwillkürlich spürte Marie die Hitze in sich aufsteigen. Jetzt erinnerte sie sich. Er hatte sie tatsächlich bis in ihre Wohnung gebracht. Aber… warum war er jetzt noch hier? Sie trug noch dasselbe Kleid wie am Vorabend, also war wahrscheinlich nichts weiter passiert. Bevor sie weiter darüber nachdenken konnte legte Thomas ihr seine Hand auf die Schulter. „Komm Marie, lass uns erst einmal ins Haus gehen.

Wir können hier eh nicht helfen." Marie nickte mechanisch und ging dann zusammen mit den Liebstädts zum Wohnhaus. Manuel stand noch immer an derselben Stelle. Er sprach mit dem Einsatzleiter und tippte gleichzeitig etwas in sein Handy ein. Es dauerte tatsächlich noch bis in die frühen Morgenstunden, bis der Einsatzleiter der Feuerwehr ihnen mitteilte, dass endgültig alle Brandherde gelöscht waren. In der Aufregung war Marie gar nicht aufgefallen, dass sie in ihrem dünnen Kleid innerhalb von Minuten vollkommen durchgefroren war. Nachdem sie sich in einem der großen Sessel in eine Wolldecke gewickelt und Thomas den Kamin angemacht hatte, war sie immer wieder in einen unruhigen Schlaf gefallen. Bei jedem kleinsten Geräusch war sie hochgeschreckt und hatte sich hektisch umgesehen. Doch alles, was sie gesehen hatte, waren Thomas und Martina, die sich an den Händen gehalten und schweigend in das Feuer gestarrt hatten. Als eine ganze Zeit später auch Manuel mit dunklen Schatten unter den Augen ins Haus geschlichen kam kämpfte Marie noch immer mit den dröhnenden Kopfschmerzen, die sie schon in der Nacht gequält hatten. Unwillkürlich kniff sie die Augen zusammen und legte eine Hand auf ihren Bauch. Auch ihr Magen rebellierte noch genauso wie vor einigen Stunden. Manuel sah ihr einen Moment in die Augen, dann ging er in die Küche und kam kurz darauf mit einem Glas Wasser und zwei Kopfschmerztabletten zurück. Schweigend legte er Marie beides in die Hand. Sie spülte die Tabletten mit einem großen Schluck Wasser hinunter und schloss die Augen. „An der Scheune ist nichts mehr zu retten", sagte Manuel nun in die bedrückende Stille hinein und Marie hörte, wie Martina neben ihr schluchzte. Der Schock saß ihr noch immer in den Gliedern.

„Gleich morgen wird jemand von der Versicherung kommen und den Schaden begutachten", fuhr Manuel jetzt mit müder Stimme fort und lehnte den Kopf an die Backsteinmauer neben dem Kamin. „Gott sei Dank ist der Hof gut gegen Brandschäden versichert." Marie verzog das Gesicht, als sich in ihrem Unterbewusstsein eine winzige Erinnerung meldete. Brandschäden. Versicherung. „Ich wollte mich vergewissern, dass es dir gutgeht." Manuels Satz aus der Nacht schien alles zusammenzufügen. Als sich die vielen kleinen Gedankenfetzen zu einem Bild zusammensetzten schnappte Marie nach Luft. Langsam drehte sie den Kopf und starrte Manuel aus weit aufgerissenen Augen an. „Du", flüsterte sie und ihr Gesicht verzog sich zu einer hasserfüllten Maske. Manuel sah sie verständnislos an. „Du hast den Brand gelegt!", schrie sie jetzt. „Spinnst du?", gab Manuel zurück und sein Ausdruck schwankte zwischen schockiert und wütend. „Marie!", rief auch Martina aus dem Hintergrund. Die war jedoch mit einem Satz aufgesprungen und baute sich jetzt wenige Zentimeter vor Manuel auf. „Dass ich da nicht sofort drauf gekommen bin", zischte sie. „Du hast vielleicht gehofft, dass wir es vergessen. Aber wir sind nicht blöd, Manuel." Manuel wich keinen Schritt zurück und starrte ihr stattdessen herausfordernd in die Augen. „Kannst du mir bitte mal erklären, was du dir da wieder zusammengesponnen hast?", presste er hervor. Marie lachte humorlos auf. „Als du das erste Mal mit Lukas und seinem Vater hier warst, was hat Franz Mahler da zu dir gesagt?" Manuel versuchte vergeblich, sich die Worte des Immobilienmaklers in Erinnerung zu rufen. „Ich helfe dir mal auf die Sprünge, auch wenn das offensichtlich gar nicht nötig ist", murmelte Marie. „Er hat dich darauf hingewiesen, dass

die Versicherungssumme, die du bei einem Brand bekommen würdest, wahrscheinlich höher wäre als der Gewinn bei einem Verkauf. Was für ein Zufall, dass es jetzt tatsächlich gebrannt hat. Nicht wahr, Manuel?" Dann wandte sie sich den Liebstädts zu. „Ihr habt es damals doch auch gehört!" Die Augen von Thomas und Martina sprangen zwischen Manuel und Marie hin und her. Martina hatte sich die Hand vor den Mund geschlagen. Natürlich erinnerten auch sie sich an die Aussage des Maklers. „Das kann doch jetzt nicht wirklich euer Ernst sein!", rief Manuel entrüstet. Er schien noch blasser als zuvor geworden zu sein. „Und da hast du dir gedacht, weil du den Hof nicht verkauft bekommst, nimmst du jetzt eben den schnellen und einfachen Weg, um ihn zu Geld zu machen und uns loszuwerden", fuhr Marie aufgebracht fort. „Wirklich cleverer Schachzug." „Aber... aber... er hat doch die Pferde rausgebracht", stammelte Martina und Marie sah, dass sie Tränen in den Augen hatte. Tatsächlich war der Pferdestall, als Marie in der Nacht einen Blick hineingeworfen hatte, leer gewesen. Trotzdem schnaubte sie verächtlich. „Sich nützlich zu machen ist doch die beste Art, den Verdacht von sich zu lenken. Würde die Versicherung Verdacht schöpfen und rausfinden, dass er den Brand selbst gelegt hat, würde er keinen Cent sehen und in den Knast gehen", sagte sie spitz. Der junge Mann atmete tief aus. „Erstens hätte ich schon reichlich Gelegenheiten gehabt, den Hof zu verkaufen. Und zweitens: Warum sollte ich bei diesem tollen Plan selbst die Feuerwehr gerufen haben?", fragte er mit geschlossenen Augen. Marie schnaubte. „Ganz ehrlich, Manuel. Selbst wenn dein Gewissen anscheinend eher mickrig ausgebildet ist. In Kauf zu nehmen, dass jemand bei so einer bescheuerten Aktion stirbt, traue ich selbst dir nicht zu."

Manuel machte einen Schritt rückwärts und straffte die Schultern. „Wenn das nach der ganzen Zeit, die wir miteinander verbracht haben, immer noch das ist, was du von mir denkst, dann…“. Er sprach den Satz nicht zu Ende. Vielleicht fand er nicht die richtigen Worte, um zu sagen, was er in diesem Moment dachte. Vielleicht wollte er es aber auch gar nicht laut aussprechen. Stattdessen schüttelte er nur den Kopf, wandte sich ab und verschwand. Kurze Zeit später hörte Marie, wie der Motor des Porsche gestartet wurde und Manuel vom Hof fuhr. Eine ganze Weile war es still im Haus. „Du glaubst doch nicht wirklich, dass es Manuel war?“, fragte Martina irgendwann in die Stille hinein und sah Marie unsicher an. Die starrte nur schweigend ins Leere. Traute sie Manuel so etwas wirklich zu? Die Aussage von Franz Mahler wollte ihr einfach nicht aus dem Kopf gehen. Außerdem hatte Manuel in der Vergangenheit mehr als einmal äußerst ausweichend reagiert, wenn es um die Zukunft des Hofes gegangen war. War es wirklich so abwegig, dass die Versuchung, das Ganze auf die einfache Art zu regeln, für ihn einfach zu groß gewesen war? Maries Kopf sagte ihr, dass es praktisch unmöglich war, dass Manuel sich tatsächlich von einem arroganten, herzlosen Idioten in einen liebevollen, aufmerksamen Traummann verwandelt hatte. Doch ihr Herz schrie ihr etwas ganz anderes entgegen.

Kapitel 24

„Ich glaube, er kommt." Das Zittern in Martinas Stimme war nicht zu überhören. Marie warf einen Blick aus dem Fenster auf den Hof. Thomas verabschiedete sich gerade mit einem Handschlag von dem Gutachter der Versicherung und ging nun mit gesenktem Kopf auf das Wohnhaus zu. Fast zwei Stunden hatten die beiden Männer sich den Schaden, der bei dem Brand an der Scheune entstanden war, angesehen. Manuel hatte schon am frühen Morgen angerufen und Thomas gebeten, diese Aufgabe für ihn zu übernehmen, da er angeblich schon früh an einem wichtigen Meeting teilnehmen musste. Zumindest hatte Martina es Marie so erzählt. Die hatte dabei nur das Gesicht verzogen. Natürlich versuchte Manuel, sich um diesen Termin zu drücken. Das Risiko, dass er aufflog, wäre viel zu groß. Noch immer zog sich Maries Magen bei dem Gedanken, dass der Mann, in den sie sich verliebt hatte, den Hof in Brand gesetzt haben könnte, schmerzhaft zusammen. „Und?", fragte Martina jetzt leise und machte einen Schritt auf ihren Mann, der gerade durch die Tür gekommen war, zu. In seinem Gesicht bemerkte Marie ein nervöses Zucken. Thomas atmete hörbar aus. „An der Scheune ist wie schon vermutet nichts mehr zu retten. Über kurz oder lang wird sie abgerissen werden müssen, weil die Einsturzgefahr einfach zu groß ist. Er ist sich aber ziemlich sicher, dass ein technischer Defekt die Ursache war. In der Ecke liegen einige verschmorte Leitungen, die ziemlich eindeutig auf einen Kabelbrand hinweisen." Wahrscheinlich sollte der Blick, den Thomas Marie bei dieser Aussage zuwarf, nur flüchtig sein. Doch sie bemerkte ihn trotzdem. Und das Gefühl, als würde sich unter ihr ein Loch

auftun und sie einfach in die Tiefe reißen, ließ keinen klaren Gedanken mehr zu. Sie hatte Manuel tatsächlich vollkommen zu Unrecht beschuldigt, eine so schreckliche Tat begangen zu haben. Sie hatte ihm furchtbare Dinge an den Kopf geworfen. Schon wieder. „Ich brauche frische Luft", keuchte sie und stürzte aus der Tür und über den Hof in Richtung des Pferdestalls. In der Luft lag noch immer der Geruch von verbranntem Holz und Stroh und auf dem gesamten Innenhof hatten sich durch das Löschwasser große Pfützen gebildet. Marie warf einen flüchtigen Blick auf die verkohlten Grundmauern der alten Scheune. Sie spürte, wie ihr Magen rebellierte und musste sich einen Moment an der Stallmauer abstützen. Sie tastete sich an der dicken Backsteinmauer entlang und stolperte in den Stall, wo die Pferde gerade dabei waren, ihre Morgenration Heu zu verspeisen. Marie ließ sich auf einen der Strohballen, die an der Wand entlang gestapelt lagen, fallen und vergrub das Gesicht in den Händen. Warum verhielt sie sich Manuel gegenüber immer und immer wieder so? Wie oft hatte sie ihn schon verurteilt und zu Unrecht beschuldigt? Sie konnte die vielen Male gar nicht zählen. Doch dieses Mal war sie zu weit gegangen. Dieser Vorwurf war so hart gewesen, dass Manuel ihr ihr Verhalten niemals verzeihen würde. Sie hatte ihn ein für alle Mal verloren. „Darf ich?", hörte Marie plötzlich eine leise Stimme neben sich. Sie sah auf und blickte in das Gesicht von Martina, die direkt neben ihr stand und sie mit einem sanften Gesichtsausdruck anlächelte. Marie nickte stumm und rutschte ein Stück zur Seite, um ihrer Mitbewohnerin Platz zu machen. Eine ganze Weile schwiegen die beiden Frauen und es war nur das regelmäßige Mahlen der Pferdezähne und hin und wieder ein zufriedenes Schnauben zu hören. „Ich habe es komplett verbockt", stellte Marie fest und presste frustriert die Lippen aufeinander. Martina legte ihr die Hand auf den Oberschenkel. „Ich sage es ungern", meinte sie, „aber ja, das hast du." Marie schnaubte. Natürlich wusste sie, dass sie Mist gebaut hatte. Trotzdem hätte sie auf diese Direktheit gerne verzichten können. „Weißt du, Marie", fuhr Martina nun fort und warf einen versonnenen Blick auf Paulchen, der zu ihren Füßen lag und sie schläfrig ansah. „Ich bin lange nicht mit allem einverstanden, was Manuel in der Vergangenheit getan hat. Weder damit, wie er sich seinen Eltern, noch uns gegenüber verhalten hat. Und glaub mir, keiner weiß so gut wie Thomas und ich, wie schwierig er sein kann. Aber er ist ein guter Kerl, Marie. Du siehst nicht den Blick, den er dir zuwirft, wenn du einmal nicht hinschaust. Du siehst nicht, wie glücklich er ist, wenn er dich im Arm hält. Er scheint wirklich unglaublich verliebt in dich zu sein. Warum lässt du es nicht einfach zu?" Marie schnaubte. „Wenn das wirklich so wäre, dann könnte er es mir ja auch sagen." „Hast du es ihm gesagt?", meinte Martina und zog eine Augenbraue nach oben. „Darum geht es doch gar nicht!", rief Marie und schlug ungewollt heftig mit der Hand auf den Strohballen unter sich. „Doch, genau darum geht es, Marie!", konterte Martina. „Ihr beide seid so unglaubliche Sturköpfe! Da steht keiner dem anderen in irgendwas nach. Und ehrlich gesagt, so wie du dich verhältst würde ich mir an seiner Stelle auch zweimal überlegen, ob ich dir meine Gefühle gestehe. Du brauchst mir nichts vormachen. Wenn jemand so leidenschaftlich streitet, dann sind da jede Menge Gefühle im Spiel. Keiner weiß das so gut wie ich. Bei Thomas und mir sind früher reichlich Worte und auch Teller durch den Raum geflogen. Aber am Ende des Tages haben wir uns immer zusammengesetzt und vernünftig miteinander geredet. Das ist die Basis für eine gute Beziehung. Und wir halten es nicht umsonst schon über 35 Jahre miteinander aus." Marie wusste nicht, was sie dazu sagen sollte. Natürlich hatte sie Gefühle für Manuel. Ziemlich starke sogar. Aber irgendwie kriegten sie sich ständig in die Haare, bevor sie ihm das gestehen konnte. „Glaub mir Marie", meinte Martina jetzt und sah ihr eindringlich in die Augen. „Wenn du jetzt nicht langsam mal deinen Hintern hochkriegst und Manuel sagst, was Sache ist, dann ist es vorbei, bevor es überhaupt angefangen hat. Einer von euch muss den Anfang machen." Marie verzog das Gesicht. „Und wir wissen alle", fuhr Martina fort und zwinkerte ihr zu, „der Klügere gibt nach." Marie zog sich in ihre Wohnung zurück. Sie brauchte Zeit. Zeit zum Nachdenken. Darüber, ob sie wirklich bereit war, Manuel ihre Gefühle zu gestehen. Bisher waren die großen Liebeserklärungen immer von den Männern ausgegangen, und Marie hatte sie einfach hingenommen. Doch jetzt musste sie ihre eigenen Gefühle auf den Tisch legen. Und sich damit angreifbar machen. Was, wenn Manuel diese Tatsache ausnutzen würde und sie genauso verletzte, wie sie es mit ihm getan hatte? Nervös rieb Marie sich die Hände. Bei dem Gedanken daran, was sie vorhatte, begann ihr Herz aufgeregt zu klopfen und die Schmetterlinge in ihrem Bauch flogen wild umher. Die angenehme Wärme, die sie schon verloren geglaubt hatte, breitete sich in ihrem Inneren aus. Sie musste das Risiko eingehen. Wenn sie es nicht tat, dann würde sie Manuel in jedem Fall verlieren. So hatte sie wenigstens eine reelle Chance. Marie ging ins Bad und musterte sich im Spiegel. Zum ersten Mal seit einer ganzen Weile betrachtete sie sich *genauer. Sie war schmal im Gesicht geworden. Die letzten Wochen war ihr Magen wie zugeschnürt gewesen und sie hatte nahezu nichts runterbekommen. Ihre Haut war fahl und unter den Augen lagen tiefe Schatten. Was aber auch mit ihrem Alkoholkonsum des vorherigen Abends zusammenhängen konnte. Auch ihre Haare befanden sich irgendwo jenseits von Gut und Böse. Sie drehte die Dusche auf und machte sich in Windeseile frisch. Plötzlich hatte sie es ganz eilig. „Wenn du jetzt nicht langsam mal deinen Hintern hochkriegst und Manuel sagst, was Sache ist, dann ist es vorbei, bevor es überhaupt angefangen hat.“ Martinas Worte geisterten durch Maries Kopf und machten sie ganz hibbelig. In der ersten Zeit, nachdem Manuel verschwunden war, hatte sie so sehr darum gekämpft, mit ihm reden zu können. Warum hatte sie damit aufgehört und sich stattdessen wie die letzte Furie aufgeführt? Sie hoffte inständig, dass es noch nicht zu spät war und Manuel ihr noch dieses eine Mal zuhören würde. Marie föhnte sich die Haare und legte ein leichtes Make-up auf. Dann betrachtete sie sich erneut im Spiegel. Jetzt sah sie schon deutlich frischer aus. Eilig lief sie, nur mit einem Handtuch um den Körper geschlungen, hinunter in den Keller und kramte in den Kartons, die sie vor einigen Wochen hier deponiert hatte. Sie entschied sich für eine enganliegende Jeans und eine leichte, apricotfarbene Bluse. Sie streifte sich beides noch im Gehen über und warf das Handtuch einfach in den Wäschekorb, der vor der Waschmaschine stand. „Ich gehe nochmal weg“, rief sie Martina und Thomas, die vor dem Fernseher saßen, zu. Martina nickte zufrieden und lächelte ihr aufmunternd zu. Marie kramte in der Kommodenschublade nach dem Schlüssel für den alten Ford, den sie sich mit den Liebstädts teilte. Sie war schon seit Ewigkeiten nicht mehr Auto gefahren. Ihre Arbeitsstelle konnte sie gut mit dem Fahrrad erreichen, ebenso wie den nächsten Supermarkt. Und wenn sie doch einmal nach München gefahren war, dann hatte Lisa am Steuer gesessen. Oder eben Manuel. Hoffentlich sprang der Ford überhaupt noch an! Marie öffnete das Garagentor und ließ sich auf den Fahrersitz des Kleinwagens fallen. Gott sei Dank reagierte der Motor bereits beim ersten Versuch. Der Wagen hatte seine besten Zeiten eindeutig schon hinter sich. Der Lack war matt und fing an einigen Stellen an abzublättern. Hier und da hatten sich schon einige Rostflecken gebildet. Schalten war fast nur unter Zuhilfenahme eines Hammers möglich und während der Fahrt machte er einen so ohrenbetäubenden Lärm, dass an Radiohören überhaupt nicht zu denken war. Aber immerhin sahen die Mitarbeiter der Werkstatt ihn nur zur Inspektion und er hatte sowohl Marie als auch die Liebstädts bisher noch nie im Stich gelassen. Allerdings würde sie mit diesem Wagen in der Gegend, in der Manuel wohnte, zwischen all den schicken Sport- und Geländewagen definitiv auffallen. Mit jedem Kilometer, den sie sich München näherte, stieg Maries Nervosität. Was wollte sie Manuel überhaupt sagen? Fieberhaft legte sie sich einige Sätze zurecht, doch nichts erschien ihr passend. Letztendlich entschied sie sich, einfach alles auf sich zukommen zu lassen.*

Kapitel 25

Natürlich war im Umkreis von Manuels Wohnung kein einziger Parkplatz aufzutreiben. Dies war einer der vielen Gründe, aus denen Marie sich normalerweise weigerte, mit dem Auto in die Großstadt zu fahren. Die Parkplatzsuche dauerte meistens länger als der eigentliche Aufenthalt. Nachdem sie auch heute dreimal um den Block gefahren war, entdeckte sie am Straßenrand direkt gegenüber des Hauses, in dem Manuel wohnte, einen freien Platz. Und direkt daneben ein Parkverbotsschild. Marie biss sich auf die Lippe. Wenn sie jetzt noch länger suchte war es durchaus denkbar, dass sie einen Rückzieher machte. „Ist jetzt auch egal", murmelte sie und stellte den Wagen ab. Dann musste sie im Zweifel eben ein Knöllchen bezahlen. Als sie jetzt auf die Haustür zuging und klingelte raste ihr Herz so sehr, dass sie kaum Luft bekam. Nach einigen Sekunden, die ihr beinahe endlos vorkamen, knackte es in der Gegensprechanlage. „Ja?", hörte sie Manuels Stimme. Er klang müde. Marie atmete tief durch. „Ich bin´s", sagte sie atemlos. „Marie?" Er klang ehrlich überrascht. „Darf ich raufkommen?" Einige Sekunden war es still, dann summte der Türöffner und sie durchquerte den breiten Flur bis zu den Aufzügen. Während der Fahrstuhl nach oben fuhr war Marie einen Moment versucht, eine Etage eher auszusteigen oder einfach den Notknopf zu drücken. Sie hatte Angst. Angst vor Manuels Reaktion. Davor, dass er sie zurückweisen könnte. So sehr, dass ihr beinahe übel wurde und ihre Hände eiskalt waren. Marie schloss die Augen und versuchte, sich zu beruhigen. Als ein leises ‚Pling' anzeigte, dass sie angekommen war und die Türen sich leise surrend aufschoben, wartete

Manuel bereits auf sie. Er stand lässig in den Türrahmen gelehnt, die Arme vor der Brust verschränkt und sah sie mit hochgezogenen Augenbrauen an. Marie richtete sich auf und ging auf ihn zu. Nur wenige Zentimeter vor ihm blieb sie stehen und sah ihm in die stahlblauen Augen. So nah, dass ihr unmittelbar sein Geruch in die Nase stieg. „Wir müssen reden", sagte sie mit brüchiger Stimme und ging an ihm vorbei. „Komm doch rein", murmelte er und folgte ihr. Marie sah sich um. Alles war so sauber und aufgeräumt wie eh und je. „Möchtest du etwas trinken?", fragte Manuel und machte sich auf den Weg zum Kühlschrank. „Ich… nein… nein danke", stammelte Marie. Er brachte sie vollkommen aus dem Konzept. Manuel zuckte mit den Schultern und ging zu der großen Fensterfront. „Ist das dein Auto da unten?", fragte er und sah sie stirnrunzelnd an. „Ja." „Du stehst im absoluten Halteverbot." „Ich weiß. Manuel, ich…", versuchte sie erneut loszuwerden, was ihr auf der Seele brannte. „Du kannst Auto fahren?" Marie meinte ein leicht amüsiertes Blitzen in seinen Augen zu sehen. „Natürlich kann ich Auto fahren!", zischte sie gereizt. Jetzt nur nicht wieder die Nerven verlieren! Sie atmete einmal tief durch und sah ihn an. „Manuel, ich meine es ernst. Wir müssen reden." Manuel seufzte und wich ihrem Blick aus. „Marie, das hatten wir doch heute schon einmal." Er klang resigniert. Marie musste schlucken. „Bitte, lass es nicht zu spät sein", betete sie innerlich. „Ich habe Dinge gesagt und getan, die nicht in Ordnung waren. Und die ich nicht so gemeint habe. Ich bin… ich war… es ist einfach alles so…", stammelte Marie. Sie fand einfach nicht die richtigen Worte. Vor Wut über sich selbst stiegen ihr die Tränen in die Augen. „Hey." Manuels Stimme war auf einmal ganz sanft und mit einem großen Schritt war er bei ihr. Er zog sie vorsichtig an sich und sie legte ihren Kopf an seine Brust. Es war, als sei das alles zwischen ihnen nicht vorgefallen. Marie lauschte seinem Herzschlag, der ihr ein wenig schnell vorkam. Genauso wie ihr eigener. Manuels Geruch und seine Wärme hüllten sie ein. Sie hob den Kopf und sah ihm direkt in die Augen. „Was ist denn los?", flüsterte er. In seinem Blick war eindeutig Sorge zu erkennen. Sorge um sie? „Ich... ich... habe Mist gebaut. Ich habe dich verletzt. Das tut mir leid. Das wollte ich dir nur sagen." „Sonst noch etwas?", fragte er und sah sie durchdringend an. Marie zögerte. Seine Gesichtszüge waren plötzlich hart und in seiner Stimme lag ein merkwürdiger Unterton. Sie schwieg und starrte ihn nur an. Manuel nickte. „Mir reicht es, Marie", sagte er dann. Sie riss die Augen auf. „Was... was meinst du?", stammelte sie. Manuel seufzte und fuhr sich mit den Fingern durch die Haare. „Das alles, Marie. Dieses ganze Hin und Her in den letzten Wochen. Wir streiten uns. Wir entschuldigen uns. Dann streiten wir uns wieder. Nur noch mehr. Ich kann das nicht mehr. Und ich will das auch nicht mehr. Ich werde noch verrückt. Wahrscheinlich ist es das Beste, wenn...". „Ich habe mich in dich verliebt." Jetzt war es raus. „Was war das?" Vollkommen perplex stand Manuel ihr gegenüber. „Ich habe mich in dich verliebt, Manuel", wiederholte Marie. „Ich habe versucht es zu ignorieren und zu leugnen. Aber es ist die Wahrheit. Ich bin verrückt nach dir. Ich vermisse dich schon, wenn du nur den Raum verlässt. Die letzten Wochen waren die Hölle. Ich habe mich in meinem ganzen Leben noch nie so verlassen gefühlt. Ich habe dich angelogen, weil ich Angst hatte, verletzt zu werden. Wenn du nicht dasselbe fühlst, dann muss ich das akzeptieren.

Aber ich habe es einfach nicht mehr ausgehalten, die Wahrheit zu verschweigen." Einige quälende Augenblicke vergingen, in denen Manuel sie nur ungläubig anstarrte und keiner von ihnen ein Wort sagte. Obwohl Marie erleichtert war, dass sie ihm die Wahrheit über ihre Gefühle gestanden hatte, zitterte sie am ganzen Körper. Aus Angst vor seiner Reaktion. Manuel schüttelte den Kopf. Wie um sich zu vergewissern, dass er nicht träumte. Dann packte er Marie plötzlich an den Händen und zog sie an sich. Er legte vorsichtig seine Lippen auf ihre und Marie genoss den Rausch, den seine Küsse schon immer in ihr ausgelöst hatten. Es war, als würde sie aus einem eiskalten See gezogen. Als könne sie endlich wieder atmen. „Ich habe mich auch in dich verliebt", flüsterte er und drückte sie an sich. Das Zittern in ihrem Körper verschwand und wurde von einer unbeschreiblichen Wärme abgelöst. Und die wollte sie für den Rest ihres Lebens nicht mehr hergeben.

Epilog

11 Monate später

„Wirst du sie vermissen?" Manuel sah Marie, die gerade eine der letzten Kisten aus dem Wohnzimmer trug, mit gerunzelter Stirn an. „Wen meinst du?", fragte er. Marie stellte den Karton im Hausflur ab, richtete sich auf und strich sich eine dunkle Strähne, die sich aus ihrem Zopf gelöst hatte, aus der Stirn. „Na, die Stadt", meinte sie und sah sich in dem leeren Raum um. „Und deine Wohnung." Manuel lächelte, wenn auch etwas gequält. Er hatte mehr als die Hälfte seines Lebens hier verbracht. Als Jugendlicher hatte er sich nichts sehnlicher gewünscht, als in München, der großen, hippen Stadt mit den unendlichen Möglichkeiten, zu leben. Hier waren seine Freunde, mit denen er unzählige Erinnerungen teilte. Er hatte im Sommer zahllose Abende an der Isar verbracht. Und im Herbst Jahr für Jahr mit seinen Kumpels das Oktoberfest unsicher gemacht. In München gab es keinen Club, in dem er nicht mit Handschlag begrüßt wurde. Und keinen Schleichweg, den er nicht kannte, um dem nervigen Berufsverkehr aus dem Weg zu gehen. Ja, er würde die Großstadt vermissen. Doch das, was er wirklich liebte, war nicht hier. Und so hatte er sich entschieden, München - seine ‚weniger großen Liebe', wie er es nannte - zu verlassen und zu Marie auf den ‚Sonnenhof' zu ziehen. Es sollte für alle ein Neuanfang werden. Manuel wollte die

Vergangenheit, die er mit dem Hof verband, endlich hinter sich lassen. Und so sehr er die Stadt und all die Möglichkeiten, die sie ihm bot, auch vermissen würde – die Freude, endlich angekommen zu sein, überwog. Sein Zuhause war da, wo Marie war. *Sie* war sein Zuhause. Noch ein letztes Mal ging Manuel durch die vertrauten Räume. Er stellte sich an die große Fensterfront und blickte über die Münchener Skyline. Dann sah er sich noch einmal um. Die Wohnung wirkte trist und fast schon steril. Die Möbel waren schon vor einigen Tagen abtransportiert worden und heute holten er und Marie nur noch die restlichen Umzugskartons ab, bevor er zum allerletzten Mal die Wohnungstür hinter sich schloss. Um die Grundreinigung und die Malerarbeiten würde sich der Hausmeisterservice kümmern. Manuel atmete tief durch und sah Marie in die Augen. „Alles ok?", fragte sie unsicher. Sie wusste, wie schwer es ihm fiel, die Großstadt zu verlassen. Doch der Vorschlag, sich ein gemeinsames Leben auf dem *Sonnenhof* aufzubauen, war von ihm selbst gekommen. Deswegen war sie sich sicher, dass diese Entscheidung wohlüberlegt war und er sie nicht irgendwann wieder bereuen würde. „Bist du glücklich?", fragte Manuel und hielt ihren Blick fest. Marie nickte lächelnd. Er legte ihr zaghaft die Hände an die Wangen, dann küsste er sie sanft erst auf die Nasenspitze, dann auf den Mund, bevor er sie an sich zog. „Ich auch", flüsterte er ihr ins Ohr und atmete ihren unwiderstehlichen Vanilleduft ein. Sofort breitete sich die inzwischen bekannte

Wärme in seinem Inneren aus und ließ sein Herz ein wenig schneller schlagen. „Also los?“, fragte Marie und löste sich ein Stück von ihm. Manuel nickte. „Also los.“ Mit all den Kisten auf der Rückbank und im Kofferraum wurde es ziemlich eng in Manuels Porsche. Selbst wenn er wusste, dass das nicht der richtige Wagen für sein zukünftiges Zuhause und erst recht nicht für seine Zukunftspläne mit Marie war, hatte er sich bisher nicht von seinem Sportwagen trennen können. Irgendwann würde dieser Zeitpunkt kommen, doch jetzt lag er noch in weiter Ferne. Marie rutschte unruhig auf dem Beifahrersitz herum. „Ich bin so gespannt, wie die neuen Gäste sind“, meinte sie aufgeregt und strahlte Manuel an. Auch er musste unwillkürlich lächeln. Kai Ahlers hatte ganze Arbeit geleistet. Er hatte dafür gesorgt, dass aus dem einst baufälligen ‚Sonnenhof‘ ein echtes Schmuckstück geworden war. Natürlich hatte das Zeit und vor allem jede Menge Geld gekostet. Deshalb hatten sowohl Kai als auch Alexander Bergmann und Lukas Mahler, dessen Vater natürlich alles andere als begeistert gewesen war, sofort zugestimmt, als Manuel sie gefragt hatte, ob sie sich an diesem Großprojekt beteiligen wollten. Sie alle waren jetzt Miteigentümer des ‚Unternehmens Sonnenhof‘. Der Hof wurde jetzt sowohl kommerziell als auch nicht-kommerziell genutzt und so gehörten die finanziellen Sorgen der Vergangenheit an. Es hatte viele – besonders bauliche – Veränderungen gegeben. Der Innenhof war ebenso wie die Einfahrt vollständig neu gepflastert worden. Das neue

Hinweisschild an der Straße wirkte frisch und interessant und war für jeden, der vorbeikam, gut sichtbar. Die alte Scheune war schon kurz nach dem Brand abgerissen worden. An ihrer Stelle standen jetzt drei kleine, im Bauernhaus-Stil gehaltene Ferienhäuser, die vom ersten Tag an über Monate ausgebucht gewesen waren. Martina und Thomas kümmerten sich rührend um die Gäste und hatten insbesondere in der Ferienzeit alle Hände voll zu tun. Doch auch in der Nebensaison gab es keine Woche, in der nicht wenigstens eines der Häuser belegt war. Ferien auf dem Bauernhof waren so beliebt wie nie und es war die richtige Entscheidung gewesen, auf diesen Zug aufzuspringen. Auch der Pferdestall war von Grund auf modernisiert worden. Marie hatte dafür gesorgt, dass die provisorisch zusammengezimmerten Boxen gegen hochwertige Materialien ausgetauscht wurden. Ebenso wie die Fenster und Türen. Um die weitläufigen Weiden herum führten nun neu aufgestellte Holzzäune statt der billigen Elektrolitzen. In einem extra angefertigten Anbau konnten kranke Tiere, die es auf einem Gnadenhof immer gab, besonders sorgfältig behandelt werden. Alexander Bergmann hatte gute Kontakte zu mehreren Pressevertretern, und so waren in kürzester Zeit Unmengen an Spenden für den Gnadenhof zusammengekommen. Außerdem hatte jedes der Pferde nun einen eigenen Paten, der mit seiner Spende monatlich dafür sorgte, dass sein Paten-Pferd die nötige medizinische Versorgung und das richtige Futter erhielt. Ein Teil des

Pferdestalles war zu einem urigen Bauerncafé umgebaut worden. Hier schenkte Martina am Wochenende Kaffee aus und servierte den zahlreichen Gästen ihre selbstgebackenen Kuchen und Torten. Der Hofladen war ausgebaut und mit wunderschönen Wandregalen, Präsentationstischen und besonders einer modernen Kasse ausgestattet worden. Einmal in der Woche fuhr Thomas mit einem kleinen Verkaufswagen auf den Wochenmarkt der nächstgrößeren Stadt und verkaufte dort die Waren des Hofes. Neben den Pferden, den Hühnern und dem Hund Paulchen war nun auch ein Streichelzoo auf dem ‚Sonnenhof' beheimatet – sehr zur Freude der vielen Urlaubskinder. Sie kümmerten sich aufopfernd um die Ziegen, Schafe und Esel in dem Gehege und auch die Kaninchen und Meerschweinchen kamen nicht zu kurz.

Das Wohnhaus war sowohl von innen als auch von außen renoviert und behindertengerecht ausgestattet worden. So war sichergestellt, dass Martina und Thomas auch in einigen Jahren noch eigenständig hier leben konnten. Die größte Veränderung gab es jedoch hinter dem Wohnhaus. Hier war in den vergangenen Monaten ein gemütliches Einfamilienhaus entstanden. Das Haus, in dem Manuel und Marie ihre gemeinsame Zukunft verbringen würden. Etwas abgelegen von dem Trubel, aber immer noch nah genug dran, konnten sie hier ihre – vorläufige – Zweisamkeit genießen. Manuel hatte in den vergangenen Monaten immer mehr das Gefühl gehabt, beruflich in einem Hamsterrad zu sitzen. Inzwischen war es ihm nicht mehr wichtig, mit seiner Arbeit einfach nur möglichst viel Geld zu verdienen. Deshalb hatte er mehrere Fortbildungen besucht und sich bereits einen Namen als Berater für eine nachhaltige Umstrukturierung von Unternehmen gemacht. In ihrem neuen Zuhause hatte er sich ein großes Arbeitszimmer einrichten lassen, damit er, wenn er nicht gerade Vorträge hielt oder Beratungen gab, seine Arbeit von hier erledigen konnte.

Als Manuel und Marie den Hof erreichten, war der Trubel hier schon in vollem Gange. Es war das erste Wochenende der Sommerferien und die Feriengäste waren anscheinend schon dabei, ihr Gepäck auszuladen. Unzählige Kinder liefen lachend über den Hof, streichelten die Tiere oder vergnügten sich auf dem kleinen Spielplatz direkt neben den Ferienhäusern. Martina stand mit einer anderen Frau, die eine Platte Eier in der Hand hielt, vor dem Hofladen und unterhielt sich angeregt. Strahlend winkte sie den beiden zu, als sie über den Hof in Richtung ihres Hauses fuhren. Thomas war anscheinend noch mit dem Verkaufswagen unterwegs. Manuel parkte den Wagen neben dem Haus. Er und Marie stiegen aus und schlenderten Hand in Hand in Richtung des Hofes. Sie blieben neben dem Haupthaus stehen und beobachteten die Szenerie. Von hier aus konnte man den ganzen Innenhof überblicken. Manuel sah Marie, die über das ganze Gesicht strahlte, lächelnd von der Seite an. Sie so glücklich zu sehen gab ihm die Bestätigung, dass er sich richtig entschieden hatte.

Mit niemandem wollte er sein Leben lieber verbringen als mit dieser wunderschönen, besonderen, liebenswerten Frau. „Ich liebe dich", flüsterte er ihr von hinten ins Ohr. „Ich liebe dich auch", sagte sie leise und blickte ihn mit strahlenden Augen an. Manuel war glücklich. Und er hoffte, dass Marie und er in nicht allzu ferner Zukunft für noch mehr Leben auf dem Hof sorgen würden…

Wie Tag und Nacht

Liebe auf Umwegen

Von Julia Sanders

Kapitel 1

„Es ist 7 Uhr 30." Die fröhliche Stimme aus dem Radio passte so gar nicht zu Sophies Stimmung an diesem Morgen. Nach drei Wochen Urlaub auf den Malediven war ihr Flieger erst heute Nacht mit fast fünf Stunden Verspätung auf dem Frankfurter Flughafen gelandet. Um drei Uhr war sie endlich todmüde ins Bett gefallen in dem Wissen, dass ihr erster Arbeitstag mit einem Meeting in aller Herrgottsfrühe beginnen würde. Sophie von Ehrenfurth leitete das Controlling bei ‚Von Ehrenfurth Properties', der Immobilienprojektgesellschaft ihres Vaters. Direkt nach ihrem Studienabschluss als Wirtschaftsingenieurin hatte sie diese Stelle im elterlichen Betrieb übernommen und seitdem liefen die Geschäfte blendend. Die von Ehrenfurths waren über die Stadtgrenzen Frankfurts hinaus bekannt und es erschien kaum ein Artikel in einer Immobilienfachzeitschrift, in denen nicht ihr Name zu lesen war.

Wenn ihr Vater schon früh am Montagmorgen ein Meeting ansetzte, dann konnte das nur eines bedeuten: Die Übernahme von „Schröder & Söhne" war erfolgreich gewesen. Und damit kam jede Menge Arbeit auf sie alle zu. Hans von Ehrenfurth war Geschäftsmann durch und durch. Er hatte ‚Von Ehrenfurth Properties' gegründet, als Sophie gerade 11 Jahre alt geworden war. Die Firma zählte heute, zwanzig Jahre später, inzwischen 43 Mitarbeiter und Sophie hatte ihren Vater in ihrer Kindheit niemals so häufig gesehen wie jetzt, wo sie ebenfalls hier arbeitete. Er schien einer dieser Haie zu sein, der die kleinen Fische am Markt schon zum Frühstück verspeiste. Und das mit einem eiskalten Lächeln auf den Lippen. Die Familie von Ehrenfurth gehörte zu den oberen 10.000 im Land und schon als Kind hatte Sophie gelernt, dass im Leben nur wenige Dinge zählten: Disziplin, Ehrgeiz und Erfolg. Und diese Grundsätze hatte sie seit jeher umzusetzen gewusst, und zwar sowohl beruflich als auch in ihrem Privatleben.

Sophie parkte ihren Mini Cooper direkt neben dem Mercedes ihres Vaters. Dieser war – wie so oft – schon kurz nach Sonnenaufgang aufgebrochen. Er sagte, er hasse es, in den Frankfurter Berufsverkehr zu geraten. Insgeheim wusste Sophie aber, dass er lieber allein in seinem Büro seinen ersten Kaffee trank als Zuhause mit seiner Frau in Ruhe zu frühstücken. Die Familie hatte für ihn noch nie an erster Stelle gestanden. Und Sophies Mutter hatte sich wohl damit arrangiert. Sophie fragte sich oft, ob sie damit wirklich glücklich war. Doch sie war sich nicht sicher, ob ihre Mutter ihr eine ehrliche Antwort geben würde, wenn sie sie tatsächlich danach fragen würde.

Mit einem letzten Blick in den Rückspiegel kontrollierte Sophie ihre wie immer makellos sitzende Frisur und stellte erleichtert fest, dass die deutlich zu kurze Nacht – auch dank einiger

Schichten Make-up – keine eindeutigen Spuren hinterlassen hatte. Nach dem Aussteigen strich sie mit einigen gekonnten Bewegungen ihren beigefarbenen Hosenanzug glatt, nahm ihre Tasche vom Beifahrersitz und machte sich auf den Weg zum Fahrstuhl, der die Mitarbeiter direkt von der Tiefgarage in die gewünschte Etage des Gebäudes brachte. „Von Ehrenfurth Properties" befand sich in einem gigantischen Geschäftsgebäude mitten in der Frankfurter Innenstadt. Inzwischen war die Firma so groß, dass sie drei Stockwerke des Gebäudes für sich beanspruchte. Sophie drückte auf den Knopf für den 12. Stock, in dem sich unter anderem das Büro ihres Vaters und der Konferenzraum, in dem das heutige Meeting stattfinden sollte, befanden. Mit einem leisen ‚Pling' hielt der Aufzug im Erdgeschoss und leise rasselnd öffneten sich die Türen. Sophie wusste, dass hier für gewöhnlich die Mitarbeiter ihres Unternehmens zustiegen. Diejenigen, die keine leitende Funktion bei der Gesellschaft hatten, hatten kein Anrecht auf einen Parkplatz in der Tiefgarage. Und da die Parkplatzsituation in der Innenstadt geradezu katastrophal war, kamen die meisten sowieso mit öffentlichen Verkehrsmitteln zur Arbeit. Sophie schüttelte sich bei dem Gedanken, mit hunderten anderen Menschen in einem Bus eingepfercht zu sein. Nach Möglichkeit auch noch neben einem Mitfahrer, der es mit der Körperhygiene nicht so genau nahm. Unwillkürlich rümpfte sie ihre Nase, auf der man bei genauerem Hinsehen einige Sommersprossen erkennen konnte.

Sophie war stets darauf bedacht, diese so gut wie möglich mit Make-up zu kaschieren, denn sie verliehen ihrem sonst so seriösen Äußeren etwas Verspieltes, beinahe Kindliches. Und das war definitiv nicht der Eindruck, den sie bei anderen Menschen hinterlassen wollte. Auch wenn ihr einiges in die Wiege gelegt worden war, so hatte sie doch hart für ihre Erfolge und ihr Ansehen gearbeitet. Nach dem Abitur – das sie natürlich mit Bestnoten bestanden hatte – hatte sie ihr Wirtschaftsingenieur-Studium aufgenommen und, trotz mehrerer Auslandssemester, in Rekordzeit hinter sich gebracht. Als ihr Vater sie danach direkt für die Leitung des Controllings bei ‚Von Ehrenfurth Properties' einstellte, hatte es natürlich innerhalb der Firma einiges Getuschel gegeben. Viele Mitarbeiter kannten Sophie von Kindesbeinen an und hatten anfangs in ihr noch immer das kleine, blondgelockte Mädchen mit den Sommersprossen gesehen, das bei ihrem Vater einen Verwandtschaftsbonus bekam. Doch diesen Bonus gab es bei Hans von Ehrenfurth nicht. Er wollte mit den Besten arbeiten, egal ob sie seinen Namen trugen oder nicht. Und Sophie war die Beste. Schon bald war allen klar gewesen, dass diese stets perfekt gestylte junge Frau gar nichts mehr mit dem fröhlichen, kleinen Mädchen von damals gemeinsam hatte. Sophie hatte neben der Schönheit ihrer Mutter eindeutig das Kalkül ihres Vaters geerbt. Im Beruf war sie ehrgeizig und abgebrüht. Mit einer Unnachgiebigkeit, die stark an Hans von Ehrenfurth erinnerte, führte sie die ihr zugetragenen Geschicke des Unternehmens und nahm dabei auf persönliche Belange keine Rücksicht. Ganz abgesehen von ihrer Führungsposition war Sophie nicht gerade die Arbeitskollegin, mit der man sich gerne auf eine Tasse Kaffee in der Teeküche traf oder gemeinsam Mittagessen ging. Ihre distanzierte Art brachte die Kollegen dazu, ihr zwar höflich, aber doch mit deutlichem Abstand zu begegnen. Und das wurde auch heute Morgen wieder allzu deutlich. Als die Fahrstuhltür sich nun öffnete hörte Sophie bereits lautes Geplapper und Gelächter von der anderen Seite. Sie zog die Augenbrauen hoch und als die vier Frauen, die in der Eingangshalle gewartet hatten und alle im Marketing der Immobilienprojektgesellschaft arbeiteten, sie im Fahrstuhl erblickten, erstarb das Gelächter von einer Sekunde auf die andere. „Guten Morgen", murmelten sie und stiegen ansonsten schweigend hinzu. Sophie erwiderte den Gruß nur mit einem kurzen Nicken. Als die Vier im 10. Stock ausstiegen und ihr Geplapper direkt wieder aufnahmen, nachdem sie den Fahrstuhl verlassen hatten, atmete Sophie tief durch. Endlich wieder Ruhe. So gefiel es ihr am besten. Mit einem erneuten ‚Pling' hielt der Aufzug in der 12. Etage und Sophie machte sich auf den Weg zum Konferenzraum.

Kapitel 2

Wie erwartet hatte Sophies Vater den Deal mit ‚Schröder & Söhne' am Wochenende in trockene Tücher gebracht und das ganze Team machte sich, beladen mit mehreren Ordnern, nach dem Meeting an die Arbeit, um die Übernahme schnellstmöglich abzuwickeln. Während Sophie sich noch einige Daten notierte und alle wichtigen Schritte in ihrem Laptop festhielt, stand Hans von Ehrenfurth schweigend am Fenster und warf einen Blick über die Frankfurter Skyline. „Arno war gestern im Club", sagte er in die Stille hinein. Sophie hielt bei dem Namen des Vaters ihres Ex-Partners einen Moment inne. Arno Gerstenberger war ein über die Landesgrenzen bekannter und äußerst erfolgreicher Bauunternehmer. Die Geschäftsbeziehung zwischen der ‚Von Ehrenfurth Properties' und der Bauunternehmung der Gerstenbergers bestand schon seit Sophies Vater die Firma gegründet hatte. Bei einem Geschäftsessen, das auf dem Gestüt der Familie von Ehrenfurth stattgefunden hatte, hatte Sophie Arnos Sohn kennengelernt – und sich Hals über Kopf in ihn verliebt. Daniel war der Typ ‚California-Surfer-Boy'. Seine blonden Haare waren immer perfekt gestylt und seine Augen strahlten leuchtend blau wie das Meer. Er war groß und sportlich und optisch, gerade wenn er einen seiner edlen Designer-Anzüge trug, absolut Sophies Typ. Außerdem war er ebenso ehrgeizig und karriereorientiert wie sie selbst und seine selbstbewusste Art machte ihn zu ihrem

Traummann. Wenige Wochen nach diesem Essen waren die beiden zusammengekommen und seitdem waren Sophie und Daniel das absolute Traumpaar gewesen. Über Jahre hatte es kein Charity-Event gegeben, auf dem sie nicht nebeneinander über den roten Teppich gegangen und gemeinsam für die Presse posiert hatten. Und auch, wenn es niemand laut ausgesprochen hatte, so war es doch immer klar gewesen, dass Sophie und Daniel früher oder später heiraten und gemeinsame Kinder bekommen würden. Nicht zuletzt, weil Sophie als Einzelkind in die Verantwortung genommen wurde, die Zukunft des Familienunternehmens zu sichern. Daniel hingegen hatte sich entschieden, Investmentbanker zu werden. Und in diesem Bereich war er auch mehr als erfolgreich. Arno Gerstenberger hatte diese Entscheidung, wenn auch nur widerwillig, akzeptiert und frühzeitig dafür gesorgt, dass Daniels Cousin Simon seine Firma eines Tages übernehmen würde.

Doch dann war diese Zukunftsblase vom wohlklingenden Doppelnamen von Ehrenfurth-Gerstenberger jäh geplatzt, als Sophie herausgefunden hatte, dass Daniel sie mit einer 20-jährigen Kellnerin betrogen hatte. Sophie war außer sich gewesen. Wie konnte er es wagen? Trotz ihres eigenen beruflichen Erfolges hatte sie ihn immer unterstützt. Sie war hübsch, wohlhabend und hatte einen angesehenen Namen. Was zum Teufel wollte er mehr? Und was wollte er verdammt nochmal mit diesem *Kind*? Sophie hatte sich wirklich bemüht, ihm zu verzeihen und eine zweite Chance zu geben. Doch in den unzähligen Streitereien, die folgten, kam Sophies äußerst hitziges Temperament zum Tragen und es flogen immer öfter auch Gegenstände neben heftigen Beleidigungen durch die Luft. Irgendwann hatte sie einsehen müssen, dass sie Daniel gar nicht verzeihen *wollte.* Zumindest zum jetzigen Zeitpunkt nicht. Als sie sich kennengelernt hatten, war Sophie 19 Jahre jung und Daniel ihr erster richtiger Freund gewesen. Inzwischen fragte sie sich ernsthaft, ob sie in ihrem Leben vielleicht etwas verpasst hatte. Denn erst nach der Trennung war ihr wirklich bewusst geworden, dass eine Zukunft mit ihrem Ex-Partner absolut sicher gewesen wäre. Wenn sie ehrlich war hatte es in ihrer Beziehung jedoch schon seit Jahren nicht einmal mehr einen Hauch von Leidenschaft oder gar Tiefgang gegeben. Alles war selbstverständlich geworden und sie waren aus reinem Pflichtgefühl und vielleicht auch Gewohnheit zusammengeblieben. Wahrscheinlich war das auch der Grund gewesen, warum Daniel fremdgegangen war. Noch heute war Sophie stinksauer. Hätte er sich einfach von ihr getrennt, wäre ihr diese Demütigung, die betrogene Freundin zu sein, erspart geblieben. Außerdem war es für Sophie, die für kein Geld und keinen Mann dieser Welt ihre Wohnung auf dem Gestüt aufgeben würde, immer mehr zum Problem geworden, dass Daniel ‚nicht zum Landei' werden und seine Wohnung in der Frankfurter City nicht aufgeben wollte. So waren sie, weil beide beruflich sehr eingespannt waren, an den Wochenenden immer zwischen der Stadt und dem Gestüt gependelt. Die regelmäßigen Luxusurlaube, die das Paar an die schönsten Orte der Welt geführt hatten, waren die Highlights dieser Wochenendbeziehung gewesen. Am schlimmsten war es für Sophie jedoch gewesen, dass Daniel niemals ihre Liebe zu den Pferden verstanden hatte. Er lachte über diesen Kleine-Mädchen-Sport und bezeichnete die Tiere abfällig als „Gäule“. Daniel verständlich zu machen, dass sie nur im Stall und bei den Pferden wirklich sie selbst war, hatte Sophie schon zu Beginn ihrer Beziehung aufgegeben.

„Mhm-hm“, brummte Sophie jetzt, weil sie wusste, das ihr Vater eine Antwort von ihr erwartete. „Du weißt, dass ich nicht angetan von dieser Trennung bin“, fuhr Hans von Ehrenfurth fort und Sophie war sich sicher, dass dieses Gespräch in eine für sie sehr unangenehme Richtung gehen würde. „Ich weiß“, gab sie deshalb nur knapp zurück, ohne von ihrem Laptop aufzusehen. Wieder trat eine unangenehme Stille ein und Sophie wusste, dass dies nur die Ruhe vor dem Sturm war. „Verdammt Sophie, Arno Gerstenberger ist ein wichtiger Geschäftspartner! Ist es denn wirklich zu viel verlangt, dass du deinen Stolz mal ein wenig vergisst und tust, was das Vernünftigste ist?“ zischte er nun und drehte sich zu seiner Tochter um. Diese atmete ein paarmal tief durch, weil sie wusste, dass es nichts brachte, wenn sie jetzt die Beherrschung verlieren würde. „Und was ist deiner Meinung nach das Beste?“ fragte sie und sah ihrem

Vater dabei in seine stechend blauen Augen. „Sprich mit Daniel. Versöhn dich mit ihm. Und dann wird es Zeit, dass ihr den nächsten Schritt geht.“ Sophie lehnte sich in ihrem Stuhl zurück. „Du meinst heiraten?“ „Sophie, du weißt, was ich meine.“ Natürlich wusste Sophie, dass ihr Vater nicht gerade begeistert gewesen war, als er von der Trennung erfahren hatte. Für Hans und Mara von Ehrenfurth war Daniel der perfekte Partner für ihre Tochter Sophie gewesen. Selbstverständlich galt die Sorge von Hans in erster Linie seiner Firma und der Verlust eines wichtigen Geschäftspartners wäre für ihn unerträglich. Unerträglicher, als seine Tochter zu etwas zwingen zu wollen, was sie nicht wollte. „Ich weiß nicht, ob du es schon vergessen hast“, gab diese nun spitz zurück, „aber Daniel hat mich betrogen. Mit einer Kellnerin, die gerade einmal volljährig geworden ist.“ Hans von Ehrenfurth schnaubte. Natürlich war es ihm nicht egal, was Daniel getan hatte. Eine Demütigung seiner Tochter war eine Demütigung seiner Familie. Und seines guten Namens. „Zum Wohle aller muss man auch mal einstecken und verzeihen können“, presste er hervor und ließ sich in seinen Sessel fallen. Sophie lachte auf. Dann klappte sie ihren Laptop zu, stand auf und ging in Richtung Tür. Auf diese Diskussion hatte sie keine Lust. Nicht am ersten Tag nach ihrem Urlaub, der nach der Trennung echt nötig gewesen war. Und auch sonst zu keinem Zeitpunkt. „Ob es dir passt oder nicht: Daniel und ich, das wird es nicht mehr geben“, sagte sie mit fester Stimme. „Darüber sprechen wir noch“, rief ihr Vater ihr hinterher. Doch Sophie hatte die Tür des Konferenzraumes schon geschlossen und ging den Gang hinunter zu den Fahrstühlen, um sich auf den Weg in ihr Büro eine Etage tiefer zu machen.

Kapitel 3

Der Arbeitstag verging im Schneckentempo und Sophie war froh, als sie endlich Feierabend machen konnte. Sie kannte zwar die schroffe und beinahe schon kaltschnäuzige Art ihres Vaters, doch dass er ernsthaft verlangte, sie sollte hinter ihrem fremdgehenden Ex auch noch herlaufen, machte sie auch am Nachmittag noch wütend. Sophie war immer eine der Letzten im Büro, doch heute machte sie sich vor allen anderen auf den Weg in Richtung ihres Autos. Durch den verspäteten Flug war sie gestern Abend gar nicht mehr dazu gekommen in den Stall zu ihrem geliebten Pferd zu gehen. Nachdem sie ihren Hengst Caroso drei Wochen nicht gesehen hatte, wurde es nun dringend Zeit. Sophie hatte Glück und die Innenstadt schon vor dem täglichen Verkehrschaos durch den Berufsverkehr hinter sich gelassen. So schaffte sie den Weg nach Hause fast eine viertel Stunde schneller als sonst. Schon als sie das große Eisentor durchquert hatte und die lange, von großen Bäumen gesäumte Einfahrt des Anwesens der von Ehrenfurths entlangfuhr, fielen all der Stress und der Ärger des Arbeitstages von ihr ab. Sophie parkte ihren Mini Cooper neben dem kleinen Haus, das sich hinter dem imposanten Hauptgebäude befand. Dies war ihr Reich. Sie würde dieses Anwesen niemals verlassen, aber die räumliche Trennung vom Haupthaus, in dem ihre Eltern lebten, war Sophie sehr wichtig. In Windeseile legte sie ihren Hosenanzug ab und zog ihre Stallkleidung an: Eine eng anliegende, karamellfarbene Reithose mit schwarzem Ganzlederbesatz und eine taillierte, himmelblaue Bluse. Sie löste ihren strengen Haarknoten und band ihre halblangen, blonden Haare stattdessen zu einem lockeren Pferdeschwanz zusammen. Schnellen Schrittes machte sie sich auf den Weg in Richtung der Stallungen, in denen sich die Zuchthengste und Sportpferde der Familie befanden. Als sie das massive Holztor aufschob drang ihr der geliebte, würzige Duft nach Pferd in die Nase. „Du bist schon da?" hörte sie eine vertraute Frauenstimme aus der vordersten Box, in der Lordinus, ihr wertvollster Zuchthengst stand. „Hallo Mama", sagte Sophie und strahlte ihre Mutter breit an. Mara von Ehrenfurth, eine zierliche Frau mit kurzem blondem Haar und leuchtend grünen Augen, war als junge Frau eine äußerst erfolgreiche Dressurreiterin gewesen, die sogar internationale Turniere bestritten hatte. Ihrem Mann zuliebe hatte sie ihre Leidenschaft jedoch aufgegeben. Heute leitete sie die Zuchtabteilung des Gestütes und auch hierbei war sie höchst erfolgreich. Die Springpferde des Gestütes von Ehrenfurth waren international bekannt und jedes Jahr wurden zahlreiche Nachkommen des Hofes für sehr viel Geld als Sportpferde ins Ausland verkauft. Ihre Leidenschaft für Pferde hatte Sophie eindeutig von ihrer Mutter geerbt, denn ihr Vater hatte für diesen Sport rein gar nichts übrig. Seine Interessen lagen eindeutig im Bereich Immobilien und die dazugehörigen Geschäfte wickelte er gerne bei einer Partie Golf auf dem familieneigenen Golfplatz ab. Dieser lag hinter einem luxuriösen Nebengebäude, dass ihr Vater im Stil eines amerikanischen Country Clubs hatte bauen lassen und das sich ebenfalls auf dem Anwesen direkt gegenüber des Haupthauses befand. Hier traf sich am Wochenende das Who's who der Frankfurter Gesellschaft zum Golf spielen oder auch zum Feiern. Für eine ordentliche Summe konnte man hier auch seine Hochzeitsfeier oder andere Feste mit Blick auf die malerische Landschaft ausrichten. Sophie, die viele Charakterzüge ihres Vaters besaß, hatte sich schon oft gewünscht mehr wie ihre Mutter zu sein. Mara von Ehrenfurth traf man nur äußerst selten ohne ein Lächeln auf den Lippen an. Sie war die charismatischste Person, die Sophie jemals getroffen hatte. Gleichzeitig hatte sie als ehemalige Sportlerin natürlich jede Menge Ehrgeiz und Biss. Und an Selbstbewusstsein und Durchsetzungsvermögen war sie kaum zu übertreffen. Sophies Mutter war die Einzige, die Hans von Ehrenfurth des Öfteren die Stirn bot und ihm ehrlich ihre Meinung sagte. Und sie war auch die Einzige, deren Meinung ihr Mann akzeptierte. Sophie hatte sich schon als Kind gefragt wie ihre Eltern jemals zueinander gefunden hatten, da sie so unterschiedlich waren. Doch sie kannte auch die Bilder des jungen, strahlenden Ehepaares, das sich heiße Blicke zuwarf und kam nicht drumherum zu sehen, dass die beiden wirklich verliebt gewesen sein mussten. Und es vermutlich auf eine merkwürdige Weise auch heute noch waren, ohne es öffentlich zeigen zu können.

Sophie öffnete die Boxentür des Hengstes und strich ihm sanft über die weiche Nase. „Na, mein Hübscher", raunte sie ihm zu und Lordinus spitzte aufmerksam die Ohren. Dann gab sie ihrer Mutter einen flüchtigen Kuss auf die Wange. „Du warst spät gestern", stellte diese fest und zupfte Heu aus der Mähne des Hengstes. „Flugverspätung", entgegnete Sophie knapp, denn einige Meter weiter hatte nun auch ihr Hengst Caroso bemerkt, dass seine Besitzerin wieder da war. Aufgeregt schnaubend schlug er mit dem Vorderbein gegen die Boxentür. Sophie begrüßte zuerst ein anderes Pferd? Das konnte doch wohl nicht ihr Ernst sein! Die junge Frau lachte und schlenderte hinüber zur Box ihres Pferdes, das nun ein leises Begrüßungswiehern von sich gab. „Arno und Elisabeth waren gestern hier", sagte Mara von Ehrenfurth und Sophie blieb abrupt stehen. „Ich weiß", murmelte sie und reichte ihrem Liebling zur Begrüßung einen Apfel. „Daniel geht es gar nicht gut", fuhr ihre Mutter fort und Sophie ahnte schon, worauf sie hinauswollte. „Elisabeth sagt, er vermisst dich ganz schrecklich und wünscht sich, er könnte es irgendwie wieder gut machen. Er weiß, dass er einen Fehler gemacht hat." „Kein Wunder, dass seine Mutter versucht, ihn gut dastehen zu lassen", gab Sophie schnippisch zurück und schloss die Boxentür ihres Pferdes wieder. „Sophie, ruf ihn doch einfach mal an. Sprecht euch aus. Vielleicht sieht die Sache ja dann ganz anders aus." „Ist das eigentlich euer Ernst?“ fauchte Sophie. „Ich bin eure Tochter! Daniel hat mich betrogen! Würdest du Papa sowas etwa verzeihen?“ „Ich habe es ihm öfter als einmal verziehen“, zischte Mara von Ehrenfurth und im selben Moment tat es Sophie leid, was sie gesagt hatte. Es war nie offiziell gewesen, aber sie hatte geahnt, dass Hans von Ehrenfurth bei seinen zahlreichen Geschäftsreisen nicht immer nur an seine Frau gedacht hatte. Ihr Vater war ein wohlhabender, einflussreicher Mann und noch dazu hielt er sich fit und achtete sehr auf sich, sodass er deutlich jünger aussah als er tatsächlich war. Natürlich gab es Frauen, die auf ihn ansprangen und ihr Vater hatte anscheinend öfter nicht Nein sagen können oder wollen. „Tut mir leid“, flüsterte Sophie und sah ihre Mutter entschuldigend an. „Ich spreche mit ihm, versprochen.“ Ihre Mutter verzog die zusammengepressten Lippen zu einem gequälten Lächeln. „Ich sage Marco, dass er dir Caroso fertigmachen soll“, meinte sie dann und ging hinaus in Richtung Hof. „Oh Mann“, zischte Sophie und ging ebenfalls hinaus, um auf der Bank vor dem Stall zu warten, bis der Pferdepfleger ihr ihren geputzten und gesattelten Hengst brachte.

Kapitel 4

Es dauerte nur wenige Minuten, bis Sophie das Hufgeklapper auf der Stallgasse hörte und Marco Torrini ihren Schimmel auf den Hof führte. Der Pfleger half ihr in den Sattel und Sophie ritt im Schritt über den gepflasterten Innenhof zum Springplatz auf der anderen Seite der Anlage. Der Sommer war noch nicht ganz da und die Jungpferde, die auf der Weide direkt neben dem großen Springplatz standen, kamen neugierig auf den Zaun zugetrabt. Sophie schloss die Augen und genoss die warmen Sonnenstrahlen auf ihrer Haut und das leise Vogelgezwitscher, das von den Bäumen zu ihr hinüberdrang. Nachdem sie Caroso einige Minuten aufgewärmt hatte, konnte der Schimmel es kaum noch erwarten einige Sprünge zu machen. Immer wieder zog er zu den Hindernissen hin und seine Reiterin musste lachen. „Du bist genauso springverrückt wie ich", meinte sie und klopfte ihrem Pferd den Hals. Nachdem sie einige Sprünge absolviert hatten, gönnte Sophie ihrem Hengst eine kleine Verschnaufpause im Schritt. Während Caroso zufrieden schnaubte ließ sie ihren Blick über die Anlage schweifen. Marco kam gerade aus dem Stall der Zuchtstuten und neben ihm ging ein Mann, den Sophie hier noch nie gesehen hatte. Er war groß und von kräftiger Statur. Seine Haut hatte bereits jetzt im Mai einen schönen Teint und selbst aus dieser Entfernung erkannte Sophie den Dreitagebart. Aufgrund seiner Kleidung und seines gesamten Erscheinungsbildes war sie sich sicher, dass das der neue Pferdepfleger sein musste, von dem ihre Mutter ihr vor dem Urlaub erzählt hatte. Sophie beachtete ihn nicht weiter. Die Hauptsache war, dass er ordentlich arbeitete. Sie nahm die Zügel wieder auf und begann, noch einige Übungen mit ihrem Pferd zu machen.

Zufrieden, aber ausgelaugt, ritt Sophie einige Zeit später zurück auf den Hof in Richtung der Ställe. Drei Wochen Reitpause machten sich selbst bei einer so geübten Reiterin wie ihr bemerkbar und sie wollte sich und ihren Schimmel am ersten Tag nicht direkt überfordern. Sie hielt direkt vor dem Stalltor und glitt aus dem Sattel. Innerhalb von Sekunden stand Marco neben ihr und nahm ihr die Zügel ihres Hengstes ab. „Führ ihn noch ein paar Minuten trocken“, wies sie den Pferdepfleger an. Dieser nickte kurz und machte sich dann mit dem Schimmel an der Hand auf den Weg. Sophie nahm ihren Reithelm ab, öffnete den Pferdeschwanz und schüttelte ihre Haare einmal kräftig aus. Sie band sich ihre blonden Haare gerade wieder zusammen als sie plötzlich eine laute Männerstimme hinter sich hörte. „Darf ich da mal durch?“ Erschrocken drehte Sophie sich um. Vor ihr stand der neue Pferdepfleger, eine Mistkarre in der Hand, die er nur wenige Zentimeter vor Sophie zum Stehen gebracht hatte. „Wie bitte?“ zischte sie und funkelte den Mann zornig an. „Ich muss da durch, und du stehst mir im Weg“, meinte dieser nur und seine blaugrauen Augen starrten sie herausfordernd an. Sophie schnappte hörbar nach Luft. Wusste der

Kerl eigentlich, wer sie war? „Ich wüsste nicht, dass wir per du sind“, bellte sie. „Und wer sind Sie bitte?“ „Stephan Langbrenner, Pferdepfleger“, gab er knapp zurück. „Und ich würde gerne meine Arbeit machen.“ „Sie wissen aber schon, wer ich bin?“ fragte Sophie und setzte dabei einen hoheitsvollen Blick auf. Stephan Langbrenner musterte sie von oben bis unten. Dann zuckte er mit den Schultern. „Nein, und es interessiert mich ehrlich gesagt auch nicht. Hör mal Prinzessin, wenn es dir schon wichtiger ist, deine Haare zu machen und dein Make-up zu kontrollieren, anstatt dein Pferd selbst trocken zu führen, dann steh dabei doch wenigstens nicht im Weg herum.“ Sophie klappte die Kinnlade herunter. So eine bodenlose Frechheit. „Ich bin Sophie von Ehrenfurth!“ fauchte sie und trat dabei einen Schritt auf den Angestellten zu. Dieser zog eine Augenbraue hoch, wirkte ansonsten aber vollkommen unbeeindruckt. „Freut mich“, meinte er stattdessen. „Wenn Sie sich nun in Ihre Gemächer zurückziehen möchten, Mylady. Das Fußvolk muss arbeiten.“ Fassungslos starrte Sophie den Mann an. Dieser grinste nur unverschämt, lenkte den Mistkarren um sie herum und schob ihn auf die Stallgasse. Dann zog er das Tor hinter sich zu und ließ Sophie einfach stehen. Diese wusste überhaupt nicht, wie ihr geschah. Langsam ging sie hinüber zum Haus. Dabei schüttelte sie noch immer fassungslos den Kopf. Ihre Mutter hatte auch schonmal ein besseres Händchen für Personal gehabt.

Kapitel 5

Später am Tag, nachdem sie sich geduscht und umgezogen hatte, ging Sophie hinüber ins Haupthaus, um mit ihren Eltern gemeinsam zu Abend zu essen. Doch sie traf nur ihre Mutter an. „Papa bleibt bestimmt wieder die halbe Nacht im Büro", meinte Sophie und setzte sich auf ihren Platz, während Maria, die Haushälterin der von Ehrenfurths, das Essen aus der Küche holte. Das war typisch für ihren Vater. Wenn es um wichtige Geschäfte ging, kam Hans von Ehrenfurth oft erst mitten in der Nacht wieder nach Hause. Manchmal nahm er sich sogar in der Stadt ein Hotelzimmer, um am nächsten Morgen trotzdem wieder früh im Büro zu sein. Sophie hatte ihm schon mehrfach scherzhaft vorschlagen wollen sich doch ein Schlafzimmer neben seinem Büro einzurichten. Doch ihr Vater war nicht gerade der Typ, der zu Scherzen aufgelegt war. Hans von Ehrenfurth war ein ernsthafter, disziplinierter Mann und Sophie musste verdammt lange in ihren Erinnerungen kramen, um sich daran zu erinnern, wann sie ihren Vater das letzte Mal wirklich lachen gesehen hatte. „Dann lassen wir es uns eben alleine schmecken", meinte Mara von Ehrenfurth und steckte sich ein Stück perfekt gegartes Steak in den Mund. Eine Weile herrschte Stille am Tisch und die Frauen genossen ihr Abendessen. Maria war wirklich eine hervorragende Köchin. Sie war schon seit 18 Jahren bei den von Ehrenfurths angestellt, bewohnte ein kleines Zimmer unter dem Dach und würde wahrscheinlich bis ans Ende ihres Lebens hier wohnen bleiben. „Hast du den neuen Pferdepfleger schon kennengelernt?“ fragte ihre Mutter, als Maria abräumte und sich auf den Weg in die Küche machte, um das Dessert zu holen. Sophie lehnte sich in ihrem Stuhl zurück und verdrehte die Augen. „Leider ja. Darüber wollte ich noch mit dir reden“, sagte sie und sah ihre Mutter ernst an. Diese hob überrascht die Augenbrauen. „Ehrlich Mama, dieser Mann ist unmöglich. Er hätte mich fast mit der Schubkarre umgefahren. Und dann hat er mich Prinzessin genannt und gemeint, es würde ihn nicht interessieren, wer ich bin. Der kann hier nicht bleiben!“ Mara von Ehrenfurth lächelte und Sophie stellte wütend fest, dass ihre Mutter sich eindeutig zusammenreißen musste, um nicht laut loszulachen. „Er macht einen hervorragenden Job. Und er geht toll mit den Pferden um. Ihn einfach wieder rauszuwerfen wäre Blödsinn“, meine sie nun. „Das mag ja sein“, schmollte Sophie. „Aber ein bisschen Respekt gegenüber seinem Arbeitgeber wäre schon angebracht.“ Ihre Mutter lächelte sie sanft an und nahm ihre Hand. „Dann lass ihn einfach seine Arbeit machen und geh ihm erstmal aus dem Weg. Ich sage Marco, dass er nochmal ein ernstes Wörtchen mit ihm reden soll.“ Sophie seufzte. Wegen diesem Schwachkopf sollte sie sich auf ihrem eigenen Anwesen verstecken? Garantiert nicht! Sie würde mit ihm schon fertig werden.

Am späten Abend machte Sophie sich noch einmal auf den Weg in den Stall, um Caroso noch einige Möhren für die Nacht zu bringen. Verwundert stellte sie fest, dass im Stall der Zuchtstuten noch Licht brannte. „Hat wieder jemand vergessen“, murmelte sie missmutig und ging hinüber, um die Lampen auszumachen. „Bestimmt dieser Neue.“ Leise schob sie das Tor auf, weil sie wusste, dass einige der hochtragenden Stuten wahrscheinlich schon schliefen. Sie wollte gerade auf den Schalter drücken, als sie aus einer der Boxen leises Gemurmel hörte. Erschrocken hielt sie den Atem an. Wer war da noch im Stall? Leise schlich Sophie die Stallgasse hinunter und überlegte einen Moment sich eine Mistgabel zur Verteidigung mitzunehmen. Nur für den Fall der Fälle. Dann kam sie sich jedoch selbst etwas lächerlich vor und verwarf diesen Gedanken wieder. Das Gemurmel kam jetzt näher und wurde immer deutlicher. Sophie sah um die Ecke und … da war Stephan Langbrenner! Er stand in der Box von Medina, einer ihrer Zuchtstuten und streichelte der Stute beruhigend den Kopf. „Was zum Teufel soll das?“ zischte Sophie und Stephan sah sie mit hochgezogenen Augenbrauen an. „Was soll was?“ erwiderte er und wandte den Blick wieder von ihr ab. „Was machen Sie denn da?“ fragte sie laut und baute sich in der Boxentür auf. „Ich mache meine Arbeit“, entgegnete der Mann. Sophie lachte kurz auf. „Ihre Arbeit ist Boxen misten und Pferde putzen und satteln, nicht Pferde streicheln“, stellte Sophie klar. Langsam drehte Stephan sich zu ihr um. „Jetzt hör mir mal zu, Prinzessin“, sagte er und ein zorniger Ausdruck lag auf seinem Gesicht. „Mein Job ist es, mich darum zu kümmern, dass es den Pferden gut geht. Und das tue ich. Medina ist hochtragend, es kann nicht mehr lange dauern, bis das Fohlen kommt. Ein bisschen Zuspruch und Extra-Fürsorge kann da ja wohl nicht schaden. Aber ihr Snobs habt für sowas ja anscheinend nichts übrig.“ Mit einem Ruck drehte er sich wieder der Stute zu und kraulte ihr die Mähne. „Außerdem habe ich schon längst Feierabend. Was ich in meiner Freizeit mache ist ja wohl meine Sache.“ Damit war die Diskussion für ihn scheinbar beendet. Wütend presste Sophie die Lippen aufeinander. „Darüber ist das letzte Wort noch nicht gesprochen“, sagte sie knapp, machte auf dem Absatz kehrt und stapfte aus dem Stall nach Hause. Dieser Kerl konnte unmöglich bleiben!

Kapitel 6

„Frau Wegener, kümmern Sie sich darum, dass die Unterlagen auch wirklich heute noch rausgehen“, wies Sophie ihre persönliche Assistentin an. „Ja, mache ich“, sagte diese und machte dort weiter, wo sie gerade aufgehört hatte. „Sofort“, sagte Sophie und sah ihre Mitarbeiterin streng an. Marina Wegener sprang unverzüglich auf, nahm die Umschläge, die ihre Chefin ihr gerade auf den Tisch gelegt hatte und eilte hinaus, um schnellstmöglich zur Post zu kommen. Sophie seufzte und war sich sicher, dass ihre Assistentin sogar den Kopf ein Stück eingezogen hatte, als sie an ihr vorbeigegangen war. Sie hatte Frau Wegener eingestellt, obwohl sie noch sehr jung war und gerade erst ihre Ausbildung abgeschlossen hatte. Häufig musste Sophie feststellen, dass ihrer Assistentin offensichtlich doch die Erfahrung fehlte, um wichtige von unwichtigen Dingen zu unterscheiden. Sie hatte noch nicht ganz verinnerlicht, dass Anweisungen, die Sophie von Ehrenfurth selbst ihr gab, für sie die allerhöchste Priorität haben sollten. Ihre Chefin rieb sich mit Daumen und Zeigefinger über die Augen. Marina Wegener war überglücklich gewesen, diese Stelle zu bekommen. Deswegen tat sie wirklich alles, um sie auch zu behalten. Und das, musste Sophie sich eingestehen, nutzte sie manchmal heftig aus. Geregelte Pausenzeiten oder gar einen pünktlichen Feierabend gab es für ihre Sekretärin genauso wenig wie für sie selbst und ihr war bewusst, dass sie der jungen Frau oft deutlich mehr Arbeit aufhalste, als schaffbar war. Aber wenn sie diesen Job wirklich wollte, dann sollte sie auch ein wenig Ehrgeiz zeigen und es beweisen. Etwas Druck von außen hatte noch niemandem geschadet. Sophie würde sie schon zu einer brauchbaren Mitarbeiterin machen. Irgendwann.

Sophie wollte sich gerade wieder auf den Weg in ihr Büro machen, als Frau Hamann, die Assistentin ihres Vaters in der Tür stand. Sie war eine kleine, untersetzte Frau, die ihre Haare in dem typischen Rotton färbte, den Frauen immer bevorzugen, wenn das Haupthaar allmählich grau wird. Aber sie war eine hervorragende Mitarbeiterin. Fleißig, bestens organisiert und durchsetzungsstark. Ihr Vater konnte sich glücklich schätzen. „Ihr Vater möchte Sie sprechen“, sagte Frau Hamann knapp und wandte sich wieder zum Gehen. Sophie folgte ihr in Richtung der Fahrstühle und sie fuhren schweigend eine Etage höher. Frau Hamann bog ins Vorzimmer ab, während Sophie an der Bürotür ihres Vaters klopfte und darauf wartete hereingerufen zu werden. Ein tiefes Brummen von der anderen Seite der Tür verriet Sophie, dass er sie erwartete. Sie schloss leise die Tür hinter sich und setzte sich auf den Sessel gegenüber ihrem Vater, der sich in seinen großen, ledernen Chefsessel lehnte. Er hatte die Hände gefaltet und die Zeigefinger an die Lippen gelegt. „Was gibt es?“ fragte Sophie und sah ihren Vater unverhohlen an. Ihr Verhältnis war nie besonders herzlich gewesen, doch nach dem gestrigen Gespräch kam ihr die

Stimmung richtiggehend eisig vor. Hans von Ehrenfurth legte die Hände auf seinem dunklen Mahagoni-Schreibtisch ab und sah seine Tochter an. „Ich habe ein Datum für den Sommerball festgelegt", sagte er dann und lehnte sich wieder zurück. „Ich möchte, dass du die Organisation übernimmst." Sophie nickte. Der Sommerball wurde einmal im Jahr auf dem Anwesen der von Ehrenfurths ausgetragen. Während den Tag über ein hochdotiertes Springturnier, zu dem Teilnehmer aus der ganzen Welt anreisten, stattfand, gehörte der Abend dem eigentlichen Ball. Zu diesem Charity-Event versammelte sich das Who's Who der Mainmetropole und spendete, was das Zeug hielt. Schließlich war auch reichlich Presse zugegen. Diese wurde jedoch zum späten Abend hin hinauskomplimentiert, sodass die feierwütigen Schönen und Reichen sich voll und ganz der Feier hingeben konnten. „Ich gehe davon aus, dass du alle wichtigen Leute einlädst", fuhr Hans von Ehrenfurth fort und Sophie nickte erneut. „*Alle* wichtigen Leute, hast du mich verstanden, Sophie", sagte ihr Vater und sah sie scharf an. Sophie schluckte, denn sie wusste, dass er auf die Gerstenbergers hinauswollte. „Selbstverständlich", gab sie zurück und erwiderte den Blick ihres Vaters. „Dann ist es ja gut", meinte der. Sophie war sich sicher, dass ihr Vater nun die Überleitung zu ihrem Ex-Partner nutzen und sie erneut darauf ansprechen würde. Doch er schwieg. „Ist sonst noch irgendwas?" fragte sie deswegen kühl und stand auf. Hans von Ehrenfurth musterte seine Tochter einen Moment und schien ernsthaft zu überlegen noch etwas hinzuzufügen. Doch dann entschied er sich offensichtlich dagegen. „Das wäre alles“, sagte er deswegen und wandte sich wieder seinen Akten zu. Das war Sophie mehr als recht. Sie ging zur Tür und als sie sich beim Hinausgehen noch einmal umdrehte, war ihr Vater bereits in seine Papiere vertieft.

Kapitel 7

Sophie brauchte für den Nachhauseweg beinahe eine halbe Stunde länger als normalerweise. Zu dem eh schon täglich herrschenden Berufsverkehrschaos kam auch noch ein Unfall hinzu, wegen dem die Strecke voll gesperrt wurde. Sophie wusste nicht, ob sie die ganze Sache freuen oder ärgern sollte. Einerseits wollte sie nach Hause und schnellstmöglich in den Stall. Andererseits hatte sie die Hoffnung, dass sie durch die Verzögerung so spät kommen würde, dass Stephan Langbrenner bereits Feierabend gemacht hatte. Sophie ärgerte sich selbst, dass sie überhaupt darüber nachdachte, ihm möglichst nicht zu begegnen. Er war schließlich nur ein Angestellter. Ein ziemlich unverschämter noch dazu. Vor dem würde sie doch nicht den Kopf einziehen.

Wie gewohnt schlüpfte Sophie, nachdem sie endlich Zuhause angekommen war, direkt in ihre Reitsachen und ging über das Gestüt zu den Ställen. Dort wurde ihre Hoffnung auf einen ruhigen Nachmittag jäh zerstört. Auf der Stallgasse, direkt vor Carosos Box, stand ihre Mutter. Mit Stephan Langbrenner. Mara von Ehrenfurth lachte und auch der Pferdepfleger grinste verschmitzt und fuhr sich mit der Hand über sein Kinn. „Sophie, komm doch mal her", rief ihre Mutter, als diese gerade mit dem Gedanken gespielt hatte, sich so lange in der Sattelkammer zu verstecken bis die beiden ihren Posten vor der Box ihres Pferdes verlassen hatten. Wenn das mal keine Absicht gewesen war! Missmutig stapfte Sophie auf die beiden zu und würdigte Stephan dabei keines Blickes. „Sophie, das ist unser neuer Pferdepfleger, Stephan Langbrenner." „Ich weiß", brummte Sophie und fragte sich, ob ihre Mutter sie veralbern wollte. Sie wusste doch, dass die beiden sich schon in den Haaren gelegen hatten. „Und Stephan, das ist unsere Tochter Sophie." Stephan? Normalerweise dauerte es Monate bis Mara von Ehrenfurth neue Mitarbeiter mit dem Vornamen ansprach, wenn überhaupt. Stephan Langbrenner lächelte seine Chefin an. „Wir hatten schon das Vergnügen." Dabei warf er einen unverschämten Seitenblick auf Sophie, die diesen wiederum mit einem hasserfüllten Blick quittierte. „Ich hörte davon", sagte ihre Mutter nun. „Euer Start war nicht der allerbeste, wie ich gehört habe. Vielleicht fangt ihr nochmal von vorne an." Sophie schnaubte. Sie war gar nicht scharf darauf mit dem Personal gut auszukommen. „Ein anderes Mal vielleicht", entgegnete sie deswegen und ging an ihrer Mutter vorbei in die Box ihres Hengstes. Stephan zuckte nur mit den Schultern. „Ich habe bei den Stuten noch einiges zu tun", meinte er dann. „Wir sehen uns bestimmt die Tage wieder, Frau von Ehrenfurth." Dann drehte er sich um und verschwand durch das Holztor auf den Hof. „Sophie, dieser Mann hat hervorragende Referenzen und einen ausgezeichneten Pferdeverstand. So einen Mitarbeiter zu bekommen ist ein echter Glücksfall. Was soll denn dieses

Benehmen?" „Mama, er ist nur ein Pferdepfleger! Es interessiert mich nicht, ob wir uns gut verstehen oder nicht! Er soll seine Arbeit machen, dafür bekommt er sein Geld. Mehr nicht." Mara von Ehrenfurth schüttelte den Kopf. „Du bist wie dein Vater", murmelte sie und verschwand in der Sattelkammer. Sophie vergrub ihr Gesicht im Hals ihres Schimmels und atmete seinen würzigen Geruch ein. „Gut, dass ich dich habe", flüsterte sie ihrem Pferd zu. Dieses schnaubte als wolle es ihr zustimmen. „Bis gleich", murmelte sie und schloss die Boxentür hinter sich. Dann ging sie den Gang entlang und bog in die nächste Stallgasse, in der die Sportpferde standen, ab. „Marco?" rief sie. Sofort schnellte der Kopf des Pferdepflegers mit den italienischen Wurzeln aus einer der Boxen. „Ja?" „Ich möchte ausreiten", sagte Sophie, woraufhin der Angestellte eiligen Schrittes auf sie zukam. „Ja, natürlich Frau von Ehrenfurth", sagte er und lief den Gang hinunter, um Caroso vorzubereiten. Dessen Besitzerin nahm wie gewohnt auf der Bank vor den Stallungen Platz und wartete.

Als Sophie nach einem ausgiebigen Ausritt wieder zurückkehrte, hatte Stephan Langbrenner inzwischen Feierabend gemacht. Zumindest war von ihm nichts mehr zu sehen, was ihr auch ganz lieb war. Ihrer Mutter konnte er vielleicht den fleißigen, höflichen Mitarbeiter vorgaukeln. Aber sie wusste, was für ein Rüpel er war. Und ihre Mutter würde das auch irgendwann erkennen. Marco hatte sich auf die Bank vor dem Stall gesetzt und auf ihre Rückkehr gewartet. Nachdem sie abgestiegen war nahm er ihr den Schimmel ab und wollte gerade los, um ihn trocken zu führen. „Wasch ihn doch bitte einmal gründlich", sagte Sophie zu ihm. „Und dann stell ihn noch eine halbe Stunde unter das Solarium, damit er richtig trocken ist. Und die Bandagen müssten auch noch saubergemacht werden, es war etwas schlammig im Wald." „Ja, natürlich Frau von Ehrenfurth, gern", sagte der Pferdepfleger und machte sich mit dem Hengst an der Hand auf den Weg zum Waschplatz. Sophie streckte sich und nahm ihren Reithelm ab. Bei einem kurzen Blick auf die Uhr stellte sie erschrocken fest, wie spät es schon war. Marco hatte eigentlich schon seit über einer Stunde Feierabend. Einen winzigen Augenblick bekam Sophie ein schlechtes Gewissen, dass sie so lange unterwegs gewesen war. Aber das wundervolle Wetter musste eben ausgenutzt werden. Und die Zusatzaufgaben noch zu erledigen war ja wohl auch nicht zu viel verlangt. Schließlich wurde Marco Torrini dafür bezahlt, dass er sich um Sophies Pferd kümmerte. Sie jedenfalls brauchte jetzt erst einmal eine Dusche. Und einen Tee. Marco würde das schon hinkriegen.

Kapitel 8

Der Rest der Woche schien wie im Flug zu vergehen. Die Übernahme von „Schröder & Söhne“ hatte noch deutlich mehr Arbeit verursacht als Sophie zunächst angenommen hatte. Sie machte sich jeden Tag schon früh morgens auf den Weg ins Büro, um wenigstens einigermaßen pünktlich Feierabend machen zu können. Dazu kam die Organisation des Sommerballs. Es musste Blumenschmuck ausgewählt und die Pressemitteilung erstellt werden, Sponsoren für die Preisgelder gesucht und der Druck der Einladungskarten in Auftrag gegeben werden. Sophie war wirklich versucht, die Einladung für die Gerstenbergers einfach zu ‚vergessen‘. Aber sie wusste, dass das womöglich einen Tobsuchtsanfall ihres Vaters zur Folge hätte. Und das wollte wirklich niemand. Vielleicht, so hoffte sie, besaß Daniel ja den Anstand dem Ball fernzubleiben. Auch dem Training mit Caroso räumte sie jetzt deutlich mehr Zeit ein. Schließlich hatte sie einen Ruf zu verteidigen und wollte bei dem Sommerball-Turnier nicht einfach nur teilnehmen, sondern natürlich auch gewinnen. Und dann kamen ja noch die ständigen Streitereien mit diesem Herrn Langbrenner hinzu. Er triezte sie wann immer er konnte und drängte ihr ständig ungefragt seine Meinung auf, obwohl sie ihm mehrfach äußerst deutlich zu verstehen gegeben hatte, dass sie auf diese keinen Wert legte. Was sie jedoch am meisten ärgerte war, dass dieser Pferdepfleger sie ständig als

Prinzessin betitelte. Obwohl es ihm als Angestellten wohl eindeutig nicht zustand, schien er nicht gerade die beste Meinung von Sophie zu haben. Wahrscheinlich war gerade sein Status auch der Grund, warum sie, der es sonst völlig egal war was andere über sie dachten, sich darüber so ärgerte.

Am Samstag machte sie sich schon früh am Morgen auf den Weg in den Stall, um mit Caroso trainieren zu können. Marco hatte sie am Vorabend eine Nachricht an der Boxentür hinterlassen, sodass dieser ihren Hengst schon fertig gesattelt und ein wenig im Schritt aufgewärmt hatte, als Sophie über den Hof kam. „Ich bin in ungefähr einer Stunde fertig", sagte sie, nachdem sie sich in den Sattel geschwungen hatte. Marco nickte und machte sich schleunigst auf den Weg in den Stall, um wenigstens einige seiner eigentlichen Aufgaben erledigt zu haben, bevor er den Schimmel wieder übernehmen und versorgen musste.

Als Sophie durch das große Tor auf den Springplatz ritt sah sie, dass Stephan Langbrenner an den Zaun der angrenzenden Weide gelehnt stand und die Stuten mit den ersten Fohlen des Jahres versonnen beobachtete. „Haben Sie keine Arbeit zu erledigen?" rief Sophie zu ihm herüber, doch Stephan sah sie nur einen kurzen Moment an. Sophie blieb stehen, um ihm zu verdeutlichen, dass sie eine Antwort erwartete. „Ich mache gerade Pause, wenn es recht ist", sagte er ruhig. „Ich nehme an, wenn du im Büro Pause machst, dann bleibst du auch vor dem Laptop sitzen. Das ist ungefähr das Gleiche. Nur meine Arbeit ist schöner anzusehen." „Ich kann mich immer noch nicht erinnern, dass wir per du sind", fauchte Sophie und gab Caroso das Kommando weiterzugehen. Hinter sich hörte sie Stephan heiser lachen. Es nervte sie, dass er sie mit wenigen Worten so sehr auf die Palme bringen konnte. Aber irgendwie empfand sie allein seine Anwesenheit inzwischen als pure Provokation. Immer öfter hatte sie das Gefühl, er beobachte sie, nur um ihr dann zu sagen, was sie angeblich falsch machte. Nachdem Sophie mit Caroso einige Dressurübungen zum Lockern gemacht hatte, absolvierte sie ein paar Sprünge. Stephan stand noch immer am Zaun. Aber jetzt war sein Blick nicht mehr auf die Stuten und ihren Nachwuchs, sondern auf Sophie gerichtet. „Wenn du ihn vor dem Sprung nicht so festhältst wird das Ganze etwas runder", rief er ihr zu. „Sind Sie jetzt auf einmal Reitlehrer, oder was?" wetterte Sophie und stellte sich auf der anderen Seite des Zaunes vor ihm auf. „Ich weiß nicht, ob Sie schon davon gehört haben, Herr Langbrenner", sagte sie aufbrausend, „aber ich habe als Jugendliche an der Europameisterschaft teilgenommen. Ich denke nicht, dass ich mir von einem Pferdepfleger sagen lassen muss, wie ich zu reiten habe!" Stephan zuckte mit den Schultern. „Vielleicht bist du damals einfach besser geritten als heute", erwiderte er und Sophie spürte wie ihr vor Wut die Röte ins Gesicht stieg. Auf so eine Unverschämtheit fand selbst sie keine Antwort. Kurzum wendete sie ihr Pferd, gab ihm das Kommando zum Angaloppieren, preschte über den Springplatz und durch das hintere Tor in Richtung Wald. Nach einigen Minuten erreichte sie eine kleine Lichtung, auf der ein winziger See in der Sonne glitzerte. Hier kam sie am Wochenende oft hin, um sich von der Arbeitswoche zu erholen und die Ruhe zu genießen. Sophie rutschte aus dem Sattel und lehnte sich an ihren Schimmel. Vor Wut stiegen ihr Tränen in die Augen. Sophie schluckte hart und blinzelte sie weg. Dieser Idiot war es doch gar nicht wert, dass sie wegen ihm weinte! Er war ein Nichts! Ein Großmaul, der sich wahrscheinlich alle seine klugen Ratschläge einfach nur angelesen hatte. Wahrscheinlich hatte er selbst niemals auf einem Pferd gesessen. Sophie verharrte eine ganze Weile an ihr Pferd gelehnt und blickte auf das funkelnde Wasser. Caroso legte seine weiche Nase an ihre Wange und blies ihr seinen warmen Atem ins Gesicht. Unwillkürlich musste Sophie lachen. „Okay, mein Hübscher, ab nach Hause", flüsterte sie ihrem Hengst zu und strich ihm über den Hals.

Wieder Zuhause angekommen übergab Sophie ihr Pferd an Marco und ging schnurstracks in Richtung Haupthaus. Sorgfältig trat sie ihre Stiefel auf der Fußmatte ab und ging durch die große Eingangshalle, von der aus, bis auf die Bade- und Schlafzimmer, alle weiteren Räume abgingen. „Mama?" rief sie, als sie auch nach längerem Suchen niemanden fand. „Mama?" „Frau von Ehrenfurth ist vorhin weggefahren", sagte Maria, die just in diesem Moment den Kopf aus der Küche streckte. „Kann ich Dir vielleicht weiterhelfen?" „Nein, ich denke nicht, Maria", murmelte Sophie. „Aber vielen Dank." „Du siehst aber nicht gerade glücklich aus", stellte die Haushälterin mit zusammengezogenen Augenbrauen fest. „Ärger mit einem Mann?" „Sozusagen", brummte sie und strich sich die Haare aus dem Gesicht. „Nicht aufregen, Sophie. Männer sind einfach … seien wir ehrlich, Trampel. Ja, so kann man es sagen glaube ich." Sophie konnte nicht anders, als zu lachen. „Ja Maria, da hast du wohl recht." Als Maria wieder in der Küche verschwunden war, wandte Sophie sich um und wollte gerade wieder durch den Haupteingang hinausgehen, als ihr auf der Kommode im Eingangsbereich ein fliederfarbener Umschlag auffiel. Ein Antwortschreiben auf die Einladung zum Sommerball. Sophie nahm den Umschlag und zog vorsichtig das kleine Kärtchen, das darin steckte, hinaus. „Vielen Dank für die Einladung zum diesjährigen Sommerball. Wir kommen natürlich sehr gerne. Mit den besten Grüßen, Arno, Elisabeth und Daniel Gerstenberger." Sophie wurde ganz flau im Magen. Musste Daniel ihr das wirklich antun? Wütend stopfte sie das Kärtchen zurück in den Umschlag und warf diesen wieder auf die Kommode. Jetzt hatte sie nicht nur Probleme mit einem Mann, sondern gleich mit zweien.

Auch am Sonntag entschied Sophie sich ihr Training mit Caroso in die frühen Morgenstunden zu verlegen. Nach einem schnellen Frühstück mit starkem Kaffee und einem Apfel schlüpfte sie in ihre Reitklamotten und ging hinüber zu den Ställen. „Marco?" rief sie und sah die Stallgasse entlang. Dann ging sie zu ihrem Hengst und steckte ihm zur Begrüßung eine Karotte zu. „Du hast ja noch gar kein frisches Stroh", stellte sie mit einem Blick in die Box fest, während ihr Pferd genüsslich kaute. Dann drehte sie sich wieder zur Stallgasse um. „Marco!" rief sie diesmal lauter. Wo steckte der Pferdepfleger nur? „Marco hat heute frei", tönte eine Männerstimme, die Sophie nur allzu bekannt vorkam, aus der Stallgasse nebenan. „Ist es zu viel verlangt, sich zu zeigen, wenn man mit jemandem spricht?" wetterte Sophie. Lässig schlenderte Stephan Langbrenner um die Ecke und lehnte sich dann mit dem Ellenbogen an der Box gegenüber der von Caroso an. „Wie man es in den Wald hineinruft, so schallt es auch heraus", entgegnete er und grinste unverschämt. Sophie presste die Lippen aufeinander. Sie würde sich nicht schon am frühen Morgen von diesem Kerl provozieren lassen. „Also, wo ist Marco?" presste sie deshalb hervor. „Wie gesagt", antwortete Stephan. „Marco hat heute frei." „Was soll das heißen, Marco hat heute frei?" zischte Sophie und starrte Stephan ungläubig an. Sophie konnte sich nicht daran erinnern, dass Marco Torrini in den vielen Jahren, die er jetzt schon auf dem Gestüt der von Ehrenfurths arbeitete, auch nur einen Tag nicht da gewesen war. Schließlich hatte er sogar ein kleines Zimmer auf dem Anwesen. Fieberhaft überlegte Sophie, ob der Pferdepfleger überhaupt einmal Urlaub gemacht hatte. „Frei bedeutet, dass man nicht zur Arbeit kommt. So wie du das an jedem Wochenende machen kannst. Deine Akten brauchen schließlich sonntags kein Futter und auch keine Bewegung", erklärte Stephan. „Und da ich ja jetzt als Unterstützung eingestellt worden bin, können die anderen sich auch mal einen Tag frei nehmen." „Ich weiß, was frei bedeutet", bellte Sophie und sah Stephan mit zusammengekniffenen Augen an. Dieser schien ihre Reaktion jedoch zu genießen und grinste noch breiter. „Ich will trainieren", sagte Sophie jetzt und versuchte den leicht verzweifelten Unterton in ihrer Stimme zu überspielen. „Ich miste die Box nebenan noch schnell fertig aus und dann mache ich dir Caroso fertig", sagte Stephan und wandte sich zum Gehen. Sophie schnappte nach Luft. Ließ dieser Typ sie jetzt ernsthaft stehen, um erst etwas anderes zu erledigen? Und überhaupt! „Keinen Finger werden Sie an mein Pferd legen!" fauchte sie und ging ihm mit energischen Schritten hinterher. „Dann wirst du ihn wohl selbst putzen und satteln müssen. Aber pass auf, dass du dir dabei nicht die Fingernägel abbrichst, Prinzessin", hörte sie Stephans Stimme aus einer der Boxen. Sophie ballte die Hände zu Fäusten. Dieser Kerl war doch einfach unglaublich! „Ich warte draußen!" keifte sie und hörte, während sie den Gang hinunterstapfte, hinter sich sein heiseres Lachen.

Normalerweise dauerte es nur wenige Minuten bis Sophie ihr geputztes und gesatteltes Pferd vor sich auf dem Hof stehen hatte. Nun jedoch saß sie seit einer geschlagenen halben Stunde auf der Bank vor dem Stall und nichts tat sich. Sie beschloss einmal nach dem Rechten zu sehen und öffnete die Stalltür. Wahrscheinlich hatte dieser Stephan Langbrenner vergessen ihr Caroso fertig zu machen. Oder er machte es einfach nicht, nur um sie auf die Palme zu bringen. Zuzutrauen wäre es ihm. Energisch ging sie um die Ecke. Doch mitten im Gang, vor seiner Box, stand tatsächlich Caroso. „Warum dauert das so lange?" meckerte sie und trat auf den Pferdepfleger zu. „Weil ich auch nicht gerne herumgescheucht werde und mich lieber in Ruhe fertig mache, bevor ich zur Arbeit gehe. Und das Training ist schließlich Carosos Arbeit", entgegnete Stephan, ohne Sophie eines Blickes zu würdigen. Mit einer weichen Bürste fuhr er dem Schimmel über das glänzende Fell. Und dem Hengst schien diese Behandlung zu gefallen. Tatsächlich hatte Sophie ihr Pferd noch nie so entspannt gesehen. Normalerweise trat Caroso beim Putzen ständig nervös von einem Bein aufs andere. Jetzt aber stand er mit entspannt gesenktem Kopf und schweren Augen in der Stallgasse. „Haben Sie ihm etwa irgendwas zur Beruhigung gegeben?" fragte Sophie schockiert. Stephan Langbrenner drehte sich mit einem Ruck zu ihr um und starrte sie beinahe ebenso schockiert an. Sofort bereute Sophie einen solchen Verdacht geäußert zu haben. Aber eine Entschuldigung stand für sie nicht zur Debatte. „Das würde ich niemals tun", murmelte Stephan und wandte sich wieder dem Schimmel zu. „Er genießt einfach nicht innerhalb von fünf Minuten startklar sein zu müssen“, sagte er dann und lächelte Sophie von der Seite an. Und dieses Lächeln war nicht spöttisch oder herablassend. Stephan Langbrenner schien seine Arbeit wirklich zu lieben. Und auch, als er dem Hengst den Sattel auflegte und den Gurt anzog, machte dieser keine Anstalten seine entspannte Haltung aufzugeben. Das hatte Sophie von den wenigen Malen, die sie Marco beim Satteln ihres Pferdes beobachtet hatte, ganz anders in Erinnerung. Normalerweise stampfte und scharrte Caroso beim Anziehen des Sattelgurtes mit den Vorderhufen und an ganz schlechten Tagen biss er auch mal in die Luft. „Ich bringe ihn dir sofort raus“, sagte Stephan jetzt und ging in die Sattelkammer, um das Zaumzeug des Schimmels zu holen. Sophie machte sich derweil auf den Weg nach draußen und setzte ihren Reithelm auf. Kurze Zeit später hörte sie Hufgeklapper auf der Stallgasse und Stephan kam mit ihrem Pferd auf den Hof. Wie immer setzte sie einen Fuß in den Bügel und wollte sich in den Sattel ziehen, als Stephan sie zurückhielt und ihr stattdessen seine Hände als Räuberleiter hinhielt. „Was soll das denn werden?“ fragte sie empört. „Es ist besser für seinen Rücken, wenn der Sattel beim Aufsteigen nicht so stark zu einer Seite gezogen wird“, meinte er und sah ihr erwartungsvoll in die Augen. Schon wieder so ein ungefragter Ratschlag. „Also gut“, murmelte Sophie und ließ sich von dem Pferdepfleger aufs Pferd helfen. Dabei gab er ihr so viel Schwung, dass sie beinahe auf der anderen Seite wieder heruntergerutscht wäre. Nur mit einem gekonnten Griff in Carosos Mähne konnte sie sich noch halten. Stephan lachte laut auf als Sophie ihn vom Pferd aus wütend anstarrte. „Viel Spaß", meinte er nur und verschwand im Stall.

Das Training lief so gut wie schon lange nicht mehr. Caroso, der sich sonst häufig mehr für die Stuten auf der Weide nebenan als für Sophie interessierte, war hochkonzentriert. Nicht einmal, als Stephan die Jungpferde auf die Wiese führte und diese sich erst einmal ein ausgiebiges Wettrennen lieferten, ließ er sich ablenken. Der Hengst war sowieso schon ein ausgezeichnetes Springpferd, aber heute meisterte er selbst hohe Sprünge mit einer unglaublichen Lockerheit. Sophie war glücklich. So konnte das Sommerball-Turnier kommen. Im letzten Jahr hatte ihr eine dicke Grippe einen Strich durch die Rechnung gemacht. Das würde ihr dieses Jahr nicht noch einmal passieren.

Nach dem Training ritt Sophie zurück auf den Hof, stieg von ihrem Pferd und wartete. „Hallo?" rief sie, als auch nach einigen Minuten niemand auftauchte. Sie wollte ja wirklich nicht die verwöhnte Prinzessin spielen, auch wenn Stephan das offenbar von ihr dachte, aber sie war es nun einmal nicht gewohnt, darauf warten zu müssen, dass ihr jemand das Pferd abnahm. „Hallo? Herr Langbrenner?" rief sie nun lauter. Auf der Stallgasse klapperte etwas und dann hörte sie schwere Schritte den Gang hinunterkommen. „Ich habe dir eine

Extra-Ladung Heu in deine Box gebracht“, sagte er an Caroso gewandt, ohne Sophie auch nur im Geringsten zu beachten. „Führen Sie ihn bitte ...“, setzte sie an, doch Stephan schnitt ihr das Wort ab. „Ja, ja, ich weiß schon. Ich führe ihn trocken, wasche ihn und stelle ihn dann unter das Solarium, damit er auch richtig trocknet. Ich mache den Job nicht erst seit gestern, Prinzessin.“ Sophie biss die Zähne zusammen. Soviel Respektlosigkeit konnte es doch gar nicht in einer Person geben! „Wie war das Training?“, erkundigte sich Stephan jetzt, als er mit geübten Handgriffen den Sattel vom Rücken des Schimmels gleiten ließ. „Sehr gut“, antworte Sophie und band sich die Haare wieder zu einem Pferdeschwanz. „Das harte Training macht sich bemerkbar.“ „Ich habe ihm das Zaumzeug ein wenig lockerer eingestellt. Ich hatte das Gefühl, es engt ihn ein wenig ein“, sagte Stephan und sah sie an. Sophie schnaubte verärgert. Schon wieder ließ er den Klugscheißer raushängen. Sie brummte etwas Unverständliches, machte auf dem Absatz kehrt und wandte sich zum Gehen. „Ein *Danke, das war wirklich eine gute Idee* wäre vielleicht angebracht“, rief Stephan ihr hinterher. Sophie blieb abrupt stehen und sah ihn mit hochgezogenen Augenbrauen an. Selbst wenn das gute Training wirklich auf seine Idee mit dem gelockerten Zaumzeug zurückzuführen wäre, lieber würde sie sich die Zunge abbeißen, als ihn auch noch in seiner Überheblichkeit zu bestätigen! Deshalb zuckte sie nur mit den Schultern und machte sich dann auf den Weg zum Haus.

Kapitel 9

Da Sophie die nächsten Tage immer bis in den frühen Abend im Büro war, traf sie Stephan entweder gar nicht mehr oder nur noch in der Hofeinfahrt an, wenn er schon auf dem Weg nach Hause war. Und das war ihr auch ganz recht so. Diese ständigen Streitereien und sich über den Pferdepfleger ärgern zu müssen, zerrten an ihr. Zumal ihr Nervenkostüm eh schon sehr dünn war. Am Montag hatte sie nichtsahnend in ihrem Büro gesessen, als plötzlich ihr Handy geklingelt hatte. Bei einem Blick darauf war ihr beinahe das Herz stehengeblieben. Daniel! Natürlich hatte sie ihn sofort weggedrückt und das Telefon in die Schublade geworfen. Kurz vor Feierabend rief er wieder an. Doch auch da hatte sie nicht mit ihrem Ex-Freund sprechen wollen. Als sie am Abend nach Hause kam, hatte sie eine Nachricht auf dem Anrufbeantworter. Natürlich von Daniel. Nach einigem Zögern hatte sie die Nachricht letztendlich doch abgespielt. „Hallo Sophie, hier ist Daniel. Ich wollte mich erst einmal für die Einladung zum Sommerball bedanken. Ich freue mich schon darauf dich zu sehen. Du, was ich eigentlich wollte: Ich würde mich gerne mit dir zum Essen treffen. Es tut mir so unglaublich leid, was passiert ist. Ich war so blöd. Lass uns doch mal in Ruhe darüber sprechen. Ruf mich zurück." „Einen Teufel werde ich tun", hatte Sophie gefaucht und mit einem energischen Knopfdruck die Nachricht gelöscht. Was aber nicht viel geholfen hatte, denn die Anrufe und

Nachrichten gingen in den nächsten Tagen weiter. Sophie wusste, dass Daniel äußerst hartnäckig sein konnte, wenn er etwas erreichen wollte. Aber dieses Verhalten grenzte fast schon an Stalking und Sophie wollte sich gar nicht ausmalen was beim Sommerball passieren würde. Sie beschloss das Training mit Caroso am Donnerstag einmal ausfallen zu lassen und hinterließ, bevor sie sich auf den Weg zur Arbeit machte, an der Boxentür eine kleine Notiz für Marco, dass er den Hengst bitte leicht bewegen sollte. Dieser lag zu diesem Zeitpunkt noch im Halbschlaf im Stroh und blinzelte seine Besitzerin nur müde an.

Wie erwartet wurde der Arbeitstag äußerst lang, weil Hans von Ehrenfurth einige wichtige Geschäftspartner empfing. Sie verhandelten mehrere Stunden über Projekte, deren Werte in die Milliardenhöhe gingen, und zum Abend hin brummte Sophie der Kopf. Sie nahm sich vor sich nachher zu Hause erst einmal ein Schaumbad zu gönnen. Der einzige Vorteil eines so langen Arbeitstages war der, dass die meisten anderen Berufspendler schon deutlich eher Feierabend machten und die Straßen daher frei waren. Es war schon fast dunkel, als Sophie endlich erschöpft die Haustür aufschloss und ihre Aktentasche auf der antiken Kommode im Flur abstellte. Sie wollte nur noch eins: Raus aus ihrem Designer-Kostüm und rein in die Badewanne. Sophie streifte sich die Kleidung ab und beobachtete wie das warme, einlaufende Wasser den apricotfarbenen Badezusatz langsam in fluffige, knisternde Schaumkrönchen verwandelte. Sie atmete tief ein und genoss den fruchtigen Pfirsichduft, der sich langsam im Bad ausbreitete. Geschickt band Sophie sich die blonden Haare zu einem lockeren Dutt und wollte gerade den ersten Fuß in die Badewanne setzen, als es an der Tür klingelte. Wütend blickte Sophie auf. Das konnte doch nur ihr Vater sein! Hatte er nicht heute im Büro genug Zeit gehabt, mit ihr zu sprechen? Bestimmt war ihm noch ein unglaublich wichtiges Detail zu den heutigen Verhandlungen eingefallen. Es war typisch für ihn, dass er dann sofort darüber sprechen musste, egal ob man gerade in seiner Freizeit war oder nicht. Aber nach diesem langen Tag hatte Sophie genug von der Arbeit. Sie war ausgelaugt und wollte einfach nur noch ihre Ruhe haben. Gerade hatte sie den Fuß eingetaucht und stand mit einem Bein bis zum Knie im Wasser, als es erneut klingelte. "Verdammt nochmal, das kann doch nicht so wichtig sein", schimpfte sie und zog ihr schaumbedecktes Bein zurück. Aus Mangel an Alternativen wickelte sie sich schnell ein Handtuch um und stapfte die Treppe hinunter zur Haustür. Sophie wollte gerade den Türgriff fassen, als ihr ein Gedanke kam. Was, wenn da draußen Daniel stand? Sie hatte heute den ganzen Tag über nicht auf ihr privates Handy gesehen und auch den Anrufbeantworter noch nicht kontrolliert. Vielleicht tauchte er einfach auf, weil sie nicht auf seine Anrufe reagierte? Sophie versuchte, sich möglichst ruhig zu verhalten. Doch dann fiel ihr ein, dass ihr Auto ja vor der Tür stand. Wo sollte sie schon sein? Daniel wusste, dass sie keinen Wert darauf legte, Zeit mit anderen Menschen zu verbringen und deshalb auch nie ausging. Eine Freundin hatte sie das letzte Mal zu Besuch gehabt, als sie 10 gewesen war. Sie war eben lieber für sich. Also würde Daniel wahrscheinlich bei ihren Eltern klingeln, wenn sie nicht aufmachte - den Stall, wo sie ansonsten sein könnte, würde er niemals freiwillig betreten - und spätestens ihr Vater würde dann dafür sorgen, dass er sie zu Gesicht bekam. Sophie atmete einmal tief durch und zog das Handtuch fester um ihren Körper. Innerlich verfluchte sie sich selbst, dass ihr kuscheliger Bademantel ausgerechnet heute in der Wäsche war. Erneut griff sie zum Türgriff, als plötzlich jemand von außen gegen die Tür hämmerte. Sie erschrak und zuckte zurück. "Sophie!" tönte eine Männerstimme von draußen. "Sophie, mach die Tür auf!" Stephan? Was zum Teufel wollte der denn hier? Vorsichtig öffnete sie die Tür ein Stück und lugte durch den Spalt nach draußen. "Was wollen Sie denn hier?" murmelte sie. Stephan wirkte einen kurzen Moment etwas irritiert. Offenbar hatte er ihren Aufzug bemerkt und musterte sie jetzt von oben bis unten. Sophie spürte, wie ihr das Blut in den Kopf schoss. "Was ist?" zischte sie jetzt wütend. Stephan schien seine Gedanken kurz ordnen zu müssen, dann schüttelte er den Kopf. "Irgendwas stimmt mit Caroso nicht. Ich habe den Tierarzt schon angerufen. Ich dachte, du siehst ihn dir lieber auch mal kurz an." Sophie stockte der Atem. Was war mit ihrem geliebten Pferd? Der Pferdepfleger wirkte aufgelöst. Er, der sonst immer so lässig daherkam, war vollkommen durch den Wind. Er schien sich ernsthafte Sorgen um den Hengst zu machen. "Warten Sie kurz", keuchte Sophie und knallte ihm die Tür vor der Nase zu. In Windeseile hatte sie sich das Nötigste übergezogen und war mit einem Satz wieder an der Tür. Draußen stand noch immer Stephan und wartete auf sie. Gemeinsam liefen sie hinüber zu den Stallungen. Im Bereich der Sport- und Zuchtpferde, wo auch Caroso stand, brannten wenige Lampen. "Caroso", flüsterte Sophie und schob die Boxentür ihres Schimmels auf. Dieser lag im Stroh auf der Seite. Er atmete schwer und immer wieder stöhnte er leise auf. Sein Fell glänzte feucht. Der Arme war vollkommen verschwitzt. Stephan lief in die Sattelkammer, um eine Decke zu holen und sie über dem Pferd auszubreiten. Sophie hockte am Kopf ihres Hengstes und streichelte ihm sanft über die Nase. "Alles wird gut", flüsterte sie mit Tränen in den Augen. "Doktor Behrends ist da", raunte Stephan wenige Minuten später und machte sich auf den Weg zur Stalltür, um dem Tierarzt den Weg zu weisen. "Guten Abend, Frau von Ehrenfurth", sagte dieser, als er die Box betrat. Sophie nickte nur kurz zur Begrüßung. Sie wollte nicht, dass irgendjemand, schon gar nicht Stephan, hörte, wie sehr ihre Stimme zitterte. "War er gestern noch gesund?" erkundigte sich Doktor Behrends. Wieder nickte Sophie. "Dann wollen wir doch mal sehen, was dir fehlt, mein Guter", sagte der Tierarzt dann und kniete sich neben den Schimmel, um seine Augen und Schleimhäute zu überprüfen. Dann tastete er den Bauch des Tieres ab, woraufhin Caroso ein lautes Stöhnen von sich gab. "Hat er heute Abend gefressen?" fragte der Doktor und wandte sich erst Sophie, dann Stephan zu. "Besonders hungrig schien er nicht gewesen zu sein. Er hat sein Futter zwar aufgefressen, aber Begeisterungsstürme waren da nicht zu erkennen", antwortete dieser. Dann warf Stephan einen Blick in die Ecke der Box. Sein Heu hat er auch mehr zertreten als gefressen." Der Tierarzt nickte. "Ich vermute eine Kolik.", sagte er dann. „Eine ziemlich schwere allerdings." Sophie schluckte. Ihrem Pferd ging es wirklich schlecht. Stephan, der neben ihr stand, nickte. „Das hatte ich schon befürchtet." Doktor Behrends stand auf. „Ich werde ihm jetzt erst einmal ein krampflösendes Medikament geben. Und etwas, damit sein Kreislauf in Schwung kommt." Damit verließ er die Box in Richtung seines Autos, um die Medikamente zu holen. Sophie stand zitternd neben ihrem Hengst. Ob vor lauter Aufregung oder weil es wirklich ziemlich kalt hier drinnen war, konnte sie selbst nicht einmal sagen. Warum hatte sie verdammt nochmal keine Jacke angezogen? Auch Stephan schien aufgefallen zu sein, wie sehr die junge Frau zitterte. Ehe Sophie etwas dagegen unternehmen konnte, hatte er seine warme Steppjacke ausgezogen und ihr um die Schultern gelegt. Selbst wenn sie gewollt hätte, sie war viel zu erschöpft, um zu protestieren. Stattdessen zog sie den wärmenden Stoff noch etwas enger um sich. Er roch wirklich gut, dass musste sie zugeben. Doch das Gedankenkarussell in ihrem Kopf ließ nicht zu, dass sie weiter darüber nachdachte. In dem Augenblick betrat der Tierarzt die Box, in der Hand zwei große Spritzen mit je einer durchsichtigen Flüssigkeit. „Das wird dir helfen, mein Guter“, flüsterte er dem Schimmel zu, der zwar nicht begeistert von der Behandlung schien, aber nicht die Kraft hatte, sich dagegen zu wehren. „Behaltet ihn bitte gut ihm Auge“, sagte Doktor Behrends, nachdem er die leeren Spritzen und sein Stethoskop in seinem ledernen Koffer verstaut hatte. „Sollte es ihm bis morgen Mittag nicht deutlich besser gehen, dann muss er sofort in die Tierklinik gebracht werden. Es ist bei Hengsten nicht selten, dass ein Stück vom Darm eingeklemmt wird, und dann braucht er sofort notärztliche Hilfe.“ Sophie nickte wie in Trance und bekam nur unterbewusst mit, dass Stephan versprach, die Nacht über bei Caroso zu bleiben. Würde sie ihr Pferd verlieren … Sophie wollte den Gedanken gar nicht zu Ende bringen. „Ich bin gleich wieder da“, versprach Stephan, bevor er zusammen mit dem Tierarzt die Stallgasse hinunter ging. Sophie hockte nun neben dem Kopf ihres Pferdes und strich unentwegt über seine verschwitzte Stirn. Sie wusste nicht, was sie machen sollte, deshalb zupfte sie hier und da an der Wolldecke, die Stephan über den Schimmel gelegt hatte. Caroso sollte in seinem Zustand auf keinen Fall auch noch frieren müssen. „Hier, bitte.“ Stephans tiefe Stimme ließ Sophie aufschrecken. In jeder anderen Situation hätte er wahrscheinlich wieder hämisch gegrinst und sich diebisch darüber gefreut, sie erschreckt zu haben.

Doch jetzt war sein Blick ernst und er hielt ihr eine Tasse dampfenden Tee hin. „Danke“, murmelte sie und legte ihre zu Eisklötzen gefrorenen Hände um die warme Tasse. „Er schafft das schon“, raunte Stephan nun, als er bemerkte, wie blass Sophie war. Diese nickte nur und presste die Lippen fest aufeinander. Es kostete sie alle Kraft nicht in Tränen auszubrechen. Im Beruf war Sophie eine knallharte Geschäftsfrau, die nichts und niemand so schnell umhauen konnte. Doch wenn es um die Pferde ging zeigte sich ihre sanfte, emotionale Seite, die sie sonst so gut zu verbergen wusste. Und zu ihrem Erstaunen machte Stephan nicht die leisesten Anstalten diesen Moment der Schwäche auszunutzen und sie aufzuziehen. Er stand einfach nur mit etwas Abstand an die Boxenwand gelehnt, genau wie sie mit einem Tee zum Aufwärmen in der Hand, und hing seinen Gedanken nach.

Sophie wusste nicht, wie viel Zeit vergangen war, als Stephan ihr den leeren Becher aus den Händen nahm. „Du solltest ins Bett gehen“, murmelte er und sah sie von der Seite an. Sie warf ihm einen empörten Blick zu. „Ich lasse Caroso nicht allein“, rief sie. „Ich kümmere mich um ihn, geh ins Bett“, wiederholte Stephan mit Nachdruck. Energisch schüttelte Sophie den Kopf. Stephan zuckte mit den Schultern. Dann verließ er die Box und kam wenige Minuten später mit mehreren Decken und einer großen Ladung Heu wieder. „Steh mal auf“, befahl er. Sophie sah ihn irritiert an, folgte dann jedoch seiner Anweisung. Jetzt war nicht der Moment, um einen Streit vom Zaun zu brechen.

Der Pferdepfleger schüttete einen riesigen Haufen Heu an der Stelle, wo Sophie gesessen hatte, auf und breitete dann eine Decke darüber aus. „Ihr Nachtlager, Mylady“, sagte er dann und jetzt musste er doch grinsen. „Ist kein Himmelbett, aber ich denke, es erfüllt seinen Zweck.“ Sophie konnte nicht anders als ihm einen dankbaren Blick zuzuwerfen. Er verstand und nickte nur kurz. Sie setzte sich auf die Decke, mit dem Rücken an die Wand gelehnt. Stephan faltete eine weitere Wolldecke zusammen und schob sie hinter ihren Kopf. Sophie zog seine Jacke noch enger um sich und er hüllte ihre Beine in eine warme Fleecedecke. „Ich habe das Gefühl, in Ihnen schlummern Dr. Jekyll und Mr. Hyde, Herr Langbrenner“, sagte Sophie, ohne Stephan dabei anzusehen. Der lachte heiser auf. „Ja, wenn ich will, kann ich echt charmant sein“, meinte er. Dann legten beide ihren Blick auf Caroso, der zwar noch immer schwer atmete, aber nicht mehr so verkrampft dalag wie noch vor einer halben Stunde. Irgendwann überkam Sophie dann doch die Müdigkeit und sie schlief ein.

Kapitel 10

Sophie wachte am Morgen auf als hinter den Stallungen langsam die Sonne aufging und die ersten Strahlen ihr ins Gesicht schienen. Ächzend setzte sie sich auf und sah sich irritiert um. Sie brauchte einige Augenblicke, um sich zu erinnern, was gestern Abend vorgefallen war. Caroso lag nun nicht mehr flach auf der Seite, sondern hatte seinen Körper aufgerichtet, und sah sie zwar aus müden Augen, aber mit gespitzten Ohren an. „Guten Morgen, mein Hübscher", flüsterte Sophie und strich ihm mit dem Zeigefinger über die Nase. „Geht es dir wieder besser?" Wie zur Bestätigung schnaubte der Schimmel und Sophie musste unwillkürlich lächeln. Dann fiel ihr Blick auf die Stelle, an der Stephan gestern Abend gesessen hatte, bevor sie eingeschlafen war. Von dem Pferdepfleger war weit und breit nichts zu sehen. „Hat sich wohl doch aus dem Staub gemacht", murmelte Sophie missmutig und stand auf. „Na ja, Hauptsache dir geht es wieder gut." „Guten Morgen", hörte sie in dem Moment Stephans Stimme direkt hinter sich. Erschrocken fuhr sie herum und funkelte ihn wütend an. „Warum zum Teufel müssen Sie mich immer erschrecken?", zischte sie. Jetzt, wo die Situation nicht mehr so ernst war, kehrte auch Stephans unverschämtes Grinsen zurück. „Ich kann ja nichts dafür, dass du so schreckhaft bist, Prinzessin", meinte er. Sophie wollte gerade eine Wutrede starten, als Stephan ihr einen Kaffee unter die Nase hielt. „Hey", meinte er. „Wir haben die

Nacht zusammen verbracht. Wäre es da nicht angebracht, endlich mal Frieden zu schließen?"
„Wir haben *was?*", rief Sophie und starrte ihr Gegenüber mit offenem Mund an. „Kein Grund, sich aufzuregen. Ich meinte, wir haben die Nacht zusammen Wache geschoben. Verzeihen Sie, dass ich mich nicht so gewählt auszudrücken vermag wie Ihresgleichen, Gnädigste." Stephan deutete einen Hofknicks an und lächelte Sophie dabei schief an. Sophie versuchte es mit aller Macht zu unterdrücken, doch sie konnte nicht anders, als herzhaft loszulachen. Insgeheim mochte sie Stephans trockenen Humor und außerdem war sie einfach nur erleichtert, dass es ihrem Pferd wieder besser zu gehen schien. In den letzten Wochen hatten sich so viele Gefühle aufgestaut, die nun alle auf einmal aus ihr herauszuplatzen schienen. Sie lachte so sehr, dass sie sich den Bauch halten musste und ihr Lachtränen über die geröteten Wangen kullerten. Sophie konnte sich nicht erinnern, wann sie das letzte Mal so gelacht hatte. Stephan hingegen sah sie mit einem Blick, der irgendwo zwischen irritiert und amüsiert lag, an und nippte an seinem Kaffee. „Das Lachen steht dir viel besser als dieser ständig grimmige Gesichtsausdruck", bemerkte er, als sich Sophie endlich beruhigt hatte und eine kleine Lachträne aus dem Augenwinkel wischte. „In meinem Leben gibt es nur sehr wenig zu lachen", entgegnete sie und schon erschien wieder der gewohnt ernsthafte Ausdruck auf ihrem Gesicht. Im nächsten Moment hätte sie sich am liebsten auf die Zunge gebissen.

Über ihre Gefühle zu sprechen war ihr mehr als unangenehm. Nicht einmal mit Daniel hatte sie so wirklich ehrlich darüber gesprochen, wie es in ihr aussah. Und das, obwohl ihr Ex-Partner ihr engster Vertrauter gewesen war, den sie in ihrem Leben je gehabt hatte. Sie war sich sicher, dass Stephan sie nicht verstehen konnte. Im Gegensatz zu ihm, der nur ein einfacher Arbeiter mit geringem Verdienst war, hatte sie mit ihrem Job bei ‚Von Ehrenfurth Properties', dem familieneigenen Anwesen und dem guten Namen, der mit reichlich finanziellen Mitteln einherging, ein tolles Leben. Trotzdem, so musste sie sich selbst eingestehen, wirkte Stephan mit sich im Reinen. Glücklich. Im Gegensatz zu ihr selbst. Doch statt, wie erwartet, etwas Herablassendes darüber zu sagen, schwieg Stephan. Er ließ Sophie den Raum mehr zu erzählen. Doch dazu war sie längst noch nicht bereit. Nachdem sie einige Minuten schweigend nebeneinander im Stroh gesessen hatten, leerte Stephan seine Kaffeetasse und stand auf. „Geh doch erst einmal was Ordentliches frühstücken und nimm ein heißes Bad", sagte er dann. „Ich habe das Gefühl, ich habe dich gestern Abend dabei unterbrochen. Ich kümmere mich solange um Caroso. Wenn er gleich aufgestanden ist, gehe ich mit ihm ein paar Runden über den Hof, damit sein Kreislauf wieder in Schwung kommt. Außerdem habe ich ihm eine Box mit Sägespänen vorbereitet, er darf ja erst einmal nichts fressen. Doktor Behrends kommt nachher noch einmal vorbei, um nach ihm zu sehen. Ach, und ich habe deiner Mutter Bescheid gesagt, dass du heute nicht zur Arbeit gehst. Sie wollte es deinem Vater ausrichten." Sophie starrte ihn fassungslos an. Dann sah sie beschämt zu Boden. Er hatte schon am frühen Morgen so viel organisiert und sie hatte geschlafen und ihm dazu insgeheim unterstellt, sie einfach sitzen gelassen zu haben. Sie nickte und rappelte sich dann hoch. Als Notlager war das Bett aus Heu ganz in Ordnung gewesen. Trotzdem schmerzten ihr jetzt sämtliche Muskeln und sie wünschte sich tatsächlich nichts sehnlicher als ihre Badewanne. „Ich bin gleich wieder da", flüsterte sie ihrem Hengst ins Ohr. Dann streifte sie Stephans Jacke von den Schultern. Als sie ihm das Kleidungsstück schwungvoll herüberreichte, wehte ihr sein markanter Duft, der in dem Stoff hing, entgegen und sie bekam eine leichte Gänsehaut. „Danke für alles", flüsterte sie. Stephan nickte unmerklich. Dann hielt er ihr die Hand hin. „Ich bin übrigens Stephan", sagte er und grinste. Die junge Frau erwiderte den Handschlag etwas zögernd. „Sophie", sagte sie und sah ihm in seine blaugrauen Augen. Nach der langen Nacht lagen dunkle Schatten darunter und trotzdem wirkte sein Blick wach und abenteuerlustig. „Und nenn mich nicht mehr Prinzessin", murmelte sie und bemühte sich um einen drohenden Unterton. „Jawohl, Frau Hauptmann", entgegnete Stephan salutierend, wofür er von Sophie ein genervtes Augenrollen kassierte. „Im Ernst", meinte er dann. „Du hast heute Nacht wirklich bewiesen, dass du nicht das verwöhnte Prinzesschen bist. Ok, verwöhnt bist du schon …". Sophie sah ihn aus zusammengekniffenen Augen an. „Aber ich glaube, ich kann mich mit dir abfinden", beendete er seinen Satz. „Wie reizend", entgegnete Sophie und machte einen Schritt aus der Box heraus. „Wenn ich mich ein wenig bemühe, schaffe ich es dann wahrscheinlich auch, dir nicht tagtäglich die Pest an den Hals zu wünschen." Stephan lachte sein typisches heiseres Lachen. In gleichen Moment trat Caroso mit einem Bein gegen die Boxentür und schüttelte sich ausgiebig das Stroh aus der Mähne. „Ich glaube, da möchte jemand eine kleine Runde spazieren gehen", sagte Stephan und klopfte dem Schimmel den Hals. „Dann mach dich mal an die Arbeit", sagte Sophie und ging, noch immer mit etwas steifen Gliedern, die Stallgasse hinunter. „Ich gehe frühstücken. Wofür hat man schließlich Personal." Und als sie Stephan hinter sich schnauben hörte grinste sie leise in sich hinein.

Nachdem Sophie heiß geduscht und gleich zwei Croissants zum Frühstück verspeist hatte, fühlte sie sich wie neu geboren. „Wie geht es Caroso?", erkundigte sich Mara von Ehrenfurth, als ihre Tochter sich auf den Weg zurück in den Stall machen wollte. „Er ist heute Morgen schon wieder aufgestanden", antwortete diese und strich sich eine Strähne aus dem Gesicht. „Doktor Behrends sieht nachher nochmal nach ihm." „Gut. Das hat mir echt einen Schrecken eingejagt als Stephan mir heute Morgen davon erzählt hat. Gott sei Dank hat er gestern Abend nochmal eine Runde durch den Stall gemacht." „Ja", sagte Sophie nachdenklich. „Nicht auszudenken, wenn keiner gemerkt hätte, wie schlecht es Caroso geht. Du hattest Recht, Stephan hat wirklich ein Händchen für Pferde. Ich überlege, ob ich ihm nicht die Verantwortung für Caroso übertrage. Dann ist Marco auch etwas entlastet und kann sich zwischendurch mal einen Tag frei nehmen." Mara von Ehrenfurth sah ihre Tochter mit erstaunt hochgezogenen Augenbrauen an. „Dann hast du aber schnell deine Meinung über den Neuen geändert", sagte sie misstrauisch. „Wir haben das Kriegsbeil begraben", entgegnete Sophie und verschwand durch die Tür, um zu ihrem Pferd zu kommen.

Kapitel 11

Stephan hatte in der Nacht kein Auge zugemacht. Zu groß war die Sorge um Caroso gewesen. Der Pferdepfleger hatte gestern ein wenig länger gearbeitet, um die Heuvorräte in den Ställen aufzufüllen. Wie jeden Tag war er, bevor er Feierabend machte, noch einmal durch die Stallungen gegangen, um sich zu vergewissern, dass mit den Pferden alles in Ordnung war, bevor er ging. Schon als er das Gebäude, in dem die Zucht- und Sportpferde untergebracht waren, betreten hatte, war ihm ein merkwürdiges, gequältes Stöhnen aufgefallen. Panisch war er durch die Gänge gelaufen, bis er vor der Box des Schimmels gestanden hatte. Dieser lag schweißgebadet auf der Seite. Die Beine hatte er verkrampft an den Bauch gezogen. Bei dem Anblick hatte sich Stephan der Magen umgedreht. „Nicht noch einmal", hatte er gefleht. Während er die Nummer des Tierarztes gewählt hatte, hatte er versucht, Caroso zu beruhigen. Dieser starrte ihn mit hilflosen, schmerzerfüllten Augen an. Augen ähnlich denen, die ihn nachts in seinen Träumen verfolgten. Dr. Behrends hatte versprochen sich sofort auf den Weg zu machen und Stephan hatte nochmal einen verzweifelten Blick auf den Hengst geworfen. „Tu mir das nicht an", hatte er gefleht und dem Pferd dabei über die Stirn gestrichen. Er musste sich beruhigen. Anderes Pferd, andere Situation. So etwas wie damals würde nicht noch einmal vorkommen. Die Schuld lastete so schwer auf seinen Schultern, dass sie ihn nach unten zu drücken schien. „Ich hole Sophie", hatte er dem Schimmel versprochen und war mit weiten Schritten über den Hof zu ihrem Haus gelaufen. Es hatte ewig gedauert, bis sie die Tür geöffnet hatte, nur in ein Handtuch gewickelt. Bei dem Anblick hatte es Stephan die Sprache verschlagen und er vergaß, während er sie von oben bis unten musterte beinahe, weswegen er gekommen war. Der Anblick war wirklich heiß gewesen, doch Sophie hatte ihn ziemlich schnell und unsanft wieder auf den Boden der Tatsachen geholt.

Nachdem Dr. Behrends Caroso behandelt hatte, hatte Stephan Sophie vorgeschlagen, sie solle ins Bett gehen. An Schlaf wäre für ihn jetzt sowieso nicht zu denken gewesen, deswegen konnte er genauso gut hierbleiben und bei dem Patienten Nachtwache schieben. Doch Sophie hatte sich nicht abwimmeln lassen. Wenn er ehrlich war, hätte Stephan Sophie gar nicht zugetraut, die Nacht bei ihrem kranken Pferd zu verbringen. Schließlich konnte sie sich für alles Personal leisten. Doch sie hatte eine ganze Weile schweigend auf dem großen Heuhaufen, den er ihr als provisorisches Bett aufgeschüttet hatte, gesessen und ihr Pferd nicht aus den Augen gelassen. Erst, als Caroso langsam gleichmäßiger atmete und sich sein Zustand deutlich verbessert hatte, war sie eingeschlafen.

Die ganze Nacht hatte Stephan an der Boxentür gesessen und abwechselnd sie und ihren Schimmel beobachtet. Sophie von Ehrenfurth, stellte er fest, sah so entspannt aus, wenn sie schlief. Ganz anders als am Tage. Dann war ihr Gesicht oft wie zu einer Maske verzogen. Starr und ohne jede Emotion. Außer Wut, die sah man bei ihr häufiger. Aber ein Lächeln war ihr bisher, zumindest in Stephans Anwesenheit, noch nie wirklich über die Lippen gekommen. Die Sorge um ihr Pferd ließ sie verletzlich wirken. Stephan hatte schon öfter bemerkt, dass Sophie ganz anders sprach, ganz anders aussah, wenn sie mit ihrem Pferd allein war. Und das gefiel Stephan deutlich besser als dieser Karrierefrau-reiches Mädchen-Aufzug. Er mochte, wie die Sommersprossen auf ihrer Nase und an den Wangen, jetzt ohne Make-up langsam zum Vorschein kamen. Er wusste, dass sie sehr darauf bedacht war, sie zu kaschieren. Doch er wusste, dass sie da waren. Und wie sie so dalag, bekam Stephan das untrügliche Gefühl, sie beschützen zu müssen.

Nachdem Stephan in der Morgendämmerung eine Box mit Sägespänen für Caroso vorbereitet hatte, war er losgegangen, um im Personalraum frischen Kaffee zu kochen. Als er nun mit den zwei dampfenden Tassen zurück zu Carosos Box kam, war Sophie offensichtlich gerade wach geworden und schaute sich irritiert um. Stephan wartete noch einen Moment und wünschte ihr einen guten Morgen. Sie war anscheinend nicht darauf vorbereitet gewesen und schrak zusammen. Wieder war da dieser wütende Ausdruck auf ihrem Gesicht gewesen und Stephan hatte unwillkürlich grinsen müssen. Dann war sein Blick zu dem Hengst gewandert. Dieser stand nun aufrecht im Stroh und sah ihn aus müden Augen an. Dem Schimmel ging es wieder besser und Stephan fiel ein riesiger Stein vom Herzen.

Kapitel 12

Als Sophie wieder in den Stall kam, war Stephan gerade dabei, ihren Hengst vor seiner Box anzubinden. „Komm Caroso, wir putzen dich jetzt erst einmal“, raunte sie dem Schimmel zu. Dieser stupste daraufhin, wie so oft, ihre Wange mit seiner weichen Nase an und blies ihr seinen warmen Atem ins Gesicht. „*Was* hast du vor?“ fragte Stephan verblüfft und streckte den Kopf aus der Box des Hengstes. „Ich will ihn putzen“, erklärte Sophie erneut, obwohl sie sich ziemlich sicher war, dass Stephan sie laut und deutlich verstanden hatte. „Warte, warte. Ich informiere die Presse. Das ist ja eine Sensation!“, rief der jetzt. „Ha ha ha…“, raunte Sophie und tat, als würde sie ihn ignorieren. „Hast du schonmal selbst ein Pferd geputzt oder brauchst du eine Anleitung?“ „Stephan, natürlich habe ich schonmal ein Pferd geputzt!“, fauchte Sophie und überlegte das Kriegsbeil direkt wieder auszugraben. „Ich meine ja nur. Man weiß ja, wie das so ist, bei euch … wohlhabenden Leuten.“ „Du sagst das, als wäre es etwas Schlechtes“, meinte die junge Frau und sah Stephan misstrauisch an. „Na ja“, setzte der an, brauchte dann aber einen Moment, um die richtigen Worte zu finden. „Die Nase ganz oben, das Benehmen anderen Menschen gegenüber ganz unten, das ist doch so. Ihr habt doch genug Geld, um für alles einen Handlanger zu haben.“ Sophie wollte protestieren, doch ihr wurde klar, dass sie diesem Argument nichts entgegenzusetzen hatte. „Wahrscheinlich würde ich es ja auch so machen, wenn ich das Geld hätte", meinte Stephan nun und lächelte gequält. Doch er wusste gekonnt zu vermeiden, dass allzu lange ein betretenes Schweigen eintrat. „Also, wo das Putzzeug für dein Pferd steht, weißt du?" „Nein", flüsterte Sophie und es war ihr so peinlich, dass ihr die Röte ins Gesicht stieg. Tatsächlich hatte sie ihren Hengst noch niemals selbst geputzt. Als sie ein Kind gewesen war, hatte sie ihre Ponys stundenlang mit einer unglaublichen Hingabe gestriegelt und gebürstet, bis auch das letzte Staubkorn vom Fell verschwunden war. Seitdem sie allerdings begonnen hatte an Turnieren teilzunehmen, war immer ein Pfleger zur Stelle gewesen, der ihr vor dem Reiten das Pferd putzte und sattelte und nach dem Training wieder in die Box brachte. Und auch um alles, was sonst mit dem Pferd zu tun hatte, wie misten oder Sattelpflege, hatte sie sich niemals Gedanken machen müssen. Aufs Misten war sie auch heute noch nicht wirklich scharf. Aber plötzlich merkte Sophie, dass sie wirklich ziemlich verwöhnt war. „Komm, ich zeige es dir", riss Stephan sie nun aus ihren Gedanken und ging voran in die Sattelkammer. „Also, hier ist Carosos Putzzeug. Da hängt sein Sattel und daneben sein Zaumzeug", erklärte er. „Und hier in diesem Schrank", er deutete auf einen hohen Metallschrank in der Ecke, „liegen alle seine Decken." Sophie nickte und nahm sich den großen Kasten, in dem sich die Bürsten für ihren Hengst befanden. Dieser wirkte zwar noch immer etwas schlapp, scharrte aber schon wieder ungeduldig mit den Hufen über den Boden. „Du musst ihm etwas vorsummen, dann entspannt er sich“, sagte Stephan und schob eine Schubkarre in die Box des Schimmels, um sie auszumisten. „Was soll ich machen?“ fragte Sophie und sah Stephan mit großen Augen an. „Etwas vorsummen. Irgendwas. Er hat keine Lieblings-Musikrichtung“, sagte dieser und grinste. „Garantiert nicht!“ rief Sophie und schüttelte energisch den Kopf. Sie liebte ihr Pferd mehr als alles andere, aber sie würde ihm bestimmt kein Lied singen! Stephan zuckte mit den Schultern. Dann begann er, während er das Stroh auf die Schubkarre lud, eine Melodie zu summen. Sie kam Sophie bekannt vor, aber sie konnte sich nicht an den Titel erinnern. Caroso spitzte die Ohren und nach wenigen Minuten senkte er entspannt den Kopf und schloss die Augen. „Das ist beeindruckend“, flüsterte Sophie und sah ihren Hengst fasziniert an. „Lordinus mag es lieber ein bisschen schneller. *Highway to Hell* hört er am liebsten“, lachte Stephan und schob die Karre an ihnen vorbei Richtung Ausgang. „Hallo?“ rief plötzlich eine Stimme von draußen. Dann hörte Sophie schwere Schritte auf dem Gang. „Hallo, Frau von Ehrenfurth“, sagte Doktor Behrends und reichte ihr die Hand zur Begrüßung. „Wie geht es unserem Patienten denn heute?“ „Viel besser“, antwortete sie und strich ihrem Hengst über den Kopf. „Herr Langbrenner hat ihn heute Morgen schon ein wenig über den Hof geführt.“ „Das ist gut“, sagte der Tierarzt und öffnete seinen Koffer. „Ein bisschen Bewegung löst die Krämpfe und bringt den Kreislauf wieder in Schwung." Sophie war erneut beeindruckt, wie viel Pferdeverstand Stephan an den Tag gelegt und genau richtig gehandelt hatte. Das würde sie ihm natürlich niemals ins Gesicht sagen, sonst würde sein eh schon ausgeprägtes Ego bisher unerreichte Höhen erreichen. „Hallo Herr Doktor", rief er nun vom Ende des Ganges und schob die Schubkarre zurück in Carosos Box. Der Doktor begrüßte ihn mit einem Nicken und fuhr dann fort den Bauch des Hengstes weiter abzuhören. „Der Darm arbeitet wieder", sagte er dann und hing sich das Stethoskop um den Hals. „Bieten Sie ihm die nächsten zwei bis drei Tage etwas Schonkost an, dann ist er rasch wieder vollkommen auf den Beinen." „Ich kümmere mich darum", versicherte Stephan ihm und klopfte dem Schimmel den Hals. „Da bin ich mir sicher. Ich habe schon gehört, dass sie sich heute Morgen hervorragend um ihn gekümmert haben", lobte der Tierarzt. „Das ist doch selbstverständlich", winkte der Pferdepfleger ab. „Außerdem tut die Chefin ja auch alles damit es ihrem Liebling wieder besser geht." „Ist mir nicht entgangen", sagte Doktor Behrends und Sophie spürte die Blicke der Männer auf sich liegen. „Wann kann er wieder geritten werden", fragte sie, um das Thema schnellstmöglich von sich abzulenken. „Geben Sie ihm übers Wochenende Zeit, am Montag können Sie dann ganz langsam wieder starten", meinte der Tierarzt. „Wenn doch noch einmal was sein sollte, einfach melden. Ich bin dann wieder weg." Damit war er auch schon verschwunden. Sophie sammelte die letzten Heuhalme aus dem Schweif ihres Pferdes und griff, nachdem sie ihn wieder in seine Krankenbox geführt hatte, sehr zu Stephans Erstaunen zum Besen und fegte die Stallgasse. „Hast du schon unseren neuen Zuwachs gesehen?" fragte er, nachdem alle Boxen gemistet und die Stallgasse gefegt waren. Sophie schüttelte den Kopf. Für die Zuchtstuten und Fohlen hatte sie sich bisher, wenn sie ehrlich war, kaum interessiert. Ihr Interesse galt in erster Linie den Sportpferden und Zuchthengsten. „Dann komm mal mit", sagte Stephan und ging voran in Richtung Stutenstall. Er führte sie zur Box von Medina und Sophie erinnerte sich an den Abend, als sie Stephan noch sehr spät in genau dieser Box vorgefunden hatte. Inzwischen war ihr ihr Benehmen an diesem Abend fast ein wenig peinlich. „Darf ich vorstellen", sagte Stephan feierlich. „Das ist Daisy." Hinter den Beinen seiner Mutter lugte ein winziges dunkelbraunes Fohlen mit einer gezackten Blesse hervor. Als Stephan mit der Zunge schnalzte kam das kleine Stütchen neugierig an die Tür. „Drei Tage ist sie alt", sagte er und klang dabei beinahe wie ein stolzer Vater. Er strich der Kleinen um die winzigen Nüstern und lächelte dabei selig. Sophie war so fasziniert von diesem Gesichtsausdruck, dass sie gar nicht merkte, wie sie ihn anstarrte und ebenfalls lächelte. Erst, als Stephan sie ansah und „Was ist?", fragte, löste sie sich aus ihrer Erstarrung. „Die Kleine ist echt niedlich", murmelte sie verlegen und kraulte dem Fohlen die

Mähne. „Ich sollte öfter herkommen." „Gute Idee", meinte Stephan und grinste. „Ich miste morgen die hinteren Ställe. Ich kann gerne warten, bis du von der Arbeit kommst, dann kannst du mir helfen." „Vielleicht ein anderes Mal", entgegnete Sophie und rümpfte die Nase, woraufhin Stephan lachte. Die Zeit war wie im Flug vergangen und nach einem Blick auf die Uhr stellte Sophie fest, wie spät es schon war. „Ich werde dann mal die Pferde füttern", sagte Stephan und vergrub die Hände in den Taschen. „Ja … ich …", stammelte Sophie, was für sie vollkommen untypisch war. „Ich gehe dann mal rüber. Wir sehen uns dann morgen." „Ja, wir sehen uns morgen", erwiderte Stephan und ein leichtes Lächeln umspielte seinen Mund. Schlagartig verursachte dieses ein merkwürdiges Gefühl in Sophies Magengegend. Sie machte auf dem Absatz kehrt und ging schnellen Schrittes die Stallgasse hinunter. An der Tür stieß sie mit Tim Wagner, dem Bereiter des Gestütes zusammen. „Was machst *du* denn hier?" fragte er und sah Sophie verwundert an. „Ich … ähm …". Schon wieder fehlten ihr die passenden Worte. „Ich habe mir das neue Fohlen angesehen. Hübsche Stute", sagte sie dann und setzte ihren bekannt seriösen Gesichtsausdruck auf. „Aha", meinte Tim, doch Sophie bemerkte, wie sein Blick zwischen ihr und Stephan hin und her ging. „Na dann", sagte sie und stieß die Tür auf. „Einen schönen Tag noch."

Am Abend lag Sophie noch lange wach. Sie musste sich selbst eingestehen, dass es ein wirklich schöner Tag gewesen war. Stephans Begeisterung war so unglaublich ansteckend, dass sie auch jetzt noch Herzklopfen bekam, wenn sie an das kleine Fohlen dachte. Sie war fasziniert, mit wie viel Stolz der Pferdepfleger sie an seinem Arbeitsplatz herumgeführt hatte. Sowohl die Immobiliengesellschaft als auch das Gestüt lagen in den Händen *ihrer* Familie. Doch niemals hatte sie für diese beiden Unternehmen – davon abgesehen, dass das Gestüt ihr Zuhause war - so viel Leidenschaft aufgebracht, wie sie es heute bei Stephan gesehen hatte. Oder hatte das Herzklopfen vielleicht noch andere Gründe? „So ein Quatsch", murmelte Sophie und drehte sich auf die Seite. Nur, weil man mit jemandem einen schönen und entspannten Tag gehabt hatte, mussten da ja nicht direkt Gefühle im Spiel sein. Stephan war einfach nicht so übel, wie sie gedacht hatte. Das war alles.

Kapitel 13

Als Sophie sich am nächsten Morgen auf den Weg zur Arbeit machte, war Stephan schon dabei, die ersten Stuten und Fohlen auf die Weide neben dem Springplatz zu bringen. Sie winkte ihm aus dem Auto heraus zu und er lächelte und grüßte zurück. Selten hatte sie schon am Morgen so eine gute Laune. Diese sollte jedoch nicht lange anhalten. Da sie heute relativ spät dran war, stand sie mitten im Berufsverkehr. Eine gefühlte Ewigkeit schien es in der Innenstadt weder vor noch zurückzugehen und Sophie drückte genervt ihren Nacken gegen die Kopfstütze. Als sie endlich im Büro ankam, saßen alle anderen schon an ihrer Arbeit. Sie stürmte an ihrer Assistentin im Vorzimmer vorbei die, wie immer, wenn ihre Vorgesetzte den Raum betrat, unwillkürlich den Kopf ein Stück einzog. Sophie hatte gerade ihren Blazer abgelegt und ihren Laptop gestartet, als es leise an der Tür klopfte. „Ja bitte", rief sie und sah auf. Marina Wegener, ihre Assistentin, steckte vorsichtig den Kopf durch den Türspalt. „Herr von Ehrenfurth möchte Sie sprechen", sagte sie leise und traute sich dabei kaum ihre Chefin anzusehen. Diese lehnte sich in ihrem Bürostuhl zurück und seufzte. „Ja, ist gut. Ich mache mich sofort auf den Weg. Vielen Dank, Frau Wegener." Die Assistentin stutzte. Sophie von Ehrenfurth bedankte sich sonst nie bei ihr. Sie musste wirklich einen ausgesprochen guten Tag haben. Der jäh endete, als sie das Büro ihres Vaters betrat.

„Sophie“, brummte er, als sie seine Bürotür öffnete. „Wie nett, dass du uns mit deiner Anwesenheit beglückst.“ „Ich stand im Stau, Papa“, zischte Sophie und spürte, wie ihre Stimmung sich in Richtung des Nullpunktes bewegte. „Dann fährt man eher los, damit man nicht in den Berufsverkehr kommt“, meinte Hans von Ehrenfurth und sah seine Tochter streng an. „Ich brauche die Zahlen für den letzten Monat“, sagte er dann und blätterte scheinbar unbeteiligt in seinem Kalender. „Ich reiche sie dir bis heute Abend ein“, antwortete Sophie, obwohl sie wusste, dass das nicht die richtige Antwort für ihren Vater war. Und mit dieser Vermutung lag sie vollkommen richtig, denn jetzt durchbohrte er sie mit einem Blick aus seinen stechend blauen Augen. „Du hast sie noch nicht fertig?“ fragte er mit hochgezogenen Augenbrauen. „Nein, ich … bin noch nicht dazu gekommen“, erwiderte Sophie und merkte wie ihr, wie so oft, wenn sie mit ihrem Vater sprach, unbehaglich wurde. „Hättest du dir gestern nicht außerplanmäßig und so kurz nach deinem Urlaub einfach einen Tag frei genommen, dann hättest du die Zeit dafür gefunden“, meinte er jetzt und drehte bedächtig den Kugelschreiber zwischen seinen Fingern. „Caroso war krank“, erklärte Sophie. „Wozu bezahlen wir so viel Personal auf dem Gestüt?“ fragte Hans von Ehrenfurth und sein prüfender Blick schien unfassbar schwer auf ihr zu liegen. „Es ist *mein* Pferd, Papa“, erwiderte sie und versuchte ihre aufkommende Wut in Schach zu halten. „Und das hier wird irgendwann *deine* Firma sein, Sophie!" polterte ihr Vater jetzt los. „Ich verstehe, dass die Trennung von Daniel schwer für dich war. Aber ich erbitte mir Disziplin. Von dir genauso wie von jedem anderen in diesem Unternehmen. Haben wir uns verstanden?" Sophie nickte und heftete ihren Blick auf den Boden. Warum fühlte sie sich verdammt nochmal jedes Mal wie ein kleines Mädchen, wenn ihr Vater mit ihr sprach? „Ich will die Zahlen heute Nachmittag auf dem Tisch haben", sagte er jetzt und lehnte sich in seinen breiten Lederstuhl zurück. „Das wäre dann alles."

Sophie war sich sicher, mindestens zehn Zentimeter geschrumpft zu sein, als sie das Büro verließ. „Ich möchte für den Rest des Tages nicht mehr gestört werden", sagte sie im Vorbeigehen zu ihrer Assistentin und knallte die Tür hinter sich zu. Dann setzte sie sich an ihren Schreibtisch und machte sich an die Berechnungen für die Monatszahlen. Doch so sehr sie es auch wollte, mit ihrer Konzentration war es nicht allzu weit her. Denn immer wieder blitzten vor ihrem inneren Auge zwei strahlende, blaugraue Augen auf.

Der Arbeitstag hatte Sophie ungewohnt viel Energie gekostet und sie war froh, als sie am späten Nachmittag endlich ihren Laptop herunterfahren konnte. Schnell heftete sie die Unterlagen, die sie für ihren Vater ausgearbeitet hatte, zusammen und legte sie ihrer Assistentin auf den Tisch. „Bringen Sie das bitte noch zu meinem Vater, Frau Wegener", sagte sie und sah die dunkelhaarige Frau an. „Und dann können Sie auch Feierabend machen.“ „Wirklich?“ fragte diese verdutzt und warf einen Blick auf die Uhr. Normalerweise verließ sie das Büro erst in den Abendstunden. „Ja, wir sind fertig für heute. Alles weitere machen wir am Montag“, antwortete Sophie und sah aus dem Fenster. Es war Mitte Mai und die Sonne schien vom wolkenlosen Himmel. Sie selbst wollte einfach nur noch nach Hause zu ihrem geliebten Pferd und … sie wollte einfach nach Hause. Warum sollte ihre Assistentin dann noch hierbleiben? „Dankeschön“, stammelte diese jetzt. „Ich wünsche Ihnen ein schönes Wochenende.“ „Ihnen auch“, murmelte Sophie gedankenverloren und machte sich auf den Weg zum Fahrstuhl.

Kapitel 14

So früh hatte Sophie an einem Freitag noch nie Feierabend gemacht. Wenn ihr Vater das herausfand, und er würde es herausfinden, würde er garantiert noch heute Abend bei ihr auf der Matte stehen und es würde ein riesiges Donnerwetter über sie hereinbrechen. Aber das war ihr jetzt gerade herzlich egal. Schon während der Fahrt öffnete sie ihre festgezurrten Haare und da sie bei dem schönen Wetter sofort das Fenster aufgemacht hatte, flogen ihr ihre blonden Haare wild um den Kopf.

Zuhause angekommen war sie in Windeseile umgezogen und machte sich auf den Weg zu ihrem Pferd. „Hallo, mein Hübscher“, sagte sie, als der Schimmel zur Begrüßung leise wieherte. „Ich darf dir leider noch keinen Apfel mitbringen. Du musst erst wieder vollkommen gesund sein.“ Caroso schnaubte und gab ihr mit dem Kopf einen Schubs, sodass seine Besitzerin ein paar Schritte zurücktaumelte. Er fühlte sich offenbar fit genug für einen Leckerbissen. Sophie lachte und gab ihrem Hengst einen Klaps auf die Schulter. „Ich bin gleich wieder bei dir“, raunte sie und schloss die Boxentür. Auf der Stallgasse kam ihr Marco Torrini entgegen. „Hallo Marco“, sagte sie. „Hatten Sie am Sonntag einen schönen freien Tag?“ Marco wurde ganz nervös und wusste gar nicht wohin mit seinen Händen. „Frau von Ehrenfurth … ich … meine Tochter hatte doch

Geburtstag. Und ich dachte … jetzt wo Stephan noch hier ist …". „Ist doch vollkommen in Ordnung, Marco. Ich wollte doch nur wissen, ob Sie einen schönen Tag hatten", sagte Sophie. „Ja", sagte der Pfleger nun und strahlte. „Es war sehr schön." Sophie nickte. „Ich wollte gerade Caroso ein wenig führen", sagte Marco schnell. „Danke, ich mache das gleich schon selbst", erwiderte Sophie und sah den erstaunt dreinblickenden Pferdepfleger an. „*Sie?*" stieß dieser hervor und starrte sie mit großen Augen an. „Ja", bestätigte Sophie. „Ich glaube, ich sollte mich mal etwas mehr selbst um ihn kümmern. Sie haben ja genug Arbeit mit den Sportpferden, jetzt wo die Turniersaison bald wieder losgeht." „Frau von Ehrenfurth … ich … denken Sie, ich schaffe die Arbeit nicht mehr? Sie wollen mir doch nicht kündigen?" Sein Gesicht nahm leicht panische Züge an. „Beruhigen Sie sich, Marco. Keiner will Sie kündigen. Wir sind sehr zufrieden mit Ihrer Arbeit. Ich denke nur, Ihnen wurde mit der Zeit zu viel aufgehalst und ein bisschen Entlastung würde Ihnen guttun." Marco, der fast einen ganzen Kopf kleiner war als Sophie, sah sie mit einem leicht misstrauischen Blick an. „Es ist schon sehr viel zu tun", gab er dann zu und vergrub die Hände in den Taschen. „Sehen Sie, und wir wollen doch noch einige Jahre etwas von Ihnen haben. Und Sie haben Recht. Jetzt, wo Herr Langbrenner da ist, kann die Arbeit etwas besser aufgeteilt werden." Der Pferdepfleger nickte beinahe unmerklich. „Aber wenn sie mich brauchen, bin ich jederzeit da", versicherte er ihr schnell. Bevor sie antworten konnte hallte eine tiefe Männerstimme den Gang herunter. „Macht die Chefin dich schon wieder zur Schnecke, Marco?" Hektisch fuchtelte dieser mit den Händen und sah Sophie aus großen Augen an. „Nein, nein, Frau von Ehrenfurth, das habe ich niemals behauptet!" „Du bist keine große Hilfe", sagte diese zu Stephan, der sich jetzt lachend neben Marco stellte. Der Duft seines Aftershaves wehte zu ihr herüber und Sophie bekam unwillkürlich eine Gänsehaut am ganzen Körper. „Ich gehe dann mal wieder an die Arbeit", sagte Marco schnell und war im nächsten Moment schon verschwunden. „Warum werden alle so panisch, wenn ich nett zu ihnen bin? Erst meine Assistentin, jetzt Marco …", murmelte Sophie und sah Stephan fragend an. Dieser zuckte mit den Schultern und grinste sie frech an. „Ich kenne dich ja jetzt noch nicht so lange. Aber ich denke, dass ist ein Ruf, den du dir über Jahre in liebevoller Kleinarbeit aufgebaut hast. Wenn du nett bist, ist das irgendwie verdächtig." „Ich *bin* nett!" empörte sie sich und funkelte ihn an. „Du kannst nett sein, ja", erwiderte er, „aber oft siehst du ziemlich furchteinflößend aus." Sophie schluckte. Wirkte sie tatsächlich so auf andere Menschen? Natürlich wollte sie ernst genommen werden. Und sie wollte auch nicht zwangsläufig mit jedem Freundschaft schließen. Aber furchteinflößend? Das war schon eine ziemlich harte Einschätzung. „Das kriegen wir schon noch hin", meinte Stephan jetzt und bevor Sophie auch nur in irgendeiner Art reagieren konnte, hatte er den Arm um ihre Schultern gelegt.

Sophie stockte der Atem und in ihrem Magen begann es wie wild zu flattern. Auch Stephan wich plötzlich zurück und starrte sie erschrocken an. „Entschuldige“, murmelte er. „Das war unpassend.“ Sophie lächelte angespannt. „Alles in Ordnung. Ist ja nichts passiert“, flüsterte sie und versuchte zu ignorieren, dass ihr Körper bebte. „Was machen wir jetzt?“ Stephan schien dankbar zu sein, dass sie das Thema schnell wechselte. „Ich dachte, wir bringen Daisy heute zum ersten Mal auf die Weide.“ „Gute Idee“, meinte Sophie und folgte Stephan zum Stutenstall.

Während sie die Stallgasse hinuntergingen, gab sich Sophie größte Mühe einen gebührenden Abstand zwischen sich und Stephan zu bringen. Trotzdem merkte sie, dass er sie immer wieder von der Seite ansah. „Deine Haare sind anders. Sieht hübsch aus“, bemerkte er kurz bevor sie bei Medinas Box angekommen waren. Erst jetzt fiel auch Sophie auf, dass sie vergessen hatte, ihre Haare zu einem Zopf zu binden, bevor sie in den Stall gekommen war. „Danke“, murmelte sie und versuchte gegen die aufsteigende Hitze in ihrem Gesicht anzukämpfen. Stephan legte der Stute das Halfter an und führte sie aus ihrer Box. Ihr Fohlen folgte ihr mit seinen langen Beinen auf dem Fuße. „Wir bringen sie zu der Weide hinten am Wald, da ist es ruhiger“, sagte Stephan und ging voran. Sophie folgte ihm wortlos. An der Weide angekommen senkte Medina sofort den Kopf und machte sich über das saftige Grün her. Die kleine Daisy hingegen sah sich fasziniert um und schnaubte empört, als sich ein Schmetterling auf ihre winzige Nase setzte. Sophie musste lachen, weil die Kleine einfach zu niedlich war. Stephan ließ sich im Gras nieder und Sophie setzte sich neben ihn. „Wie war die Arbeit heute?" erkundigte er sich. Sophie starrte ihn verblüfft an. Das hatte sie noch nie jemand gefragt. Sie seufzte und stützte sich mit den Händen hinter dem Rücken ab. „Anstrengend. Und nervtötend. Mein Vater hat mir eine ziemlich heftige Ansage gemacht, direkt nachdem ich angekommen bin." Stephan nickte. „Ich beneide dich wirklich", sagte Sophie. „*Du* beneidest *mich*?" fragte er und lachte sein heiseres Lachen. „Ja", bestätigte Sophie. „Du kannst bei der Arbeit den ganzen Tag draußen sein, bei den Pferden. Nicht in einem stickigen Büro. Und du liebst deine Arbeit." „Liebst du deine Arbeit etwa nicht?", fragte Stephan und sah sie von der Seite an. Sophie zuckte mit den Schultern. „Habe ich vielleicht eine Wahl?" „Man hat immer eine Wahl", meinte Stephan und zupfte gedankenverloren einige Grashalme. „Nicht in meiner Familie", erwiderte Sophie und seufzte. „Du bist eine erwachsene Frau, Sophie. Was soll schon passieren, wenn du nicht machst, was deine Eltern von dir verlangen?" „Ich könnte zum Beispiel ohne Job dastehen. Und ohne Wohnung", antwortete sie. „Denkst du wirklich, dass sie das machen würden?" Wieder zuckte Sophie mit den Schultern. „Niemand sollte unglücklich sein mit dem, was er tut", meinte Stephan und blickte lächelnd zu dem Fohlen, das jetzt ausgelassen über die Weide galoppierte und sich immer mutiger von seiner

Mutter entfernte. „Du hast leicht reden“, erwiderte Sophie. „Du musst ja auch nicht die Verantwortung tragen, die man nun einmal mit einem berühmten Namen hat.“ „Dafür muss ich Verantwortung für andere Dinge übernehmen“, murmelte Stephan und das Lächeln auf seinem Gesicht verschwand. „Oh“, raunte Sophie. „Taktlos.“ Sie hatte sich tatsächlich noch nie darüber Gedanken gemacht, dass auch andere Leute ihr Päckchen im Leben zu tragen hatten. Stephan lächelte, doch es wirkte gequält. Sophie wollte gerade fragen, welche Verantwortung er meinte, da vibrierte das Handy in ihrer Tasche. Sie blickte auf das Display und seufzte. Daniel. Sofort drückte sie den Anruf weg. „Willst du nicht drangehen?“ fragte Stephan und sah sie an. „Nicht so wichtig“, murmelte Sophie und steckte das Telefon wieder weg. Mit ihrem Ex zu sprechen fehlte ihr heute noch. „Warum kann dieser Moment nicht ewig anhalten“, dachte sie und lehnte sich zurück. Und als sie jetzt zu Stephan herübersah und ihre Blicke sich trafen spürte sie das Kribbeln in ihrer Magengegend ganz deutlich.

Kapitel 15

„Das funktioniert doch nicht, Sophie. Reiß dich mal zusammen.“ Schon seit einer halben Stunde tigerte Sophie in ihrer Küche auf und ab. In ihrem Kopf herrschte ein heilloses Durcheinander. Sie konnte sich doch nicht ernsthaft in Stephan verliebt haben. Schließlich war er … nur ein Pferdepfleger. Und humorvoll, charmant, selbstbewusst. Er interessierte sich dafür, wie es ihr ging. Und er liebte Pferde genauso wie sie selbst. Sophie raufte sich die Haare. Ok, das war vielleicht nur eine Phase. Die Trennung von Daniel war ja erst wenige Wochen her und sie war zum ersten Mal seit 12 Jahren Single. Natürlich interessierte sie sich erst einmal für alle Männer, die ihr über den Weg liefen, nachdem sie so lange mit einem einzigen zusammen gewesen war. Aber Stephan war nicht wie alle anderen, die ihr über den Weg liefen. Er war anders. Unangepasst. Ihm war es völlig egal, welchen Namen sie trug. Das hatte sie anfangs gestört. Aber wenn sie jetzt darüber nachdachte war es ganz schön jemandem auf Augenhöhe zu begegnen. „Das ist doch verrückt“, murmelte sie und lehnte sich an die Arbeitsplatte. Dann schüttelte sie den Kopf. Vielleicht sollte sie erst einmal schlafen gehen. Morgen sah die ganze Sache bestimmt schon wieder ganz anders aus. Ja, so würde es sein.

Die Sonne stand schon hoch am Himmel als Sophie am nächsten Morgen wach wurde. Sie streckte sich ausgiebig und schwang dann die Beine aus dem Bett, um sich auf den Weg zur Kaffeemaschine zu machen. Vielleicht sollte sie Stephan auch einen kochen? Wahrscheinlich war er schon wieder seit Stunden im Stall unterwegs und es war eh längst Zeit für eine kleine Pause. Stephan. Verdammt, es hatte sich doch nichts geändert. Sophie legte den Kopf in den Nacken und schloss seufzend die Augen. Sie musste das im Griff behalten. Wenn sie ehrlich war wusste sie doch eigentlich gar nichts über Stephan. Vielleicht kam er nach der Arbeit nach Hause und dort wartete eine Frau auf ihn. Oder sogar Kinder. Sophie schluckte. Oder er war ein notorischer Aufreißer, der mit seiner charmanten Pferdeflüsterer-Masche die Frauen nur rumkriegen wollte. Jemand mit ihrem Namen wäre doch eine echte Trophäe für so einen Mann. Sie schüttelte den Kopf. Jemand, der so liebevoll mit Tieren umging, konnte kein schlechter Mensch sein. Das konnte und wollte Sophie einfach nicht glauben. Trotzdem verwarf sie die Idee mit dem Kaffee schleunigst wieder.

Mit einem leichten Kribbeln im Bauch schob Sophie wenig später die Stalltür auf. Der vertraute Geruch nach Pferden und Heu schlug ihr entgegen und sie hörte, wie die Tiere ihre morgendliche Ration Heu kauten. Abgesehen von vereinzeltem Schnauben war ansonsten nichts zu hören. Sophie begrüßte ihr Pferd und ging dann die Gänge ab, auf der Suche nach Stephan. Doch außer ihr war niemand im Stall. „Guten Morgen, Frau von Ehrenfurth“, hörte sie plötzlich eine Stimme hinter sich und fuhr erschrocken herum. „Guten Morgen, Marco“, keuchte sie und griff sich mit der Hand an die Brust. Ihr Herz schlug vor Schreck wie verrückt. „Entschuldigung, ich scheine Sie erschreckt zu haben“, murmelte er. Sophie lächelte. „Ich war in Gedanken. Können Sie mir sagen, wo Herr Langbrenner ist?“ „Herr Langbrenner?“ fragte Marco und sah sie mit hochgezogenen Augenbrauen an. „Ja, ich wollte ihn etwas fragen. Er hat doch mit Doktor Behrends nochmal über die Fütterung von Caroso gesprochen“, sagte Sophie und hatte Mühe, sich nichts anmerken zu lassen. „Ich habe ihn heute noch nicht gesehen“, meinte Marco Torrini und zuckte mit den Schultern. „Vielleicht ist er bei den Stuten.“ „Ja, vielleicht“, sagte Sophie. „Ich sehe mal nach.“ „Soll ich ihn suchen gehen?“ bot der Pferdepfleger ihr an. „Danke Marco, das ist nicht nötig. Ich suche schon selbst nach ihm. Machen Sie doch erstmal Pause, Sie sind doch wahrscheinlich schon wieder seit Stunden auf den Beinen.“ Misstrauisch beäugte Marco sie, doch sie machte schon kehrt und ging hinüber zu den Zuchtstuten. „Stephan?“ rief sie, als sie den Stall betrat. Keine Antwort. Sie ging eine Stallgasse weiter. Doch auch da war Stephan nicht zu sehen. „Vielleicht ist er ja wieder mit Medina und Daisy auf der Wiese am Wald“, dachte sie. Doch als sie um die Ecke schaute bemerkte sie, dass die braune Stute und ihr Fohlen in der Box standen. Sophie ging bis zum Ende des Stutenstalles und verließ ihn dann durch die Hintertür. Hier befand sich ein riesiger Auslauf, auf dem sich Tag und Nacht die Jungpferde vom letzten Jahr befanden. Zwischen all den halbwüchsigen Pferden stand ein Mann. Doch es war nicht Stephan, sondern Tim. „Sophie?“ fragte er und sah sie erstaunt an. „Hast du dich verlaufen?“ Sophie verdrehte die Augen. War es wirklich so abwegig, dass sie sich auf ihrem eigenen Anwesen frei bewegte? „Ich suche Stephan. Also, Herrn Langbrenner …“ murmelte sie und ärgerte sich über ihre eigene Unachtsamkeit. Dem Bereiter war ihre Wortwahl natürlich trotzdem nicht entgangen und er kannte Sophie gut genug, um zu wissen, dass da etwas im Busch war. „Ihr scheint euch ja gut zu verstehen“, meinte er jetzt und sah sie durchdringend an. Sophie versuchte einigermaßen die Nerven zu behalten. „Er ist sehr … direkt“, sagte sie deswegen. „Das hat mir einiges klar gemacht. Über mein Verhalten.“ Tim nickte und Sophie wurde das ungute Gefühl nicht los, dass er sie durchschaut hatte. Doch wenn es wirklich so war, dann ließ er es sich nicht anmerken. „Er ist heute nicht da“, sagte er stattdessen und schob den Kopf eines hübschen Fuchses, der gerade seine Weste anfraß, energisch beiseite. „Keine Ahnung, was los ist.“ Sophie biss sich auf die Lippe. Wenn sie doch nur Stephans Handynummer hätte … „Danke“, sagte sie zu dem Bereiter und ging zurück durch den Stutenstall zur Box ihres Pferdes, um den Hengst zu putzen und ihm ein wenig Bewegung zu verschaffen.

Stephan tauchte auch am nächsten und an jedem weiteren Tag der nächsten Woche nicht auf.

Sophie hätte zu gerne gefragt, ob jemand etwas wusste. Doch sie wollte nicht riskieren, dass irgendjemand Verdacht schöpfte und so blieb ihr nichts anderes übrig als abzuwarten. Die Arbeit im Büro fiel ihr zunehmend schwerer und immer wieder erwischte sie sich dabei, wie sie über längere Zeit hinweg einfach aus dem Fenster starrte und ihren Gedanken nachhing. Mit jedem Tag kam ihr die Aussicht auf die Hochhaus-Berge, die sie von ihrem Büro aus hatte, erdrückender vor. Die Hitze, die sich bei den immer weiter steigenden Temperaturen in den Straßen bildete, war beinahe unerträglich. Auch die Tatsache, dass kein einziger Tag verging, ohne den sie sich eine Standpauke von ihrem Vater abholen durfte, machte es nicht unbedingt besser. Jeden Tag war Sophie unendlich froh, wenn sie endlich das Büro verlassen und nach Hause fahren konnte. Dort angekommen machte sie sich schnellstmöglich auf den Weg zu den Ställen. Immerhin durfte sie Anfang der Woche wieder mit dem Training beginnen und die Zeit bis zum Sommerball-Turnier rann ihr nur so durch die Finger. Nachdem sie ihren Schimmel begrüßt hatte, machte sie ihre inzwischen obligatorische Runde durch den Zuchtstutenstall und sah nach Medina und ihrem kleinen Stutfohlen. Natürlich wollte sie auch nachsehen, ob Stephan da war. Doch das Ergebnis war jeden Tag dasselbe und irgendwann dachte Sophie sich, dass es wohl besser so wäre. Vielleicht würde sich ihre Gefühlslage wieder etwas beruhigen, wenn sie Stephan einfach eine Weile nicht zu Gesicht bekam. So hatte sie wenigstens den Kopf frei, um sich um die Organisation des Sommerballs und ihr Training zu kümmern. Wie auch in den vergangenen 20 Jahren, in denen der Ball schon stattgefunden hatte, hatte beinahe die gesamte Frankfurter High Society ihr Kommen zugesagt, und alle hatten die gewohnt hohen Erwartungen an die Location und die Speisenauswahl. Nebenbei verbrachte Sophie Stunden damit E-Mails von Sponsoren für das Turnier zu beantworten oder Hotelzimmer für die ausländischen Gäste zu reservieren. Glücklicherweise übernahm Mara von Ehrenfurth den Part, den Angestellten des Gestüts Aufgaben zu übertraben, damit das Anwesen sich an dem großen Tag von seiner besten Seite präsentierte. Die Ställe wurden ebenso gestrichen wie die Hindernisse und die Gärtner waren mehrere Tage damit beschäftigt die Grünflächen zu bearbeiten. Als endlich Freitagabend war ließ sich Sophie vollkommen erledigt auf ihr großes Sofa fallen. Auch wenn sie sich unglaublich darauf freute, war sie froh, wenn sie den Ball hinter sich gebracht hatte. Was nicht zuletzt damit zu tun hatte, dass sie absolut nicht scharf darauf war, Daniel dort zu treffen. Wenigstens hatte er es inzwischen aufgegeben sie tagtäglich mit seinen Anrufen zu belästigen.

Sophie war so müde gewesen, dass sie einfach auf dem Sofa eingeschlafen war. Als es plötzlich an der Tür klingelte wurde sie jäh aus dem Tiefschlaf gerissen. „Was ist denn jetzt schon wieder“, brummte sie und schob sich schlaftrunken zur Tür. Ihr Zustand änderte sich jedoch schlagartig, als sie diese öffnete. Stephan! „Guten Morgen“, sagte er und lächelte zaghaft, während er ihr eine Tasse dampfenden Kaffee unter die Nase hielt. „Ich glaube, ich kann hellsehen. So wie du aussiehst, kannst du den hier dringend gebrauchen.“ „Wo bist du gewesen?“ fauchte Sophie und sah Stephan wütend an. „Oh Mann, bist du morgens immer so schlecht gelaunt?“, fragte dieser und nippte an seinem Kaffee. Sophie verschränkte die Arme und sah ihn wütend an. „Weißt du was?“, meinte Stephan. „Ich gehe wieder an die Arbeit. Wenn du deine Laune einigermaßen sortiert hast weißt du ja, wo du mich findest.“ Noch bevor Sophie etwas antworten konnte hatte er sich umgedreht und ging mit großen Schritten zu den Stallungen. Mit offenem Mund blieb Sophie in der Tür stehen. Hatte er sie jetzt tatsächlich einfach stehen gelassen? Erst verschwand er tagelang und dann sowas? Sophie spürte die Wut in sich aufsteigen und mit einer gewissen Erleichterung stellte sie fest, dass das Kribbeln anscheinend wirklich verschwunden war. Gut so. Trotzdem zog sie sich in Windeseile an und trug wenigstens das Nötigste an Make-up auf, bevor sie zu den Ställen ging. Der Kerl konnte was erleben! Als sie den Stall der Sportpferde betrat war Stephan gerade dabei Carosos Box auszumisten. Sophie baute sich in der Boxentür auf und starrte ihn wütend an. „Also, wo bist du gewesen?“, brauste sie auf. Ohne sie weiter zu beachten belud der Pferdepfleger die Schubkarre mit Stroh. Erst jetzt fiel Sophie auf, dass er müde wirkte und tiefe Schatten unter seinen sonst so strahlenden Augen lagen. „Selbst schuld“, dachte sie grimmig bei sich. „Wer weiß, in wie vielen Betten er die ganzen Nächte herumgesprungen ist, wenn er es nicht einmal bis zur Arbeit geschafft hat.“ Geschockt musste Sophie feststellen, dass das Kribbeln einem ganz anderen, viel schlimmeren Gefühl gewichen war: nagender Eifersucht. Und die übernahm vollkommen die Kontrolle als Stephan sie jetzt einfach nur schweigend ansah. „Verdammt nochmal“, fauchte sie und stampfte zornig mit einem Fuß auf. Im nächsten Moment hätte sie sich für diese kindische Geste selbst in den Hintern treten können. Wütend machte sie auf dem Absatz kehrt und stapfte die Stallgasse hinunter. „Sophie!“ rief Stephan ihr nach. Doch sie wollte einfach nur ihre Ruhe haben.

Kapitel 16

Den restlichen Vormittag verbrachte Sophie auf ihrem Sofa. Gedankenverloren sah sie zum Fenster hinaus. Was war denn bloß los mit ihr? Warum hatte sie heute Morgen so überreagiert? Natürlich, sie konnte nicht abstreiten, dass sie sich irgendwie zu Stephan hingezogen fühlte. Rein körperlich. Aber sich deswegen aufzuführen wie eine wildgewordene Furie war wirklich übertrieben gewesen. Allerdings war es für sie definitiv keine Option sich bei Stephan zu entschuldigen. Er hätte ja auch mit der Sprache herausrücken können, wo er so lange gewesen war. Oder noch besser: gar nicht erst so lange wegbleiben sollen oder wenigstens Bescheid sagen können. Dann wäre die ganze Situation gar nicht so eskaliert. *Sie* würde garantiert nicht den ersten Schritt machen, um die Wogen wieder zu glätten.

Am frühen Nachmittag schlüpfte sie in ihre Reitsachen und ging zum Stall, um Caroso zum Training fertigzumachen. Schon als sie in Richtung des Springplatzes ritt sah sie von Weitem, dass Stephan gerade den Weg an den Weiden entlang herunterkam. Anscheinend hatte er Medina und Daisy wieder zum Wald gebracht. Sie überlegte einen Moment, ob sie das Springtraining heute ausfallen und dafür einfach in den Wald reiten sollte. Sie hätte die Anlage schon verlassen, bevor Stephan überhaupt am Reitplatz angekommen wäre. Dann entschied sie sich jedoch dagegen. Nur, weil Stephan so merkwürdig war, würde sie sich garantiert nicht von ihren Plänen abbringen lassen! Wie immer wärmte sie ihren Hengst gründlich auf, bevor sie die ersten Sprünge machte. Caroso hatte sich inzwischen gut erholt und war so fit wie eh und je. Sophie trainierte extra etwas höhere Sprünge, als sie beim Sommerball-Turnier zu erwarten hatte. Sie wollte wirklich gut vorbereitet und sicher sein, dass sie und ihr Pferd in Top-Form waren. Während des gesamten Trainings lehnte Stephan am Zaun und ließ sie keinen Moment aus den Augen. Immer, wenn sie an ihm vorbeiritt, presste Sophie die Lippen aufeinander und sah demonstrativ in eine andere Richtung. Im Augenwinkel sah sie, dass er daraufhin mit dem Kopf schüttelte. Erleichtert beobachtete Sophie, wie er irgendwann auf den Hof marschierte und wenig später mit dem Auto wegfuhr. So konnte sie wenigstens in Ruhe den Springplatz verlassen und ihr Pferd versorgen, ohne dass sie ihm erneut über den Weg laufen musste.

Der Wetterbericht sagte voraus, dass die Temperatur am nächsten Tag weiter steigen sollte und so beschloss Sophie, das Training in die frühen Morgenstunden zu verlegen. So konnte sie zwei Fliegen mit einer Klappe schlagen. Einerseits mussten sie und Caroso sich nicht in der glühenden Hitze verausgaben. Andererseits hoffte sie darauf, dass Stephan so früh noch nicht da sein würde. Oder er war um diese Zeit ausreichend beschäftigt damit, die anderen Pferde zu versorgen, sodass er ihr nicht wieder beim Training auflauern konnte.

Die Sonne stand noch sehr tief am Himmel, als Sophie am Sonntagmorgen über den Hof zu ihrem Pferd ging. Sie wollte gerade die Stalltür öffnen, als auch Stephan auf den Hof gefahren kam. Sophie seufzte und verschwand schnell auf der Stallgasse. Ihr Hengst hatte sie schon gehört und scharrte unruhig mit den Hufen. Sie hatte ihn gerade zum Putzen vor der Box angebunden, als die Stalltür erneut geöffnet wurde und Stephan die Stallgasse hinunterkam. „Guten Morgen“, brummte er und sah Sophie an. Sie drehte ihm demonstrativ den Rücken zu und tat so, als wäre sie sehr beschäftigt damit, ihrem Pferd die Hufe zu säubern. Stephan schnaubte und murmelte etwas Unverständliches, ging dann jedoch weiter. Sophie atmete tief durch. Sie wünschte sich, dass Stephans Anwesenheit sie einfach kalt lassen würde. Doch wenn sie ehrlich war, war das ganz und gar nicht der Fall. Das Herzklopfen war noch immer da. „Eine Phase, es ist nur eine Phase“, flüsterte sie sich mantraartig selbst zu und nach einer Weile glaubte sie sich beinahe selbst. Der junge Mann hatte inzwischen schon einige der Stuten mit ihren Fohlen auf die Weide neben dem Springplatz gebracht und begann damit die Ställe auszumisten, als Sophie mit ihrem Hengst in Richtung des Reitplatzes ritt. Caroso war etwas übermütig heute und so brauchte Sophie ein wenig länger als sonst, um ihn ausreichend für das Springen zu lockern. Der Hengst wehrte sich teils heftig gegen die Kommandos seiner Besitzerin und sie hatte alle Hände voll zu tun, ihn zur Räson zu bringen.

Irgendwann schaffte sie es doch, ihn zu ein paar Sprüngen zu bewegen. Doch das Training war alles andere als entspannt. Der Schimmel forderte Sophie heute ganz gehörig und so bemerkte sie erst zu spät, dass Stephan am Eingang des Springplatzes stand, den Kopf an einen hohen Zaunpfahl gelehnt und die Arme vor der Brust verschränkt. „Er merkt, dass du gereizt bist“, rief er ihr jetzt zu.
„Verdammt, was willst du hier, Stephan?“ brüllte Sophie vom anderen Ende des Reitplatzes, woraufhin Caroso einen Satz zur Seite machte, der sie beinahe aus dem Sattel katapultiert hätte. Obwohl sie den dringenden Wunsch danach verspürte, kam es Sophie doch zu kindisch vor, sich jetzt nur noch im hinteren Teil des Springplatzes aufzuhalten, nur um nicht an Stephan vorbeizukommen. Also lenkte sie ihr Pferd außen um die Bahn herum und nahm sich fest vor, Stephan einfach links liegen zu lassen. Der Plan funktionierte – bis sie nur noch wenige Meter von ihm entfernt war und sich ihre Blicke trafen. Er sah sie so durchdringend mit seinen blaugrauen Augen an, dass sie ihn einfach nicht ignorieren konnte. Seufzend gab Sophie ihrem Schimmel das Kommando stehenzubleiben. Sekunden vergingen, in denen zwischen beiden betretenes Schweigen herrschte. „Was ist eigentlich los, Sophie?“ fragte Stephan irgendwann und kraulte dabei dem Hengst die Mähne. Dieser schnaubte zufrieden und wirkte deutlich entspannter als noch vor ein paar Minuten. „Sag du es mir“, murmelte Sophie und bemühte sich, ihn nicht anzusehen. „Warum verschwindest

du einfach so? Eine ganze Woche lang!" „Fünf Tage", korrigierte Stephan sie und kassierte dafür ein genervtes Augenrollen. „Familiäre Probleme", entgegnete er nun knapp und heftete seinen Blick auf die Nüstern von Sophies Pferd. „Aha", gab sie nur knapp zurück. Familiäre Probleme. Also doch eine Frau Zuhause. Wahrscheinlich hatte sie ihm die Hölle heiß gemacht, weil er in letzter Zeit beinahe Tag und Nacht auf dem Gestüt verbracht hatte. Einmal war es ja tatsächlich die ganze Nacht gewesen. Natürlich musste er das wiedergutmachen und einige Tage Schadensbegrenzung betreiben. Aber das sollte sie nicht interessieren. Eigentlich war ja auch gar nichts zwischen ihnen passiert. Sie hatten sich nur ein wenig unterhalten und zusammengesessen. Stephan hatte dafür gesorgt, dass sie die Nacht im Stall einigermaßen bequem hinter sich bringen konnte. Er hatte gesagt, dass sie mit offenen Haaren hübsch aussah. Und sie hatten diese Blicke ausgetauscht … Sophie schüttelte den Kopf. „Na dann", meinte sie jetzt und gab ihrem Pferd das Kommando, weiterzugehen. „Du hältst ihn immer noch viel zu fest vor dem Sprung", sagte Stephan hinter ihr. Sophie wendete ihren Schimmel und hielt direkt vor dem Pferdepfleger an. „Weißt du, Stephan", meinte sie und sah ihn an, „ich will nicht abstreiten, dass du wirklich eine Menge Ahnung von Pferden hast, aber in der Theorie ist alles einfach. Wer noch nie auf einem Pferd gesessen hat ist nicht unbedingt in der Position, anderen zu sagen, wie sie reiten sollen." Stephan lachte laut auf und sah Sophie an. „Wer hat denn behauptet, dass ich noch nie auf einem Pferd gesessen habe?" Überrascht hob sie die Augenbrauen. Ehrlich gesagt war sie einfach davon ausgegangen, dass er sich nur für die Pflege und nicht für das Reiten der Tiere interessierte. Ihn danach gefragt hatte sie allerdings tatsächlich nicht. „Beweise?" fragte sie provozierend. „Wie wäre es mit einem Rennen?" meinte er schulterzuckend. „Heute Nachmittag. Am Feld hinter dem Wald. Was sagst du?" Sophie überlegte einen Moment und nickte schließlich. „Du nimmst Askari", bestimmte sie und grinste. Der Wallach war eines der Sportpferde der von Ehrenfurths. Er hatte sogar schon internationale Siege mit nach Hause gebracht. Leider schwebte Askari aber auch immer ein wenig zwischen Genie und Wahnsinn und wenn er einen schlechten Tag hatte, war es praktisch unmöglich, auf ihn hinaufzukommen. Geschweige denn auch nur einen Meter weit mit ihm zu reiten. „Einverstanden. 17 Uhr, fertig gesattelt am Springplatz", erwiderte Stephan selbstbewusst und hielt Sophie die Hand hin, um den Deal zu besiegeln. Sie schlug ein und als sie ihn berührte setzte schlagartig das wilde Herzklopfen wieder ein.

Nach dem Training versorgte Sophie ihren Hengst und brachte ihn zurück in seine Box. Als sie gerade den Sattel in der Sattelkammer verstauen wollte stand auf einmal Stephan hinter ihr. Und zwar so nah, dass ihr unverzüglich sein markanter Duft in die Nase stieg. Sophies Herz setzte einen Moment lang aus. „Du kannst dich schon mal warm anziehen", flüsterte Stephan ihr von hinten ins Ohr und sein Atem kitzelte dabei über ihre Haut. Sophies ganzer Körper wurde von einer wohligen Gänsehaut überzogen und ihr Herz schien aus ihrer Brust springen zu wollen. Doch nach einer Sekunde hatte sie sich gefangen und drehte sich langsam zu ihm um. Sein Gesicht war nur wenige Zentimeter von ihrem entfernt. Er war so nah, dass Sophie sogar jeden einzelnen der kleinen blauen Sprenkel in seinen Augen erkennen konnte. „Ich hoffe du weinst nicht, wenn du verlierst", konterte sie leise und lächelte süßlich. „Wir werden sehen", raunte er und grinste. Elegant tauchte Sophie unter seinem Arm durch und machte einen Satz aus der Sattelkammer heraus. „Bis heute Nachmittag", rief sie ihm über die Schulter zu und lief mit federnden Schritten zum Haus.

Kapitel 17

Als Sophie am späten Nachmittag auf ihrem Schimmel zum Springplatz ritt fühlte sie sich wie in einem dieser uralten Westernfilme, in denen sich die Cowboys zur Mittagszeit zum Duell treffen. Stephan, der Askari gerade noch im Schritt um den Platz geführt hatte zog gerade den Sattelgurt fest. „Bereit für die Niederlage, Prinzessin?" fragte er. Sophie sah ihn mit zusammengekniffenen Augen an, woraufhin er sein unverschämtes Grinsen aufsetzte. „Dann wollen wir mal", meinte Stephan und setzte den Fuß in den Steigbügel, um aufzusitzen. Askari warf den Kopf nach oben und trat einen Schritt zur Seite. Doch Stephan war schneller und zog sich so geschickt in den Sattel, dass der Wallach gar nicht so schnell reagieren konnte. Sophie ließ sich natürlich nicht anmerken, wie beeindruckt sie war. Nebeneinander ritten die beiden über den Reitplatz und dann in den Wald hinein. Keiner von ihnen sagte ein Wort, doch hin und wieder warf Stephan Sophie einen durchdringenden Blick zu, den sie jedoch geflissentlich ignorierte. Sophie war im Wettkampfmodus und sie wollte gewinnen. Als sie nach einiger Zeit das Feld, das sie für ihre Rennstrecke auserkoren hatten, erreichten, hielten sie gleichzeitig die Pferde an. „Kennst du dich überhaupt hier aus?" fragte Sophie und sah Stephan an. „Gut genug", erwiderte dieser und strich dem immer noch nervösen Askari über den Hals. „Na gut", meinte Sophie und sah sich um. „Wir reiten hier noch das Stück am Wald entlang, dann links rum und sobald das Feld anfängt, kann gestartet werden. Hinter dem Feld den Berg hinunter über die Wiese, durch den Bach, den Berg wieder hoch und durch den Wald. Und wer zuerst an dem kleinen See ist hat gewonnen." Stephan nickte zustimmend und Sophie sah ihm förmlich an, wie er die Strecke im Kopf durchging. Sie ritten noch einige Meter nebeneinander her, wobei die Pferde die Anspannung ihrer Reiter deutlich zu spüren schienen. Caroso und Askari tänzelten nervös auf der Stelle hin und her und konnten es gar nicht erwarten, bis ihnen die Zügel freigegeben wurden und sie im Galopp losjagen konnten. „Auf die Plätze, fertig ...", begann Stephan, als sie nebeneinander auf das Feld einbogen. „LOS!", rief Sophie und schon preschte ihr Schimmel los. Im Augenwinkel sah sie noch, wie der Wallach neben ihr senkrecht in die Luft stieg. Doch Stephan hatte ihn sofort wieder unter Kontrolle und bereits nach wenigen Metern hatten die beiden sie eingeholt. Mit weiten Sprüngen jagten die Pferde über das Feld. Sophie entlastete den Rücken ihres Hengstes so gut es ging, damit er sich frei bewegen konnte. Als sie an der Wiese ankamen und es etwas bergab ging bremste sie ihren Schimmel ab. Stephan war mutiger und schnellte mit seinem Pferd an den beiden vorbei. Mit mehreren Metern Abstand erreichte er den kleinen Bachlauf als Erster. Askari durchquerte ihn mit wenigen Sprüngen. Sophie und Caroso folgten ihnen auf dem Fuße. Der Weg, der den Berg hochführte, war etwas schmaler und so musste Sophie ihr Tempo ein wenig verlangsamen und sich hinter Stephan und den Wallach zurückfallen lassen. Doch so schnell gab sie nicht auf. Oben angekommen tat sich ein breiter Waldweg vor ihnen auf. Sie waren so schnell unterwegs, dass Sophie die Augen tränten und die Bäume links und rechts verschwammen. Sophie konnte das Glitzern des Sees, der den Zielpunkt darstellen sollte, schon vereinzelt durch die Bäume sehen. Die Pferde schnaubten bei jedem Schritt angestrengt, doch auch sie wollten dem anderen auf keinen Fall kampflos die Führung überlassen. Aufmunternd schnalzte Sophie mit der Zunge, um ihren Hengst zu motivieren, auf den letzten Metern noch einmal alles zu geben. Es waren nur noch wenige hundert Meter bis zum Ziel, als Stephan einen Blick zu ihr herüberwarf. Sophie bemerkte deutlich, wie er die Zügel des Wallachs etwas kürzer fasste, der daraufhin unwillig den Kopf schüttelte. Stephan setzte sich schwer in den Sattel und gab damit seinem Pferd das Zeichen, das Tempo zu verlangsamen. Askari war von der Idee wenig begeistert, leistete den Anweisungen seines Reiters letztendlich aber doch Folge. Als sie schließlich die imaginäre Ziellinie erreichten trennte die beiden Pferde nur eine Halslänge. Sophie jubelte, obwohl sie natürlich deutlich gesehen hatte, dass Stephan sie gewinnen lassen hatte. Als er sie zu ihrem Sieg beglückwünschte grinste sie ihn frech an. „Du hast dich aber auch gut geschlagen“, sagte sie. Sie war wirklich schwer beeindruckt, wie gut Stephan den Wallach gehändelt hatte. Langsam ritten sie nebeneinander im Schritt her. Außer dem Schnaufen der Pferde, ihren gleichmäßigen, dumpfen Schritten auf dem weichen Waldboden und vereinzeltem Vogelgezwitscher war nichts zu hören. „Komm ich zeige dir was“, sagte Sophie und lenkte ihren Schimmel nach rechts in einen schmalen Weg, der nach einigen Metern in einen dichtbewachsenen Nadelwald mündete. Sie kannte sich hier aus wie in ihrer Westentasche, schließlich war sie hier aufgewachsen. Und da ihre Eltern schon als sie noch ein Kind war viel zu beschäftigt mit ihren Geschäften und dem Organisieren verschiedener Events gewesen waren, hatte sie oft stundenlange Ausritte mit ihrem Pony in die Wälder rund um das Gestüt unternommen. Nachdem sie erneut einen kleinen Berg hoch geritten waren, wurde der Wald wieder lichter und die Zahl der Laubbäume stieg wieder deutlich an. „Da lang“, sagte Sophie und zeigte nach links. Hier gab es keine befestigten Wege mehr und nach wenigen Metern verließen sie den Wald und standen auf einer kleinen Anhöhe. Vor ihnen tat sich eine riesige Wiese auf, auf der jetzt im Frühsommer die schönsten Blumen blühten. Am Fuße des kleinen Hügels glitzerte ein kleiner Badesee. Man hatte von hier einen tollen Blick über die Felder und Wälder der Umgebung und in weiter Entfernung ragten die Hochhäuser Frankfurts empor. „Es ist wunderschön hier“, raunte Stephan sichtlich beeindruckt und blickte sich um. „Hier bin ich oft hin geritten, wenn es mir Zuhause zu stressig wurde“, sagte Sophie leise. Sie wusste nicht, warum. Aber sie hatte das Gefühl, bei Stephan ihr Herz ausschütten zu können. So wie sie es noch nie getan hatte. „Und ist das oft gewesen?“ fragte dieser nun und sah sie interessiert an. Sophie nickte beinahe unmerklich. „Fast jeden Tag.“ „Was war denn los?“ hakte Stephan nach und lenkte Askari näher an Sophie und ihren Hengst heran. „Eigentlich dasselbe wie heute auch noch“, begann Sophie und ließ ihren Blick schweifen. „Mein Vater war schon immer mit seinem Beruf verheiratet und deswegen selten Zuhause. Und wenn er dann doch einmal da war hat er mir ständig gepredigt, ich solle mich anstrengen, besser sein als die anderen, mehr tun. Ich hätte schließlich seinen guten Namen zu repräsentieren und so weiter.“ „Wow, eine traumhafte Kindheit“, meinte Stephan und zog die Augenbrauen hoch. „Ja“, seufzte Sophie. „Mein Terminkalender war voll, seitdem ich in den Kindergarten gekommen bin. Es war wirklich, wie man das aus dem Fernsehen kennt, ich musste echt alles mitmachen. Ballett, Geigen- und Klavierunterricht, mehrere Benimmkurse …“. „Du musstest Benimmkurse mitmachen?“ fragte Stephan und lachte laut los. „Ja“, presste Sophie zwischen zusammengebissenen Zähnen hervor. „In der Gesellschaft, in der wir uns bewegen, muss man eben wissen, wie man sich zu verhalten hat. Nicht mit einer Austerngabel umgehen zu können gilt da schon als Todsünde.“ Stephan fuhr sich mit der flachen Hand übers Gesicht. „Das wäre mir zu anstrengend“, sagte er dann. „Gerne bin ich da auch nicht hingegangen!“, konterte Sophie und funkelte ihren Begleiter an. „Aber was will man als Kind machen? Selbst wenn ich Freunde gehabt hätte, ich hätte gar keine Zeit gehabt, mich mit einem von ihnen zu verabreden. Da war es ja ganz passend, dass mich eh alle für eine reiche, verwöhnte Göre hielten.“ „Wie wir ja bereits festgestellt haben bis du tatsächlich verwöhnt“, warf Stephan augenzwinkernd ein. Sophie warf ihm einen bissigen Blick zu. „Und du hattest niemals Freunde zu Besuch? Oder hast selbst jemanden besucht?“ Langsam schüttelte Sophie den Kopf. „Ich kann mich nicht daran erinnern, jemals einen Kindergeburtstag gefeiert zu haben“, sagte sie leise. „Armes, reiches Mädchen kann ich da nur sagen“, meinte Stephan und Sophie nickte kurz. Beide schwiegen eine Weile, bevor Sophie den Pferdepfleger ansah. „Und bei dir?“ „Meine Mutter ist gestorben, als ich drei Jahre alt war“, sagte er. Sophie stockte der Atem. Egal, wie viele Probleme es in ihrer Familie auch geben mochte, sie war froh, dass sie beide Elternteile noch hatte. Sie wollte gar nicht daran denken, wie es für ein Kind sein musste, seine Mutter so früh zu verlieren. „Krebs“, fügte er nun hinzu und sah sie an. Sophie schluckte. „Tut mir leid“, flüsterte sie betreten. Stephan lächelte schwach. „Ich kann mich praktisch gar nicht an sie erinnern. Aber mein Vater hat mir immer wieder Fotos und Videos gezeigt. Ich glaube, sie war die beste Mutter, die man haben konnte.“ Sophie kämpfte mit den Tränen, weil seine Worte, die so liebevoll waren, sie tief berührten. Nach einer Weile räusperte sie sich und fragte: „Und dein Vater?“ Stephan sah in die Ferne. „Der hatte vor ein paar Jahren einen Schlaganfall. Seine linke Seite ist größtenteils gelähmt. Er lebt in einem Pflegeheim in der Nähe von Koblenz, wo ich aufgewachsen bin. Die Rente reicht vorne und hinten nicht, um das Heim zu bezahlen. Aber er fühlt sich sehr wohl dort und ich möchte, dass es ihm den Umständen entsprechend gut geht. Deswegen drehe ich lieber jeden Cent dreimal um und unterstütze ihn wo ich kann, damit er dort wohnen bleiben darf.“ Sophie war überwältigt von so viel Aufopferung und Liebe, wie Stephan sie für seinen Vater gab. Plötzlich kam ihr ein schrecklicher Verdacht. „Es war doch nichts mit deinem Vater? Als du so lange nicht da warst, meine ich.“ Stephan presste die Lippen aufeinander. „Er hatte einen leichten Herzinfarkt und musste ins Krankenhaus. Ich wollte nicht, dass er allein da ist. Ich bin das einzige Kind, also habe ich die Verantwortung.“ Sophie schämte sich, dass sie so dumm gewesen war. So unfair. Und nicht ein einziges Mal richtig nachgefragt und zugehört hatte. „Es geht ihm doch gut?“ fragte sie unsicher. „Er ist wieder Zuhause im Heim und erholt sich dort. Er ist in diesem Pflegeheim ja in den besten Händen.“ Sophie atmete auf. Sie durfte nicht mehr so vorschnelle Urteile fällen und nur an sich selbst denken. Und das möglichst schnell.

Es war schon recht spät, als die beiden sich wieder auf den Heimweg machten. Sophie ritt in dem kleinen Stück Nadelwald voran und Stephan folgte ihr mit Askari, der inzwischen völlig tiefenentspannt wirkte. Als sich vor ihnen wieder der breite Waldweg auftat schloss Stephan rasch zu ihr auf. „Du hast etwas anderes gedacht, als ich weg war, oder?“ Sophie presste die Lippen aufeinander und kämpfte gegen die aufsteigende Röte in ihrem Gesicht an. „Was hast du gedacht, Sophie?“ fragte er erneut und sah sie neugierig von der Seite an. Sie wusste, dass er nicht lockerlassen würde. „Ich habe gedacht“, begann sie und überlegte fieberhaft, was genau sie sagen wollte. „Ich habe gedacht, du hast eine Familie irgendwo. Eine Frau, vielleicht Kinder. Und dass du die erst einmal beruhigen musst, weil du in der letzten Zeit so viel gearbeitet hast“, sprudelte es aus ihr heraus. „Du warst eifersüchtig“, stellte er ehrlich überrascht fest und um seinen Mund zuckte es verräterisch. „So ein Quatsch“, zischte Sophie und ließ ihren Schimmel antraben, um ein paar Meter Abstand zwischen sich und Stephan zu bringen. Doch dieser holte sofort wieder auf. „Keine Frau, keine Kinder“, sagte er, als sie wieder direkt nebeneinander waren. „Die wenigsten Frauen machen meinen Beruf mit. Keine Wochenenden, keine Feiertage. Morgens in aller Herrgottsfrühe anfangen und abends erst spät nach Hause kommen. Oder gar nicht, wenn es einen Notfall gibt.“ Sophie wusste, was Stephan meinte, denn sie war damit aufgewachsen. Denn Rest des Weges erzählte Stephan ihr Geschichten aus seiner Kindheit und was für unglaubliche Dinge seinem Vater und ihm passiert waren. Sophie kam aus dem Lachen nicht mehr heraus und sie war sich sicher, dass man mit diesem Material ganze YouTube-Kanäle mit Pannen-Videos hätte füllen können. Und immer wieder, wenn ihm gerade keine Geschichte mehr einfiel, sah Stephan sie von der Seite an und sagte: „Du warst eifersüchtig, Sophie." Und jedes Mal wies sie diese Behauptung entschieden von sich. Aber sie beide wussten, dass er Recht hatte.

Kapitel 18

Als Sophie und Stephan wieder auf dem Gestüt ankamen, war Marco mit der Abendfütterung schon fertig. Es war ruhig auf dem Hof und Sophie stellte fest, dass auch die beiden Autos ihrer Eltern nicht da waren. Wahrscheinlich waren sie wie so oft bei einem wichtigen Geschäftsessen. Sie fuhren häufig getrennt zu solchen Terminen, denn Sophies Vater bereitete sich auf wichtige Gespräche gerne ungestört in seinem Büro vor. Egal, ob nun Sonntag war oder nicht.

In Windeseile waren Caroso und Askari abgesattelt und gebürstet, sodass sie schnell in ihre Boxen und zu ihrem Abendessen kamen. Sophie verstaute Sattel und Zaumzeug ihres Pferdes und holte sich dann einen Besen, um die Stallgasse zu fegen. Dann öffnete sie ihren Pferdeschwanz und schüttelte ihre blonden Haare einmal kräftig aus. Der Reithelm hatte wie immer ganze Arbeit geleistet und ihre Haare in ein Gebilde jenseits jeder bekannten Frisur verwandelt. Versonnen beobachtete sie, wie ihr Pferd auch das kleinste Haferkorn aus seinem Trog suchte und genüsslich verspeiste. Als Caroso sich gerade seinem Heu zugewandt hatte hörte sie hinter sich Stephan den Gang herunterkommen. Dieser hatte Askari in seine Box ganz am Anfang der Stallgasse gebracht. Er war beladen mit Putzzeug, Sattel und Zaumzeug des Wallachs und brachte diese ebenfalls in die Sattelkammer. Als er alles untergebracht hatte, streckte er sich und kam auf Sophie zu. „Es war schön heute", sagte er leise und blieb direkt vor ihr stehen. „Ja, sehr schön", flüsterte sie und sah zu ihm hoch. „Wir sollten das wiederholen", meinte Stephan und ein unsicheres Lächeln umspielte seine Lippen. Sophie nickte und konnte den Blick einfach nicht von seinen leuchtenden blaugrauen Augen abwenden. Er machte noch einen Schritt auf sie zu und sie standen jetzt so dicht voreinander, dass kein Blatt Papier mehr zwischen sie gepasst hätte. Vorsichtig strich er ihr mit einem Finger eine blonde Haarsträhne aus dem Gesicht und klemmte sie hinter ihr Ohr. Sie konnte förmlich spüren wie die Luft zwischen ihnen zu knistern begann. Sophies Herz schlug ihr bis zum Hals und das Kribbeln aus ihrer Magengegend hatte sich innerhalb von Sekunden über ihren gesamten Körper ausgebreitet. Sie bemerkte wie Stephans Blick immer wieder zwischen ihren Augen und ihren Lippen hin und her wanderte. Sie biss sich auf die Unterlippe und lächelte ihn zaghaft an. Und das schien für ihn Bestätigung genug zu sein. Langsam senkte er den Kopf und Sophies Gefühle explodierten in diesem besonderen Moment vor dem ersten gemeinsamen Kuss, in dem der ganze Körper zu prickeln scheint und man vor Aufregung die Welt um sich herum vergisst. So sanft, wie sie es noch nie erlebt hatte, legte Stephan seine Lippen auf ihre. Sein warmer Atem tanzte über ihr Gesicht und verursachte eine wohlige Gänsehaut. Seine Hände lagen fast unmerklich an ihrem Gesicht. Vorsichtig ging er einen Schritt zurück und sah ihr fest, aber gleichzeitig fragend in die grünen Augen. Obwohl der Kuss ganz sanft gewesen war, war Sophie außer Atem. Und als sie jetzt lächelte, strahlte Stephan sie ebenfalls an und legte die Arme um ihren zierlichen Körper. Und Sophie wünschte sich, dass er sie so schnell nicht loslassen würde.

Kapitel 19

Am nächsten Morgen wachte Sophie bereits mit einem Lächeln auf den Lippen auf und war sich, wenn sie ehrlich war nicht sicher, ob der Kuss nur in ihren Träumen stattgefunden hatte oder tatsächlich passiert war. Langsam strich sie sich mit den Fingerspitzen über die Lippen. Nein, sie hatte nicht geträumt. Beinahe kam es ihr vor, als könne sie noch jetzt das aufregende Kribbeln fühlen, das sie gestern Abend auf jedem Zentimeter ihres Körpers gespürt hatte. Diese Mischung aus Verlangen und dem Verbotenen. Keine Frage, sie fühlte sich definitiv zu Stephan hingezogen. Es faszinierte sie, wie selbstbewusst und gleichzeitig liebevoll Stephan war. Außerdem hatte er irgendwie etwas Verwegenes. Nicht diese glattgebügelte Oberfläche, wie Daniel sie immer an den Tag gelegt hatte. Stephan war anders. Eigensinnig. Und ehrlich. Er sagte Sophie seine Meinung, ob es ihr nun passte oder nicht. Stephan würde sich niemals für irgendjemanden verstellen, da war sich Sophie sicher. Aber trotzdem. Sie, Sophie von Ehrenfurth, konnte doch keine Beziehung mit einem Pferdepfleger anfangen. So sehr sie seine beinahe einfache Art auch beeindruckte, auf den Charity-Events und Empfängen, die sie besuchte, wäre er damit heillos den Geiern der vornehmen Gesellschaft ausgeliefert. Die Leute würden sich das Maul über ihn zerreißen. Und über sie gleich mit. Wie ihr Vater darauf reagieren würde, darüber wollte Sophie gar nicht erst nachdenken. Nein, eine

Beziehung zu Stephan kam gar nicht infrage. Und nur, weil sie ihn durchaus attraktiv fand, hieß das ja noch lange nicht, dass sie gleich große Gefühle für Stephan hegen musste. Vielleicht hatte sie gestern Abend im Eifer des Gefechts einfach etwas zu viel in diesen Kuss hineininterpretiert. Schließlich kam sie gerade erst aus einer langjährigen Beziehung, da war es doch nicht verwerflich, sich erst einmal ein bisschen Spaß zu gönnen, ohne dabei direkt wieder seine Freiheit aufzugeben.

Sophie hatte so lange dagelegen und ihren Gedanken nachgehangen, dass sie sich beeilen musste, um rechtzeitig zur Arbeit zu kommen. Glücklicherweise herrschte ausnahmsweise kaum Verkehr und so betrat sie pünktlich zu Arbeitsbeginn das Vorzimmer ihrer Assistentin. „Guten Morgen, Frau Wegener", flötete sie und lächelte ihre Assistentin an. Diese lächelte unsicher zurück. Ihre Chefin hatte wirklich verdächtig gute Laune in letzter Zeit. Und das, obwohl Herr von Ehrenfurth ihr fast tagtäglich die Hölle heiß machte. Marina Wegener hätte nur zu gerne nachgefragt, was los ist. Aber sie wusste, eine solch persönliche Frage könnte bei Sophie von Ehrenfurth einen wahren Vulkanausbruch auslösen. Daher wünschte sie ihrer Vorgesetzten lediglich ebenfalls einen guten Morgen und begnügte sich bei allem anderen mit ihren Vermutungen.

Sophie ging die Arbeit heute so leicht wie schon lange nicht mehr von der Hand. Wenn sie ehrlich zu sich selbst war, hatte sie in den vergangenen

Wochen die Arbeit tatsächlich etwas schleifen lassen und die Vorhaltungen ihres Vaters waren durchaus berechtigt gewesen. Aber das, da war Sophie sich sicher, würde sich jetzt wieder ändern. Ihre Liaison mit Stephan sollte keinen Einfluss auf ihre Karriere haben. Obwohl Hans von Ehrenfurth sie geradezu mit Arbeit überschüttet hatte, waren bereits am frühen Nachmittag alle Aufgaben erledigt und Sophie nutzte die Gelegenheit, um noch einige Sponsorenanfragen für das Sommerball-Turnier zu beantworten. Noch vor allen anderen verließ sie das Büro, legte ihrer Assistentin die Post auf den Schreibtisch und wies sie an, ebenfalls Feierabend zu machen.

Inzwischen war es auch auf dem Kalenderblatt Sommer geworden und in der Stadt war es so heiß, dass Sophie direkt alle Fenster ihres Mini Coopers öffnete, als sie aus der Tiefgarage herausfuhr. Sie drehte das Radio lauter und summte leise den laufenden Song mit. So gut hatte sie sich schon lange nicht mehr gefühlt. Ihre gute Laune änderte sich jedoch schlagartig, als sie die lange Einfahrt des Gestütes entlangfuhr. Denn dort kam ihr kein anderer als Stephan entgegen. Machte er etwa schon Feierabend? Er war doch sonst immer der letzte, der das Anwesen verließ! Stephan grüßte Sophie kurz mit erhobener Hand und einem Lächeln und fuhr dann einfach weiter. Sophie hatte Mühe, sich ihre Enttäuschung nicht einzugestehen. Auch wenn sie keine feste Beziehung mit Stephan haben wollte, so genoss sie doch die unbeschwerte Zeit mit ihm. Sophie grummelte in sich hinein und parkte ihren Wagen neben dem Haus. Nachdem sie sich umgezogen hatte, begrüßte sie wie inzwischen jeden Tag erst ihren Hengst und anschließend Medina und ihr Stutfohlen Daisy. Sophie entschied sich, dass es noch viel zu heiß war, um zu trainieren und brachte ihr Pferd stattdessen zu einem der Paddocks am Waldrand. Wohlig wälzte sich der Schimmel im feinen Sand und Sophie musste lachen, als er sich anschließend den feinen Staub aus dem Fell schüttelte. Caroso konnte sich hier noch eine Weile entspannen und auch sie würde sich später, wenn ihr Ärger auf Stephans frühen Feierabend ein wenig verflogen war, besser auf das Training konzentrieren können. Langsam schlenderte Sophie zurück und beschloss, sich etwas auf die Sonnenterrasse des Clubhauses zu setzen und den Golfern zuzusehen. Sie ging die Stufen zu der breiten Schwingtür hinauf und stellte zufrieden fest, dass die Gärtner bei der Gestaltung wirklich ganze Arbeit geleistet hatten. Entlang der marmornen Stufen blühte es in den schönsten Farben und die Mitarbeiter hatten dafür gesorgt, dass dies auch bis zum großen Sommerball-Turnier so bleiben würde. Die Gäste würden begeistert sein. Die Gäste … missmutig dachte Sophie daran, dass auch Daniel an diesem Abend hier sein würde. Und auch, wenn er schon seit geraumer Zeit nicht mehr auf ihrem Handy angerufen hatte, so war sie sich ziemlich sicher, dass ihr Ex-Partner noch nicht aufgegeben hatte. Allein um seiner Ehre willen würde er wahrscheinlich alles tun, um sie zurückzugewinnen. Wahrscheinlich war er der

Meinung, dass der Sommerball genau die richtige Gelegenheit war, um Sophie zu überzeugen, denn hier konnte er sich der vollen Unterstützung seiner und ihrer Eltern gewiss sein. Sophie schnaubte verärgert. Nein, Daniel war für sie gestorben, ein für alle Mal.

Offensichtlich wollte auch keiner der Golfer sich der prallen Sonne aussetzen, denn der Golfplatz war, soweit Sophie es überblicken konnte, menschenleer. Auch im Clubhaus herrschte Totenstille. Sophie nahm sich eine Flasche Wasser von der Bar, setzte sich auf die Sonnenterrasse und ließ mit übereinandergeschlagenen Beinen den Blick schweifen. Wie schön wäre es, wenn sie jetzt mit Stephan am Waldrand sitzen, ihre Pferde beobachten und reden könnte. Oder mehr als reden … Allein bei dem Gedanken lief ihr ein wohliger Schauer über den Rücken. Unwillkürlich tauchte das Bild seiner blaugrauen Augen in ihrem Kopf auf und sie konnte förmlich seine sanften Lippen auf ihrer Haut spüren. Sein Atem schien über ihr Gesicht zu tanzen und … „Hallo Sophie." Sophie war so in Gedanken gewesen, dass sie gar nicht mitbekommen hatte, dass jemand hinter ihr stand. Vor Schreck zuckte sie so sehr zusammen, dass sie den halben Inhalt ihrer Wasserflasche über sich verteilte. Leise fluchend drehte sie sich um. In der breiten Schiebetür stand Maria und trug einen Stapel Sitzkissen auf dem Arm. Sie lachte ihr warmes, herzliches Lachen und sah Sophie an. „Du warst aber in den schönsten Träumen", meinte sie und zwinkerte der jungen Frau zu. Sophie stieg eine leichte Röte ins Gesicht. „Mhm“, brummte sie und sah verlegen zu Boden. „Ein neuer Mann?“ fragte Maria und begann, die Sitzkissen auf den edlen Rattan-Möbeln zu verteilen. Belustigt stellte Sophie fest, dass es beinahe unmöglich war, etwas vor der Haushälterin, die sie schon von klein auf kannte, zu verbergen. Und, im Gegensatz zu vielen anderen, scheute sie sich auch nicht, nachzufragen. Verdammt, das hatten Maria und Stephan definitiv gemeinsam. „Nicht direkt“, murmelte Sophie nun und wandte sich wieder dem Golfplatz zu. „Nicht direkt?“, wiederholte die Haushälterin und hielt inne. „Weiß er noch nichts von seinem Riesenglück?“ Sophie lächelte. Sie wusste, dass Maria sie mochte. Die Haushälterin hatte keine eigenen Kinder und da sie schon so lange auf dem Anwesen der von Ehrenfurths lebte, fühlte es sich für die junge Frau beinahe so an, als wäre Maria die liebevolle Großmutter, die sie nie gehabt hatte. „Doch, ich denke schon“, murmelte Sophie, ohne sich umzudrehen. „Aber?“, hakte Maria nach. „Hat er etwa kein Interesse? Dann vergiss den Blödmann mal ganz schnell wieder!“ „Doch das hat er“, lachte Sophie. Die direkte Art der Haushälterin war einfach herzerfrischend. „Dann verstehe ich das Problem nicht“, meinte diese schulterzuckend und wandte sich wieder den Sitzmöbeln zu. Sophie musste einen Moment überlegen, ehe sie die richtigen Worte fand. Auf keinen Fall konnte sie der Haushälterin verraten, an wen sie dachte. „Er ist nicht der Richtige für mich“, meinte sie dann und sah die ältere Frau unsicher von der Seite an.

Diese warf ihr einen undefinierbaren Blick zu. „Aber nicht wieder so ein Schnösel, oder?“, fragte sie und hob die Augenbrauen. Sophie musste erneut lachen. Die junge Frau wusste, dass die Haushälterin ihren Ex-Freund nie gemocht hatte. „Nein, jemand wie Daniel ist es nicht.“ „Na Gott sei Dank“, meinte Maria und wischte mit einem Tuch über einen der Glastische. „Inwiefern nicht der Richtige?“ fragte sie dann und blickte Sophie neugierig an. „Wir sind so … verschieden“, sagte Sophie und presste die Lippen aufeinander. „Ach Sophie“, lachte die Haushälterin und sah auf. „Du weißt doch, Gegensätze ziehen sich an. Vielleicht ist das ja genau das, was du brauchst?“ Sophie lächelte leicht. „Ja, vielleicht“, murmelte sie. Aber wirklich von Herzen kam diese Antwort nicht.

Kapitel 20

Am Abend war es endlich etwas kühler geworden und so hatte Sophie, nachdem sie Caroso liebevoll vom ins Fell eingearbeiteten Staub befreit hatte, ein wenig mit ihrem Hengst trainiert und anschließend zur Entspannung eine Runde durch den Wald gedreht. Sie war noch immer wütend auf Stephan, weil er so einfach verschwunden war. Auch ein bisschen auf sich selbst. Sie hatte offensichtlich in den gestrigen Vorfall mehr hineininterpretiert als er. Gleichzeitig gingen ihr Marias Worte nicht aus dem Kopf: „Vielleicht ist das ja genau das, was du brauchst." Sophie schüttelte den Kopf. Sie konnte ja nichts dafür, wer sie war und wie sie hieß. Jeder müsste doch Verständnis dafür haben, dass sie sich entsprechend ihrer Stellung in der Gesellschaft zu verhalten hatte. Selbst wenn sie es gewollt hätte, sie konnte einfach nicht aus ihrer Haut. „Gute Nacht", wünschte sie ihrem Hengst, nachdem sie ihn abgesattelt und in seine Box gebracht hatte, wo er sich jetzt gierig über einen großen Berg Heu hermachte. Dann trat sie auf die Stallgasse, um das Sattel- und Putzzeug in der Sattelkammer zu verstauen. Als Sophie den Sattel des Schimmels auf den hoch an der Wand angebrachten Sattelbock hängen wollte, verklemmte sich das Sattelblatt und obwohl sie nicht die Kleinste war, hatte sie Mühe, das teure Stück in der Luft zu halten. „Mist!" fluchte sie und versuchte mit der freien Hand den Sattel nach oben zu bugsieren. Sophie hatte gerade beschlossen, den Sattel einfach in ihre Richtung fallen zu lassen und so gut es ging aufzufangen, als sie plötzlich jemanden neben sich spürte. Gleichzeitig griff ein Arm über sie hinweg und schob den Sattel mit einem gezielten Schwung auf die vorgesehene Halterung. Sophie atmete tief ein und Stephans markanter Geruch stieg ihr in die Nase. „So ein Sattel ist teuer, den sollte man nicht fallenlassen“, flüsterte er und sein Dreitagebart kitzelte an ihrem Ohr. Unwillkürlich lief ihr eine wohlige Gänsehaut vom Nacken ausgehend den Rücken hinunter. „Ich weiß, du Besserwisser“, raunte sie und drehte sich zu ihm um. Beim Blick in seine strahlenden Augen fing ihr Herz wie wild an zu klopfen. Stephan beugte sich hinab und hauchte ihr einen sanften Kuss auf die Lippen. Wie schon beim ersten Mal war Sophie im ersten Moment von diesem sanften Gefühl vollkommen benebelt. Dann machte sie jedoch einen Schritt zurück und sah ihn an. „Du hättest heute ruhig auf mich warten können“, sagte sie und starrte Stephan mit zusammengekniffenen Augen an. „Mhm“, brummte dieser und machte wieder einen Schritt auf sie zu. „Du brauchst jetzt gar nicht ablenken“, murrte Sophie und wich seinen Lippen aus. Dabei stieß sie mit dem Rücken an die Wand. Stephan nutzte die Gelegenheit und schloss erneut zu ihr auf. Er lehnte seine Stirn an ihre und sah der jungen Frau in die Augen. „Mein Vater hatte heute Geburtstag“, raunte er. Stephan begann mit seinen Lippen ihren Hals zu erkunden. „Ich wollte ihn wenigstens kurz besuchen. Und weil ich dich auch noch sehen wollte, musste ich zeitig losfahren.“

Sophie lächelte und legte ihre Hand um Stephans Nacken. „Ok, das gilt", murmelte sie und gab dem Pferdepfleger einen vorsichtigen Kuss. Den erwiderte Stephan natürlich nur zu gerne und seine behutsamen Küsse wurden verlangender. Sophie hatte das Gefühl in einen wahren Hormonrausch zu geraten. Sie konnte sich nicht daran erinnern, dass Daniel sie jemals so leidenschaftlich geküsst hatte. Also entschied sie, soweit sie überhaupt noch klar denken konnte, dass sie einfach den Moment genießen wollte. „Außerdem", murmelte Stephan nach einer Zeit und löste sich ein kleines Stück von ihr, „bin ich mir ziemlich sicher, dass es nicht unbedingt von Vorteil für uns beide wäre, wenn man uns direkt zusammen sieht." Sophie merkte, wie sie rot anlief. Stephan grinste. „Ich kann mir schon denken, wie das bei euch feinen Leuten so abläuft. Das reiche Mädchen und der Pferdepfleger sind wohl nicht gerade die Traumpaarung der adligen Gesellschaft." Sophie schüttelte beinahe unmerklich den Kopf. „Gut erkannt", flüsterte sie. „Tja", meinte Stephan und grinste direkt noch breiter. „Vielleicht bin ich doch nicht so ein unkultivierter Klotz, wie du gedacht hast." „Scheint so", lachte sie und schlang ihre Arme um ihn. Stephan legte ihr eine Hand an die Wange und gab ihr erneut einen leidenschaftlichen Kuss. Und das war tatsächlich genau das, was Sophie im Moment brauchte.

Kapitel 21

In den nächsten Tagen gaben Sophie und Stephan sich die größte Mühe, dass niemand auf dem Gestüt Wind von dem bekam, was zwischen ihnen war. Eigentlich wusste Sophie selbst nicht einmal was das zwischen ihnen bedeutete. Immer wieder trafen sie sich wie zufällig in einer Pferdebox oder in der Sattelkammer auf einen flüchtigen Kuss oder eine zarte Berührung. Nach wie vor stritten sie wie ein altes Ehepaar, weil Stephan Sophie noch immer ungefragt Ratschläge zu ihrer Reitweise gab und Sophie das natürlich nicht auf sich sitzen lassen konnte. Nur an den Abenden konnten sie fast unbeschwert miteinander umgehen. Sie saßen stundenlang an den Weiden, beobachteten die Pferde und redeten. Stephan kam der jungen Frau dabei beinahe wie ihr bester Freund vor. Ein Freund mit besonderen Vorzügen natürlich. Bei dem Gedanken daran musste Sophie grinsen. An anderen Abenden ritten sie gemeinsam aus, wie am Tag ihres ersten Kusses, oder trafen sich auf dem Heuboden und knutschten wie Teenager auf dem Schulhof.

Wie jede Woche herrschte am Sonntag schon früh Ruhe auf dem Hof. Marco fütterte die Pferde an diesem Tag immer etwas früher und zog sich dann in sein kleines Quartier auf dem Hof zurück. Stephan hatte ihm versprochen, die restlichen Pferde später noch von den Weiden zu holen und zu versorgen. Natürlich nicht ohne

Hintergedanken. Wenn sich keiner mehr in den Ställen befand waren er und Sophie praktisch ungestört. Während Sophie ihren Caroso nach dem Training versorgte und das Sattelzeug in der Sattelkammer verstaute, brachte Stephan Medina und Daisy, die die letzten auf der Weide gewesen waren, in ihren Stall. Als er zurück in den Zuchtstall kam, war Sophie gerade dabei, die Stallgasse zu fegen. Langsam trat er von hinten an sie heran und ließ seine Hände an ihrer Taille hinabgleiten. Noch immer war die junge Frau ein vollkommenes Opfer ihrer Hormone, wenn Stephan ihr so nah kam. Sie unterbrach ihre Arbeit und schloss die Augen. Anfangs hatte sie sich noch über sich selbst geärgert, dass sie es einfach nicht schaffte, die Kontrolle zu behalten. Doch inzwischen hatte Sophie gelernt, einfach zu genießen. Stephan löste ihren Pferdeschwanz und legte ihr die blonden Haare über die Schulter.
„Was hast du heute Abend noch vor?“ raunte er, während er ihren Nacken mit kleinen Küssen bedeckte. Unwillkürlich stellten sich all die kleinen Härchen auf Sophies Körper auf und sie seufzte leise. Sie wusste, dass er es gehört hatte, denn sie konnte sein Grinsen praktisch auf ihrer Haut spüren. „Richtige Antwort, du kommst zu mir.“
„Was?“ Sophie riss erschrocken die Augen auf und beinahe wäre ihr vor Schreck der Besen aus der Hand gefallen. „Na ja“, meinte Stephan und küsste ihre Schultern. „Ich dachte, ich kenne dein Zuhause ja schon ganz gut. Jetzt lernst du meins kennen.“
„Ich … aber …“, stammelte Sophie. „Kein Aber,

Sophie. Acht Uhr bei mir." „Ich weiß ja gar nicht, wo du wohnst", konterte Sophie in einem hilflosen Versuch, aus dieser Nummer noch herauszukommen. Dass sie beide zusammen den Hof verließen, möglichst noch in ein und demselben Auto, war ja wohl völlig ausgeschlossen. „Ich schicke dir gleich eine Nachricht", sagte Stephan und war schon halb die Stallgasse hinunter verschwunden. „Woher hast du meine Handynummer?" rief sie ihm hinterher. Doch sie hörte nur noch sein heiseres Lachen von draußen und einen Moment später ein Auto vom Hof fahren.

Nachdem Sophie ausgiebig geduscht hatte, wurde sie das Gefühl nicht los ein nervliches Wrack zu sein. War das jetzt so etwas wie ein Date? Noch während sie vor ihrem Kleiderschrank stand und überlegte, was sie anziehen sollte, vibrierte das Handy hinter ihr auf dem Bett. Tatsächlich hatte Stephan ihr eine Adresse geschickt. Er wohnte also in dem kleinen Ort, der einige Kilometer vom Anwesen der von Ehrenfurths entfernt lag. „Woher hast du meine Handynummer?" tippte sie mit flinken Fingern. „Ein Zauberer verrät niemals seine Tricks", antwortete er frech. Sophie schüttelte den Kopf. Dann ging sie ins Bad, föhnte sich die Haare und trug ihr Abend-Make-up auf. Der rote Lippenstift passte perfekt zu dem schwarzen Cocktailkleid, dass sie sich zwischenzeitlich auf ihr Bett gelegt hatte. Wenn er ein richtiges Date haben wollte, dann sollte er eines bekommen. Allerdings hatte Sophie bei der Wahl ihres Outfits auch keine große Palette gehabt. Beruflich trug sie immer edle Kostüme oder Hosenanzüge und tauschte diese, sobald sie Zuhause war, gegen ihre Reitsachen aus. Neben besagtem Cocktailkleid hatten nur noch einige Kleider, die sie auf diversen Charity-Events getragen hatte, zur Auswahl gestanden. Und diese kamen selbst ihr in diesem Moment etwas übertrieben vor. Ganz hinten im Schrank lag noch eine einfache Jeans im Used Look, die Sophie sich vor Jahren in einem kurzen Anflug einer Identitätskrise angeschafft, aber nie getragen hatte. Mit einigen gezielten Handgriffen band sie ihre Haare zu einem hohen Dutt und ging zurück ins Schlafzimmer. Auf dem Weg zu ihrem Schuhschrank warf sie einen kurzen Blick auf ihr Handy und sah, dass sie eine weitere Nachricht von Stephan erhalten hatte. „Und Prinzessin, ich will einen gemütlichen Abend verbringen. Brezel dich also nicht so auf." Fassungslos starrte Sophie erst auf das Display, dann in den Spiegel, der an der gegenüberliegenden Wand hing. Hatte er das nicht eher sagen können? Was sollte sie denn jetzt anziehen? Und was zur Hölle hatte er vor? Essen in einem Schnellimbiss? Wütend zog Sophie sich das Kleid aus und stapfte zurück ins Badezimmer, um das alles andere als dezente Make-up zu entfernen. Dann öffnete sie den Dutt und raufte sich verzweifelt die blonden Haare. „Na schön", redete sie sich selbst gut zu. „Nicht aufbrezeln, alles klar." Sophie kämmte ihre Haare, die ihr nun in leichten Wellen auf die Schultern fielen. Sie war sich sicher, dass das Stephan gefallen würde. Und verdammt, auch wenn sie es niemals zugeben würde, sie wollte ihm heute Abend unbedingt gefallen. Beinahe widerwillig trug Sophie nur eine leicht getönte Tagescreme, dezentes Augen-Make-up und etwas farbigen Lipgloss auf. Wieder im Schlafzimmer angekommen griff sie seufzend nach der Jeans und schlüpfte hinein. Erstaunlicherweise fühlte sie sich darin ausgesprochen wohl. Glücklicherweise fand sie noch eine leichte Bluse, die das wirklich einfache Outfit etwas aufwerten konnte. Bevor Sophie sich auf den Weg machte betrachtete sie sich ein letztes Mal im Spiegel. Der Anblick war ungewohnt, aber irgendwie gefiel sie sich auch. Dadurch, dass sie sich zweimal hatte schminken und umziehen müssen war Sophie inzwischen viel zu spät dran. Sie eilte die Treppe hinunter, warf die Tür ins Schloss und ging im Laufschritt zu ihrem Auto. Auf dem Weg dorthin kam ihr ihre Mutter entgegen. Auch das noch! „Wo willst du denn hin?“ fragte sie und musterte ihre Tochter eingehend. Auch für sie schien dieses legere Outfit gewöhnungsbedürftig zu sein. „Ich bin verabredet“, rief Sophie, während sie ihre Tasche auf den Beifahrersitz warf. „So?“ Mara von Ehrenfurth zog die Augenbrauen hoch. „Wird nur ein gemütlicher Abend“, erwiderte Sophie und ließ sich auf den Fahrersitz fallen. „Ich muss los, Mama.“ Ihre Mutter nickte nur kurz und sah ihr etwas verdutzt hinterher, als Sophie vom Hof brauste. Sophie musste grinsen. Sie kam sich fast wie ein Teenager vor, der sich heimlich auf eine Party schlich. Sie ließ alle Fenster herunter und die frische Luft dieses herrlichen Sommerabends strömte in ihr Auto. Sophie setzte an dem großen Tor, das am Ende der Einfahrt stand, den Blinker und bog auf die Landstraße ab. In weniger als 20 Minuten würde sie bei Stephan sein.

Kapitel 22

Obwohl sie fast eine halbe Stunde zu spät war blieb Sophie noch einige Minuten im Auto sitzen, nachdem sie Stephans Haus erreicht hatte. Sie musste sich eingestehen, dass sie tatsächlich unglaublich nervös vor diesem ‚Date' war. Mit Daniel waren solche Abende immer ganz einfach gewesen. Sie hatten sich getroffen, waren in ein sündhaft teures Restaurant in der Frankfurter Innenstadt und anschließend zu ihm nach Hause gegangen. Die Gespräche hatten sich an diesen Abenden entweder um die Arbeit oder die Planung des nächsten Urlaubs gedreht. Sophie war sich sicher, dass das mit Stephan anders sein würde. Er interessierte sich für ihre Arbeit genauso wenig wie für irgendwelche Reisen an möglichst weit entfernte Orte. Er interessierte sich für sie. Was sie mochte, wie sie sich fühlte, was sie sich wünschte. Und Sophie war sich gar nicht sicher, ob sie bereit war so viel von sich preiszugeben. Auf dem Anwesen ihrer Familie hatte Sophie immer irgendwie die Gewissheit, dass ein gewisser Abstand zwischen ihnen war, der alles auf eine merkwürdige Weise freundschaftlich erscheinen ließ. Schließlich konnte es auf dem Gestüt jederzeit passieren, dass einer der Mitarbeiter oder sogar ihre Mutter – ihr wurde allein beim Gedanken daran ganz schlecht – um die Ecke bogen und sie entdeckte. Das wäre der absolute Super-GAU und den wollte Sophie mit allen Mitteln vermeiden. Heute Abend würde das anders sein. Heute Abend gab es nur Stephan und sie. Allein. Und niemanden, der sie entdecken konnte. Sophie schluckte und spürte, wie ihr Herz anfing wie wild zu klopfen. „Sophie, du bist kein verdammter Teenager mehr! Reiß dich zusammen", zischte sie sich selbst zu. Dann öffnete sie die Fahrertür und stieg aus. Langsam ging sie den schmalen Weg durch den Vorgarten auf das kleine Backsteinhaus zu und drückte mit zittrigen Fingern den Klingelknopf. Erstaunt stellte Sophie fest, dass die Beete im Vorgarten äußerst gepflegt und schön bepflanzt waren. Als hätte sie jemand beim Spionieren ertappt, zuckte Sophie zusammen als Stephan die Haustür öffnete. „Ich dachte schon, du willst gar nicht mehr aussteigen", grinste er und bedeutete ihr mit einem Schritt zur Seite, hereinzukommen. Sophie funkelte ihn böse an. „Du hast mich beobachtet?" fauchte sie. „Ob du es glaubst oder nicht, ich habe Fenster in diesem Haus. Und die in meiner Küche erlauben mir tatsächlich einen Blick auf meine Einfahrt." Sophie brummte etwas Unverständliches und warf dann einen Blick durch den Wohnraum. Schön war es hier. Gemütlich. Die Wände bestanden aus unverputzten Backsteinmauern und der Boden war aus dunklem Parkett. Das Wohnzimmer war ein großer, offener Raum, in dessen Ecke sich ein offener Kamin befand. Im mittleren Teil führte eine offene Holztreppe in die obere Etage. Die große Fensterfront gab den Blick auf einen kleinen Garten und Felder so weit das Auge reichte frei. „Wohnst du alleine hier?" fragte Sophie und sah Stephan erstaunt an. Dieser nickte und verschwand in der Küche. „Das Haus gehört einer alten Dame, die vor Kurzem ins Pflegeheim meines Vaters gezogen ist. Sie hat selbst keine Kinder und auch sonst keine Angehörigen mehr. Dafür, dass ich hier alles in Schuss halte, lässt sie mich ziemlich günstig wohnen. Und dafür, dass ich ihr immer eine Schachtel Pralinen mitbringe, wenn ich meinen Vater besuche", fügte er grinsend hinzu. Stephan kam wieder aus der Küche, die sich auf der linken Seite befand, heraus und reichte Sophie ein Glas Rotwein. „In gewisser Weise habe ich es also ihr zu verdanken, dass ich bei euch gelandet bin. Ich sollte mich bei der alten Dame vielleicht bei Gelegenheit mal bedanken." Sophie nickte und schaute sich andächtig um. Sie wusste selbst nicht, warum. Aber irgendwie hatte sie etwas anderes erwartet. Eine winzige Ein-Zimmer-Wohnung vielleicht. In der sich überall die leeren Pizzakartons stapelten und in allen Ecken die Schmutzwäsche auf dem Boden verteilt lag. Aber das hier war … aufgeräumt. Und sehr schön. Nie im Leben würde sie vermuten, dass hier ein alleinstehender Mann lebte. Wenn sie ehrlich war, sah es bei ihr manchmal deutlich chaotischer aus. Bevor Maria vorbeikam und aufräumte. „Das Essen ist gleich fertig", rief Stephan aus der Küche und riss Sophie damit aus ihren Gedanken. „Das … Essen ist … fertig?" stammelte Sophie und trat einen Schritt in die Küche. Tatsächlich fiel ihr erst jetzt auf, dass es herrlich duftete. „Ja", meinte Stephan und sah geschäftig in den Backofen. „Ich habe mir gedacht, dass du später kommst, weil du dich nochmal umziehen musst und habe das Essen etwas später in den Ofen geschoben." Wieder sah Sophie ihn wütend an. Gleichzeitig war sie aber so perplex, dass sich dieser Blick nicht lange aufrechterhalten ließ. „Du kannst kochen?" fragte sie und sah ihm über die Schulter. Mhm, Lasagne. Sophie liebte italienisches Essen. „Wie ich bereits erzählt habe waren mein Vater und ich allein. Wir wollten uns nicht durchgehend von Dosenfraß ernähren. Da musste einer kochen lernen. Und mein Vater war es nicht", meinte Stephan und zuckte mit den Schultern. „Ich weiß, es sind nicht die Austern, die du gewohnt bist, aber es ist bisher noch niemand von meinem Essen gestorben", fuhr er fort und zwinkerte Sophie zu. „Ich hasse Austern", murmelte sie und sah ihm in die Augen. Er lächelte und legte vorsichtig seine Hände um ihr Gesicht. „Ich wusste, wie hübsch du sein würdest, wenn du dich nicht so aufbrezelst", flüsterte er und erwiderte ihren Blick. Sophie lächelte und stellte sich auf die Zehenspitzen, um ihm einen vorsichtigen Kuss zu geben. Just in dem Moment, als sich ihre Lippen berührten, klingelte der Ofen. Stephan brummte, machte sich dann aber doch auf den Weg, um die Lasagne zu retten. „Erklär es mir", sagte Sophie und beobachtete, wie Stephan die Backofentür öffnete. „Was denn?" fragte er und blickte sie an. „Abgesehen von deiner wirklich dreisten und unverschämten Art scheinst du ja ein wirklich toller Kerl zu sein. Du gehst umwerfend mit den Tieren um, dein Humor … ok, der ist vielleicht etwas gewöhnungsbedürftig, aber auch nicht zu unterschätzen und anscheinend kannst du sogar gut kochen. Warum hast du keine Frau?" Stephan lachte heiser auf, während er die heiße Auflaufform mit zwei Trockentüchern durch die Küche balancierte. „Vielleicht liegt es an meiner dreisten und unverschämten Art?" meinte er und sah sie belustigt an. „Außerdem hast du meine umwerfende Optik vergessen zu erwähnen." Sophie rollte mit den Augen. Beim Verteilen des Egos hatte Stephan offenbar irgendwann ganz laut Hier geschrien. „Oder hast du sonst irgendwelche Leichen im Keller? Hast du mir vielleicht verschwiegen, dass du ein Straftäter bist?" Stephan ließ die schwere Glasform so hart auf der Arbeitsplatte aufschlagen, dass Sophie erschrocken zusammenzuckte. Er verzog das Gesicht und presste die Lippen aufeinander. „Alles in Ordnung?" fragte Sophie vorsichtig und starrte ihn entsetzt an. „Ich habe mich nur verbrannt", murmelte er, fuhr sich mit der flachen Hand über sein Gesicht und wandte ihr den Rücken zu. Als sich Stephan wieder umdrehte lag ein merkwürdiger Ausdruck in seinen Augen und er lächelte gequält. Sophie wurde das Gefühl nicht los, dass sie irgendeine schmerzhafte Erinnerung in ihm geweckt hatte. „Du hast also nicht wirklich irgendwo eine Leiche verscharrt?" fragte sie und versuchte die Situation mit einem Grinsen aufzulockern. Stephan lachte leise. „Nein, nicht dass ich wüsste", murmelte er und nahm zwei große Teller aus dem Küchenschrank. Glücklicherweise platzierte Stephan in Windeseile zwei große Stücke der dampfenden Lasagne auf den Tellern und bedeutete Sophie, ihm zu folgen. So konnte die unangenehme Stille, die nun zwischen ihnen entstanden war, sich gar nicht erst ausbreiten. Stephan verließ die Küche und Sophie folgte ihm durch das Wohnzimmer, wo er links durch einen gemauerten Rundbogen ging. Einen Moment blieb der jungen Frau beim Anblick des massiven Esstisches der Mund offenstehen. Die Platte war aus einer großen Baumscheibe gefertigt, an deren Seiten noch die Rinde erkennbar war. Die mit Leder bezogenen, breiten Stühle wirkten neben dem rustikalen Tisch modern und vollkommen gegensätzlich, aber irgendwie passend. Sophie fuhr langsam mit einem Finger über das Holz, das sich glatt und gleichzeitig warm anfühlte. „Den Tisch habe ich mit meinem Vater gebaut", erklärte Stephan und stellte die Teller ab. „Bei jedem Umzug verfluche ich ihn, aber ich würde lieber auf ein Bett verzichten als auf diesen Tisch." Sophie ließ ihren Blick durch den Raum schweifen. Auch hier stand in der Ecke neben dem Fenster ein kleiner Kamin und an der Wand entdeckte sie ein volles Bücherregal. Auf den ersten Blick erkannte Sophie, dass es sich bei den Büchern fast ausschließlich um Fachliteratur für Reiter und Züchter handelte. „Das verstehe ich", murmelte sie und sah Stephan an. Sie selbst konnte sich nicht daran erinnern, jemals etwas ähnliches mit ihren Eltern erlebt zu haben. Als Kind hatte sie lediglich ein paar Mal mit Maria Weihnachtskekse gebacken. Doch auch das lag mittlerweile

Jahrzehnte zurück. Auch zu den vielen Turnieren, die sie bestritten hatte, hatten niemals ihre Eltern, sondern ein Pferdepfleger sie begleitet. Hans und Mara von Ehrenfurth hatten sich am Ende des Tages lediglich nach dem Ergebnis erkundigt und meistens wohlwollend genickt. Im Nachhinein fiel Sophie auf, wie sehr sie die Kinder beneidet hatte, die zwar meilenweit von einem Sieg entfernt gewesen waren, aber nach der Prüfung mit ihren Eltern über den Turnierplatz geschlendert waren und ein Eis gegessen hatten. Sophie seufzte und nahm auf einem der Lederstühle Platz, die wirklich verdammt bequem waren.

Kapitel 23

Die Lasagne schmeckte himmlisch, was laut Stephans Aussage daran lag, dass sie „mit einigen Geheimtipps des italienischen Kollegen und ganz viel Liebe“ zubereitet worden war. Sophie nahm sogar noch eine zweite Portion und war sich anschließend sicher, die nächsten drei Tage nichts mehr essen zu können. Stephan führte sie in den Garten, wo sie sich auf der Terrasse auf eine gigantische Liege fallen ließ. Die Sonne stand inzwischen sehr tief, aber es war noch immer angenehm warm. Sophie hörte von irgendwo her lautes Kinderlachen und aus den großen Laubbäumen, die das Feld hinter dem Garten säumten, klang emsiges Vogelgezwitscher. Obwohl sie pappsatt war, atmete die junge Frau tief ein als ihr der Duft von gegrillten Steaks und Bratwurst in die Nase stieg. Stephan, der zwischenzeitlich im Haus verschwunden war, trat mit zwei Gläsern Rotwein auf die Terrasse. Er bedeutete Sophie ein Stück vorzurücken, setzte sich hinter sie und hielt ihr ihr Glas hin. „Wenn ich noch mehr Wein trinke kann ich nachher nicht mehr fahren“, murmelte sie und blickte ihm in die blaugrauen Augen. „Mhm“, brummte Stephan und küsste ihren Nacken. Unwillkürlich begann es in ihrer Magengegend zu flattern und sie bekam eine angenehme Gänsehaut. Stephan zog sie an sich, so dass sie mit dem Kopf an seine Brust gelehnt dasaß und nippte an seinem Wein. Eine ganze Weile saßen sie so da und redeten über Gott und die

Welt. Immer wieder strich Stephan ihr dabei sanft mit den Fingerspitzen den Arm auf und ab. Stephan wollte wissen, welche Pferde Sophie vor ihrem Hengst Caroso bereits besessen hatte und sie erzählte lachend von ihrem ersten Pony Luzy, das sie auf Turnieren grundsätzlich direkt bevor sie in den Parcours ritt, abgeworfen hatte. „Was ist mit dir?“ fragte Sophie irgendwann und legte den Kopf in den Nacken, um ihm ins Gesicht sehen zu können. „Was hast du gemacht, bevor du zu uns gekommen bist?“ Stephan, der gerade mit dem Finger über ihren Handrücken gefahren war, zog ruckartig seine Hand zurück und Sophie spürte, dass er die Luft angehalten hatte. Als sie sich umdrehte und ihn fragend ansah, fiel ihr auf, dass seine komplette Kiefermuskulatur angespannt war. Sie versuchte, ihm in die Augen zu sehen. Doch er wich ihrem Blick aus. Sophie stand auf und strich ihre Bluse glatt. „Ok, ich verstehe“, sagte sie und verschränkte die Arme vor der Brust. „Du willst alles über mich wissen, aber von dir selbst überhaupt nichts erzählen. Schön. Über mich gibt es jetzt leider nichts Interessantes mehr zu erfahren. Dann kann ich ja gehen.“ Ohne eine Antwort abzuwarten, stapfte Sophie durch die Terrassentür, schnappte sich ihre Handtasche, die sie auf dem großen Ledersofa im Wohnzimmer abgelegt hatte und ging in Richtung Tür. Im Augenwinkel sah sie, wie Stephan sich über die Augen rieb. „Sophie!“ rief er. Er erhob sich ebenfalls von der Liege und war mit wenigen Schritten bei ihr. „Bleib hier“, flüsterte Stephan, der nun nur wenige Zentimeter von ihr entfernt stand und seine Stirn an ihre legte. „Du verheimlichst mir etwas“, murmelte Sophie und schloss die Augen. „Aber ich verstehe nicht, warum. Glaub mir, für mich ist es auch alles andere als einfach, dir Geschichten aus meiner verkorksten Kindheit zu erzählen.“ Stephan grinste schief und strich ihr eine blonde Strähne aus dem Gesicht. „Es ist alles in Ordnung“, raunte er. „Ich bin kein Serienmörder oder so etwas, wenn du das denkst. Ich habe einfach in der Vergangenheit ein paar falsche Entscheidungen getroffen, über die ich nicht sprechen möchte.“ „Aber …“, setzte Sophie an, doch im selben Moment zog Stephan sie an sich und ehe sie noch etwas sagen konnte berührten seine Lippen schon ihre. Wenn Stephan sie küsste setzte bei Sophie grundsätzlich für einen Moment das Denken vollständig aus. Seine Küsse waren so sanft und gleichzeitig so leidenschaftlich, dass Sophie geradezu süchtig danach war. Doch in dem Kuss, den er ihr jetzt gerade gab, lag noch so viel mehr. Es schien als würde er seine ganzen Gefühle hineinlegen. In seinem Gesicht spiegelte sich so viel Schmerz wider den er mit diesem Kuss zu lindern versuchte. Sophies Herz schlug ihr bis zum Hals als sie ihre Hände in seinen Haaren vergrub. Aus Stephans Kehle drang ein wohliges Brummen und er erkundete vorsichtig mit seiner Zungenspitze ihre Lippen. Auch Sophie entwich ein zaghaftes Stöhnen und sie drängte sich noch näher an ihn. Stephan umfasste ihre Hüfte und zog sie hoch. Sophie schlang ihre Beine um seine Hüften und ihre Arme um seinen Hals. Inzwischen war es draußen dunkel geworden und im Haus konnte man nicht einmal mehr die eigene Hand vor Augen erkennen. Doch Sophie merkte, dass Stephan die breite Holztreppe hoch ging, während er mit seinen Lippen sanft über ihren Hals strich. Oben angekommen stieß er mit dem Fuß die erste Tür, die sich in dem breiten Flur befand, auf und trat in den Raum, der sich dahinter befand. Im schwachen Mondlicht, das durch das Fenster fiel, erkannte sie ein überdimensional großes Bett, auf dem Stephan sie nun vorsichtig ablegte. Sie atmete tief ein und stellte fest, dass der gesamte Raum Stephans markanten, männlichen Geruch verbreitete. Sofort begann ihr ganzer Körper zu kribbeln. Stephan hielt einen Moment inne und sah ihr in die Augen. „Alles in Ordnung?" fragte er. Statt einer Antwort zog Sophie ihn an sich und küsste ihn leidenschaftlich. Mit zittrigen Fingern öffnete er die Knöpfe ihrer Bluse, um anschließend ihren Körper, angefangen vom Kinn, über den Hals, die Schultern, die Arme, die Brust bis zum Bauchnabel mit tausenden kleinen Küssen zu bedecken. Sophie streifte den Rest ihrer Kleidung ab und auch Stephans Hemd und Hose fielen lautlos zu Boden. Seine Hände und Lippen schienen überall zu sein und Sophie genoss das Gefühl seiner warmen Haut auf ihrem Körper. Alles an diesem Moment fühlte sich perfekt an. Sie war sich sicher, dass es auch am Alkohol lag, aber jetzt gerade wollte sie nichts anderes, als ihn einfach nur zu spüren.

Kapitel 24

Stephan blickte neben sich, wo Sophie mit einem entspannten Gesichtsausdruck in seine Bettdecke eingerollt lag und tief und fest schlief. Auch im Schlaf war sie einfach wunderschön. Niemals zuvor hatte er sich so sehr zu einer Frau hingezogen und gleichzeitig so wohl gefühlt, wenn er mit ihr zusammen war. Und doch kam er sich vor wie ein verdammter Idiot. Gleich zweimal hatte er an diesem Abend verhindern müssen, dass Sophie von seiner Vergangenheit erfuhr. Sie würde ihm niemals verzeihen, was er getan hatte. So viel stand fest. Egal, aus welchen Gründen er gehandelt hatte. Irgendwann musste er ihr reinen Wein einschenken. Doch wann war der richtige Zeitpunkt dafür? Würde es ihn überhaupt geben? Stephan war sich sicher, dass Sophie nie wieder ein Wort mit ihm wechseln würde, wenn er ihr seine Tat beichtete. Und wenn er eines nicht wollte, dann war es, sie auf diese Art zu verlieren. Dass sie überhaupt hier war, erschien ihm wie ein Wunder. Es war nicht so, dass er dachte, nicht gut genug für sie zu sein. Selbst, wenn Sophie die verwöhnte Tochter einer adeligen Familie war und er nur ein einfacher Pferdepfleger. Stephans Selbstbewusstsein war groß genug, um zu wissen, dass er ihr auch so genug bieten konnte. Nur eben nicht den materiellen Lebensstil, den sie wahrscheinlich gewohnt war. Er war noch nie in einem dieser sündhaft teuren Restaurants gewesen, in denen es nur Häppchen gab und man am Ende des Abends hungriger nach Hause ging, als man gekommen war. Geschweige denn, dass er irgendwelche elitären Empfänge besucht hätte. Sein einziger Anzug war von der Stange und hatte nur den Bruchteil eines Designer-Stückes gekostet. Er hielt nichts davon, aus reiner Höflichkeit mit seiner Meinung hinter dem Berg zu halten und warf seinem Gegenüber, zuweilen vielleicht etwas zu direkt, die Wahrheit immer an den Kopf. Doch aus irgendeinem Grund, den auch er selbst sich nicht erklären konnte, schien das alles Sophie trotzdem zu gefallen. Sie war offener geworden, seitdem sie mehr Zeit miteinander verbrachten. Sie lachte öfter und diesen verbissenen Gesichtsausdruck der knallharten Geschäftsfrau sah er nur noch selten bei ihr. Sie hatten eine Verbindung, die mit Worten nicht zu erklären war. Das alles wollte Stephan bewahren, so lange es ging. Für Sophie, aber auch für sich selbst. Auch wenn er dafür in Kauf nahm, ihr ein großes Stückchen Wahrheit zu verschweigen. Nachdenklich strich er ihr über das blonde Haar und beobachtete ihre regelmäßigen Atemzüge. Nein, die Zeit war noch nicht gekommen und er hoffte, dass dieser Moment auch nie kommen würde.

Kapitel 25

Sophie brauchte einige Momente, um sich zu orientieren, als sie am nächsten Morgen die Augen aufschlug. Sie blickte sich in dem großen, hellen Raum um und langsam kam die Erinnerung an den letzten Abend wieder. Stephan. Beim Gedanken an den Ausgang des Abends stieg ihr die Röte ins Gesicht. Gleichzeitig aber machte sich ein aufgeregtes Flattern in ihrer Magengegend bemerkbar. Sophie warf einen Blick auf die andere Hälfte des Bettes, doch Stephan war nicht da. War er vielleicht schon zur Arbeit gefahren und hatte sie einfach weiterschlafen lassen? Mit einem Ruck setzte sie sich auf. Die Sonne strahlte durch den leicht geöffneten Vorhang und tauchte die gegenüberliegende Wand in ein goldgelbes Licht. Wie spät war es? Sie kam zu spät zur Arbeit! Ihr Vater würde einen Tobsuchtsanfall bekommen! Eilig schwang sie die Beine über die Bettkante und realisierte erst jetzt, dass sie nach der vergangenen Nacht ja vollkommen nackt war. Hektisch schlang sie sich die Bettdecke um den Körper und sammelte ihre neben dem Bett verstreuten Kleidungsstücke ein. Auch das noch! Sie konnte doch unmöglich in diesen Klamotten im Büro erscheinen! In Windeseile schlüpfte Sophie in die legere Jeans und zog sich die leichte Bluse über. Um die Holztreppe schneller hinunterlaufen zu können nahm sie ihre Schuhe vorsorglich erst einmal in die Hand. Schon auf der Hälfte der Treppe stieg ihr der Duft von Kaffee in die Nase. Stephan saß an dem großen

Esstisch und blätterte in einer Zeitschrift. „Wie spät ist es?“ rief Sophie und versuchte noch auf der letzten Stufe stehend, sich in ihre Schuhe zu zwängen. „Zu früh, um so eine Hektik zu verbreiten“, meinte Stephan trocken, ohne von seiner Lektüre aufzusehen. Sophie funkelte ihn hinter seinem Rücken an. Stephan stand auf und schlenderte langsam in Sophies Richtung, während sie sich noch mit ihrem zweiten Schuh abquälte. Stephan blieb vor ihr stehen und hob vorsichtig ihr Kinn mit seinem Zeigefinger an. „Du hast noch genug Zeit“, murmelte er und gab ihr einen sanften Kuss. Sophie seufzte leise und erwiderte Stephans Begrüßung mit einem leidenschaftlichen Kuss. Nachdem die Hormone verflogen waren konnte Sophie nach und nach wieder einen klaren Gedanken fassen. Hektisch sah sie sich um, auf der Suche nach einer Uhr. „Es ist erst halb sieben“, meinte Stephan und sah sie an. Erleichtert atmete Sophie auf. „Du frühstückst jetzt erst einmal was“, sagte der Pferdepfleger und machte sich auf den Weg in die Küche, um Sophie einen Kaffee einzuschenken. „Ich frühstücke vor der Arbeit nicht“, rief sie ihm hinterher. „Das Frühstück ist die wichtigste Mahlzeit des Tages. Also setz dich“, bestimmte Stephan, als er wieder aus der Küche kam, und schob sie mit sanfter Bestimmtheit zum Esstisch hinüber. „Ein Kaffee reicht mir wirklich, danke“, entgegnete Sophie und nippte an ihrer Tasse. „Komm, iss wenigstens einen Apfel“, meinte Stephan und sah sie erwartungsvoll an. „Ja, ist gut, Papa“, murrte sie und griff in die Obstschale.

Stephan grinste. „Wäre ich dein Papa, dann hätte ich das, was ich gestern Abend getan habe, garantiert nicht mit dir angestellt." Sophie lief auf der Stelle rot an. „Es war sehr schön", flüsterte er dann und sah ihr in die Augen. Sophie blickte ihr Gegenüber unter den gesenkten Augenlidern hinweg an und nickte leicht. Ja, es war wirklich schön gewesen. Und neu. Ganz anders, als sie es jemals mit Daniel erlebt hatte. Da war diese Verbundenheit zwischen ihnen gewesen. Und so unglaublich viel Gefühl. Bei dem Gedanken zuckte sie innerlich fast ein wenig zusammen. Nein, egal was passiert war, Gefühle kamen für sie nicht infrage. Es war unglaublich gewesen und sie genoss jede Minute mit Stephan. Aber war er wirklich das, was sie sich für die Zukunft wünschte? Gedankenverloren biss Sophie in ihren Apfel und lächelte Stephan, der sie ganz unverwandt musterte, an. „Was ist?" fragte sie zwischen zwei Bissen und zog misstrauisch die Stirn in Falten. „Du solltest öfter auf deine Kostüme und den ganzen Kleister im Gesicht verzichten. Das steht dir", meinte Stephan und lehnte sich zurück. Sophie schüttelte den Kopf und rollte mit den Augen. „Ich muss los, mir für die Arbeit noch etwas Kleister auftragen", sagte Sophie einige Zeit später und stand auf. Stephan lachte heiser auf und begleitete sie zur Haustür, wo er sie sanft von hinten umarmte. „Es wird spät heute", murmelte Sophie. „Mein Vater hat Geschäftskunden aus dem Ausland. Das ist ein wichtiger Auftrag für uns." Stephan nickte und küsste sie sanft vom Ohr über den Hals hinunter bis zur Schulter. Sophie seufzte und lehnte ihren Kopf an ihn. „Ich denke, ich werde mich lange genug im Stall beschäftigen können", meinte er, drehte die junge Frau mit einem geschickten Handgriff zu sich und gab ihr einen Kuss, der Sophie wieder einmal die Sprache verschlug. Sie lächelte und machte sich dann auf den Weg zu ihrem Auto, um in ihr normales Leben zurückzukehren.

Kapitel 26

Die Wochenenden, oder zumindest die Nächte, verbrachte Sophie in den nächsten Wochen bei Stephan. Hier waren sie ungestört und mussten nicht dauernd auf der Hut sein aus Angst, jemand könnte sie entdecken. Allerdings war Sophie gerade in den vergangenen Tagen immer häufiger aufgefallen, dass Stephan, wenn sie sich auf dem Anwesen der von Ehrenfurths aufhielten, längst nicht mehr so wachsam und vorsichtig war wie zu Beginn ihrer Affäre. Er schien es fast schon darauf anzulegen, dass irgendjemand die beiden zusammen entdecken könnte und Sophie gab sich größte Mühe, immer wieder Abstand zwischen sich und Stephan zu bringen. Sie war sich noch nicht vollkommen im Klaren darüber, wo das Ganze hinführen sollte. Oder ob es überhaupt irgendwo hinführte. Wenn sie mit Stephan zusammen war, dann zählte nur der Moment. Außerdem, so musste sie sich selbst eingestehen, genoss sie es, gleichzeitig begehrt aber auch umsorgt zu werden. Eigentlich sah sie gar keine Notwendigkeit irgendetwas an der derzeitigen Situation zu ändern.

In der Woche vor dem Sommerball herrschte vom frühen Morgen bis in den späten Abend geschäftiges Treiben auf dem Gestüt, insbesondere rund um den Golfclub. Am Mittwoch wurde der spätere Turnierplatz eingezäunt und mit Hindernissen sowie Tribünen versehen. Am Donnerstag trafen die ersten Teilnehmer, die aus dem Ausland anreisten, ein. Die Mitarbeiter des Gestütes hatten den Stalltrakt für die Gastpferde auf Hochglanz poliert und Mara von Ehrenfurth kümmerte sich darum, dass die Teilnehmer zufrieden und entspannt ihre Unterkünfte für die kommenden Tage erreichten.

Am Freitag machte Sophie bereits mittags Feierabend, um bei den letzten Vorbereitungen für den nächsten Tag, an dem das Turnier und der Sommerball stattfinden würden, vor Ort zu sein. Zufrieden sah sie sich im Golfclub um. Die fliederfarbene Dekoration war wirklich eine gute Wahl gewesen. Sie wirkte frisch und edel, aber nicht aufdringlich. Die Tische für das Buffet standen bereit und die Perfektionistin sicherte sich mit einem kurzen Anruf beim Caterer ab, dass das Essen am nächsten Tag pünktlich bereitstehen würde. Nachdem sie noch einen kurzen Blick über den Turnierplatz geworfen hatte, ging Sophie sich in Windeseile umziehen und machte sich dann auf den Weg in den Stall. Wenn sie an den nächsten Tag dachte wurde Sophie von einem aufgeregten Kribbeln erfasst. Tatsächlich war es das erste Mal seit über zehn Jahren, dass Sophie an einem Turnier teilnahm. Ihre sportliche Karriere hatte sie zugunsten ihres Studiums aufgegeben und in den folgenden Jahren war sie beruflich einfach zu sehr eingespannt gewesen, um sich auf das Sommerball-Turnier vorbereiten zu können. Noch dazu war sie sich sicher, dass Daniel nicht gerade begeistert von ihrer Teilnahme gewesen wäre. Er hatte es immer vorgezogen, das Turnier von der Tribüne aus zu verfolgen. Natürlich hatte er dabei kein wirkliches Interesse an dem Sport an sich gezeigt. Aber das Turnier auf dem Gestüt der von Ehrenfurths und der anschließende Ball waren ein Event, auf dem jeder mit Rang und Namen vertreten war. Und für Daniel als Banker war die Veranstaltung natürlich *die* Gelegenheit, um Kontakte zu knüpfen.

Gut gelaunt reichte Sophie ihrem Hengst eine Möhre, die der Schimmel vorsichtig mit den Lippen aufnahm. „Gleich geht es zur Generalprobe“, flüsterte die Reiterin ihrem Pferd ins Ohr und kraulte ihm dabei die Mähne. Caroso schnaubte, als würde er seiner Besitzerin zustimmen, und kaute dabei genüsslich auf seinem Leckerbissen. Sophie machte ihren gewohnten Abstecher zum Stutenstall, wo Stephan gerade dabei war die Mittagsration Heu zu verteilen. Schon auf den ersten Blick fiel der jungen Frau ein ungewohnt missmutiger Ausdruck auf seinem Gesicht auf. „Alles in Ordnung?“ fragte sie und blieb direkt neben ihm stehen. Stephan gab statt einer Antwort nur ein unverständliches Murmeln von sich. Weil er nicht den Eindruck machte, als wäre etwas wirklich Besorgniserregendes passiert, begrüßte Sophie zunächst wie üblich Medina und ihr Stutfohlen. „Was bist du groß geworden, meine kleine Daisy“, sagte sie beeindruckt und strich dem kleinen Stütchen dabei sanft über die Nase. Daisy legte ihr weiches Maul an Sophies Wange und Sophie musste lachen, als sie die langen Tasthaare des Fohlens am Ohr kitzelten. Dann wandte sie sich wieder Stephan zu, der inzwischen dabei war, die Stallgasse zu fegen. „Was ist los?“, wollte sie wissen und war etwas irritiert. Es war noch nie vorgekommen, dass Stephan sie nicht beinahe mit den Augen ausgezogen hatte, sobald sie die Stallgasse betrat. „Da hat ein Typ nach dir gefragt“, brummte Stephan und fegte unbeirrt weiter, ohne sich zu ihr umzudrehen. „Was?“ Sophie dachte, sich verhört zu haben. „Da war ein Kerl, der nach dir gefragt hat. Heute Morgen“, wiederholte Stephan und klang dabei sichtlich gereizt. „Hier im Stall? Wer war das?“ „Das weiß ich nicht, Sophie! Er hat sich nicht persönlich bei mir vorgestellt. Er hat nur gefragt, wann du heute anzutreffen wärst.“ Jetzt war der genervte Unterton in seiner Stimme nicht mehr zu überhören. Sophie grinste. „Bist du etwa eifersüchtig?“ Wieder murmelte Stephan etwas Unverständliches in seinen Dreitagebart. Sie sah sich kurz um, um sich zu vergewissern, dass sich außer ihnen niemand im Stall befand. Dann packte sie den überraschten Stephan am Handgelenk und zog ihn hinter einen Stapel Strohballen. Dort schlang sie ihre Arme um seinen Hals und gab ihm einen leidenschaftlichen Kuss. Stephan seufzte leise und zog sie an sich. Langsam glitten seine Hände ihren Rücken hinab und verursachten das gewohnte Kribbeln auf ihrer Haut. Spielerisch ließ Sophie ihre Zungenspitze über seine Lippen gleiten. „Immer noch eifersüchtig?“, flüsterte sie und sah ihm in die Augen. „Wenn das deine Reaktion darauf ist, dann definitiv ja“, grinste er und gab ihr einen kleinen Kuss auf die Nasenspitze. Sophie machte einen Schritt zurück und sah Stephan mit gerunzelter Stirn an. „Also, was war das für ein Typ?“, fragte sie noch einmal. Stephan zuckte mit den Schultern. „Wie gesagt, er hat sich nicht vorgestellt. Ich nehme an, es ging um etwas Geschäftliches, so wie der aussah.“ Sophie legte den Kopf schief und sah ihn fragend an. „Na, der Anzug hat wahrscheinlich das Doppelte von meinem gesamten Kleiderschrankinhalt gekostet. Und auch sonst wirkte er ziemlich lackiert.“ Sophie klappte die Kinnlade hinunter. „Daniel?“, fragte sie ungläubig und erntete dafür ein erneutes Achselzucken. „Und er war hier *im Stall*?“ Sophie konnte es nicht fassen. Sie konnte sich nicht daran erinnern, dass ihr Ex-Freund in den zwölf Jahren, in denen sie ein Paar gewesen waren, jemals den Stall betreten hatte. Schon gar nicht, wenn er einen seiner Designer-Anzüge trug. Zu groß war seine Angst, dass der Pferdegeruch in dem feinen Stoff hängenbleiben könnte. Bei dem Gedanken daran schüttelte Sophie unwillkürlich den Kopf. „Na ja, nicht direkt“, meinte Stephan jetzt. „Er stand an der Tür und hat gerufen. Obwohl, eigentlich hat er eher gepfiffen nach mir wie nach einem räudigen Hund.“ Ja, das klang eindeutig nach Daniel. Sie seufzte und rieb sich die Augen. „Du scheinst nicht besonders begeistert von diesem Besuch zu sein“, stellte Stephan fest und musterte sie eindringlich. „Mein Ex-Freund“, gab Sophie knapp zurück. „Hätte ich das gewusst“, meinte er und zog die Augenbrauen hoch, „dann wäre mir aus Versehen eine Ladung Pferdemist vor seinen Füßen von der Schubkarre gefallen.“ Sophie musste lachen und schlug ihm mit der flachen Hand gegen die Brust. „Es reicht mir schon, dass ich ihn morgen auf dem Ball ertragen muss", stöhnte sie und fuhr sich mit der Hand durch die blonden Haare. „Der Kerl kommt auch?", wiederholte Stephan und setzte dabei erneut seinen missmutigen Blick auf. Sophie nickte. „Meine Eltern haben darauf bestanden, dass seine Familie eingeladen wird. Daniels Vater ist schon seit der Gründung ein wichtiger Geschäftspartner unserer Firma. Deswegen ist mein Vater auch alles andere als begeistert von unserer Trennung." Sophie sah, wie Stephan hart schluckte und biss sich auf die Lippe. Es war ihr eh schon mehr als unangenehm, dass die beiden Männer sich überhaupt begegnet waren. Stephan jetzt auch noch brühwarm unter die Nase zu reiben, dass ihre Eltern sich noch immer Daniel an ihrer Seite wünschten, hätte sie ihm lieber ersparen sollen. Der Pferdepfleger presste die Lippen aufeinander und Sophie überlegte, ob ihm in diesem Moment klar wurde, wie aussichtslos die Situation für sie beide tatsächlich war. Ob er ahnte, dass Hans und Mara von Ehrenfurth ihn niemals als den Mann an der Seite ihrer Tochter akzeptieren würden. Und ob genau das überhaupt das war, was er sich für die Zukunft wünschte. Stephan rieb sich mit der flachen Hand über das Kinn und sah Sophie mit einem aufgesetzten Lächeln an. „Ich habe noch einiges zu tun. Die letzten Gastpferde werden bald ankommen", meinte er dann und gab ihr einen flüchtigen Kuss. Und noch ehe sie antworten konnte war er schon in der Stallgasse verschwunden.

Kapitel 27

Daniel war am Freitag glücklicherweise nicht mehr aufgetaucht und hatte auch sonst nichts weiter von sich hören lassen. Allerdings war auch Stephan am frühen Abend einfach verschwunden, ohne sich von Sophie zu verabschieden. Das war mehr als untypisch für ihn. Sie hatte beinahe ein schlechtes Gewissen, weil selbst ihr klar war, dass sie Stephan nur hinhielt und weitere Pläne für die Zukunft vollkommen von sich schob. Erst vor wenigen Tagen hatte Sophie geschickt vom Thema ablenken müssen, als Stephan sie beiläufig auf den Eröffnungstanz des Abendballs angesprochen hatte. In diesem Moment kam ihr das erste Mal in den Sinn, dass er vielleicht nicht ohne Hintergedanken dieses Thema anschnitt? Sophie stellte sich ernsthaft die Frage, ob sie Stephan vielleicht nur als Lückenbüßer benutzte, um das, was Daniel ihr angetan hatte, zu vergessen. Bei dem Gedanken schüttelte Sophie energisch den Kopf. Nein, Stephan war mehr als ein Lückenbüßer. Aber sie wollte einfach keine tiefen Gefühle in etwas investieren, was sowieso keine Zukunft haben würde. Sie hoffte, dass er das irgendwann verstehen würde.

Am Morgen des Sommerball-Turniers wachte Sophie bereits auf, als die Sonne gerade erst über dem Wald aufging. Sie hatte in dieser Nacht kaum geschlafen. Einerseits war sie unglaublich nervös wegen der bevorstehenden Prüfung. Früher war ihr für Teilnehmer mit Lampenfieber immer nur ein müdes Lächeln über die Lippen gehuscht. Allerdings hatte sie sich auch niemals ernsthafte Sorgen um ihr Abschneiden machen müssen. Wenn sie angetreten war, dann war am Ende auch wenigstens eine Platzierung unter den besten Drei herausgesprungen. Das erwarteten ihre Eltern schließlich von ihr. Und auch ihren eigenen Ansprüchen konnte sie nur so gerecht werden. Heute war das anders. Natürlich wollte Sophie das Springen am liebsten für sich entscheiden. Allerdings hatte ihr gnadenloser Ehrgeiz in den vergangenen Wochen und Monaten deutliche Risse bekommen und ihr war bewusst geworden, dass es wichtigere Dinge gab als Erfolge, Auszeichnungen und Pokale. Andererseits hatte auch Stephans verletzter Blick, der Sophie nicht aus dem Kopf ging, alles andere als zu einem erholsamen Schlaf beigetragen. Ob er wirklich erwartet hatte, dass sie ihn fragen würde, ob er sie zum Sommerball begleitete? Nein, Stephan war clever genug, um zu wissen, dass das absolut unmöglich war. Wahrscheinlich hatte ihm wirklich nur die Tatsache, dass ihr Ex-Freund offenbar der Traum aller Schwiegereltern war, die Laune so gründlich verhagelt.

Heute Morgen bekam die aufgewühlte Sophie nicht einmal eine Tasse Kaffee hinunter und so entschied sie sich, direkt in den Stall zu gehen, um Caroso für ihren großen Tag vorzubereiten und das Sattelzeug noch einmal zu überprüfen. Auf dem Hof herrschte bereits jetzt hektisches Treiben.

Immer wieder kamen Autos mit Pferdeanhängern die Einfahrt hinaufgefahren. Es wurde eifrig an der Technik hantiert, damit während der Prüfung bei der Ansage nichts schiefgehen konnte. Überall tummelten sich Reiter in strahlend weißen Reithosen und Pferdepfleger eilten nervös von links nach rechts. Hier und da wieherte oder schnaubte ein Pferd. Als Sophie die Stalltür hinter sich schloss, lehnte sie sich einen Moment dagegen und schloss die Augen. Hier drin herrschte eine angenehme Ruhe. Nur das kauende Geräusch mahlender Pferdezähne, die ihr Heu-Frühstück genossen, war zu hören. Als sie die Augen wieder öffnete, sah sie Stephan in der Sattelkammertür lehnen. „Guten Morgen", sagte er leise und lächelte zaghaft. Dann ging er einige Schritte auf sie zu und hielt ihr eine Tasse dampfenden Kaffee entgegen. „Ich bekomme nichts runter, wirklich", sagte Sophie und hielt sich wie zum Beweis die Hand vor den Bauch. „Du kannst keine Prüfung reiten, ohne irgendwas im Magen zu haben", meinte Stephan und sah ihr eindringlich in die Augen. Er überreichte ihr die Tasse und seufzend nahm sie einen großen Schluck des duftenden Getränks. Er würde ja doch keine Ruhe geben. „Ich habe dein Sattelzeug noch einmal übergeputzt", sagte er und wandte sich zum Gehen. „Und Caroso ist auch schon fertig." „Danke", murmelte Sophie und folgte ihm in die Sattelkammer. „Das hättest du aber nicht tun brauchen." „Ich weiß", meinte Stephan achselzuckend. „Aber ich dachte, so kannst du dich noch etwas entspannen, bevor es nachher losgeht. Und außerdem", fügte er augenzwinkernd hinzu, „bin ich mir ziemlich sicher, dass du auf dem Turnier einen All-inklusive-Service gewohnt bist." Sophie errötete kaum sichtbar und Stephan lachte heiser auf. Sie machte einen Schritt auf ihn zu und wollte ihm einen vorsichtigen Kuss geben, doch er machte einen Schritt zurück. Stattdessen lächelte er sie an und steckte ihr sanft eine Haarsträhne hinters Ohr. Sophie schluckte hart und musste diese Abweisung erst einmal einen Moment verdauen. Doch dann rief sie sich ins Gedächtnis, dass das Risiko, dass urplötzlich jemand in der Tür stand, heute einfach viel zu groß war. „Ist es ok für dich, wenn ich mich heute um Caroso kümmere? Oder möchtest du lieber Marco dabeihaben?", fragte Stephan jetzt und sah sie für ihn völlig untypisch etwas unsicher an. „Natürlich kommst du mit", antwortete sie, ohne einen Moment überlegen zu müssen. Sie wusste, dass nur Stephan ihren Hengst dazu bringen konnte, sich vollkommen zu entspannen. Und auch sie selbst wäre deutlich ruhiger, wenn er und nicht Marco vor der Prüfung an ihrer Seite wäre. Er nickte kurz und sah ihr einen Moment in die Augen. „Ich muss weitermachen", flüsterte er dann und nachdem er ihr mit dem Finger über die Wange gestrichen hatte, war er auch schon verschwunden.

Wie jedes Jahr war das Turnier ein absoluter Zuschauermagnet und rund um den Turnierplatz bekam man kaum einen Fuß auf die Erde. Überall drängten sich Männer in Anzügen und Frauen in edlen Sommerkleidern rund um die kleinen

Stehtische, auf denen Champagner und Kanapees gereicht wurden. Viele der Geschäftsleute saßen auf der großen Tribüne und verfolgten die Runden ihrer vierbeinigen Investments. Unwillkürlich fragte Sophie sich, wie sie diesem ganzen Theater jemals große Bedeutung hatte schenken können. Sie klopfte ihrem Schimmel, der aufmerksam das Geschehen um sich herum beobachtete und dabei hier und da einer vorbeitrabenden Stute ein Wiehern zuwarf, den Hals, während Stephan ihren Sattelgurt nachzog. „Du siehst ein wenig blass aus", sagte er und grinste. „Bist du etwa nervös, Prinzessin?" Sophie sah ihn aus zusammengekniffenen Augen vom Pferd herab an und atmete einmal tief durch. „Ehrlich gesagt, ja", gab sie zu. „Das letzte Mal ist so lange her." „Du und Caroso seid ein tolles Team, Sophie. Und ihr seid in Topform. Das wird schon gut werden. Und wenn nicht, zählt der olympische Gedanke", versuchte Stephan sie aufzumuntern. „Das sagst du so leicht", entgegnete sie und warf dabei einen Blick auf ihren Vater, der sich an einem der Stehtische angeregt mit einem Scheich unterhielt. „Ja, das sage ich so leicht", erwiderte er und gab dem Hengst einen Klaps auf die Schulter. „Und jetzt los, du bist als Nächste dran." Wieder atmete Sophie tief durch und sah Stephan in die Augen. Für einen Moment verschwand der ganze Trubel um sie herum und sie sah nichts anderes als ihn und wie er sie anstrahlte. Einen Augenblick lang wusste ihr Herz nicht, ob es aufgeregt losgaloppieren oder sich beruhigen sollte. In der nächsten Sekunde entspannte sich Sophie jedoch und was blieb, war ein aufgeregtes Flattern in ihrer Magengegend. „Also los“, murmelte sie, löste sich von Stephans Blick und gab Caroso das Kommando, den Parcours zu betreten.

Kapitel 28

Stephan merkte, wie angespannt Sophie war und musste grinsen. Wie sie da mit blassem Gesicht auf ihrem Schimmel saß und nervös an ihrer Unterlippe kaute, wollte er eigentlich nichts anderes, als sie beruhigend in die Arme zu schließen. Seufzend musste er sich eingestehen, dass das praktisch unmöglich war. Sophie konnte einfach nicht aus ihrer Haut und er war sich mittlerweile unsicher, ob sie das jemals konnte. Sie war noch immer viel zu sehr darauf bedacht, ihren und besonders den Namen ihrer Familie frei von jeglichen Skandalen – und das wäre eine Beziehung mit einem Pferdepfleger definitiv – zu halten. Stephan musste sich eingestehen, dass er insgeheim ein wenig gehofft hatte, dass Sophie ihn bitten würde, sie zum Sommerball zu begleiten. Es hätte kein besseres Statement geben können. Doch Sophie hatte nicht gefragt und Stephan bezweifelte, dass sie es im Laufe des Tages noch tun würde. Stattdessen war dieser gestriegelte Idiot hier aufgetaucht. Stephan musste schlucken und fühlte erneut die Eifersucht in sich aufsteigen. Dieser Kerl war doch nur darauf aus, sich mit dieser wunderschönen Frau zeigen und sich mit ihrem Namen brüsten zu können! Wenn er sich wirklich für sie interessierte, dann würde er nicht jetzt, wo Sophie in den Parcours geritten war, dem Turnierplatz den Rücken zukehren und in seinem Designer-Anzug Champagner schlürfen. Stephan entschloss sich, diesem Lackaffen keine weitere Beachtung zu schenken und heftete seinen Blick stattdessen auf Sophie, die mit ihrem Pferd gerade den Parcours umrundete, um sich die Streckenführung noch einmal ins Gedächtnis zu rufen. „Na", hörte er plötzlich eine bekannte Stimme neben sich. Stephan sah kurz zur Seite und entdeckte Tim, den Bereiter des Gestütes. „Na", gab er knapp zurück und versuchte, sich wieder auf Sophie, die jetzt das erste Hindernis anvisierte, zu konzentrieren. Die beiden Männer verfolgten wie Sophie auf Caroso die ersten Sprünge mit Leichtigkeit überwand. Als sie etwa die Hälfte des Parcours gemeistert hatte, räusperte Tim sich. „Also, du und Sophie?" fragte er, ohne Stephan dabei anzusehen. Diesen traf beinahe der Schlag. Was zur Hölle ...? „Ich weiß nicht, was du meinst", presste er zwischen zusammengebissenen Zähnen hervor. „Ich bitte dich, Stephan", entgegnete der Bereiter und wippte auf seinen Fußballen vor und zurück, was Stephan aus irgendeinem Grund aggressiv machte. „Ich sehe doch, wie du sie ansiehst. Und sie sieht dich auch schon lange nicht mehr so von oben herab an wie früher. Ganz abgesehen davon, dass sie sich überhaupt länger als unbedingt notwendig im Stall aufhält, sogar bei den Zuchtstuten. Glaub mir, ich arbeite seit fast zehn Jahren für die von Ehrenfurths, das ist absolut untypisch für sie. Und komischerweise fing das alles an, kurz nachdem du aufgetaucht bist. Ich bin doch nicht blöd, Kollege." Stephan presste die Lippen aufeinander und starrte in Sophies Richtung. Doch den Ritt wirklich wahrnehmen konnte er jetzt nicht mehr. „Verbrenn dir nicht die Finger, Stephan", fuhr Tim fort und sah ihn nun doch von der Seite an. „Diese Familie ist eine Schlangengrube für Leute wie uns. Du glaubst doch nicht ernsthaft, dass sie das einfach so hinnehmen würden. Wenn das rauskommt kannst du sofort deine Sachen packen." Stephan musste sich ernsthaft zusammenreißen, um seinem Kollegen keinen Kinnhaken zu verpassen. Er atmete einmal tief durch, um die Fassung wieder zu gewinnen. Dann sah er dem

Bereiter ebenfalls ins Gesicht. „Wie gesagt, ich weiß nicht, wovon du redest“, sagte er mit fester Stimme. Tim zuckte mit den Schultern. „Sag später nicht, ich hätte dich nicht gewarnt.“ Im selben Moment hatte Sophie den Parcours beendet und kam strahlend auf die beiden Männer zugeritten. „Sophie von Ehrenfurth und Caroso fehlerfrei im ersten Durchgang. Damit haben sie sich für das Stechen qualifiziert“, tönte es aus dem Lautsprecher. „Gut gemacht, wir sehen uns in Runde Zwei“, sagte Tim und schüttelte Sophie die Hand, dann warf er Stephan noch einen vielsagenden Blick zu und verschwand in Richtung der Pavillons. Stephan hielt dem Hengst ein Stück Apfel hin und lächelte seine Reiterin an. Von diesem Gespräch würde er Sophie unter keinen Umständen erzählen.

Kapitel 29

Nachdem sie den Parcours gemeistert hatte, fiel Sophie ein Stein so groß wie die Rocky Mountains vom Herzen. Überglücklich trabte sie zurück zum Vorbereitungsplatz. Am Ausgang wurde sie von Stephan und Tim empfangen. Der Bereiter hatte sich mit Lordinus bereits als erster Starter für das Stechen qualifiziert und Sophie wusste, dass er es ihr in der zweiten Runde nicht leicht machen würde. „Du hast noch genug Zeit bis zum Stechen", sagte Stephan und strich dem Schimmel über die Stirn. „Lass uns Caroso erst einmal in den Stall bringen." Sophie nickte und ritt im Schritt zurück zu den Stallungen. Stephan folgte ihr und ließ seinen Blick über die Zuschauer gleiten. Viele bekannte Persönlichkeiten waren anwesend und heute Abend zum Ball würden noch einige dazukommen. Die meisten von ihnen kannte der Pferdepfleger bereits von Turnieren, die er in der Vergangenheit begleitet hatte. Plötzlich sah Stephan in der Menge einen Mann, der ihn mit starrem Blick und einem unangenehmen Grinsen im Gesicht fixierte. Im Gegensatz zu den meisten anderen hier war er leger gekleidet und sein Presseausweis hing deutlich sichtbar um seinen Hals. Stephan konnte spüren, wie ihm die Farbe aus dem Gesicht wich. Wie durch einen Schleier hörte er Sophies Stimme. Sie war mehrere Meter vor ihm stehengeblieben und drehte sich nun auf ihrem Pferd sitzend nach hinten. „Stephan?" fragte sie stirnrunzelnd. Dieser schüttelte den Kopf und sah zu ihr hoch. „Was hast du gesagt?“ fragte er irritiert. „Du siehst aus, als hättest du einen Geist gesehen“, stellte Sophie fest und sah ihn besorgt an. Er sah zu der Stelle hinüber, an der der Mann eben noch gestanden hatte. Doch dort stand nun der Scheich, mit dem Hans von Ehrenfurth sich vorhin so angeregt unterhalten hatte. „Ich dachte …“, setzte er an und schüttelte erneut den Kopf. „Ich dachte, ich hätte jemanden gesehen.“ Nun schüttelte Sophie den Kopf. „Du solltest mal eine kleine Pause machen. Du bist ja wahrscheinlich schon mitten in der Nacht aufgestanden.“

Sophie ließ sich vor dem Stall aus dem Sattel gleiten und wollte ihren Hengst gerade auf die Stallgasse führen, als Stephan ihr die Zügel aus der Hand nahm. „Ich mach das schon“, sagte er. „Geh du zu euren Gästen. Und ruh dich vor dem Stechen noch ein wenig aus.“ „Aber …“, setzte Sophie an, doch da war Stephan schon losgegangen. „Kein aber“, bestimmte er und bog in die Stallgasse ab.

Kapitel 30

Stephan versorgte den Hengst und schüttete ihm zur Belohnung für die gute Leistung eine Extra-Ration Hafer in den Trog. Das Stechen würde frühestens in einer Stunde beginnen und so konnten sich beide, Sophie und ihr Schimmel, noch etwas ausruhen, bevor es spannend wurde. Stephan schloss die Boxentür des Hengstes hinter sich und hängte das Sattelzeug vor die Box, um es noch einmal auf Hochglanz zu bringen. „Sammle noch einmal deine ganze Kraft, gleich wird es ernst", flüsterte er Caroso zu, bevor er sich abwandte und zur Stalltür ging. Es blieb noch genug Zeit, um in den leeren Ställen die Heurationen für den Abend zu verteilen. Also machte sich Stephan zuerst auf den Weg zu den Stutenställen. Als er aus der Stalltür trat schlug ihm der gewohnte Turnierlärm entgegen: Ansagen, die aus den Lautsprechern tönten. Aufbrandender Applaus nach einer gelungenen Runde. Aufgeregtes Wiehern von allen Seiten. Stephan bemerkte im ersten Moment den Mann, der auf der Bank vor den Stallungen saß, gar nicht. Bis er plötzlich ein „Hallo Stephan" hinter sich hörte, dass ihm das Blut in den Adern gefrieren ließ. Wie zur Salzsäule erstarrt blieb Stephan stehen und drehte sich erst nach einigen Sekunden des Zögerns wie in Zeitlupe um. „Ich wusste, dass wir uns noch einmal wiedersehen würden", sagte der Mann jetzt und lächelte kalt. „Was willst du hier, Martin?", presste Stephan zwischen zusammengebissenen Zähnen hervor. Der Mann zuckte mit den Schultern. „Wer über das Sommerball-Turnier auf dem Gestüt von Ehrenfurth nicht berichtet, ist selbst schuld", entgegnete er. Stephan kannte Martin Kerner von seinem früheren Arbeitgeber. Er war

Journalist und arbeitete für eine deutschlandweit bekannte Fachzeitschrift für Reiter und Züchter. Doch die beiden hatten sich eher über Martins ‚Nebenjob' – wie er selbst es nannte - kennengelernt. Allein bei dem Gedanken daran, wie das Zusammentreffen mit dem Journalisten sein Leben für immer verändert hatte, drehte sich Stephan der Magen um. „Wie geht es deinem Vater?", wollte Martin Kerner nun wissen und streckte die Beine aus. Stephan sog mit einem zischenden Geräusch die Luft ein. „Verschwinde von hier", raunte er. „Sofort!" „Sonst was?", erwiderte sein Gegenüber und zeigte ein spöttisches Grinsen. „Ich habe mich schon gefragt, wo du geblieben bist", fuhr er dann fort. „Aber als ich dich eben auf dem Turnierplatz gesehen habe, kam mir plötzlich alles ganz logisch vor. Ein Mann mit deiner Begabung wird sich nur die besten Arbeitgeber heraussuchen. Und jetzt? Privatpfleger für das edle Ross von Fräulein von Ehrenfurth, hm?" Stephan ballte die Hände zu Fäusten und widerstand nur mühsam dem Impuls, Martin Kerner direkt K.o. zu schlagen. „Ich meine es ernst, Martin", sagte er. „Verschwinde von hier. Lass mich in Ruhe. Reicht es dir nicht, dass du schon einmal mein Leben zerstört hast?" Der Journalist lachte und sah dem Pferdepfleger in die Augen. „Ach Stephan, dass ich dich hier getroffen habe, ist praktisch wie ein Sechser im Lotto für mich. Die Reichen werden doch immer reicher. Das müssen wir uns doch nicht bieten lassen, findest du nicht?" Stephan presste die Lippen aufeinander und dachte ernsthaft darüber nach, ob es jemandem auffallen würde, wenn er den Mann einfach mit der Schaufel erschlug und im Wald vergrub. „Ich werde nicht mit dir zusammenarbeiten. Nicht jetzt und auch sonst nie wieder. Ich will meine Ruhe, hast du verstanden?" Wieder lachte sein

Gegenüber auf. „Du willst mir doch nicht ernsthaft weismachen, dass die von Ehrenfurths dich so gut bezahlen, dass du die Pflege für deinen Vater jetzt aus der Portokasse zahlen kannst. Ich bitte dich, Langbrenner. Jeder kann etwas mehr Geld gebrauchen." „Stephan?", rief eine Stimme über den Hof und der Pferdepfleger wandte erschrocken den Kopf um. „Ich glaube, wir müssen Caroso so langsam wieder fertig machen", sagte Sophie und kam auf die beiden Männer zu. Stephan trat einen Schritt auf den Journalisten zu. Auf keinen Fall würde er zulassen, dass diese Pest auf zwei Beinen ihr zu nahe kam. „Frau von Ehrenfurth, wie schön", sagte Martin Kerner, drängte sich an Stephan vorbei und streckte ihr lächelnd die Hand zur Begrüßung entgegen. Sophie erwiderte den Gruß und sah ihn fragend an. „Martin Kerner, ich berichte über ihr wundervolles Turnier. Ein Highlight, wie jedes Jahr", schmeichelte er. „Herr Langbrenner und ich kennen uns noch von früher." Ein Muskel in Stephans Kiefer begann zu zucken und er starrte Martin wütend an. Sophie hingegen lächelte und bemerkte es gar nicht. „Geh schon einmal vor Sophie, ich komme sofort nach", brummte Stephan und war erleichtert, dass Sophie ausnahmsweise einmal tat, was er sagte. „Wag es nicht, ihr noch einmal so nah zu kommen!", warnte er den Journalisten. Dieser hob die Augenbrauen und lächelte süßlich. „Aha, so ist das. Ich verstehe." Stephan hätte sich am liebsten die Zunge abgebissen. Warum musste er diesem Stück Dreck noch so eine Vorlage bieten? Martin Kerner griff in seine Laptop-Tasche und zog eine Visitenkarte heraus, die er sorgsam in die Brusttasche des Pferdepflegers gleiten ließ. „Falls du es dir noch einmal überlegst", meinte er und klopfte Stephan mit der flachen Hand auf die Brust. „Ach und grüß deinen Vater von mir." Damit machte der Journalist frech grinsend auf dem Absatz kehrt und verschwand in Richtung Turnierplatz. Stephan rieb sich die Augen. Das waren eindeutig zu viele unangenehme Gespräche für einen Tag gewesen. In ihm stieg das Gefühl auf, dass ihm bald alles entgleiten würde.

Kapitel 31

Sophies Herz schlug ihr bis zum Hals als sie als erste Starterin in den Stech-Parcours ritt. Caroso tänzelte nervös hin und her während sie versuchte, sich die beste Route für eine schnelle Zeit einzuprägen. Nach dem Richtergruß gab sie ihrem Hengst das Kommando zum Angaloppieren und konzentrierte sich dann voll und ganz auf ihre Aufgabe. Den ersten Sprung überwanden sie und ihr Schimmel mühelos. Ab jetzt lief die Zeit. Sophie lenkte ihren Hengst in einem engen Bogen nach rechts und Caroso sprang mit einem weiten Satz über den Oxer. Nun ging es die lange Seite hinunter und über den Wassergraben, das absolute Lieblingshindernis ihres Pferdes. Der Schimmel streckte sich und flog geradezu über das Wasser. Nach der Linkskurve ging es über die zweifache Kombination. Beim zweiten Hindernis wackelten die Stangen zwar bedenklich, blieben dann aber doch liegen. Das nächste Hindernis, eine massive Mauer, meisterten die beiden wieder mit Bravour. Nun kam der letzte Sprung, ein extra breit gebauter Oxer. Dazwischen lag eine gewaltige Distanz und Sophie ermunterte Caroso mit einem Schnalzen, das Tempo zu erhöhen, um etwas Zeit zu sparen. Mehrere Meter vor dem Sprung stellte sie jedoch fest, dass sie bei diesem Tempo unmöglich den richtigen Absprungpunkt erwischen würden. „Langsam“, hauchte sie und fasste die Zügel kürzer, was der Hengst mit unwilligem Kopfschlagen quittierte. Auf der Zuschauertribüne ertönte lautes Gemurmel. Sophie setzte sich schwerer in den Sattel, um ihren Schimmel bremsen zu können, doch dieser hielt mit aller Kraft dagegen. Kurz vor dem Absprung blieb der jungen Frau nichts anderes übrig, als sich mit den Knien am Sattel und den Händen in der Mähne festzuklammern, um nicht den Halt zu verlieren, wenn sie, so wie sie es kommen sah, in das Hindernis krachten. Auch Caroso schien jetzt zu bemerken, dass er viel zu dicht an den Sprung herankam. Der Hengst machte eine Vollbremsung und Sophie wurde nach vorne auf seinen Hals geschleudert. Mit aller Kraft drückte sich der Schimmel vom Boden ab und sprang aus dem Stand über das Hindernis. Dabei ähnelte er eher einem Helikopter als einem Springpferd. Ein Raunen ging durch die Zuschauer, als Pferd und Reiterin tatsächlich fehlerfrei und unversehrt auf der anderen Seite des Sprunges landeten und der Schimmel in vollem Tempo weitergaloppierte. Sophie, die noch etwas benommen von der Aktion war, setzte sich aufrecht hin und bewegte ihren Hengst mit kurzen Zügeln zum Bremsen. Applaus brandete auf und Sophie warf einen Blick auf die Anzeigentafel. Gleichzeitig ertönte die Stimme aus dem Lautsprecher: „Sophie von Ehrenfurth mit Caroso ohne Fehler im Stechen mit einer Zeit von 46,3 Sekunden." Überschwänglich klopfte sie ihrem Pferd den Hals und ließ ihn am langen Zügel in Richtung Ausgang traben. Der Hengst war sichtlich stolz auf sich und schnaubte zufrieden, als die beiden neben Stephan zum Stehen kamen.

Dieser wirkte ein wenig blass um die Nase und Sophie vermutete, dass auch ihm bei dem Helikopter-Sprung für einen Moment der Schreck in die Glieder gefahren war. „So ein Mist, das wird uns echt Zeit gekostet haben", meinte Sophie und trank einen Schluck aus der Wasserflasche, die Stephan ihr geistesabwesend gereicht hatte. Tatsächlich waren alle weiteren Teilnehmer des Stechens ausnahmslos schneller unterwegs als Sophie mit ihrem Schimmel. Zwei von ihnen mussten jedoch einen Abwurf hinnehmen, sodass diese wenigstens hinter ihr rangierten. Als letzter Starter ritt Tim mit Lordinus in den Parcours. Er war ein absoluter Profi und lenkte den Hengst wie im Schlaf über die Ideallinie durch den Parcours. Die Zuschauer klatschten begeistert, als er fehlerfrei und fast fünf Sekunden schneller als Sophie die Ziellinie passierte. Auch sie applaudierte vom Pferd aus und gratulierte dem Bereiter, als er an ihr vorbeiritt. Dann fiel ihr Blick auf Stephan, der an den Zaun gelehnt neben ihr stand und Caroso gedankenverloren die Mähne kraulte. Irgendwas schien mit ihm nicht zu stimmen. Ansonsten hätte er schon längst einen Kommentar über Sophies Beinahe-Abflug abgegeben. „Ist alles in Ordnung?" fragte sie und sah ihn an. Stephan sah zu ihr hoch, doch es wirkte, als sei er gar nicht richtig anwesend. „Ja, ja", murmelte er. „Ich bin nur etwas müde." Sophie blickte ihn stirnrunzelnd an, wusste aber, dass sie im Moment eh nicht mehr aus ihm herausbekommen würde. Außerdem musste sie in diesem Augenblick zur Siegerehrung einreiten. Im

Schritt ritten sie und Tim nebeneinander zwischen den Hindernissen hindurch, bis durch die Lautsprecher feierliche Musik ertönte und Hans von Ehrenfurth an der Seite des Sponsors der Prüfung, dem Manager eines großen Frankfurter Unternehmens, den Platz betrat. Ihnen folgten zwei junge Frauen, die die Pokale und Siegerschleifen in den Händen hielten. Die Siegerehrung begann mit den Letztplatzierten. Sophie belegte den vierten Platz von acht Teilnehmern und sie sah ihrem Vater an, dass er mit diesem Ergebnis alles andere als zufrieden war. Verbissen reichte er ihr die Hand und warf ihr einen vielsagenden Blick zu. Sophie entschied sich, diese Reaktion einfach zu ignorieren und nahm lächelnd die Glückwünsche des Sponsoren und ihre Schleife entgegen. Tim gewann die Prüfung mit deutlichem Abstand und erntete dafür einen sehr viel wohlwollenderen Blick von Hans von Ehrenfurth als dessen eigene Tochter. Bei der Ehrenrunde brach das übliche Chaos aus und Sophie versuchte lachend, ihren Hengst zwischen den wild bockenden Pferden der Zweit- und Drittplatzierten zum Ausgang zu bugsieren.
„Herzlichen Glückwunsch“, sagte Stephan und schenkte ihr ein halbherziges Lächeln ehe er Carosos Zügel fasste und ihn zum Stall führte.

Kapitel 32

Auch wenn die gewohnt gute Platzierung ausgeblieben war, so hatte Sophie im Anschluss an das Springen gerne mit den anderen Teilnehmern und einigen Gästen mit Champagner auf das gelungene Turnier angestoßen. Daniel hatte während der ganzen Zeit am Nebentisch gestanden und sie praktisch keine Sekunde aus den Augen gelassen, was Sophie so gut es eben ging zu ignorieren versuchte. Wenn sie ehrlich war, genoss sie die Veranstaltung ungemein, denn das letzte größere Event in dieser elitären Gesellschaft war für sie der Sommerball im letzten Jahr gewesen. So verdrängte Sophie den Gedanken daran, dass sie dringend noch einmal mit Stephan sprechen wollte. Irgendetwas schien mit ihm nicht zu stimmen und Sophie wollte unbedingt herausfinden, was es war. Hatte ihn Daniels plötzliches Auftauchen tatsächlich so mitgenommen? Oder war er wirklich enttäuscht, weil sie nicht bereit war, ihre Affäre auf dem Sommerball der ganzen Gesellschaft zu präsentieren? Für den Moment beruhigte sich Sophie damit, dass Stephan ein erwachsener Mann war. Wenn er ein Problem hatte, konnte er ja zu ihr kommen. Schließlich konnte nur sprechenden Menschen geholfen werden. So machte sie sich am späten Nachmittag auf, um sich auf den abendlichen Sommerball vorzubereiten.

Passend zum Gesamtbild hatte sich Sophie vor einigen Wochen für den Ball in einer Frankfurter

Boutique ein fliederfarbenes Kleid zugelegt. Der weich fließende Stoff umwehte sanft ihre schmale Taille und der asymmetrische Saum umspielte ihre Knie. Ihre blonden Haare hatte sie elegant hochgesteckt. Allerdings ließ sie anders als sonst einige Strähnen locker heraushängen, um sich ein wenig von dem typischen Business-Look zu distanzieren. Ihre grünen Augen betonte sie mit elegant geschminkten Smokey Eyes und schminkte ihre Lippen in einem sanften Rosenholz-Ton. Sophie betrachtete sich im Spiegel und war äußerst zufrieden mit dem, was sie sah. Sie hatte sich in dem legeren Look, in dem sie ihr erstes Date mit Stephan gehabt hatte, wirklich wohlgefühlt. Aber war das wirklich sie selbst? Sophie konnte sich diese Frage nicht abschließend beantworten. Aber für den heutigen Abend wollte sie wieder die Sophie von Ehrenfurth sein, die alle kannten: gestylt, wunderschön, elegant. Zufrieden schlüpfte sie in ihre ebenfalls fliederfarbenen Sandalen mit den Pfennigabsätzen, nahm ihre Clutch von der Kommode im Flur und machte sich auf den Weg zum Golfclub, der schon bestens besucht zu sein schien. Die Menschen standen bereits auf der Treppe und der Veranda vor dem Haus. Alle hatten ein Glas Champagner oder einen der edlen Weine, die Sophie für diesen Abend ausgewählt hatte, in der Hand und unterhielten sich angeregt. Sie war gerade in der Mitte des Hofes angekommen, als Stephan aus dem Stall trat. Er blieb stehen und musterte die junge Frau von oben bis unten. Sophie stockte einen Moment und fühlte sich von einer Sekunde zur anderen nicht mehr so verführerisch, wie sie es noch vor fünf Minuten getan hatte. Plötzlich kam sie sich vollkommen overdressed vor. Was natürlich völliger Blödsinn in Anbetracht der Maßanzüge und Kleider der anderen Gäste war. Dann lächelte Stephan sie warm an und nickte kurz und Sophie setzte ihren Weg fort. Sie musste zugeben, dass ihr der Ball deutlich besser gefallen würde, wenn sie für diesen Abend einen Mann wie Stephan an ihrer Seite hätte. Nur eben einen, der sich in dieser Gesellschaft auch auskannte und von ihr akzeptiert werden würde. Seufzend stieg sie die Treppen zum Golfclub hoch und grüßte dabei die Gäste, die sich hier in kleinen Gruppen zusammengefunden hatten. Nachdem sie ihre erste Runde gedreht und einige kurze Gespräche geführt hatte, stellte Sophie erleichtert fest, dass die Gerstenbergers anscheinend noch nicht vor Ort waren. Auch Daniel war noch nicht da und so wie sie ihn kannte war er wahrscheinlich nach Hause gefahren, um seinen sündhaft teuren Maßanzug für den Abend gegen ein noch teureres Designer-Modell einzutauschen.

Sophie traf einige bekannte Gesichter, die sie teilweise schon seit Jahren nicht mehr gesehen hatte. Viele erkundigten sich nach Daniel und waren entsetzt, als sie von der kürzlichen Trennung erfuhren. Mehr als einmal hörte Sophie Sätze wie „Das ist aber schade. Sie waren ein großartiges Paar". Nach diesen oder ähnlichen Kommentaren gab sie sich die größte Mühe, höflich zu bleiben und das Gespräch anschließend schnellstmöglich zu beenden.

Pünktlich zum Buffet trafen auch Arno und Elisabeth Gerstenberger ein und Daniel folgte ihnen einige Minuten später. Sophie lud sich einige Kanapees auf ihren Teller, ließ sich etwas Wein einschenken und verzog sich dann auf die große Terrasse des Golfclubs. Sie hoffte, dass weder Daniel noch seine oder ihre eigenen Eltern sie dort so bald entdecken würden, was natürlich gründlich misslang. Sophie hatte nicht einmal den ersten Bissen im Mund, als sich plötzlich die Mutter ihres Ex-Freundes mit Schwung neben ihr niederließ. „Hallo Sophie! Wie geht es dir?", fragte Elisabeth Gerstenberger und musterte Sophie ausgiebig. Diese steckte sich provokant das Lachs-Kanapee, das sie in der Hand hielt, in den Mund und begann, ausgiebig zu kauen. Die ältere Dame verzog keine Miene, wandte den Blick aber auch nicht von ihr ab. Mit elegant gekreuzten Beinen und aufrechter Haltung saß sie auf dem breiten Rattansessel und beobachtete, wie Sophie nun einen großen Schluck Wein nahm. Erst dann sah sie Daniels Mutter an. „Hallo Elisabeth. Es geht mir gut, vielen Dank der Nachfrage. Wie geht es dir und Arno? Laufen die Geschäfte gut?" „Ja, vielen Dank", erwiderte Frau Gerstenberger. „Daniel ist auch hier." „Ist mir nicht entgangen", murmelte Sophie und nahm noch einen größeren Schluck Wein. Wenn sie so weitermachte war das Glas leer, lange bevor sie das Gespräch beenden konnte. „Sophie", sagte Elisabeth Gerstenberger jetzt und legte der jungen Frau ihre gebräunten Hände auf den Unterarm. „Ich weiß, Daniel hat einen Fehler gemacht. Du glaubst gar nicht, wie leid ihm das alles tut. Ihr wart doch so ein schönes Paar. Bitte, sprich doch einmal mit ihm." Sophie runzelte die Stirn und kniff die Augen zusammen. „Schafft Daniel es nicht einmal mehr selbst, auf mich zuzukommen? Muss er tatsächlich seine Mutter vorschicken?", giftete sie. Sichtlich empört straffte die Frau ihre Schultern. „Wenn ihr euch wie Kleinkinder benehmt, dann muss man ja eingreifen!", fauchte sie. Sophie konnte nicht anders und schüttete nun auch noch den Rest ihres Weins hinunter. Es war unglaublich, dass es für alle vollkommen in Ordnung zu sein schien, was Daniel getan hatte. Und dass jeder tatsächlich von ihr erwartete, dass sie seinen ‚Fehler' einfach so verzeihen oder gar hinnehmen würde. Daniels Eltern waren in dieser Beziehung keinen Deut besser als ihre eigenen. „Du hast dich verändert, Sophie", meinte Elisabeth Gerstenberger nun kopfschüttelnd. Sophie steckte sich schulterzuckend das letzte Stück Käse in den Mund und stand auf. „Du entschuldigst mich, Elisabeth", sagte sie und lächelte ihre ehemalige Fast-Schwiegermutter süßlich an. „Ich muss mich weiter wie ein Kleinkind benehmen und das Dessert-Buffet stürmen." Die ältere Frau blieb mit offenem Mund sitzen während Sophie auf dem Absatz kehrt machte und in den Innenraum ging. Sie erkannte sich selbst nicht wieder. Früher hätte sie niemals auf diese Art mit den Gästen, egal wer sie waren, gesprochen. Doch dieses Selbstverständnis, alles auf sich zu nehmen, nur um den schönen Schein zu wahren, machte sie einfach unglaublich wütend.

Nachdem Sophie sich ein wenig von all den leckeren Desserts gegönnt hatte, besorgte sie sich ein Glas Weinschorle und mischte sich unter die Gäste. Auch Tim war da und unterhielt sich angeregt mit einem äußerst wohlhabenden Unternehmerpaar aus der Schweiz. Sophie gesellte sich zu ihnen und sie unterhielten sich eine ganze Weile über die neuesten Entwicklungen in der Pferdezucht und welche Investitionen das Ehepaar im nächsten Jahr in dieser Richtung tätigen wollte. „Ein hervorragendes Investment", hörte Sophie plötzlich eine vertraute Stimme neben sich und machte intuitiv einen Schritt zur Seite. Daniel hatte sich neben ihr postiert und streckte dem Unternehmerpaar einladend die Hand hin. Sophie sah den Bereiter neben sich an und verdrehte die Augen. Auch er musterte Daniel misstrauisch. „Ich würde mich freuen, wenn wir uns einmal zusammensetzen könnten", sagte Daniel jetzt und überreichte seinem Gegenüber seine Visitenkarte. Der Mann bedankte sich und das Ehepaar verabschiedete sich, um sich noch ein Glas Champagner zu holen. „Hallo Sophie", raunte Daniel jetzt und beugte sich dabei so zu ihr herüber, dass er Tim halb verdeckte. „Oh wow, ich bin offenbar unsichtbar", murmelte dieser und starrte ihn herausfordernd von der Seite an. Daniel schnaubte verächtlich und ließ seinen Blick mit einem abfälligen Grinsen über den Bereiter gleiten.

„Ok", sagte Tim gedehnt. „Ich besorge mir dann mal einen Drink." „Tim", setzte Sophie an, doch da war dieser schon zwischen den anderen Gästen verschwunden. Wütend starrte Sophie ihren Ex-Freund an. „Würde es dir einen Zacken aus der Krone brechen, dich mal etwas weniger wie ein abgehobenes Arschloch aufzuführen?", zischte sie, woraufhin Daniel sie unverschämt angrinste. Er winkte den Kellner heran, nahm Sophie ihre Weinschorle aus der Hand und reichte ihr ein Glas Champagner, ehe auch er sich eines nahm. „Du siehst bezaubernd aus, Sophie", raunte er. Um nicht antworten zu müssen nahm die junge Frau einen Schluck und wandte dann den Blick von ihm ab. „Du hast nicht auf meine Anrufe reagiert", stellte Daniel fest und fixierte sie mit seinen leuchtend blauen Augen. „Weil ich dir nichts zu sagen habe, Daniel", konterte Sophie und hielt seinem Blick stand. „Ich weiß, dass ich einen Fehler gemacht habe", sagte der junge Mann. „Und es tut mir wirklich, wirklich leid. Das war dumm von mir. Ich hatte zu viel getrunken und …". „Oh nein, Daniel. Komm mir jetzt nicht mit dieser Nummer!", fauchte Sophie und einige der umstehenden Gäste sahen sich verwundert nach ihnen um. „Komm mit", murmelte ihr Ex-Partner, fasste sie am Arm und dirigierte Sophie nach draußen. Da die Veranda vor dem Golfclub gerammelt voll war, gingen sie die breite Treppe hinunter. Dort stand eine große, handgegossene Steinbank, die direkt vor dem Haupthaus stand. Missmutig folgte Sophie ihm. Allerdings musste sie zugeben, dass sie sich wirklich wie ein kleines Kind benahm und es eventuell tatsächlich angebracht war, dass die beiden sich einmal aussprachen. Zudem stellte sie fest, dass sie ganz vergessen hatte, dass Daniel in seinen italienischen Anzügen optisch wirklich etwas hermachte. Seine blonden Haare trug er nun etwas länger, was ihn gleich etwas jugendlicher und weniger ernst erscheinen ließ. Trotzdem wirkte er seriös. Es war offensichtlich, dass auch er sich nach der Trennung einen ausgiebigen Strandurlaub gegönnt hatte, denn seine Haut war braungebrannt, was seine blauen Augen noch mehr als sonst strahlen ließ. Seufzend ließ Sophie sich auf die breite, mit dicken Sitzkissen ausgestattete Sitzfläche fallen und nahm einen weiteren Schluck Champagner. „Ich vermisse dich, Sophie", sagte Daniel jetzt und sah ihr in die Augen. Doch sie begegnete dem nur mit einem müden Lächeln. „Ich war letzten Monat für einige Tage in Rom", meinte er und lehnte sich zurück. „Erinnerst du dich noch an unsere letzte Rom-Reise?" Natürlich erinnerte Sophie sich daran. Thailand, New York, die Malediven, Hongkong – Daniel und Sophie waren an so unglaublich vielen Orten der Welt schon gewesen. Doch die italienische Hauptstadt war ihr absolutes Lieblings-Reiseziel. Diese Stadt war für sie der Inbegriff des italienischen Lebensgefühls. Das Essen war einfach ein Traum. Die Römer waren so herzlich, dass selbst Sophie hier keinerlei Probleme damit hatte, sich ausgelassen mit anderen Menschen zu unterhalten und zu feiern. Ganz abgesehen von der

Vielzahl an Sehenswürdigkeiten, die sie immer wieder in fasziniertes Staunen versetzten. Daniel zückte sein Handy und präsentierte ihr einige Fotos seiner letzten Reise. „Die Sixtinische Kapelle", hauchte Sophie und kam sich beinahe wie ein verliebter Teenager vor. Daniel neben ihr nickte. Die junge Frau erinnerte sich, wie sie mit ihm jeden Reiseführer nach den schönsten Sehenswürdigkeiten der jeweiligen Stadt, die sie zusammen bereist hatten, durchforstet hatte. Vor Ort hatten sie immer versucht, noch mehr über die Kultur und die Geschichte herauszufinden, als die üblichen Touristenführer preisgaben. Keine historische Stadtführung hatte ohne sie stattgefunden. Daniel war ebenso kulturbegeistert wie sie selbst. Vieles war so viel einfacher mit ihm. „Auf der Piazza Navona war wieder dieser Künstler mit seinem Hund", meinte er jetzt und Sophie musste beim Gedanken an den Dackel mit dem viel zu langen Rücken, der sich auf Kommando totstellen konnte und nach der Vorstellung mit dem Hut in der Schnauze Geld einsammelte, lachen. Sie blickte ihren Ex-Freund von der Seite an. Unvermittelt nahm dieser ihre Hand. „Es war nicht dasselbe ohne dich", meinte er jetzt ernst. „Daniel", flüsterte Sophie und zog ihre Hand weg. Der Mann seufzte. „Da werde ich wohl noch jede Menge Wiedergutmachung leisten müssen", meinte er und sah Sophie an. „Dann streng dich mal an", sagte sie und überraschte sich mit dieser Aussage selbst. Sie war doch durch mit diesem Kerl oder etwas nicht? In diesem Moment sah sie im

Augenwinkel wie Stephan an ihnen vorbei vom Hof fuhr.

Kapitel 33

Missmutig saß Stephan in seinem Wagen. Schon vor einer halben Stunde hatte er Feierabend gemacht und wollte nach Hause fahren. Doch dann kam Sophie über den Hof gelaufen. Und hatte diesen gestriegelten Vollidioten im Schlepptau gehabt. Die beiden mussten sich ausgerechnet auf die Bank vor dem Haupthaus setzen und alles in ihm sträubte sich dagegen, einfach an ihnen vorbeizufahren. Also musste er wohl oder übel ausharren und hoffen, dass sie sich bald wieder in das Clubhaus bewegen würden. Allerdings taten sie das nicht. Dieser Idiot zog sie richtiggehend mit seinen Augen aus und Sophie schien ganz begeistert zu sein, als sie sich einige Fotos auf seinem Handy angesehen hatte. Stephan hatte geglaubt, dass der Tag nach dem unfreiwilligen Wiedersehen mit Martin Kerner nicht mehr schlimmer werden könnte. Und damit gnadenlos falsch gelegen. Immer wieder hatte Stephan einen unauffälligen Blick in Richtung der feiernden Gesellschaft geworfen. Und dieser Daniel war schon die ganze Zeit wie ein brunftiger Hirsch um Sophie herumstolziert. Egal wie wütend Sophie auf diesen Kerl zu sein schien, wahrscheinlich müsste er nur mit seiner goldenen Kreditkarte aus seinem Porsche herauswinken und ihm würde alles verziehen werden. Stephan schnaubte verächtlich. Würde Sophie das wirklich tun? War die Sophie, die er in den letzten Wochen kennengelernt hatte, gar nicht echt? Bei dem Gedanken daran ballte er die Hände zu Fäusten. Wie hatte er nur so dumm sein können zu glauben, dass aus ihnen wirklich mehr werden könnte? Der Anblick der beiden zusammen auf der Bank schien die Wirkung eines Unfalls auf ihn zu haben. Er wollte nicht hinsehen, tat es aber trotzdem.

Nun nahm dieser Typ auch noch ihre Hand und sie sahen sich einen viel zu langen Moment in die Augen. Stephan spürte, wie sich ein Kloß in seinem Hals bildete und er entschied, dass es ihm jetzt eindeutig reichte. Wütend startete er den Motor und brauste über den Hof die Auffahrt in Richtung Straße entlang.

Kapitel 34

Am nächsten Morgen wurde Sophie durch ein Klingeln an der Tür geweckt. Schnell streifte sie sich ihren flauschigen Bademantel über und schlüpfte in die Hausschuhe. Während sie die Treppe hinunterstürmte band sie sich die Haare zu einem lockeren Pferdeschwanz. Sie öffnete die Tür und … „Daniel?", fragte sie verdutzt. Vor der Tür stand tatsächlich ihr Ex-Freund in beinahe legerem Outfit mit Stoffhose und einem Polohemd. In der einen Hand hielt er eine bis zum Rand gefüllte Brötchentüte. Und in der anderen … eine rote Baccara-Rose. „Guten Morgen, schöne Frau", schmeichelte er und hielt ihr die langstielige, dunkelrote Blume hin. „Dankeschön", strahlte Sophie und bat ihn herein. „Ich habe Croissants besorgt", rief Daniel über die Schulter hinweg und ging wie selbstverständlich durch den hellen Flur in Richtung Küche. „Ich mache mich eben etwas frisch", gab Sophie zurück und verschwand nach oben. Mit fliegenden Fingern putzte sie sich die Zähne, machte eine kleine Katzenwäsche und kämmte sich die Haare. Zu ihrer eigenen Verblüffung war sie merkwürdig nervös, obwohl es für sie nach 12 Jahren Beziehung doch eigentlich nichts Besonderes sein sollte mit Daniel zu frühstücken. In einem kleinen Winkel ihres Unterbewusstseins blitzten Stephans blaugraue Augen auf und Sophie bekam ein schlechtes Gewissen. Was machte sie hier eigentlich? Das war eigentlich gar nicht ihre Art! „Sophie, bist du gleich soweit?", rief Daniel die Treppe hoch und da sie auf die Schnelle nichts Passenderes im Schrank fand schlüpfte Sophie in die Jeans und die Bluse, die sie auch bei ihrem Treffen mit Stephan getragen hatte. Eilig lief sie die Treppe hinunter. In der Küche angekommen saß ihr Ex-Freund an dem kleinen Tisch und tippte geschäftig auf seinem Handy herum. Als er sie entdeckte zog er die Augenbrauen zusammen und musterte sie kritisch. „Was ist?", fragte Sophie und holte zwei Teller aus dem Küchenschrank. „Willst du zum Rodeo?" „Nein, Daniel, man kann durchaus auch Jeans tragen, wenn man kein Cowgirl ist." Nun zog der blonde Mann seine Brauen nach oben und wandte sich wieder seinem Handy zu. „Na dann, wenn du meinst." Sophie war ernüchtert. Daniel hatte es geschafft, dass sie sich innerhalb von Sekunden wie der letzte Trampel fühlte. Seufzend stellte sie die Kaffeemaschine an und schüttete die mitgebrachten Croissants in einen Brotkorb.

Beim Frühstück erzählte Daniel der jungen Frau alles, was in den vergangenen Monaten seit ihrer Trennung in seinem Leben passiert war. Er hatte als Gastredner mehrere Vorträge an der Universität gehalten und war befördert worden. Seine Zukunftspläne hätten sich vollkommen verändert, erzählte er stolz. Er wolle nun jede Gelegenheit zur Fortbildung wahrnehmen und in spätestens fünf Jahren an der New Yorker Wall Street arbeiten. Sophie hatte keinen Zweifel daran, dass er dieses Ziel auch erreichen würde. Ihr Ex-Freund war ein absoluter Karrieremensch und ließ sich durch nichts und niemanden in seinem Ehrgeiz einschränken. „Ein hübsches Penthouse in New York, das würde dir doch auch gefallen“, meinte er und nahm ihre Hand. Sophie lächelte zwar und ließ ihre Hand liegen, doch merkwürdigerweise fühlte sich Daniels Berührung unangenehm an. „Weißt du was?“, meinte Daniel, nachdem sie aufgegessen und Sophie den Tisch abgeräumt hatte. „Ich habe noch nie euer ganzes Anwesen kennengelernt. Führe mich doch ein wenig herum.“ Sophie blickte ihn mit hochgezogenen Augenbrauen überrascht an. „Du willst die *Ställe* sehen?“, fragte sie ungläubig. „Na ja“, sagte er und erhob sich von seinem Stuhl. „Die Leute haben gestern alle so von eurem Gestüt geschwärmt. Da dachte ich, ich sehe es mir auch endlich mal richtig an.“ Sophie traute dem Braten nicht. Daniel schien wirklich alle Register ziehen zu wollen, um sie zurückzugewinnen. Trotzdem willigte sie ein und fünf Minuten später traten sie aus der Haustür. Sie gingen gerade vor dem Haupthaus lang, als Hans von Ehrenfurth aus der Haustür trat. „Daniel“, rief er erfreut und kam die breite Steintreppe hinunter. Er schüttelte dem jungen Mann zur Begrüßung die Hand und klopfte ihm auf die Schultern. Er warf einen kurzen Blick auf Sophie und wandte sich dann wieder ihrem Ex zu. „Schön, dass du wieder da bist. Das war ja alles höchst unerfreulich. Aber es gibt doch kein Problem, dass sich nicht aus der Welt schaffen ließe.“ „Da bin ich ganz deiner Meinung, Hans“, erwiderte Daniel und lachte. „Keiner hat behauptet, dass er wieder da ist“, sagte Sophie laut, was ihr von Daniel einen überraschten und von ihrem Vater einen strafenden Blick einbrachte. „Ich treffe mich gleich mit einigen Geschäftskunden zum Golf. Daniel, wir sehen uns." Damit machte ihr Vater kehrt und ging mit großen Schritten hinüber zum Golfclub, wo die Aufräumarbeiten schon so gut wie abgeschlossen waren. Auch die Tribünen und Hindernissen auf dem Turnierplatz waren schon abgebaut worden. Nichts erinnerte mehr daran, dass hier gestern ein Springturnier stattgefunden hatte. „Also, dass da vorne ist der Reitplatz für den Sommer und dieses große Gebäude hier in der Mitte ist die Reithalle, die wir im Winter oder bei wirklich schlechtem Wetter benutzen", sagte Sophie und zeigte mit dem Finger in die jeweilige Richtung. „Aha", erwiderte Daniel, doch wirklich interessiert schien er nicht zu sein. „In dem ersten Stall hier vorne stehen die Zuchthengste und Sportpferde", fuhr Sophie unbeirrt fort, obwohl sie im Augenwinkel sah, dass er bei dem Wort *Pferde* unwillkürlich die Nase rümpfte. „Und in dem dahinter die Zuchtstuten mit ihren Fohlen." „Das klingt ja alles hochinteressant", raunte Daniel, dessen Gesicht urplötzlich nur noch wenige Zentimeter von Sophies entfernt war, und strich ihr mit den Fingern über die Wange. Der jungen Frau stockte der Atem und sie schrak zusammen, als es hinter hier plötzlich laut polterte. Stephan war mit einer vollbeladenen Mistkarre aus dem Stall gekommen und hatte sie offenbar absichtlich direkt neben ihnen einfach über den Boden schleifen lassen. Jetzt schaute er erst Sophie, dann Daniel an. „Guten Morgen", brummte Stephan und fuhr schnellstmöglich weiter. Die junge Frau machte einen hektischen Schritt nach hinten und Daniel lachte spöttisch auf. „Nimm es mir nicht übel, Sophie. Aber bei euch Pferdepfleger zu werden wäre echt der letzte Job, den ich annehmen würde. Den Gestank bekommt man doch wahrscheinlich nie wieder von der Haut. Sei froh, dass du dafür Personal hast. Gott sei Dank gibt es ja genug Menschen, die sonst nichts zustande bringen. Denen bleibt nicht viel anderes übrig, als Pferdekacke durch die Gegend zu schieben." Fassungslos starrte Sophie ihren Ex-Partner an. „Was denn?", entgegnete Daniel. „Komm schon, du kannst mir nicht erzählen, dass eure Mitarbeiter hier unbedingt die hellsten Kerzen auf der Torte sind." „Was bist du bloß für ein Mensch?", stammelte Sophie. Daniel sah sie überrascht an. Und das Schlimmste daran war, dass Sophie genau wusste, dass ihrem Ex-Freund wirklich nicht klar war, was er eigentlich falsch gemacht haben sollte. Jeder, der nicht studiert hatte, gehörte in seinen Augen nur zum Fußvolk, und das ließ er denjenigen auch deutlich spüren. Das war schon immer so gewesen. Und ernüchtert musste Sophie feststellen, dass auch sie diese hässlichen Charakterzüge immer wieder an den Tag gelegt hatte. „Ich glaube, du gehst jetzt besser", murmelte sie und wandte sich von ihm ab. „Jetzt werde nicht gleich wieder zickig, Sophie", meinte er und fasste sie an die Schulter. „Fass mich nicht an", zischte sie, wirbelte herum und funkelte ihn böse an. „Verschwinde!“ „Jetzt komm mal wieder auf den Teppich“, meinte Daniel und fixierte sie mit seinen ozeanblauen Augen. „Ich habe uns für heute Abend einen Tisch im *Rioja* reserviert. Da können wir was Schönes essen und dann in Ruhe zu mir gehen.“ Sophie schnappte nach Luft. Diesen Kerl schien wirklich überhaupt nicht zu interessieren, was sie gerade gesagt hatte. Sie atmete tief durch. „Daniel, was ich dir jetzt sage, das sage ich nur ein einziges Mal. Du und ich, das ist vorbei. Das wird es nicht mehr geben. Nicht heute, nicht morgen und auch nicht in einem Jahr. Ich kann deine Arroganz nicht mehr ertragen. Und diese Oberflächlichkeit! Glaubst du wirklich, du wärst was Besseres, nur weil du studiert hast und haufenweise Geld verdienst?“ Die Stimme der jungen Frau bebte, so wütend war sie. Daniel sah sie mit hochgezogenen Augenbrauen an und schürzte die Lippen. „Ist das dein letztes Wort?“, fragte er. „Ja. Geh einfach“, gab Sophie zurück. Ihr Ex-Freund nickte kurz, dann machte er auf dem Absatz kehrt und ging mit langen Schritten zu seinem Porsche, den er vor dem Haupthaus geparkt hatte. Die junge Frau rieb sich die Augen und atmete ein paar Mal tief ein und aus. „Sophie?“, hörte sie plötzlich Stephans Stimme einige Meter neben sich. Sie wandte sich um und sah ihm direkt in die Augen. Dabei gab sie sich alle Mühe, nicht in Tränen auszubrechen. „Lasst mich doch alle in Ruhe“, raunte sie und lief mit schnellen Schritten über den Hof. Sie warf die

Haustür ins Schloss und wünschte sich, bis auf Weiteres niemanden sehen oder hören zu müssen.

Kapitel 35

In Sophies Kopf herrschte ein einziges großes Chaos. Wie hatte sie nur denken können, dass Daniel sich jemals änderte? Er war ein aufgeblasener, arroganter Angeber, der glaubte, er könne sich für Geld alles im Leben kaufen. Und das würde er auch immer bleiben. Sophie hatte sich auf ihr großes Sofa gekauert, die Knie mit ihren Armen umschlungen und wischte sich nun über die Augen. Sie ärgerte sich über sich selbst, weil sie so dumm gewesen war auch nur eine weitere Minute an diesen Idioten zu verschwenden. Was ihr jedoch wirklich die Tränen in die Augen trieb war, dass sie sich sicher war, mit ihrem Verhalten Stephan verletzt zu haben. Stephan, der zwar manchmal unverschämt, aber niemals respektlos war. Bei dem sie sich geborgen fühlte. Und bei dem sie zum ersten Mal in ihrem Leben das Gefühl hatte, wirklich glücklich zu sein. Beim Gedanken an ihre gemeinsame Zeit begann Sophies Herz schlagartig wie wild zu klopfen. Und auch das aufgeregte Flattern in der Magengegend meldete sich zurück. Sophie fuhr sich mit beiden Händen durch die blonden Haare. Das war einfach unmöglich. Sophie war hin- und hergerissen und bekam das Gefühl, ihr Kopf und ihr Herz trugen einen Kampf auf Leben und Tod aus. Doch irgendwann siegte eine Seite und sie atmete ein paar Mal tief durch. Dann stürzte sie die Treppe hinunter, zog sich im Laufen die Schuhe an und stürmte aus der Tür über den Hof. Sie *musste* mit Stephan sprechen, und zwar sofort! Inzwischen war es später Nachmittag geworden und Sophie hoffte inständig, dass Stephan nicht schon Feierabend gemacht hatte. Da er in erster Linie für die Stuten und ihre Fohlen zuständig war lief sie zuerst zum Stutenstall. Doch hier befanden sich alle Pferde bereits in den Boxen und kauten genüsslich ihr Heu. „Stephan?", rief Sophie die Stallgasse entlang, bekam jedoch keine Antwort. Auch im Stall der Sportpferde war er nicht zu finden. „Das darf doch nicht wahr sein", stöhnte Sophie und rannte quer über den Hof in Richtung Reitplatz. Doch auch hier war niemand zu sehen. Die junge Frau schaute um die Ecke in Richtung der Parkplätze und sah, dass das Auto des Pferdepflegers noch dort stand. Irgendwo musste er also sein. Einen Moment lang überlegte Sophie, ob sie im Golfclub nachsehen sollte. Doch sie war sich sicher, dass ihn da keine zehn Pferde reinbekommen würden. Plötzlich kam ihr eine Idee. Sie schob das große Tor zur Reithalle auf und lugte um die Ecke. Und tatsächlich. Auf der kleinen Tribüne saß Stephan. Er starrte auf den Boden, die Stirn auf die Hände gestützt, und wippte unruhig mit den Füßen. Er schien ganz in Gedanken zu sein, denn als Sophie sich versehentlich den Fuß an einer Holzstufe stieß schrak er hoch und starrte sie erschrocken an. „Was willst du denn hier?", brummte er und wandte den Blick ab. „Ich muss mit dir reden. Dringend", keuchte Sophie. „Ist irgendwas mit Caroso?", fragte Stephan schockiert und war mit einem Satz aufgestanden. Die junge Frau sah ihn verwirrt an.

„Ich … äh … nein. Nein, mit Caroso ist alles in Ordnung. Ich will mit dir sprechen." „Ich habe keine Zeit", behauptete Stephan und setzte sich wieder auf die Tribüne. Sophie verdrehte die Augen und seufzte. Dieser Mann konnte einen doch wirklich zur Weißglut treiben! „Ach ja?", entgegnete sie und zog die Augenbrauen hoch. „Und was machst du gerade so Dringendes? Den Sand anstarren?" Wütend funkelte Stephan sie an. „Geh zu deinem lackierten Typen, trink etwas Champagner und lass mich in Ruhe, Sophie!" giftete er. „Du bist eifersüchtig!", stellte diese fest. „Verdammt nochmal, natürlich bin ich eifersüchtig, Sophie! Glaub mir, ich habe nicht die besten Geschichten von diesem Typen gehört. Und dann taucht er hier einfach auf in seinem schicken Anzug und wedelt mit seiner Kreditkarte und alles ist wieder in bester Ordnung!" „So ist das nicht", murmelte Sophie und starrte auf den Boden. „Weiß du was?", rief Stephan und stürmte an ihr vorbei. „Ich will glaube ich gar nicht so genau wissen, wie es ist! Ich habe keine Lust mehr, für dich den verbotenen Stalljungen zu spielen! Ich weiß, das ist schwer zu verstehen für jemanden, der sonst nur mit dem Finger zu schnippen braucht, um alles zu bekommen, was er will!" Sophie blieb der Mund offenstehen und sie musste erst einmal verdauen, was Stephan ihr da gerade an den Kopf geworfen hatte. Bevor sie sich versah war er schon durch das Hallentor verschwunden und bog um die Ecke in Richtung der Stutenställe. Sie fing sich wieder und rannte im Laufschritt hinter ihm her. Er wollte gerade die Stalltür öffnen, als Sophie stehenblieb. „Ich habe mich in dich verliebt!“, rief sie atemlos. Stephan erstarrte in seiner Bewegung und drehte sich langsam um. „Wie bitte?“, fragte er und sah sie mit großen Augen an. Sophie musste einmal tief durchatmen, denn sie bekam, überrascht von dem plötzlichen Sprint und weil ihr das Herz vor Aufregung bis zum Hals schlug, kaum Luft. „Ich habe mich in dich verliebt, Stephan“, flüsterte sie jetzt und sah ihm direkt in die Augen. Für den Bruchteil einer Sekunde konnte man eine Stecknadel zwischen ihnen fallen hören. Dann kam Stephan mit schnellen Schritten auf sie zu, schob sie rückwärts gegen die Wand der Reithalle und küsste sie, als würde es kein Morgen geben. Dieser Kuss schien der Befreiungsschlag für all die aufgestauten Gefühle der letzten Wochen zu sein. Er schmeckte nach Verlangen, nach Wut, nach Enttäuschung. Aber vor allem nach Liebe. Er war sanft und gleichzeitig leidenschaftlich. Sophie schlang ihre Arme um Stephans Hals und vergrub ihre Hände in seinem Haar. Die Welt um sie herum schien stillzustehen und Sophie wünschte sich, dieser Moment würde nie zu Ende gehen. „Was machst du nur mit mir?“, flüsterte Stephan atemlos und fuhr erneut sanft mit seinen Lippen über ihre. Sophie lächelte und legte vorsichtig ihre Hände an seine Wangen. Stephan sah sie mit einem warmen Blick an und strich ihr vorsichtig eine Strähne hinters Ohr. Er beugte sich gerade vor, um sie erneut zu küssen, als er in der Bewegung erstarrte, weil plötzlich Sophies Blick völlig

verängstigt auf etwas hinter ihm verharrte. „Was ist?“, flüsterte er. Als er sich im nächsten Moment umdrehte, wusste er, was los war. Vor dem Eingang zum Haupthaus stand Daniels schwarzer Porsche. Und er lehnte an der Motorhaube und fixierte die beiden mit einem hämischen Grinsen während er mit seinem Handy zu telefonieren schien. „Nein!“, rief Sophie. „Daniel! Das wirst du nicht tun!“ Sie wollte in Richtung ihres Ex-Freundes laufen, doch Stephan hielt sie am Arm zurück. „Sophie, beruhige dich bitte“, flehte er. „Er wird es meinem Vater sagen! Er hat kein Recht dazu!“, schrie Sophie und wieder stiegen ihr Tränen der Wut in die Augen. „Ich weiß“, erwiderte Stephan. „Wir finden eine Lösung. Aber jetzt müssen wir erst einmal die Nerven behalten.“ Er schlang seine Arme um ihren zierlichen Körper und küsste sie auf die Haare. Sophies ganzer Körper zitterte vor Anspannung. Sie wusste, dass es nur eine Frage der Zeit war, bis hier die Hölle losbrach, und sie trug die Schuld an der ganzen Misere. Sie wusste, was das für Konsequenzen haben würde. Ihr Vater würde …
“Herr Langbrenner!“ brüllte er in diesem Moment über den Hof. Er stand mit hochrotem Kopf im Eingangsbereich des Haupthauses, das Handy noch in der Hand und Daniels Grinsen wurde immer breiter. „Ich erwarte sie im Büro! Sofort!“ Stephan atmete tief durch und ließ Sophie los. Er wandte sich um und sah Sophie in die Augen. „Er wird mich schon nicht umbringen“, raunte er, als er ihren besorgten Gesichtsausdruck sah. „Das würde er aber, wenn er könnte“, gab sie zurück. Stephan

straffte die Schultern und ging mit festen Schritten über den Hof in Richtung der breiten Steintreppe, die zum Eingang des Haupthauses hinaufführte. Sophie brauchte nur einen Moment, um sich zu entscheiden, dann lief sie ihm hinterher, nahm seine Hand und ging neben Stephan her auf ihren Vater zu. Dieser schnappte hörbar nach Luft, während Stephan unvermittelt stehen blieb, sie erst überrascht von der Seite ansah und dann lächelte. „Du bleibst draußen!“, herrschte ihr Vater sie an. „Wir sprechen uns später noch.“ „Nur wenn der verschwindet. Und zwar sofort“, gab sie mit einem Nicken in Richtung Daniel zurück. Das böse Grinsen auf seinem Gesicht verschwand. Hans von Ehrenfurth bedeutete ihm mit einem Kopfnicken zu gehen. Wütend starrte der junge Mann Sophie an. „Ich hätte es riechen müssen“, raunte er ihr im Vorbeigehen zu und rümpfte die Nase, bevor er in seinen Wagen stieg und vom Hof brauste. „In mein Büro!“, befahl Sophies Vater erneut. Sophie gestand sich ein, dass jetzt eh alles zu spät war. Deswegen hatte sie auch nichts mehr zu verlieren. Sie stieg noch eine Stufe höher, legte ihre Hände an Stephans Wangen und gab ihm unter den entsetzten Augen ihres Vaters einen langen, zärtlichen Kuss. Seine Hände glitten langsam ihren Rücken hinab und an den Hüften entlang. „Es reicht jetzt!“, polterte Hans von Ehrenfurth los. Sophie und Stephan sahen sich noch einmal in die Augen, dann folgte Stephan Sophies Vater ins Haus und sie setzte sich auf die Treppe, um das Urteil abzuwarten. Sophie wusste, dass ihr Vater wahrscheinlich ziemlich kurzen Prozess machen würde. Deshalb war sie nicht überrascht, als bereits nach wenigen Minuten die große Eingangstür hinter ihr geöffnet wurde und Stephan heraustrat. Er war etwas blass und presste die Lippen aufeinander. Trotzdem warf er ihr ein gequältes Lächeln zu. Mit einem Satz stand Sophie bei ihm. „Tja“, presste er hervor. „Das war es dann wohl.“ „Er darf dich nicht einfach rauswerfen, Stephan!“, rief Sophie und sah ihm durchdringend in die Augen. „Er ist vielleicht der Boss bei von Ehrenfurth Properties. Aber alles, was mit dem Gestüt und dem Golfclub zu tun hat, entscheidet meine Mutter!“ „Beruhige dich, Sophie“, sagte Stephan sanft und strich ihr eine Haarsträhne aus dem Gesicht. „Es ist alles in Ordnung. Es bringt doch nichts, wenn wir jetzt die Fassung verlieren. Wir finden schon irgendeine Lösung.“ Sophie schmiegte sich an ihn und legte ihren Kopf auf seiner Brust ab. „Das geht doch nicht“, flüsterte sie. „Nicht jetzt, wo ich endlich kapiert habe, was los ist.“ Stephan lachte heiser auf und strich ihr über das blonde Haar. „Jetzt, wo es eh raus ist“, murmelte Sophie und küsste ihn leicht aufs Kinn. „Kannst du doch heute Nacht hierbleiben. Bei mir.“ Stephan lächelte und Sophie sah ihm an, dass er dieses eindeutige Angebot nur zu gerne angenommen hätte. „Ich glaube nicht, dass es im Moment so förderlich für uns alle wäre, wenn sie mich morgen früh bei dir aus der Haustür spazieren sehen. Ruh dich aus, Sophie. Morgen sieht die Welt schon wieder ganz anders aus. Dann überlegen wir, wie es weitergeht. Aber jetzt solltest du erst einmal nach Hause gehen." Sophie nickte, obwohl sie ganz und gar nicht mit seinem Vorschlag einverstanden war. Stephan gab ihr noch einen vorsichtigen Kuss und wartete dann an der Ecke, bis sie im Haus verschwunden war.

Sophie legte ihren Schlüssel in die Schale auf der Kommode und blieb unschlüssig einfach mitten im Flur stehen. Was sollte sie jetzt nur machen? Noch nie hatte Sophie sich so allein gefühlt. In ihrer Beziehung mit Daniel war es ihr äußerst wichtig gewesen, dass jeder ausreichend Raum für sich hatte. Was eben auch bedeutete, dass sie sich oft wochenlang nicht gesehen oder manchmal, wenn ihr Ex-Freund wieder einmal geschäftlich im Ausland unterwegs gewesen war, sogar kaum gesprochen hatten. Oft war Sophie sich eher wie ein Single vorgekommen. Und sie war damit sehr glücklich gewesen, wenn sie ehrlich war. Aber jetzt … jetzt wollte sie am liebsten durchgehend in Stephans Armen liegen, seinen markanten Geruch einatmen und seine Wärme auf ihrer Haut fühlen. Wenn das Verliebtsein war, dann wusste sie, dass sie bis jetzt niemals wirklich verliebt gewesen war. Sophie lächelte bei dem Gedanken daran. Warum musste das alles nur so unglaublich kompliziert sein? In jeder anderen Familie war den Eltern wichtig, dass der Kerl einigermaßen in Ordnung und ihre Tochter glücklich war. Doch in der Gesellschaft, in der sich die von Ehrenfurths aufhielten, war es wichtiger, seinen guten Namen zu wahren und mit einer privaten Beziehung möglichst auch die Geschäftsbeziehung zu stärken. Sophie fuhr sich mit den Händen durch die Haare und seufzte. „Romeo, oh Romeo. Warum nur bist du Romeo“, murmelte sie vor sich hin. Das Ganze war doch lächerlich. Zu Shakespeares Zeiten genauso wie heute. Schließlich war sie 31 und keine 14 mehr. Sophie überlegte gerade, ob sie nicht lieber sofort ins Bett gehen sollte, obwohl es erst früher Abend war, als sie erschrocken zusammenzuckte, weil es an der Tür klingelte. Das war ja wieder klar! Ihr Vater würde wahrscheinlich platzen, wenn er heute nicht mehr seine Standpauke loswerden konnte. Gott sei Dank hatte sie sich in der nächsten Woche, so wie jedes Jahr nach dem Sommerball, Urlaub genommen und musste seinen vorwurfsvollen Blick so nur einige Minuten am Tag oder im besten Fall gar nicht ertragen. Mit demonstrativ unbeeindruckter Miene öffnete Sophie die Tür. Und vor ihr stand Stephan. Sie sah ihn fragend an, doch da war er schon zur Tür herein und presste seine Lippen auf ihre. Und Sophie dachte gar nicht daran, sich dagegen zu wehren. Sie legte ihre Arme um ihn und ihre Zungenspitze umspielte voller Leidenschaft seine. Ihr ganzer Körper schien wie elektrisch aufgeladen und nachdem sie mit einem gekonnten Griff die Haustür zugeschlagen hatte, zog Stephan sie an sich und sie schlang ihre Beine um seine Hüften. „Oben“, raunte sie, weil sie sich ziemlich sicher war, dass sie beide denselben Gedanken hatte. Stephan umfasste ihre Oberschenkel, um sie beim Gang über die Treppe halten zu können. Dabei unterbrach er diesen so berauschenden Kuss keine Sekunde lang. Es war bei Weitem nicht das erste Mal, dass Stephan sie berührte. Aber jetzt kam es Sophie anders vor. Intensiver. Jeder Zentimeter ihres Körpers, den er berührte, schien nach mehr zu schreien. Es war als würden die ganzen Probleme für den Moment verschwinden. In diesem Augenblick gab es nur sie beide. Und Sophie genoss jede Sekunde davon.

Es dauerte eine ganze Weile, bis Sophies ganzer Körper nicht mehr von einer Gänsehaut überzogen war. Zufrieden schmiegte sie sich an Stephan, der neben ihr lag und mit der Fingerspitze imaginäre Kreise auf ihre Haut malte. „Ich werde mich morgen direkt nach einem neuen Job umsehen", murmelte Stephan in ihr Haar. „Ich rede mit meiner Mutter", entgegnete sie. „Das kann sie nicht machen." Stephan zuckte mit den Schultern. „Wahrscheinlich hätten sie weniger Probleme damit gehabt, wenn ich ein Pferd gestohlen hätte, anstatt dich zu verführen." Sophie kicherte. „Verführen? Welch ein edles Wort für das, was wir hier tun." Jetzt lachte auch Stephan leise in sich hinein. Sophie wollte ihm so gerne versichern, dass sich alles als ein großes Missverständnis herausstellen würde. Doch das konnte sie nicht, und deshalb schwieg sie lieber. Irgendwann merkte sie, wie ihre Augenlider immer schwerer wurden. „Geh nicht weg, ok?", murmelte sie und schloss die Augen. „Ich bleibe hier, bis du eingeschlafen bist", versprach der Pferdepfleger und gab ihr einen sanften Kuss auf die Stirn.

Kapitel 36

Am nächsten Morgen wurde Sophie von einem wilden Klingeln an der Tür geweckt. Etwas irritiert sah sie sich um. Stephan war verschwunden. Noch im Halbschlaf vergrub sie ihr Gesicht in dem Kopfkissen neben sich und atmete seinen herben Duft, der sich auf den Stoff gelegt hatte, ein. Die junge Frau lächelte. Wieder klingelte es an der Tür. Sophie schlang sich die dünne Bettdecke um den Körper und eilte die Treppe hinunter. Es war ihr egal, wer sie in diesem Aufzug sah. Die Klingel wurde noch einmal gedrückt, diesmal deutlich länger. „Ja doch!“, rief Sophie und riss die Tür auf. Vor ihr stand ihre Mutter und sah sie mit zusammengezogenen Augenbrauen an. Und sie wirkte nicht besonders gut gelaunt. „Wo ist er?“, zischte sie. „Nicht hier“, konterte Sophie und zog sich die Bettdecke enger um ihren Körper. Mara von Ehrenfurth musterte sie misstrauisch von oben bis unten und schien angesichts ihres Outfits nicht sonderlich überzeugt. „Er *war* hier“, fügte ihre Tochter deswegen noch hinzu, was die Laune ihrer Mutter nicht unbedingt verbesserte. „Ich möchte mit dir reden!“, fuhr Mara von Ehrenfurth sie an. „Kann ich wenigstens noch etwas frühstücken?“, fragte Sophie. „Nein!“, fauchte ihre Mutter und sah ihr streng in die Augen. „Zieh dir was Vernünftiges an, und dann kommst du ins Büro!“ Damit machte sie kehrt und rauschte in Richtung Haupthaus. Sophie blieb leicht geschockt in der Tür stehen. Sie hatte nicht gewusst, dass ihre Mutter so furchteinflößend sein konnte. In Windeseile zog sie sich etwas über und begab sich dann im Laufschritt ins Haupthaus, wo ihre Mutter im Erdgeschoss ihr Arbeitszimmer eingerichtet hatte. Sophie klopfte vorsichtig an die massive Holztür, weil sie wusste, dass ihre Mutter es nicht leiden konnte, wenn man einfach hereinplatzte. „Herein!", ertönte es knapp von der anderen Seite der Tür. Sophie machte einen vorsichtigen Schritt in den Raum und Mara von Ehrenfurth bedeutete ihr, ihr gegenüber Platz zu nehmen. „Was hast du dir verdammt nochmal dabei gedacht?", brauste sie nach einem kurzen Moment des Schweigens auf. „Es ist ja nicht so, dass ich das geplant habe", murmelte Sophie und sah auf ihre Hände. Sie kam sich vor wie eine Sechsjährige, die ein Eis geklaut hatte. Ihre Mutter seufzte und stützte ihre Stirn auf die Hände. „Wie dem auch sei, dein Vater hat sich äußerst unprofessionell verhalten. Stephan Langbrenner ist einer meiner besten Mitarbeiter und es steht außer Frage, dass ich ihn nicht einfach gehen lasse. Das habe ich Hans auch mehr als deutlich zu verstehen gegeben." Sophie lächelte bei dem Gedanken daran, dass ihr Vater, der knallharte Geschäftsmann, sich bei der Standpauke seiner Frau wahrscheinlich in ein schnurrendes Kätzchen verwandelt hatte. Erleichtert atmete sie aus. „Allerdings ändert das nichts daran", fuhr Mara von Ehrenfurth fort, „dass wir diese … *Sache* zwischen euch nicht dulden. Sophie, du weißt genau, dass du in deiner Position auf dein Image achten musst." Sophie spürte, wie die Wut in ihr hochstieg. „Erstens, ist das keine *Sache* zwischen uns, sondern ich habe mich in Stephan verliebt. Das soll durchaus vorkommen.“ Zu gerne hätte sie ihrer Mutter an den Kopf geworfen, dass es eben nicht jedermanns Sache war, sich nur an einen einflussreichen, wohlhabenden Mann mit adligem Namen zu binden, um sich den Traum eines weltweit bekannten Gestütes zu erfüllen. Nach dem, was sie in den letzten Tagen erlebt hatte, begann Sophie ernsthaft daran zu zweifeln, dass die Glückseligkeit, die auf den alten Fotos ihrer Eltern zu sehen war, tatsächlich echt gewesen war. Wahrscheinlich war es eher das Zur-Schau-Tragen der errungenen ‚Trophäe‘ gewesen. „Und zweitens“, fuhr Sophie nun fort, „erschließt sich mir nicht, warum *einer deiner besten Mitarbeiter* meinem Image schaden soll. Die Leute halten uns für abgehobene, arrogante Snobs, Mama. Und mit eurer Einstellung befeuert ihr diese Meinung nur noch.“ Mara von Ehrenfurth schnaufte verächtlich. „Einen Teufel werde ich tun und verleugnen, welches Ansehen wir uns hart erarbeitet haben. Und du wirst das auch nicht tun. Du verhältst dich wie ein trotziges, kleines Kind, dem man sein Spielzeug weggenommen hat.“ „Ich werde nicht …“, setzte Sophie an, doch ihre Mutter schnitt ihr das Wort ab. „Du wirst das beenden, Sophie. Das ist mein letztes Wort.“ Die junge Frau schluckte. „So, und jetzt sag mir, wo Stephan Langbrenner ist. Ich erreiche ihn nicht.“ „Ich weiß es nicht“, zischte Sophie und funkelte ihre Mutter wütend an. „Ich habe ihn auch gestern Abend zum letzten Mal gesehen.“ Mara von

Ehrenfurth seufzte und lehnte sich in ihrem Stuhl zurück. „Also gut“, meinte sie. „Solltest du ihn vor mir erreichen, dann richte ihm bitte aus, dass er natürlich nicht rausgeworfen wird. Mehr nicht, hast du mich verstanden.“ Sophie nickte halbherzig und beeilte sich, aus dem Büro zu kommen. Dieses Gespräch war noch unangenehmer gewesen, als sie es erwartet hatte. Sie trat aus der Tür und blinzelte in die Sonne, die sich schon hoch über der Reithalle erhoben hatte. „Sophie!“, hörte sie plötzlich eine Stimme über den Hof rufen. „Guten Morgen, Tim“, antwortete sie dem Bereiter, der gerade eins der Sportpferde gesattelt aus dem Stall führte. Sophie ging über den Hof und strich dem hübschen Rappen über die weiche Nase. „Wo ist Stephan?“, fragte Tim und schwang sich gekonnt auf den Pferderücken. „Er … er … ist heute nicht da“, stammelte Sophie. Der Bereiter musterte sie eingehend. „Es stimmt also mit dir und Stephan“, murmelte er und sah die junge Frau an. Diese presste die Lippen aufeinander und starrte auf den Boden. „Ich habe ihm gesagt, dass das nicht gut geht. Aber er wollte ja nicht hören.“ „Ich weiß nicht, ob du das kennst“, giftete Sophie und sah Tim scharf an. „Aber das ist nicht unbedingt eine willentliche Entscheidung, die man da trifft!“ Kein Wunder, dass ihre Mutter und der Bereiter sich so gut verstanden. Ihre Einstellung war auf jeden Fall dieselbe. Tim war sichtlich beleidigt und zuckte mit den Schultern. „Müsst ihr wissen. Aber ihr seht ja, was dabei herauskommt“, meinte er, wendete den Rappen und ritt in Richtung Springplatz.

Sophie war wie vor den Kopf gestoßen. Hatte sich eigentlich die ganze Welt gegen sie verschworen? Seufzend ging sie in den Stall und begrüßte Caroso. Dann zog Sophie ihr Handy aus der Hosentasche und wählte Stephans Nummer. Es klingelte eine halbe Ewigkeit, doch er meldete sich nicht. Sophie sprach ihm auf die Mailbox. „Stephan, ich bin es. Ruf mich doch bitte mal zurück. Es ist wichtig." Sie fuhr sich durchs Haar und schaute sich unschlüssig um. „Komm, mein Guter, wir bringen dich erst einmal ein bisschen auf die Weide", sagte sie dann zu ihrem Schimmel und streifte ihm das Halfter über.

Nachdem Sophie ihren Hengst auf die Wiese am Waldrand gebracht und ihm einige Minuten dabei zugesehen hatte, wie er sich erst genüsslich im Sand gewälzt und anschließend das frische Gras geknabbert hatte, ging sie zurück zum Haus. Sie musste erst einmal etwas frühstücken. Als sie ihre Küche betrag war Maria gerade dabei, den Boden zu wischen. „Guten Morgen, Maria", grüßte Sophie und tapste vorsichtig über den feuchten Boden. „Möchtest du einen Kaffee mit mir trinken?" Verwundert sah die Haushälterin Sophie an. „Gerne", sagte sie dann und machte sich unverzüglich auf den Weg zur Kaffeemaschine, während Sophie zwei Tassen aus dem Schrank holte. „Du siehst unglücklich aus", stellte Maria fest und sah sie mit gerunzelter Stirn an. Sophie lächelte müde. „Hat es wieder mit dem Mann von neulich zu tun? Hat es nicht funktioniert?", fragte die Haushälterin und stellte Zucker und Milch vor

Sophie auf den Tisch. „Doch … doch. Ich … wir … ich habe ihm gesagt, dass ich mich in ihn verliebt habe." „Das ist doch wunderbar!", sagte die ältere Frau und klatschte strahlend in die Hände. Sophie schüttelte leicht den Kopf. „Es ist kompliziert", murmelte sie. „Die Liebe ist immer kompliziert, meine Kleine", meinte Maria und strich der jungen Frau liebevoll über das blonde Haar. „Natürlich nicht, wenn man mit einem Lackaffen zusammen ist. Da gibt es keine Liebe und Komplikationen lässt so einer schon mal gar nicht zu", fügte sie dann hinzu und Sophie musste lachen, weil Marias Abneigung gegen Daniel wieder einmal allzu deutlich wurde. „Es ist Stephan", sagte sie und sah die Haushälterin unter ihren gesenkten Lidern an. „Euer Pferdepfleger?", fragte Maria überrascht und Sophie nickte. Maria lächelte sie warm an. „Deine Eltern sind nicht begeistert, hm?" Die junge Frau schüttelte den Kopf. „Nicht begeistert ist eindeutig untertrieben." Die Haushälterin sah ihr nachdenklich in die Augen. „Deine Eltern sind schwierige Menschen, Sophie. Versteh mich nicht falsch, sie sind tolle Arbeitgeber und ich will mich nicht beschweren. Aber sie sind so stur und festgefahren in ihrer Meinung und in ihren Traditionen. Du warst als Kind schon anders als sie. Aber irgendwann bist du dann einfach auf ihren Zug mit aufgesprungen." Sophie betrachtete betreten ihre Hände, während Maria beiden Kaffee einschenkte. „Hör auf dein Herz", riet sie ihr und legte ihre Hand auf den Arm der jungen Frau. „Er scheint ein netter Kerl zu sein. Und du hast dich verändert in der letzten Zeit. Du wirkst glücklich. So wie ich dich kenne, wolltest du dir das die ganze Zeit nicht eingestehen, aber er tut dir gut." Sophie sah in Marias braune Augen, und diese nickte ihr aufmunternd zu. „Mein Vater hat ihn rausgeworfen", murmelte Sophie und die Haushälterin rollte mit den Augen. „Typisch von Ehrenfurth", meinte sie. „Er versucht, seine Kleine zu schützen. Nur eben auf seine eigene, recht drastische Art." „Er versucht, seinen guten Namen zu schützen", erwiderte Sophie mit einem bitteren Unterton in der Stimme und Maria zuckte mit den Schultern. „Es wird alles gut werden, da bin ich mir sicher", meinte sie zuversichtlich und strich Sophie über den Arm. „So", sagte die Haushälterin dann und trank ihren letzten Rest Kaffee aus. „Jetzt muss ich aber weitermachen." „Danke", flüsterte Sophie und Maria wusste, dass es ihr gutgetan hatte, endlich mit jemandem über ihre Gefühle für Stephan reden zu können.

Kapitel 37

Stephan meldete sich an diesem Tag nicht mehr und auch die nächsten Tage ging er nicht ans Telefon. Mara von Ehrenfurth fragte Sophie immer wieder, wo er denn sei und so langsam machte diese sich Sorgen, dass ihre Mutter es sich noch einmal anders überlegen würde, wenn er sich nicht bald meldete. Marco lief den ganzen Tag hektisch über den Hof, weil er jetzt die Arbeit von Stephan zusätzlich zu seiner erledigen musste. Und auch Tim blickte die meiste Zeit des Tages missmutig drein. Es war wie verhext. Seitdem Stephan verschwunden war sank bei allen die Stimmung immer weiter Richtung Nullpunkt. Bei Sophie natürlich am meisten. Sie vermisste ihn und wünschte sich nichts sehnlicher, als in seinen Armen zu liegen. Sophie hatte nicht gewusst, dass man eine solche Sehnsucht nach einer Person haben konnte.

Am Donnerstag entschied sie, dass es so nicht weitergehen konnte. Sie musste etwas unternehmen und Stephan finden. Er konnte doch nicht einfach vom Erdboden verschwunden sein! Allerdings … vielleicht wurde ihm das alles zu viel und er wollte eigentlich gar nichts mehr mit Sophie zu tun haben? Warum sonst sollte er nicht auf ihre Anrufe reagieren? Sie selbst hatte ihn schließlich nicht rausgeworfen. Sie beschlich ein mulmiges Gefühl. Trotzdem, sie musste rausfinden, wo er war. Also setzte sich Sophie in ihr Auto und fuhr zu Stephan nach Hause. Sein Wagen stand nicht vor der Tür und die Jalousien waren im ganzen Haus heruntergelassen. Obwohl ihr ziemlich klar war, dass er nicht da zu sein schien, klingelte sie mehrmals an der Tür, nur um auf Nummer sicher zu gehen. Nach mehreren Minuten war sie sich allerdings sicher, dass ihr niemand die Tür öffnen würde. Sophie wollte gerade wieder in ihren Mini Cooper steigen, als ihr eine Idee kam. Langsam ging sie zum Nachbarhaus und klingelte an der Tür. Sophie trat nervös von einem Bein aufs andere. Sie hatte noch nie einfach bei fremden Menschen geklingelt. Die Tür wurde geöffnet und eine kleine, untersetzte Frau mit rundem Gesicht und kurzen, dunklen Haaren erschien im Türrahmen. Über ihre Schulter hatte sie ein Geschirrtuch geworfen. „Hallo", sagte sie freundlich und strahlte Sophie an. „Hallo", murmelte diese etwas verlegen. „Ich bin Sophie von … ich bin Sophie." Niemand hier kannte ihren Nachnamen und wenn es nach der jungen Frau ging, konnte es auch ruhig so bleiben. So hatte auch keiner Vorurteile gegen sie oder Stephan oder was auch immer. „Ich weiß doch, wer Sie sind", gab die Frau mit einem deutlich schwäbischen Dialekt zurück. Sophie stockte der Atem. Hatte sie sie etwa schon einmal in irgendeiner Zeitung gesehen? Nervös knetete sie sich die Hände. „Sie sind die Freundin von Stephan, nicht wahr?" Erleichtert atmete Sophie auf. „Ja, ja das stimmt. Das bin ich. Die Freundin." Es auszusprechen klang so ungewohnt. Und schön. „Sie sind doch sonst immer nur am Wochenende hier, nicht? Ja, so eine Fernbeziehung ist schwierig. Hatten wir auch lange Zeit. Aber wenn dann Kinder da sind, muss man sich eben für einen Ort entscheiden. Liebevoll strich sie dem kleinen Mädchen, das sich von hinten an sie herangeschlichen hatte und sich nun an ihr Bein schmiegte, über den Kopf. Die Kleine war vielleicht vier Jahre alt und sie war einfach zu niedlich mit ihrem rosa Kleidchen und den blonden Haaren, die mitten auf dem Kopf zu einer lustig hin und her wippenden Palme zusammengebunden waren. „Sie können mir nicht zufällig sagen, wo Stephan ist?" fragte Sophie und sah die Frau an. „Ich nahm an, bei der Arbeit", meinte diese. „Nein, da ist er nicht." Das konnte Sophie mit hundertprozentiger Sicherheit sagen. „Vielleicht ist er ja nur kurz einkaufen. Möchten Sie kurz hereinkommen und hier auf ihn warten? Ich koche sowieso gerade einen Kaffee." Sophie schluckte. Sie kam sich vor wie in einer anderen Welt. Die Leute hier waren so anders. So … freundlich. Ganz anders als die Menschen, mit denen sie es sonst immer zu tun gehabt hatte. „Nein, vielen Dank", winkte sie lächelnd ab. „Vielleicht finde ich ihn ja in der Zwischenzeit." „In Ordnung", meinte die Nachbarin. „Wenn er doch in den nächsten Minuten nach Hause kommt sage ich ihm, dass Sie ihn suchen." „Das ist sehr nett, vielen Dank", bedankte sich Sophie. „Ich freue mich, dass Stephan endlich eine Frau gefunden hat. Er wirkt immer so glücklich, wenn er von Ihnen erzählt." „Er hat von mir erzählt?", fragte Sophie überrascht.

„Ja natürlich", meinte die Schwäbin und lachte. „Gut, anfangs musste man ihm jedes Wort über Sie aus der Nase ziehen. Aber ich war ja schon neugierig, als ich Sie ein paar Mal hier gesehen hatte." Sie errötete ein wenig und lächelte entschuldigend. „Jedenfalls habe ich dann ganz beiläufig mal nachgefragt, ob es denn keine Frau in seinem Leben gibt, als ich unseren Charly mal wieder bei ihm eingesammelt habe." „Charly?", wiederholte Sophie und sah die Frau irritiert an. „Unseren Hund", lachte die Frau und als wäre das sein Stichwort gewesen schlurfte dieser aus dem Wohnzimmer um die Ecke auf die junge Frau zu. Der Hund sah aus, als hätte er bereits einiges in seinem Leben erlebt. Er war mittelgroß und es war praktisch unmöglich, auch nur irgendeine bekannte Rasse in seiner Erscheinung auszumachen. Die Schnauze war grau und Sophie bemerkte schon von Weitem, dass ihm ein Auge fehlte. Ein Ohr war zur Hälfte abgeschnitten und auch der Schwanz war praktisch nicht mehr vorhanden. Bei dem Anblick versetzte es der jungen Frau einen Stich ins Herz. „Charly traut normalerweise niemandem außerhalb unserer Familie. Er kommt aus Griechenland und nur Gott weiß, was ihm dort angetan wurde. Aber an Stephan hatte er vom ersten Tag an einen Narren gefressen. Er strahlt so eine Ruhe aus. Bei ihm merkt man einfach, wie sehr er die Tiere liebt." „Ja, das tut er", murmelte Sophie und streckte Charly ihre Hand hin. Dieser wich unvermittelt einige Schritte zurück. „Seitdem Stephan nebenan wohnt muss ich ihn immer wieder bei ihm aus dem

Garten holen, weil er dort auf der Terrasse liegt und schläft. Wenn er abends von der Arbeit kommt ist Charly schon rüber geflitzt, bevor er überhaupt durch die Haustür ist." Sophie lächelte gedankenverloren. Tiere erkannten einen guten Menschen. „Und Sie wollen wirklich nicht reinkommen?" riss die Nachbarin Sophie aus ihren Gedanken. „Nein, wirklich nicht, vielen Dank. Ein anderes Mal sehr gerne", meinte Sophie. „Das würde uns sehr freuen", strahlte sie. „Grüßen Sie mir Stephan." „Ja, das mache ich", rief Sophie, nachdem sie sich zum Gehen gewandt hatte. „Wenn er jemals wieder auftaucht", murmelte sie zu sich selbst.

Kapitel 38

„Stephan, ich bin es. Ruf mich doch bitte mal zurück. Es ist wichtig." Stephan hatte das Gefühl, dass er sich Sophies Nachricht inzwischen schon zum hundertsten Mal angehört hatte. Ihre Stimme zu hören war immerhin besser als gar nichts. Trotzdem wusste er, dass er sie nicht zurückrufen konnte. Es nagte an ihm, dass er sie belogen hatte. Aber er hatte ihr einfach nicht sagen wollen, dass definitiv nicht alles in Ordnung war. Schon in dem Moment, als Hans von Ehrenfurth die fristlose Kündigung ausgesprochen hatte war ihm nur ein Gedanke durch den Kopf geschossen: Wie sollte er ohne Arbeit bloß die Kosten für den Pflegeplatz seines Vaters weiter aufbringen? Ganz davon abgesehen, dass es für ihn und Sophie wahrscheinlich keine Zukunft geben würde, egal ob er nun auf dem Gestüt arbeitete oder nicht. Hans und Mara von Ehrenfurth würden es zu verhindern wissen, dass er jemals wieder einen Fuß auf ihr Grundstück setzte. Gedankenverloren drehte er das kleine silberne Kärtchen in seinen Händen hin und her. „Martin Kerner, Journalist" stand darauf. Nein, er würde mit diesem kriminellen Mistkerl nicht zusammenarbeiten. Nicht noch einmal. Beim Gedanken an die Katastrophe, die sich nach ihrem letzten Zusammentreffen ereignet hatte, drehte sich Stephan der Magen um.

Es war inzwischen fast zwei Jahre her, dass Stephan Martin Kerner auf einem großen Reitturnier getroffen hatte. Er war bei seinem vorherigen Arbeitgeber im Gegensatz zu seiner Arbeit bei den von Ehrenfurths nicht für die Zuchtstuten, sondern für die Sportpferde verantwortlich gewesen. Das

Gestüt war relativ klein im Vergleich zu dem von Sophies Eltern. Trotzdem hatten sie ein paar hochtalentierte Pferde im Stall stehen gehabt, die sogar internationale Prüfungen bestritten. Stephan war als Pfleger mit ihnen um die halbe Welt gereist, hatte aber dennoch gerade einmal so viel verdient, dass er sich mit Mühe und Not über den Monat bringen und das Heim für seinen Vater bezahlen konnte. Ungeachtet seiner finanziellen Situation hatte er seine Arbeit jedoch geliebt. Irgendwann hatte er am Rande des Turnierplatzes gestanden, als Martin sich neben ihn gestellt und ein zwangloses Gespräch begonnen hatte. Er schien zu wissen, für wen Stephan arbeitete. Denn er wusste offenbar, dass Scarlett, das erfolgreichste Pferd des Gestütes, schon seit Monaten nicht mehr die Leistung brachte, die sie bringen konnte. Sie waren bei zahlreichen Tierärzten gewesen und kannten praktisch jeden Zentimeter der Stute inzwischen von innen. Doch keiner der Ärzte hatte bisher den Grund für Scarletts plötzliche Leistungsschwäche herausgefunden. „Ich glaube, ich habe da eine Idee, wie du das Pferd wieder fit kriegen kannst", hatte Martin Kerner damals gemeint und ihm schon da erstmals seine Karte überreicht. Der Journalist hatte ihm angeboten, sich am nächsten Tag zu treffen, um weitere Details besprechen zu können. Natürlich hatte Stephan zugesagt. Schließlich sah auch er, dass es der Stute nicht gut ging und er hätte alles getan, um ihr zu helfen. Also hatten sie sich am nächsten Abend im Hotelzimmer des Journalisten getroffen und Martin Kerner hatte ein kleines Tütchen, in dem sich mehrere Ampullen mit einer klaren Flüssigkeit befanden, vor den Pferdepfleger auf den Tisch gelegt. „Was ist das?", hatte Stephan gefragt und war sich zu diesem Zeitpunkt schon sicher gewesen, dass es nichts Gutes sein konnte. „Ein kleines Aufbaupräparat für die hübsche Stute", hatte der Journalist gemeint und dabei merkwürdig gelächelt. „Dir ist doch klar, dass das Doping ist?", hatte Stephan zu Martin Kerner gesagt und das Tütchen natürlich sofort von sich weggeschoben. Der Journalist hatte nur spöttisch gelacht. „Ach Stephan, du bist so ein Idealist. Aber die Realität sieht leider ganz anders aus. Es machen sich doch immer dieselben Leute die Taschen voll. Hängt dir das nicht auch zum Hals raus?" Mit zusammengepressten Lippen hatte er dagesessen und auf seine Hände gestarrt. „Vielleicht hilft dir das hier ein wenig bei der Entscheidungsfindung", hatte Kerner gemeint und ihm einen ziemlich dicken Umschlag über den Tisch geschoben. Dieser war randvoll mit Geldscheinen. Großen Geldscheinen. Bei Stephan hatte in diesem Moment der gesunde Menschenverstand ausgesetzt. Seine finanzielle Lage war zu diesem Zeitpunkt katastrophal und er hatte die Heimmiete für seinen Vater in diesem Monat sogar stunden müssen. Was bedeutete, dass er im nächsten Monat die doppelten Kosten zu tragen hatte. Und in diesem Umschlag befand sich wahrscheinlich so viel Geld, wie er es sonst in einem ganzen Jahr verdiente. Er hatte einfach keinen anderen Ausweg mehr gesehen und zögernd die Ampullen und den Umschlag mit den Scheinen an sich genommen. Noch heute wusste Stephan nicht, ob Martin Kerner zu diesem Zeitpunkt von seinen finanziellen Nöten gewusst hatte und ihn als leichtes Opfer gesehen hatte oder ob das alles reiner Zufall gewesen war. „Sieh mal Stephan, bald ist Saison-Ende. Die Stute ist in der schlechtesten Form ihres Lebens. Niemand rechnet damit, dass sie dort siegen wird. Wenn du sie für dieses Turnier fit bekommst … die Wett-Quoten auf einen Sieg von Scarlett sind absolut im Keller.

Also kannst du dafür sorgen, dass wir beide ein Stück von dem großen Gewinn-Kuchen abbekommen." Stephan hatte die Worte des Journalisten wie durch eine Wand wahrgenommen und er konnte selbst nicht glauben, was er da gerade tat. Doch in diesem Moment waren ihm die Argumente absolut logisch erschienen. Mechanisch war er aufgestanden und in Richtung Tür gegangen. „Probiere es ruhig erst an einem anderen Pferd aus. Dann kannst du dir erst ansehen, wie es wirkt", hatte Martin Kerner ihm noch hinterhergerufen, bevor die Zimmertür ins Schloss gefallen war.

Tatsächlich hatte Stephan einige Tage später dem Wallach Toledo eine Ampulle mit der klaren Flüssigkeit in den Halsmuskel gespritzt. Es war dumm von ihm gewesen, nicht nachzufragen, was es denn genau für ein Mittel sei, das wusste er. Doch er hatte sich eingestehen müssen, dass das die Situation nicht geändert hätte. Toledo war ein etwas gedrungenes, schwerfälliges Pferd gewesen, das sich im Parcours zuweilen als echter Totalausfall erwiesen hatte. Trotzdem behielten die Besitzer des Gestütes den Wallach, denn er hatte ein Herz aus Gold und ihre zehnjährige Tochter liebte den Fuchs heiß und innig. Nachdem Stephan dem Wallach das Mittel am Morgen verabreicht hatte schien das junge Mädchen in der Springstunde am späten Nachmittag ein vollkommen anderes Pferd unter dem Sattel zu haben. Toledo ging schwungvoll voran und sprang doppelt so hoch, wie er musste. Insgesamt machte der Fuchs einen deutlich wacheren Eindruck als normalerweise. Als er am übernächsten Tag jedoch wieder in üblicher Geschwindigkeit über den Reitplatz schlurfte war Stephan ein wenig beruhigt und versuchte sich selbst einzureden, dass das Präparat anscheinend gar keine so starke Wirkung hatte.

Das Saisonende bildete wie jedes Jahr ein international ausgeschriebenes Turnier in der Landeshauptstadt. Scarlett hatte noch immer nicht zu ihrer alten Form zurückgefunden und der Bereiter des Gestütes hatte lange überlegt, ob die Stute in diesem Jahr überhaupt noch starten sollte. Doch da sie trotz allem aufgeregt in ihrer Box hin- und herlief, sobald der große Turniertransporter auf den Hof gefahren wurde und noch immer keine Diagnose gestellt werden konnte entschlossen sich die Besitzer, der Bereiter und Stephan gemeinsam, Scarlett diese eine Prüfung noch laufen zu lassen. Im nächsten Jahr sollte sie dann für eine Saison aus dem Turniersport genommen werden, um ein Fohlen zu bekommen. Trotz schlechtem Gewissen hatte Stephan erleichtert aufgeatmet. Er wusste nicht, ob Martin Kerner das Geld zurückfordern würde, wenn die Stute nicht startete und er somit um seinen erhofften Wettgewinn gebracht wurde.

Stephan hatte die Stute am Morgen der Prüfung bereits leicht bewegt und sie anschließend wieder in ihre Box gestellt. „Es tut mir wirklich, wirklich leid, Scarlett. Glaub mir, es ist nur dieses eine Mal und ich würde es niemals tun, wenn ich eine andere Wahl hätte“, hatte er ihr zugeflüstert, während er die Spritze in ihren Halsmuskel setzte. Die Stute hatte ihren Kopf an seinem Arm gerieben, was das Ganze für Stephan nicht gerade leichter gemacht hatte. Er hatte ihr noch kurz den Hals geklopft und anschließend die Ampulle und die kleine Spritze zerstört und in einer Mülltonne auf der anderen Seite der Stallungen so entsorgt, dass sie keiner finden würde, vorausgesetzt er suchte nicht gezielt danach. Er befand sich bereits auf dem Rückweg, um Scarlett noch etwas Heu in die Box zu werfen, als ihm Martin Kerner entgegengekommen war. „Alles erledigt?", hatte er geraunt und sich dabei wachsam umgesehen. Stephan hatte das Gefühl gehabt, dass jeder ihm ansehen konnte, was er eben getan hatte, und nur stumm genickt. „Pass auf", sagte der Journalist und sah ihn nun direkt an. „Ich setze 2000 auf die Stute. Wenn sie tatsächlich gewinnt, bekommst du noch einmal einen ordentlichen Bonus von mir." Stephan war noch nie ein Mensch gewesen, der sich besonders viel aus Geld gemacht hatte. Doch dieses Geld würde ihm in den nächsten Monaten den Rücken freihalten und er wollte alles dafür tun nie wieder in so eine missliche Lage zu geraten. „Prima", rief Martin Kerner jetzt und schlug ihm freundschaftlich auf die Schulter. „Dann sehen wir uns …". In diesem Moment schallte ein Krachen durch die Stallgasse. Es war so laut, dass alle, die sich in unmittelbarer Nähe befanden, unwillkürlich vor Schreck zusammenzuckten. Für einen Moment herrschte Totenstille. Dann hörte man, wie Hufe über Boxenwände kratzten und Hufeisen an Stahlpfeiler schlugen. Stephan hatte gespürt, wie ihm in diesem Augenblick jegliches Blut aus dem Gesicht gewichen war, denn er hatte deutlich gehört, aus welcher Richtung dieser Lärm kam. Er wusste ihm Nachhinein nicht mehr, wie er zu Scarletts Box gelangt war. Die Stute lag am Boden, das Fell glänzte schweißnass und sie wurde von heftigen Krämpfen geschüttelt. Die Beine waren von den Schlägen gegen die Holzwände mit großen, stark blutenden Wunden übersät und auch aus ihren Nüstern lief ein dünnes Rinnsal. „Wir brauchen einen Tierarzt!", brüllte der Pferdepfleger in die Stallgasse hinein und mehrere Personen rannten los, um Hilfe zu holen. Stephan wollte den Kopf des Tieres umfassen, doch er musste zurückweichen, um nicht von einem durch die Krämpfe umherfliegenden Huf getroffen zu werden. Es hatte nur wenige Minuten gedauert, bis der Tierarzt dagewesen war, doch Stephan war es wie Stunden vorgekommen. Völlig hilflos und verzweifelt hatte er vor der Stute gestanden, in dem Bewusstsein, mit seiner Tat ihr Todesurteil unterschrieben zu haben. Der Tierarzt hatte das Pferd nur einen kurzen Augenblick betrachtet und Stephan dann mit einem Kopfschütteln bedeutet, dass er nichts mehr für Scarlett tun konnte. Mit zitternden Fingern hatte er die Nummer des Gestütsbesitzers gewählt, um ihn über den Zustand der Stute zu informieren. Und darüber, dass der Tierarzt sie jetzt erlösen würde. Dieser hatte nach einem Augenblick ungläubigen Schweigens gemeint: „Ich vertraue dir genug, um zu wissen, dass du die richtige Entscheidung triffst." Stephan hätte am liebster bitter losgelacht. Durch seine Entscheidung war es erst dazu gekommen. Und vertrauen konnte er sich nicht einmal selbst mehr.

Während er telefoniert hatte, hatte der Tierarzt dem Pferd bereits eine Beruhigungsspritze verabreicht, sodass wenigstens die Krämpfe aufgehört hatten. Nun lag sie ganz ruhig im Stroh, doch ihr Atem war flach und Stephan konnte genau sehen, dass jeder weitere Atemzug die Stute unendlich viel Kraft kostete. „War sie in letzter Zeit in irgendeiner Art auffällig?", fragte der Tierarzt, während er die Spritze mit der tödlichen Dosis Narkosemittel aufzog. „Sie kam nicht in Form", hatte Stephan matt geantwortet und Scarlett dabei über die Stirn gestrichen. „Schon die ganze Saison über nicht." Der Tierarzt hatte gebrummt und das erlösende Mittel in die Vene gespritzt. Nur Sekunden später hatte der Tierarzt sie noch einmal abgehört und den Tod bestätigt. „Ich würde auf eine Infektion oder ein Herzproblem tippen. Soll sie obduziert werden?" Geschockt hatte Stephan zu ihm aufgeblickt. „Ich … ich weiß es nicht. Ich … muss das abklären." „Machen Sie das", hatte der Tierarzt gesagt und versprochen, jemanden zu schicken, der einen Sichtschutz vor der Box der Stute anbringen würde.

Stephans Arbeitgeber verzichteten auf eine Obduktion, da auch sie nach den Leistungen der letzten Monate eine unentdeckte Infektion für möglich hielten. Zudem hätte es nichts daran geändert, dass ihre Stute tot war. Stephan hatte nur wenige Wochen nach dem Vorfall seine Anstellung gekündigt und alle hatten geglaubt, dass dieser Vorfall ihn zu sehr traumatisiert hatte und alles auf dem Hof ihn daran erinnerte. Deswegen wünschten ihm alle nur das Beste für seine neue Anstellung auf dem Gestüt von Ehrenfurth. Natürlich wurden jeden Tag, den er in den Stallungen verbrachte, die alten Wunden wieder aufgerissen. Doch wenn Stephan ehrlich zu sich selbst war, dann hatte er verschwinden und ein neues, aufrichtiges Leben anfangen wollen, bevor doch jemand herausfand, was er getan hatte. Und er wollte sichergehen, dass Martin Kerner ihm nie wieder über den Weg laufen würde.

Es gab bis heute keinen Tag, an dem Stephan nicht an die hübsche Scarlett dachte. An dem er nicht die Bilder vor Augen hatte, wie sie zuckend und strampelnd am Boden lag. Und wie sie ihn hilflos und mit Panik in den großen, dunklen Augen angesehen hatte. Stephan rieb sich mit Daumen und Zeigefinger über die Augen. Nein, niemals würde er das wieder tun. Er musste einfach einen Weg finden, dem Journalisten endgültig das Handwerk zu legen. Seufzend stieg der junge Mann aus seinem Wagen und ging die Stufen zum Eingang des Pflegeheims hinauf.

Kapitel 39

Sophie war wild entschlossen. Es konnte eigentlich nur noch eine Möglichkeit geben, wo Stephan untergetaucht war. Zumindest hoffte sie es. Fieberhaft überlegte Sophie wie sie rauskriegen sollte, in welchem Pflegeheim der Vater von Stephan lebte. „In der Nähe von Koblenz, wo ich aufgewachsen bin“, hatte er einmal gesagt. Sophie musste zugeben, dass das ein ziemlich weiter Begriff war. Es war noch recht früh am Morgen und so entschloss sie sich, erst einmal nach Hause zu fahren, um ein paar Sachen zusammenzupacken. Nachdem sie das Nötigste in eine kleine Reisetasche gepackt hatte, setzte sich Sophie einen Moment an den Küchentisch. Hatte sie eigentlich einen Plan? Nein, eindeutig nicht. Sie wusste nur, dass sie Stephan finden musste, und zwar schnell. Und ihre letzte Hoffnung war, dass er sich bei seinem Vater aufhielt. Da Sophie nicht genau wusste, in welchem Pflegeheim dieser wohnte, blieb ihr nichts anderes übrig, als alle Heime in und um Koblenz ausfindig zu machen und sich dann durchzufragen. Vorsichtshalber packte sie noch einige weitere Dinge ein. Schließlich wusste sie nicht, wie lange ihr Vorhaben dauern würde. Die junge Frau lächelte und schüttelte den Kopf. Früher wäre es ihr niemals in den Sinn gekommen, einem Mann hinterherzulaufen. Und wenn sie nicht einmal wusste, wo er steckte schon einmal gar nicht. Doch früher, das war vor Stephan gewesen. Schon wenn sie seinen Namen nur dachte flatterte es gewaltig in ihrem Magen. Und Sophie musste zugeben, dass sie tatsächlich ein wenig stolz auf sich war. Sie hatte noch nie in ihrem Leben um irgendetwas wirklich gekämpft. Oder kämpfen müssen. Doch Stephan war diesen Kampf wert. Sophie füllte ihren frisch aufgebrühten Kaffee in einen Thermobecher, lud ihr bisschen Gepäck in den Wagen und machte sich dann auf den Weg in Richtung Koblenz.

Sophie hatte Glück, dass sie so früh unterwegs und es mitten in der Woche war. So kam sie über die Autobahn relativ zügig an ihr Ziel. Sie hatte sich während der Fahrt entschlossen, sich erstmal direkt in Koblenz zu informieren, welche Pflegeheime es in der näheren Umgebung überhaupt gab. Die nette Dame im Fremdenverkehrsbüro hatte ihr einen ganzen Stapel mit Flyern zusammengestellt und noch dazu alle für sie relevanten Adressen notiert. Es war inzwischen schon früher Nachmittag geworden. Obwohl sie nichts mehr wollte als endlich Stephan zu sehen musste Sophie zugeben, dass sie langsam Hunger bekam. Also setzte sie sich in ein kleines Café in der Koblenzer Altstadt und bestellte einen Milchkaffee und ein reich belegtes Baguette. So konnte sie wenigstens in Ruhe die entsprechenden Routen in ihr Navi eingeben und nachsehen, wo sie gegebenenfalls die Nacht verbringen konnte. Sie entschied sich für eine kleine Pension am Stadtrand und reservierte mit einem kurzen Anruf ein Zimmer. Glücklicherweise war die Hauptsaison für Touristen inzwischen vorbei und sie bekam auch ein Zimmer, denn nach der langen Rückfahrt nach Hause und morgen wieder zurück stand ihr definitiv nicht der Sinn.

Sophie musste zugeben, dass sie am Anfang der Suche noch hochmotiviert an die Sache herangegangen war. Sie hatte sich entschieden, sofort bei den Pflegeheimen in den Koblenzer Vororten zu starten, da für sie *‚in der Nähe von'* nicht direkt in der Stadt hieß. Sophie hoffte inständig, dass Stephan nicht einen Umkreis von 100 Kilometern für *‚in der Nähe'* hielt. Auf ihrer Liste standen 15 Pflegeeinrichtungen und Sophie war vorerst noch davon überzeugt gewesen, dass sie mit der Suche schnell vorankommen würde. Allerdings hatte sie nicht bedacht, dass sie teils weite Strecken von Ort zu Ort fahren musste und irgendwann zwangsläufig in den Feierabendverkehr geriet. Nachdem sie an einer Ampel zum dritten Mal in die Rotphase geriet, stützte sie den Kopf genervt auf dem Lenkrad ab. „Das wiedergutzumachen wird teuer, Langbrenner", murmelte sie. Am späten Nachmittag hatte sie erst fünf Heime von ihrer Liste gestrichen und sie nahm sich vor, dass das nächste gleichzeitig auch das letzte Pflegeheim für diesen Tag sein würde. Das ständige Nachfragen ohne letztendlich Erfolg zu haben war zermürbend und Sophie fragte sich schon, ob die ganze Aktion wirklich eine so gute Idee gewesen war.

Es begann schon langsam zu dämmern, als Sophie auf den Parkplatz des gepflegt aussehenden Gebäudes fuhr und den Motor abstellte. „Bitte, bitte, sei hier", flüsterte sie und stieg aus dem

Wagen. Sie stieg die Stufen zum Haupteingang hoch und sah sich um. Die Rezeption war um diese Zeit nicht mehr besetzt. Vorsichtig öffnete sie eine der Zwischentüren und lugte um die Ecke auf einen breiten, in fröhlichen Farben gestrichenen Flur, an dessen Rand unzählige Grünpflanzen in großen, bunten Töpfen standen. Direkt gegenüber schien der Frühstückssaal zu sein. Am Ende des Ganges standen zwei alte Damen auf ihre Rollatoren gelehnt und unterhielten sich lachend. Langsam ging Sophie den Gang hinunter und sah sich um. Von irgendwoher hörte sie Geschick und Besteck klappern. Plötzlich kam aus einer Tür direkt neben ihr eine Altenpflegerin. Sie war klein und füllig, die dunklen Haare waren zu einem lockeren Dutt gebunden und sie trug eine Brille. „Hallo“, sagte sie freundlich. „Kann ich Ihnen helfen?“ „Ja … ich …“, stammelte sie. „Ich suche jemanden.“ „Da denke ich schon, dass ich Ihnen weiterhelfen kann. Um wen geht es denn?“ „Ich weiß ehrlich gesagt nicht einmal, ob er überhaupt hier wohnt. Und den Vornamen kenne ich auch nicht. Der Nachname ist Langbrenner.“ Die Pflegerin strahlte sie an. „Gunther Langbrenner. Ja, der wohnt hier. Station 2, einmal hier den Gang entlang und dann nach links in den Anbau. Warten Sie, ich zeige Ihnen, wo das Zimmer ist.“ Sophies Herz machte vor Freude und Aufregung einen Sprung. Er war hier! Natürlich hieß das noch lange nicht, dass auch Stephan hier war. Aber vielleicht würde ihr sein Vater ja sagen können wo er steckte. Obwohl … plötzlich kamen Sophie Zweifel. Stephan hatte gesagt, sein Vater habe einen Schlaganfall gehabt. Stephan hatte nur etwas von einer Lähmung gesagt. Konnte sein Vater überhaupt mit ihr sprechen? Die Schmetterlinge in ihrem Bauch waren inzwischen vollkommen außer Kontrolle geraten und schwirrten wild umher. Ihr Herz schlug so schnell, dass sie das Gefühl bekam, es würde ihr im nächsten Moment aus der Brust springen. Ihre Hände zitterten und waren eiskalt. Die Pflegerin blieb stehen. „Da vorne, das letzte Zimmer auf der rechten Seite ist es.“ „Vielen Dank“, murmelte Sophie und lächelte die Frau an. Einen Moment lang überlegte sie ernsthaft, umzudrehen und einfach wegzulaufen. Was tat sie hier eigentlich? Andererseits… sie hatte so viel auf sich genommen und endlich den richtigen Ort gefunden. Jetzt musste sie es auch zu Ende bringen. Sophie atmete ein paar Mal tief durch und strich mit ihren feuchten Händen über ihre Jeans. Dann gab sie sich einen Ruck und ging los.

Kapitel 40

Die Tür zu dem Zimmer, das die Altenpflegerin ihr gezeigt hatte, stand offen. Vorsichtig lugte Sophie um die Ecke. Der Raum war gemütlich eingerichtet. Ebenso, wie man sich einen Wohnraum im *richtigen* Zuhause vorstellte. An einem kleinen, runden Tisch in der Ecke saß ein Mann mit dem Gesicht zu ihr in einem Rollstuhl. Sein Haar war überraschend dunkel, aber nicht mehr vollkommen dicht. Den linken Arm hatte er auf seinem Oberschenkel abgelegt. In der Rechten hielt er einige Spielkarten. Hätte sie ihn auf der Straße getroffen, hätte Sophie auf den ersten Blick nicht vermutet, dass der Mann im Pflegeheim lebte. Nun sah er auf und Sophie stockte der Atem. Der Mann war zu 100 Prozent eine ältere Version von Stephan. Auf seinem Gesicht zeichneten sich natürlich schon einige Falten mehr als bei seinem Sohn ab und das linke Augenlid hing, vermutlich als Folge des Schlaganfalls, ein wenig herunter. Doch seine blaugrauen Augen waren wach und strahlten sie an. „Oh Besuch", sagte er nun und blickte erst Sophie, dann die Person, die ihm Gegenüber in einem großen Ohrensessel saß, an. Sophie glaubte, vor Aufregung in Ohnmacht zu fallen. Nun bewegte sich jemand auf dem Sessel und als diese Person aufstand und sich umdrehte, sah Sophie erst in das gespannte und dann überraschte Gesicht von Stephan. „Sophie?", rief er erstaunt. Sie nickte und stützte sich mit einer Hand am Türrahmen ab. Verzweifelt versuchte die junge

Frau, ihre aufsteigenden Tränen herunter zu schlucken. Doch als Stephan nun auf sie zukam und sie stürmisch in die Arme schloss musste sie doch schluchzen. „Wie kommst du denn hier her?", murmelte er. „Mit Caroso", schniefte sie. „Was?" Stephan löste sich aus der Umarmung und starrte sie erschrocken an. „Mit dem Auto natürlich, du Blödmann!" Stephan schüttelte den Kopf, strich sanft mit seinen Lippen über ihre und umarmte sie erneut. „Was machst du bloß für Sachen?", raunte er ihr ins Ohr. „Das könnte ich dich genauso gut fragen", gab sie zurück. Stephan strahlte, als er sich erneut von ihr löste. Dann nahm er ihre Hand und zog sie ein Stück ins Zimmer. „Papa, das ist Sophie", sagte er an seinen Vater gewandt. „Seine Freundin", ergänzte sie und reichte dem Mann die Hand. Im Augenwinkel sah sie, dass Stephan sie irritiert anstarrte. Trotzdem war sie sich sicher, ihn mit dieser Aussage mehr als glücklich gemacht zu haben. „Ich bin Gunther, es freut mich sehr dich kennenzulernen.", sagte Stephans Papa lächelnd und erwiderte Sophies Handschlag. „Und du hast jetzt den weiten Weg von Frankfurt hierher zurückgelegt, um mich zu besuchen?" „So ähnlich", murmelte Sophie und errötete. „Eigentlich habe ich mehr Zeit darauf verwendet, herauszufinden wo Sie … wo du überhaupt wohnst. Ich hatte nur die sehr vage Angabe *‚in der Nähe von Koblenz'*. „Ist das wahr?", fragte er und sah Stephan streng an. „Ich … also … es ist kompliziert", stammelte dieser und Sophie musste kichern. „So, Kinder", meinte Gunther dann und löste die Bremse seines Rollstuhls. „Ich habe

Hunger. Und ihr habt euch anscheinend einiges zu erzählen. Aber bitte nicht auf meinem Bett", fügte er mit einem Augenzwinkern hinzu. Sophie schoss das Blut in den Kopf und Stephan lachte sein heiseres Lachen. Dann gab er seinem Vater einen Kuss auf die Wange. „Wir sehen uns morgen, Papa." „Morgen musst du zur Arbeit", meinte Sophie und Stephan sah sie mit hochgezogenen Augenbrauen an. „Tatsächlich?" Sophie nickte. „Deine Chefin hat angerufen. Sie braucht dich dringend." „Na, wenn das so ist", meinte der Pferdepfleger dann und Sophie sah ein leichtes Lächeln seinen Mund umspielen. „Dann sieh zu, dass du wieder zu deinen Pferden kommst, Junge. Ich nehme an, du reitest auch, Sophie? Ansonsten hält es nämlich keine Frau mit ihm aus", stellte Gunther fest. „Vielen Dank, Papa", meinte Stephan und verdrehte die Augen. Sein Vater ignorierte seinen Kommentar und wandte sich Sophie zu. „Es hat mich gefreut, dich kennenzulernen, Sophie. Es wäre schön, wenn wir uns bald mal wiedersehen würden. Aber dann fahrt ihr bitte mit *einem* Auto. Bei den Benzinpreisen heutzutage, das muss doch wirklich nicht sein!" Im nächsten Moment war er um die Ecke verschwunden. „Dein Vater ist toll", stellte Sophie fest, als sie alleine in dem kleinen Raum waren. „Ganz anders als meiner." Stephan zuckte mit den Schultern. Die junge Frau gab ihm einen sanften Kuss. „Wo wohnst du hier?", fragte sie und sah ihm in die Augen. „Im Auto", antwortete Stephan und wandte den Blick ab. „Sehr witzig, Stephan. Im Ernst. Wo schläfst du, solange du hier bist?" „Das war mein voller Ernst, Sophie", sagte der junge Mann und fuhr sich mit einer Hand durchs Haar. „Den Tag über bin ich hier und nachts lege ich mich zum Schlafen in mein Auto. Und das steht hier vor der Tür auf dem Parkplatz." Sophie starrte ihn mit offenem Mund an. Das war doch nicht zu fassen! Dann fasste sie ihn am Handgelenk und zog ihn mit sich. „Du kommst jetzt mit mir. Und dann müssen wir mal miteinander reden." Stephan grinste. „Nichts lieber als das", meinte er und Sophie rollte mit den Augen, weil sie sich sicher war, dass er dabei ziemlich zweideutige Gedanken hegte.

Kapitel 41

Bevor sie in Sophies Mini Cooper in die kleine Pension fuhren, hielten sie an einer winzigen Dönerbude mitten in der Koblenzer Innenstadt, die es laut Stephans Aussage schon gegeben hatte, als er hier aufgewachsen war. Er lachte sich halbtot, als Sophie ihm gestand, dass sie tatsächlich zum ersten Mal eine Dönertasche aß. Anschließend schlenderten sie Hand in Hand durch die Altstadt und Sophie genoss diese entspannte Zweisamkeit, die sie vorher nie gehabt hatten. Obwohl es inzwischen dunkel geworden war, waren die Temperaturen noch immer angenehm mild und die beiden setzten sich auf eine Bank an der Rheinpromenade. Sophie bewunderte die hell erleuchteten Gebäude, die sich im ruhigen Wasser wiederspiegelten. „Du schläfst doch nicht wirklich in deinem Auto, oder?“, fragte sie nach einer Weile und sah Stephan unsicher von der Seite an. Er schwieg und sah einem kleinen Boot, das langsam an ihnen vorbeischipperte, nach. „Ich war davon ausgegangen, keine Arbeit mehr zu haben, Sophie“, sagte er irgendwann gedehnt, sah sie aber noch immer nicht an. „Da habe ich mir das Geld lieber für andere Dinge aufgehoben.“ Sophie räusperte sich. In einer solchen Situation war sie noch niemals gewesen und deshalb fiel es ihr, wenn sie ehrlich war, schwer, diesen Gedanken nachzuvollziehen. Gedankenverloren sahen beide eine Weile auf das Wasser, auf dessen Oberfläche die Spiegelungen tanzten. „So gerne ich es glauben würde", sagte Stephan irgendwann und richtete seinen Blick nun doch auf Sophie. „Dass ich meine Arbeit behalte heißt nicht, dass alles in Ordnung ist, oder? Ich meine, das mit uns beiden ist für deine Eltern doch weiter inakzeptabel, oder?!" Sophie presste die Lippen aufeinander und nickte. Stephan sah wieder zurück auf die hell erleuchteten Gebäude. „Habe ich mir gedacht." „Wir finden eine Lösung", murmelte Sophie und legte ihren Kopf auf seine Schulter. Stephan gab ihr einen leichten Kuss aufs Haar. „Mhm", brummte er und zeichnete mit seinem Finger unsichtbare Linien auf ihrem Unterarm nach. Sophie bekam eine wohlige Gänsehaut. „Das glaubst du doch auch, oder?", fragte sie ihn und sah ihn von unten her an. Stephan lächelte matt. Die junge Frau spürte, dass ihn etwas bedrückte. „Was ist los?", wollte sie wissen. Stephan schien mit sich zu kämpfen und die richtigen Worte zu suchen. „Dein Vater hat mir Geld geboten, damit ich verschwinde", platzte es dann aus ihm heraus. Mit einem Satz stand Sophie vor ihm und starrte den jungen Mann fassungslos an. „Er hat *was* getan? Wann?", rief sie und man konnte ihr ansehen, wie wütend sie war. „Am Tag, als er mich rausgeworfen hat." Sophie schnappte hörbar nach Luft. Ihr Vater hatte anscheinend gar keine Skrupel! „Nachdem er mich ein paar Minuten angebrüllt hatte, was mir überhaupt einfiele und dass er genau wüsste, dass ich nur hinter deinem Namen und deinem Geld her sei, hat er sich ganz ruhig hingesetzt. Es war fast schon gruselig. Dann schob er mir einen Zettel rüber, auf dem eine Zahl mit wirklich, wirklich vielen Nullen stand. Er meinte, dass könnte ich sofort mitnehmen, wenn ich danach verschwinden und nie wieder in eurem Leben auftauchen würde." Geschockt starrte Sophie den jungen Mann an. „Deswegen bist du also hier untergetaucht?" „Blödsinn!", rief er und zog die Augenbrauen zusammen. „Lieber würde ich komplett in mein Auto ziehen, als dich nie wieder zu sehen." Erleichtert atmete Sophie aus und küsste ihn zärtlich. „Und wenn wir alle glauben lassen, dass es vorbei ist?", meinte sie hoffnungsvoll. Stephan schüttelte energisch den Kopf. „Ich bin Pferdepfleger, Sophie. Kein Schauspieler. Sobald du in der Nähe bist, will ich nichts anderes mehr, als dich einfach anzusehen, dich anzufassen, dir nah zu sein. Deine Eltern sind nicht dumm, sie würden es sofort merken. Und willst du deine eigene Familie belügen müssen?" Sophie schüttelte schwach den Kopf. „Du hast Recht", seufzte sie. Sie hatte keine Ahnung, wie sie aus dieser Misere herauskommen sollten. Frustriert rutschte sie auf Stephans Schoß, schloss die Augen und lehnte sich an ihn. Sofort wurde sie von seinem unverkennbaren Duft eingehüllt. „Lass uns morgen darüber nachdenken, was wir machen können", flüsterte er und Sophie spürte seinen warmen Atem an ihrem Ohr. Sie brummte zustimmend, während seine Hand ihren Rücken hochglitt und er ihren Hals mit Küssen bedeckte. „Heute sollten wir erst einmal aufholen, was wir die letzten Tage verpasst haben", stimmte

Sophie zu und sie versanken in einem langen, leidenschaftlichen Kuss.

Kapitel 42

Stephan kam es vor, als sei es Jahre her, dass er zum letzten Mal neben Sophie aufgewacht war. Nun lag er auf seinen Arm gestützt neben ihr und beobachtete ihren regelmäßigen Atem, während sie noch tief und fest schlief. Die tiefen Sorgenfalten, die gestern, bevor er sie erfolgreich abgelenkt hatte, noch auf ihrem Gesicht gelegen hatten, waren verschwunden. Stephan fuhr der jungen Frau sachte mit den Fingerspitzen über die blonden Haare und musste dabei unwillkürlich lächeln. Schon als er sie das erste Mal gesehen hatte, hatte er sich Hals über Kopf in Sophie verliebt. Natürlich hatte er alles darangesetzt, diesen Gedanken so weit wie möglich von sich wegzuschieben. Schließlich war sie die Tochter seiner Chefin und auch sonst spielten sie definitiv nicht in derselben Liga. Sophies arrogantes und herablassendes Verhalten hatte ihr Übriges dazugetan. Und so hatte Stephan seine Gefühle lange Zeit hervorragend vor allen anderen, aber vor allem vor sich selbst, verstecken können. Natürlich hatte er sie trotzdem immer attraktiv gefunden. Doch wenn er ehrlich war, hatte er es eine ganze Weile bevorzugt, sie bis aufs Blut zu reizen und zu triezen. Das wütende Funkeln in ihren Augen fand er einfach zu sexy. Doch dann hatte sich alles geändert, als plötzlich Sophies Hengst Caroso schwer krank wurde. In dieser gemeinsam verbrachten Nacht im Stall hatte Stephan zum ersten Mal die sanfte, verletzliche Seite der jungen Frau gesehen. Und obwohl sie sonst immer so tough gewirkt hatte, hatte er in dieser Nacht das untrügliche Gefühl gehabt, sie beschützen zu müssen. Als sie einige Zeit später gemeinsam ausgeritten waren, hatte sich alles so einfach angefühlt. Zum ersten Mal hatte er das Gefühl gehabt, ihr auf

Augenhöhe begegnen zu können. Stephan war, als sie auf der Anhöhe gesessen und lange geredet hatten, klar geworden, dass Sophie einfach in eine Rolle gedrängt worden war, die sie sich selbst gar nicht ausgesucht hatte. Und spätestens, als sie sich danach im Stall zum ersten Mal geküsst hatten, hatte er sich eingestehen müssen, dass er vollkommen verrückt nach dieser Frau war. Die nächsten Wochen waren ein Auf und Ab der Gefühle gewesen. In einer Sekunde war er Sophie so nah gewesen, wie noch niemandem je zuvor. Es schien ein unsichtbares Band zwischen ihnen zu bestehen und Stephan konnte sich nicht daran erinnern, jemals so glücklich gewesen zu sein. Doch manchmal, und das konnte nur Sekunden später sein, schien eine unüberwindbare Distanz zwischen ihnen zu herrschen. Dann war Sophie wieder diese kalte, abweisende Person, die sie gewesen war, als er sie das erste Mal gesehen hatte. Stephan konnte nur vermuten, dass Sophie in diesen Momenten wieder bewusst geworden war, dass sie eigentlich in vollkommen unterschiedlichen Welten lebten. Natürlich hatte sein Kopf verstanden, dass es für sie vollkommen selbstverständlich war, so zu reagieren. Aber sein Herz war ganz und gar nicht damit einverstanden gewesen. Doch egal was jemals zwischen ihnen passiert war, Sophie hatte sich in Stephan verliebt. Das kam ihm auch jetzt noch, fast eine Woche nach ihrem Geständnis, fast wie ein Wunder vor und tief in seinem Inneren überwog die Angst, dass das alles viel zu schnell wieder vorbei sein könnte. Doch Sophie war hier. Sie hatte einiges auf sich genommen, um ihn ausfindig zu machen und das schürte die leise Hoffnung in ihm, dass sie sich tatsächlich voll und ganz für ihn entschieden hatte. Stephan würde alles dafür tun, damit das auch so blieb. Und dazu gehörte als

Erstes, ehrlich zu ihr zu sein. Schon seit Tagen hatte er überlegt, ob er ihr einfach von seiner Vergangenheit und dem erneuten Angebot von Martin Kerner erzählen sollte. Vielleicht hatte sie eine Idee – oder einflussreiche Kontakte – um das Problem mit dem Journalisten ein für alle Mal aus der Welt zu schaffen. Aber die Angst vor ihrer Reaktion auf das, was er getan hatte, war einfach zu groß. Auch wenn er seine Gründe für diese Taten gehabt hatte. Schließlich waren es Gründe, die Sophie aufgrund ihrer finanziellen Situation niemals würde nachvollziehen können. Sie hatte sich nie Sorgen um Geld machen müssen. Sophies Liebe zu den Pferden war so groß, dass sie ihm niemals verzeihen würde, dass eines der Tiere durch seinen Fehler gestorben war. Und dann… Stephan wollte gar nicht daran denken. Nein, er würde sich selbst um Martin Kerner kümmern müssen. Und jetzt, da er offiziell wieder auf dem Gestüt von Ehrenfurth angestellt war, hatte er auch schon eine Idee…

Kapitel 43

Sophie ignorierte die Blicke der anderen Mitarbeiter des Gestütes, als sie und Stephan am Nachmittag Hand in Hand über den Hof in Richtung Stallungen gingen. Nachdem sie am Morgen in der kleinen Pension in Koblenz noch in Ruhe gefrühstückt hatten, waren sie kurz darauf in ihre Autos gestiegen und hatten sich auf den Weg in Richtung Frankfurt gemacht. Der Verkehr war längst nicht so flüssig wie auf dem Hinweg gewesen und so hatten sie über drei Stunden gebraucht, bis sie endlich nacheinander zunächst in Stephans Einfahrt gebogen waren. Stephan hatte seine Tasche auf einem der breiten Sessel im Esszimmer abgelegt und als Sophie einen Schritt ins Wohnzimmer gemacht hatte, war ihr direkt das zottelige, schwarze Bündel auf der Terrasse aufgefallen. Sie durchquerte den Wohnraum und öffnete die Terrassentür. „Hallo Charly", sagte sie sanft und mit einem Satz war der Mischling auf den Beinen. Überrascht streckte Stephan seinen Kopf um die Ecke. „Du kennst Charly?", fragte er und ging in die Knie, um den Hund, der nun schwanzwedelnd auf ihn zutapste, zu begrüßen. „Ich habe deine Nachbarn kennengelernt", antwortete Sophie und grinste. „Wir sollen mal zum Kaffee vorbeikommen." Stephan lächelte sie warm an und kraulte Charly den Hals.

Als sie eine Stunde später nun den Stall der Sportpferde betraten merkte Sophie, wie Stephan zögerte. „Wir werden das schon hinkriegen“, sagte sie und lächelte ihm aufmunternd zu. Beim Frühstück hatte sie ihm erzählt, dass Mara von Ehrenfurth ihr recht deutlich zu verstehen gegeben hatte, dass seine Wiedereinstellung nicht bedeutete, dass sie oder ihr Vater diese Beziehung dulden würden. Stephans Gesichtsfarbe war einige Nuancen heller geworden und auch jetzt, wo sie auf dem Weg zu Sophies Mutter waren, wirkte er äußerst blass um die Nase. Fast schon tat er der jungen Frau ein wenig leid. Schon die abschätzigen Blicke seiner Arbeitskollegen, die inzwischen natürlich alle über die beiden Bescheid wussten, schienen ihn zu belasten. Doch jetzt wirkte es fast so, als wäre er um mehrere Zentimeter geschrumpft. Von seiner ansonsten so selbstbewussten Art war in diesem Augenblick nicht mehr viel zu sehen. Aber Sophie hatte auf dieses Gespräch bestanden. Sie war eine erwachsene Frau und musste sich längst nicht mehr von ihren Eltern vorschreiben lassen, mit wem sie sich einlassen durfte oder nicht. Guter Name hin oder her. Ab sofort würde sie zu Stephan und ihren Gefühlen zu ihm stehen, egal was die anderen davon hielten.

Sie hatten gerade die Stallgasse betreten, als Stephan Sophie zurückhielt. Er zog sie an sich und legte ihr die Fingerspitzen an die Wange. „Danke“, flüsterte er und legte seine Stirn an ihre. „Ich weiß, dass das gleich nicht schön für dich wird.“ Sophie lächelte und küsste ihn sanft. „Die Alternative wäre deutlich schlimmer für mich.“ Sie schlang die Arme um Stephan und vergrub ihr Gesicht an seiner Brust. „Wie süß", hörte sie plötzlich eine Stimme hinter sich. Tim Wagner stand einige Meter von ihnen entfernt und sah sie mit einem Grinsen an. „Hast du irgendein Problem damit?", zischte Sophie und starrte den Bereiter herausfordernd an. „Ganz und gar nicht. Ich freue mich unglaublich für euch", entgegnete dieser und lächelte. Dabei blickte er Stephan vielsagend in die Augen. „Dann ist es ja gut", erwiderte Sophie, nahm Stephans Hand und zog ihn einfach mit sich.

Sophie wusste, dass ihre Mutter sich um diese Zeit in dem Futterlager aufhielt, um die Futterbestellung für den nächsten Tag aufzunehmen. „Mama?", sagte sie mit fester Stimme, als sie durch die große Lagertür trat und Mara von Ehrenfurth sofort erblickte. Diese stand an der breiten Arbeitsplatte, auf der die Futtermischungen zubereitet wurden, und machte sich auf einem Klemmbrett einige Notizen. „Sophie!", sagte sie überrascht und drehte sich zu ihrer Tochter um. Im nächsten Moment sah sie auch Stephan, der automatisch versuchte, seine Hand aus der von Sophie zu lösen. Doch sie hielt ihn eisern umklammert. Jetzt oder nie. Missbilligend sah ihre Mutter sie an. „Sophie, ich habe dir gesagt …", setzte sie mit einem Tonfall an, der erfahrungsgemäß keine Widerrede zuließ. Doch ihre Tochter nahm jetzt all ihren Mut zusammen. „Ich weiß, was du mir gesagt hast, Mama. Und es tut mir leid, das ist vollkommener Blödsinn. Es ist ja nicht so, dass wir versucht haben, einen Anschlag auf eure Leben zu verüben.

Wir haben uns verliebt. Und ich werde nicht weiterhin darauf verzichten, glücklich zu sein, nur weil es nicht in euer perfektes Weltbild passt." Mara von Ehrenfurth starrte ihre Tochter wütend an. Dass sie so auf Konfrontationskurs ging, war sie von Sophie überhaupt nicht gewohnt. Die hingegen stand vollkommen gelassen in der Tür zum Futterlager und warf ihrer Mutter einen herausfordernden Blick zu. Stephan fiel erst jetzt auf, dass er die ganze Zeit die Luft angehalten hatte, während Sophie gesprochen hatte. Er stand seitlich hinter ihr und die Anspannung war ihm deutlich ins Gesicht geschrieben. Doch der Stolz und die Bewunderung in seinen Augen, als er Sophie nun ansah, waren nicht zu übersehen. „Wie du meinst", meinte Sophies Mutter jetzt und klemmte sich ihre Notizen unter den Arm. Sophie sagte nichts, wich dem strafenden Blick ihrer Mutter aber auch nicht aus. Diese ging nun mit schnellen Schritten und aufrechter Haltung an ihnen vorbei in Richtung Stallgasse. Bevor sie um die Ecke verschwand, drehte sie sich noch einmal um. „Und Herr Langbrenner? Ich erwarte, dass sie morgen früh pünktlich auf der Arbeit erscheinen! Und lassen Sie sich eins gesagt sein: Ein kleiner Fehltritt und ich nehme meine Entscheidung umgehend zurück." „Ja, Frau von Ehrenfurth", murmelte Stephan und starrte dabei auf den Boden. Sophie musste sich größte Mühe geben, um nicht zu kichern. Allerdings hatte auch sie ja inzwischen erfahren, wie unangenehm ein Zusammentreffen mit ihrer Mutter werden konnte. Der Pferdepfleger atmete deutlich hörbar aus und lehnte sich an den Türrahmen. „Das lief ja … toll“, seufzte er und fuhr sich mit der flachen Hand übers Gesicht. „Na ja, sie wird dich wahrscheinlich in nächster Zeit nicht zum Sonntagsessen einladen. Ich hoffe, damit kommst du klar“, meinte Sophie trocken. Stephan lachte heiser. „Aber du hast deinen Job wieder und ich glaube, sie hat verstanden, dass es mir ernst ist. Mehr können wir für den Moment wirklich nicht erwarten.“ Stephan nickte und schloss die Augen. Er sah vollkommen erledigt aus. „Du solltest dich ein wenig ausruhen“, meinte Sophie und sah ihn stirnrunzelnd an. „Ich könnte dir mein Bett anbieten“, fügte sie frech grinsend hinzu. Plötzlich fühlte Stephan sich wieder hellwach. Ihre wütende Rede und die Bestimmtheit dahinter waren unglaublich sexy gewesen. Und er wollte nur zu gerne die Tatsache nutzen, dass er jetzt offiziell ihr Haus betreten konnte.

Kapitel 44

Die nächsten Tage versuchte Stephan, sich bei der Arbeit möglichst unauffällig zu verhalten. Er wollte Mara von Ehrenfurth keinen Grund dafür liefern, ihn endgültig rauszuwerfen. Er war froh, dass es bisher noch keine weiteren Diskussionen bezüglich seiner Beziehung zu Sophie gegeben hatte. Stephan war sich ziemlich sicher, dass Hans und Mara von Ehrenfurth insgeheim fieberhaft darüber nachdachten, wie sie ihn möglichst schnell wieder loswerden konnten. Zumindest als potenziellen Schwiegersohn. Doch im Moment schienen sie noch keine passende Lösung parat zu haben und so konzentrierte Stephan sich lieber darauf, ihnen als Mitarbeiter alles recht zu machen.

Anders sah es hingegen mit seinen Arbeitskollegen aus. Es verging nicht ein einziger Tag ohne einen dieser bissigen Kommentare, die meistens darauf abzielten, dass Stephan nur des Geldes und Ansehens wegen mit Sophie zusammen war. Dass er trotz allem noch immer die gleichen Arbeiten machte wie vorher, schienen sie großzügig auszublenden. Der einzige, der sich nicht über Stephan lustig machte oder ihn beleidigte war Tim. Dieser scherzte zwar auch gern darüber, dass es wirklich ein kluger Schachzug sei, sich hoch zu schlafen und stellte immer wieder lauthals die Frage, warum er da nicht selbst darauf gekommen war, aber er schien Stephan und Sophie verstehen zu können. Stephan war froh, dass er sich wenigstens noch mit einem Arbeitskollegen verstand, denn er brauchte einen Komplizen für sein Vorhaben. An einem Nachmittag wartete er einen unbeobachteten Moment ab und nahm den Bereiter dann zur Seite. „Ich muss mit dir reden“, murmelte er und zog Tim hinter den Stutenstall. Dieser schaute ihn mit hochgezogenen Augenbrauen an. „Willst du Tipps, wie du die Nächte für unsere kleine Prinzessin unvergesslich machst, oder wie?“, fragte er grinsend. „Mir ist gerade wirklich nicht zum Scherzen zumute Tim. Ich brauche deine Hilfe“, sagte Stephan leise. Tim sah ihn fragend an. „Hilfe wobei?“, wollte er wissen. Stephan musste einige Augenblicke nach den richtigen Worten suchen. „Ich wurde auf dem Sommerball-Turnier von einem Typen angesprochen. Martin Kerner. Er ist Journalist.“ Tim nickte nachdenklich. „Der Name sagt mir was“, meinte er. Nervös trat Stephan von einem Fuß auf den anderen. „Ich kenne ihn von früher“, erklärte er. Und dann erzählte er die ganze Geschichte. Wie und warum er sich auf Kerners Machenschaften eingelassen hatte. Und wie die Stute Scarlett durch sein Verschulden qualvoll gestorben war. Der Bereiter sah ihn mit großen Augen an, nickte hin und wieder, hörte ansonsten aber einfach zu. Er legte seinem Kollegen die Hand auf die Schulter, als dieser ihm mit zitternder Stimme erzählte, dass ihn das Bild des sterbenden Pferdes auch heute noch immer und immer wieder in seinen Träumen verfolgte. „Oh Mann, das ist echt hart“, sagte Tim, als Stephan seine Erklärungen beendet hatte. „Ich verstehe, dass du keinen anderen Ausweg gesehen hast. Und damit konnte ja keiner rechnen. Aber wie soll ich dir dabei helfen? Ich bin kein Psychiater, Stephan.“ „Darum geht es gar nicht“, meinte dieser und fuhr sich mit der Hand übers Kinn. „Kerner will, dass ich wieder mit ihm zusammenarbeite. Ich denke, du wirst verstehen, dass ich das auf keinen Fall tun will. Ich möchte das nie, nie wieder erleben.“ „Warum fragst du nicht Sophie?“, wollte Tim wissen und lehnte sich an einen Strohballen. „Die hat doch wahrscheinlich ganz gute Connections." „Da hatte ich natürlich auch schon dran gedacht", erwiderte Stephan gedehnt. „Aber ich weiß, dass sie mir das mit Scarlett nicht verzeihen würde. Und deswegen möchte ich nicht, dass sie davon erfährt, solange der Typ noch auf freiem Fuß ist. Danach werde ich es ihr irgendwie schonend beibringen und das Beste hoffen müssen." Der Bereiter wiegte nachdenklich den Kopf hin und her. Dann sah er seinen Kollegen mit einem breiten Lächeln an. „Ich bin dabei", sagte er. „So ein Dreckskerl gehört hinter Gitter!" Stephan atmete erleichtert aus. Zusammen würden sie diesen Mistkerl kriegen. Und danach konnte er endlich sein Glück mit Sophie genießen, ohne ihr etwas verheimlichen zu müssen.

Kapitel 45

„Denk dran, dass ich nachher auch das Geld und die Ampullen zusammen auf dem Bild haben muss.“ Sein Arbeitskollege war offensichtlich genauso nervös wie Stephan selbst. Noch am selben Tag, als der Pferdepfleger Tim um Hilfe gebeten hatte, hatten die beiden einen Plan geschmiedet, wie sie den Journalisten überführen konnten. Im Beisein von Tim hatte Stephan Martin Kerner angerufen und den Lautsprecher eingeschaltet. „Langbrenner, ich wusste doch, dass du dich melden würdest“, hatte der Journalist in den Hörer geschnarrt und Stephan hatte förmlich hören können, wie er dabei hämisch grinste. „Wir treffen uns in einer Bar in der Innenstadt. Die Adresse schicke ich dir noch zu.“ Stephan hatte zugestimmt und gemeinsam mit Tim jedes mögliche Szenario durchgespielt. Schlussendlich hatten sie sich darauf geeinigt, dass Tim lange vor ihnen zum Übergabeort fahren und sich in der Bar unauffällig postieren sollte. Kam es zur Übergabe, würde der Bereiter unbemerkt Fotos machen und auch versuchen das Gespräch aufzuzeichnen. Die Männer würden bei der Polizei so beweisen können, dass Martin Kerner in diese Sache verwickelt war. Sie waren sich sicher, dass der Journalist ansonsten jede Beteiligung abstreiten würde. Stephan würde das Gespräch zur Sicherheit zusätzlich mit dem Handy in der Tasche aufzeichnen. Er hoffte inständig, dass Kerner ihm den Treffpunkt früh genug mitteilen würde, damit er und Tim sich vorab die Gegebenheiten vor Ort ansehen konnten. Und tatsächlich bekam er am Freitagabend eine Nachricht auf sein Handy. „Morgen 22 Uhr in der Dingo Bar. Alles Weitere wird dann besprochen. Kerner.“ Tim war daraufhin am

Abend nach Frankfurt gefahren und hatte sich anschließend mit Stephan auf einem kleinen Rastplatz in der Nähe des Gestütes getroffen. Stephan wollte in jedem Fall vermeiden, dass Sophie in irgendeiner Weise Wind von der ganzen Sache bekam und hatte sich, nachdem er eine Nachricht von Tim bekommen hatte, von ihr verabschiedet, um sich auf den Nachhauseweg zu machen. Dass er sich vorher noch mit dem Bereiter traf musste sie ja nicht wissen. „Also, die Bar ist ziemlich klein. Ich werde früh genug da sein und mich an einen Platz ziemlich zentral setzen. Ich schlage vor, du kommst wirklich erst auf die allerletzte Minute. Kerner ist Profi. Wenn du vor ihm da bist wird er misstrauisch werden und sich vielleicht denken, dass du nicht allein bist." Stephan hatte genickt. Der Gedanke, dass der Journalist ihm nicht zwangsläufig vertraute, war ihm auch schon gekommen.

Jetzt war es gerade 19 Uhr und Tim wollte sich auf den Weg machen. Er hatte Stephan mehrfach versichert, dass es Martin Kerner trotz der übersichtlichen Größe der Bar nicht auffallen würde, dass er ebenfalls die ganze Zeit anwesend war. Um kurz nach 20.30 Uhr erhielt er von dem Bereiter die Nachricht, dass er jetzt in der Bar säße und warten würde. Stephan verabschiedete sich von Sophie, die ihn mit großen Augen ansah. „Du kannst doch auch hierbleiben", meinte sie und strich ihm mit den Fingerspitzen über die Innenseite seines Unterarms, was ihm eine wohlige Gänsehaut verpasste. „Ich weiß", brummte er. Sophie rutschte auf seinen Schoss und schlang die Arme um seinen Hals. Dann verteilte sie lauter kleine Küsse von seinem Schlüsselbein hoch über seinen Hals bis zum Nacken. Stephan seufzte leise und atmete den typischen Pfirsichduft, den sie verströmte und den er so liebte, ein. Sophie knabberte an seinem Ohrläppchen und flüsterte ihm etwas ins Ohr, das eindeutig nicht jungendfrei war. Stephan biss sich auf die Lippe. Verdammt, das würde jetzt wirklich hart werden. „Ich bin noch mit Tim verabredet“, sagte er mit fester Stimme und sah Sophie entschuldigend an. „Mit unserem Tim?“, fragte sie überrascht. „Ja, mit dem Tim. Wir kommen in letzter Zeit richtig gut zurecht und er braucht jemanden zum Reden … Liebeskummer.“, antwortete Stephan. Er wollte Sophie nicht anlügen. Aber jetzt gerade blieb ihm einfach nichts anderes übrig. „Das freut mich, dass ihr euch besser versteht.“, strahlte sie und rutschte elegant von seinem Schoß herunter. „Wir holen das hier aber nach?“, fragte Stephan und sah ihr in die Augen. Sophie lachte. „So bald wie möglich“, flüsterte sie und gab ihm zum Abschied einen langen Kuss.

Es war 21.59 Uhr als Stephan die Dingo Bar betrat. Er blieb in der Tür stehen und sah sich um. Es war wirklich sehr übersichtlich hier. Es war definitiv nicht die beste Adresse in der Stadt, aber der kleine Raum war ordentlich gefüllt. Offensichtlich war es hier günstig genug, dass die Studenten die Bar zu einem ihrer Hotspots erklärt hatten. An einem der kleinen Tische neben der Tür saß ein junger Mann in einem bordeauxfarbenen Hoodie. Er trug eine Baseball-Cap der Sox und eine große Brille und schien konzentriert etwas auf seinem Laptop zu bearbeiten. Stephan musste zweimal hingucken, um zu erkennen, dass das Tim war. Unwillkürlich fragte er sich, ob der Bereiter eine solche Aktion nicht zum ersten Mal machte. Einige Tische weiter, in einer Ecke direkt neben der Bar, saß Martin Kerner, der ihn nun herüberwinkte. Perfekt, in dieser Konstellation konnte Tim wirklich glasklare Fotos machen. Er selbst hatte schon im Auto die Aufnahmefunktion gestartet.

„Hallo Martin", brummte er, als er sich dem Journalisten gegenüber auf die Bank fallen ließ. „Stephan, wie schön, dass es geklappt hat." Der Pferdepfleger ballte unter dem Tisch die Hände zu Fäusten. Martin Kerner war ein unglaublicher Heuchler. „Ich würde sagen, wir kommen zügig zum Geschäftlichen", meinte dieser dann, hielt aber einen Moment inne, als die Kellnerin Stephans Bestellung aufnahm und ihm keine zwei Minuten später das bestellte Wasser hinstellte. „Also, zum Geschäftlichen", setzte der Journalist erneut an. „Ich habe da zuerst das Herbstturnier hier in Frankfurt ins Auge gefasst. Ich arbeite zusätzlich mit einem Pferdepfleger des Gestüts Meinberg zusammen. Die haben diesen Hengst, Dinoso. Grundsätzlich gar kein schlechtes Pferd, neigt aber gelegentlich zu verdammt kalten Füßen." Stephan nickte. Er wusste, dass Kerner meinte, dass der Hengst nicht unbedingt alles dafür tat, um im Parcours die Stangen nicht zu berühren. „Ich weiß, dass euer Lordinus sich auch für dieses Springen qualifiziert hat. Wenn der in seiner derzeitigen Form an den Start geht, hat der Meinberg-Hengst natürlich keine Chance. Bei der Quote, die auf ihn steht, sollten wir euren Hengst ein wenig drosseln und den anderen … na ja … ein bisschen motivieren." Wieder wusste Stephan genau, was der Journalist ihm sagen wollte. Er plante, Lordinus etwas zu verabreichen, was ihn schwächen würde, sodass er den Parcours nicht mit seiner vollen Kraft bewältigen konnte. Dass Risiko eines Sturzes war hierbei deutlich erhöht. Dass das Pferd und auch der Bereiter dabei schwer verletzt werden konnten, nahm Kerner anscheinend billigend in Kauf. Im Gegenzug würde der Hengst des anderen Gestütes ein Präparat bekommen, das ihn aufputschen und seine Leistung deutlich steigern würde.

Ebenso ein Präparat, wie er damals Scarlett verabreicht hatte. Stephan versuchte die Erinnerung so schnell wie möglich zu verdrängen. „Was springt für mich dabei raus?", fragte er und sah dem Journalisten in die Augen. Dieser zückte einen Stift und notierte eine Zahl auf seiner Visitenkarte. Stephan pfiff durch die Zähne. Das war eine Menge. „Du kennst das ja. Wenn Dinoso gewinnt, bekommst du die Hälfte davon noch einmal obendrauf", fügte Kerner hinzu. Stephan tat, als müsse er einen Moment überlegen und nahm einen großen Schluck Wasser. Dann nickte er. „Einverstanden. Aber diesmal will ich etwas Vernünftiges haben." Der Journalist grinste. „Du bekommst das Beste von mir." Dann griff er in seine Tasche, sah sich einmal kurz in der Bar um und schob ein kleines schwarzes Mäppchen über den Tisch. Tim hatte es gesagt, er war ein Profi. So konnte der Bereiter definitiv kein geeignetes Foto schießen. Doch Stephan reagierte blitzschnell. Mit einer geschickten Bewegung stieß er wie zufällig sein Wasserglas um und die ganze Flüssigkeit lief über den Tisch und auf Kerners Hose. Fluchend versuchte dieser, mit einer Serviette den schlimmsten Schaden abzuwenden. Stephan nutzte diesen winzigen Moment und ließ das Mäppchen in Tims Richtung aufklappen, bevor er es in seine Tasche schob. Darin waren eindeutig mehrere große Scheine und einige Ampullen zu sehen. „Verdammt, tut mir leid", sagte Stephan und trocknete ebenfalls mit einigen Servietten den Tisch ab. „Ist ja nur Wasser", murmelte der Journalist und Stephan stellte beruhigt fest, dass er offensichtlich wirklich nicht mitbekommen hatte, wie er das Geld und die Dopingmittel in Richtung Eingang präsentiert hatte. „Als Entschuldigung lade ich dich auf ein Bier ein", meinte Stephan und sah Martin Kerner an. „Da sage ich doch nicht Nein", meinte dieser und lachte dröhnend. Im Augenwinkel sah Stephan, wie Tim seinen Laptop zuklappte, ihm zunickte und diese verließ. Stephan lehnte sich zurück. Jetzt hatten sie ihn. „Ach, und keine faulen Tricks", raunte der Journalist und nahm einen Schluck seines frisch gezapften Bieres. „Sonst sehe ich die Schlagzeile schon vor mir ‚Sophie von Ehrenfurth und der Dopingsünder – ein Pferd hat er schon auf dem Gewissen'." Kerner grinste überlegen. „Lass. Sie. Da. Raus", zischte Stephan zwischen zusammengebissenen Zähnen und seine Stimme nahm dabei einen drohenden Unterton an. Martin Kerner lachte wieder dröhnend. „Wusste ich es doch. Mir kannst du nichts vormachen, Langbrenner. Na dann, Prost. Auf die junge Liebe."

Kapitel 46

„Das finde ich immer schlimm“, sagte Sophie und strich der kleinen Daisy über die Nase. Wobei klein inzwischen relativ war. Das Stutfohlen war ordentlich gewachsen und passte auf seinen langen Beinen schon lange nicht mehr unter dem Bauch seiner Mutter Medina durch, so wie es noch vor ein paar Monaten gewesen war. Die kleine Stute war mittlerweile sechs Monate alt, was bedeutete, dass es an der Zeit war, sie von ihrer Mutter zu trennen. Zusammen mit den fünf anderen Stutfohlen des Gestütes würde sie morgen auf die riesige Wiese, die sich hinter dem Wald befand und ebenfalls noch zum Anwesen der von Ehrenfurths gehörte, umziehen. Hier gab es einen riesigen Unterstand, unter dem die sechs Pferde großzügig Platz fanden. Jeden Tag würde Marco ihnen mit dem Traktor eine große Ladung Heu und einige Möhren bringen. Ansonsten waren sie, bis auf die routinemäßigen Besuche von Tierarzt und Hufschmied, für die nächsten dreieinhalb Jahre auf sich allein gestellt und konnten in aller Ruhe zu gesunden, kräftigen Reitpferden heranwachsen. Erst dann begann für sie langsam der Ernst des Lebens. Die nächsten Tage würden also turbulent werden. Und laut. Erfahrungsgemäß wieherten die Stuten nach dem sogenannten Absetzen über Stunden, um ihre Fohlen zurückzurufen. Was eigentlich auch kein Wunder war, schließlich nahm man ihnen ihre Babys weg. Aber so war es nun mal und nach ein paar Tagen war der ganze Spuk in der Regel auch schon wieder vergessen. „Na ja", meinte Stephan und schloss die Boxentür der beiden. „Du hättest wahrscheinlich auch nicht ewig bei deiner Mutter leben wollen." „Das stimmt. Aber sie wäre auch nie auf die Idee gekommen, mir hinterherzurufen", entgegnete Sophie. „Es soll Familien geben, in denen das anders ist", meinte Stephan und legte seinen Arm um sie. „Ja, richtig. Die Frage ist, was jetzt die bessere Option ist." Eng aneinandergeschmiegt gingen sie die Stallgasse entlang und in den Stall der Sport- und Zuchtpferde. Wie jeden Abend wollte Sophie noch einen letzten prüfenden Blick auf ihren Hengst Caroso werfen, bevor sie hinüber ins Haus ging. Der Schimmel vertilgte gerade seine Abendration Heu und hatte nur einen flüchtigen Blick für die beiden übrig. Sophie war schon jetzt ganz hibbelig. Zum ersten Mal blieb Stephan heute Nacht bei ihr. Bisher hatten sie es immer noch vorgezogen, dass gemeinsame Nächte bei ihm stattfanden. Die Situation auf dem Gestüt war einfach noch immer zu merkwürdig. Doch jetzt war es Zeit, diesen Schritt zu gehen. Stephan würde nachher seine berühmte Lasagne machen, der Sophie schon lange verfallen war, bevor ihr bewusst geworden war, dass sie sich auch in den Koch verliebt hatte. Wie gewohnt würden sie sich danach auch heute darüber streiten, welche Serie sie sehen wollten. Und dann… ja, das *dann* war der Grund für die Aufregung der jungen Frau. Noch immer konnte sie gar nicht genug von ihm bekommen. Und dieser Zustand hatte, seitdem sie sich öffentlich als Paar zeigen konnten, sogar noch zugenommen. Die Schmetterlinge, die in ihrem Bauch tanzten, wenn er sie ansah, flogen noch genauso wild umher wie vor einigen Monaten. Wenn er sie küsste vergaß sie einen Moment lang alles um sich herum. Er berührte ihr Herz und ihren Körper. Und ihr Körper wollte immer noch mehr von ihm. Stephan schien ihre Gedanken lesen zu können, denn jetzt schob er sie rückwärts gegen die Wand neben Carosos Box und presste seine Lippen auf ihre. Sophie wurde schwach, wenn seine Lippen sanft und voller Zärtlichkeit über ihre strichen. Doch dieser Kuss war alles andere als zärtlich. Er war fordernd und leidenschaftlich und signalisierte das pure Verlangen. Stephan umfasste mit einem festen Griff ihre Hüften und sie zog ihn an sich. Ihre Zungenspitze fuhr spielerisch über seine Lippen und sie seufzte leise, als er es ihr gleichtat. „Ich bin so froh, dass ich dich habe", keuchte sie atemlos, nachdem sie sich voneinander gelöst hatten. „Ich auch", flüsterte er und nahm sie in den Arm. Als sie auf den Hof traten schienen die letzten Sonnenstrahlen über den Wald und tauchten das ganze Anwesen in goldenes Licht. Es war wunderschön. Glücklich nahm Sophie Stephans Hand und sie machten sich auf den Weg zum Haus. Dieser Tag war einfach perfekt. Bis die Tür des Haupthauses aufging und ihre Mutter wie eine Furie die breite Treppe hinuntergestürmt kam. So aufgelöst hatte Sophie sie noch nie erlebt. „Herr Langbrenner, Sie kommen sofort ins Büro!", brüllte sie. „Was ist denn jetzt schon wieder los?", fragte

Sophie und zögerte. Eigentlich sollten sich ihre Eltern an den Anblick, wenn sie beide zusammen waren, inzwischen gewöhnt haben. Sie blickte in Stephans Gesicht und erschrak. Er war kreideweiß und gleichzeitig schien jede Wärme aus seiner Hand gewichen zu sein. „Was ist los?“, murmelte sie eindringlich und merkte, wie sich langsam Panik in ihr breitmachte. Sie folgte seinem starren Blick und sah in Richtung der Treppe, an deren Fuße ihre Mutter nun angekommen war und vollkommen außer sich etwas brüllte, das Sophie nicht verstand. Oben an der Treppe stand ihr Vater und blickte auf die beiden hinunter. Und hinter ihm, lässig an den Türrahmen gelehnt, stand Tim Wagner. „Sophie, es tut mir so leid.“, flüsterte Stephan neben ihr.

Kapitel 47

„Wollen Sie noch irgendwas sagen oder möchten Sie Ihre Papiere gleich mitnehmen?“, schrie Mara von Ehrenfurth, nachdem alle in ihrem Büro angekommen waren. Sophie war sichtlich geschockt. Ihr Vater hatte sie wegschicken wollen, doch Sophie wollte wissen, was das alles hier sollte und war schnurstracks an ihm vorbei gegangen. Hans von Ehrenfurth stand mit einem Glas Whisky im Türrahmen, während der Bereiter mit einem selbstgefälligen Ausdruck auf dem Gesicht in einem der Bürostühle Platz genommen hatte. „Kann mich vielleicht einmal jemand aufklären, was hier los ist?“, schrie Sophie und sah sowohl Stephan als auch ihre Mutter verzweifelt an. Diese war sichtlich bemüht, sich zu beruhigen, während aus Stephan inzwischen jegliches Leben gewichen zu sein schien. „Möchten Sie es ihr selbst sagen, oder soll ich es ihr demonstrieren?“, presste Mara von Ehrenfurth hervor. Stephan zeigte keine Regung. Ihre Mutter nickte Tim kurz zu, der daraufhin sein Handy aus der Tasche zog und Sophie eine Aufnahme abspielte, die mit der Handykamera gemacht worden war. Dort saß Stephan mit einem Mann. Das war doch der Typ vom Turnier, dieser Journalist. Sophie sah, wie der andere Mann Stephan etwas über den Tisch schob und er zur Bestätigung nickte und etwas sagte. Die Tonqualität war sehr schlecht und sie konnte kaum etwas verstehen. „Was ist das?“, fragte Sophie und sah Stephan von der Seite an. Er reagierte nicht.

Dann wurde es etwas chaotisch am Tisch. Ein Glas fiel um und der Journalist versuchte hektisch seine Hose vor dem herabtropfenden Wasser zu schützen. Stephan nahm währenddessen etwas vom Tisch und schob es in seine Tasche. Dabei klappte eine Seite auf und Sophie legte den Kopf schief und kniff die Augen zusammen, um erkennen zu können, was er da in der Hand hatte. In diesem Moment wurde das Bild herangezoomt und Sophie konnte genau erkennen, was da in diesem Mäppchen steckte. Es war randvoll mit Geldscheinen und an der Seite klemmten mehrere Ampullen. Schockiert sah sie dem Mann neben sich ins Gesicht. „Das ist nicht das, was ich denke, oder?“, flüsterte sie. Stephan presste die Lippen aufeinander. „Stellen Sie bitte den Ton auf die lauteste Stufe Herr Wagner und spulen Sie nochmal zurück“, verlangte Mara von Ehrenfurth. „Bei der Quote, die auf ihn steht, sollten wir euren Hengst ein wenig drosseln und den anderen … na ja … ein bisschen motivieren“, hörte Sophie die fremde Männerstimme jetzt viel deutlicher. Das musste dieser Journalist sein. „Was springt für mich dabei raus?“ Das war eindeutig Stephans Stimme. Sophie war schockiert über den ungewohnt kalten Ton, der in ihr lag. Ein Rascheln war zu hören, dann ein leiser Pfiff durch die Zähne. „Du kennst das ja.“ Jetzt sprach wieder die unbekannte Stimme. „Wenn Dinoso gewinnt, bekommst du die Hälfte davon noch einmal obendrauf.“ Einen kurzen Moment hörte man nur die Geräusche aus dem Hintergrund. Dann wieder

Stephan. „Einverstanden. Aber diesmal will ich etwas Vernünftiges haben." „Diesmal?", flüsterte Sophie und schaute Stephan schockiert an. Unwillkürlich stiegen ihr Tränen in die Augen. Stephan rührte sich nicht und starrte auf seine Hände. „Herr Langbrenner, Tim Wagner hat uns darüber informiert, dass ein gewisser Martin Kerner Ihnen eine beachtliche Geldsumme dafür geboten hat, dass Sie den Pferden unseres Gestütes auf Turnieren verbotene Substanzen verabreichen. Da Lordinus zurzeit in Topform ist sollten Sie dafür sorgen, dass sich seine Leistung verschlechtert und Herr Kerner auf die eigentlich unterlegene Konkurrenz wetten kann. Habe ich das richtig verstanden?", brachte Sophies Vater die Fakten auf den Tisch. Stephan nickte langsam und Sophie hatte das Gefühl, unter ihr würde sich ein gigantisches Loch auftun. „Herr Wagner sagte außerdem, dass Sie ihn zur Beteiligung an dieser Straftat, und nichts anderes ist das Dopen eines Pferdes, anstiften wollten …", fuhr Hans von Ehrenfurth fort. „Das ist doch nicht wahr!", platzte es plötzlich aus Stephan heraus. „Wir wollten ihn gemeinsam auffliegen lassen! Wir hatten das alles gemeinsam besprochen!" „Ich habe doch nur zugestimmt und das alles aufgenommen, um etwas in der Hand zu haben, Stephan! *Du* hattest ja anscheinend nicht vor, jemandem zu erzählen, dass Kerner mit dir zusammenarbeiten will. Als ob *ich* mich auf Doping-Geschäfte einlassen würde! Mach mich jetzt nicht verantwortlich für den Mist, den du gebaut hast." Tim Wagner lehnte sich zurück und schüttelte den Kopf. „Sophie, das stimmt so nicht“, sagte Stephan an Sophie gewandt und sah sie flehend an. Doch sie konnte sich nicht rühren. „Das kannst du mir nicht antun, Tim“, murmelte Stephan und sah den Bereiter flehend an. Der verzog keine Miene. „Nein, Stephan. Du solltest uns nicht antun dich als großen Pferdefreund darzustellen und sie dann mit irgendwelchen Präparaten umzubringen.“ Sophie konnte nichts anderes tun, als auf den Papierstapel vor sich zu starren. Und nicht einmal den nahm sie noch wahr. „Also steht hier Aussage gegen Aussage“, stellte Hans von Ehrenfurth fest und stellte sein inzwischen leeres Glas auf dem Schreibtisch ab. „Und Sie, Herr Langbrenner, haben gegenüber Herrn Wagner selbst zugegeben, dass das für Sie nicht das erste Mal gewesen wäre. Die Stute, die Sie zuletzt betreut haben, soll sogar bei einem missglückten Doping-Versuch gestorben sein. Meines Erachtens wird auf der Sprachaufnahme ebenfalls recht deutlich, dass Sie Erfahrung in diesem Bereich haben. Deswegen sehe ich keinen Grund, warum ich Ihnen und nicht Herrn Wagner Glauben schenken sollte.“ Es war totenstill im Raum. „Sie sind für unser Gestüt nicht mehr tragbar“, sagte Mara von Ehrenfurth nun und hielt dem Pferdepfleger einen großen Umschlag mit seinen Papieren hin. „Sie händigen mir jetzt bitte das Geld und die Ampullen aus. Alles Weitere wird die Polizei regeln. Und dann verlassen Sie das Grundstück. Sollten Sie unser Anwesen noch einmal betreten, werden wir ebenfalls die Polizei verständigen.“ „Sophie, bitte! Bitte hör mir zu!“, flehte Stephan. Doch die junge Frau hatte das Gefühl, als würde sich eine unüberwindbare Kälte in ihr ausbreiten. „Verschwinde“, flehte sie und starrte Stephan mit kalten Augen an. „Und lass dich hier nie wieder blicken.“

Kapitel 48

Die Wut, die Sophie gespürt hatte, als sie von Daniels Untreue erfahren hatte, war nichts im Gegensatz dazu gewesen, was sie jetzt fühlte. Jetzt war da keine Wut. Sie konnte es nicht einmal Enttäuschung nennen. Da war einfach … nichts. Wie in Trance starrte Sophie aus dem Fenster, als Stephan nun mit gesenktem Kopf über den Hof ging, rechts und links von ihm Sophies Eltern. Sie bogen hinter der Reithalle um die Ecke und sie vermutete, dass Stephan das Geld und die Dopingmittel in seinem Auto versteckt hatte. „Geht es dir gut?", hörte sie Tims Stimme direkt hinter sich und sie spürte seine Hand auf ihrer Schulter. „Nein, natürlich geht es mir nicht gut!", wollte sie schreien, doch ihre Stimme versagte ihr jeglichen Dienst. Die Tränen, die ihre Augen füllten, wollten einfach nicht raus. Und so verschwamm alles, als sie nun den Wagen von Stephan über den Hof und die lange Einfahrt hinunterfahren sah. Dann bog er nach rechts ab und war nicht mehr zu sehen. Es war vorbei.

Sophie wusste am nächsten Morgen nicht mehr, wie sie es ins Bett geschafft hatte. Es war schon hell, als sie die Augen aufschlug und als sie sich vorsichtig umsah bemerkte sie, dass sie auf dem Sofa im Wohnzimmer eingeschlafen war. Sie trug sogar noch ihre Reitsachen, die Stiefel lagen achtlos mitten im Raum auf dem Boden. Es dauerte eine Weile, bis Sophie sich den gestrigen Abend noch einmal in Erinnerung gerufen hatte. Ein winziger Teil in ihr hoffte einfach inständig, dass die Bilder, die ihr davon in Erinnerung geblieben waren, zu einem Traum gehörten. Doch insgeheim wusste Sophie, dass es nicht so war. Sie wusste, dass sie eigentlich aufstehen musste, doch ihr fehlte sogar die Kraft, um sich einfach aufzusetzen. Es fühlte sich an, als sei sie in ein gigantisches Vakuum gesaugt worden. Ihr Kopf war einfach nur leer und alles um sich herum nahm die junge Frau wie durch einen dichten Nebel wahr. Mechanisch ging Sophie langsam die Treppe hinauf und drehte das Duschwasser an. Schnell verbreitete sich der Wasserdampf im Bad und Sophie schleuderte achtlos ihre Kleidung auf den Boden unter dem Waschbecken. Dann stieg sie in die Duschkabine. Das Wasser sollte eigentlich brühend heiß sein, das zeigte auch die deutliche Rotfärbung ihrer Haut. Doch die Wärme erreichte sie nicht. An den Stellen, an denen das Wasser gerade nicht ihre Haut berührte, fühlte sie sich eiskalt. Und auch nach der ausgiebigen Dusche war das Frösteln nicht verschwunden. Sophie zog sich einen warmen Freizeitanzug aus Fleece über und schlüpfte unter ihre Bettdecke. Als sie den Kopf drehte und Stephans herber Geruch, der sich noch immer in den Fasern befand, ihr in die Nase stieg, drehte sich der jungen Frau der Magen um. Mit einem Satz stand sie neben dem Bett und stolperte ins Badezimmer, wo sie sich übergeben musste. Vollkommen erledigt schlich sie anschließend wieder zurück ins Bett und zog sich die Bettdecke über den Kopf. Und alles was sie fühlte war – alles umfassende Leere.

Auch den nächsten und übernächsten Tag verbrachte Sophie fast vollständig im Bett. Die weiteste Strecke, die sie zurücklegte, war die bis ins Bad und anschließend in die Küche, um sich eine neue Flasche Wasser zu besorgen. Ansonsten lag sie beinahe reglos unter ihrer Bettdecke und starrte die milchkaffeefarbene Wand gegenüber an. Hin und wieder nickte sie ein. Wenn sie ehrlich war konnte sie gar nicht sagen, wie spät es überhaupt war. Immer wieder hörte sie es an der Tür klingeln oder klopfen. Auch das Telefon klingelte in regelmäßigen Abständen ununterbrochen. Doch Sophie wollte niemanden sehen oder hören. Langsam wurde aus dem Nichts, das sie fühlte, eine Ungläubigkeit. Sie konnte nicht glauben, dass Stephan ihr das angetan hatte. Und sie wollte es auch nicht. Nie, niemals hätte sie gedacht, dass er die Gesundheit eines Pferdes für Geld aufs Spiel setzen würde. Er hatte sie belogen. Wahrscheinlich hatte er sich tatsächlich nur wegen ihres Geldes an sie herangemacht, so wie es alle schon lange vermutet hatten. Und, um an reichlich gute Pferde zu kommen, die er manipulieren konnte. Der Gedanke, dass eines ihrer Pferde dabei sein Leben hätte lassen können, wie es schon einmal passiert war, war für Sophie unerträglich.

Nach drei einfach an Sophie vorübergezogenen Tagen stand plötzlich Maria in der Tür ihres Schlafzimmers. Eine ganze Weile stand sie nur da und sah Sophie an, die noch immer in ihre Bettdecke gekauert auf ihrem Bett lag, an. Langsam kam die Haushälterin zu ihr hinüber und setzte sich auf die Bettkante. „Ach, mein Mädchen“, flüsterte sie und strich ihr eine Haarsträhne aus dem Gesicht. So, wie Stephan es immer getan hatte. Und zum ersten Mal seit Tagen fühlte sie etwas außer dieser grenzenlosen Leere, die sie von innen heraus aufzufressen schien. Der Kloß, der sich in ihrem Hals gebildet hatte, schien ihr die Kehle zuzuschnüren. Sophie zog die Bettdecke fester um sich, was jedoch nichts daran änderte, dass sich die Kälte immer weiter durch ihren Körper fraß. Und als Maria sie jetzt an sich zog, wurden die Gefühle, die Sophie seit Tagen einfach verdrängt und durch ein großes Nichts ersetzt hatte, übermächtig. Wie eine gigantische Flutwelle schlug der Schmerz über Sophie zusammen und riss sie mit sich. Die Tränen, die sie so lange zurückgehalten hatte, bahnten sich ihren Weg und rannen ihr über die Wangen. Das heftige Schluchzen nahm ihr den Atem. Noch nie hatte Sophie sich so hilflos gefühlt. So verzweifelt. „Ist ja schon gut“, flüsterte die Haushälterin und strich ihr über den Kopf. „Das erste Mal ist immer am schlimmsten“, sagte sie und sah Sophie mit ihren warmen Augen an. „Es ist doch gar nicht das erste Mal“, schluchzte Sophie mit zitternder Stimme. „Bist du sicher?“, kam die Gegenfrage. Maria hatte Recht. Als Daniel sie betrogen hatte, war für Sophie die Trennung wie eine Befreiung gewesen. Natürlich war sie wütend und ihr Stolz verletzt gewesen. Doch wenn sie ehrlich war, hatte sie endlich einen Grund gehabt, diese Beziehung, die sie schon lange nicht mehr führen wollte, zu beenden. Aber jetzt...jetzt hatte sie das Gefühl, alles verloren zu haben. Stephan war der Mensch gewesen, dem sie mehr vertraut hatte als jedem anderen zuvor. Und den sie mehr geliebt hatte als jeden anderen zuvor. Er war ihre Liebe und gleichzeitig ihr bester Freund gewesen. Und jetzt war er fort, weil er sie belogen hatte. „Ich mache dir erst einmal etwas zu essen", meinte Maria und strich ihr mit dem Handrücken über die Wange. „Ich habe keinen Hunger", murmelte Sophie. „Der Hunger kommt beim Essen", war sich die Haushälterin sicher und machte sich auf den Weg in die Küche. Langsam setzte sich Sophie auf und rutschte auf die Bettkante. Wacklig ging sie ins Badezimmer und warf einen Blick in den Spiegel. Sie sah furchtbar aus. Ihre Haut war fahl und unter den Augen lagen dunkle Schatten. Noch dazu sah sie durch die vielen Tränen der letzten Stunde vollkommen verheult aus. Die blonden Haare hingen strähnig herunter. Bei ihrem eigenen Anblick brach sie erneut in Tränen aus. Es fühlte sich an, als würde ihr ganzer Körper von tonnenschweren Steinen heruntergezogen werden. Und Sophie war sich nicht sicher, ob sie sich dagegen wehren wollte oder nicht. Sie entschied sich, erst einmal eine heiße Dusche zu nehmen, um sich wenigstens wieder einigermaßen menschlich zu fühlen. Tatsächlich ging es ihr anschließend etwas besser. Die junge Frau föhnte sich die Haare, zog sich eine Jeans und einen dünnen Wollpullover an und ging langsam die Treppe hinunter zur Küche. Schon im Flur stieg ihr ein herrlicher Duft in die Nase, der ihr seltsam vertraut vorkam. Sie konnte ihn aber nicht zuordnen. Bis sie die Küche betrat. Maria stand am Herd, auf der Arbeitsplatte stand ein großer Teller, auf dem sich Apfelpfannkuchen stapelten. Sophie schloss die Augen und erinnerte sich, dass die Haushälterin ihr die als Kind immer gemacht hatte, wenn sie traurig gewesen war. Oder wenn sie nach einem Menü mit Kaviar-Häppchen, Enten-Confit und Hummerschaumsüppchen noch hungrig in die Küche geschlichen war, weil ihre Eltern nicht eingesehen hatten, dass solche teuren Spezialitäten bei Kindern nicht unbedingt Begeisterungsstürme auslösten. Tatsächlich merkte Sophie, wie es in ihrem Magen urplötzlich zu rumoren begann. Sie konnte selbst gar nicht genau sagen, wie lange sie nichts mehr gegessen hatte. Lächelnd sah Maria zu, wie Sophie in Nullkommanichts den ersten Pfannkuchen vertilgt hatte und sich einen zweiten nahm. Nachdem sie auch diesen verspeist hatte lehnte sie sich auf ihrem Stuhl zurück und hielt sich den Bauch. Das Lieblingsessen aus der Kindheit konnten einen auch als Erwachsenen noch glücklich machen. Einen kurzen Moment lächelte sie, doch dann nahm der Schmerz wieder Überhand und in ihrer Brust zog sich etwas schmerzhaft zusammen. „Möchtest du darüber reden?", fragte die Haushälterin und legte Sophie ihre Hand auf den Unterarm. Wollte sie das? Die junge Frau wusste es nicht. Mechanisch schüttelte sie den

Kopf. Nein, darüber zu reden würde die Situation auch nicht ändern. „In Ordnung“, sagte Maria und lächelte sie aufmunternd an. „Dann gehe ich jetzt erst einmal wieder rüber. Wenn du mich brauchst, ich bin da.“ Sophie nickte und gab sich Mühe, ihr einen dankbaren Blick zuzuwerfen. Ein Lächeln konnte sie beim besten Willen nicht zustande bringen.

Es war Freitag und Sophie wusste, dass nach dem Wochenende niemand mehr Verständnis dafür haben würde, wenn sie nicht auf der Arbeit erschien. Für die anderen ging das Leben weiter. Für sie aber fühlte es sich an, als habe die Welt aufgehört, sich zu drehen. In ihrem Kopf herrschte auch jetzt, Tage nach diesem Abend, der alles zerstört hatte, ein einziges Chaos. Manchmal gab es noch immer nur eine große Leere, die sie wie ein Strudel in die Tiefe zu ziehen schien. In anderen Momenten konnte sie an nichts anderes als an Stephan denken. An seine blaugrauen Augen. An sein unverschämtes Grinsen, das sie in den Wahnsinn getrieben hatte. An die zärtlichen Küsse und seine Hände auf ihrer Haut. Wie glücklich sie gewesen war, wenn er da war. Auch seinen markanten Geruch hatte sie ständig in der Nase. An einen klaren Gedanken war gar nicht zu denken.

Selbst Hans von Ehrenfurth schien es nicht kalt zu lassen, seine Tochter so leiden zu sehen. Deshalb willigte er, wenn auch widerwillig ein, als Sophie ihn um eine weitere Woche Urlaub bat. Sie war sich sicher, dass der Schmerz in dieser Zeit zumindest erträglicher wurde und sie anschließend wieder im Vollbesitz ihrer geistigen und emotionalen Fähigkeiten sein würde. Sie würde wieder die Sophie sein, die sie gewesen war, bevor der Pferdepfleger in ihr Leben getreten und es vollkommen durcheinandergebracht hatte.

Nachdem sie auch das Wochenende und den Montag nur mit Mühe und Not hinter sich gebracht hatte, entschloss Sophie sich, dass sie sich wieder aufrappeln musste. Nachdem sie zunächst Caroso in seiner Box besucht hatte, verbrachte sie noch eine ganze Weile an der Weide der jungen Fohlen bevor sie beschloss nach Hause zu gehen, um ein entspannendes Bad zu nehmen. Kaum hatte sie die Haustür hinter sich geschlossen schallte ihr erneut das Klingeln ihres Telefons entgegen. Ein Blick auf das Display bestätigte ihr, was sie bereits wusste. Es war Stephan. Sophie beschloss seinen Anruf diesmal nicht zu ignorieren, etwas musste geschehen. Sie musste die Sache klären, um dann alles hinter sich lassen zu können. Als sie mit zittrigen Fingern das Gespräch annahm klopfte ihr Herz bis zum Hals. „Ja", sagte sie knapp. Kurz knackte es in der Leitung und Sophie war sich nicht sicher, ob Stephan nicht schon aufgelegt hatte. „Sophie, ich bin so froh, deine Stimme zu hören. Ich habe es immer wieder bei dir probiert. Ich möchte Dir alles erklären. Bitte gib mir die Chance dazu." Sophie hielt den Atem an. Einen Moment war nichts zu hören. „Bist du noch dran Sophie?", fragte Stephan leise. Er klang müde und seine Stimme zu hören versetzte Sophie einen Stich ins Herz. „Ja, ich bin hier“, flüsterte sie. Sie hörte, wie Stephan langsam ausatmete und war sich sicher, dass er sich gerade mit Daumen und Zeigefinger die Augen rieb. Dann herrschte wieder eine ganze Weile Stille. „Ich will tatsächlich eine Erklärung. Das bist du mir schuldig“, sagte Sophie dann und versuchte, das Zittern in ihrer Stimme unter Kontrolle zu behalten. „Ja, das bin ich.“, murmelte er kaum hörbar. „Also, ich möchte, dass du morgen Abend zu mir kommst. Meine Eltern sind in Berlin, du kannst also dieses eine Mal noch das Grundstück betreten.“ Wieder Stille. „In Ordnung“, flüsterte er dann. „Also dann, bis morgen. 21 Uhr.“ Damit legte Sophie auf, ohne eine Antwort abzuwarten. Unwillkürlich liefen ihr die Tränen übers Gesicht. Stephans Stimme zu hören hatte sie aufgewühlt und auch, wenn sie nur wenige Worte gewechselt hatten, war sie jetzt vollkommen ausgelaugt. Morgen würde sie alles klären. Und dann konnte sie das Kapitel Stephan abschließen.

Kapitel 49

Den kompletten nächsten Tag fühlte sich Sophie wie unter Strom. Ihren ursprünglichen Plan, am Vormittag mit Caroso zu trainieren, verwarf sie bereits nach den ersten Runden wieder. Der Hengst hatte extrem feine Antennen für ihre Stimmungen und an konzentrierte Arbeit war gar nicht zu denken. Stattdessen lenkte sie ihn vom Reitplatz herunter in Richtung Wald. Es war inzwischen schon fast Spätherbst geworden und hinter dem großen Waldstück nutzte Sophie die abgeernteten Felder für einen ausgiebigen Galopp. Der Wind blies ihr ins Gesicht und zerzauste ihre Haare. Für einen kleinen Augenblick fühlte sich ihr Kopf ganz frei an. Sophie lenkte den Schimmel durch den kleinen Nadelwald und ließ ihn auf der Anhöhe, von der aus man bis nach Frankfurt sehen konnte, anhalten. Hier hatte alles begonnen. Hier hatte sie sich Stephan zum ersten Mal so unglaublich nah gefühlt. Hier waren ihr beinahe die Tränen gekommen, als er erzählt hatte, dass seine Mutter schon früh gestorben war. Hier hatte sie sich zum ersten Mal verstanden gefühlt. Als sie sich danach zum ersten Mal geküsst hatten, war das fast wie ein Rausch gewesen. Und den hatte sie auch Monate später noch gespürt, sobald Stephan sie berührt oder auch nur angesehen hatte. Wieder liefen Sophie Tränen übers Gesicht, die sie hektisch wegwischte. Es war perfekt gewesen. Und jetzt war es vorbei. Stephan hatte sie belogen und wissentlich in Kauf genommen, dass eines der Pferde des

Gestütes hätte verletzt werden können. Das konnte und wollte Sophie ihm nicht verzeihen.

Nach einer ganzen Weile machte die junge Frau sich wieder auf den Rückweg. Am Gestüt angekommen versorgte sie ihren Hengst und ging dann hinüber zum Haus, um einige Unterlagen, die ihre Sekretärin ihr die Woche über per E-Mail geschickt hatte, zu bearbeiten.

Während der Nachmittag beinahe wie im Flug zu verging, schienen die Zeiger zum Abend hin im Schneckentempo weiter zu kriechen. Nervös schaute Sophie alle paar Minuten auf die Uhr. Sie hatte mehrfach versucht, sich einen Leitfaden für das Gespräch mit Stephan zurechtzulegen, war jedoch kläglich gescheitert. Letztendlich musste sie sich eingestehen, dass sie einfach nur versuchen konnte, ihre Emotionen unter Kontrolle zu behalten und einen Abschluss zu finden, mit dem sie beide leben konnten.

Wie gewohnt ging Sophie um kurz vor 20 Uhr noch einmal zum Stall hinüber, um sich davon zu überzeugen, dass es ihrem Pferd gut ging. Nach seiner schweren Kolik im Frühsommer ging sie lieber abends noch einmal auf Nummer sicher, dass mit Caroso alles in Ordnung war. Wäre Stephan damals nicht gewesen … Sophie mochte gar nicht daran denken. „Bis morgen, mein Hübscher“, raunte die junge Frau ihrem Schimmel zu und strich ihm über die weichen Nüstern. Dieser schnaubte zufrieden und wandte sich dann wieder seinem Heu zu. „So spät noch im Stall“, hörte sie eine Männerstimme hinter sich. „Ich sehe abends immer noch einmal nach Caroso“, entgegnete sie und drehte sich zu Tim Wagner um. Dieser nickte und blieb nur etwa eine Armlänge entfernt vor ihr stehen. „Wie geht es dir?“, fragte er. „Ich komme klar“, erwiderte sie und zuckte mit den Schultern. Wieder nickte der Bereiter und musterte sie eingehend. „Warum suchst du dir nur immer solche Idioten, Sophie?“, meinte er dann. Die junge Frau zog die Augenbrauen hoch und sah ihm in die Augen. „Wie meinst du das?“, fragte sie. „Na ja“, sagte Tim gedehnt. „Erst dieser Banker, der dich mit der Nächstbesten betrügt. Und dann dieser Vollidiot, der dich belügt, wo er nur kann.“ „Stephan ist kein Vollidiot.“ Dass er sie belogen hatte konnte Sophie leider nicht abstreiten. Der Bereiter schnaubte verächtlich und setzte ein Grinsen auf. „Natürlich ist er ein Vollidiot! Er hatte dich keine einzige Sekunde verdient, Sophie. Hätte er nur etwas Mumm gehabt, dann hätte er dir von vornherein reinen Wein über seine kriminelle Vergangenheit eingeschenkt.“ Sophie zuckte zusammen. Auch wenn ihr bewusst war, dass Stephan einen Fehler gemacht hatte, so schien das Wort *kriminell* im Zusammenhang mit ihm irgendwie fehl am Platz. „Ein echter Mann würde dir das niemals antun“, raunte der Bereiter und machte einen Schritt auf sie zu. Was sollte das denn jetzt? Unwillkürlich trat Sophie einen Schritt zurück und stieß dabei mit dem Rücken an Carosos Boxentür. Tim legte vorsichtig eine Hand an ihre Wange. „Ich würde dir so etwas nie antun,

Sophie", flüsterte er. „Wie bitte?" Ihre Stimme überschlug sich fast. „Tim, was soll der Quatsch denn jetzt?" Der Bereiter legte die Stirn in Falten und sein Gesicht nahm wütende Züge an. „Das ist also Quatsch für dich, Sophie? Warum bist du so kalt mir gegenüber? Wir kennen uns seit so vielen Jahren." Tims Stimme wurde immer lauter und Sophie starrte ihn schockiert an. „Beruhige dich bitte erst einmal", sagte sie mit fester Stimme und straffte die Schultern, obwohl ihr langsam ein wenig mulmig zumute wurde. „Ich will mich aber nicht beruhigen!" Der Bereiter schrie jetzt und er bekam einen hochroten Kopf. „Ich bin seit Jahren für dich da und warte auf ein Zeichen von dir. Diesen Daniel habe ich ja noch hingenommen. Ich wusste ja, dass er eindeutig in deiner Liga spielt und ich nicht. Aber dann taucht dieser Langbrenner auf. Ein Pferdepfleger, Sophie! Der steht in der Rangfolge sogar noch unter mir! Und *der* kann dich haben, aber ich nicht? Was ist so falsch an mir, Sophie?" Die junge Frau atmete tief durch und überlegte fieberhaft, wie sie dieses Gespräch schnellstmöglich beenden konnte. „An dir ist nichts falsch, Tim. Ich habe mich eben einfach in Stephan verliebt." Wieder schnaubte Tim Wagner. „Du machst jetzt Feierabend und wir reden ein anderes Mal noch einmal in Ruhe darüber, ok?" meinte Sophie und sah ihm in die Augen. Tim nickte fast unmerklich. „Bis morgen", sagte Sophie und wandte sich zum Gehen. „Ich hätte warten sollen, bis er Lordinus umgebracht hätte", hörte sie den Bereiter murmeln, als sie erst ein paar Meter weit gekommen war. „Wie war das?“, fragte sie und drehte sich wieder zu ihm um. Es war mehr als offensichtlich, dass der Satz eigentlich nicht für sie bestimmt gewesen war. Mit schnellen Schritten lief sie auf Tim Wagner zu. „Was hast du da gerade gesagt?“ Der Bereiter presste die Lippen aufeinander und starrte auf den Boden. Sophie beschlich ein ungutes Gefühl, und langsam bahnte sich ein äußerst gruseliger Gedanke den Weg in ihr Bewusstsein. Sie traute sich kaum, ihn laut auszusprechen. „Es stimmt, was Stephan gesagt hat! Er wollte Kerner auffliegen lassen und ihr habt die Sache mit der Übergabe gemeinsam geplant. Aber du wolltest ihm niemals helfen. Du wolltest ihn verraten, damit du ihn möglichst schnell loswirst!“ Tim öffnete mehrmals den Mund, um etwas zu sagen, schloss ihn dann jedoch wieder. Es war offensichtlich, dass er nach den richtigen Worten suchte. Sophie fragte sich, ob die ganze Welt um sie herum verrückt geworden war. „Ich habe es einfach nicht ertragen, euch zusammen zu sehen“, murmelte er dann. Sophie konnte es nicht fassen. „Du hast seine Zukunft zerstört. Und meine auch. Ist dir das überhaupt bewusst, Tim?“ „Seine Zukunft? Deine Zukunft? Was ist denn mit meiner?“, erwiderte Tim wütend. In diesem Moment packte er Sophie und drückte sie mit dem Rücken gegen die Boxentür von Caroso. Jetzt war Sophie völlig verängstigt, versuchte aber gefasst und selbstsicher zu klingen. „Lass mich los Tim, du tust mir weh!“. Der Bereiter starrte sie völlig irre an und lockerte dabei den Druck auf ihre Arme kein bisschen. „Sie hat gesagt, du sollst sie loslassen“, schrie es plötzlich hinter Tim und Sophie sah wie Stephan auf sie beide zugerannt kam. Tim drehte sich erschrocken um, reagierte blitzschnell und rannte zum Hinterausgang hinaus bevor Stephan ihn packen konnte. Sophie hatte Stephan noch nie so wütend gesehen. Er schien zu explodieren. Sein Kopf war hochrot und sie konnte seinen ganzen Körper beben sehen. „Bist du okay?“, fragte er nun atemlos und musterte Sophie von Kopf bis Fuß. Instinktiv streckte er die Hände nach Sophie aus, trat aber sofort einen Schritt zurück, als er sah, dass Sophie zusammenzuckte und sich zurückzog. „Ja … ich … nein, alles in Ordnung.“, sagte Sophie leise und sie spürte wie sich ihr Puls langsam beruhigte. Wenn Stephan nicht in den Stall gekommen wäre … Was war nur in Tim gefahren? Das würde für den Bereiter Konsequenzen haben, soviel stand fest. Nachdem Sophie und Stephan einige Minuten schweigend vor Carosos Box gestanden hatten, gingen sie in Richtung Sophies Wohnhaus, um zu reden.

Kapitel 50

Erst jetzt, wo der Schock über Tims Verhalten langsam verschwand, sah Sophie ihren ehemaligen Pferdepfleger richtig an. Er sah müde und abgekämpft aus. Sein Gesicht war fahl und eingefallen, die Augen matt und rot umrandet. Sophie musste tief Luft holen, als sie ihn so sah. Sie schloss die Haustür auf und ging hinein. Stephan blieb vor der Tür stehen und schaute ihr direkt in die Augen, als sie sich zu ihm umdrehte. Keiner von beiden sagte ein Wort. Es dauerte einige Momente, ehe Sophie einen Schritt zur Seite trat und er hineinkam. Stephan ging an ihr vorbei und Sophie atmete den Geruch seines After-Shaves ein. Sie kämpfte schon jetzt mit den Tränen, wollte ihm das aber auf keinen Fall zeigen. Sie setzten sich an den kleinen Küchentisch. Sophie zog ihre Strickjacke fester um ihren fröstelnden Körper und zog die Beine an ihren Körper. Stephan saß ihr gegenüber und hatte die Stirn in seine Hand gestützt. Erneut herrschte Stille. „Ich hätte Lordinus nichts gegeben“, flüsterte Stephan nach einer ganzen Weile und sah der jungen Frau wieder direkt in die Augen. Wieder dieser stechende Schmerz in ihrer Brust. „Das musst du mir glauben, Sophie!“ „Ich weiß“, wisperte sie und nickte kaum sichtbar. Mehrere Sekunden sahen sich die beiden in die Augen, ohne ein weiteres Wort zu sagen. Irgendwann beugte Stephan sich vor, legte beide Unterarme auf dem Tisch auf und legte seine Hände zusammen. Er räusperte sich. „Bei der Stute

damals, Scarlett hieß sie, habe ich keinen anderen Ausweg gesehen. Meinem Vater ging es so schlecht und ich hatte schon einen Monat lang die Miete für das Pflegeheim nicht bezahlt. Ab der zweiten Monatshälfte wusste ich nicht mehr, wovon ich mein Essen bezahlen sollte. Ich habe gedacht, das wäre eine einmalige Sache, um erstmal wieder etwas Luft zu bekommen." Sophie sah ihn an und fuhr sich mit einer Hand über den Nacken. Stephan erzählte ihr die ganze Geschichte und wie jedes Mal musste er mehrfach neu ansetzen, als er vom Tod der Stute berichtete. Sophie sah, wie er mit seinen Gefühlen kämpfte, als er sich über die Augen rieb. „Ich war verzweifelt. Und dumm. Ansonsten hätte ich eine andere Möglichkeit gefunden, um mich über Wasser zu halten. Und dieses Mal wollte ich alles daransetzen, damit Martin Kerner aus dem Verkehr gezogen wird. Ich bin kein Krimineller, Sophie." Er sah sie flehend an. Genauso, wie er es damals im Büro ihrer Mutter getan hatte.
„Trotzdem hast du mich belogen", stellte sie fest und sah ihn mit schmalen Lippen und zusammengekniffenen Augen an. Jetzt, wo Stephan vor ihr saß, tobte der Schmerz so heftig in ihr, dass sie Angst hatte, er würde sie innerlich zerreißen. Schützend schlang sie die Arme um ihren Oberkörper. „Ja", gab Stephan zu und sah sie an. „Ich wollte nicht, dass du davon erfährst. Ich wollte ein völlig neues Leben anfangen, auch wenn ich die Erinnerungen daran nicht löschen kann. Ich habe einen Fehler gemacht, als ich mich auf Martin Kerner eingelassen habe. Und ich habe einen Fehler

gemacht, als ich dir nicht die Wahrheit über mich erzählt habe. Es tut mir unendlich leid und so sehr ich es mir auch wünsche, es wird nie mehr so sein wie vorher. Ich kann es nicht ungeschehen machen." Sophie starrte auf ihre blassen Hände. „Tim hat zugegeben, dass er dich verraten hat", murmelte sie. „Und Kerner hat auch ein Strafverfahren am Hals." „Wenigstens etwas", entgegnete Stephan und lächelte müde. Sophie biss sich auf die Lippen und stand dann auf. „Ich wollte Antworten, und die habe ich bekommen. Ich verstehe, warum du das alles getan hast, Stephan. Aber ...". Langsam schüttelte sie den Kopf. Stephan atmete tief durch und schluckte. Dann straffte er die Schultern, nickte kurz und stand auf. Sophie folgte ihm, als er durch den kleinen Flur ging und die Haustür öffnete. „Es tut mir so unendlich leid, Sophie", flüsterte er und drehte sich noch einmal um. Sie standen nur wenige Zentimeter voneinander entfernt und die junge Frau konnte seine Wärme spüren. Sie nickte und schlang ihre Arme um seinen Körper. Sie wollte noch einmal seine Nähe spüren, seinen Geruch einatmen, bevor er für immer aus ihrem Leben verschwinden würde. Stephan erwiderte die Umarmung zögernd und Sophie, die ihren Kopf an seine Brust gelehnt hatte, hörte wie sein Herz raste. Dann löste sie sich von ihm und trat einen Schritt zurück. Seine Mundwinkel zuckten, brachten aber kein Lächeln zustande. Dann presste er die Lippen aufeinander und ging durch die Tür nach draußen.

Kapitel 51

Sophie hatte das Gefühl, als ob in ihr ein Tornado wütete und sie im nächsten Moment ohnmächtig werden würde. Diese Umarmung… hatte sie für einen kleinen Moment die ganze Trauer, die Tränen und den Schmerz der letzten Tage vergessen lassen. Es hatte sich angefühlt, wie nach Hause zu kommen. In ein Zuhause, in dem man geliebt und beschützt wurde. Zum ersten Mal seit Tagen war ein kleines Fünkchen Glück in ihr aufgeblitzt. Und jetzt war Stephan durch die Tür und damit aus ihrem Leben gegangen. Sie lehnte seitlich am Türrahmen und hielt die Augen fest geschlossen. Sie konnte sich nicht ansehen wie er ging. Minuten vergingen und sie konnte sich keinen Zentimeter bewegen. „Du fehlst mir so“, flüsterte sie dann und dabei rollte ihr langsam eine Träne übers Gesicht. „Du fehlst mir auch so, Sophie“, hörte Sophie plötzlich und schlug die Augen auf. Stephan stand direkt vor ihr. Er war nicht gegangen. Im nächsten Moment brachen bei der jungen Frau alle Dämme und sie fing hemmungslos an zu weinen. Keine Sekunde später schloss Stephan sie in die Arme. „Bitte verlass mich nicht“, schluchzte sie und bohrte ihre Finger in seine Jacke. „Niemals“, flüsterte er ihr ins Ohr. Er hielt sie fest, bis sie sich wieder einigermaßen gefangen hatte. Dann nahm er ihr Gesicht in beide Hände und strich sanft mit den Daumen über ihre Wangen. „Ich liebe dich, Sophie“, raunte er und sah ihr dabei fest in die Augen. „Ich liebe dich auch“, wisperte sie, bevor Stephan sanft seine Lippen auf ihre legte.

Stephan hatte Recht, es würde nie mehr so sein wie früher. Denn jetzt stand endlich kein Geheimnis mehr zwischen ihnen.

Made in the USA
Columbia, SC
15 December 2023

28649796R00455

bestanden sich eine neue Arbeitsstelle zu suchen. Er konnte nicht einfach so weitermachen wie zuvor. Er wollte Privates und Berufliches voneinander trennen, auch wenn dies bedeuten würde Sophie tagsüber sehr zu vermissen. Nachdem Sophie ihren Eltern von Tims Tat berichtet hatte, waren diese nämlich eigentlich einverstanden gewesen Stephan wieder einzustellen. Sie waren ihm unendlich dankbar dafür, dass er im richtigen Moment am richtigen Ort war und wollten ihm dafür sogar seinen großen Fehler verzeihen. Tim hatte am nächsten Tag sofort die fristlose Kündigung erhalten und würde auch nicht so schnell wieder auf einem Gestüt Fuß fassen können. Mara von Ehrenfurth hatte beste Kontakte zu den Höfen der Umgebung und sorgte dafür. Ihre Eltern rieten Sophie zusätzlich zu einer Anzeige wegen Tims Übergriffigkeit, aber Sophie wollte diesen Abschnitt in ihrem Leben einfach nur vergessen und einen Schlussstrich ziehen. Von Stephans Entscheidung nicht mehr auf dem Gestüt der von Ehrentfurths zu arbeiten war Sophie zunächst überhaupt nicht begeistert gewesen. Geschickt hatte sie wenigstens einen Kompromiss ausgehandelt und Stephan davon überzeugt zu ihr auf das Gestüt zu ziehen. Aktuell pendelten sie noch zwischen beiden Wohnungen, aber bereits im Januar lief die Kündigungsfrist für Stephans Wohnung aus und er würde auch seine noch verbleibenden Sachen mit auf das Gestüt bringen.

„Herzlichen Dank Maria für das wundervolle Essen“ sagte Sophie nun an ihre Haushälterin gewandt und ließ ihre Hand langsam auf Stephans Oberschenkel nach oben gleiten. „Ja es war wirklich großartig. Wir verabschieden uns für heute“ interpretierte Stephan ihre Geste richtig und stand auf. Sophie und Stephan schlenderten vom Haupthaus Hand in Hand in

Richtung Sophies Wohnung. Vor ihrer Tür stoppte Stephan sie und zog sie an sich. „Hab ich dir schon gesagt wie hinreißend du heute in diesem Kleid aussiehst?" raunte er ihr zu und ließ seine Hände über ihren Rücken nach unten gleiten. Sophie schaute ihm direkt in die Augen und biss sich verwegen auf die Unterlippe. „Und jetzt schließ bitte die Tür auf. Ich möchte es dir unbedingt vom Körper reißen" grinste Stephan jetzt und küsste Sophie leidenschaftlich.

Vielen Dank für Deine Zeit.

Wenn Du möchtest, kannst Du mir Deine Meinung zu diesem Sammelband mitteilen. Du erreichst mich unter julia.sanders.romane@gmail.com, über meine Facebook Fanpage oder mein Profil auf lovelybooks.de.

Als Autorin im Selbstverlag sind es vor allem die Buchrezensionen, die darüber entscheiden ob meine Romane ihren Weg in die Bücherregale der Leser finden. Ich freue mich daher sehr über Deine Unterstützung auf Amazon in Form einer Rezension. Schreiben ist meine Leidenschaft und ich danke Dir, dass Du mich dabei unterstützt sie auszuleben.

Herzliche Grüße,

Julia Sanders